양주화방록 2

The Records of Excursion on Boat in Yang zhou

지은이 **이두**(李斗) 자(子)는 북유(北有)이고 호(號)는 애당(艾塘)이며, 청나라 때 강소(江蘇) 의징(儀徵) 사람으로, 제생(諸生) 출신이다. 희곡과 시, 음악, 수학에 두루 정통했던 그는『세성기(歲星記)』와『기산 기(奇酸記)』라는 전기(傳奇)작품과『애당곡록(艾塘曲錄)』을 남겼고, 무엇보다도 17~18세기 중국의 희 곡과 공연 예술, 양주의 문화를 두루 기록한 필기집『양주화방록(揚州畫舫錄)』을 편찬한 것으로 유명하 다. 그 외의 시 작품들은『영보당시집(永報堂詩集)』과『방풍관시(防風館詩)』에 수록되어 있다.

옮긴이 **홍상훈**(洪尙勳)은 1965년 전남 광양에서 태어나 서울대학교 및 동 대학원에서 중국문학을 공 부하고 박사 학위를 취득한 후, 현재 인제대학교 조교수로 있다. 「고대 중국에서 서사 구조 변천의 특 성」을 비롯한 20여 편의 논문 외에 지은 책으로는『전통시기 중국의 서사론』,『하늘의 나는 수레』,『한 시 읽기의 즐거움』,『그래서 그들은 서천으로 갔다―서유기 다시 읽기』등이 있고, 옮긴 책으로는『서 유기』(공역),『두보율시』(공역),『사귀의 노래―완역 이하 시집』,『중국소설비평사략』,『별과 우주의 문화사』,『베이징』,『손오공의 여행』등이 있다.

옮긴이 **이소영**(李昭始)은 1968년 서울에서 태어나 서울대학교 및 동 대학원에서 중국문학을 공부하고 박사 학위를 취득한 후, 서울대학교 연구교수를 역임하고 현재 서울대학교 등에서 강의하고 있다. 주요 논문으로「전통시기 중국의 서면어와 글쓰기의 상관성 연구」,「삼국연의 다시 읽기」등이 있고, 옮긴 책으로『만화 맹자』,『만화 노자』,『서유기』(공역) 등이 있다.

양주화방록 2

1판 1쇄 발행 2010년 10월 25일
1판 2쇄 발행 2011년 9월 20일

지은이 / 이두
역주자 / 홍상훈 이소영
펴낸이 / 박성모
펴낸곳 / 소명출판
등록 / 제13-522호
주소 / 137-878 서울시 서초구 서초동 1621-18 (란빌딩 1층)
대표전화 / (02) 585-7840
팩시밀리 / (02) 585-7848
somyong@korea.com / www.somyong.co.kr

ⓒ 2010, 한국연구재단

값 25,000원

ISBN 978-89-5626-476-9 93820
ISBN 978-89-5626-474-5 (전3권)

양주화방록 2

揚州 畫 舫 錄

이두 지음 | 홍상훈 · 이소영 옮김

소명출판

◆ **일러두기**

1. 본 번역은 북경(北京) 중화서국(中華書局)의 "청대사료필기총간(淸代史料筆記叢刊)" 시리즈에 포함 된 『양주화방록(揚州畵舫錄)』(1960년 제1판, 1997년 2쇄)을 저본(底本)으로 했다.
2. 본 번역에서는 본문의 교감(校勘)을 위해 1984년에 광릉고적인쇄사(廣陵古籍刻印社)에서 간행한 번체자(繁體字) 판본과 2001년 산동우의출판사(山東友誼出版社)에서 간행된 저우 춘동(周春東)이 주석을 붙인 간화자(簡化字) 판본을 참조했는데, 주석에서 언급할 때에 전자는 '광릉본', 후자는 '산동본'으로, 그리고 중화서국 원본은 '중화본'으로 줄여 표기했다.
3. 권18 「공단영조록(工段營造錄)」은 기본적으로 칸 뒤(闞鐸)의 교주(校注)를 참조로 교감된 '산동본'을 토대로 번역하고, 용어를 풀이한 주석과 그림 등을 덧붙였다.
4. 원문에 자호(字號)로 표기된 인명(人名)은 모두 본명(本名)으로 바꾸어 표기하고, 간략한 약력을 보충하여 주석에 표기했다.
5. 원문에 인용된 시 구절은 중국의 인터넷 사이트 전당시고(全唐詩庫, http://www3.zzu.edu.cn/qts/)의 검색을 통해 원작의 제목과 달라진 글자들을 밝혔고, 원서에 작자가 잘못 표기된 부분도 바로잡아 주석에서 밝혀놓았다.
6. 원본의 주석은 인용문의 원주일 경우 [ ]로 표기하고, 이두(李斗)의 주석은 [이주:]로 표기하여 본문과 글자 크기를 달리해 표기했으며, 역주는 모두 각주로 처리했다.
7. 중국 고대 연호의 서기 연도와 본문에 언급된 인물의 생졸연도는 필요한 경우 ( ) 안에 넣어 본문에 포함시켰다.
8. 전집류나 단행본은 『 』, 단편 문장이나 시 제목, 희곡 작품 안의 한 부분 등은 「 」, 그림 제목은 〈 〉로 표기했다.

역자 서문

이두李斗의 『양주화방록揚州畵舫錄』은 1764년에서 1795년까지 30년 동안 작자가 몸소 발로 뛰며 수집해놓은 자료를 바탕으로 가장 번성했던 양주의 모습을 총체적으로 조명한 기념비적인 저작이다. 여기에는 당시의 지리적 환경은 물론 각종 역사적 사건과 명승지, 문화, 풍속, 종교, 오락 등을 망라한 풍부한 내용이 백과사전적으로 세밀하게 기록되어 있다. 그렇기 때문에 이 책은 18~19세기의 양주(혹은 그것으로 대표되는 강남 지역)를 연구하는 거의 모든 분야에서 중요한 자료로 활용될 수 있다.

그러나 그 동안 이 책의 내용에 대해서는 대개 특정 분야의 내용만 부분적으로 이해되어 각종 연구에 인용되었을 뿐, 전체를 아우르는 정밀한 주석과 교감 작업은 이루어지지 않았다. 심지어 최근까지 중국에서 간행된 이른바 주석본이라는 것들도 실제 내용은 대단히 소략하거나, 심지어 여전히 적지 않은 오류를 담고 있다. 냉정히 말하자면 이 주석본들은 판본 교감을 통해 글자를 바로잡고, 간단한 구두句讀를 표시하고 있지만 여전히 적지 않은 오류를 포함하고 있다. 또한 주석에 담긴 내용들도 너무나 상식적인 내용들(예를 들면 '지정至正 17년 정유丁酉'는 서기 1358년에 해당한다거나, '진인眞人'이 도가道家에서 수련하여 신선이 된 이를 가리킨다는 것과 같은)에 지나지 않고, 정작 원서에서 대부분 자호字號로 표기되어 있는 인명들에 대해서는 거의 설명이 없다.

물론 이 책에 언급된 인물들 가운데 상당수는 양주라는 특정한 지역의 명사名士들이고, 또 그 가운데 상당수는 문인文人이 아니라 사회적으로 낮은 계층에 속하는 기생이나 배우, 상인, 승려나 도사 등의 신분을 지니고 있었기 때문에 그들의 생애를 자세히 알 수 없는 경우가 많다. 그러나 그들 가운데는 본명과 생졸연도, 간략하나마 생애에 대해서도 알려진 인물들이 적지 않기 때문에, 제대로 된 주석본이라면 당연히 그런 점들을 밝혀주어 독자의 이해를 도와야 마땅하다. 그리고 이 책의 원문은 간단하지 않은 전고典故와 난해한 고문古文의 용어와 수사법이 많이 사용되었기 때문에 상세한 해설이 필요한 부분이 적지 않다. 무엇보다도 이 책에는 당시의 과학기술과 천문학, 건축학, 공연예술 등과 관련된 상당히 전문적인 인용문 및 설명이 들어 있는데, 이에 대해서도 상세하고 정확한 주석이 필요하다.

이 책의 역주 작업은 2005년도 한국연구재단의 동서양 고전 명저 번역 연구과제로 채택되어 2년 동안 진행되었다. 우리는 이 책의 역해를 위한 연구 모임을 결성하고 매 달 2, 3차례의 강독 모임을 통해 원문의 내용을 세세히 분석하여 가능한 한 최대한 자연스러운 우리말로 옮기고, 해당 내용의 이해를 돕기 위한 주석들을 꼼꼼히 붙였다. 이를 위해서 우리는 기존에 중국에서 나온 주석서뿐만 아니라 인터넷과 CD에 담긴 방대한 전적들을 꼼꼼히 검색하고, 『가경중수양주부지嘉慶重修揚州府志』(阿克當阿 修, 姚文田 等 纂, 廣陵書社, 2006), 『양주도경揚州圖經』(焦循·江藩 撰, 江蘇古籍出版社, 1998), 『양주역사인물사전揚州歷史人物辭典』(王澄 主編, 浙江古籍出版社, 2001)과 같은 비롯한 다양한 참고자료들을 적극 활용했다.

당시 서울대학교 박사과정의 이영섭 선생과 홍주연 선생은 이 연구 모임에 적극 참여하여 일부 본문의 번역을 도와주기도 했다. 그러나 제대로 된 주석본의 도움도 없이 이 책에 담긴 방대한 내용을 거의 날것인 상태에서 번역하고 정밀한 주석을 붙이는 일은 예상보다 훨씬 어려운 일이었고, 특히 역자들의 역량이 미치지 못한 건축학이나 천문학, 전문 공연예술 등의 분야에서 연이어 벽에 부딪쳤다. 심지어 미완성의 상태에서 제출한 중간보고의 내용이 미흡하다는 이유로 연구비 지원이 보류되는 우여곡절을 겪기도 했다. 이 때문에 역주 작업의 초고는 연구를 시작하고 3년이 지난 2008년 말엽에야 간신히 완성되었다. 그러나 우리는 이 책의 번역이 제한된 시간에 맞춰 제출해야 하는 단순한 연구과제 이상의 의미가 있다고 생각해서, 결과보고서를 제출한 이후에도 1년 가까이 수정과 보완 작업을 진행하여 적지 않은 오류를 추가로 바로잡을 수 있었다.

그럼에도 불구하고 이번에 간행된 번역 가운데는 일부 미흡한 부분이 아직 남아 있는데, 당연히 이러한 결함의 책임은 전적으로 이 번역의 연구책임자인 홍상훈과 공동연구원인 이소영에게 있다. 다만 아직 미흡한 부분이 적지 않은 상태로나마 책의 간행을 서두른 것은 정해진 기한 내에 한국연구재단에 최종 결과물로서 간행된 책을 제출해야 하기 때문이기도 하지만, 이런 정도의 역주 작업만으로도 우리나라의 중국학 연구에 기여할 수 있는 바가 적지 않을 것으로 판단했기 때문이다. 물론 이 번역서가 간행된 뒤에도 우리는 미흡한 부분이나 오류에 대해서는 각 분야 전문가들의 조언을 적극적으로 수렴하여 더욱 완정한 번역본을 만들기 위한 노력을 멈추지 않을 것이다.

揚州畵舫錄2 __ 차례

揚州畵舫錄 전체 차례

권6

성북록_{城北錄}

성북록城北錄

1. 풍락가豐樂街는 상매매가上賣買街라고도 하는데, 은봉원恩奉院 입구를 지나가는 길이 바로 그것이다. 그런데 요사이 강안 아래쪽의 장춘항長春巷을 매매가賣買街로 바꿔 부르게 되었기 때문에 이곳의 이름은 상매매가라 하고 장춘항 쪽의 거리는 하매매가下賣買街라고 한다. 상매매가 북쪽에는 감로암甘露庵과 도토지묘都土地廟, 도천묘都天廟, 은봉원恩奉院, 성황행궁城隍行宮이 있고 남쪽에는 해탈암解脫庵과 송자관음각送子觀音閣 및 여러 점포들이 있다. 이 구역 풍경을 '풍시층루豐市層樓'라고 한다.

2. 감로암은 3칸짜리 건물인데, 왼쪽 산장이 풍락가 과가루過街樓의 왼쪽에 붙어 있고, 산장 끝 칸에 지장왕보살地藏王菩薩을 모셔놓았다. 여름

에는 차를 나눠주고 공덕산功德山에 향시香市1)를 열어 널리 다연茶緣을 맺는다.

3. 도토지묘都土地廟는 관례에 따라 중원절中元節2)에 초제醮祭를 모신다. 중원절이 되기 전에 축제[賽會]3)를 열고, 중원절이 되면 성황행궁에서 신을 맞이했다가 성황회城隍會를 열 때 행궁으로 돌려보낸다. 놀잇배[畵舫]에서도 신을 맞이하는데, 탁자와 의자, 병풍, 긴 깃발[幡幢]과 일산[傘蓋],4) 신에게 보고하는 자리와 형구들이 놓여 있으니 그 의례와 법도가 성황묘의 것과 똑같다. 승려들을 뽑아 유가염구瑜珈焰口5) 의식을 행하며, 우란분盂蘭盆6)을 만들고 연등을 장식한다. 밤이 되면 배를 띄우고

---

1) 사원이나 사당에서 향을 올리는 절기가 되면 향이나 잡화 등을 파는 시장이 열리는 데 이를 향시라고 한다.

2) 민간 명절로서 음력 7월 15일이다. 이 날은 도관道觀에서 초제를 지내고 사찰에서는 우란분회盂蘭盆會를 열며 민간에서는 망자의 제사를 지낸다.

3) 의장儀仗을 갖추고 풍물을 울리며 잡희雜戲도 공연하면서 사당에서 신상神像을 모시고 나와 큰 거리와 동네를 한 바퀴 돌면서 신에게 감사하는 축제를 가리킨다.

4) 긴 손잡이에 우산과 같이 위가 둥근 덮개가 있고, 덮개 가장자리에 술을 늘어뜨린 의장용품이다.

5) 유가瑜珈는 '상응相應'한다는 뜻의 범어의 음역으로 밀부密部의 총칭이다. 청나라 초기 보화산寶華山의 덕기대사德基大師가 풀이한 바에 따르면, 그 뜻은 손으로는 밀인密印을 맺고 입으로 진언眞言을 외우며 마음으로 관상觀想에 전념하면 몸과 입이 일체가 되고, 입과 뜻이 일체가 되고, 뜻과 몸이 만나 몸과 입과 마음의 삼업三業이 상응하기 때문에 유가라고 부른다고 했다. 염구焰口는 아귀도餓鬼道에 있는 귀왕鬼王의 이름으로 입에서 불을 토하기 때문에 '염구燄口'라고 의역한 것이다. 보통 추악한 형상에 비쩍 마르고 입에선 불을 뿜으며 목구멍에 바늘이 솟아있고 봉두난발에 길고 날카로운 이를 가진 무시무시한 모습을 하고 있다고 전해진다. 또 얼굴에 불길이 일고 있다고도 하여 '면연面燃'이라고 부르기도 한다. 유가염구는 불사佛事 활동 중 아귀에게 음식을 베풀어 구제하는 의식을 가리키기도 하며 일반적으로 황혼 무렵에 행해진다.

6) 우란분盂蘭盆은 범어 'uḤambana'를 의역한 것으로 거꾸로 매달려 있는 고통에서 구한다는 뜻이다. 전설에 의하면 목련目連이 부처의 말을 따라 음력 7월 15일에 오곡백과를 우란분에 차려놓고 삼보三寶를 공양하여 아귀도餓鬼道에서 거꾸로 매달려 있는 고통을 당하고 있는 어머니를 구했다고 한다. 『우란분경盂蘭盆經』에 자세한 내용이 있다. 이 날은 남조 양梁나라 이후로 민간에서 죽은 조상을 초도超度하는 명절로 자리 잡았다. 이날 승려를 초청하여 우란분회를 만들고 불경을 낭독하며 음식을 보시한다. 나중에는 제사 의식을 갖추지만 승려는 데려오지 않는 것으로 변했다. '우란분'은 우란

마치 대보름 밤처럼 수많은 등을 밝혀놓는데 이것을 우란분회盂蘭盆會라고 한다. 대체로 강남에서는 중원절에 많은 부녀자들이 배를 빌리고 우란분을 만들어 아귀를 구제하는 행사를 연다. 이때 강물에 연등을 띄우는 내기를 하는데 진회秦淮 지방에서 가장 규모가 성대하다. 오낭吳娘7)이 이에 대해 다음과 같은 시를 남겼다.

> 청계靑溪8)는 북으로 진향하進香河9)에 이어지고
>
> 칠월이면 우란분회가 곳곳에서 열리네.
>
> 일제히 신상을 모시고 놀잇배에 오르고
>
> 붉은 등불 무수히 잔잔한 물결 속에 일렁이네.
>
> 靑溪北接進香河, 七月盂蘭賽會多.
>
> 齊舁金仙臨畫舫, 紅燈千點落微波.

4. 도천묘都天廟에는 오래된 은행나무가 많다. 이 나무들은 둘레가 한 아름이고, 그 위에 새둥지가 셀 수 없이 많다. 봄과 여름 사이에 나무를 쪼아 먹는 탁목충啄木蟲이 매우 많다. 대전大殿은 3칸 건물이고, 대련이 적힌 편액에는 이 지방 사람들이 복을 기원하는 내용이 많다.

분회를 가리킬 수도 있고, 망자를 초도할 때 쓰는 제사 그릇을 가리키기도 하는데, 이때는 줄여서 '우란盂蘭'이라고 쓰기도 한다.

7) 오낭吳娘(?~?)은 자가 구숙苟叔이고 호가 삼정杉亭이다. 안휘성 전초全椒 사람인데 의징儀徵에서 주로 살았다. 그는 오경재吳敬梓의 아들로서, 건륭 15년(1751)에 거인이 되었다. 또한 그는 수학에 조예가 깊어 건륭 33년(1769)에 『주비산경도주周髀算經圖注』를 편찬했다. 저서에 『삼정집杉亭集』 10권과 『삼정사杉亭詞』, 『오음반절도설五音反切圖說』이 있다. 이와 관련된 내용이 『양주화방록』 권10 「홍교록상虹橋錄上」에 있다.

8) 삼국시대 오나라가 건업建業 동남쪽에 준설한 동거東渠를 가리킨다. 지금의 쟝쑤성 난징시 종산鍾山 서남쪽에서 발원하여 난징시 진화이허秦淮河로 흘러 들어가는데, 물길이 구불구불하여 구곡청계九曲靑溪라고도 한다. 지금은 물길이 거의 사라지고 진화이허의 일부만 남아 있다.

9) 남경에 있는 수로의 이름이다.

5. 여단厲壇은 곧 성황행궁城隍行宮이다. 매년 청명절淸明節과 중원절, 하원절下元節[10])이 되면, 그 전에 미리 도사들이 신에게 고하는 글[奏章]을 올리고, 법라法螺를 불고 동발을 치며 산해진미를 다 갖춰놓는데, 그 모습이 다채롭고 환상적이다. 백성들은 길을 깨끗이 청소하고 하늘에 가득하도록 향을 피운다. 관노들이나 남녀노소 할 것 없이 모두 골목과 거리로 쏟아져 나와 지전을 사르는 불빛이 도깨비불처럼 산과 언덕을 가득 메운다. 아침이 되면 신을 모셔오는데, 이때 등청하고 퇴청하는 법도가 인간 세상 관리들의 그것과 똑같다. 저녁이 되면 누각마다 일산을 세워놓고 울긋불긋 장식한 천막[彩棚]을 세우고 깃발을 꽂아놓는다. 꼬마들은 예쁜 허리띠에 이마에는 금색의 장신구를 붙이고, 맨발로 소리지르고 노래하면서 어른들 목말을 타고 마음껏 장난치며 논다. 어떤 사람들은 자물쇠를 지니고 사당에 가기도 하는데, 그렇게 하면 재난을 면할 수 있다고 한다. 찬란하게 빛나는 수많은 등이 다투어 불빛을 뿜어내고 폭죽 소리가 우레처럼 울리니, 일대 장관을 이룬다.

6. 선입양宣立揚은 의술에 뛰어났다. 그는 또 진흙으로 옛날 기물을 잘 만들었는데, 세 발 달린 솥[鼎]과 화병에 새겨진 문양이나 글자까지도 모두 옛 양식 그대로여서 당시에 '선씨 골동품[宣銅]'이라 불렸다. 그의 제자인 '난쟁이 대씨[戴矮子]'는 산에 있는 사원[山堂]에서 작은 토기를 늘어놓고 팔았다. 이 토기들은 높이가 2치가 채 되지 않고, 거기에 새겨진 용문龍紋과 기문夔紋,[11]) 구름과 번개 문양의 운문雲紋, 뇌문雷紋, 올챙

---

10) 청명절은 양력 4월 4,5일 경으로 교외로 나가 산보를 즐기거나[踏靑] 성묘를 한다. 하원절은 음력 10월 15일으로, 이날 민간에서는 조상에게 제사지내고 등을 밝히는 풍습이 있다.

11) 기夔는 전설상의 짐승으로 『산해경山海經』 「대황동경大荒東經」에 나온다. 동해 바다 길 7,000리를 가면 나타난다는 유파산流波山에 사는 짐승으로, 생김새는 소와 같으나 푸른 몸에 뿔이 없으며 다리가 하나이다. 물에 들고 날 때마다 비바람이 몰아치고 해와 달처럼 빛을 뿜고 천둥소리를 낸다고 한다. '기문'은 기의 얼굴을 그린 문양으로, 용문과 기문 모두 삼대三代의 청동기에 자주 쓰였다.

이 문양의 과두문蝌蚪汶이 삼대三代의 기물과 꼭 같았다.

7. 천녕문 부두는 행궁 앞 어마두御馬頭 아래에 있다.

8. 하매매가는 바로 장춘항이다. 거리 남쪽으로 하방河房들이 있는데, 대부분 등을 빌려주는 장사를 한다. 호수 위에 등을 밝히는 유람선[燈船]들은 모두 여기에서 등을 구하는데, 등 하나에 8전錢이다.

9. 매매가 북쪽은 상매매가의 높은 언덕에 붙어 있고, 그 아래 집이 한 채 있다. 그 집은 나지막한 담장[避箭小墻]에 둘러싸여 있고 그 위에 무늬 있는 기와를 얹었으며 작은 문이 나 있다. 문 안으로 들어가 왼쪽으로 꺾어 계단을 내려가면 어린 버드나무 한 그루가 가지를 늘어뜨려 계단을 덮고 있다. 마당 가운데 집을 지었는데, 십자 용마루 지붕[十字脊]과 하늘 높이 날아오를 듯 뻗은 추녀[飛檐]에, 기와 막새[反宇]를 얹었다. 이곳은 삼면에 창이 나 있고, 남쪽은 하매매가에 붙어 있고, 동쪽은 상매매가 높은 언덕에 기대어 있다. 오래된 나무가 많아 한여름에도 짙은 그늘을 드리워 햇빛을 가려준다. 고목들 아래에는 키 작은 소나무와 대나무가 자라고, 그 사이로 난 구불구불 이어진 좁은 길을 따라 올라가면, 산중턱에 대나무 울타리로 경계를 세워놓았다. 울타리 밖 군성의 봄 풍경이 문 앞에 펼쳐지고, 구름에 덮인 절 풍경과 멀리 강위에 위태로이 걸린 다리의 모습이 숲 사이로 보인다. 그 서쪽에 난 문은 매화나무들 사이에 있는데, 겨울에 햇빛이 제일 많이 들 때나 여름날 해가 남쪽에 이르러 한창일 때도 햇빛이 성에 의해 가려지기 때문에, 오후 5시 경이나 되어야 숲에 석양빛이 잠깐 들 뿐이다. 북쪽은 일호공관一號公館12)

---

12) 공관公館은 매매가 위쪽에 10호의 관방을 세우고 십호공관十號公館이라고 불렀는데 그 중 첫 번째 공관을 가리키는 듯하다. '십호공관'에 대해서는 『양주화방록』 권4 「신성북록중新城北錄中」을 참조할 것.

산장山墻에 이웃해 있고, 서북쪽 모퉁이에 차를 끓이는 부엌이 자리 잡
고 있다. 이곳 사람인 고상형高霜珩이 그것을 사들여 찻집으로 만들었는
데, 동네에서는 그곳을 '고장高莊'이라고 부른다.

10. 대동문大東門 수관水關은 천녕문 남쪽 강변에 있다. 이것 역시 가정
嘉靖 병진丙辰년(1556)에 세워졌고, 수관 밖으로 홍판교紅板橋를 만들었는
데 높이가 수관과 나란하니, 두 동문東門의 놀잇배들이 다리 밑을 지나
기에 편하도록 한 것이다. 성곽 바깥쪽 강변에 있는 가난한 동네에는
오래된 나무들이 문가에 서 있고 길게 자란 대나무가 집을 에워싸고 있
는데, 모두 뱃사공들이 산다. 이 동네는 북문교北門橋로 통하는데, 그 다
리를 지나면 바로 북문 부두이다.

11. 진회문鎭淮門은 구성舊城 정북쪽에 있는데, 원래는 남문이었다. 가정
연간에는 공신문拱宸門이라 했는데, 요새는 진회문이라고 부른다. 『가정
유양지』에는 다음과 같은 기록이 있다.

> (진회문은) 둘레가 9리 286보步 4자에, 높이가 2길 5자, 위 폭이 1길 5자, 아
> 래 폭이 2길 5자이며, 성벽 위에 올록볼록한 모양으로 만들어진 작은 담장[女
> 墻]의 높이가 5자이다. 성문 위에 높은 문루門樓가 세워진 곳은 5군데인데,
> 남문의 문루를 '진회鎭淮'라 하고 북문의 문루를 '공신拱辰'이라 한다.

지금은 '공신'이란 명칭을 천녕문 문루에 붙였기 때문에 '진회'란 이
름을 이 문루에 붙이게 되었다. 그리고 남문의 문루는 '안강문安江門'이
라고 한다. 성문의 조교釣橋는 명나라 때 첨원僉院[13]을 지낸 장덕림張德
林이 다시 지은 것이다.[14]

---

13) 첨원僉院은 원대元代 선정원宣政院, 선휘원宣徽院, 태상예의원太常禮儀院, 태의원太醫院
   등에 설치된 직책 이름이다. 명대에는 도찰원첨도어사都察院僉都御史를 첨원이라 했다.

남쪽 강변 성곽 주변의 땅을 송호반松濠畔이라 하는데, 이곳은 바로 북수관의 바깥쪽이다. 북쪽 강변의 작은 수구水口는 옛 시하市河가 고교高橋로 이어지는 곳이다. 그 위에는 벽돌을 깐 다리가 있어 여행객들이 통행하는데, 이 다리는 이 지역 사람인 국씨鞠氏가 만든 것이어서 국가교鞠家橋라 부른다. 혹자는 다리 북쪽의 방화촌傍花村에 국화가 많아 그런 이름이 붙었다고도 한다. 지금은 수구 양쪽에 벽돌을 쌓고 그 위에 교판橋板을 덮어놓았다.

동쪽 강변에는 쌍홍루雙紅樓가 있는데 지붕 모서리가 날렵하게 올라가 있다. 서쪽 강변의 관음암觀音庵은 비구니들이 거처하는 곳이다. 성문 밖에는 말을 임대해주는 조마국租馬局을 설치했는데, 말과 나귀가 모두 형편없는 것들이어서 채찍질을 해도 말을 듣지 않는다. 그 말들을 호숫가 사람들이 빌리는 것은 그것들이 천천히 걸어서 걷는 것을 대신할 수 있기 때문일 뿐이다. 이 지역이 곧 북문 부두이다.

12. 사리율원舍利律院은 지금의 혜인사慧因寺이다. 송나라 보우寶祐[15] 연간에 지어졌을 때는 사리암舍利庵이라 불렸다. 우리 청나라 때에 세조世祖(순치제順治帝, 1638~1661)께서 '경불敬佛'이라고 쓰신 편액을 승려 구족具足에게 하사하셨다. 건륭 신미辛未년(1751)에 혜인사라는 이름과 '자연승과慈緣勝果'라고 쓴 편액을 하사하셨다. 혜인사 옆은 예전에 세마洗馬[16]를 지낸 왕씨의 정원이었는데, 지금은 모두 절로 귀속되었다. 절 오른편에는 '성인청범城闉清梵'이라고 쓴 패루牌樓가 서 있고, 제방을 따라 돌을 쌓아올린 언덕에 계단을 만들고 부두로 삼았는데, 그 위가 바로 혜인사이다.

---

14) 원나라 지정至正 17년(1357)에 명나라 군대가 양주를 점령하고, 장덕림에게 송나라 때에 축조된 서남쪽 성을 지키면서 새로 축성하도록 했다.
15) 송나라 이종理宗의 연호로서 1253~1257년까지이다.
16) 태자의 말 앞에서 길을 인도하는 일을 하는 직책이다. 원래는 '선마先馬'라고 불렸다.

패루 아래쪽에 산문이 있고, 절 건물은 10칸이며, 절 건물 아래쪽 문
에는 포대화상布袋和尚의 상이 모셔져 있다. 대전에는 삼세불三世佛과 18
나한을 모셨고, 맞은편은 전 건물 아래편의 경당經堂이다. 대전의 왼쪽
은 방장方丈이고 오른쪽은 운당雲堂17)이다. 운당의 좌우 양쪽 회랑에 늘
어선 건물이 승료僧寮18)이다. 중간에는 강좌講座19)를 설치하고 강좌 뒤
에는 병풍을 두었으며, 병풍 뒤에 작은 천당川堂20)이 있어 그곳을 통해
대사당大士堂으로 들어간다. 대사당 양 옆에는 18존자尊者의 석각石刻21)
이 걸려 있다. 이것은 영명사永明寺 자화정혜선사慈化定慧禪師 도잠道潛22)
이 충의왕忠懿王23)에게 청해 가져온 구주衢州의 탑 아래쪽에 조각된 금

---

17) 승당僧堂으로서 여러 승려들이 모여 식사를 먹거나 회의를 하는 장소를 말한다.
18) 승려들이 기거하는 장소, 즉 승사僧舍를 가리킨다.
19) 고승이 설법을 하거나 유사儒師가 강학하는 자리를 가리킨다.
20) 천당川堂은 천당穿堂이라고도 하며 건물 두 개 사이를 가로지르는 공간에 만든 방이
    다. 여기에 손님을 맞는 자리를 만들 수도 있다.
21) 석각은 문자나 그림을 새긴 비석이나 석벽을 가리키기도 하고, 그 글자나 그림의 탁
    본을 가리키기도 하는데 여기에서는 후자의 뜻으로 쓰였다.
22) 도잠道潛(?~?)은 본명이 담잠曇潛인데, 소식蘇軾이 도잠으로 고쳐주었다고 한다. 그는
    자가 참료자參寥子이며 어잠於潛(지금의 린안臨安 부근) 사람이다. 속성俗姓은 하何이다.
    그가 입적한 때에 대해서는 송 태조 건륭建隆 2년(961)이라는 설과 소식이 죽은 지 5년
    되는 해, 즉 송 휘종徽宗 숭녕崇寧 5년(1106)이라는 설이 있다. 그는 어릴 적 출가하여
    법안종法眼宗 문익선사文益禪師를 스승으로 모시고 수련하여 깨달음을 얻었다. 그 후
    혜일영명사慧日永明寺의 주지를 지냈다. 그는 불법에도 깨달음이 깊었을 뿐만 아니라
    시를 잘 지어 세간에 명성이 있었으며, 소식과 시사詩詞로 교유했다고 한다. 소식과의
    관계 때문에 한때 환속을 강요당하기도 했으나 1104년에는 휘종徽宗이 묘총대사妙總大
    師라는 호를 내려주었다. 저작으로『참료자시집參寥子詩集』이 있다.
23) 오대십국五代十國 시대 오월吳越의 왕이었던 전홍숙錢弘俶(929~988)을 가리킨다. 보
    통 '오월충의왕吳越忠懿王'이라고 부른다. 전홍숙은 자가 문덕文德이고 이름을 전숙錢俶
    이라고도 한다. 그는 오월국을 창건한 전류錢鏐의 손자이자, 전원관錢元瓘의 9번째 아
    들이며 항주杭州 임안臨安 사람이다. 그는 오월국의 제5대 군주이자 마지막 군주였다.
    재위기간은 947~978년까지 약 30년간이다. 그는 조광윤趙匡胤이 북송을 건립한 후 태
    평흥국太平興國 3년(978)에 오월이 차지하고 있던 양절兩浙 13주州를 모두 북송에게 바
    쳤다. 그 후 회해국왕淮海國王으로 강등되었다가 후에 한남국왕漢南國王에 봉해졌다.
    988년 66세 생일날 잔치를 끝낸 뒤 변경卞京에서 급사急死했는데, 태조가 보낸 생일 축
    하 사절에게 독살 당했다는 설이 있다. 그는 평생 불교를 독실하게 믿어 불사佛事를
    많이 행했는데 그 중에 유명한 것으로 뇌봉탑雷峰塔과 범천사탑梵天寺塔, 영은사경당靈

강나한상金剛羅漢像의 탁본이다. 그 바깥쪽으로 어비정御碑亭이 서 있고, 화려한 건물들과 아름다운 꽃밭과 숲들이 있는데, 북교의 경관이 여기에서 시작된다. 이곳의 건물과 정원은 모두 필본서畢本恕24)가 지은 것인데 지금은 나씨羅氏25)의 소유가 되었다.

13. '성인청범城闉清梵'은 북문 북쪽 강변에 있다. 북쪽 강변은 혜인사에서 홍교까지 세 구역으로 나뉘는데, '성인청범'이 그 하나요, 두 번째는 '권석동천卷石洞天', 세 번째는 '서원곡수西園曲水'이다. 혜인사에서 두모궁斗姥宮26) 및 필원畢園과 민원閔園27) 두 정원에 이르기까지가 모두 '성인청범' 구역 안에 있다.

혜인사 대사당의 작은 문에서 향오정香悟亭까지 사방에 목서木樨28)를 심었고, 앞쪽으로는 팔방문八方門이 나 있으며, 오른쪽으로 강변을 따라 함광정涵光亭과 쌍청각雙清閣, 청도정聽濤亭이 있다. 굽이진 회랑과 물가 정자[榭]가 구불구불 이어지며 자연 경관과 잘 어울린다.

그 뒤쪽 첫 줄[層]에는 문무제군전文武帝君殿29)을 세웠고 그 오른쪽에

隱寺經幢 등이 있다.

24) 양주의 염상이다. 염상들이 거액의 돈을 회사하거나 공공사업이나 재난 구제에 많이 참여하고 황제의 강남 순시 비용을 대기도 하는 등의 사회적 공헌을 했기 때문에, 건륭 22년(1757)부터 염상에게 실질적인 직책은 없이 관작만 하사하기 시작했다. 필본서는 그런 염상들 가운데 하나로 1762년에 안찰사按察使를 제수 받았다.

25) 양주 염상 나우요羅于饒가 아닌가 한다. 필본서가 세운 필원畢園이 나중에 그의 소유가 되었다.

26) 두모斗姥는 두모斗姆라고도 쓴다. 신화 속의 여신으로 북두중성北斗衆星의 어머니라고 한다. 도교에서 '선천두모대성원군先天斗姆大聖元君'으로 받든다.

27) 필씨는 안찰사서형주침도按察使署衡州郴道 필본서이고 민씨는 염과제거鹽課提擧 민세엄閔世儼이다. 필씨와 민씨 외에 지부知府 직함을 받은 왕중경王重耿과 나기羅琦가 전후로 '성인청범'을 보수하였다.

28) 쌍떡잎식물 용담목 물푸레나무과의 상록 대관목이다. 잎은 마주 나고 타원형에 가장자리에 잔 톱니가 있거나 밋밋하다. 꽃은 10월에 피고 황백색으로 잎겨드랑이에 모여 달리며 금목서보다 향기가 약하다. 이와 비슷하지만 등황색 꽃이 피는 것을 금목서라고 한다. 계화桂花라고도 한다.

29) 문무제군은 문곡성文曲星 문창제군文昌帝君과 무곡성武曲星 관성대제關聖大帝를 가리

두모궁이 있다. 산문 밖에는 수마두水馬頭[30]가 마련되어 있는데, 그 위에 옥판석玉板石을 깔았다. 정전正殿에는 태상노군太上老君을 모셨고, 정전 위쪽으로 두모루斗姥樓가 있다. 정전의 오른쪽에 6칸짜리 작은 건물이 있고 그 옆에 작은 문이 나 있으며, 긴 회랑을 따라 가면 '남의南漪'라는 편액이 걸린 수실邃室[31]로 들어가게 된다.

그 다음 줄[層]에는 '녹양성곽綠楊城郭'이라는 편액이 걸린 청사가 세워져 있고, 또 안에는 가산과 연못이 있다. 가산에는 '서학정棲鶴亭'이란 편액이 걸린 정자가 날아갈듯 서 있다. 서학정의 서남쪽에 작은 집이 한 채 있고, 그 안에는 작원芍園으로 통하는 문이 있다.

14. 향오정香悟亭에는 다음과 같은 대련이 있다.

연못의 물빛 대나무 사이로 흔들리고
천상의 향기가 구름 밖에서 나부끼네.
潭影竹間動[기모잠綦母潛][32)

킨다. 문창제군은 과거시험의 운명을 주재하고 선비들의 부귀공명을 주관하는 신이어서 선비들 사이에 공자보다 더 환영을 받았다고 한다. 문창제군의 내력에 대해서는 두괴斗魁(북두칠성의 네 별) 부근의 육과성六顆星이라고도 하고 사천성 재동현梓潼縣의 장아자張亞子(287~?)라고도 한다. 장아자는 1316년에 보원개화문창사록굉인제군輔元開化文昌司祿宏仁帝君에 봉해졌는데, 이를 줄여 '문창제군'이라 부른다. 관성대제 관우關羽(160~219)는 자가 운장雲長이고 산서성 해량解良 사람이다. 남송 시대부터 역대 왕조에서 그에게 관작을 수여하기 시작했고, 명나라 때에는 협천호국충의대제協天護國忠義大帝에 봉해졌다. 청나라 때에 제정된 제례 풍습에 따르면, 공자묘 외에 왼쪽에는 문창묘, 오른쪽에는 관제묘를 세워 문무의 모범으로 삼고 봄과 가을에 두 번 제를 올리도록 했다.
30) 보통 수마두水碼頭라고 쓰며, 강변이나 항만에 배가 정박할 때 여행객이 오르내리거나 짐을 싣고 내리는 일에 편하도록 전문적으로 설치된 장소를 가리킨다.
31) 밀실密室과 같은 것이다.
32) 기모잠綦母潛(?~?)은 자가 계통季通이고 형남荊南 사람이다. 그는 개원開元 14년에 진사에 급제하고 의수위宜壽尉가 되었다가 집현대제集賢待制, 저작랑著作郎까지 지냈다.『전당시』권135에 수록된 기모잠의「약야계봉공구若耶溪逢孔九」에 "潭影竹間動, 巖陰檐外斜"라는 구절이 들어있다.

天香雲外飄[송지문宋之問][33)

『평산당도지平山堂圖志』에서는 이 대련이 석가모니가 목서향을 맡고
온다는 뜻이라고 설명하고 있다.

15. 함광정涵光亭은 성을 마주보면서 절을 감싸고 있다. 함광정 오른쪽
에 작은 담을 쌓았는데 담 너머로는 절벽이라 왕래할 길이 없어서, 절
밖에서 노닐던 나들이객들이 여기에 이르면 실망하여 발길을 돌이키게
된다. 함광정 안은 마치 비가 내리는 것처럼 운무가 가득하고 마을의
안개가 구름처럼 모여 있으니, 이 정자에서만 보더라도 호수의 운무를
충분히 느낄 수 있다. 이 정자에는 다음과 같은 대련이 있다.

> 누대에 올라 멀리 바라보는 것 이곳에서 시작하니
>
> 노을에 물든 안개 여기가 제일일세.
>
> 臨眺自玆始[고적高適][34)

---

33) 송지문宋之問(656?~712)은 이름을 소련少連이라고도 하고 자는 연청延淸이다. 산서성
분양汾陽 사람이다. 그는 무후武后 시대에 상방감승尙方監丞을 지냈고, 장이지張易之와
결탁하려 했으며 나중에 월주장사越州長史로 유배되었다. 예종睿宗이 즉위한 후 흠주欽
州로 추방되었다가 사약을 받고 죽었다. 시에서 심전기沈詮期와 함께 나란히 이름을 날
렸으며 이들의 시를 '심송체沈宋體'라 부른다. 『전당시』에 시 3권이 수록되어 있다. 『전
당시』 53권에 수록된 송지문의 「영은사靈隱寺」에 "桂子月中落, 天香雲外飄"라는 구절
이 들어있다.

34) 고적高適(702?~765)은 자가 달부達夫이고 송중宋中(지금의 허난 상치우商丘 일대) 사
람이다. 그는 천보天寶 8년(749)에 휴양태수雎陽太守 장구고張九皐의 추천을 받아 응시하
고 합격하여 구위丘尉를 제수 받았으나 3년 뒤에 그만두었다. 안사安史의 난 때에는 반
군을 진압한 공로를 인정받아 관직에 올랐으며, 회남절도사淮南節度使, 팽주자사彭州刺
史, 촉주자사蜀州刺史, 검남절도사劍南節度使 등을 지냈고, 좌산기상시左散騎常侍까지 역
임하고 발해현후渤海縣侯에 봉해졌다. 보통 '고상시高常侍'라고 부른다. 명나라 때 장손
업張遜業과 허자창許自昌 등이 그의 시를 모아 엮은 2권이 있다. 또 명나라 때 양일통楊
一統이 엮은 『고적집高適集』 1권이 있다. 『전당시』 권212에 수록된 고적의 「동군공추등
금대同群公秋登琴臺」에 "臨眺自玆始, 群賢久相邀"라는 구절이 들어있다.

함광정 오른쪽은 쌍청각雙淸閣으로 통한다. 이 원림은 나씨羅氏의 것이다. 나어요羅於饒는 회남淮南의 유지이며, 그의 아들인 향영向榮 나학함羅學舍은 염세를 징수하는 염무[鹽筴]에 밝았다. 그의 친족인 나언수羅彦修는 시에 뛰어났다.

육구몽陸龜蒙[36)은 교외의 사당에 모시는 "풍요를 관장하는 여신 가운데 존엄한 자가 '모姥'이다[有嫗而尊嚴者曰姥]"[37)라고 했는데, 두모궁 같은 것이 여기에 해당한다.

중앙 전각에는 삼청삼황三淸三皇[38)을 모셔놓았다. 남송 때 조언위趙彦衛[39)의 『운록만초雲麓漫抄』에 다음과 같은 기록이 있다.

---

35) 주방朱放(?~?)은 자가 장통長通이고 양주襄州 남양南陽 사람이다. 그는 대략 당나라 대력大歷 연간에 활동했던 것으로 추정된다. 월越 땅의 섬계剡溪와 경호鏡湖 부근에서 은거했다. 여류시인 이야李冶, 승려 교연皎然과 교유하였다. 그는 대력 연간에 강서절도참모江西節度參謀에 임명되었고, 정원貞元 12년(786)에 습유拾遺를 제수 받았으나 나아가지 않았다. 저서에 시집 한 권이 있다. 『신당서新唐書』「예문지藝文志」에 그의 전기가 실려 있다. 『전당시』 권315에 수록된 주방의 「제죽림사題竹林寺」에 "歲月人間促, 烟霞此地多"라는 구절이 들어있다.

36) 육구몽陸龜蒙(?~881?)은 자가 노망魯望이고 호는 천수자天隨子이다. 강호산인江湖散人, 포리선생浦里先生이라고도 불리며, 강소 소주蘇州 사람이다. 그는 명문가의 후예로서 어려서부터 여러 유가 경전에 밝았으며 특히 『춘추』에 뛰어났지만 진사에는 급제하지 못했다. 소주, 호주湖州 두 군郡의 종사從事를 지냈고, 퇴임 후 송강松江 포구에 은거하며 세상을 등지고 저술에만 전념했다. 그는 피일휴皮日休와 오랫동안 교유하였으며 서로 창화한 시가 유명하여 '피륙皮陸'으로 병칭된다. 사후 광화光化 연간에 우보궐右補闕을 하사 받았다. 문집 20권과 후세에 엮은 시집 14권이 있다.

37) 이 구절은 육구몽의 「야묘비野廟碑」에 들어 있다.

38) 삼청三淸은 도교의 신을 가리키는 것으로 청미천옥청경동진교주원시천존淸微天玉淸境洞眞教主元始天尊 즉 천보군天寶君과 우여천상청경동현교주령보천존禹餘天上淸境洞玄教主靈寶天尊 즉 영보군靈寶君, 대적천태청경동신교주도덕천존大赤天太淸境洞神教主道德天尊 즉 신보군神寶君을 가리킨다. 옥청玉淸과 상청上淸, 태청太淸의 삼청경三淸境을 가리키는 말로도 쓰인다. 삼황三皇은 전설 속에 고대 제왕을 가리키는 말인데 누구를 가리키는지에 대해서는 설이 많다. 복희伏羲와 신농神農, 황제黃帝를 가리키는 것으로 쓰기도 하고, 황제 대신 여와女媧나 수인燧人, 축융祝融을 꼽기도 한다. 이외 천황天皇, 지황地皇, 태황泰皇 혹은 천황, 지황, 인황人皇이라는 설도 있다.

송대에 초제醮祭의 의례를 바꾸어 9명의 신을 모셨는데, 자세한 내용은 알려져 있지 않다. 민천상제旻天上帝[40]를 태상노군[周柱史][41] 아래에 둔 것은 송나라 경우景祐(1034~1038) 연간부터이다. 이때부터 삼청三淸을 전각에 모시어 '도교의 비조[敎門之祖]'로 삼고, 초제를 지낼 때에는 제단에서 민천상제에게 제사를 지냄으로써 그를 '모든 신들의 우두머리[百神之宗]'으로 삼았다.[42]

宋時更定醮儀, 設上九位, 失于詳究. 以旻天上帝列于周柱史之下, 爲景祐之制. 是以奉三淸于殿, 以爲祖. 醮則祭旻天上帝于壇, 以爲宗.

이 전각에서 삼천삼황을 합하여 모신 것이 이에 해당한다.

태상노군의 상像은 신체의 치수와 귓구멍, 귀걸이와 귀의 전체적인 모양, 눈썹의 치수와 색깔, 눈동자, 이마와 목, 얼굴, 그리고 몸통의 치수와 털의 색깔, 정수리 위의 자주색 후광[紫氣]이 모두 당나라 단성식段成式의 『유양잡조酉陽雜俎』에 기록된 바와 똑같다. 그래서 나중에 호숫가의 이 사원이 천고의 명승지가 되기에 족함을 알게 되었다.

그 위쪽의 두모루斗姥樓와 천인옥녀대전天人玉女臺殿에는 기린과 봉황이 밖에서 인도하고 있고, 깃발과 부절符節을 든 신들과 옆에서 시위하고 있는 낮은 직책의 신들이 늘어서 있다. 그들의 특이하고 이상한 모습은 마치 영주寧州 나천현羅川縣 금화동金華洞의 27위 선왕仙王의 상과 그 아래 귀관鬼官들의 모습과 비슷하다.

---

39) 조언위趙彦衛(1195년 전후)는 자가 경안景安이며, 관적貫籍은 알려져 있지 않다. 그는 소희紹熙(1190~1194) 연간에 오정현烏程縣을 다스려 좋은 평판을 얻었고, 휘주통판徽州通判과 신안군수新安郡守를 역임한 것으로 알려져 있다.
40) 민천상제旻天上帝는 천제天帝를 가리킨다.
41) 주주사周柱史는 노자老子 즉 태상노군을 가리킨다. 노자는 주주하周柱下라고도 불리는데, 일찍이 주周나라의 주하사周下史를 지냈기 때문에 생긴 명칭이다. 주하사는 당대唐代 시어사侍御史 직위에 상당한다.
42) 여기에 기재된 인용문과 『운록만초雲麓漫抄』의 원문에 상당히 차이가 있는데, '조祖'와 '종宗'의 번역 부분은 『운록만초雲麓漫抄』 원문에 있는 것을 따라야 뜻이 더 분명해지므로 이를 택했다.

두모루 밖의 구자령九子鈴[43]은 바람이 불면 호숫가 백탑白塔과 서로 화답한다. 창을 열면 눈에 닿는 것 모두 운무이니, 이 몸은 벌써 대나무 가지 끝이나 나뭇가지 꼭대기에 서서 흡사 삼계三界[44]밖에 있는 상융常融, 옥륭玉隆, 범도梵渡, 복혁覆奕[45]의 사인경四人境에 들어와 있는 듯한 기분이 든다.

16. 정전의 왼쪽은 삼원제군전三元帝君殿[46]인데, 장부를 들고 선 상원천관上元天官의 모습에는 신성한 기운이 서려 있다. 전각의 뒤쪽이 바로 두모궁 대문이다. 전각의 오른쪽에는 3칸짜리 건물이 있는데, 손님을 접대하는 곳이다. 그 뒤에 다시 3칸짜리 건물이 있는데 도사들이 거처한다. 북교北郊의 여러 원림들은 모두 강가에 있기 때문에 각기 물가에 낸 수문水門이 있고, 원림 뒤에 따로 대문을 내어 왕래할 수 있게 해놓았다. 이런 문을 한문旱門이라고 한다. 두모궁의 대문과 같은 것이 바로 그런 예이다.

17. 두모궁의 작은 문에서 회랑을 통해 강변의 선방船房으로 들어갈 수 있는데, '남의南漪'라는 편액이 붙어 있고, 다음과 같은 대련이 있다.

울긋불긋한 누각들 아름답게 반짝이고

---

43) 구자령은 고대 궁전이나 도관, 사원 등의 처마[風檐]나 휘장 위에 걸어 놓는 장식용 방울로서 구리나 옥 등으로 만든다.
44) 욕계欲界와 색계色界, 무색계無色界를 가리킨다.
45) 상융常融, 옥륭玉隆, 범도梵渡, 복혁覆奕은 『유양잡조』 권2에 나오는 사천四天의 이름이다. 삼계三界 밖을 사인경四人境이라고 하고, 이들 넷이 주재하는 공간인 사천이 있다. 이 사인천四人天 밖을 삼청三淸이라고 하는데 대적大赤, 우여禹餘, 청미淸微 즉, 천보군, 영보군, 신보군이 주재하는 공간이다. 삼청 위에는 다시 대라大羅가 있다. '중화본'과 '산동본'에 모두 옥룡玉龍으로 되어 있으나 옥륭玉隆이 맞는 듯하다.
46) 1월 15일에 복을 내려주는 상원천관上元天官과 7월 15일에 죄를 사해주는 중원지관中元地官, 10월 15일에 재액을 풀어주는 하원수관下元水官을 가리킨다.

복사꽃 버드나무 늘어진 길은 지나기도 좋아라.

紫閣丹樓紛照燿[왕발王勃]47)

桃蹊柳陌好經過[장적張籍]48)

뒤쪽 처마에는 가로로 긴 창이 껍질이 벗겨진 소나무[剝皮松] 언뜻언
뜻 보인다. 소나무 아래에 흙을 쌓아 언덕을 만들고, 그 언덕 위에 서학
정棲鶴亭을 세웠다.

18. 서학정 서쪽에 3칸짜리 청사가 있고, 연못과 돌과 나무들이 서로 어
울려 생기가 넘친다. 그곳의 편액에는 '녹양성곽綠楊城郭'이라고 적혀 있
고, 다음과 같은 대련이 있다.

성가의 버드나무 다리에 비친 석양빛에 물들고

---

47) 왕발王勃(650?~676?)은 자가 자안子安이고, 역주絳州 용문龍門 사람으로 문중자文中子
왕통王通의 손자이다. 그는 약관의 나이가 채 안 되어 진사에 급제해 조산랑朝散郎을
제수 받았다. 그 후 패왕沛王의 초빙을 받고 수찬修撰에 임명되었는데, 왕족들이 투계
를 즐기는 것을 보고 「투계격문鬪鷄檄文」을 썼다가 왕족을 우롱했다는 이유로 궁에서
추방되어 교지交趾(오늘날의 베트남 근경)로 유배되었다. 그 후 그는 부친을 뵈러 가는
길에 남해 바다에 빠져 죽었다. 그는 양형楊炯, 노조린盧照鄰, 낙빈왕駱賓王과 함께 '초
당사걸初唐四傑'로 불린다. 문집 30권이 있고 후세에 엮은 시집 2권이 있다. 『전당시』
권17에 수록된 왕발의 「임고대臨高臺」에 '紫閣丹樓紛照燿, 壁房錦殿相玲瓏'이란 구절
이 있다.

48) 장적張籍(768?~830)은 자가 문창文昌이고 원적은 강소성 오군吳郡인데, 어렸을 때 안
휘성 화주和州 오강烏江에서 살았다. 그는 정원貞元 15년(799)에 진사에 급제하여 태상
시태축太常寺太祝, 수부원외랑水部員外郎, 국자사업國子司業 등을 역임하여 세간에서 '장
수랑張水郎' 혹은 '장사업張司業'이라고 불렸다. 또 집안이 가난하고 눈병이 심했던 까
닭에 맹교孟郊가 그를 일러 '가난뱅이 장님 장태축[窮瞎張太祝]'이라고도 불렀다. 한유
韓愈의 제자로서 백거이白居易와 함께 신악부 운동의 중심인물로 활동했던 그는 왕건王
建과 함께 '장왕張王'으로 병칭된다. 저작으로 『장사업집張司業集』이 있다. 여기에 집구
된 것은 장적의 「무제시無題詩」 "桃蹊柳陌好經過, 燈下妝成月下歌. 爲是襄王故宮地,
至今猶自細腰多"의 첫 구절이다. 그런데 이 시는 『전당시』 권365에는 유우석劉禹錫의
것으로 수록되어 있다. 유우석의 「답가사踏歌詞」 4수 가운데 두 번째 수가 그것으로 여
기에는 "일설에는 장적의 「무제시」라고도 한다"라는 주석이 붙어 있다.

누대 위의 꽃가지 미녀 어우러진 술자리를 스치네.

城邊柳色向橋晩[온정균溫庭筠][49]

樓上花枝拂座紅[조하趙嘏][50]

이곳이 민원閔園인데 지금은 나어요의 소유가 되었다.

19. 작원勺園[51]은 꽃을 가꾸는 사람인 왕씨汪氏의 집이다. 왕씨는 항렬이 넷째이고 자는 희문希文이며, 오吳 땅 사람이다. 노래를 잘 불렀던 그는 건륭 병진丙辰년(1796)에 양주에 와서 지상촌枝上村에서 차를 팔았다. 그는 이선李鱓[52]과 정섭鄭燮, 승려 영당詠堂과 친하게 어울렸다. 나중에 그가 이 땅을 사서 꽃을 심었는데, 이선이 '작원'이란 편액을 써서 돌에 새겨 수문水門에 박아 넣었다. 거기에는 정섭이 쓴 다음과 같은 대련도 있다.

꽃을 옮겨 심으니 나비 날아들고

돌을 들여오니 구름이 찾아와 감도네.

移花得蝶, 買石饒雲.

---

49) 『전당시』 권575에 수록된 온정균의 「장정완채련가張靜婉采蓮歌」에 "城邊楊柳向橋晩, 門前溝水波粼粼"이라는 구절이 들어 있다.

50) 『전당시』 권550에 수록된 조하의 「화두시랑제선지사남루和杜侍郎題禪智寺南樓」에 "樓畔花枝拂檻紅, 露天香動滿簾風"이라는 구절이 들어 있다.

51) 작원勺園은 뒤이어 나오는 '권석동천卷石洞天'에는 작원勺園이라고 되어 있고, 조지벽趙之璧의 『평산당도지平山堂圖志』 권2에서도 마찬가지이다.

52) 이선李鱓(1686~1762?)은 자가 종양宗揚이고 호가 복당復堂이며 오도인懊道人이라는 별명도 있다. 강소 홍화興化 사람이다. 그는 '양주팔괴' 가운데 한 명으로 젊은 시절부터 명성이 높았으며, 양주팔괴 가운데 유일한 '궁정화가' 출신이다. 그의 「사계화훼권四季花卉卷」은 청 궁정의 『석서보급石渠寶笈』에 수록되어 있는데, 이것 역시 팔괴 가운데 유일하다. 그는 강희 50년(1711)에 거인이 되어, 건륭 3년에 산동 등현지현滕縣知縣을 지냈고, 건륭 5년에 사직하고 고향에 돌아와 그림을 그려 팔면서 살았다.

이 원림에는 물가를 따라 나 있는 회랑[水廊]이 10여 칸인데, 물결이 찰랑찰랑 빛나며 거기 놓인 탁자, 의자를 둘러싸고 비춘다. 회랑 안에는 10이랑 남짓한 작약을 심었고, 회랑의 서쪽 한 칸에는 '계운溪雲'이라고 쓰인 오래된 편액이 걸려 있는데, 주희朱熹(1665~1736)의 글씨이다. 회랑의 뒤쪽에는 3칸짜리 건물이 서 있는데, 가운데 칸에는 격자창을 두지 않아 사방으로 바람이 잘 통하고 달빛이 환히 비치게 해놓았다. 밖에는 발이 3개인 길쭉한 탁자를 두고 그 위에 분재 화분들을 늘어놓았는데, 나무들은 높낮이나 크기가 저마다 다르고 가지가 셀 수 없이 구불구불 꺾여 있다. 탁자 아래에는 여러 개의 커다란 항아리를 두었는데, 물을 담아 고기를 기르기도 하고 꽃을 기르기도 한다. 뒤쪽 누각은 20칸 남짓 되는 건물인데, 계단을 올라가면 한문투門이 나온다.

20. '권석동천卷石洞天'은 '성인청범'의 뒤편에 있으니, 바로 운원鄖園의 옛 터이다. 운원은 기암괴석과 고목이 뛰어나기로 유명한데, 지금은 홍씨洪氏의 소유가 되었다.53) 옛날 방식을 따라 물가에 태호석으로 가산을 세우고, 바위를 골라 움푹하게 깎아내어 9마리 사자 형상을 만들어서 연못 안에 두었다. 그리고 그 위에 다리와 정자를 장식하여 '권석동천'이라는 이름을 붙였는데, 사람들은 그걸 '소홍원小洪園'이라고 불렀다.

소홍원에서 작원의 곁문을 통해 군옥산방群玉山房의 긴 회랑을 지나면 벽라수사薜蘿水榭로 들어가게 된다. 여기에서 서쪽으로 굽이진 산길을 따라가면 대나무와 측백나무가 우거진 곳으로 들어가게 되는데, 거기에는 누런 돌을 박아 넣은 벽이 10여 길 높이로 솟아 있다. 그 안에는

---

53) '권석동천'은 본래 운씨 정원의 터인데, 나중에 봉신원경奉宸苑卿(사회적 공헌이 큰 염상에게 내린 실질적 권한이 없는 작위 중 하나) 홍징치洪徵治의 별장이 되었다. 호수 건너편에는 의홍원倚虹園이 있어, 세간에서는 의홍원을 대홍원大虹園이라 부르고, 이곳은 소홍원小虹園이라 불렀다. 『증수감천현지增修甘泉縣志』 권1에 이와 같은 기록이 있다.

수십 칸의 건물이 있는데, 물가의 바람이 비껴 불어오면 물에 비친 달빛이 흔들리며 부서진다. 건물 동쪽은 계추각契秋閣이고 서쪽은 위완산방委宛山房이다.

위완산방 주변에는 대나무가 많고, 대나무 계단과 돌 언덕에 작은 난간을 설치하여 태호석으로 꾸며놓았다. 태호석 틈 사이로 오래된 살구나무 한 그루가 있어 물위로 비스듬히 가로누웠는데, 구불구불 뻗은 가지의 멋진 모습은 이루 형용할 수 없을 정도이다. 사람들은 이 나무를 '북교의 살구나무[北郊杏樹]'라 부르며, 법정사法淨寺 방장 안의 살구나무와 여기의 살구나무를 '양절兩絶'로 꼽는다. 그 오른쪽으로 수죽총계당修竹叢桂堂을 세웠고, 그 뒤쪽으로 붉은 건물이 가산을 껴안듯 서 있는데 시야가 넓게 탁 트여 시원하다. 그 아래로 물가에 3칸짜리 작은 건물이 있는데, '정계丁溪'라고 쓰인 편액이 걸려 있고, 그 옆으로 수마두水馬頭가 설치되어 있다. 건물 뒤쪽은 흙산이 구불구불 감싸고 있고 한적한 뜰에는 풀을 베고 나무를 심어놓았는데, 사람들의 발길이 점점 뜸하다. 여기에는 '사포射圃'54)라고 쓰인 편액이 걸려 있으며, 뒤편에 바로 문이 나있다.

21. 군옥산방에는 다음과 같은 대련이 있다.

> 포구에 이는 꽃 같은 포말이 하얀 벽 아래 일렁이고
> 옥 같은 봉우리의 맑은 빛이 붉은 난간에 비춰드네.
>
> 漁浦浪花搖素壁[사공서司空曙]55)

---

54) 사포射圃란 원래 활터를 뜻한다.
55) 사공서司空曙(720?~790?)는 자가 문명文明 혹은 문초文初라고 한다. 하북성 광평廣平 사람이다. 그는 진사 출신으로 검남절도사劍南節度使 막부에서 일하다가 정원貞元 연간에 수부랑중水部郎中을 거쳐 우부랑중虞部郎中까지 지냈다. 그는 이른바 '대력십재자大歷十才子' 가운데 하나로서, 자연 경관이나 나그네의 정취와 향수를 노래한 시가 많으며 5언 율시에 뛰어났다. 문집 3권과 후세에 엮은 『사공문명시집司空文明詩集』 2권이 있다.

玉峯晴色上朱欄[이군옥李群玉][56]

　이곳을 지나면 회랑이 강을 따라 구불구불 길게 이어져 벽라수사로 들어간다. 회랑의 뒷벽에는 온갖 돌들이 박혀 구불구불 울퉁불퉁 이어져 있는데 젖무덤 같은 것이 있는가 하면 콧등처럼 생긴 것도 있고, 잇몸 같은 것이 있는가 하면 배꼽처럼 생긴 것도 있다. 바위는 보이지 않고 온통 줄사철나무와 여라[57]에 뒤덮여 있다. 벽라수사의 앞은 삼면이 모두 물가여서 몸만 굽히면 물을 긷거나 이를 닦을 수 있다. 여기에는 다음과 같은 대련이 있다.

> 구름 피어나는 산골짜기 집에는 옷가지 눅눅하고
> 바람 따라 실려 오는 파도소리에 잠자리 쓸쓸하구나.
> 雲生硐戶衣裳潤[백거이白居易][58]
> 風帶潮聲枕簟凉[허혼許渾][59]

　사자구봉獅子九峯은 가운데 구멍이 뚫려 있고 외곽선이 기이하며, 정교하고 아름답게 돌을 쌓고 손가락 굵기 만한 구멍을 뚫어 철사로 엮고 그 흔적은 깨끗이 없앴다. 그 모양이 벌집 같기도 하고 개미굴이 솟아나온 듯도 하며, 차가운 구름이 겹겹이 모여들고 물결이 세차게 부딪친

『전당시』 권239에 「구일연절강서정九日宴浙江西亭」 중에 "漁浦浪花搖素壁, 西陵樹色入秋窓"이라는 구절이 있는데, 이 시는 전기錢起(702?~783?)의 작품으로 되어 있다.

56)『전당시』 권490에 수록된 「등장안자은사탑登長安慈恩寺塔」 중에 "渭水寒光搖藻井, 玉峰晴色上朱欄"이란 구절이 있는데, 이 시는 노종회盧宗回의 작품으로 되어 있다.

57) 원문에는 벽라薜蘿가 아니라 나벽蘿薜으로 되어 있다. 의미는 동일한데 앞의 코[鼻], 배꼽[臍]과 압운하여 운율감을 살리기 위해 도치시켜 쓴 것이다.

58)『전당시』 권439에 수록된 백거이의 「중제重題」에 "雲生澗戶衣裳潤, 嵐隱山廚火燭幽"라는 구절이 들어 있다.

59) 허혼許渾에 대해서는 『양주화방록』 권1 「초하록草河錄·상上·48」을 참조할 것.『전당시』 권533에 수록된 허혼의 「만자조대진지위은거교원晩自朝臺津至韋隱居郊園」에 "雲連海氣琴書潤, 風帶潮聲枕簟凉"이라는 구절이 있다.

다. 돌의 밑 부분이 흙에 얕게 박혀 있어서[60] 마치 공중에 둥둥 떠 있는 것 같고, 가로 세로와 위아래의 변화무쌍한 모양은 사람이 상상할 수 없는 경지이다. 숲이 울창하게 우거졌는데 그 안의 나무들은 오래되었을 뿐 아니라 줄기도 가늘게 말랐다. 석양홍반루夕陽紅半樓의 하늘로 날아오를 듯 뻗은 추녀[飛檐]와 높은 지붕이 돌 틈 사이로 비스듬히 나와 있다. 교외의 가산 가운데 이곳을 으뜸으로 친다.

22. 아름다운 누대로는 석양홍반루와 석양쌍사루夕陽雙寺樓를 꼽는다. 아름다운 다리로는 구사산九獅山의 석교石橋와 춘대春臺 옆의 전교磚橋, '춘류화방春流畫舫'에 있는 소가교蕭家橋, 구봉원九峯園의 미인교美人橋를 꼽는다. 이 다리들은 낮아서 물은 통하되 배는 지나지 못한다.

23. 벽라수사의 뒤로 난 돌길은 아직 고르지를 않아서 마치 발자국처럼 이빨자국처럼 울퉁불퉁하다. 이런 길이 가려졌다 나타났다 하면서 구불구불 수십 길 정도 이어진다. 돌길은 한 굽이에 한 층을 이루는데, 이런 굽이를 4, 5번 지나면 벽오동과 푸른 버드나무 우거지고 물이며 나무가 맑고 깨끗한 곳이 나타난다. 그 안에 작은 오두막이 세워져 있는데 숲 깊숙이 앉아 고즈넉하기 이를 데 없다. 이 집을 항간에선 '계추각'이라 부르며, 다음과 같은 대련이 있다.

> 물가에 핀 꽃 흰 비단을 펼친 듯 하고
> 밝은 달빛은 환하게 마음을 비추네.
> 渚花張素錦[두보杜甫][61]

---

60) '중화본'은 '하목천토下木淺土'로 되어 있고, '산동본'에는 '하본천토下本淺土'로 되어 있으며, 광릉본廣陵本에는 '하수천토下水淺土'로 되어 있다. 여기에서는 '하본천토'가 문맥이 잘 통하므로 그것을 택했다.
61) 『전당시』권228에 수록된 두보의 「도강渡江」에 "渚花兼素錦, 汀草亂青袍"라는 구절이 있다.

月桂朗冲襟[낙빈왕駱賓王]62)

　　여기를 지나면 다시 한 굽이를 꺾으면 회랑으로 들어가게 되고, 회랑 서쪽에서 다시 한 굽이를 돈다. 굽이가 많아질수록 회랑이 점점 넓어지는데, 앞이 3칸이요 뒤가 3칸이다. 그 가운데 좁은 길63)을 만들어 통하게 해놓았으며 '공工'자처럼 생긴 용마루 지붕[覆脊]64)을 얹었다. 회랑 끝에서 다시 굽이를 돌면 누대도 전각도 아닌, 비단 휘장을 드리운 아름다운 창[綺窗]이 조그맣게 자리를 잡고 있다. 여기를 지나 다시 굽이를 꺾어 회랑으로 들어가면 울긋불긋한 누각과 정자의 난간이 언뜻언뜻 보인다. 거기서 바로 한 굽이를 꺾어 동남쪽 누각으로 들어가 높다란 사다리를 밟고 몇 계단을 올라가면 '위완산방委宛山房'이라 쓰인 편액과 이런 대련이 있다.

　　물과 돌은 여유로운 자태 지녔고
　　오리와 갈매기도 울음소리 곱구나.
　　水石有餘態[유장경劉長卿]65)

---

62) 낙빈왕駱賓王(619?~687?)은 무주婺州 의오義烏 사람이다. 그는 서경업徐敬業이 무측천을 토벌하려는 쿠데타를 일으켰을 때 함께하여 격문「토무조격討武曌檄」을 썼다. 서경업이 패하고 낙빈왕은 실종되었는데, 전투 중에 죽었다는 설도 있고 항주 영은사에서 출가하여 승려가 되었다는 설도 있다. 왕발, 양형, 노조린과 함께 '초당사걸' 중의 하나이다.『전당시』권77에 수록된 낙빈왕의「하일유덕주증고사夏日游德州贈高四」에 "霜松貞雅節, 月桂朗冲襟"이라는 구절이 있다.

63) '중화본'에는 원본의 '권卷'을 쓴 뒤 '항巷'이 되어야 할 것 같다고 교감하고 있고, '산동본'에는 항巷으로 교정해놓았다. 번역은 '항'의 뜻을 취했다.

64) '중화본'에는 원본에 있는 '상척霜脊'을 쓴 뒤 '복척覆脊'이 되어야 할 것 같다고 교감하고 있고, '산동본'에서는 '복척覆脊'이라고 해야 뜻이 통한다고 교정을 해놓았다. 상척霜脊은 날카롭게 솟은 들보를 가리키는데, 공工 자처럼 생겼다는 본문의 묘사와 어울리지 않으므로 번역에서도 '복척'을 택했다.

65) 유장경劉長卿(?~786 또는 791)은 자가 문방文房이고 안휘성 선성宣城 사람 또는 하북성 하간河間 사람이라고도 한다. 그는 당나라 천보天寶 연간에 진사에 급제하였고, 안사의 난 때문에 남쪽으로 피난을 간 뒤부터 관직을 맡기 시작했다. 지덕至德 연간에

梟鸞亦好音[장구령張九齡]66)

　누각 옆으로 모퉁이를 돌아 다시 한 번 꺾어 가면 대나무 우거진 곳에서 맑은 기운이 서늘하게 밀려온다. 이렇게 굽이를 돌아 깊이 들어갈수록 건물은 더 작아지는데, 곳곳마다 그런대로 머물러 살 만하고 어딜 가더라도 마음이 편안하다. 창을 열고 둘러보면 달빛과 바람이 사방에서 부른다. 성곽 근처에는 계곡과 산이 어우러져 있고 하늘에 밝은 달이 떠 있으니, 이곳을 거닐면 마치 개미가 구곡주九曲珠를 지나가는 듯,67) 유리 병풍 사이를 지나가는 듯, 굽이굽이 지날 때마다 아름다운 경관에 빠져들 것 같다.

24. 위완산방을 따라 나가면 점차 수죽총계당으로 들어가게 된다. 거기

감찰어사가 되었다가 장주현위長洲縣尉를 지냈는데 안녹산과 연루되었다는 혐의를 받아 영남嶺南의 남파현위南巴縣尉로 강등되었다. 그러나 지덕 2년(757)에 감찰어사로 복권된 후, 해염령海鹽令(지금의 저쟝성 하이옌), 감찰어사, 전운사판관轉運使判官, 목주사마睦州司馬, 수주자사隨州刺史를 역임했는데, 이 때문에 세간에서 보통 그를 '유수주劉隨州'라고 부른다. 저작으로 『유수주집劉隨州集』 11권이 있다. 『전당시』 권149에 수록된 유장경의 「배원시어유지형산사陪元侍御遊支硎山寺」에 "林巒非一狀, 水石有餘態"라는 구절이 있다.

66) 장구령張九齡(678~740)은 이름을 박물博物이라고도 하고, 자는 자수子壽이다. 소주韶州 곡강曲江(지금의 광둥성에 속함) 사람이다. 그는 무후武后 신공神功 연간에 약관의 나이로 진사에 급제하여 비서성교서랑秘書省校書郎, 좌습유左拾遺, 중서사인, 비서소감秘書少監, 집현원학사集賢院學士를 거쳐 중서시랑까지 올랐으나 현종에게 미움을 사는 바람에 좌천되어 상서우승상尙書右丞相, 형주장사荊州長史를 지낸 후 죽었다. 저작으로 『장곡강집張曲江集』 20권이 있다. 『전당시』 권49에 수록된 장구령의 「상여대리승원공태부승전공우예일소림소우승인병좌기차상득심환수부시언이영기사嘗與大理丞袁公太府丞田公偶詣一所林沼尤勝因並坐其次相得甚歡遂賦詩焉以詠其事」에 "蘋藻復佳色, 梟鸞亦好音"이라는 구절이 있다.

67) '구곡주九曲珠'는 구멍 내부가 구불구불 통하기 어렵게 되어 있는 보물 구슬의 일종이다. 구곡주에 실을 꿰려고 하다가 잘 안되어 공자에게 물었더니, 공자가 실에 기름을 발라 개미로 하여금 구멍을 통과하게 하면 된다고 가르쳐주었다고 한다. 이것은 소식蘇軾의 시 「상부사구곡관등祥符寺九曲觀燈」의 '寶珠穿蟻鬧連朝'라는 구절에 대한 왕십붕王十朋이 주석에 인용된 조차공趙次公의 말이다.

에는 다음과 같은 대련이 있다.

늙은 대줄기 사이로 달빛 갈라졌으니

낚싯대 만들어 금강의 물고기 잡아야겠구나.

老幹已分蟾窟影[신시행申時行][68]

採竿應取錦江魚[임운봉林雲鳳][69]

25. 양주 군성의 성곽은 그 생김새가 학을 닮았다. 성 서북쪽 모퉁이에 성곽 위로 여장女牆이 불룩 솟은 곳이 있는데, 그 모습이 학의 모이주머니 같다 하여 '선학소仙鶴膆'라고 부른다. 선학소 맞은 편 언덕에 물가를 따라 3칸짜리 건물이 있는데, 항간에서 그곳을 '정계丁谿'라고 부른다. 건물 앞을 흐르는 물은 발원지가 두 곳이다. 하나는 보장호이고 또 하나는 남호南湖로서, 두 곳의 물이 여기에 이르러 한 줄기로 합쳐진다. 거기에 옛 시하의 물이 선학소 북쪽 강변을 지나 이리로 모이니, 세 물줄기가 모여든 모양이 '정丁'자 같다 하여 '정계'라는 이름이 붙었다. "파강巴江은 파巴자 모양을 따라 흐른다[巴江學字流][70]고 했던 것처럼 물줄기의 모양과 비슷한 글자를 취해 이름을 붙인 것이다. 여기에는 다음과 같은 대련이 있다.

---

68) 신시행申時行(1535~1614)은 자가 여묵汝默이고 호는 요천瑤泉이며, 강소성 장주長洲 사람이다. 그는 가정 41년(1562)에 장원으로 진사에 급제한 뒤 여러 요직을 거쳐 예부 상서 겸 대학사를 지냈으나, 만력 연간에 태자를 세우는 문제로 탄핵을 받아 소주로 돌아왔다. 죽은 후 태자태사太子太師, 중극전대학사中極殿大學士 등의 관작을 받았다. 시호는 문정文定이다. 저작으로 『사한당집賜閑堂集』이 있다.

69) 임운봉林雲鳳은 자가 약무若撫이고 강소성 장주長洲 사람이다.

70) 당나라 이원李遠의 「송인입촉送人入蜀」이란 시에 "두견새는 자기 이름을 부르며 울고, 파강은 글자를 그리며 흐른다[杜魄呼名語, 巴江作字流]"라는 구절이 나오는데, 파촉巴蜀의 특징을 묘사한 부분이다. 파강은 운남성雲南省 석림현石林縣 북쪽에서 발원하여 의량현宜良縣 죽산향竹山鄉으로 모였다가 남쪽 반강盤江으로 흘러나가는데, 발원지에서 빙빙 에돌아 흘러 나가는 모양이 '파巴'자 같다 하여 파강이란 이름이 붙었다고 한다.

인가의 연기 강 건너로 보이고

향긋한 물길에 작은 배 지나가네.

人烟隔水見[황보염皇甫冉][71]

香徑小船通[허혼許渾][72]

26. 계설촌季雪村은 사포射圃에 사는데, 그곳은 땅이 넓어서 활쏘기 시합을 할 수 있다. 사포 안에 작은 건물 4,5채가 있는데 모두 계설촌이 쓰고 있다. 계설촌은 수질을 까다롭게 따져서, 비가 내릴 때 처마에서 흘러내리는 물을 끌어와 3,4개의 커다란 돌 항아리에 모으고 도화수桃花水, 황매수黃梅水, 복수伏水, 설수雪水로 구별해두었다. 비바람이 치면 뚜껑을 덮고, 날이 개면 열어 일월성신日月星辰의 기운을 받게 하여 차를 끓일 때 쓰는데, 달고 향긋한 맛이 일품이다.

27. 소홍원小洪園의 후문은 예전에 차정거차사且停車茶肆가 있던 곳이고, 그 옆에는 칠현거七賢居가 있는데 역시 찻집이다. 두 찻집은 주로 청명절淸明節에 종이 연 날릴 때와 단오절의 용선龍船 축제[龍船市]가 열릴 때, 그리고 9월 중양절重陽節에 구황회九皇會[73]가 열리고, 귀뚜라미 싸움을

---

71) 『전당시』 권250에 수록된 황보염의 「우송륙잠부모산심우又送陸潛夫茅山尋友」에 "人烟隔水見, 草氣入林香"이라는 구절이 있다.

72) 『전당시』 권531에 수록된 허혼의 「억장주憶長洲」에 "香徑小船通, 菱歌繞故宮"이라는 구절이 있다.

73) 청나라 때 반영폐潘榮陞의 『제경세시기승帝京歲時紀勝』 「구황회九皇會」에 의하면, 음력 9월에 각 도원道院에서 제단을 세우고 북두성군北斗星君에게 제사를 올리는 행사를 구황회라고 한다. 8월 마지막 밤부터 몸을 정갈히 하고 근신하면서, 9월 9일 중양절이 되면 두모천존斗姥天尊의 탄신을 축하하기 위해 극단 공연과 연등제가 열리며, 사당 참배 등의 행사가 열린다. 이날 공연을 하는 극단, 특히 조극潮劇 극단의 경우 9월 1일부터 9일까지 9일 동안 몸을 깨끗이 하고 육식을 하지 않으며[食九皇齋], 공연을 할 때 외에는 머리를 풀어헤치고 흰 옷을 입는다. 고기를 입에 대거나 욕을 하거나 그릇을 깨는 일을 금하는 등의 금기가 엄격히 지켜져서, 만약 이것을 어기면 신 앞에서 참회를 해야 한다.

하며, 국화를 감상하는 무렵이면 어느 때보다 성황을 이룬다. 이곳은
『세시기歲時記』에도 기록된 유명한 곳이다.

28. '서원곡수西園曲水'74)는 예전에 서원차사西園茶肆였던 곳이다. 서원
은 장씨張氏 그리고 이어서 황씨黃氏가 만들었고, 그 후로는 왕씨汪氏의
소유가 되었다. 그 안에는 탁청당濯淸堂과 상영루觴詠樓, 수명루水明樓,
신월루新月樓, 불류정拂柳亭 등의 훌륭한 경관이 있다. 수명루 뒤가 서원
의 한문旱門인데, 강원江園의 한문과 마주보고 있다. 지금은 포씨鮑氏75)
의 소유이다.

29. 상영루에는 다음과 같은 대련이 있다.

　향긋한 술 찰랑이는 금 술잔 자리마다 돌려지고
　시상이 이뤄지니 주옥같은 글귀 붓끝에서 나오네.
　香溢金杯環滿座[서홍徐洪]76)

---

74) '서원곡수西園曲水'는 예전에 장씨의 원림이었는데 부사도副使道 황성黃晟이 매입해서
보수 증축했다. 서원은 보장호의 한 굽이에 위치해 있고, 맞은편은 또 음력 3월 3일 물
가에서 한 해의 액운을 없애기 위해 재를 올리고 축제를 여는 '수계修禊'의 장소였기
때문에, 「계서禊序」에 나오는 "유상곡수流觴曲水"의 뜻을 취해 이름을 붙인 것이다. 『평
산당도지』 권2에 의하면 서원은 '권석동천' 뒤편에 있었다. 나중에 후선도候選道 왕희
汪義가 중수했다.

75) 안휘성 흡현의 포지도鮑志道이다. 포지도에 대해서는 본문 35번에서 자세히 소개하
고 있다.

76) 서홍徐洪(?~714)은 자가 언백彦伯인데 나중엔 주로 자를 써서 일반적으로 '서언백'이
라 불린다. 연주兗州 하구瑕丘 사람이며 무측천武則天 시대에 활동했다. 그는 진사 출신
으로 포주사마참군蒲州司馬參軍이 되었다. 당시 사호司戶 위숭韋崇이 '판判(문자감별)'에
뛰어났고, 사사司事 이거李巨가 글씨에 뛰어났으며, 서언백이 문장에 뛰어나 사람들이
'하동삼절河東三節'이라 불렀다. 그는 무측천 때에 '종정경宗正卿'에 임명되었고, 이후
중종中宗의 복위 정변에 참여하여 급사중給事中, 태상소경太常少卿으로 승진했다. 또 『무
후실록武后實錄』 편찬에 참여하였고 고평현자高平縣子에 봉해졌다. 두 번 자사刺史로 부
임했을 때도 치적이 많아 수문관학사修文館學士를 제수 받았다. 그의 저작으로는 문집
20권이 있었다고 하며 『전당시』에 시 1권이 집록되어 있다. 『전당시』 권76에 수록된

詩成珠玉在揮毫[두보杜甫][77]

누대의 왼쪽에 지붕이 없는 정자[平臺]가 있는데 동쪽의 누대와 통하게 되어 있고, 누대 뒤는 소홍원의 사포이다. 이곳에는 매화가 많다. 누대 뒷벽에 창을 만들고 종이를 잘라 창 가장자리에 둘러놓았기 때문에 그 모습이 마치 가로로 펼치는 화첩[橫披] 같고, 가운데는 뗐다 붙였다 할 수 있는 나무틀[木欄]을 끼워놓았다. 소홍원에 꽃이 필 무렵 나무틀을 떼어 내면 누대 뒤 매화가 벽화처럼 된다. 예전 사람들이 "작은 창에 조물주가 그림을 그렸네[尺幅窗, 無心畵]"라던 바로 그 정경인 것이다.

30. 탁청당에는 다음과 같은 대련이 있다.

가득 찬 봄물에 두 겹 처마 비치고
무성한 연꽃 향기 온 세상에 퍼지네.
十分春水雙檐影[서인徐寅][78]
百葉蓮花萬里香[이동李洞][79]

서언백의 「봉화흥경지희경도응제奉和興慶池戲競渡應制」에 "香溢金杯環廣坐, 聲傳妓舸匝中流"라는 구절이 있다.

77) 『전당시』 권225에 수록된 두보의 「봉화가지사인조조대명궁奉和賈至舍人早朝大明宮」에 "朝罷香烟携滿袖, 詩成珠玉在揮毫"라는 구절이 있다.

78) 서인徐寅(?~?)은 만당晚唐 시인으로 자가 몽소夢昭이다. 그의 이름은 서인徐夤이라고도 쓴다. 그는 건녕乾寧 1년(894) 진사에 급제하고 비서성정자秘書省正字를 제수 받았다. 오대五代 양梁나라 태조太祖 개평開平 1년(907)에 다시 시험을 치러 장원으로 급제했으나, 태조에게 미움을 사는 바람에 쫓겨 나와 민왕閩王의 심지장서기審知掌書記를 지내다가 고향으로 돌아가 연수계延壽溪에서 은거했다. 『전당시』 권708에 수록된 서인의 「문외한전수무장유천원인축직제분위량소門外閑田數畝長有泉源因築直堤分爲兩沼」에 "十分春水雙檐影, 一片秋空兩月懸"이라는 구절이 있다.

79) 이동李洞(?~?)은 자가 재강才江이고 경조京兆 사람이다. 제왕諸王의 손자로서 왕실 종친이었으나 생활은 곤궁했으며, 생평과 사적이 잘 알려져 있지 않다. 대체로 만당시기 선종宣宗, 의종懿宗, 희종僖宗, 소종昭宗 시대에 활동했던 것으로 보인다. 그는 시인 가도賈島를 존경하여 신처럼 섬기며 그를 위한 시도 쓰고 상도 주조했으나, 가도의 시풍

탁청당 앞에는 사각형의 연못이 있는데, 넓이는 10여 무이고 모두 연꽃만 심어놓았다.

31. 상영루 서남쪽 모퉁이에는 버드나무가 많고, 그 나무들 사이로 회랑이 지나간다. 버드나무 긴 가지 짧은 가지가 처마 위에 늘어지고 지붕을 덮으니 봄날 제비와 가을날 까마귀, 지는 해와 소슬한 비, 그 어느 것 하나와도 어울리지 않을 때가 없다. 안쪽으로 불류정이 있는데 다음과 같은 대련이 있다.

굽이진 오솔길 깊숙한 숲속으로 이어지고
늘어진 버들가지 잔물결을 스치네.
曲徑通幽處[고적高適][80]
垂楊拂細波[온정균溫庭筠][81]

북교北郊의 버드나무 가운데 이곳의 나무들이 가장 아름다운 모습을 보여준다.

32. 신월루는 불류정 옆에 있으며, 전원田園의 야춘루冶春樓와 마주보고 있다. 이곳은 호수에서 달을 가장 먼저 맞이하는 곳이다. 여기에는 이런 대련이 있다.

가운데 괴벽하고 난삽한 것만이 비슷했다는 평을 들었다. 소종昭宗 때에 과거 시험에 응시했으나 급제하지 못했고 촉 지방을 떠돌다가 죽었다. 시집 3권이 있다. 『전당시』 권723에 수록된 이동의 「제석상인가도시권題晰上人賈島詩卷」에 "賈生詩卷惠休裝, 百葉蓮花萬里香"이라는 구절이 있다.

80) 『전당시』 권144에 수록된 상건常建(?~?)의 「제파산사후선원題破山寺後禪院」에 "曲徑通幽處, 禪房花木深"이라는 구절이 있다. "竹徑通幽處"라고 되어 있는 곳도 있다.

81) 『전당시』 권283에 수록된 이익李益의 「춘행春行」에 "歸路南橋望, 垂楊拂細波"라는 구절이 있다.

나비는 붉은 꽃술 물고 벌은 꽃가루 머금고

이슬은 진주처럼 빛나고 달은 활처럼 휘었네.

蝶唧紅蕊蜂唧粉[고은高隱][82]

露如珍珠月似弓[백거이白居易][83]

33. 수명루는 두보의 "새벽 강물이 누대를 밝히네[殘夜水明樓]"[84]라는 시구에서 따온 이름이다. 『평산당도지』에서는 이 누대가 서역의 건물 형태를 모방한 것이라고 했다. 누대의 창문에 모두 유리를 끼워서 안팎과 위아래 모두에서 빛이 들어와 서로 부딪치며 반짝거리기 때문에 수명루라는 이름을 붙인 것이다. 여기에는 다음과 같은 대련이 있다.

손에 가득 잡히는 물빛은 차갑지만 축축하지는 않고

주렴 안에 스며든 꽃향기 청정해서 잊기 어렵네.

盈手水光寒不濕[이군옥李群玉][85]

入簾花氣靜難忘[나규羅虬][86]

34. 수명루 뒤는 서원西園의 후문인데, 후문은 예전에 야원주사野園酒肆

---

82) 『전당시』 권539에 수록된 이상은李商隱의 「춘일春日」에 "蝶銜紅蕊蜂銜粉, 共助靑樓一日忙"이라는 구절이 있다.

83) 『전당시』 권442에 수록된 백거이의 「모강음暮江吟」 가운데 "可憐九月初三夜, 露似珍珠月似弓"이라는 구절이 있다.

84) 『전당시』 권230에 수록된 두보의 「월月」 가운데 "四更山吐月, 殘夜水明樓"라는 구절이 있다. '중화본'에는 "殘月水明樓"라고 되어 있다.

85) 『전당시』 권569에 수록된 이군옥의 「망월회우望月懷友」에 "盈手水光寒不濕, 流天素彩靜無風"이라는 구절이 있다.

86) 나규羅虬(?~?)는 당唐 대중大中 연간에 태어난 것으로 알려져 있다. 대주臺州 임해臨海 사람이다. 그는 화려하고 아름다운 시를 많이 썼으며, 나은羅隱, 나업羅鄴과 이름을 나란히 하여 '삼라三羅'라고 불린다. 그는 과거에 응시했으나 급제하지 못하고 부주종사鄜州從事로 지냈다. 시집 1권이 있다. 『전당시』 권666에 수록된 나규의 「비홍아시比紅兒詩」에 "宿雨初晴春日長, 入簾花氣靜難忘"이라는 구절이 있다.

가 있던 곳이다. 강희 연간에 임고도林古渡87)와 유체인劉體仁,88) 진유숭
陳維崧89)이 여기에서 술을 마시곤 했는데, 진유숭이 다음과 같은 시90)를
남겼다.

해 길어지고 바람 따뜻하니 푸른 마름 둥실 뜨고
꽃잎 날리고 버들 솜 떨어져 붉은 두건에 내려앉네.
이곳의 주렴 그림자 물빛보다 투명한데
어디선가 들려오는 거문고 소리 먼지처럼 가녀리네.
물가에서 풍악 울리며 춘삼월의 술자리 여니
좌중의 손님네들 차림새는 육조六朝의 풍류객들.

---

87) 임고도林古度를 가리키는 듯하다. 임고도林古度(1580~1666)는 자가 무지茂之 또는 나
자郍子이며, 일설에는 호를 나자라고도 한다. 복건성 복청福淸 사람이다. 평생 포의布衣
로 강녕江寧에서 살았던 그는 시에 뛰어났고 부賦인「과고행摏鼓行」으로 명성을 얻고
조학전曹學佺, 종성鍾惺, 담원춘譚元春과 교유했다. 그러나 명이 망하고 집안의 재산을
다 잃는 바람에 진주교眞珠橋 남쪽으로 이사하여 힘들게 생활했다. 시윤장施閏章이 가
엾게 여겨 도와주기도 했으며, 만년에는 왕사정王士禎과 홍교 평산당에서 창화한 시로
유명했다. 그가 쓴 시를 왕사정이 골라 엮어『임무지시선林茂之詩選』2권을 만들었고,
이외 부賦를 모은 문집 1권도 있다.
88) 유체인劉體仁(1616~1676)은 자가 공용公㦷이고 호가 포암蒲庵이며, 안휘성 영천潁川
사람이다. 조부 유구광劉九光이 명말에 광서포정사廣西布政司를 지낸 명문가의 후손이
다. 그는 순치 을미년乙未(1655)에 진사에 급제하여 형부주사刑部主事, 형부원외랑, 이부
랑중을 역임했으나, 1671년에 사임하고 고향으로 돌아와 서호西湖가에 별장을 짓고 문
회文會를 자주 열며 지냈다. 또 장서루를 지어 만여 권의 책을 소장했다. 영천의 역대
명인의 시사를 수집 정리하여『영기사역潁紀詞繹』을 편찬하기도 한 그의 저서로는『칠
송당집七頌堂集』이 있다.
89) 진유숭陳維崧(1625~1682)은 자가 기년其年 혹은 가릉迦陵이며, 의흥宜興 사람이다. 그
는 제생 출신으로, 어린 나이에 '추수사秋水社'에 들어가 문필 활동을 했고, 오강吳江
오한사吳漢槎와 운간雲間의 팽고진彭古晉과 함께 '강좌삼봉황江左三鳳凰'으로 불렸다. 강
희 기미년己未(1679)에 박학홍사에 응시해서 한림원 검토를 제수 받았고,『명사』편찬
에 참여하다가 1782년 북경에서 죽었다. 그는 시문에 뛰어났고 특히 사詞와 변려문에
능해 흔히 양선사파陽羨詞派의 영수이자 청대 변려문의 시조로 인정받고 있다. 저서에
『호해루집湖海樓集』54권과『진검토사륙陳檢討四六』20권 등이 있다.
90) 진유숭의「초림무지선생유공용비부소음홍교야원월일무지선생부시왕증봉수招林茂之
先生劉公㦷比部小飮紅橋野園越日茂之先生賦詩枉贈奉酬」이다.

가엾구나, 긴 다리 끝에 앉은 이 나그네

흰머리 남쪽으로 돌려 보니 또 봄이 저무네.

遲日和風泛綠蘋, 飛花落絮罩紅巾.

此間簾影空于水, 何處琴聲細若塵.

波上管弦三月飮, 坐中裙屐六朝人.

獨憐長板橋頭客, 白髮推南又暮春.

35. 휘주 흡현 당월棠樾 땅의 포씨鮑氏는 송나라 때의 처사處士 포종암鮑宗巖의 후손으로서 대대로 흡현에 살았다. 포지도鮑志道[91]는 자가 성일誠一이며, 회남淮南 지역에서 염업을 하다가 결국 양주에서 살게 되었다.

예전에 양주 염상들은 앞 다투어 사치스럽고 화려한 생활을 즐겼다. 혼사나 장례, 가옥과 음식, 의복과 거마 같은 것에 걸핏하면 수십만 냥의 은자를 소비했다. 어떤 사람은 요리사가 매 끼니마다 10여 가지의 상차림을 준비했다. 식사 시간이 되면 부부가 나란히 당堂에 자리를 잡고, 시중꾼들이 상을 들어 그들 앞에 갖다놓는데, 차에서 국수와 육류, 야채 등 각양각색의 음식이 갖춰져 있다. 그 중에 먹기 싫은 것이 있으면 이들 부부는 머리를 가로저었는데, 시중꾼들이 그 낯빛을 살펴 얼른 다른 종류로 바꾸어 올렸다. 또 어떤 사람은 말을 좋아해서 수백 마리의 말을 길렀는데, 말 한 마리에 매일 들어가는 돈이 은자로 수십 냥이었다. 아침에 군성을 나갔다가 저녁에 군성 밖에서 집으로 돌아올 때면 그 말들의 오색찬란함에 보는 이들의 눈이 어지러울 지경이었다. 어떤

---

91) 포지도鮑志道(1743~1801)는 원래 이름은 정도廷道이고, 자호를 긍원肯園이라 한다. 그는 대대로 염업에 종사하던 집안의 후손으로 11세에 외지로 나가 각고의 노력한 끝에 거부가 되었고, 20여 년간 양회총상兩淮總商을 역임했다. 포지도는 사회 공익사업에는 돈을 아끼지 않아서 양주 강산康山 서쪽에서 소동문小東門에 이르는 벽돌길을 만들었고, 12개의 의학義學을 설립하여 가난한 집 자제들이 공부할 수 있게 해주었다. 또 북경에 양주회관揚州會館을 세웠고 자양서원紫陽書院을 복원하는데 혼자 3,000냥을 기부했다. 또 포씨세효사鮑氏世孝祠를 세우고 토지를 기부했으며, 동하東河의 물가 정자를 만들었고, 홍교를 수리하기도 했다.

사람은 난초를 좋아해 대문에서 내실에 이르기까지 난초 화분으로 거의 도배를 할 정도였다. 어떤 사람은 나무로 만든 나체의 여인상에 기계장치를 해서 움직일 수 있도록 만들어 서재나 누각에 놓아두었는데, 놀러온 손님들이 종종 그 인형 때문에 깜짝 놀라 피하곤 했다.

이런 사치 풍조를 연 사람들 중에 안기安歧[92]가 제일이었고, 안기 이후의 염상들 중에는 그보다 훨씬 더 특이한 인물들도 많이 있었다. 어떤 이가 은자 만 냥을 한꺼번에 다 써버리고 싶어 하자, 그 집 식객이 만 냥 어치의 얇은 금박지[金箔]를 사서 금산탑金山塔에 싣고 가 바람에 날려버리니 순식간에 강변의 수풀 사이로 흩어져 버려 다시 주워 모을 수 없게 되었다. 또 어떤 이가 소주의 오뚝이 3,000냥 어치를 사서 강에 띄우자 물길이 오뚝이 때문에 막힌 일도 있었다. 용모가 아름다운 것을 좋아했던 어떤 이는 문지기에서 부뚜막에서 일하는 계집종에 이르기까지 모두 10대의 미색이 수려한 남녀를 뽑았다. 한편 이와는 정반대로 못생긴 사람만 쓰는 경우도 있었는데, 그 집에 들어가려는 사람 중에는 거울을 보고 뽑히기에 적합지 않겠다 싶으면 자기 얼굴을 훼손하여 된장을 바르고 뜨거운 햇볕에 쪼이기도 했다. 또 큰 물건을 좋아했던 어떤 이는 구리로 요강을 만들면서 높이를 5,6자나 되게 했는데, 밤에 소변이 마려우면 일어나 거기로 갔다고 한다. 이와 같이 한때 기이한 취향을 자랑하고 경쟁하던 일이 성행하여 이루 다 기록할 수 없을 정도였다.

그런데 포지도가 양주에 온 뒤로는 서로 검소한 생활을 장려하게 되었다. 또 때마침 정감원鄭鑑元[93]이 정程·주朱 성리학을 좋아하여, 두 사

---

92) 안기安歧(1682~?)는 자가 의주儀周이고 자 또는 호가 녹촌麓村이며, 송천노인松泉老人이라는 별호도 갖고 있다. 아버지 안미安未는 강희 연간 진문津門의 대염상이었고, 거부 집안이었다. 그는 천진天津에 고수초당沽水草堂을 짓고, 서재는 고향서옥古香書屋이라 이름을 붙였다. 학문도 높고 서화 감정에 뛰어났던 그는 만년(건륭 7년, 1742)에 수십 년간 모은 서화書畵 기록[札記]을 정선, 정리하여 『묵연회관墨緣滙観』을 내기도 했다.

93) 정감원鄭鑑元은 원적이 안휘성 흡현이며 대대로 염업에 종사했으며 나중에 양주로 이주해 살았다. 포지도와 함께 양주의 '8대 상총八大商總'의 대표적인 인물로서 의로운 행동을 즐겨했다. 그는 재산이 많으면서도 주자학을 좋아해 근검절약에 앞장섰고, 포

람이 앞장서서 근검절약의 풍조를 계도하니 사치 풍조가 크게 바뀌었다. 포지도는 백만장자였으나 아내와 자녀가 직접 요리하고 청소하는 등의 집안일에 열심이었다. 그는 집안에 수레와 말을 들이지 않았고, 극단의 공연을 열지 않았으며, 얄팍한 기교만 부리는 사람[淫巧之僮]은 집에 머물게 하지 않았다. 전에는 상인 집안의 빈객이나 노복의 경우 월급의 액수가 아주 보잘 것 없었다. 그래서 이익이 될 만한 일이 생기면 반드시 미리 정해진 순번대로 일을 시켰고 그 사람이 재능이 있는지 여부는 따지지 않았다. 그러나 포지도는 빈객을 한 명 쓸 때마다 반드시 그 사람 집에서 1년 동안 쓰는 돈 이상을 주었다. 재능이 확인되면 다시 일을 맡기고, 그렇지 않은 경우는 끝까지 간식 비용 정도만 주었다.

포지도에게는 아들이 둘 있다. 맏아들 포숙방鮑淑芳[94]은 집안일을 주관했으며 성실하고 신중하게 분수를 잘 지켰다. 둘째 아들 포훈무鮑勳茂[95]는 자가 수당樹堂인데, 황제의 부름에 응하여 시험을 쳐서 내각중서가 되었다.

포방도鮑方陶는 포지도의 아우로서, 빈객을 좋아하고 정의감이 강했

지도와 함께 양주의 사치 풍조를 없애는데 앞장섰다. 그는 10여 년 간 총사차사總司醝事를 지냈으며, 건륭 55년(1790)에는 입조하여 건륭제의 생일축하연에 참석해서 통의대부후선도通議大夫候選道에 봉해지기도 했다.

94) 포숙방鮑淑芳은 자가 석분席芬이고 청대 휘상徽商으로 포지도의 맏아들이다. 그는 어려서부터 부친의 경영법을 익혀 후에 회남총상淮南總商을 이어받고, 조정에서 염운사사직함鹽運使司職銜을 받아 양회염무총상兩淮鹽務總商을 지냈다. 가경 8년(1803) 사천과 섬서 등에서 도적떼가 출몰하자 조정의 진압군을 지원하기 위해 염상들의 돈을 모아 거금을 희사했고, 가경 10년(1805)에 황하와 회하가 범람했을 때 쌀과 보리를 기부하고 창고를 열어 빈민을 구제했으며 수리시설 복구 사업에도 거액을 희사했다. 그의 아들 포균鮑均 역시 사회사업에 적극적으로 참여하여 조정에서 여러 가지 포상을 받았다. 이런 포씨 부자의 공로를 인정하여 가경제가 '악선호시樂善好施'라는 편액을 하사하기도 했다.

95) 포훈무鮑勳茂는 호가 양재讓齋이고 만년의 호는 경수耕叟이며, 흡현 사람이다. 그는 건륭 연간에 거인이 되어 내각중서를 제수 받았고, 1790년 군기처에 들어가 포씨 가문에서 가장 출세한 인물이라 할 수 있다. 건륭 연간에 포씨 집안이 여러 차례 작위를 받고 양회兩淮 염업계에서 최고의 지위를 누렸던 것도 포훈무의 성공과 무관하지 않은 것으로 보인다.

다. 어려서 집이 가난하여 『논어』, 『맹자』 같은 책의 선본善本을 볼 수
없자 자기 동네의 부자에게 판각해달라고 얘기했는데, 이를 두고 모두
들 어리석은 행동이라며 그를 비웃었다. 훗날 양주로 이주하여 염업을
하면서 집안이 점차 부유해지자 그는 그런 책들을 세심하게 교정하고
판각하여 가숙家塾에 소장해두었다.

36. 주역朱棫은 자가 경정敬亭이고, 소주 원화元和 사람이다. 그는 시에
뛰어났고 글씨를 잘 썼다. 그의 아우인 주괴朱槐는 형과 나란히 시명詩
名이 높았다.

37. 정□程□는 자가 진함晉涵이고 흡현 사람이다. 그는 글씨와 그림에
뛰어나고 골동 기물을 많이 소장하고 있었다. 그의 아우 정주程鑄는 자
가 야부冶夫이고 호가 죽문竹門이며 시에 뛰어났다.
   정가현程嘉賢은 자가 소백少伯이고 흡현 사람이다. 시를 잘 지었고 글
씨는 동기창을 본받았다.

38. 황덕후黃德煦는 자가 차화次禾이고 황앙잠黃仰岑의 맏아들이다. 그는
어려서 특출한 기질이 있었고, 커서는 효성스럽고 우애가 깊었다. 박학
하고 골동 기물의 감식을 잘 했으며, 그 중에서도 옛사람의 서화書畵를
감별하는 데에 뛰어났다. 그의 친족인 황중소黃仲昭는 시에 뛰어났는데,
옛사람의 시풍을 느낄 수 있다.

39. 유대관劉大觀[96]은 자가 송람松嵐이고, 산동山東 구현邱縣의 발공생拔

---

96) 유대관劉大觀(1763~1831?)은 건륭 42년(1777)에 발공생이 되어 광서지현을 10여 년
   간 지낸 뒤, 영원지부寧遠知府로 옮겼고, 산서하동도서포정사山西河東道署布政使까지 지
   냈다. 나중에 조회서원罩懷書院에서 강학을 하기도 했다. 이병례李秉禮, 이헌교李憲喬 등
   과 절친하게 지냈다. 저서에 『옥경산방집玉磬山房集』이 있다.

貢生 출신이다. 시와 글씨에 뛰어났던 그는 광서지현廣西知縣을 지내다가 부모상을 당해 고향으로 돌아가던 길에 강남과 절강 지역을 둘러보게 되었다. 양주의 이름난 원림과 강남의 여러 산을 구경하고, 소주의 호서관滸墅關97)과 항주 서호西湖의 명승 유적지들을 둘러보았으며, 천태산天台山98)과 안탕산雁蕩山99)까지 이르는 동안 흰 천이나 종이에 글을 써서 기록하며 하루도 그냥 보내지 않았다. 돌아가는 길에 그는 양주에 잠시 들러 주역朱棫의 집에 머물렀는데, 한번은 포씨의 정원에서 노닐다가 그에게 그림을 그려 선물한 적도 있다. 유대관은 사람들에게 이런 말을 한 적이 있다.

항주는 호수와 산이 뛰어나고, 소주는 시장과 점포가 뛰어나며, 양주는 원림과 정자가 뛰어나다. 이 셋은 정鼎의 세 발처럼 병립하여 우열을 가릴 수 없다.

杭州以湖山勝, 蘇州以市肆勝, 揚州以園亭勝, 三者鼎峙, 不可軒輊.

---

97) 오현吳縣(지금의 수쩌우) 서북쪽에 위치해 있으며 현성에서 20여 리 떨어져 있는 작은 도시이다. 전설에 의하면 진시황秦始皇이 오현의 호구虎丘에 오왕吳王의 보검을 찾으러 왔다가 무덤 앞에 호랑이 한 마리가 앉아 지키고 있는 것을 보았다. 진시황이 칼로 베려하자 호랑이가 놀라 서북쪽으로 25리를 도망가다 사라졌다 하여 이 지역의 이름을 호류虎瞾라고 지었다고 한다. 당나라 때에는 이호李虎의 이름을 피휘하기 위해 '호虎'를 '호滸'로 바꾸었고, 오대五代 시기에는 전류錢鏐의 이름을 피휘하기 위해 '류瞾'를 '서墅'로 바꾸었다. 이후 남북 대운하가 개통되면서 이곳에 세관을 설치하고 서호관이라는 이름을 붙였다. 오군 북쪽에서 오군으로 들어가는 주요 관문으로 명대 이후 관세를 걷는 중요한 장소였다.
98) 천태산天台山은 절강성 천태현天台縣 북쪽에 있는 산이다. 동북에서 서남 방향으로 길게 늘어져 있으며 적성赤城山과 폭포瀑布, 불롱佛隴, 향로香爐, 화정華頂, 동백桐柏 등의 여러 산이 모여 이루어졌다. 주봉主峰인 화정산은 해발 1,133미터이고 절벽과 기암괴석, 폭포가 많은 명승지이다. 또한 용강甬江과 조아강曹娥江, 영강靈江의 분수령이기도 하다. 도교에서는 천태산을 남악南嶽 형산衡山을 보좌하는 산으로 여기며, 불교의 천태종天台宗 역시 여기에서 발원했다. 한나라 때 유신劉晨과 완조阮肇가 천태산에 들어와 약초를 캐다가 신선을 만났다는 전설이 전해진다.
99) 안탕산雁蕩山은 절강성 동남부에 있다. 남과 북으로 두 개의 산맥으로 나뉘는데, 남안탕산南雁蕩山은 평양현平陽縣 서쪽에 있고, 북안탕산北雁蕩山은 낙청현樂淸縣 동북쪽에 있다. 절벽과 기암괴봉, 폭포 등이 많다.

참으로 옳은 얘기이다. 그는 시에서는 당나라 사람들의 풍격을 배웠고, 저서로 『숭남시집嵩南詩集』과 『시화詩話』 수십 권을 남겼다.

그는 양주의 명기名妓 은아銀兒[100]가 억울하게 죽은 사연을 듣고 그녀의 무덤을 찾아내 사람들을 초청하여 그녀를 추모하는 시를 쓰기도 했다. 복상 기간이 끝나자 그는 다시 봉천奉天 개원지현開原知縣을 제수받았고, 영원지주寧遠知州로 발탁되었으며, 순리循吏[101]라는 칭송을 들었다. 그는 양주에 머물 당시 감천甘泉의 임소문林蘇門[102]과 교유했다. 나는 소주에서 유대관이 그에게 보낸 서신을 얻어 볼 기회가 있었는데, 그 내용은 다음과 같다.

한강汗江[103]에서 가졌던 작은 모임이 제 평생의 가장 즐거운 기억입니다. 작별한 후로 오래도록 그리워했지만, 이렇게 멀리 떨어져 있을 수밖에 없군요. 작년 겨울에 심양瀋陽에 도착하여 20여 일이 지난 뒤 황은皇恩을 입어 발령을 받았습니다. 스스로 천속한 자태를 없애보려 노력하지만, 갈수록 고상한 모습은 찾기 힘들어지는군요. 돌이켜 생각하면 예전에 달빛 밟으며 스님을 찾아가고 꽃구경하며 술잔을 마주했었는데, 이제 그 시절은 아련히 사라지고 다시는 누릴 수가 없게 되었습니다. 다행이 어르신께서 저를 속된 관리

---

100) 『양주화방록』 권9 소진회록에 나오는 해은아解銀兒를 가리킨다.
101) 법을 준수하고 이치에 맞게 일을 처리하는 관리를 가리킨다. 사마천司馬遷의 『사기史記』 「순리열전循吏列傳」에서 유래한 말이다. 사마천은 「태사공자서太史公自序」에서 '순리'는 자신의 공적과 재능을 자랑하지 않아 백성들이 칭송하지도 않지만 잘못된 일도 하지 않는 관리라고 했다.
102) 임소문林蘇門(1748?~1809)은 자가 소운嘯雲, 호를 난치蘭痴라고도 한다. 의징儀徵 사람이다. 완원阮元의 외숙이며 스승이다. 그는 산동 곡부曲阜 연성공衍聖公 부부府에서 6품 벼슬을 살았고, 『사고전서』 교감 작업에 참여한 바 있다. 저서에 『한강삼백음邗江三百吟』 10권이 있는데 10문門 300제題로 나누었다. 이 때 제題와 시문 중간에 짧은 서序들을 썼는데 여기에 양주의 당시 풍속과 음식, 복식, 방언 등의 기록이 많아 자료적 가치가 크다. 이외 『속양주죽지사續揚州竹枝詞』도 있다.
103) 한강邗江은 한구邗溝 또는 한명구邗溟溝라고도 한다. 양주시 서북쪽에서 회안시淮安市 북쪽에 이르러 회수淮水로 들어가는 운하인데, 여기서는 양주를 가리킨다.

로 대하지 않으시어 그래도 선비의 본래 면모를 찾을 수 있고, 부하와 백성들과 더불어 별 탈 없이 편하게 지내고 있습니다. 최근에 어명이 내려와 다시 개원開原으로 발령을 받았습니다. 다행히 이곳은 일이 적고 백성들이 순박하여 시 짓기를 그만두지 않아도 되니, 그 점은 정말 마음에 듭니다. 그래서 날씨도 화창하고 풍광도 아름답고 하기에 거처에서 거닐었더니, 당연하게도 다시 술 생각과 시정詩情이 깊어지더군요. 방사섭方仕燮,[104] 방사걸方仕杰[105] 형제와 왕주汪澍[106], 감정甘亭[107] 스님께 모두 제 안부를 전해주십시오.

임소문은 자가 보등步登이고 호가 소운嘯雲이며 나와 같은 고향 선비이다. 그는 성격이 시원시원하고 활달한데, 산동성 연성공衍聖公[108] 사당에서 그를 초빙하여 육품관六品官으로 삼았다.

40. 왕중汪中[109]은 자가 용보容甫이고 강도江都 사람이다. 사용謝墉[110]이

---

104) 방사섭方仕燮에 대해서는 『양주화방록』 권10 「홍교록紅橋錄·상上」을 참조할 것.
105) 방사걸方仕杰에 대해서는 『양주화방록』 권10 「홍교록紅橋錄·상上」을 참조할 것.
106) 왕주汪澍(?~?)는 절강 가흥嘉興 사람이고, 자는 미운味芸 호는 일강一江이며, 별도로 고매계관古梅溪館이라는 서명署名을 쓰기도 했다. 생애에 대해서는 자세히 알려진 바 없으며, 저작으로 『고매계관집古梅溪館集』이 남아 있다.
107) 감정甘亭(?~?)은 양주 사람이고 도화암桃花庵에 살았다. 석장石莊 스님의 사손師孫의 제자이다. 자세한 내용은 에 대해서는 『양주화방록』 권2 「초하록草河錄·하下·6」을 참조할 것.
108) '연성공衍聖公'은 공자의 적계 후손들에게 주어지는 세습 봉호封號이다. 이것은 서한 평제平帝 때에 공자의 후손을 포후褒侯로 봉한 데에서 비롯되어 대대로 봉호를 달리하며 이어지다가 송나라 인종仁宗 때인 1055년에 '연성공'으로 바꾼 이래 현대까지 이어졌다. 1935년에 중화민국 정부에서는 '연성공'을 취소하고 '대성지성선사봉사관大成至聖先師奉祀官'으로 고침으로써, 공덕성孔德成(1920~2008)이 마지막 '연성공'이 되었다.
109) 『양주화방록』 권3 「신성북록新城北錄·상上·52」에 나와 있다. 왕중汪中(1744~1794)은 원래 이름이 병중秉中이다. 그는 건륭 28년(1763) 양주에서 제생諸生이 되었지만, 1768년 향시에서 낙제한 뒤 다시는 과거에 응시하지 않고 학문에만 전념했다. 그러나 1777년 발공생으로 추천되어, 이듬해 남경에서 『남순성전南巡盛典』 편찬에 참여했고, 1790년에 조정의 부름을 받아 진강鎭江 문종각文宗閣과 항주 문란각文瀾閣에서 『사고전서』 교열에 참여했다가 1794년 겨울에 과로로 서호 갈령원葛嶺園 승방에서 죽었다. 왕중은 경사經史, 제자諸子, 문학, 철학, 문자, 음운, 훈고, 교감, 금석, 지리, 전각 등 제 분

강소 지역에 과거시험을 감독하러 왔을 때, 자신의 학문이 왕중에게 미치지 못한다고 여겨서 그를 공생으로 뽑았다. 이 일로 왕중의 이름이 장강 남북 일대에 널리 알려졌다. 양회염정兩淮鹽政 전공全公111)이 그를 초빙하여 금산金山 어서루御書樓112) 일을 책임지도록 맡겼다. 왕중은 경학과 사학을 모두 연구했으며, 특히 문장을 짓는 데에 뛰어났다. 그는 「애강남哀江南」을 비롯한 수십 편을 정선하여 『상심집傷心集』을 만든 바 있다. 저서에 『술학述學』 내외편 2권113)이 있는데, 그중에서도 「광릉대廣陵對」가 문장이 뛰어나고 논점이 명확하다. 그 내용은 다음과 같다.

건륭 52년(1787) 정월에 전당錢塘에서 시랑侍郎 벼슬을 지낸 대흥大興 사람 주규朱珪114)를 만나 뵈었는데, 시랑께서 내게 물었다.

"저의 선조들께서 본래 회계會稽 땅 소산蕭山 출신인데 이번에 마침 어명을

야를 모두 연구했으며 그 성과가 높았다. 경학 방면에는 『춘추술의春秋述義』와 『좌씨춘추석의左氏春秋釋疑』, 『상서고이尙書考異』 등이 있고, 사학으로는 『춘추후전春秋後傳』이 있으며, 역사지리학으로는 『광릉통전廣陵通典』과 『진잠식육국지표秦蠶食六國地表』, 『금릉지도고金陵地圖考』, 제자학으로는 『순경자통론荀卿子通論』, 『묵자서墨子序』 등이 있다. 또 훈고학 방면으로 『소학小學』, 『설문구단說文求端』 등이 있고, 교감학 분야로 그가 교감한 책은 이루 열거할 수 없을 만큼 많다. 또한 삼대三代, 양한兩漢의 학제學制와 학술의 역사, 문자와 훈고 등을 연구하여 『술학述學』 100권을 쓰려고 했는데, 몸이 좋지 않아 소망을 이루지 못하고 『술학』 내외편과 『보유補遺』, 『별록別錄』만을 썼다. 그는 불교나 노자, 음양학을 믿지 않고 송유宋儒 성리학을 좋아하지 않았으며 유가 정통 사상에 대해 비판적이었기 때문에 당시 '광생狂生'이라 불리기도 했다.
110) 사용謝墉에 대해서는 『양주화방록』권3 「신성북록新城北錄 · 상上 · 49」를 참조할 것.
111) 대전덕戴全德을 가리키는 듯하다. 건륭 55년(1790) 양회염정 대전덕이 왕중을 초빙해서 문종각文宗閣의 『사고전서』를 교감하고 관리하게 한 적이 있다.
112) 강소성 진강鎭江 금산사金山寺의 문종각文宗閣을 가리킨다.
113) 왕중의 『술학』은 아들인 왕맹자王孟慈가 엮었으며 모두 6권으로, 내편 3권과 외편 1권, 보유補遺 1권, 별록別錄 1권이다. 이외 따로 부록附錄과 부록보유附錄補遺 및 다른 사람들과 주고받은 글이 모아져 있다.
114) 주규朱珪(1731~1806)는 자가 석군石君이고 호가 남애南厓이며 만년에는 반타노인盤陀老人이라 했다. 순천順天 대흥大興 사람으로 주균朱筠의 사촌동생이다. 그는 건륭 무진년戊辰(1748)에 진사에 급제했고 황제의 신임을 얻어 안찰사, 안휘순무安徽巡撫, 호부상서와 체인각대학사體仁閣大學士 태자태부太子太傅까지 요직을 두루 거쳤다. 죽은 후에는 태부太傅로 추존되었고, 시호는 문정文正이다. 저서에 『지족재집知足齋集』이 있다.

받아 이리로 나오게 되었습니다. 예전에 주육朱育115)이 복양홍濮陽興116)의 질문에 대답했던 말을 읽은 적이 있는데, 회계군의 역사를 종횡무진 꿰뚫고 있어 참 좋았습니다. 후인들이 따라갈 수 없는 경지라고 생각했지요. 그대가 옛 사적에 대해 공부하여 과거에 있었던 말이나 사건을 많이 아실 터이니, 역시 광릉의 사적을 내게 알려주실 수 있겠지요?”

내가 대답했다.

“제가 어려서 아버님을 여위어 부형父兄의 가르침을 받지 못했습니다. 또 커서는 사방으로 떠돌아다녔고, 눈에도 병이 있어 잘 보지를 못합니다. 그래서 고서古書며 역사서 가운데 열에 하나도 제대로 읽지 못했으니, 고명하신 물음에 어찌 제대로 응대할 수 있겠습니까? 다만 잘 모르는 것에 대해 말하는 것은 지혜롭지 못한 것이요, 알면서도 말하지 않는 것은 진실하지 못한 것117)이라고 하니 이 두 가지 이유로 제가 감히 말을 꺼낼 수가 없습니다.

예전에 황제黃帝께서 절기를 미리 헤아리시어 하늘을 12차次118)로 나누었

---

115) 주육朱育(?~?)은 자가 사경嗣卿이며 삼국시대 오吳의 산음山陰(지금의 사오싱紹興) 사람이다. 그는 어려서부터 기이한 글자[奇字]나 이체자를 좋아해서 글자 천여 개를 만들어 『이자異字』 2권을 지었다고 한다. 오국 손량孫亮의 태평太平(256~258) 연간에 회계군서좌會稽郡書佐를 지냈는데, 이때 회계군의 고금 인물과 치군治郡의 역사를 조리 있게 대답하여 당시 회계군수였던 복양홍濮陽興의 칭찬을 받았다. 본문에 나오는 “주육이 복양홍의 질문에 대답했던 말”이 이것을 가리킨다. 후에 조정에 입사하였고, 동관령東觀令, 청하태수淸河太守를 거쳐 시중侍中까지 역임했다. 그의 저작으로는 『수서隋書』 「경적지經籍志」에 『유학幼學』 3권과 『이자』 2권, 『회계토지기기會稽土地記』 1권이 남아 있다. 후세 사람이 그의 글을 모아 『회계군고서잡집會稽郡故書雜集』을 엮었다.

116) 복양홍濮陽興(?~269)은 자가 자원子元이고 삼국시대 진류陳留 사람이다. 그는 손권 시대에 상우령上虞令을 제수 받고, 이어서 상서좌조尙書左曹로 승진했으며 오관중랑장五官中郎將으로 촉에 사신으로 다녀왔다. 그는 또한 회계태수會稽太守로 있을 때 이때 낭야왕琅邪王 손휴孫休와 친하게 교류했고, 이 때문에 손휴가 즉위하자 태상위장군太常衛將軍, 평군국사平軍國事에 발탁되고 외황후外黃侯에 봉했다. 이후 승상이 되었는데 손휴의 총신인 좌장군 장포張布와 결탁하여 사람들의 원성을 샀다. 그리고 손휴가 죽자 좌전군左典軍 만욱萬彧 등과 모의해서 손휴의 적자를 폐위하고 손호孫皓를 옹립하고, 그 공으로 시중侍中과 청주목靑州牧을 지냈다. 그러나 얼마 후 만욱의 참소로 손호가 보낸 병사들에게 살해당했다.

117) 『한비자韓非子』의 「초견진初見秦」 부분에 나오는 말이다.

118) 고대 천문학에서 해와 달이 만나는 곳을 차次라고 했고, 해와 달이 일 년에 12회를

습니다. 남두南斗와 견우牽牛가 12차 가운데 성기星紀[119]가 되는데, 칠정七政[120]이 모이는 곳입니다. 하늘의 운행을 따져 계산하는 것이 바로 이 성기에서 시작되고, 그 후로 해[年]와 달[月], 날[日], 시각[時]의 순서가 각기 정해지게 됩니다. 그리고 양주의 위치가 바로 그 성기에 해당하는 분야分野이지요. 한나라 이후로 행정지역 명을 역양歷陽이라 하기도 하고, 수춘壽春이라 하기도 하고, 건업建業이라고도 하다가, 마침내 광릉廣陵이 최종적인 이름으로 정해지니, 천문에서 점지한 것과 부합한다 하겠습니다. 곤륜산崑崙山이 서쪽의 가장 끝에 있으며, 황하가 그 북쪽에서 발원하고, 장강이 그 남쪽에서 발원합니다. 두 강이 여강麗江[121]에서 고궐高闕[122]에 이르기까지 8,000리 거리를 거쳐 만 번을 굽이돌아 동쪽으로 오다가 광릉을 끼고 바다로 들어가는데, 한구邗溝가 두 강을 연결하니 장강과 황하가 여기에서 합쳐집니다. 방위로 치면 진辰으로 동남쪽 구석이요, 오행으로 치면 수水로서 여러 물길이 모여드는 귀허歸墟이니,[123] 광릉이란 곳은 바로 하늘과 땅이 시작되고 끝나는

만나기 때문에 12차라고 부른다. 성수星宿를 12차로 나누고, 그 28수에 의한 별자리를 '성차星次'라고 부른다. 또 성차를 각 나라[國]를 거기에 연결시켜 그 나라의 길흉화복을 점쳤는데, 그것을 분야分野라고 부른다. 12성차와 분야의 관계는 논자에 따라 약간 차이가 있지만, 대략 다음과 같다.

12次	星紀	玄枵	娵訾	降婁	大梁	實沈	鶉首	鶉火	鶉尾	壽星	大火	析木
分野	吳越	齊	衛	魯	趙	晉魏	秦	周	楚	鄭	宋	燕

119) 남두南斗는 28수 가운데 두수斗宿로서 현무칠수玄武七宿 가운데 첫 번째 자리로서 6개의 별이 있다. 견우牽牛는 28수 가운데 우수牛宿로서 현무칠수 가운데 두 번째 자리이다. 성기星紀는 별자리를 12차로 나눈 성차星次 가운데 하나로서, 28수 중 두수斗宿와 우수牛宿의 성차가 여기에 해당한다. 12진辰의 축丑에 대응하고, 분야分野는 오월吳越에 해당한다.
120) 『양주화방록』 권5 「신성북록新城北錄·하下·5」를 참조할 것.
121) 지금의 윈난성雲南省 리장麗江을 가리킨다.
122) 궐구闕口라고도 하며 지금의 네이멍구內蒙古 진항허우치錦杭後旗 동북쪽에 있다. 인산산맥陰山山脈이 이곳에 이르러 끊어져서 갈라진 틈[闕口]이 생겨 마치 관문처럼 보이기 때문에 붙여진 이름이다. 전국시대 조趙나라 무령왕武靈王이 북으로 영토를 개척하면서 음산을 따라 고궐까지 장성을 쌓았다. 서한 때에 위청衛靑이 이곳에 주둔하면서 흉노 우현왕右賢王과 전투를 벌이기도 했다. 북위北魏 시대에 병영을 설치하고 옥야진沃野鎭으로 귀속시켰다.
123) 진辰은 12지十二支와 사방四方을 연결시킬 때 사용되는 명칭이다. 예컨대 자子는 정

지점입니다.

또한 제가 전에 광릉 사람들의 사적을 찾아보고 그들의 성공과 실패의 자취를 살펴본 적이 있긴 하나 눈먼 악관[瞽]이 내용도 모르고 암송하는 것과 거의 비슷합니다. 일찍이 진秦이 육국六國을 멸망시켰을 때 초楚는 그 어느 나라보다도 큰 잘못이 없었습니다. 진승陳勝124)이 처음 사변을 일으키고 죽은 뒤 초 지역의 백성들은 어디에도 귀속되지 않았습니다. 그 가운데 천명을 자칭한 항우項羽125)란 자가 군대를 이끌고 장강을 건너 천하를 다투다가 마침내 거록距鹿의 전투에서 승리하고, 서쪽으로 진격하여 진秦의 수도 함양咸陽을 함락시킨 일이 있습니다. 이것이 바로 소평召平126)이 앞장서서 원대한 계책을 수립하여 진에게 원한을 갚은 일입니다.

북쪽, 오午는 정남쪽을 가리키고, 진은 동남쪽에서 더 동쪽으로 치우친 방향을 가리킨다. 수水는 오행五行 가운데 하나인 수水를 가리킨다. 귀허歸墟는 귀허歸虛라고도 쓰며, 전설에 나오는 바다 속 바닥이 없는 계곡의 이름인데, 모든 물이 모여드는 곳을 가리킨다. 중국 대륙에서 동남쪽에 있고, 장강이 바다로 흘러들어가는 입구에 위치한 광릉의 지리적 특징을 표현한 것이다.

124) 진승陳勝(?~B.C. 208)은 자가 섭涉이며 하남河南 출신이다. 집이 가난하여 머슴을 살기도 했던 그는 진秦의 호해胡亥가 재위에 있던 B.C. 209년 변방으로 징발이 되었는데, 목적지에 도착하기 전에 홍수를 만나 정해진 기한 내에 도착할 수 없게 되자 같은 성 출신인 오광吳廣과 함께 반란을 일으켰다. 당시 군법에는 기한 내에 징발 장소에 도착하지 않으면 사형에 처해지게 되어 있었기 때문이다. 진승은 "왕후장상이 어찌 따로 있겠는가?"라는 말과 함께 스스로 왕을 칭하고 전국시대의 초나라를 계승한다는 재건한다는 뜻에서 국호를 장초張楚라 했다. 그러나 봉기한 지 얼마 안 되어 정부군에 의해 진압되었고, 진승은 B.C. 208년 12월, 농민군 내부인에 의해 피살됐다.

125) 항우項羽(B.C. 233~B.C. 202)는 이름은 적籍, 자는 우羽이며, 진秦나라 말기 하상下相(지금의 쟝쑤성 수치엔宿遷 서남) 출신이다. 그는 B.C. 209년에 숙부 항량項梁과 함께 반란을 일으켰다가 항량이 전사하자 그 세력을 물려받았다. B.C. 206년 항우는 회왕을 의제義帝로 삼고 침현郴縣에 도읍을 정한 뒤 초패왕楚覇王에 즉위했고, 유방劉邦을 한왕漢王에 봉했다. 얼마 후 전영田榮, 진여陳余, 팽월彭越 등이 군사를 일으켜 초에 대항했고, 유방도 삼진三秦을 평정한 후 서초西楚를 공격함으로써 초한 전쟁이 4년간 진행되었다. B.C. 202년, 초의 군대가 지금의 안휘성에 있는 해하垓下에서 한의 군대에게 포위되었고, 항우는 탈출하여 도망가다 동성東城의 동쪽 오강烏江(지금의 안훼이성 허현和縣)에서 스스로 목숨을 끊었다.

126) 소평召平은 광릉 사람으로 진승의 부장이었다. 진승이 죽자 진왕陳王의 명의로 항량을 상주국上柱國에 임명하고 그로 하여금 병사를 이끌고 진 황실을 공격하게 했다.

한漢 왕실이 기울어지고 동탁董卓이 조정의 기강을 문란케 하니 온 나라가 가슴을 치며 통탄하면서도 감히 먼저 나서는 자가 없었습니다. 그 가운데 보잘 것 없는 어느 지방의 아전[郡吏]이 조정에서 작위도 받은 바 없으나 의기로 태수를 감동시켜 함께 역적을 처단하자 맹세하고, 제단에 올라 결연한 의지를 다지며 죽기를 각오하고 싸우고자 한 일이 있습니다. 이것이 바로 장홍臧洪[127]이 장초張超[128]를 설득하여 군사를 일으키고 자사刺史들을 규합하여 역적 동탁을 주살하려 한 일입니다.

조약祖約[129]과 소준蘇峻[130]이 군대를 일으켜 조정을 짓밟으니, 어린 군주가 곤경에 처하고 경사京師는 도탄에 빠졌습니다. 그 가운데 고립된 보루를 굳게 지키며 삼군三軍에게 군령을 내려 온 힘을 다해 반란군의 공격을 막아서

----

127) 장홍臧洪(160?~195)은 자가 자원子源이고 동한 시대 광릉 사람이다. 그는 중산中山, 태원太原 태수 등을 지낸 장민臧旻의 아들로서, 효렴孝廉으로 추천되어 낭郞이란 관직을 받았고 이후 읍장邑長, 구장丘長 등을 지냈다. 영제靈帝 말년에 관직을 버리고 고향으로 돌아가 지내다가 동탁董卓의 전횡에 저항하여 반군을 일으켰다가, 원소袁紹의 부름을 받아 청주자사靑州刺史와 동군태수東郡太守를 지냈다. 그러나 196년 원소와 절교하고 나서 원소의 군대에게 공격을 받아 성이 함락되었고, 그는 포로가 된 후에도 끝내 투항을 거절하다가 참수 당했다. '광릉본'에는 '장홍藏洪'이라고 표기되어 있으나, 잘못이다.
128) 장초張超는 장막張邈의 아우로서 자가 자병子並이며, 동한 시대 하간河間 막鄚 사람이다. 광릉태수廣陵太守를 지냈으며, 장홍과 함께 동탁에 대항하는 반군에 참여했다. 196년 조조에게 공격을 받아 포위된 상태에서 자결하였다. 문집 5권이 있다.
129) 조약祖約(?~330)은 자가 사소士少이고, 동진東晉 범양주范陽遒(지금의 허베이 라이쉐이涞水) 사람이다. 조적祖逖의 아우이며 성고령成皐令을 지냈다. 그는 진晉 원제元帝 태흥太興 3년(321)에 죽은 조적을 대신해 평서장군平西將軍, 예주자사豫州刺史가 되었다. 그러다가 함화咸和 3년(328)에 소준蘇峻과 함께 반란을 일으켰고, 반란이 실패한 뒤 후조後趙 석륵石勒에게 도망갔다가 살해당했다.
130) 소준蘇峻(?~328)은 자가 자고子高이며 장광군長廣郡 액현掖縣(지금의 산둥성에 속함) 사람이다. 그는 영가永嘉의 난 때 자기 휘하의 부곡部曲 수백 가구를 이끌고 광릉으로 갔다. 왕돈王敦의 반란 직전에 소준은 동진 왕조에서 회릉내사淮陵內史와 난릉상蘭陵相을 지내고 있었다. 왕돈의 반란을 평정한 공으로 사지절使持節을 받고, 관군장군冠軍將軍, 역양내사歷陽內史가 되었으며, 정예군 만 명을 거느렸다. 그러나 유양庾亮이 집권하자 그의 병권을 빼앗고 대사농大司農에 임명했다. 함화咸和 3년(328) 유양을 토벌한다는 명목으로 조약祖約과 함께 반진反晉 반란을 일으켜 건강建康으로 쳐들어가 살육을 자행하고 조정의 전권을 휘두르다가, 얼마 후 온교溫嶠와 도간陶侃의 군사에게 패하여 피살되었다.

동토東土[131]를 보전했고, 정서대장군征西大將軍 도간陶侃[132]이 그 여세를 타 마침내 역도들을 죽였습니다. 이것이 바로 치감郗鑒[133]이 의병義兵을 통솔하여 윗사람(소준)을 협공하여 진晉 왕실을 바로 세웠던 일입니다.

환원桓元[134]은 호걸이란 명성을 업고 대대로 세습 받은 자산에 의지하고 형주荊州의 백성을 끼고서, 진晉 왕실이 점점 쇠락하고 중앙과 지방이 모두 허약해진 틈을 타 역성易姓 반란을 일으켜 제위를 찬탈했는데, 이것에 반대한 사람이 없었습니다. 그 가운데 역도를 처단한 이가 있었으니 (그는 환원과 함께) 경구京口[135]를 도모하여 결국 건강建康을 함락시켰습니다. (그의) 소부

---

131) 동진東晉 남조南朝 시기에 소남蘇南과 절강浙江 일대를 특별히 지칭하던 말이다.

132) 도간陶侃(259~334)은 자가 사행士行이고 동진東晉 시대 파양鄱陽 사람이다. 후에 여강廬江 심양潯陽으로 이사했다. 그는 심양의 현리縣吏로 벼슬을 시작했다가 효렴으로 천거되었고, 형주자사荊州刺史 유홍劉弘의 장사長史를 역임했다. 명제明帝때 장평張平, 진민陳敏, 두도杜弢, 소준蘇峻의 난을 차례로 진압하여 관직이 시중태위侍中太尉에 이르렀고 장사군공長沙郡公에 봉해졌으며, 교광녕칠주군사도독交廣寧七州軍事都督과 함께 정서대장군征西大將軍을 제수 받았다. 죽은 후 대사마大司馬로 추존되었고 시호는 환桓이다. 문집 2권이 있다.

133) 치감郗鑒(269~339)은 자가 도휘道徽이고 고평高平 금향金鄕(지금의 산둥성 진샹金香 북쪽)의 귀족가문 출신이다. 젊은 시절부터 학문이 깊어 '연주팔백兗州八伯'의 수장으로 불렸던 그는 태자중사인太子中舍人, 중서시랑을 거쳐 명제明帝 때에는 안서장군安西將軍 연주자사兗州刺史, 상서령尙書令을 지냈다. 왕돈王敦의 난이 평정된 후 고평후高平侯에 봉해졌고, 거기장군車騎將軍, 도독서연청삼주군사都督徐兗青三州軍事, 연주자사兗州刺史 진광릉鎭廣陵을 겸임했다. 성제成帝 즉위 후 거기대장군車騎大將軍에 산기상시散騎常侍, 연주자사를 지냈다. 소준의 반란을 평정한 후 시중侍中 작위가 더해지고, 남창현공南昌縣公에 봉해졌다. 죽은 뒤 태재太宰로 추존되었고 시호는 문성文成이다. 문집 10권이 있다.

134) 환현桓玄을 가리킨다. '현玄'자를 강희제의 이름을 피휘避諱하기 위해 바꿔 쓴 것이다. 환현(369~404)은 자가 경도敬道이고 이름을 영보靈寶라고도 한다. 진晉나라 때 용항龍元 사람인 그는 환온桓溫의 6번째 아들로 남군공南郡公 작위를 세습 받았으며, 효무孝武 말년에 태자세마太子洗馬를 제수 받았다. 안제安帝 때에는 도독강형양옹진량익녕팔주都督江荊襄雍秦梁益寧八州와 양주팔군揚州八郡, 강주와 형주의 자사를 지냈으나, 원흥元興 초에 남연주南兗州와 형주 두 자사를 데리고 반란을 일으켜 건강建康으로 들어가서 초왕楚王을 자칭하다가, 원흥 2년에 안제에게 선양을 받아 연호를 영시永始라고 고쳤다. 훗날 유유劉裕와 유의劉毅 등이 일으킨 반군에게 주살 당했다. 『주역계사주周易系辭注』 2권과 문집 2권이 있다.

135) 경구京口는 고대 도시 이름으로 지금의 장수성 전장鎭江시를 가리킨다. 209년 손권孫權이 수도를 오吳(지금의 쑤저우)에서 이리로 옮긴 뒤 경성京城이라 불렸고, 211년 다시

대가 홀로 진격하여 사나운 적들을 모조리 평정시키고, 황제를 다시 모시고, 진晉의 사직과 하늘에 제사를 올리고 옛 문물제도가 사라지지 않게 했습니다. 이것이 바로 유의劉毅136)가 지방의 군사를 일으켜 환현桓玄을 평정하고 진의 대업을 회복했던 일입니다.

후경侯景137)이 배반을 하여 두 왕이 재난을 당했으나, 여러 번진藩鎭들이 군주의 위급함을 구하는데 힘을 쏟지 않고 날마다 전쟁을 일삼으며, 심한 경우 사태의 추이를 엿보며 자기 목숨만 보존하고 적의 손에 몸을 맡긴 자도 있었습니다. 그 가운데 포위된 성안에 있던 사람들 중 모사謀士나 군사軍師의 직책이 아니면서도 충의를 부르짖으며 위험에 처한 왕을 구하고자 한 이들이 있어 죽기를 각오하고 싸웠습니다. 이것이 바로 조호祖皓138)와 내억來 嶷139)이 광릉을 습격하여 동소선董紹先140)을 죽인 뒤, 후경을 토벌하자는 격

건업建業으로 옮겨가자 경구진京口鎭으로 바뀌었다. 동진과 남조 시기에는 경구성京口城으로 불렸으며, 장강 하류의 중요한 군사적 거점 도시라 할 수 있다.

136) 유의劉毅(?~285)는 자가 중웅仲雄이고 서진西晉 동래東萊 액현掖縣 사람이다. 그는 위魏나라 때에 평양군平陽郡의 공조功曹를 지냈고, 진晉나라 때에는 사록교위司錄校尉, 상서좌복야尚書左僕射를 지냈다. 그는 특히 '상품上品에는 한문寒門이 없고 하품에는 세족世族이 없다'며 구품중정제九品中正制를 폐지할 것을 주장하기도 했다.

137) 후경侯景(503~552)은 자가 만경萬景이고 북위北魏 회삭진懷朔鎭(지금의 네이멍구 구양固陽)에서 선비족鮮卑族에 귀화한 갈羯 사람이다. 말 타기와 활쏘기에 뛰어났던 그는 동위東魏에서 높은 벼슬을 지냈으나 양梁 무제武帝에게 투항하여 하남왕河南王에 봉해졌다. 태청太淸 2년(548)에 동위와의 싸움에서 패하여 수춘壽春으로 달아났다가 반란을 일으켜 무제를 죽이고 소강蕭綱을 왕으로 세운 뒤, 서쪽으로 진격하다 여의치 않자 건강으로 되돌아와 스스로 나라를 세우고 국호를 한漢이라 했다. 나중에 왕승변王僧辯(?~555), 진패선陳霸先(503~559, 남조 진陳을 세움) 등과 전투에서 패하여 달아나다가 부하에게 피살당했다.

138) 조호祖皓는 남조 양梁나라 사람으로 수학자이자 천문학자인 조충지祖冲之의 손자로서, 가업으로 전해진 천문 역산을 공부하여 명성이 있었다. 그는 양 무제 때 광릉 태수를 지냈으며, 후경의 반란군에게 저항하다 포로가 되어 살해당했다.

139) 내억來嶷은 자가 덕산德山이며, 남조 양나라 때 광릉 사람이다. 그는 보병교위步兵校尉와 진군태수秦郡太守, 장녕현후長寧縣侯 등을 지내다가 조호祖皓를 설득하여 후경에 대항하는 군사를 일으켰으나 거사에 실패하여 처형당했다.

140) 동소선董紹先(?~550)은 남조 양나라 사람이다. 후경의 반란군이 초주譙州(지금의 안훼이성 추현滁縣)로 진격했을 때, 당시 초주를 지키던 그는 성문을 열어 항복하면서 반란군에 가담하여 후경의 심복으로 일했다. 연주자사兗州刺史를 지내던 550년 광릉에

문을 내걸어 양나라의 충신이 되었던 일입니다.

무씨武氏[141]가 음란하고 포악하여 인륜의 도리가 땅에 떨어지고 어린 황제를 대신해 집정하니 당나라 왕실이 위태로워졌습니다. 그 가운데 강회江淮지역을 장악하고 사직을 바로잡자는 뜻을 받들어 무씨를 토벌코자 했던 이가 있었습니다. 비록 공을 이루지는 못하였으나, 그가 천명한 뜻은 또한 천하에 대의를 널리 알릴만한 것이었습니다. 이것이 바로 서경업徐敬業[142]이 왕조를 바로세우기 위해 군사를 일으키고, 자신과 일족의 안위를 희생하여 나라의 은혜에 보답하고자 했던 일입니다. 게다가 그는 무씨가 즉위하자 성실하게 보좌했습니다. 서경업은 왕실에 마음을 두었을 뿐 아니라 또 그렇게 함으로써 이전 사람들의 허물을 덮었으니, 그의 행실에는 충효의 마음이 있었

진격한 조호祖皓에 의해 죽었다.

141) 무측천武則天 즉 측천무후則天武后를 가리킨다. 무측천(624~705)은 이름을 무조武曌라 하며 병주幷州 문수文水 사람이다. 그녀는 정관貞觀 11년(637) 당 태종太宗의 재인才人(비빈妃嬪의 일종)으로 입궁하였다가 고종이 즉위하자 집요한 노력 끝에 655년 결국 황후의 자리에 올랐다. 683년 고종이 죽고 중종中宗이 즉위하자 그녀는 어린 황제를 대신해 집정하다가, 다음 해 중종을 폐위시켜 여릉왕廬陵王으로 봉하고 예종睿宗을 세웠다. 690년에는 예종마저 폐위시키고 스스로 제위에 올라 국호를 주周라고 하고 자기 이름을 조曌로 바꾸었다. 그러다가 705년 재상 장간지張柬之 등이 반란을 일으켜 중종을 복위시켰고, 그녀를 상양궁上陽宮에 유폐했는데, 그 해에 죽었다. 시호는 측천황후則天皇后이다. 그녀는 독선적이고 잔혹한 행동으로 역사가의 지탄을 받고 있으나 한편으로 집정기에 뛰어난 치적이 많았던 점도 인정되고 있다. 그녀는 시에도 뛰어나『전당시』에 58수가 남아 있다.『신당서新唐書』「예문지藝文志」에 그녀의 저작으로『수공집垂拱集』100권과『금륜집金輪集』이 있다는 기록이 있다.

142) 서경업徐敬業(?~684)은 영국공英國公 이경업李敬業을 가리킨다. 그는 원적이 조주曹州 이호離狐(지금의 산둥성 줴옌현鄄縣)이며, 본래 성이 서徐인데 선조대의 공적으로 이李씨 성을 하사받았으며, 부친이 죽은 뒤 영국공 작위를 물려받고 태복소경太僕少卿, 미주자사眉州剌史를 지냈다. 홍도弘道 1년(683)에 중종이 즉위하고 다음 해 무측천이 정권을 장악했는데, 이 해 서경업은 사건에 연루되어 유주사마柳州司馬로 폄적되었고, 유배지로 가는 길에 양주를 지나게 되었다. 이때 비슷한 시기에 폄적되어 남방으로 가게된 당지기唐之奇, 낙빈왕駱賓王 등과 함께 무측천에 반대하는 반란을 계획했다. 광택光宅 1년(684) 9월에 서경업은 양주사마揚州司馬로 자칭하면서 양주를 점령하고, 중종 복위의 기치를 내걸고 사람들을 모았다. 그러나 당시 좌옥검위대장군左玉鈐衛大將軍 이효일李孝逸의 군대와 전투에서 패하여 쫓기던 중 부하에게 살해당했다. 이 사건 이후 관작을 박탈당하고 본성인 서씨를 쓰게 되었다.

다 하겠습니다."

그러자 시랑께서 말씀하셨다.

"서경업은 곧바로 낙양으로 향하지 않고 금릉金陵에서 왕이 될 기회를 엿보았는데, 그러고도 진실로 충신이라 할 수 있겠소?"

내가 대답했다.

"병사를 쓰는 일은 흉험한 일인지라 신중해야 합니다[兵者凶器].143) 당시는 당이 가장 강성하던 때인데 무씨의 막강한 세력이 그 힘을 모두 틀어쥐고 있어 천하의 누구도 그 명에 따르지 않는 이가 없었습니다. 서경업이 오합지졸을 데리고 기의를 일으켜 그와 대적했습니다. 그래서 장강 이남을 평정하여 세력을 크게 키우려고 한 것이니, 먼저 나가서는 이길 수 없기에 대적하여 이길 수 있는 때를 기다린 것입니다. 처음 거사를 일으킬 때 그 의로운 뜻이 분명했고, 군사를 통어한 시간이 짧아 그동안은 아직 신하된 도리에 벗어난 행적을 하지 않았거늘, 어찌 그의 마음을 앞질러 예단하며 하나하나 따져 책망할 수 있겠습니까? 『춘추春秋』에서는 상법常法을 지키라 했고,144) 『예기禮記』에서는 아직 이르지 않은 일을 미리 예단하지 말라145)고 했는데, 이러한 뜻을 가지고 미루어 생각해보면 서경업은 해나 달과도 빛을 다툴 만한 인물입니다."

이에 시랑 주규가 말했다.

"옳은 말일세. 자네 말을 끝까지 들어보고 싶네."

내가 말했다.

"송 왕조를 연 태조太祖는 군사들 가운데서 발탁되어 군대를 통솔하고 황

---

143) 제갈량諸葛亮의 『장원將苑』에 나오는 말이다.
144) '중화본'에서 '현賢'자를 '수守'자로 고쳐야 한다고 교감하고 있는데, 문맥상 이 교감이 옳을 듯하다. 왜냐하면 『좌전左傳』「은공隱公」편에서 송宋 목공穆公이 왕위를 물려주면서 적자인 공자公子 풍馮을 배제하고 상공殤公을 즉위시켰는데, 이 때문에 그 후 나라에 변란이 생기게 된다. 이것을 두고 후세의 논자들이 상법을 지키지 않고 변통變通을 하여 생긴 결과라고 비판할 때 보통 "事貴守經, 不宜自紊"이라고 하는데, 본문의 이 구절도 이런 의미로 사용된 듯하기 때문이다.
145) 『예기禮記』「소의少儀」에 나오는 말이다.

제를 호위하는 금군禁軍이 되었으며 주周 왕실의 두터운 은혜를 입었으나, 어린 군주가 즉위하여 인심이 동요하게 되자 스스로 제위에 올랐습니다. 그 가운데 전대의 황실 종친이 있어 두 성姓의 군주를 섬기기를 달가워않고 군사를 길러 끝까지 저항하다가, 성이 고립되고 원조도 끊겨 일족 전체가 그를 따라 죽었습니다. 이것이 바로 이중진李重進146)이 회남淮南을 근거지로 하여 태조에게 항거하면서 절개를 지켜 죽은 일이니, 후세에 한 시대의 종주로 여겨졌습니다.

조趙씨의 송나라가 극도로 쇠약해진 때에 원元나라 군대가 남쪽으로 쳐들어오니 그 기세가 마치 마른 나뭇가지를 꺾듯 거침없고, 여러 지방의 수비군이 걷잡을 수 없이 무너져 항복하거나 궤멸되어버렸습니다. 그 가운데 외로이 성 하나가 우뚝 서서 혈전을 벌이며 해를 넘기고 있었습니다. 군대는 황제를 지키지 못하고 삼궁三宮147)이 북으로 끌려갔으나, 사태후謝太后148)의 항복을 권하는 조서를 불태우고 사신을 베어버린 뒤 더욱 용기백배하였으니, 그 충성심은 장순張巡149)보다 뜨거웠고, 성을 굳게 지키기로는 묵적墨翟150)보

---

146) 이중진李重進(?~960)은 오대 시기 주周나라의 창주滄州 사람으로, 후주後周 태조太祖 곽위郭威의 친 외조카이다. 그는 세조世祖를 따라 회남淮南을 정벌하는데 공을 세웠고 여주廬州, 수주壽州 등의 초토사招討使를 지냈다. 오 지역 사람들은 그의 얼굴이 검다 하여 흑대왕黑大王이라 불렀다. 훗날 송나라 태조 조광윤趙匡胤이 제위에 오르자, 960년 9월 회남절도사淮南節度使로 있던 그는 양주를 근거지로 반란을 일으켰다가 패하자 분신자살하였다.

147) 천자와 태후, 황후를 가리킨다.

148) 사태후謝太后(1210~1283)는 이름이 사도청謝道淸으로 송나라 말기에 집정했던 황태후이다. 그녀는 이종理宗의 황후로서 이종과 함께 약 2년 간 집정했다. 그리고 1275년 손자인 공제恭帝가 즉위했는데, 이때 공제의 나이가 4세였기 때문에 당시 65세였던 사태후가 수렴청정을 하게 되었다. 당시 군정軍政의 대권은 가사도賈似道의 손에 있었는데, 후에 사태후가 그를 죽였으나 정치는 이미 회복할 수 없을 정도로 피폐해진 상태였다. 덕우德佑 2년(1276)에 원군이 수도 임안臨安에 이르자 사태후가 화의를 청했으나 성사되지 않았다. 사태후는 5세 된 공제를 안고 황족을 데리고 원군 원수 백안伯顔에게 투항했다. 송나라가 멸망 후 사태후는 수춘군부인壽春郡夫人으로 지위가 강등되었다. 이후 사태후의 손자와 공제의 아우 익왕益王 조하趙昰, 위왕衛王 조병趙昺을 우두머리로 한 남송 잔여세력이 동남 연해에서 항원抗元 투쟁을 벌였다. 1279년 3월 8살의 어린 황제 조병이 원군에게 쫓겨 바다에 뛰어들어 죽은 뒤 남송은 완전히 멸망했다. 사태후는 포로가 된 지 7년 만에 죽었다.

다 단단했습니다. 이것이 바로 이정지李庭芝[151]가 양주성을 지켜 무수한 전투를 치루면서 나라와 운명을 함께 하여 죽어간 일입니다.

명나라 말년에 농민반란군[152]이 사방에 들끓어 남도南都[153]에 도읍을 정하였으나, 간사한 자가 조정을 채우고 지방의 병권을 쥔 장수들이 제멋대로 명을 내리니, 나라의 운명 역시 위태로워지는 것을 어찌 할 수 없게 되었습니다. 그 가운데 위로 어리석은 군주를 보필하고 아래로 교만한 장수들을 어루만지며, 안으로 여러 가지 대책을 끌어 모으고 밖으로 청조의 군대[天兵]에 맞서 싸우는 데에 죽는 그날까지 온 힘을 다 바쳤던[154] 이가 있었습니다. 이것이 바로 사가법史可法[155]이 변방에서 목숨을 바쳐 왕은에 보답하고 마침내 사직을 위하는 충신이 되었던 일입니다.

그러므로 광릉 일대의 땅은 천하에 아무 일이 없을 때에는 바다를 경영하여 소금을 만들어 백성으로 하여금 염업으로 먹고 살게 하고, 위로 특산물을 관할하는 관청[少府]에 바쳐 경작의 노고를 덜어주었습니다. 그리고 운하의

---

149) 장순張巡(709?~757)은 당唐 남양南陽 사람이다. 그는 개원開元 연간에 진사로 급제하여 청하현령淸河縣令, 진원현령眞源縣令을 지내다가, 안녹산의 반란을 진압하며 공을 세워 어사중승御史中丞, 하남절도부사河南節度副使로 승진했다. 그러나 757년 반란군에 포위된 상태에서 하란진명賀蘭進明이 구원 요청을 거부하는 바람에 성이 함락되었고, 성 안에 있던 모든 사람이 몰살되었다. 숙종肅宗은 장순을 양주대도독揚州大都督에 임명하고 등국공鄧國公으로 봉했다. 선종宣宗 때에는 능연각凌煙閣에 장순의 초상을 그리게 하고 수양睢陽에 사당을 세워 장순과 허원을 제사지내게 했는데, 이 사당을 쌍묘雙廟라고 한다.

150) 묵적墨翟(B.C. 468?~376?)은 보통 묵자墨子로 존칭되며 전국시대 초기의 노魯 나라 사람이다.

151) 이정지李庭芝에 대해서는 『양주화방록』 권3 「신성북록新城北錄·상上·70」을 참조할 것.

152) 본문에는 유구流寇라고 되어 있는데, 유구란 고정된 거점 없이 떠돌아다니는 도적떼를 가리키는 말이다. 주로 농민기의군을 왕조 입장에서 경멸조로 지칭한 것으로서, 유구는 특히 명말 이자성李自成이나 장헌충張獻忠 등이 이끄는 농민군을 가리킬 때 주로 사용된다.

153) 주로 명대 사람들이 남경南京을 가리켜 쓴 말이다.

154) '중화본'의 주석에 따르면, 왕중의 『술학편述學篇』 「광릉대」 원문에는 "內攬群策, 外抗天兵, 鞠躬盡力"으로 되어 있는데, 이두가 인용한 부분은 "內攬群奄, 外而直鞠躬盡力"으로 되어 있다고 했다.

155) 사가법史可法에 대해서는 『양주화방록』 권3 「신성북록新城北錄·상上·4 및 72」를 참조할 것.

물길이 닿는 곳에 온갖 물자를 유통시켜 온 천하를 이롭게 했습니다. 그러다 갑자기 변란이 생기면 벼슬길에 나간 사람들은 천자를 옹립하여 제齊 환공桓公, 진晉 문공文公과 같은 공을 세우고, 재야로 물러난 이들은 주현州縣의 영토(광릉)를 굳게 지키며 왕실의 부흥을 도모하는데 진력했습니다. 불행히도 하늘이 천하를 혼란하게 하는지라, 사람의 지모와 용기가 모두 곤란한 지경에 빠졌는데도 여전히 백성들과 더불어 성을 지키며 죽음을 불사하고 떠나지 않음으로써 신하된 자의 의리를 밝혔습니다. 역대로 18개 성씨의 왕조가 이천여 년을 부침해왔으나, 이곳에서는 성을 버리고 항복한 자가 나오지 않았습니다. 바로 이런 사실을 두고 말씀드리는 것이오니, 광릉이 어찌 천하를 저버린 일이 있다 하겠습니까?”

그러자 시랑이 말했다.

“탁견일세! 예전에 진군陳郡의 원씨袁氏[156] 집안에서는 대대로 절개를 지켜 죽은 신하가 있어서 그 가문을 자랑스럽게 여기면서 다른 가문들과는 다르다고 여겼네. 이제 그대의 말을 들으니 천하의 모든 군현 가운데 광릉만한 곳이 정말 없으며, 후대에 더 뛰어난 곳이 나온다 해도 이곳을 본받아야 뒤에야 가능할 걸세. 허나 내가 듣기로 ‘위태로운 일에서 편안함을 추구해서는 안 되고, 죽음으로 섬겨야 할 때 살려고 해서는 안 된다는 것은 특별히 지혜로운 일이라고 할 것도 없다’[157]고 했네. 자네가 말한 사람들 가운데 유의劉毅는 무예에 재능이 있어 전공을 세운 것이고, 치감郗鑒은 덕망으로 이름이 높아 위엄을 세웠을 뿐이지, 조호祖皓 이래로는 패망한 사례가 줄을 이었네. 생각해보면 광릉은 지형이 평탄하고 광활하여 전쟁을 하기에 적합한 땅이

---

156) 원찬袁粲(420~477)을 가리킨다. 원찬은 남조南朝 송宋나라 사람으로 자는 경천景倩이며 진군陳郡 양하陽夏 사람이다. 그는 명제明帝 때에 상서령尙書令까지 지냈으며, 저연褚淵 등과 함께 고명顧命을 받았다. 순제順帝가 즉위한 뒤 중서감中書監이 되었고, 석두石頭에 지방장관으로 나갔을 때 제齊의 고제高帝가 혁명을 도모했다. 원찬이 고제를 공격할 계획을 세웠는데 저연이 이 일을 누설하여 아들과 함께 석두에서 죽었다.

157) “危事不可以爲安, 死事不可以爲生, 則無爲貴智”는 『국어國語』「오어吳語」에 나오는 말이다.

아니지 않은가? 또 백성들이 유약하니 전쟁에 나갈 수 없는 것 아닌가? 명성을 쌓고 대의를 행한 사람들의 경우 대부분 수비를 한 신하들이었고, 또 우번虞翻[158]이 말한 것처럼 외지에서 온 사람들이었지 광릉 출신은 아니었네. 자네, 이 점에 대해서는 뭐라고 설명할 텐가?"

내가 말했다.

"채택蔡澤[159]이 말하기를 '사람이 공을 세우는데 어찌 완전하게 되기를 기대하지 않는단 말인가? 생명과 명성을 모두 온전히 이루는 것이 가장 뛰어난 것이요, 본받을 만한 공명을 이루되 목숨을 잃는 것이 그 다음이요, 이름을 욕되게 했으나 몸을 지킨 것이 가장 못한 것이다'라고 했습니다. 정말 그렇다면, 전대의 역사에서 찾아보았을 때, 업적과 명성을 모두 이룬 그런 사람이 그래도 있었습니다.

손책孫策[160]은 그 용병술이 항우를 방불케 했으며, 강동江東을 평정하고 천하에 위엄을 떨치고 있었는데, 그런 그가 10배나 많은 군사를 이끌고 광릉성을 공격해 싸움을 걸어왔습니다. 그러자 진등陳登[161]은 뛰어난 계책을 내어

---

158) 우번虞翻(164~232)은 한말 삼국시대 회계會稽 여요餘姚(지금의 저장성에 속함) 사람으로, 자는 중상仲翔이다. 그는 손권이 집권했을 때에 기도위騎都尉가 되었다. 그러나 그는 직간을 많이 하고 투항한 위魏의 장수 우금牛金의 문제로 손권과 대립하여 죽임을 당할 뻔 하기도 했으며, 결국 교주交州로 쫓겨났다. 교주에서 십여 년 간 후학을 가르치고 『노자』, 『논어』, 『국어』 등에 주석을 다는 등 학문에 정진하다가 죽었다.
159) 채택蔡澤(?~?)은 전국시대 연燕나라 사람으로 천하를 떠돌며 유세하다가 진秦의 소왕昭王의 객경客卿이 되었다. 채택은 진나라 재상이 된 뒤 동쪽으로 주周나라의 땅을 손에 넣었는데, 얼마 후 모함을 받아 벼슬을 사직하자 소왕은 그를 강성군綱成君에 봉했다. 그는 10여 년 동안 진나라에 머무르며 소왕과 효문왕孝文王, 장양왕莊襄王을 섬겼고, 최후에는 진시황을 섬기며 연나라에 사신으로 갔다. 왕중이 인용한 채택의 말은 『사기』 「범수채택열전范雎蔡澤列傳」에 나오는 것으로, 몸을 죽여 이름을 남기는 것이 훌륭한 선비라는 범수가 그를 시험하기 위해 마음에 없는 논리를 펴자 이에 반박하는 맥락에 있다.
160) 손책孫策(175~200)은 자가 백부伯符이며 손견孫堅의 장자이자 손권孫權의 형이며, 오군吳郡 부춘富春 사람이다. 그는 삼국시대 오나라의 기초를 쌓은 창업자인 그는 200년 조조와 원소袁紹가 관도官渡에서 대치하고 있을 때, 허도許都에 있는 한나라 헌제獻帝를 맞아들이려다가 실행에 옮기기 전에 죽었다.
161) 진등陳登(164?~201)은 자가 원룡元龍이며, 동한 하비下邳 회포淮浦(지금의 리엔쉐이漣水) 사람이다. 그는 25세에 효렴으로 천거되어 동양東陽의 장長이 되어 선정을 베풀었다. 이후 전농교위典農校尉로 발탁되었고, 건안 2년(197)에는 조조가 그를 광릉군廣陵郡

그를 제압하여 두 번이나 그의 군대를 격파했으니, 이로 인해 장강을 경계로 삼아 지키게 되었습니다. 오吳나라가 서쪽을 도모하면서도 북으로는 한 뼘의 땅도 늘리지 못했으니, 이는 바로 '광기匡琦의 전투'162) 때문이었습니다.

금나라 군대가 백전백승의 승세를 타고 괴뢰국 제[僞齊]163)를 데리고 남하하니 그 날카로운 기세를 당해낼 수 없었습니다. 그런데 한세충韓世忠164)이 도중에 그들을 맞아 싸워 많은 포로를 잡아들이고 장수들이 몸을 돌보지 않고 싸웠으며, 동시에 전공을 알려서 승전의 위엄을 떨쳤고 백성의 사기도 백배 진작되었습니다. 이로 인해 산양山陽165)에 관서를 열고 든든한 군사 요충지로 만들어 회동淮東 지역이 오랫동안 병란을 입지 않도록 할 수 있었으니, 이는 바로 '대의大儀의 전투' 때문이었습니다.

태수로 임명했다. 여포를 없앤 후에는 복파장군伏波將軍에 임명되었다. 건안 5년에 동성東城 태수로 옮긴 지 얼마 되지 않아 38세의 나이에 죽었다.

162) 건안 4년 광릉태수 진등이 손책의 북벌군을 격퇴시킨 전투로서, 이 공으로 진등은 동군東郡의 태수가 되었다. 『삼국지』「진등전」의 주에 인용된 「선현행장先賢行狀」과 『삼국지』「여포전」에 기록이 있다. 「진교전陳矯傳」에 의하면 진등이 광기에서 대치한 적이 손책이 아니라 손권이었다는 설도 있다.

163) 송나라 고종이 남하한 후 금나라 유예劉豫(자가 언유彦游)를 왕으로 책봉하고 세운 나라이다.

164) 한세충韓世忠(1089~1151)은 자가 양신良臣이며 연안延安 사람이다. 일설에는 수덕綏德 사람이라고도 한다. 그는 성격이 호탕하고 술을 좋아하며 자유분방하여 '한발오韓潑五'라 불리기도 했다. 서하西夏와의 전투에서 여러 차례 공을 세웠던 그는 선화宣和 3년(1121) 왕연王淵을 따라 종군하여 방랍方臘의 기의를 진압했다. 금나라와 전쟁이 발발한 후에는 준주浚州(지금의 허난성 쥔현浚縣)와 태원부太原府(지금의 허베이성 자오현趙縣), 대명부大名府(지금의 허베이성 다밍大名) 등에서 많은 전과를 세웠다. 건염建炎 1년(1127)에 송 고종高宗이 즉위하자 그를 어영좌군통제御營左軍統制에 임명했다. 건염 3년(1129)에는 임안에서 묘부苗傅와 유정언劉正彦이 일으킨 정변을 진압하는데 공을 세우고, 진강鎭江을 수비할 때 금나라 완안종필完顔宗弼의 침공에 맞서 막대한 타격을 안겨주었다. 송이 금과 화의和議를 하려고 하자 한세충은 여러 차례 상소를 올려 결전을 주장하며 진회秦檜와 대립했고, 그 때문에 소흥 11년에는 추밀사樞密使에 임명되면서 병권을 빼앗겼다. 진회가 악비岳飛를 모함했을 때 한세충만이 직언을 했고, 화의협약이 체결된 뒤에는 외부와 연락을 끊었다. 그 후 그는 고향의 청량산淸凉山의 이름을 따 청량거사淸凉居士라는 자호를 쓰며 금나라의 통치하에 있는 고향을 그리워하다 병사하였다. 죽은 후 효종孝宗이 기왕蘄王에 봉했으며, 시호는 충무忠武이다.

165) 초주楚州 즉, 지금의 화이안淮安을 가리킨다.

이전李全[166]은 경동京東[167]과 연합하여 이익을 챙기고 장성 이북의 삭북朔北[168]과 내통하여 소굴로 삼아, 누차 수신帥臣[169]의 자리를 훔치고 왕이 하사하는 상을 두둑이 챙기면서 걸핏하면 복종했다 배반했다 태도가 변하기 일쑤였는데, 이렇게 16년 동안이나 계속했지만 조정에서는 되는대로 그때그때 대처하기만 하여 마치 호랑이를 기르고 있는 듯했습니다. 그가 주현州縣을 연달아 함락시키고 삼성三城[170]으로 진격해 전쟁의 재앙이 바로 코앞에 닥치

166) 이전李全(?~1231)은 유주濰州 북해北海(지금의 산둥성 웨이팡濰坊) 사람이다. 1213년 몽고군이 산동 지역을 공격하자 그는 둘째 형 이복李福과 함께 의병을 모아 양안아楊安兒의 부대와 협력하여 저항했다. 1214년 양안아가 칭왕稱王하며 세력을 넓히려다가 금나라 군대의 공격으로 죽자, 유전劉全을 중심으로 한 나머지 병력들은 양안아의 여동생 양묘진楊妙眞(당시에는 '사낭자四娘子'로 불림)을 수령으로 내세웠다. 이후 양묘진은 이전과 결혼하여 세력을 합쳤다. 1218년에 이전의 부대는 송나라 조정의 부름에 응해 금나라를 공격하여 공을 세워, 송나라 조정으로부터 무익대부武翼大夫 겸 경동부총관京東副總管의 직함과 함께 그 부대에 '충의군忠義軍'의 칭호를 받았다. 1219년 가을에는 금나라 장수 장림張林이 이전과 의형제를 맺고 송나라에 귀의한 덕분에 이전은 광주관찰사廣州觀察使 겸 경동총관京東總管으로, 1222년에는 보녕군절도사保寧軍節度使로 승진했다. 그러나 송나라 조정에서 이전의 세력을 견제하여 불만을 품고 있던 차에, 1227년 몽고군이 청주를 공격할 때 몽고에 투항했다. 1228년 초주楚州에 있던 양묘진의 근거지가 송나라 군대에 의해 무너졌고, 이전은 1231년 정월 송나라 부대에게 패한 후에 도주하다가 신당新塘에서 격살되었다. 그의 아내 양묘진은 아들과 함께 몽고에 투항했고, 나머지 부대들은 송나라 군대에게 몰살되거나 금나라에 투항했다. 이전의 아들 이경李璟은 몽고 치하에서도 부친의 뒤를 이어 산동 지역을 30년 가까이 다스리며 강회대도독江淮大都督에 임명되기도 했으나, 1262년 반란을 일으켰다가 처형되었다.
167) 송나라 때의 행정구역 이름이다. 지도至道 3년에 설치되었는데, 수도 개봉 동쪽에 있었으므로 이런 이름이 붙었다. 지금의 하남성 및 산동성의 황하 이남 지역, 강소성 북부 서주徐州 일대의 지역에 해당한다. 여기에서는 양안아楊安兒를 가리킨다.
168) 금金나라를 가리킨다.
169) 송나라 때 제로諸路의 안무사安撫司의 장관을 지칭하는 말이다. 후에는 통수通帥나 주장主將의 범칭으로 쓰였다.
170) 삼성은 양주와 소주, 항주 세 성을 가리킨다. 1230년 연말에 이전李全이 남쪽으로 진격하여 송에게 선전포고를 했다. 그의 본래 의도는 양주를 습격한 뒤 바로 소주와 항주를 취하는 것이었는데 부하 정연덕鄭衍德의 말을 따라 통주通州와 태주泰州를 먼저 취한 뒤 장강을 건너 항주를 취하기로 했다. 이전이 태주를 점령하자 조범趙范과 조규趙葵가 양주에 수비진을 펴고 방어 준비를 갖추었고, 이전이 통주와 양주로 진격하여 송군과 대치하였다. 반년에 걸친 대치전에서 처음에는 이전이 승리를 거두었으나, 1231년 정월부터 송군이 우위를 점하기 시작했다. 이전은 식량 공급이 원활치 않은 상태에서 장수들의 부상이 속출하여 진퇴양난에 빠져 있던 차에, 평산당에서 술자리를

니, 조규趙葵[171]가 적을 토벌할 것을 건의하고 직접 그 일을 맡아 날랜 병사
들을 이끌고 계속 출전해서 가는 곳마다 공을 세웠습니다. 이로 인해 적장
이전을 죽이고 도적의 나머지 무리들을 평정한 뒤 회수淮水의 남은 땅들을
신속히 소탕하여 다시 왕토王土로 삼았으며, 적국의 모략을 무너뜨리고 종묘
사직을 다시 편안케 했으니 이는 바로 '신당新塘의 전투' 때문이었습니다.

국경을 지키고 적을 물리친 이 세 가지 공적은 장쾌한 것이었으니, 광릉
땅이 전쟁에 불리하고 광릉 사람들이 용맹하지 않다고 할 수 없습니다.

부견苻堅[172]이 강성해져 우의 땅[禹迹][173] 중원을 뒤덮어 구주九州 가운데
일곱을 차지하고, 국력을 모두 기울여 남쪽을 침범해오면서 진晉을 안중에도
두지 않았습니다. 사현謝玄[174]이 북부北府[175]의 용사를 이끌고 정예병을 뽑아

열었다. 이 소식을 탐지한 조범이 계책을 써서 싸움을 걸어 이전으로 하여금 성에서
나와 대적하게 했다. 그 틈을 이용해서 송나라 장군 이호李虎가 이전의 퇴로를 끊었고,
다급해진 이전은 북쪽으로 도망치다가 신당新塘의 늪지대에 갇혀 뒤쫓아 온 송군에 의
해 죽었다.

171) 조규趙葵(1186~1266)는 자가 남중南仲이고 호가 신암信庵 혹은 용재庸齋이며 형산衡山
(지금의 후난성에 속함) 사람이다. 그는 영종寧宗 가정嘉定 14년(1221)에 전공을 세워 조
양군棗陽軍을 지휘하게 되었고, 1222년 여주廬州의 통판通判을 시작으로 저주滁州 지주,
회동제치사淮東制置使 겸 양주지주, 경하제치사京河制置使와 응천부應天府 지부, 남경유
수南京留守, 담주潭州 지주, 호남안무사湖南安撫使, 추밀사樞密使 겸 참지정사參知政事, 강
회경서호북군마江淮京西湖北軍馬 총독, 강동안무사江東安撫使, 광서선무사廣西宣撫使, 연해
제치사沿海制置使, 양회선무사兩淮宣撫使 등을 역임했다. 그는 시문에 뛰어났다고 하나
문집은 일실되었고, 『후촌천가시後村千家詩』 등에 기록된 것을 집록한 것이 1권 전한다.
172) 부견苻堅(338~385)은 진晉나라 때 세워진 전진前秦의 왕이다. 그는 약양略陽 임위臨渭
(지금의 간쑤성 친안秦安) 저족氐族 출신이며 전진前秦 개국 군주인 부홍苻洪의 손자이
며, 부웅苻雄의 아들이다. 부견의 자는 영고永固 혹은 문옥文玉이며 소자小字가 견두堅頭
이다. 그는 357년에 부친의 뒤를 이은 부생苻生을 죽이고 대진대왕大秦天王이라 칭하며
연호를 영흥永興으로 바꾸었다. 370년에는 연국燕國을 멸망시켰고, 동진의 촉 지역을
공략해 손에 넣고, 전량前涼과 대국代國을 멸망시켰다. 383년에 부견은 신료들의 반대
에도 불구하고 동진을 치기 위해 친히 대규모 원정군을 이끌고 출정했다가 동진의 사
석謝石과 사현謝玄 등이 이끄는 부대와 비수淝水에서 맞서 싸웠다가 참패했고, 자신 역
시 흐르는 화살에 맞아 단기필마로 회북淮北으로 도망갔다. 385년에 후진後秦의 주인
이 되는 요장姚萇에 의해 신평불사新平佛寺에서 피살되었다.
173) 우적禹跡이라고도 한다. 우禹가 홍수를 다스릴 때 구주九州를 두루 다녔는데, 그가
이르렀던 모든 땅을 우적이라고 일컫는다.
174) 원문에 사원謝元으로 되어 있는데, 사현謝玄의 '현玄'자를 강희제의 이름을 피휘避諱

적의 진지를 공격하니 수십만의 적병이 기세에 눌려 궤멸하였고, 이 전투로 부견의 전진前秦이 망하게 되었습니다. 이로 인해 낙양洛陽을 다시 회복하고 업하鄴下까지 진군할 수 있었으며 국위를 중원에 떨쳐 시호를 "무武"로 받았으니, 이는 바로 비수淝水의 전투 때문이었습니다.

수나라 문제文帝 개황開皇 연간에 처음으로 진陳을 평정할 것을 논의하자, 하약필賀若弼176)이 진을 취하는 10가지 계책[取陳十策]을 올렸습니다. 얼마 후 은밀히 군사를 움직여 장강을 건너서 진의 요충지를 점령하고 곧장 건강建康 근교로 진격했습니다. 이때 건강의 군사는 아직 십여 만 명에 달했고, 진의 장수 노달魯達177)이 충성스럽고 용맹했으며, 병사들은 죽을 각오로 싸

하기 위해 바꿔 쓴 것이다. 사현謝玄(343~388)은 자가 유도幼度이고 진군陳郡 양하陽夏(지금의 허난성 타이캉太康) 사람이다. 그는 진晉의 재상이었던 사안謝安의 조카이다. 그는 진 명제明帝의 사위였던 환온桓溫의 막료로 초빙되었다가, 나중에 조정에서 건무장군建武將軍에 임명되어 광릉을 수비했고 강북의 각 로路의 인마人馬를 관리하게 했다. 383년 8월 부견이 직접 백만 진병秦兵을 이끌고 동진을 공격하자 사현은 전봉도독前鋒都督이 되어 회하 서쪽을 따라 진격하여 10배가 넘는 적을 물리쳤다. 이후 효무제孝武帝가 그를 전장군前將軍에 봉했으나 사현은 고사하여 받지 않고, 도주하는 부견을 추격하며 북진하여 서주, 연주, 청주靑州, 예주豫州 등 황하 유역의 땅을 수복하였다. 387년 1월 사현은 회계내사會稽內史로 임명되어 병중에 부임하였고, 그 다음 해 부중에서 사망했다. 그 후 거기장군車騎將軍으로 추존되었고, 시호를 헌무獻武라 했다.

175) 북부병北府兵의 약칭이다. 북부병은 동진東晉 사현謝玄이 서주徐州와 연주兗州에서 날랜 용사를 모집하여 조직한 정예부대로서 비수淝水 전투의 주력부대로 활약했다.『진서晉書』「유뢰지전劉牢之傳」에 그에 관한 기록이 있다.

176) 하약필賀若弼(543?~607)은 자가 보백輔伯이고 하남 낙양洛陽 사람이다. 북주北周의 명장이었던 부친 밑에서 공부한 그는 수주壽州 자사를 지내다가, 수나라 때에 오주총관吳州總管이 되어 광릉에 주둔하면서 장강을 건너 진陳을 평정할 준비를 하기 시작했다. 개황 8년(588)에 대군을 이끌고 진을 정벌할 때 행군총관行軍總管으로 참여하여 과주瓜州(지금의 양저우 서남쪽)에서 장강을 건너 경구京口(지금의 전장鎭江)를 함락시키고, 서진하여 곧장 장산蔣山(지금의 종산鍾山, 난징에 소재)에 이르러 악전고투하여 진의 대장 소마가蕭摩訶를 사로잡았다. 이때 안휘에서 장강을 건너 건강建康(지금의 난징)으로 진군하던 한금호韓擒虎가 먼저 입성하여 진 후주後主를 사로잡았다. 하약필은 그 뒤에 도착하는 바람에 두 사람은 반목하게 되었다. 하약필은 상주국上柱國에 오르고 송국공宋國公에 봉해졌는데, 재상이 되지 않자 불만을 터뜨리다 면직되어 평민 신분이 되었다. 그 후 복관復官이 되기는 했으나 중용되지는 못했고, 나중에는 조정 정책을 비난했다는 이유로 처형당했다.

177) 노달魯達은 노광달魯廣達(531~589)을 가리킨다. 그는 자가 편람遍覽이고 남조시대 신

움에 임했습니다. 그러나 하약필은 힘을 다해 싸워 적의 예봉을 꺾고 날랜 군사를 격파하여 사나운 적장을 사로잡았습니다. 이로 인해 진의 제군諸軍이 모두 궤멸되었고, 신림新林[178]의 군대가 맹렬한 기세로 진격하여 강남이 평정되었으니 이것이 바로 백토강白土岡의 전투 때문입니다.

　주온朱溫[179]이 대량大梁[180]에 웅거하며 중요 번진藩鎭들을 손에 넣은 뒤, 날랜 군사와 용맹한 장수를 전부 거느리고 삼로三路로 나누어 회수淮水 지역에 이르렀습니다. 이때 회남淮南[181]을 지키지 못했다면 전류錢鏐[182]와 마은馬

채新蔡 사람으로서, 승성承聖 1년(552)에 진주자사晉州刺史를 맡아 후경의 반란을 평정하는데 참여해 공을 세웠다. 광대光大 원년(567)에는 통직산기상시通直散騎常侍, 남예주南豫州 자사를 지내다가 상주湘州 자사 화교華皎의 반란을 진압했다. 태건太建 5년(573) 북벌에 나서 회남淮南 땅을 수복하고 북서주北徐州를 점령하고 돌아와 우위장군右衛將軍에 봉해졌다. 그러나 태건 11년 북주의 양사언梁士彦이 남정을 하여 수춘壽春을 포위했을 때 패배하여 회남 지역을 모두 잃었고, 이 일로 노광달은 면직되었다. 지덕至德 1년(583)에 후주後主 진숙보陳叔寶가 즉위하자 노광달은 안좌장군安左將軍을 제수 받았고 후에는 평남장군平南將軍, 시중侍中이 되었으며 수월군공綏越郡公에 봉해졌다. 지덕 3년 노광달의 두 아들 노세진魯世眞과 노세웅魯世雄이 고향에 있다가 수의 장수 한금호에게 투항하고 그에게 서신을 보내 항복할 것을 권했다. 그러나 노광달은 아들의 서신을 들고 조정에 들어가 보이고 죄를 청하니, 진 후주는 오히려 그에게 황금을 하사하여 진영으로 돌려보냈다. 정명禎明 3년(589) 1월에 수장隋將 하약필이 장강을 건너 종산鍾山을 점령하자 노광달은 백토강에 진을 치고 대치하였다. 그러나 중과부적으로 건강이 함락되었다. 그 후 그는 전례에 따라 수나라 조정에 들어갔으나, 얼마 후에 병에 걸려 죽었다.
178) 신림新林은 지금의 난징 서쪽 지역이다. 여기서는 한금호의 군대를 가리킨다.
179) 주온朱溫(852~912)은 송주宋州 탕산碭山(지금의 안훼이성) 사람으로, 당唐 말기 황소黃巢 기의군에 참여했다가 882년에 당나라에 항복하자 희종僖宗이 전충全忠이라는 이름을 하사했다. 다음 해 개봉開封을 관할하는 선무군절도사宣武軍節度使에 봉해졌고, 이후 이극용李克用 등과 연합하여 황소 기의군을 진압했다. 이후 10여 년간 그는 중원과 하북 지역의 번진藩鎭을 차근차근 병탄한 공으로 901년에 양왕梁王에 봉해졌고, 같은 해 환관이 당 소종昭宗을 납치해 봉상鳳翔(지금의 샨시성)으로 데려간 사건이 해결된 후로 조정의 모든 실권을 쥐었다. 904년에 주온은 사람을 보내 소종을 죽이고 그의 아들 이축李柷(애제哀帝)을 세웠다. 그러나 4년 뒤 주온은 이축을 폐하고 칭제하여 이름을 황晃으로 바꾸고, 후량後梁의 태조가 되었다. 도읍은 개봉에 정했다가 나중에는 낙양으로 옮겼다. 그러나 황실 내부의 권력투쟁 와중인 912년에, 둘째 아들인 주우규朱友珪에 의해 살해당했다.
180) 옛 지명으로 전국시대 위魏나라의 도읍이었다. 지금의 허난성 카이펑시開封市 서북쪽에 위치해 있다. 수·당 이후로는 지금의 카이펑을 대량으로 통칭했다.

殷[183]은 분명 자립하여 일국을 세울 수 없었을 것입니다. 주온은 병력이 영해嶺海[184] 지역까지 이르러 땅이 넓고 물자가 풍부했으므로 공략하기가 어려웠습니다. 양행밀楊行密[185]과 주근朱瑾[186]이 계책을 정해 주온의 허점을 공격

---

181) 회하淮河 이남과 장강 이북 지역을 가리킨다.

182) 전류錢鏐(852~932)는 오대五代 오월국吳越國의 건립자, 무숙왕武肅王으로 자가 구미具美이다. 그는 소자小字가 파류婆留이고 임안臨安 사람인데, 875년에 절서진알사浙西鎭遏使 왕영王郢이 반란을 일으키자 임안 석경진장石鏡鎭將 동창董昌이 모집한 향병鄕兵에 충원되어 반란 진압에 참여했다. 이후 그는 도지병마사都知兵馬使를 지내다가 886년에 절동浙東(지금의 항저우杭州) 관찰사 유한굉劉漢宏의 반란을 제압한 공으로 다음 해 항주자사가 되었다. 893년는 양행밀과 연합하여 선주宣州(지금의 안훼이성 이청宣城)에서 손유孫儒를 제압한 공로로 진해군鎭海軍 절도사가 되었다. 895년에 동창이 나평국羅平國 황제로 자칭하고 연호를 순천順天으로 바꾸니, 전류가 군사를 이끌고 공격하여 다음 해 월주를 점령하고 동창을 죽였다. 이후 그는 월왕越王과 오왕吳王에 봉해졌고, 후량後梁 때에는 오월국왕吳越國王에 봉해졌다. 재위 기간 동안 그는 해석당海石塘을 축조하고, 용산龍山을 만들었으며, 태호太湖 유역의 치수 사업을 진행하고, 항주 성곽을 확장 축조하는 등의 많은 치적을 남겼다.

183) 마은馬殷(852~930)은 오대십국시기 초국楚國의 개국황제로서 묘호廟號가 무목왕武穆王이다. 자는 패도霸圖이고 허주許州 언릉鄢陵(지금의 허난성) 사람이다. 후량后梁 개평開平 1년(907)에 주온이 그를 초왕楚王에 봉했고, 후당後唐이 후량을 멸망시킨 후 927년 후당이 다시 그를 초왕에 봉했다. 같은 해 마은은 초국을 세우고 담주潭州를 수도로 삼고 이름을 장사부長沙府로 고쳤으며, 후당의 연호를 사용했다. 그는 영토와 백성을 지키는 데 주력하면서 897년 호남 지역을 차지한 후로 전쟁을 거의 하지 않아, 혼란기임에도 경제 상태가 좋은 편이었다. 마은이 죽자 후당 명종明宗이 사흘간 조회를 쉬면서 애도했고, 그에게 무목왕이라는 시호를 하사했다. 그의 뒤를 이은 아들 마희성馬希聲은 부친의 유명遺命에 따라 초국이라는 칭호를 버리고, 스스로 등급을 낮추어 절도사의 칭호를 받았다.

184) 양광兩廣, 즉 광동廣東과 광서廣西 지역을 가리킨다. 북쪽으로 오령五嶺이 있고 남쪽으로 남해가 있기 때문에 붙여진 이름이다.

185) 양행밀楊行密(852~905)은 오대십국五代十國 시대 오국吳國의 개국황제 태조太祖이다. 그는 자가 화원化源이고 원래 이름은 행민行愍이며, 여주廬州 합비合肥 사람이다. 그는 892년 회남절도사淮南節度使가 되어 14년을 지냈다. 897년 선무절도사宣武節度使 주전충朱全忠(즉 주온)이 대규모 남정을 시행했는데 양행밀이 그를 청구淸口에서 대패시켜 이후로 주전충은 다시 남하할 힘을 얻지 못했고, 그 후 십여 년 동안 남북이 분열되는 정국이 만들어졌다. 902년에 그는 동면행영도통東面行營都統과 중서령中書令, 오왕에 봉해졌다. 죽은 후에는 무충왕武忠王이란 시호를 받았고, 후에 양부楊溥가 칭제하면서 그를 무제武帝로 추존하여 묘호를 태조라고 했다.

186) 주근朱瑾(?~918?)은 당나라 사람으로 주선周宣의 종제이다. 그는 희종僖宗때에 태녕군泰寧軍 절도사에 임명되었고, 897년 주전충에게 공격을 받아 회남淮南으로 쫓겨 가자

하여 그의 상장군의 목을 베니, 한쪽이 무너지자 전체가 뿔뿔이 흩어졌고, 그 뒤를 추격하여 멀리 북쪽으로 쫓아버렸습니다. 이로 인해 강회江淮 지역을 보전하며 당나라의 정삭正朔[187]을 받들고 영토를 개척하여 후대에 남겼으며, 후량은 망하는 그날까지 오吳 땅에서 뜻을 이루지 못했으니, 이것이 바로 청구淸口[188]의 전투 때문입니다.

당시 저 진晉은 진秦에게, 오吳는 양梁에게 적수가 되지 못했습니다. 그러나 일국의 명운을 놓고 양편으로 진을 갈라 결전을 벌이니 작게는 군사가 패하고 장수가 죽었으며, 크게는 나라가 망하고 군주가 자리에서 내쫓긴 것이 이와 같았던 것입니다.[189] 게다가 남과 북이 나뉜 지가 300여 년에 이르렀지만, 한 번 결전으로 천하가 하나로 합해질 수 있기 때문에 군사를 쓴 것이니 누가 이를 막을 수 있었겠습니까? 『시경詩經』에 이르길 "용맹하신 탕 임금께선 깃발 세우시고 공경히 도끼 잡으시니, 불꽃이 활활 타오르듯 아무도 당해내지 못하였네"[190]라고 했으니, 광릉에서 이런 일이 있었던 것입니다.

한편으로 뛰어난 위인이 광릉에서 나와 나라와 가문의 영예가 되었으니, 앞에서 사실史實을 열거하면서 실로 다 말씀드리지 못한 것은 그 사적이 광릉과 관계된 것이 아니었기 때문입니다. 허니 그러한 일들을 상세히 말씀드리겠나이다.

당시 오왕吳王이었던 양행밀이 그를 받아들여 제도행영부도통諸道行營副都統으로 삼았다. 905년 양행밀이 죽은 뒤 양악楊渥이 그 뒤를 이었는데, 908년 권신 서온徐溫이 양악을 죽이고 양융연楊隆演을 세우며 전권을 손에 넣었다. 서온은 금릉성에 기거하며 아들 서지훈徐知訓을 양주에 두어 국정을 관리하게 했다. 서지훈은 교만하여 오국의 옛 공신들을 모욕하기 일쑤였는데, 918년 주근이 서지훈을 죽이고 오왕吳王의 이름을 빌리고자 했다. 그러나 오왕이 겁을 내며 따르지 않자 자결했다.

187) 정삭이란 제왕이 새로 반포하는 역법曆法을 가리킨다. 고대 제왕의 성姓이 바뀌어 천자의 위에 오를 때에는 반드시 정삭을 고쳤다. 여기에서는 당나라의 이씨 왕조 체제를 대칭하는 것으로 쓰였다고 볼 수 있다.

188) 청하구淸河口라고도 하며 예전에 황하와 회하淮河가 합류되었던 지점이다. 여기에서 양행밀이 후량의 주온을 대파한 적이 있다.

189) '중화본'에는 "國亡若是矣"라고 되어 있으나 '산동본'에는 "國破君亡若是矣"라고 되어 있는데, 후자가 앞의 구문과 잘 어울리므로 이를 따랐다.

190) 『시경詩經』「상송商頌」「장발長發」: "武王載旆, 有虔秉鉞, 如火烈烈, 則莫我敢曷"

동한 말 환제桓帝와 영제靈帝 때에 상시常侍[191]가 정사를 함부로 농단하여 조정과 재야에서 모두 절치부심하였습니다. 그런데 유유劉瑜[192]는 왕실의 종친으로서 경서에 밝았고, 궁정에서 시중侍中[193]을 지내며, 진번陳蕃[194]과 두무竇武[195]와 합심하여 환관을 주살하고자 논의를 모았고, 천문을 관찰하여 그 일을 서둘러 실행하도록 시켰습니다. 도모하던 일이 모두 어그러지자 일

---

191) 여기서는 주로 십상시十常侍를 지칭하는 것으로 볼 수 있다. 동한 영제靈帝 때 환관 장양張讓, 곽승郭勝 등 12인이 모두 중상시中常侍를 지냈으므로 붙여진 명칭이다. 상시常侍는 관직명으로 황제의 시종근신侍從近臣이다. 진秦·한漢 때에 중상시가 있었고, 위魏·진晋 이래로 산기상시散騎常侍가 있었으며, 수·당 내시성內侍省에 내상시內常侍가 있었는데, 모두 '상시'로 약칭했다.

192) 유유劉瑜(?~?)는 자가 계절季節이고 광릉廣陵 사람이다. 고조부가 광릉廣陵 정왕靖王이고 부친 유변劉辯은 청하淸河 태수였다. 그는 연희延熹 8년에 현량방정賢良方正에 천거되어 경사로 왔고, 참위론讖緯論에 뛰어난 덕택에 의랑議郞에 제수되었다. 환제가 죽고 영제가 즉위하자 대장군 두무竇武가 환관을 주살하기 위해 그와 손잡고 시중侍中을 맡겼으며, 또 시중 윤훈尹勛을 상서령尙書令에 임명하여 함께 계획을 세웠다. 그러던 중 천문에 밝았던 유유가 거사를 서둘렀지만 도중에 계획이 누설되어 환관의 반격이 시작되었고, 양편의 군사적 대치에서 두무가 패한 뒤 유유와 윤훈 모두 주살 당했다.

193) 고대 관직명으로 진秦나라 때에 처음 생겼으며, 양한兩漢에서 그대로 이어받았다. 정규 관직 외의 가관加官 가운데 하나이다. 황제를 측근에서 시중들기 위해 궁정을 출입하며 황제와 더불어 조정 정사를 듣기 때문에 점차 중요한 직책으로 변해갔다. 진晋나라 이후로 재상에 상당하는 지위였다. 북송까지는 아직 그 이름은 남아 있고 남송 때에 폐지되었다.

194) 진번陳蕃(?~168)은 자가 중거仲擧이고 여남汝南 평여平輿(지금의 허난성 루난汝南) 사람이다. 그는 환제桓帝 때 태위太尉를 역임했고 악안樂安과 예장豫章 태수를 지냈다. 이후 이응李膺 등과 연합하여 환관의 전횡에 반대하다 면직되었다. 168년에 영제가 즉위하고 두태후竇太后가 섭정할 때 그를 태부太傅로 임명하고 고양향후高陽鄕侯에 봉하여 국정을 맡겼다. 진번은 외척대장 두무와 연합하여 환관 조절趙節과 왕보王甫를 없애려고 했는데, 거사가 실패한 후 태학생 80여 명을 이끌고 승명문承明門으로 쳐들어가 두무를 구하려고 하다가 왕보에게 붙잡혀 죽임을 당했다.

195) 두무竇武(?~168)는 자가 유평游平이고 부풍扶風 평릉平陵(지금의 샨시陝西 시엔양咸陽 서북쪽) 사람으로 두융竇融의 현손이다. 그는 환제 연희延熹 8년(165)에 장녀가 황후가 된 뒤 낭중郞中에서 월기교위越騎校尉가 되었으며 괴리후槐里侯에 봉해졌다. 167년에 사록교위司錄校尉 이응李膺과 태복太僕 두밀杜密이 당고黨固의 화를 당하자 상소를 올려 둘이 사면되게 해주었다. 같은 해 겨울 환제가 죽자 두무는 영제를 옹립했고, 자신은 대장군을 제수 받은 뒤 다시 문회후聞喜侯에 봉해졌다. 168년 8월 진번과 함께 환관들을 없애기로 계획을 세웠으나 기밀이 새어나가자 병사들을 이끌고 왕보 등이 이끄는 군사와 대치하였다. 그 결과 두무는 패하여 자살했고 낙양 도정都亭에 효시되었다.

족이 죽임을 당했을 뿐 아니라 한의 왕업도 함께 쇠퇴하게 되었습니다. 동성
同姓의 신하로서 그 나라와 운명을 함께 했으니 이것은 굴원屈原[196]의 의지
[志]에 비할 수 있습니다.

  왕돈王敦[197]이 조정의 전권을 휘두르며 군주를 아랑곳 않는 불충한 마음을
품었습니다. 그런데 대연戴淵[198]은 충성스럽고 진실하여 마음을 다해 왕을
보호하였습니다. 왕돈이 군사를 일으켜 반란을 꾀하여 석두성石頭城[199]이 함
락되었는데, 그 흉흉한 기세에 핍박을 받으면서도 대연은 꿋꿋하게 저항했습
니다. 그러나 결국 군주는 굴욕을 당하고 신하는 죽어 환난을 당하고 말았습
니다. 엄숙한 얼굴로 조정에 섰을 때 아무도 감히 허물을 지적하지 않아 그
군주에게 재난이 이르게 만들었으니, 이것은 공보孔父[200] 의로움[義]에 비할

---

196) 굴원屈原(B.C. 339?~278?)은 이름이 평平이고 자가 원原이며, 초국楚國의 동성同姓 귀
   족이다. 전국시대 초국楚國의 시인이자 정치가이며, "초사楚辭" 양식의 창시자이자 대
   표적인 작가이다.
197) 왕돈王敦(266~324)은 자가 처중處仲이고 낭야琅邪 임기臨沂(지금의 산동성 린이 북쪽)
   사람이다. 그는 동진東晉 초기의 권신으로, 진 무제武帝 사마염司馬炎의 딸 양성공주襄城
   公主를 처로 맞았다. 그는 서진 말년에 양주자사와 도독정부제군사都督征付諸軍事를 지
   냈고, 이후 양주, 형주荊州, 상주湘州, 교주交州, 광주廣州 등 육주六州의 군무를 관할하
   여 동진의 군권을 장악했다. 서진 멸망하자 그는 사마예司馬睿를 원제元帝로 추대하여
   동진 정권을 건립하여 대장군과 형주목荊州牧이 되었다. 그러나 그의 세력을 너무 커
   지는 것을 두려워한 원제가 그를 견제하자, 영창永昌 2년(322) 2월 무창에서 반란을 일
   으키기도 했으나 사면을 받았다. 이후 그는 승상丞相, 강주목江州牧, 무창군공武昌郡公의
   작위를 받고 무창武昌에서 지내다가, 명제明帝가 즉위하자 왕을 위협하여 조정에 들어
   갔다. 그러나 324년 그의 병이 위독해진 틈에 명제가 그를 토벌하라는 명을 내렸는데,
   곧 왕돈이 병사하는 바람에 군대도 궤멸되었다.
198) 대연戴淵(?~322)은 자가 약사若思이고 광릉 사람이다. 그는 동진東晉 때에 효렴孝廉에
   천거되었고, 낙양에 가자 육기陸機가 그를 왕륜王倫에게 추천하여 주부主簿가 되었다.
   왕륜이 패하자 그는 장강을 건너 원제元帝에게 귀의했고, 원제가 그를 신뢰하여 정서
   장군征西將軍까지 지냈다. 영창永昌 1년(322) 대장군 왕돈이 반란을 일으켜 석두성을 함
   락시키고 대신들을 죽일 때 대연 역시 살해되었다.
199) 고성古城의 이름으로 석수성石首城이라고도 한다. 옛터가 지금의 쟝수성 난징시 칭량
   산淸涼山에 있다. 본래는 초楚의 금릉성金陵城이었는데, 한나라 건안建安 17년(212)에 손
   권孫權이 증축하고 이름을 바꾸었다. 이곳은 산을 등지고 강을 마주보고 있는데, 남쪽
   으로 진회하구秦淮河口에 닿아 있어 교통의 요지였다. 남북조시기에 건강建康의 군사
   요충지로 중시되었으나, 당나라 이후 성이 없어졌다.
200) 공보孔父는 이름이 가嘉이고 자가 보父이며 춘추시대 송宋나라의 대부이다. 『춘추공

수 있습니다.[201]

무측천이 처음 미색을 이용해 높은 지위에 올라가 갈수록 제멋대로 전횡을 일삼으니 내제來濟[202]가 그것을 간언하고, 상관의上官儀[203]가 그녀를 폐위시키고 군주를 바른 길로 돌아가게 하려고 계책을 세우다가 그 때문에 죽었으니, 이것은 비간比干[204]의 어짊[仁]에 비할 수 있습니다.

방훈龐勛[205]이 무녕武寧[206]을 함락시켜 사주泗州[207]를 세력권에 넣으려 하

양전春秋公羊傳』환공桓公 2년의 기사에 다음과 같은 기록이 있다. 송독宋督이 군주인 여의與夷와 대부인 공보를 시해했다. 사람들이 왜 공보만 죽였느냐고 하자, 송독이 공보는 충성심이 얼굴에 드러나는 사람이라 그를 죽이지 않으면 군주도 죽일 수 없기 때문에 먼저 공보를 죽였노라고 했다.

201) 『춘추공양전春秋公羊傳』「환공桓公 2년」에 나오는 기사 가운데 공보公父에 관한 문구를 거의 그대로 인용한 것이다.

202) 내제來濟(610~662)는 양주 강도江都 사람이다. 그는 수나라의 대장 내호아來護兒의 아들로 우문화급宇文化及의 난 때 온 집안이 해를 입고 홀로 살아남았다. 훗날 진사에 급제하여 정관貞觀 연간에 통사사인通事舍人, 중서사인을 역임했고 영호덕분令狐德棻 등과 함께 『진서晉書』를 편찬했다. 이후 중서시랑 겸 홍문관학사弘文館學士을 역임하고 남양현후南陽縣縣侯에 봉해졌다. 훗날 측천무후의 등극에 강력히 반대했던 저수량褚遂良(596~659) 사건에 함께 연루되어 정주庭州 자사로 폄적되었다가, 돌궐의 침입에 맞서 싸우다 전사했다. 저서에 『문집文集』 30권이 있다.

203) 상관의上官儀(608?~664)는 자가 유소游韶이고, 섬주陝州 섬현陝縣 사람인데 광릉 강도江都에서 살았다. 그는 정관貞觀 연간에 진사에 발탁되어 홍문관직학사弘文館直學士, 비서랑秘書郞을 역임하며 『진서晉書』 편찬에 참여했다. 662년에는 재상의 위치에 해당하는 서대시랑西臺侍郞, 동동서대삼품同東西臺三品으로 승격되었으나, 고종에게 무후를 폐하라고 건의하여 무후의 미움을 샀다. 그러다가 664년 방주房州 자사 양왕충梁王忠의 모반사건에 연루되어 아들 상관정지上官庭芝와 함께 옥사했다. 중종中宗이 복위된 후 중서령中書令과 초국공楚國公으로 추존하였다. '상관체上官體'라고 불리던 화려한 시를 잘 지었던 그는 『문집文集』 30권을 남겼고, 후세 사람들이 모아 엮은 시집 1권이 있다.

204) 비간比干(?~?)은 상商나라 사람으로 태을太乙의 아들이고, 주왕紂王의 숙부이며, 소사少師를 지냈다. 그는 음란무도한 주왕에게 나라가 위태로움을 깨우치려 여러 차례 간언하다가 처형된 것으로 유명하다.

205) 방훈龐勛(?~869)은 당나라 말기 서사徐泗(지금의 쉬저우徐州) 수졸戍卒 기의군의 우두머리이다. 862년에 남조南詔가 교지交趾(지금의 월남越南 하내河內 서북)를 점령하자 조정에서는 서사병徐泗兵 3,000명을 안남安南으로 보내 구원하게 했는데, 그 가운데 800명은 계주桂州(지금의 광시성 꿰이린桂林)의 수군戍軍으로 남겨 두었다. 방훈은 이 계주 수군의 양료판관粮料判官이었다. 원래 수졸은 3년에 한 번씩 교대를 하게 되어 있는데 함통 9년 7월에 이미 6년째가 되어 있었지만 무녕武寧(지금의 쉬저우徐州) 절도사 최언증崔彦曾이 다시 1년을 더 있게 했다. 이에 수졸들이 분노하여 도두都頭 왕중보王仲甫를

면서, 그곳이 회수淮水의 요충지인지라 반드시 쟁취해야 할 곳으로 여겼습니다. 그런데 신당辛讜208)이 목숨을 아끼지 않고 결사대를 보낼 계책을 세워 포위를 뚫고 구원을 청했으니, 그렇게 오가길 12차례나 했습니다. 당시 적병은 북으로 태산泰山, 남으로 횡강橫江에까지 이르렀으며, 조정의 주장主將은 이미 그들 손에 죽었고 관군은 누차 큰 타격을 입었습니다. 가까운 주변으로 이 사주성泗州城 하나만이 온전했습니다. 몸의 고됨을 마다 않고 마음을 졸이며 사직을 염려했으니, 이것은 신포서申包胥209)의 통곡[哭]에 비할 수 있습니다.

죽인 뒤, 방훈을 도장都將으로 추대하여 기의를 일으키고 북상했다. 기의군은 연전연승하여 장안을 위협할 정도로 기세를 올렸으나, 관군의 주장主將 강승훈康承訓은 초무招撫 이용해 기의군의 사기를 흔들어놓는 바람에 전투에서 패하고 말았다. 방훈은 병사를 끌고 기주蘄州로 향하던 중 강승훈에게 추격당해 싸우다가 죽었다.

206) 서주徐州를 가리킨다. 방훈의 기의군이 서주를 점령하고 무녕 절도사 최언증을 죽인 뒤 방훈이 스스로를 무녕군 절도사라 자칭하였다.

207) 당나라 개원開元 연간에 주州가 되었고 지금의 쟝쑤성 쉬이旴眙 화이허淮河 북쪽 강안이 있다. 화이허 남안의 쉬이성과 약 2리 정도 떨어져 있는데, 당시 하이허 북안의 연수漣水를 따라 사현泗縣에 이르는 지역으로 가장 북쪽은 비주邳州에 닿아 있다. 방훈의 난 때 기의군이 사주성 주변은 손에 넣었으나, 7개월에 걸친 사투에도 불구하고 사주성 함락에는 실패했다.

208) 신당辛讜(?~?)은 광릉 사람으로, 나이 50이 되도록 벼슬을 구하지 않고 나라의 환난을 구하여는 뜻을 가진 지사志士였다. 함통咸通 10년 방훈이 사서徐泗에서 난을 일으키고 두도杜慆가 지키고 있던 사주성泗州城을 공격했다. 당시 양회兩淮의 군현이 전부 함락된 상태였고, 원군이 오기는 했으나 반군의 포위를 풀지 못하고 있었다. 광릉에 살고 있던 신당은 이 소식을 듣고 두도를 만난 후, 작은 배로 적의 포위를 뚫고 홍원역洪源驛에 가서 감군監軍 곽후본郭厚本을 만나 구원을 요청했다. 얼마 후 회남 대장 이상李湘이 군사 5,000을 끌고 구원하러 왔다가 적의 계략에 걸려 패하고, 이상과 곽후본이 모두 적에게 포위되어 아무도 구원하러 올 수가 없었다. 이 상황에서 신당은 회북淮北 제군諸軍을 다니며 구원을 요청했고, 마거馬擧가 대군大軍을 끌고 오자 적이 포위를 풀고 물러갔다. 난이 평정된 후 그는 사주단련판관泗州團練判官과 시어사侍御史를 제수 받았다. 그리고 두도가 정활절도사鄭滑節度使에 임명되자 그를 따라가 막료로 지내다가, 두도가 죽자 강동으로 돌아와 은거했다.

209) 신포서申包胥(?~?)는 춘추시대 초국楚國의 대부大夫이다. 이름을 분모발소棻冒勃蘇라고도 하고 왕손王孫 포서라고 부르기도 한다. 초 평왕平王 7년(B.C. 522)에 오자서伍子胥가 부친의 복수를 하기 위해 초국을 떠날 때 길에서 신포서를 만나 반드시 초를 무너뜨리겠다고 하자 신포서는 그렇다면 자기가 반드시 일으켜 세우겠노라 대답했다. B.C. 506년에 오나라가 오자서의 계책을 써서 초국에 승리하고 영郢 땅으로 들어왔다. 신포서는 소왕을 따라 여러 나라를 전전하다가 진秦나라에 가서 도움을 청하겠노라 자청했다. 신

황소黃巢[210]가 경사를 침입하여 대제大齊 황제를 참칭하니 머나먼 변경까지 전쟁의 불길이 번져갔습니다. 도적들이 벌떼처럼 일어나 주군州郡을 뒤덮었으며 당나라의 정령政令은 더 이상 천하에 행해지지 못했으니, 이때 천명天命이 당나라를 떠나게 되었습니다. 그런데 왕탁王鐸[211]은 십도十道의 병사를 모으고 반란군 토벌의 임무를 총괄하며, 황제의 뜻을 받들어 재상에 임명되어 천하의 인심을 모았습니다. 그가 이끄는 천자의 군대가 분투하자 마침내

포서는 진 애공哀公에게 초를 구해 달라 요청했는데 들어주지 않자 7일 동안 아무것도 먹지 않고 밤낮으로 조정에서 통곡을 했다. 애공은 이에 감동하여 병거兵車 500승乘을 내어주었고, 초와 진군의 연합 반격으로 오국 군대를 물리치고 수도를 되찾을 수 있었다. 소왕이 그에게 상을 내렸으나 거절하고 산에 들어가 은거하며 여생을 마쳤다.

210) 황소黃巢(?~884)는 당나라 말엽 농민기의군의 우두머리로 조주曹州 원구冤句(지금의 산동성 허쩌荷澤) 사람이다. 그의 집안은 대대로 염업鹽業을 했는데, 그는 진사에 몇 차례 응시했으나 급제하지 못하다가 875년 조주에서 반란을 일으켰다. 그 후 왕선지王仙芝의 기의군에 합류했다가 왕선지가 초안招安을 받아들이려 하자 손을 끊고 나왔다. 878년 왕선지가 죽자 그의 잔여 부대를 흡수했고 수령으로 추대되어, 스스로 충천대장군冲天大將軍이라 부르고 연호를 왕패王霸로 정했다. 880년 11월에는 낙양을 함락하고, 881년 수도 장안을 공격해 제위에 올라 국호를 대제大齊라고 하고 연호를 금통金統이라 했다. 그러나 883년 이극용李克用에게 패하여 장안에서 철군한 후, 채주蔡州(지금의 허난성 루난汝南)를 함락하고 진주陳州(지금의 허난성 화이양淮陽)를 포위했으나 300일이 지나도록 함락시키지 못하자, 884년 산동 태산泰山 낭호곡狼虎谷으로 들어갔다. 그곳에서 추격해 온 이극용과 주온朱溫에 의해 포위되어 결국 자살하였다. 시 3수가 남아 있다.

211) 왕탁王鐸(?~884)은 자가 소범昭范이고, 원적은 태원太原이나 조부인 왕서王恕가 양주 창조참군揚州倉曹參軍을 지내면서 양주에 살게 되었다. 그는 회창會昌 초에 진사에 급제하여 감찰어사, 중서사인, 예부시랑, 어사중승御史中丞, 호부시랑, 예부상서 등을 두루 거쳤다. 청렴한 관리로 유명했던 871년 재상 급에 해당하는 동중서문하평장사同中書門下平章事를 역임하기도 했으나, 당시 집정 재상인 위보형韋保衡의 핍박을 피해 재상직을 버리고 검교좌복야檢校左僕射가 되어 변주卞州(지금의 허난성 카이펑開封) 자사 겸 선무군절도사宣武軍節度使로 나갔다. 875년에 농민기의가 일어나 급속도로 번지자 그는 다시 문하시랑門下侍郎, 동평장사에 발탁되었으나, 879년 황소의 반란군을 진압하려다 실패하여 면직 당했다. 이후 882년에 그는 시중 겸 중서령, 의성군義成軍 절도사, 충제도행영도통充諸道行營都統에 임명되어 이극용李克用의 사타병沙陀兵과 함께 황소의 부대를 포위했다. 그러다가 883년 2월 장안을 수복했고, 이 공으로 진국공晉國公에 봉해졌다. 그러나 환관 전영자田令孜의 참소로 인해 다시 파직되어 의성군 절도사로 내려갔다. 884년에는 다시 의창義昌(지금의 허난성 창저우滄州) 절도사로 발령이 났는데, 임지로 가던 중 산동성에서 때 위박절도사魏博節度使 악언정樂彦禎의 아들 악종훈樂從訓의 습격을 받아 일가족, 막료들과 함께 살해당했다.

역적은 달아나 죽었으니, 이로써 또한 당 왕조의 수명이 30년 늘어났습니다. 이것은 두 명의 재상이 함께 정사를 돌보자 제후들이 주周를 종주로 모셨던 공화共和[212]의 정치에 비할 수 있습니다.

조씨의 송나라가 군사력이 강성치 못하자 서하西夏가 발호하여 천하가 시끄러워지니, 황제께서 침식을 잊고 정무에 힘썼습니다. 장방평張方平[213]이 건의하여 그 죄를 사면해주고 그들과 새로운 관계를 맺으니, 이로 인해 원호元昊[214]가 신하로 복종하게 되었고 중국의 백성들이 휴식을 얻을 수 있었습니다. 희녕熙寧[215] 연간의 전쟁 상황에서 그가 다시 나아가 출병하지 말도록 간언했으나 일을 주도하는 신하[謀臣]가 불충하니, 마침내 영주靈州, 영락永樂의

---

212) 공화共和는 서주西周의 여왕厲王이 쫓겨난 때부터 선왕宣王이 집정할 때까지 14년을 가리키는데, 당시에 소공召公과 주공周公이 재상 자리에 있으면서 함께 정사를 돌보았다. 공화 원년이 B.C. 841년이며, 기년紀年의 시초가 된다. 여기에서 두 재상은 왕탁과 위보형韋保衡을 가리킨다.

213) 장방평張方平(1007~1091)은 자가 안도安道이고 호가 악전거사樂全居士이며, 응천應天 송성宋城(지금의 허난성 상치우商丘) 사람이다. 그는 1034년에 교서랑校書郎을 제수 받은 이래 곤산崑山 지현, 저작좌랑著作佐郎, 목주통판睦州通判, 지제고知制誥, 개봉부 지부, 어사중승御史中丞, 삼사사三司使를 지냈다. 이후 단명전端明殿學士와 판태상시判太常寺, 저주滁州 지주, 활주滑州와 익주益州 지주, 상서좌승尙書左丞, 남경 지부, 예부상서, 한림학사승지翰林學士承旨 등을 역임했다. 신종神宗이 즉위하자 참지정사參知政事를 제수 받았는데, 왕안석王安石과 정견이 맞지 않아 대립하다가 태자소사太子少師로 관직을 사임했다. 철종哲宗 원우元祐 6년에 죽은 후 사공司空을 제수 받았고 시호는 문정文定이다. 문집으로 『악전집樂全集』 40권이 있다.

214) 원호元昊(1004~1048)는 송대 서북 변경에 거주한 이민족인 당항족黨項族의 수장으로서, 하夏나라 경종景宗 즉 서하의 개국황제이다. 당항족은 본래 송나라에 칭신稱臣하고 감주甘州와 양주涼州에 살았으며, 원호는 송나라의 관작을 받아 난정군절도사難定軍節度使, 서평왕西平王에 봉해진 바 있다. 1038년 그는 황제를 자칭하며 국호를 대하국大夏國이라 하고 수도를 홍경興慶(지금의 닝샤寧夏 인추안銀川)에 정했다. 1039년 송나라에 자신의 제호帝號를 승인해달라고 청했으나 거부당하자 선제공격을 하여, 다음 해 연주延州(지금의 산시陝西성 이옌안延安)로 진격했으며 삼천구三川口와 호수천好水川, 정천채定川砦 세 전투에서 대승을 거두었다. 그러나 계속되는 전투로 국력을 소모하고 국내 정치 문제에 봉착하자 그는 송나라와 화의를 모색했고, 1044년 양국 사이에 화약和約이 체결되었다. 1048년 그의 정책에 적대적인 귀족들과의 대립이 황족과 후족의 투쟁으로 표면화되면서 아들 녕령가우寧令哥于에 의해 피살되었다. 사후 무열황제武烈皇帝로 추대되었다.

215) 송나라 신종神宗 때의 연호로서 1068년부터 1077년까지이다.

화禍[216]가 생겼고, 신종神宗은 이 일로 한을 품고 죽었습니다. 이것은 왕이 된 자는 덕화에 힘쓰고 백성을 멀리 변방에 보내는 노고를 없애게 한 제공祭公 모보謀父[217]의 간언[諫]에 비할 수 있습니다.

그러므로 광릉은 주周나라 이전에는 경사에서 수만 리 되는 변경에 떨어져 있어 당시 이곳 사람들은 아직 중원에 알려지지 않았고, 진·한 이후로 비로소 기록할 만한 것이 있습니다. 그러나 한나라와 당나라, 송나라 삼대三代의 성세盛世 때 충신열사의 사적이 온 천하에 찬란하게 빛을 발했던 것은 그 이전 사람들이 이루어놓은 업적이 모두 본받을 만한 것이었기 때문입니다. 이 또한 이 지역에 재능 있는 이들이 대단히 많았음을 말해줍니다.

정사政事와 법리法理, 민생을 다스리는 것, 문학과 기예, 불후의 입언立言, 향리의 나이 많고 덕망 있는 사람들, 효자와 열녀 등 한 분야에서 뛰어난 행적들을 따지자면 헤아릴 수 없이 많지만, 나라의 흥폐존망과는 관련이 없는 것이므로 모두 생략했습니다. 그 사적을 살펴보면 저러했고, 인재에 대해 얘기하자면 이와 같았습니다. 『시경』에 이르길 '마을의 어른들도 반드시 공경한다'[218]고 했으니, 군자는 그것을 얘기하기를 더욱 즐겨 하는 법이고 공자께서도 거기에 대해 자세히 얘기하신 바 있습니다.[219]"

시랑께서 말씀하셨다.

"훌륭하도다, 그대의 광릉 이야기여! 문사가 풍부하면서도 일은 근거가 확실하니 많은 공부를 하셨구려. 예전에 송훈관誦訓官[220]은 지방의 일을 기록

---

216) 영주靈州는 지금의 닝샤寧夏의 중웨이中衛, 중닝中寧 이북의 지역인데, 원래 당나라의 경내에 속했으나 나중에 서하西夏의 땅이 되었다. 영락永樂은 변방의 요지로서 지금의 산시성陝西省 미즈米脂 서쪽인데 역시 서하에게 함락되었다. 신종神宗이 신법을 시행하는 동시에 서하를 없애고자 두 지역에서 전쟁을 치렀는데, 송나라 군대 60여 만을 잃고 패배했다.

217) 제공祭公 모보謀父는 주周 왕실의 경사卿士이며 주공周公의 후예이다. "선왕께서는 덕을 밝히며 전쟁에 관심을 두지 않았다"며 간언하여 주 목왕穆王이 견융犬戎을 정벌하려는 것을 막았다.

218) 『시경詩經』「소아小雅」「소변小弁」: "維桑與梓, 必恭敬止"

219) 『논어』「계씨季氏」: "樂節禮樂, 樂道人之善, 樂多賢友, 益矣"

220) 주周나라의 관직으로, 왕에게 변경이나 외지의 이야기를 전해주고 각 지방 풍속에서

한 것을 말하고 관찰한 일을 보고했으며, 왕이 순수했을 때는 수레 옆을 따라다녔네.[221] 그러므로 산천山川에 대해 말할 수 있으면 대부로 삼을 만하다고 했는데, 그대가 그런 재능이 있구려. 주육의 답변이 어찌 그대의 말에 비할 수 있겠는가?"

나는 불민하다며 인사를 하고 물러 나와, 종이를 꺼내 삼가 이 글을 기록했다.

41. 국교鞠橋 서편에서 오른쪽으로 꺾어 안쪽 길로 들어가면 홍교 동편에 이르는데, 여기가 곧 옛 수녕가壽寧街로서, 거리 남쪽에 차정거, 칠현거, 서원, 야원野園 등의 찻집과 술집이 있었다. 지금은 두모궁, 민원閔園, 작원, 소홍원으로 바뀌었다. 서원의 한문旱門이 있는 길 북쪽에 영토지묘靈土地廟가 있고, 그 아래가 과가정過街亭이다.

상여가 성을 나갈 때 영토지묘의 승려들이 노제路祭[222]를 치러준다. 사각형의 탁자 위에 둥근 찬합을 놓고 그 안에 과일과 채소를 담아 길가에 진설해두고 승려가 나와 예불을 올리는데, 그 정성스러운 태도가 마치 가까운 친지나 지인들끼리 음식을 차려놓고 전송하는 모습과 똑같다. 풀 따위로 엮은 사람과 말[芻靈]이나 명기冥器,[223] 붉은 깃발과 화려한 운삽雲翣[224]을 죽 늘어세운 가운데 풍성하게 상을 차려놓아, 이것을 죽은 사람의 끼니로 삼는다. 다만 눈보라가 심하거나 날씨가 너무 추워 문밖으로 나올 수가 없을 때면 베갯머리로 수천 명이 오가는 소리가 들려온다. 얘기를 하기도 하고, 웃기도 하고, 노래하기도 하고, 울기

꺼리는 금기 등을 설명해주는 직책을 맡았으며, 왕이 순수할 때는 왕의 수레 옆에 따라다녔다.

221) 『주례周禮』 「지관地官」, 「송훈誦訓」: "掌道方志以詔觀事, 掌道方慝以詔辟忌, 以知地俗. 王巡守, 則夾王車"

222) 상여가 나갈 때 친지와 지인들이 영구가 지나가는 길에서 제사를 올리는 것을 가리킨다.

223) 명기明器라고도 하며 장례용 부장품으로 제작된 기물로서 보통 대나무나 나무 혹은 도자기로 만든다. 송나라 때부터 사용하기 시작했으며, 종이 명기가 점차 유행하면서 도기나 목제는 점차 사라졌다가 명나라 때에는 아연이나 주석으로 된 것을 많이 사용했다.

224) 발인할 때 영구 앞뒤에 세우고 가는 구름무늬를 그린 부채 모양의 널판을 가리킨다.

도 하는 소리가 귓가에 끊이질 않아, 불현듯 이 귀한 곳에서 아무 것도
이룬 것 없이 빈손으로 가는구나 하는 느낌이 든다. 영토지묘에는 다음
과 같이 집구한 대련이 붙어 있다.

> 곳곳에 구름 낀 산, 곳곳에 부처님인데
> 이곳 토지신은 이곳에서 영험하다네.
> 到處雲山到處佛[김농金農][225]
> 當坊土地當坊靈[정섭鄭燮][226]

　수문壽門 김농 선생의 문집 중에 「등숭잡술登嵩雜述」이란 시가 있다.

> 손은 한가하나 자질구레한 글자 모으기는 귀찮아
> 잠시 높은 산에 올라 작은 선방을 찾았네.
> 곳곳에 구름 낀 산이요 곳곳에 부처님인데
> 유마힐경, 소품반야바라밀경은 누굴 청해 쓸까나?
> 手閑却懶注蟲魚, 且就嵩高十笏居.
> 到處雲山到處佛, 淨名小品倩誰書.

　정섭이 쓴 「여고토지묘如皐土地廟」 대련에 다음과 같은 구절이 있다.

> 시골의 북은 시골에서 치고
> 이곳 토지신은 이곳에서 영험하다네.
> 鄕里鼓兒鄕里打, 當坊土地當坊靈.

　이제 위의 두 시에서 한 구씩 모아 한 연聯을 만드니, 아주 재미있는

---

225) 김농金農에 대해서는 『양주화방록』 권2 「초하록草河錄・하下・49」를 참조할 것.
226) 정섭鄭燮에 대해서는 『양주화방록』 권2 「초하록草河錄・하下・46」을 참조할 것.

대련[集聯]이 되었다.

42. 북수관北水關은 구성舊城 진회문鎭淮門 옆에 있는데, 『가정유양지』에 다음과 같은 기록이 있다.

남수문에는 배가 통하지만 북수문은 막혀 있었다. 가정 18년(1539) 순염어사 오제吳悌[227]와 지부 유종인劉宗仁이 물길을 통하게 하고, 수문을 새로 고쳐 만들고, 성내의 시하와 서북쪽 성의 해자를 준설했다. 해자는 둘레가 1,757길 5자이니, 바로 이곳 북수문이다.

南水門通舟楫, 北水門廢塞, 嘉靖十八年, 巡鹽御史吳悌, 知府劉宗仁疏通, 修築水門, 并浚城內市河及西北城濠. 其濠周圍一千七百五十七丈五尺, 卽此水門也.

현재 성내 시하는 막힌 지 오래 되었고, 수문은 모두 그대로 설치되어 있으나 오랫동안 쓰지 않고 닫혀져 있다. 북수문 밖이 바로 진회문 시하이니, 예전에 소진회小秦淮라고 부르던 그곳이다. 그 호성하護城河 강안은 곧 예전에 송호반松濠畔이라고 불리던 곳이다. 북수문 밖에 판교板橋를 만들어 나들이객들이 다니게 해놓았는데, 강가에는 '첩운춘난蝶雲春暖' 풍경구가 하나 있을 뿐이다. '첩운춘난'은 송호반에 있는데, 순무巡撫 강란江蘭[228]과 그의 아우 강번江藩[229]의 별장이다.

호성하 언덕에는 십여 채의 가옥이 있는데, 맞은편 강가의 혜인사에서 시작해 정계丁溪에 이르는 구역의 길이와 같다. 앞에는 '운협랑오韻協琅墺'라는 연극 무대를 세웠는데, 그 연극 무대가 혜인사와 마주보고 있

---

227) 오제吳悌에 대해서는 『양주화방록』 권1 「초하록草河錄·상上·23」을 참조할 것.
228) 강란江蘭은 자가 방곡芳谷이고 호는 원향畹香이며 안휘, 하남 등지의 순무巡撫를 지냈다. 시문에 뛰어났고 문집이 있다. 『양주화방록』 권9 「소진회록小秦淮錄·21」에 관련 기록이 있다.
229) 강번江藩에 대해서는 『양주화방록』 권1 「초하록草河錄·상上·9」를 참조할 것.

다. 연극 무대에는 다음과 같은 대련이 있다.

삼화수三花樹230)의 빼어난 자태 서재 주렴 사이로 보이고

생황 반주 한 곡조 아름다운 대들보를 감도네.

三花秀色通書幌[유우석劉禹錫]231)

一曲笙歌繞畵梁[조송曹松]232)

　　연극 무대의 왼쪽에 좁은 길이 나 있고 계단을 놓은 언덕을 올라가
면, 대나무 숲 사이의 작은 집[閣子]이 나온다. 거기에서 다시 구불구불
하고 폭이 1자도 채 되지 않는 좁은 길을 따라 가면 영춘거榮春居라는
넓은 집으로 들어가게 된다. 거기에서 다시 대나무 사이로 난 작은 회

---

230) 패다수貝多樹를 가리키는데 1년에 꽃이 세 번 피기 때문에 삼화수라고 하며, 삼화三
　　花라고 약칭하기도 한다.
231) 유우석劉禹錫(772~842)은 자가 몽득夢得이고 팽성彭城(지금의 장수성 쉬저우徐州) 사
　　람이다. 그는 정원貞元 9년 유종원柳宗元과 함께 진사에 급제한 이래 태자교서太子校書,
　　위남渭南 주부主簿, 감찰어사를 역임했다. 정원 21년(805) 1월 덕종德宗이 죽고 순종順宗
　　이 즉위하자 왕숙문王叔文 등을 등용하여 일련의 정치개혁을 단행하는데, 이때 유우석
　　은 둔전원외랑屯田員外郎, 판도지염철안判度支鹽鐵案을 역임하며 왕숙문, 유종원 등과 함
　　께 핵심 성원으로 활동했다. 그러나 반 년 후 환관과 번진의 강력한 반대에 부딪치면
　　서 순종이 강제 퇴위를 당하고 헌종憲宗이 즉위했고, 같은 해 왕숙문이 사형을 당했다.
　　유우석은 연주連州(지금의 광동성) 자사刺史, 낭주朗州(지금의 후난성 창더常德) 사마司馬
　　로 보내졌다. 같은 시기에 이렇게 사마로 폄적된 사람 8명을 함께 묶어 '팔사마八司馬'
　　라고 부른다. 원화元和 9년(814) 12월에 유우석은 유종원 등과 함께 조정으로 다시 불
　　려 왔으나, 다음 해 3월 연주자사로 내쫓겨 기주자사夔州刺史, 화주자사和州刺史를 지냈
　　다. 그러나 그는 보력寶歷 2년에 낙양으로 돌아와 22년간의 폄적 생활을 끝내고, 이후
　　조정으로 돌아가 주객랑중主客郎中과 소주蘇州, 여주汝州, 동주同州 등의 자사를 거쳐,
　　836년부터 태자빈객太子賓客, 비서감분사동도秘書監分司東都, 검교예부상서檢校禮部尚書
　　등을 역임했다.『전당시』권360에 수록된 유우석의「수령호상공기하천배지십酬令狐相
　　公寄賀遷拜之什」이란 시에 "三花秀色通春幌, 十字淸波繞宅墻"이란 구절이 있다.
232) 조송曹松(830?~901?)은 자가 몽징夢徵이며 서주舒州(지금의 안훼이 치엔샨潛山) 사람
　　이다. 그는 901년에 70살이 넘어서야 진사에 급제하여 비서성정자秘書省正字를 제수 받
　　았다. 그는 젊은 여행을 하면서 감회를 읊은 시와 송별送別 증답贈答의 시들이 많으며,
　　『전당시』에 140수가 남아 있다.『전당시』권717에 수록된 조송의「야음夜飲」에 "滿屛
　　珠樹開春景, 一曲歌聲繞翠梁"이란 구절이 있다.

랑을 따라 가면 청사로 들어가는데, 붉은 테두리를 두르고 그물처럼 엮어 꽃무늬를 넣은 창문으로 장식을 하여 정원에서 가장 아름다운 곳이라 할 수 있다. 옆에는 지붕이 없는 누대[平臺]가 설치되어 있으며, 거기에서 아래로 내려가면 건물 3칸이 있고 돌과 나무가 어우러진 숲이 만들어져 있어, 놀잇배[游船]가 여기를 지나면 그야말로 푸른 병풍을 둘러놓은 듯한 느낌이 든다.

43. 서포자채西砲子寨는 성의 서북쪽 모퉁이에 있는데 '선학소'라고도 한다. 성의 생김새가 선학仙鶴과 같고, 그 중에서 이곳이 학의 모이주머니 같다 하여 지어진 이름이라고 전해진다. 「양주몽향사揚州夢香詞」에서 "북쪽 성곽 차가운 연기가 학의 모이주머니에 어려 있네[北郭寒煙凝鶴嗉]"라고 했던 바로 그곳이다. 이곳에 있는 다리는 이름을 '전각轉角'이라 하는데 교판橋板을 설치하지 않아서 서남문西南門에서 온 놀잇배가 지나가게 되어 있다.

대개 송호반의 거지들은 농한기가 되어 나들이하기 좋을 때면 남녀할 것 없이 떼로 몰려나와 성벽을 따라 늘어서서 배를 쫓아다니며 손을 벌려 구걸하는데, 민간 가요나 속담 그리고 축복을 기원하는 말들을 많이 한다. 이런 풍속은 어떤 중풍에 걸린 할멈이 기어서 돌아다니며 「정타철곡釘打鐵曲」을 불렀던 것에서 시작되었다. 그 노래의 가사는 다음과 같다.

땅땅 쇠를 두들겨
쇠로 쇠못 만들다
비단 옷에 불똥이 튀어 구멍이 났지만 땜빵을 할 수 없네.
나리님 쓰시는 붉은 비단 우산 받고
나리님 가마에 올라
피리 불고 호각도 불어대네.

자 어서요!

해마다 호수에 유람 오고 술도 자실 게요.

한 푼만 줍쇼!

그러면 99살까지 장수하실 게요.

釘打鐵, 鐵打釘,

燒破綾羅沒補钉.

打紅傘, 擡官轎,

吹着篳栗掌着號.

動動手, 年年游湖又吃酒,

開開口, 一直過到九十九.

　이것은 모두 광동廣東 지역의 「포도가布刀歌」[233)와 같은 부류에 속한다. 거지들이 전각교에 이르면 더 이상 갈 수가 없어 멈추므로, 이 다리를 단교斷橋라고 부르기도 한다. 또 우스갯소리로 이 지역을 '한숨짓는 물굽이[嘆氣灣]'라고도 한다.

---

233) 광동성 요족瑤族의 가요로서 월극粵劇에 삽입되기도 한다.

권7

성남록城南錄

1. 과주瓜洲는 양자강 북쪽 언덕에 있다. 강희 연간에 총하總河[1] 우성룡于成龍[2]이 과주 의징구儀徵口와 교강방交江防을 한꺼번에 아울러 관리하게 해달

---

1) 하도총독河道總督의 다른 이름이다. 원래 황하의 제방을 보호하고 수로를 준설하는 일을 관장하는 관서의 우두머리를 가리키는 말인데, 후세에는 양자강과 운하에서도 같은 일을 담당하는 이를 이렇게 불렀다.
2) 우성룡于成龍(1617~1684)은 자가 북명北溟이고 호는 우산于山이며, 산서山西 영녕주永寧州 사람이다. 그는 순치順治 18년(1661)에 벼슬살이를 시작해서 20여 년 동안 각지의 지현知縣, 안찰사, 포정사, 순무, 총독, 병부상서, 대학사 등을 역임했다. 그는 뛰어난 치적을 남겼고 청렴한 생활로 백성들의 존경을 받았고, 강희제로부터 '천하제일의 청렴한 관리[天下廉吏第一]'라는 칭송을 들었다. 저작으로 『우산주독于山奏牘』(7권, 부록 1권)과 『우청단공정서于淸端公政書』(8권)이 있고, 그 외에 『기보통지畿輔通志』(46권)와 『강남통지江南通志』(54권)의 편찬을 지휘했다.

라고 청했고, 총하 조세현趙世顯이 식랑암息浪庵 호성제방護城堤防의 공사를 청했다. 옹정 연간에 강줄기가 북쪽으로 흐르자 총하 혜증균嵇曾筠(시호諡號는 문민文敏)이 과주의 강변에 돌을 메워 제방을 수리하고 증축했다. 총하 고진高晉3)은 과주 성곽에 창고가 없고 강변에 빈 터가 많은데, 원래 한 치를 놓고 다투는 귀중한 땅이 아닌지라 성을 축소시키고 땅을 강변에 많이 남겨두는 것이 낫다고 여겨 공사를 하지 않았다. 지금도 그것을 따라서 신항구新港口에서야 강이 성 안으로 들어와 있다. 황제강희제께서 남방을 순례하실 때 이곳을 통해 양군揚郡(즉 양주)을 나섰고, 돌아오는 길에 이곳을 통해 양군으로 들어가셨다. 그런데 포대구砲臺口의 유성柳城은 이미 폐허가 되었기 때문에 지금은 '귀검성鬼臉城'이라고 부른다. 어제시의 주석에는 다음과 같은 설명이 있다.

『채관부시화』4)에는 윤주의 장강은 본래 양자교의 맞은편에 있었고, 과주는 강 가운데 있는 하나의 섬일 뿐이었다.

蔡寬夫詩話, 潤州大江本與揚子橋對岸, 瓜洲乃江中一洲耳.

이신李紳5)의 시에는 "양주 바깥 성 안에서 밀물 들어오는 것을 보았

---

3) 고진高晉(1708~1778)은 자가 소덕昭德이고 건륭 20년(1755)에 안휘순무安徽巡撫에 발탁되어, 22년에 건륭제가 남방을 순시할 때 황하 양쪽의 제방공사를 진행하게 했으며, 그 공로로 태자소부太子少傅에 제수되었다. 건륭 26년에는 강남하도총독江南河道總督이 되었고, 30년에는 양강총독兩江總督에 임명되는 등 주로 제방 증축과 수로 준설과 관련된 임무를 맡았다. 시호諡號는 문단文端이다.
4) 채계蔡啓(?~?)의 저작이다. 채계는 송나라 때의 인물로 자가 관부寬夫이며, 검첨시권관檢點試卷官과 태학박사시랑太學博士侍郞을 역임한 것으로 알려져 있으나, 그 밖의 생애에 대해서는 자세히 알려진 바가 없다.
5) 이신李紳(772~846)은 자가 공수公垂이고 조적祖籍은 안휘安徽 호주毫州이다. 그의 부친 이오李晤는 금단金壇과 오정烏程(지금의 저장성 우싱吳興), 진릉晉陵(지금의 창저우常州) 등지에서 현령을 지냈고, 가족을 이끌고 무석無錫으로 옮겨와 살았다. 그러나 이신은 어려서 부친을 여의고 모친의 손에서 어렵게 자라다가 806년에 진사에 급제하여 국자감조교國子監助敎가 되었고, 819년에는 우습유右拾遺로 승진하고 이듬해에 한림학사가 된 이래 당쟁에 말려들어 이덕유李德裕 당파의 주요 인물로 활약했다. 그는 양주에서 병으로 죽었고, 시호는 문숙文肅이다. 주요 저작으로 『추석유시追昔游詩』(3권)과 『잡

다[揚州郭裏見潮生]"는 구절이 있다. 그러나 과주에서 갑문閘門을 지어 막은 뒤로는 밀물이 양주까지는 이르지 않게 되었다.

당나라 때의 양주에서도 밀물을 볼 수 있었으니, 한나라 때에야 어떠했겠는가! 저술가들은 매승枚乘[6]의 부賦에 들어 있는 "굽은 강에서 밀물을 구경한다[曲江觀潮]"는 구절이 항주를 가리키는 것이지 양주를 가리키는 것이 아니라고 왜곡하고, 또 옛날 광릉은 행정구역이 매우 넓어서 전당錢塘도 응당 그 관할지역 안에 들어 있었다고 하니, 칼을 떨어뜨리고 뱃전에 표시한 후 나중에 찾으려는 이들[刻舟求劍]이나 거문고의 기러기발에 아교를 칠해 붙여버리는 이들[膠柱鼓瑟]의 견해와 무엇이 다른가! 이미 그 점을 밝혔다. 황제께서는 또 이런 시를 지으셨다.

> 강 속의 섬 그 모양을 따라 이름을 과주라 했고
>
> 광릉의 밀물 옛날에도 분명한 증거 있었지.
>
> 개원 이후 요충지로 여겨져서
>
> 남송 건도乾道(1165~1173) 연간[7]에 성이 쌓아졌지.
>
> 그 땅을 점유한 지 오래되었으나
>
> 개천을 편하게 하려 해도 결국 어찌 가능하겠는가?
>
> 작년 물난리로 모래섬 무너졌는데
>
> 다행히 안전하게 보존되었건만 근심은 배로 늘었구나.
>
> 江裏洲傳瓜字曾, 廣陵潮昔有明徵.
>
> 開元以後襟喉要, 乾道之間城堡興.

시雜詩』(1권)이 『전당시』에 수록되어 있다. 그 외에 그가 지었다고 알려진 「앵앵가鶯鶯歌」가 금나라 때에 동해원董解元이 지은 『서상기제궁조西廂記諸宮調』에 수록되어 지금까지 전해진다.

6) 매승枚乘(?~B.C. 140?)은 자가 숙叔이고, 회음淮陰(지금의 쟝쑤성 칭쟝시淸江市 서남쪽) 사람이다. 「칠발七發」, 「유부柳賦」, 「양왕토원부梁王菟園賦」 등의 부 작품을 남겼다.

7) '산동본'의 주석에는 청나라 건륭乾隆, 도광道光 연간을 가리킨다고 했으나, 이는 잘못이다.

占地其來亦已久, 讓川雖安牵何能.

去年異漲坍沙磧, 幸保安然惕倍增.[8]

2. 오원吳園은 바로 대관루大觀樓의 옛터로서, 그 누대는 과주성 남쪽 모퉁이에 있었다. 순치 연간에 해적들의 배가 침범하여 화재로 무너졌다. 강희 연간에 방강군승防江郡丞을 지낸 요동遼東 땅의 유조劉藻가 성가퀴[城堞]를 보수하면서 망루를 세우고 봉화대를 설치했다. 그리고 따로 땅을 골라 대관루를 세웠는데, 왕사정王士禎이 그것을 위해 글[記]을 썼다. 그런데 대관루의 옛터가 흡현歙縣 오씨吳氏의 별장이 되었고, 황제께서 금춘원錦春園이라는 명칭과 '죽정송유竹淨松葆'라고 쓴 편액을 하사해주셨다.

오원 대문 밖에는 벽돌을 쌓아 제방을 만들고, 그 안에 어서루御書樓를 세웠다. 어서루 앞에는 동난방東暖房을 만들고 뒤에는 매화청梅花廳, 어대漁臺, 수각水閣, 강성각江城閣, 계화청桂花廳을 만들어 이것들이 모두 연못을 사방으로 둘러싸고 있다. 어서루 왼편에는 궁문宮門을 세우고, 그 안에는 전정방前正房과 후정방後正房, 후조방後照房을 만들었는데, 모두 길 위에 건물을 앉히는 좌락공법坐落工法을 따라 지은 것들이다. 오씨의 이름은 오가룡吳家龍[9]인데, 그의 아들 오광정吳光政과 함께 이것들을 세웠다.

3. 삼차하三汊河는 강도현江都縣에서 서남쪽으로 15리 떨어진 곳에 있다. 양주 운하의 물길은 이곳에 이르러 둘로 갈라져서, 하나는 의징儀徵에서 양자강으로 들어가고 다른 하나는 과주에서 양자강으로 들어간다.

---

8) 이 시의 제목은 「과과주진過瓜洲鎭」이다. 건륭제는 이 작품 외에도 또 다른 칠언율시인 「과과주진」과 「과과주過瓜洲」을 남겼다. 본문에 인용된 시는 1780년 제5차 강남 순시 때에 지은 것으로 보인다.

9) 오가룡吳家龍(?~?)은 흡현歙縣 출신의 염상으로서 과주 금춘원錦春園의 주인으로 유명하다.

물가에 세운 탑은 이름이 천중탑天中塔이고 절 이름은 고민사高旻寺이다. 그 지역 또한 이름이 보탑만寶塔灣인데, 아마 절 안의 천중탑 때문에 붙여진 명칭일 것이다. 성조 강희제께서 남방을 순례하실 때 '수유만茱萸灣'이라는 명칭을 하사하셨는데, 이곳에 세워진 행궁을 '탑만행궁塔灣行宮'이라고 부른다. 어제시 가운데 "이름난 만은 진정 부끄럽지 않다[名灣眞不愧]"라는 구절이 있는데,10) 바로 이곳을 가리키는 것이다.

4. 고민사 대문은 운하 옆에 있다. 대문을 들어서 오른쪽으로 꺾어 가면 5칸짜리 대전이 있는데, 여기에 삼세불이 모셔져 있다. 대전 뒤쪽 좌우에는 어비정御碑亭이 세워져 있고, 중앙에 금불전金佛殿이 있다. 금불전은 본래 강희 연간에 궁중에 모시던 금불상을 철거하고 학사學士 고사기高士奇11)와 내무부內務府의 정조보丁皂保12)로 하여금 그 금불상을 이 절로 보내 모시도록 했기 때문에 세운 건물이다. 금불전 뒤편에는 7층의 천중탑이 있고, 탑 뒤에는 방장方丈이고, 그 왼편은 승려들이 거처하는 곳이다. 맨 뒤편에는 꽃과 나무, 대나무와 돌이 어우러져 무늬를 이루고 있어서, 이 절이 군성의 8대 사찰 가운데 하나가 되었다. 이 절은 강희 연간에 '고민사'라는 이름과 함께 '청천원적晴川遠適', '선열응원禪

---

10) 이것은 1703년 강희제가 제4차 강남 순시를 할 때 쓴 「고민사高旻寺」에 들어 있는 구절인데, 전체 시는 다음과 같다 : "若蘭靑蓮宇, 浮圖碧落天. 名灣眞不愧, 埋雁亦堪傳. 未縱晴明望, 誰忘言象詮. 金山不速客, 暫爾隱江烟"
11) 고사기高士奇(1644~1703)는 자가 담인澹人이고 호가 강촌江村이며, 전당錢塘 사람이다. 그는 제생 출신으로 청나라 내각에서 일하며 강희제의 총애를 받아 첨사부소첨사詹事府少詹事를 지냈으나, 나중에 당파를 결성하여 사사로운 이익을 챙긴 혐의로 직위에서 해제되어 고향으로 돌아갔다. 그러나 그 후에 다시 경사로 불려가 예부시랑禮部侍郎에 임명되었다. 그는 시를 잘 짓고 글씨를 잘 썼으며, 예술품과 골동품을 감별하는 데에도 뛰어났다. 저작으로 『춘추지명고략春秋地名考略』과 『좌전기사본말左傳記事本末』, 『청음당집淸吟堂集』, 『강촌소하록江村消夏錄』, 『호종서순일록扈從西巡日錄』 등이 있다.
12) 정조보丁皂保(?~?)는 자가 학정鶴亭이고 요양遼陽 땅 정응원丁應元의 아들이다. 그는 강희 13년(1674)에 내무부랑중겸좌령內府郎中兼佐領이 되어서 3차례에 걸쳐 강희제의 원정을 수행했으며, 광록대부光祿大夫의 직함이 더해졌다. 그는 1699년 강희제가 강남 지역을 순시할 때 배와 인부들을 관리했으며, 98세까지 살았다고 한다.

悅凝遠’, ‘녹음헌菉蔭軒’이라고 적힌 3개의 편액, 그리고 각각

용은 법좌[13]로 돌아가 깨달음의 노래 듣고
학은 안개 낀 소나무 옆에서 도를 향한 마음 기른다.
龍歸法坐聽禪偈, 鶴傍松烟養道心.

대전에는 관음보살의 감로수 뿌려지고
향로에는 잣 향기 타오른다.
殿灑楊枝水, 爐焚柏子香.

라고 적힌 대련을 하나씩 하사받았다. 그리고 비문碑文 1수를 내렸는데, 이것들은 모두 『군지郡志』에 수록되어 있다. 이제 주상께서 남방을 순시하시면서 ‘강월징관江月澄觀’이라고 적힌 편액과 다음과 같은 대련을 하사하셨다.

밀물은 광릉에서 솟고
경쇠 소리 멀리 천축까지 날아간다.
나무는 한강 가에 늘어섰고
방울소리 높은 하늘로 울려 퍼진다.
潮涌廣陵, 磬聲飛遠梵.
樹連邗水, 鈴語出中天.

또한 각각 ‘관제묘關帝廟’, ‘기색우주氣塞宇宙’라고 적힌 편액을 하사하고, 천중탑에도 ‘운표천풍雲表天風’이라고 적힌 편액을 하사하도록 칙령을 내리셨다. 배가 여기에 이르면 멀리 금산金山이 바라보인다. 어제시

---

13) 법좌法坐는 군주가 조회를 받는 자리를 가리키며, 정좌正坐라고도 한다.

에 "금산의 불청객, 잠시 강 안개 속에 숨었구나[金山不速客, 暫爾隱江煙]"14)라고 한 것은 이것을 일컫는 묘사이다.

5. 행궁은 절(고민사) 옆에 있다. 처음 보이는 것은 수화문垂花門인데, 그 안에 전전前殿과 중전中殿, 후전後殿 및 후조방後照房이 세워져 있다. 좌궁문左宮門 앞은 차선방茶膳房이고, 그 앞은 좌조방左朝房이다. 대문 안에 수화문, 서배방西配房, 정전正殿, 후조전後照殿이 있다. 우궁문右宮門을 들어서면 서방書房, 서투방西套房, 교정橋亭, 연극 무대 및 간희청看戲廳이 있다. 간희청 앞에는 갑구정閘口亭이 있고, 그 옆에 헐산루歇山樓로 통하는 낭방廊房 10여 칸이 있다. 간희청 뒤에는 석판방石版房, 전청箭廳, 만자정萬字亭, 와비정臥碑亭이 있다. 헐산루 밖은 우조방右朝房이고, 그 앞에 수십 궁弓의 공터가 있으니 바로 봉화를 피우는 곳이다.

군都의 행궁 가운데는 탑만행궁15)을 우선으로 꼽는데, 강희 연간의 옛 형식으로 지어진 것이다. 이제 주상(건륭제)께서 남방을 순시하실 때에는 먼저 이곳에서 묵으시고, 이튿날에야 비로소 성 안으로 들어가셔서 평산당에 이르셨다. 어제시의 "평산당으로 가는 뱃길 구불구불 이어지고[紆棹平山路]"라는 구절에 대한 주석에는 이에 대해 다음과 같이 설명하고 있다.

고민사 행궁에서 말을 달려 군으로 들어가고, 천녕사 행궁에 이르러 호수의 배로 바꿔 탔다. 돌아올 때에도 그렇게 했다. 말을 타면 배를 타는 것보다 편하고 또한 백성들이 가까이서 구경할 수 있었기 때문이다.

自高旻寺行宮策馬度郡, 至天寧行宮, 易湖船, 歸亦仍之. 以馬便于船, 且百姓得以近光.

---

14) 본권의 각주 8)을 참조할 것.
15) 이 행궁은 강희 42년(1703) 강희제의 제4차 강남 순시 때에 지어졌다.

정축丁丑년(1753) 이전에는 황제의 행차가 모두 이곳에서 묵었고, 천녕사는 그저 한번 들러보는 곳에 지나지 않았다. 그러다가 천녕사에 행궁을 세우고 나서부터는 숭가만崇家灣을 통해 양주에 도착하여 먼저 천녕사 행궁에서 묵고, 다음으로 고민사 행궁에 묵게 되었다. 과주에서 행차를 돌리면 먼저 고민사 행궁에 묵고, 다음으로 천녕사 행궁에 묵었다. 이곳에는 각각 '한강승지邗江勝地', '강표춘휘江表春暉', '엄화창罨畵窓'이라고 쓴 3개의 편액과 다음과 같은 2개의 대련을 하사하셨다.

물길들에 둘러싸여 촉강은 빼어나고
장강은 멀리 광릉의 파도 따라 일렁이는구나.
衆水廻環蜀岡秀, 大江遙應廣陵濤.

푸른 하늘에 구름 걷히니
밝은 계단에 탑 그림자 나뉘고
푸른 교외엔 비가 충분하여
봄날 밭길에선 농부들의 노랫소리 들려오네.
碧漢雲開, 晴階分塔影.
靑郊雨足, 春陌起田歌.

동쪽 불당佛堂에는 다음과 같은 대련이 걸려 있다.

불법의 구름 돌아와 연꽃 장식된 탑에 그늘 드리우고
자비로운 빛 『다라니경多羅尼經』을 오래도록 밝게 비추네.
法雲廻蔭蓮花塔, 慈照長輝貝葉經.

서쪽 불당에는 다음과 같은 2개의 대련이 걸려 있다.

탑의 방울은 넓고 긴 부처의 혀 같고

향전香篆[16]에 타오르는 향 연기는 보살의 구름머리 같구나.

塔鈴便是廣長舌, 香篆還成妙鬟雲.

푸른 들엔 농부들의 기쁨 있고

푸른 산엔 그림 같은 정취 쌓여 있구나.

綠野農歡在, 靑山畵意堆.

　'엄화창罨畵窓'은 본래 피서산장避暑山莊[17] 안에 있던 편액인데, 지형이 비슷하기 때문에 그런 지형을 아우르는 명칭을 써서 이름을 붙인 것이다. 다음과 같은 시가 있다.

빈 창이 푸른 물결 일렁이는 물가를 마주보고 있어

산속 장원[18]의 이름을 빌려 수재水齋라고 부른다네.

석거각石渠閣[19]에 오묘한 책 펼쳐놓은 듯이

물과 산의 자태는 각기 아름다움 모아놓았네.

虛窗正對綠波涯, 名借山莊號水齋.

却似石渠披妙蹟, 水容山態各臻佳.[20]

---

16) 불을 붙여 그 탄 양으로 시간을 재는 전자체篆字體 모양의 향을 가리킨다.

17) 강희 42년(1703)에 착공하여 건륭 55년(1790)에 완공된 열하熱河 상류의 행궁인 승덕피서산장承德避暑山莊을 가리킨다.

18) 승덕피서산장承德避暑山莊을 가리킨다.

19) 한나라 때에 궁중의 도서와 비밀 문건[秘籍]을 소장했던 건물 이름이다. 이 건물은 한나라 초기에 소하蕭何가 미앙전未央殿 북쪽에 건설한 것으로, 진秦나라에서 소장했던 도서와 전적들을 소장했던 곳이다. 특히 이 건물은 그 아래에 돌을 갈아 도랑을 만들어 물길을 냈기 때문에 이런 명칭이 붙여졌다. 이로 보아 이곳 '엄화창'은 엄선된 도서 전적이 소장된 황제의 서재로 활용되었음을 알 수 있다.

20) 건륭제가 쓴 이 시의 제목은 「엄화창罨畵窓」이다. '엄화罨畵'는 색이 선명한 채색화를 가리킨다.

6. 절의 승려 조월照月은 계율戒律을 지키며 조종祖宗의 기풍을 열었다. 그는 발은 절의 경계를 밟지 않고 몸은 자리에 눕히지 않은 채 수많은 사람을 교화시키고, 10여 년 동안을 하루같이 설법 자리를 주관하다가, 나중에 화산률원華山律院에서 입적했다.

같은 시기에 상주常州 무석無錫에 있는 남선사南禪寺의 승려 정손靜蓀은 호가 설주雪舟인데, 젊어서 시를 잘 지어서 오문吳門(소주蘇州)의 왕명성王鳴盛,[21] 왕창王昶,[22] 오태래吳泰來,[23] 전대흔錢大昕,[24] 조문철趙文哲,[25] 조인호曹仁虎,[26] 왕문련王文蓮[27] 등 7명과 교유했다. 그는 중년에 두루

---

21) 왕명성王鳴盛(1722~1797)은 자가 봉개鳳喈 또는 예당禮堂 이고 별자別字는 서장西莊, 만년의 호는 서지西沚이며, 가정嘉定(지금의 상하이시에 속함) 사람이다. 그는 건륭 갑술년甲戌(1754)에 진사에 급제하여 한림원 편수에 제수되었고, 이후 내각학사 겸 예부시랑을 역임했다가, 광록시경光祿寺卿으로 강등되었다. 저작으로『서지거사집西沚居士集』이 있다.
22) 왕창王昶에 대해서는『양주화방록』권2「초하록草河錄·하下·81」의 주석을 참조할 것.
23) 오태래吳泰來(1722~1788)는 자가 기진企晉이고 호는 죽서竹嶼이며, 강소江蘇 장주長洲(지금의 쑤저우시) 사람이다. 그는 건륭 25년(1760) 진사에 급제하여 내각중서에 임명되었으나 부임하지 않고 관중서원關中書院과 하남河南의 대량서원大梁書院 등에서 학생들을 가르쳤다. 나중에 목독木瀆에 수초원遂初園을 건립하고 수만 권의 장서藏書를 소장했다. 저작으로『담화각금취曇花閣琴趣』(2권)와『현산당집峴山堂集』,『정명헌집淨名軒集』 등이 있다.
24) 전대흔錢大昕에 대해서는『양주화방록』권3「신성북록新城北錄·상上·24」를 참조할 것.
25) 조문철趙文哲(1725~1773)은 자가 손지損之이고 호는 박함璞函이며, 고행진高行鎭 사람이다. 그의 부친 조신趙紳은 서예로 유명한 인물이다. 조문철은 심덕잠沈德潛이 '오중칠자吳中七子'로 꼽을 만큼 시사詩詞에 뛰어났다. 건륭 27년(1762) 황제가 강남을 순시할 때 거인의 학위와 함께 내각중서 직위를 하사하고, 방략관찬수方略館纂修에 임명하면서 군기처의 일을 처리하게 했다. 1767년에는 호부주사戶部主事가 되었고, 나중에 승려 격상格桑의 반란을 진압하다가 전사했다. 죽은 후에 광록시소경光祿寺少卿에 추증追贈되었다. 저작으로『암아시집媕雅詩集』(12권)과『속집續集』(4권),『추우집媰隅集』(10권)과『별집別集』(6권),『사집詞集』(4권)이 있다.
26) 조인호曹仁虎(1731~1787)는 자가 내은來殷(은래殷來라고도 함)이고 호는 습암習菴이며, 가정嘉定 사람이다. 그는 건륭 26년(1761) 진사에 급제하여 서길사로서 한림원 편수에 제수되었고, 이후 시강학사를 역임했다. 저작으로『위완산방집委宛山房集』과『용경당문고蓉鏡堂文稿』가 있다.
27) 황문련黃文蓮(?~?)을 잘못 표기한 듯하다. 황문련은 자가 방정芳亭이고 호는 성차星槎이며, 상해上海 사람이다. 건륭 경오년庚午(1750)에 거인이 되어 비양지현泌陽知縣을 지냈다. 저작으로『청우루집聽雨樓集』이 있다.

교유하면서 남선사의 강석講席을 주관하면서 3,000명에게 계戒를 주고, 800명에게 불법을 전수했다. 저작으로『선종심인대비참관주禪宗心印大悲懺觀注』가 있다.

당시 사람들은 그들을 남정북조南靜北照라고 불렀다. 두 승려는 모두 범상한 사람이 아니어서 임제종臨濟宗의 정식 법통法統을 계승할 수 있었다.

7. 탑만塔灣의 운하 길에서 관역館驛 앞까지 남쪽 언덕에는 양자교洋子橋와 문봉탑文峰塔, 지주사智珠寺, 복연암福緣庵이 있고, 북쪽 언덕에는 용의암龍衣庵과 오리차암五里茶庵이 있는데, 운하 길이 구불구불 돌아간다. 황제께서 강남을 순시하실 때에는 대부분 탑만에서 선교船橋28)를 통해 북쪽 언덕의 어도御道로 건너 안강문安江門에 이르셨으니, 이 때문에 이곳의 육로에는 훌륭한 유적들이 많다.

8. 관역은 예전의 양주 황화정皇華亭29)이다. 군郡에서 운하에 붙어 있는 성문은 편익문便益門과 동관문東關門, 결구문缺口門, 서녕문徐寧門, 초관문鈔關門 등 5개인데, 모두 황화정이 없다. 초관문 이도구二道溝에 이르러 관역 앞으로 내려가면, 마두우정馬頭郵亭이 있는데, 이곳은 왕래하는 높은 관리들이 묵어가는 여관으로, '춘만강성春滿江城'이라고 적힌 편액이 걸려 있다. 마두우정의 정자 뒤편의 큰길은 남문으로 들어가는데, 이것은 성省과 군, 주, 현의 옛 제도에 황화정이 조양문朝陽門에 세워져 있던 예를 따른 것이다. 군성郡城의 북쪽에서 오는 손님들은 대개 북교北橋에 송정松亭이나 채루彩樓30)를 엮어 묵는데, 그것을 일컬어 마두차馬頭差라고 부른다. 평상시에 송별연은 대개 이곳에서 행한다. 황제께서 강남을

---

28) 배를 연결해서 만든 부교浮橋를 가리킨다.
29) '황화皇華'는 원래『시경』「소아小雅」에 들어 있는 노래 제목인데, 훗날에는 대개 황제의 명을 받아 사신使臣으로 나가는 것 또는 사신을 칭송하는 의미로 사용되었다. 그러므로 '황화정'은 황제의 사신이 쉬어가는 곳을 가리킨다.
30) 채색 비단으로 엮은 천막으로서 대개 명절이나 축하행사 때에 사용한다.

순시하실 때에는 이곳에 여의선如意船을 마련한다.

9. 안강문은 옛 성의 정남쪽에 있는 남문南門을 가리키는데, 『가정유양지』에서는 그곳을 진회鎭淮라고 칭했다. 성 바깥에 자성子城[31]이 있는데, 자성 가운데 있는 해자는 향수교響水橋로 이어지며, 그 위에는 두조교頭釣橋가 세워져 있다. 두조교 바깥에 또 자성이 있고, 그 자성 가운데 있는 해자는 이도구二道溝로 통하며, 그 위에는 이조교二釣橋가 세워져 있다. 『가정유양지』에서 "남문의 월성은 세 겹이고, 나머지는 모두 두 겹이다[南門月城三重, 餘皆二重]"라고 한 것은 이것을 가리키는 것이다.

향수교는 바로 옛날의 시하갑市河閘으로, 서반포西半舖에 있다. 양쪽 언덕에는 나무를 심어 마소를 매는 말뚝[杙]으로 삼았다. 중간에는 벽돌을 채우고, 위에는 나무를 걸친 다음 두꺼운 판자를 덧댔다. 또 벽돌에 철사를 구부려 감아 단단히 묶고, 중간의 빈 곳은 진흙을 채워 다졌는데, 좌우로 넓이가 20길 남짓이다. 중간에는 수문[牖]이 있고, 아래에는 판자를 대서 물을 저장한다. 물은 판자의 높이만큼 차는데, 그보다 더 차면 넘쳐흐르게 된다.

운하는 두조교를 나서면 두 줄기로 갈라지는데, 하나는 남수관에서 북수관으로 흘러 나가고, 다른 하나는 성을 따라 서문의 두조교를 나가 전각교轉角橋로 들어가서 보장호로 이어진다.

이도구의 건축법은 향수교와 같다. 즉 옛 성하城河의 갑문을 나온 물이 이조교를 지나 시하市河에서 만나고, 고도교古渡橋에서 연지硯池로 들어간다. 연지의 남쪽에는 섬이 있고, 북쪽은 모두 갈대밭이다. 갈대밭을 깊숙이 들어가면 화산간花山澗 및 보장호로 이어지며, 남홍교南紅橋를 나와서 큰 나루터에 모인다. 군지郡志에는 다음과 같이 기록되어 있다.

---

31) 큰 성[大城]에 소속된 작은 성[小城] 즉, 내성內城 및 그것을 둘러싼 옹성甕城 또는 월성月城을 가리킨다.

보장호는 남문의 고도교에서 북쪽으로 홍교에 이르는데, 서쪽으로는 법해
사를 둘러싸고 있다.

湖自南門古渡橋北抵紅橋, 西繞法海寺.

옹정 10년(1732)에 장백長白 출신으로 제부制府[32] 벼슬을 지낸 윤계선
尹繼善[33]이 시하를 준설한 이후로 양주 태수太守로 있던 박릉博陵 사람
윤회일尹會一[34]이 다시 보장호를 준설하여 포산砲山과 통하게 함으로써,
옛 포산하砲山河로 하여금 축강을 두르고 흘러 법해사를 감싸 돌아 고도
교에 모이도록 만들었다. 또 남홍교 서쪽을 깊이 준설하여 전각교에서
시하와 만나게 했다. 이때부터 포산하와 보장호, 시하가 모두 연결되어
상인들은 뱃전을 두드리고 나들이객들은 노를 저으며 다투어 물길을
건너니, 어기여차 뱃노래 소리가 들려온다. 이 운하의 남수관을 나온 강
줄기는 이제교利濟橋와 신교新橋, 태평교太平橋, 통사교通泗橋, 문진교文津
橋, 개명교開明橋, 규교奎橋까지 7개의 다리를 지나 북수관 밖으로 나가
바깥 해자[外隍]에 모인다.

북수관은 1년 내내 열리지 않지만 남수관은 수시로 열리고 닫힌다.
수관 안에는 부평초와 말풀들이 뒤엉켜 덮여 있는데, 상앗대로 찔러도
떨어지지 않는다. 동굴처럼 생긴 수문 통로[門洞]에는 수증기가 자욱하
게 맺혀서 마치 처마 끝에 듣는 물방울처럼 주렁주렁 달려 있다. 놀잇
배는 수문으로 들어가 이제교에서 멈춘다. 그래서 성 남쪽의 나들이객
들 가운데는 간혹 이곳에 와서 놀잇배를 타는 이들도 있다.

10. 남문의 관제묘關帝廟는 자성 안에 있는데, 주장군周將軍[35]이 매우 영

---

32) 제부制府는 총독總督을 달리 부르는 명칭이다.
33) 윤계선에 대해서는 『양주화방록』 권2 「초하록草河錄·하下·108」을 참조할 것.
34) 윤회일에 대해서는 『양주화방록』 권4 「신성북록新城北錄·중中·7」을 참조할 것.
35) 관우의 부장副將이었던 주창周倉을 가리킨다. 양주 관제묘에는 관우의 아들 관평關平
　　과 함께 주창의 신상이 모셔져 있다.

험하다고 알려져 있다.

자계현慈溪縣의 재봉사[成衣匠] 왕王 아무개는 아내가 여우에게 홀려 근심하고 있었는데, 도사[羽士]를 불러 초제醮祭를 지내도 아무 소용이 없었다. 그는 고심 끝에 아내를 데리고 삼원암三元庵으로 거처를 옮겼으나, 여우가 금방 그곳까지 찾아가 재앙이 더욱 심해졌다. 마침 장張 아무개라는 도사[眞人]가 배를 타고 운하를 지나던 차에 왕 아무개가 여우를 잡아달라고 청하자 승낙했다. 여우가 그걸 알고 왕 아무개에게 술과 고기, 돈과 비단을 뇌물로 바쳤다. 이에 왕 아무개가 장 도사에게 여우를 살려달라고 청했으나, 장 도사는 허락하지 않았다.

장 도사는 법관法官에게 중경가中埂街에 법단法壇을 설치하게 하고, 왕 아무개에게 집에 가서 은탄銀炭36) 200근과 커다란 무쇠 화로 하나, 초[蠟燭] 200근, 침향沈香과 단향檀香 50근을 준비하게 했다. 이튿날 법관이 지름 3치의 작은 거울 하나와 길이 5치의 작은 청동검 하나를 들고 왕 아무개에게 마당 중앙에 그것들을 모셔두게 했다. 그리고 안석[几] 위에 향을 피우고 은골탄을 채운 무쇠 화로를 놓아두게 했다. 한낮이 되자 법관이 도착해서 은골탄에 부적을 써 붙이고 왕 아무개더러 지키고 있으라 하고, 자신은 법단으로 갔다. 이때부터 매일 낮에 법관이 찾아와 은골탄에 부적을 써놓고 갔다.

여우가 다시 왕 아무개에게 금을 뇌물로 바치자, 왕 아무개가 다시 그놈을 살려 달라고 청했다. 그러자 장 도사가 화를 내며 그에게 채찍질을 하라고 명령하니, 왕 아무개는 마치 곤장을 맞는 것처럼 스스로 땅바닥에 엎드려 있다가, 일어난 뒤에는 한쪽 발을 절었다. 이날 밤, 성 안의 12개 대문에서 일제히 시끄러운 소리가 들리고, 성루城樓 위에서 길이 4자 정도의 시커먼 것이 땅으로 떨어지더니 어디론가 숨어버렸다. 저녁이 되자 여우가 찾아와서 말했다.

---

36) 하얀 색의 연기가 나지 않는 숯인 은골탄銀骨炭을 가리킨다. 이것은 불을 붙이기는 어려우나 쉽게 꺼지지 않는다고 한다.

"남문의 주장군이 성 위 곳곳에 깃발을 꽂아놓아서 제가 나갈 수 없으니, 어쩌면 좋겠습니까?"

엿새째 되는 날, 법관 40여 명이 마당으로 와서 화로를 둘러싸고 별자리를 따라 걸으며 수없이 많은 부적을 태웠다. 그리고 이레째에는 왕아무개의 아내더러 방에서 나오게 하더니, 여러 법관들이 화로와 청동검, 거울을 방 안으로 옮겨놓고, 법관들이 돌아가며 부적을 썼다. 그리고 도사[羽士] 임동애林東厓[37] 등 70여 명이 일제히 법곡法曲을 연주했다.

한밤중이 되자 법관들은 마치 누구를 기다리는 것처럼 방안에 똑바로 서 있었다. 그러다가 법관 하나가 갑자기 청동검을 짚고 방을 나서더니 마치 누구를 맞이하여 안내하는 것처럼 하면서 다시 방 안으로 들어갔다. 여러 법관들이 일제히 부적을 쓰면서 불을 질그릇 항아리 안으로 옮기니, 항아리 입구에서 1길 남짓한 불길이 솟구쳤다. 불꽃 속에서 여우의 말소리가 들렸다. 법관은 곧 진흙으로 항아리 입구를 봉하고, 그것을 남문 자성 안의 주장군 신상神像 발치에 놓아두었다.

11. 지기식知己食은 두교頭橋에 있다. 그 식당 요리사 양씨楊氏는 고기요리를 잘했는데, 고기구이 요리의 비결을 얻어 그것을 훈소燻燒라고 불렀다. 가게 안에는 '사죽하여絲竹何如'라고 적힌 편액이 걸려 있는데, 사람들이 모두 그 뜻을 잘 몰랐다. 어떤 이는 악기 연주는 없지만 훌륭한 가게라는 칭찬으로 해석하면서 그것이 술 마시는 것을 노래한 것이라고 하고, 어떤 이는 현악기는 관악기만 못하고 관악기는 고기요리만 못하다고 풀이하면서 그것이 고기요리를 칭찬하는 말이라고 했다. 그러나 시정의 정육점과 술집에서는 종종 신기한 연구聯句가 적힌 편액을 걸면 가게가 유명해질 수 있다고 여기니,[38] 이것들은 모두 해석할 수

---

37) 임동애林東厓에 대해서는 『양주화방록』 권3 「신성북록新城北錄・상上・3」을 참조할 것.
38) '중화본'에는 이 구절이 "足以致遠"으로 되어 있는데, '산동본'에는 "돈을 많이 벌 수 있다[足以致金]"라고 되어 있다.

없는 구절이라고 이해해도 될 것이다.

12. 남문 나루터[馬頭]는 향수교 아래에 있는데, 시하가 두조교 북쪽 언덕을 나와 성 남쪽 언덕을 따라 중경中埂 아래쪽 언덕을 지나 고도교에 이르렀다가, 다시 서쪽으로 꺾여 서문으로 들어간다. 놀잇배들은 여기에 이르면 위아래 나루터로 나뉘어 간다. 두조교 안에 있는 것은 남문 윗나루터[南門上馬頭]이고, 두조교 바깥에 있는 것은 고도교 아랫나루터[古渡橋下馬頭]이다. 노잡이[篙師]와 어부는 모두 강선빈江船濱 마을에 사는 사람들이기 때문에 이 두 지역에는 노 젓는 작은 놀잇배[搖船]가 많다.

13. 명월루차사明月樓茶肆는 이조교 남쪽에 있다. 남쪽 언덕 바깥은 이도구이며 중간은 모두 회수淮水 강줄기인데, 조석潮汐 때면 양자강의 물이 섞인다. 가게의 차들은 모두 여기서 채취한 것들인데, 마시러 오가는 사람들의 발길이 끊이지 않아 사람들의 목소리가 시끌벅적하고, 조롱에서 키우는 새들의 울음소리까지 뒤섞여 있어서, 탁자를 마주하고 앉아 얘기를 나누자면 항상 눈으로 귀를 대신해야 할 지경이다.

14. 초초관草草館은 중경 위쪽 언덕에 있는데, 이곳은 본래 남문의 풀 창고[草廠]였다. 과주 사람들이 큰 거룻배[艑]에 갈대를 싣고 다니기 때문에 이들을 갈대 상인[蘆商], 그들의 배를 땔나무 배[柴艑]이라고 부른다. 이곳은 그 땔나무 배의 나루터이다. 우선 작은 배를 이용해서 땔감들을 뭍에다 부려놓는데, 그곳 지명은 저초파貯草坡이다. 저초파 위는 남문가南門街의 서쪽인데, 이곳에 갈대 상인들이 묵는 방들이 많이 있으니 바로 이 초초관이다. 저초파에는 말린 두부[豆腐乾]를 파는 요씨姚氏가 가장 유명해서 그의 두부를 '요건姚乾'이라고 부른다.

15. 중경은 남문가 서쪽에 있다. 강의 북쪽에는 높은 산이나 험한 고개가 없다. 증구기曾求己가 "물속의 용신은 산에 오르지 않는다[水裏龍神不上山]"39)고 했기 때문에, 풍수風水 전문가들은 군郡에서 대부분 평양법平洋法40)을 사용하고 있다. 중간에 흙 언덕이 높이 솟아 있으면 그것을 평양 가운데 진룡眞龍으로 여기는 것이다. 예를 들면 북류항北柳巷의 용배龍背와 초관鈔關의 경자상埂子上이 이것이다. 경자상은 바로 상경上埂인데, 중경의 기맥氣脈이 경자상과 이어져 있다. 거리 입구에 구봉원九峰園의 기둥[枋楔]을 세워두었다.

16. 수야원주사秀野園酒肆는 연지硯池 북쪽에 있는데, 그 맞은편이 소구산掃垢山이다. 꾀꼬리 나는 따뜻한 봄날이면 온갖 새소리들이 뒤섞여 들리는데, 호수 바깥으로 유채꽃이 흐드러지게 피어 드넓은 벌판이 모두 노랗다.

17. '연지염한硯池染翰'은 성 남쪽 고도교 옆에 있다. 흡현의 왕옥추汪玉樞41)가 구련암九蓮庵의 땅을 사서 별장을 짓고, 이름을 남원南園이라고 했다. 여기에는 심류독서당深柳讀書堂과 곡우헌穀雨軒, 풍의각風漪閣 등의

---

39) 이것은 당나라 때 증구기가 쓴 「청낭서靑囊序」의 내용 가운데 "산 위의 용신은 물로 내려오지 않고, 물속의 용신은 산에 오르지 않는다[山上龍神不下水, 水裏龍神不上山]"라는 구절에서 따온 것이다. 이 구절은 대체로 풍수지리風水地理의 원리를 따질 때 산과 물을 별개로 구분해서 각기 음양오행을 따져야 한다는 의미로 풀이된다. 증구기는 자가 공안公安이며, 황실의 국사國師를 지낸 양익楊益(자는 균송筠松, 호는 구빈선생救貧先生)에게서 삼원대현공지학三元大玄空地學을 전수 받고, 양익이 쓴 「청낭오어靑囊奧語」의 뒤를 이어 「청낭서」를 지었다. 「청낭서」는 7언言 86구句의 운문韻文으로 되어 있는데, 그 내용은 대단히 모호하다. 다만 일반적인 해석에서, 풍수지리에 관한 그의 주장은 집을 짓거나 건축을 할 때에 지리의 '생기生氣'를 이어받을 수 있게 해야 한다는 취지로 집약된다고 여겨지고 있다.

40) 풍수가가 산반算盤을 이용해서 지리를 측정하는 방법 가운데 하나인 현공오행대괘玄空五行大掛에서 음양오행을 이용하여 수리水利를 측정하는 방법을 가리킨다.

41) 왕옥추汪玉樞에 대해서는 『양주화방록』 권4 「신성북록新城北錄·중中」을 참조 할 것.

명승지가 있다.

건륭 신사辛巳년(1761)에 강남에서 태호석 9개를 얻었는데, 큰 것은 1길이 넘었고 작은 것도 1심尋(8자)에 이르렀으며, 옥을 박았던 것처럼 움푹한 자국과 구멍이 수없이 많이 뚫려 있었다. 인부들이 수레에 싣고 오자 징공우澄空宇와 해동서옥海桐書屋을 짓고, 다시 우화암雨花庵을 담으로 둘러싸 원림 안에 들어오게 했다. 태호석 2개는 해동서옥에, 2개는 징공우에, 1개는 일편남호一片南湖에, 3개는 옥령롱관玉玲瓏館에, 1개는 우화암雨花庵 모퉁이에 두었다. 황제께서 이 원림에 구봉원九峰園이라는 이름을 내려주셨다. 어제시[42] 2수가 있는데, 그 가운데 1수는 다음과 같다.

> 말을 몰고 백성들 보며 군성을 지나다가
> 성 서쪽 연지의 역관에서 잠시 거닐었노라.
> 고요한 강물에 맑은 풍경 비치는데
> 아홉 봉우리 만들어놓아 옛 정취 풍기도다.
> 비 온 뒤라 난초 잎은 더욱 윤기를 띠고
> 바람 앞의 매화 꽃송이들은 무성하게 피어나기 시작한다.
> 무이산 계곡[43]에서 배를 탄 듯 말을 잊었나니
> 차이를 자세히 따져 평한들 무슨 상관이랴?
> 策馬觀民度郡城, 城西池館暫游行.
> 平臨一水入澄照, 錯置九峰出古情.
> 雨後蘭芽猶帶潤, 風前梅朵始敷榮.
> 忘言似泛武夷曲, 同異何妨細致評.

다른 1수[44]는 다음과 같다.

---

42) 원래 제목은 「제구봉원題九峰園」이다.
43) 골짜기가 깊고 구불구불하기로 유명한 무이산武夷山 구곡계九曲溪를 가리킨다.
44) 이 시의 제목은 「구봉원소게九峰園小憩」이다.

백성들 살피며 천천히 말을 몰아 무성45)을 지나는데

성 남쪽에 청아한 별장46) 있음을 예전부터 알고 있었노라.

서재 창문으로 들판의 정취 눈에 가득 들어오나니47)

매화와 버들에 마음 실어 시정으로 빠져든다.

기이함을 평함은 모두 미불이 절한 돌[米芾拜石]48)에 돌리고

붓끝 같은 봉우리의 수는 낙사洛社의 모임49)에 들어맞는구나.

잠시 쉬었다가 곧 안개 속의 놀잇배 따라가게 하니

평산당의 푸른빛이 벌써 마중을 나왔구나.

---

45) 무성蕪城은 광릉성廣陵城을 가리킨다. 지금의 쟝쑤성江蘇省 쟝두현江都縣에 유적이 있
다. 서한西漢 때의 오왕吳王 유비劉濞가 이곳에 도읍을 세우면서 광릉성을 건축했다. 남
조 송宋나라 때에 경릉왕竟陵王 유탄劉誕이 광릉을 근거지로 반란을 일으켰다가 전투에
서 패하여 전사한 뒤로 성은 황무지가 되었는데, 포조鮑照가 「무성부蕪城賦」를 지어 그
일을 풍자한 이래로 '무성'이라는 별칭이 생겨났다고 한다.

46) 양주성에서 남쪽으로 5,6리 떨어진 곳에 있던 무송주인撫松主人의 별장인 '유장楡莊'
을 가리킨다. 이 별장은 정원定遠 땅의 방사감方士淦이 지은 것이다. 방사감은 자가 연
방蓮舫이고, 가경嘉慶 13년(1808)에 거인擧人이 되어 호주지부湖州知府를 역임했다. 그의
저작으로는 『담자헌시존啖蔗軒詩存』이 있다.

47) 여기서부터는 구봉원을 둘러보며 읊은 내용이다.

48) 태호太湖의 매원梅園에 있는 태호석을 가리킨다. 오늘날 매원의 천심대天心臺 앞에
있는 이 돌은 원래 무위현無爲縣에 있던 것인데, 크고 기이한 그 모습에 반한 미불이
옷을 단정히 차려입고 그 돌에 절을 올리며 '형님!' 하고 불렀다고 한다. 이것은 '복록
수福祿壽'라는 이름을 가진 또 하나의 태호석과 함께 명성이 높다. '미불배석'은 원래
청대에 대학사를 지낸 우민중于敏中의 정원에 있던 것인데, 높이가 약 3m이고, 크고 작
은 구멍이 81개 뚫려 있다. 이 구멍은 큰 것은 어른 주먹이 들어갈 정도이고, 작은 것
은 손가락 하나가 간신히 들어갈 만한 크기이며, 전체적으로 예스럽고 기묘한 분위기
를 풍긴다.

49) 『송사宋史』「문언박전文彦博傳」: "문언박이 부필富弼 사마광司馬光 등 13명과 함께 백
거이白居易가 향산香山에서 '구로회九老會'를 열었다는 이야기에 따라 술자리를 마련하
여 시를 읊으며 서로 즐겼는데, 벼슬이 아니라 나이로 서열을 정했다. 그리고 당堂을
짓고, 거기 모인 사람들을 그림으로 남긴 후, 그 모임을 일컬어 '낙양기영회洛陽耆英會'
라고 하니, 호사자들이 모두 흠모했다[文彦博與富弼司馬光等十三人, 用白居易九老會
故事, 置酒賦詩相樂, 序齒不序官. 爲堂, 繪像其中, 謂之洛陽耆英會, 好事者莫不慕之]."
한편 '낙사洛社'는 송나라 때 구양수歐陽修와 매요신梅堯臣 등이 낙양에서 조직한 시사
詩社를 가리키기도 한다. 건륭제 시의 이 구절은 9개의 돌을 백거이 등 9명의 노인에
비유한 것이라 하겠다.

觀民緩轡度蕪城, 宿識城南別墅清.

縱目軒窓饒野趣, 遣懷梅柳入詩情.

評奇都入襄陽拜, 筆數還符洛社英.

小憩旋敎追烟舫, 平山翠色早相迎.

그 주석에는 다음과 같이 설명하고 있다.

원림에 9개의 기이한 돌이 있어서 봉우리라고 이름을 붙였는데, 실제 산봉우리는 아니다.

園有九奇石, 因以名峰, 非山峰也.

18. 연지는 바로 남지南池이다. 지방지에는 이렇게 기록되어 있다.

원풍 7년(1084)에 황제께서 조서를 내려 경사 동쪽, 회수 남쪽에 고려관高麗館을 지어 조공을 바치러 온 사신들을 접대하게 하셨는데, 건염 연간50)에 폐쇄되었다. 나중에 군수 상자고向子固가 소흥 연간에 중건重建51)했는데, 그 대문에 '남포南浦'라고 적힌 편액을 걸어놓고, 손님을 맞이하거나 전별餞別하는 장소로 삼았다.

元豊七年, 詔京東淮南筑高麗館, 以待朝貢之使, 廢于建炎. 後郡守向子固于紹興間重建, 扁其門曰南浦, 以爲迎餞之所.

어떤 이는 오늘날 '춘만강성'이 남지와 멀지 않으니, 남지가 곧 남포가 아닐까 생각하기도 한다. 지방지에는 또 "남지는 구련암에서 멀지 않으니 남지가 곧 연화지이다[南池距九蓮庵不遠, 南池卽蓮花池]"라고 하고,

---

50) 남송南宋 고종高宗의 연호로서, 1127~1130년에 해당한다.
51) 『강남통지江南通志』 「양주부揚州府」에 따르면 이것은 소흥紹興 31년(1161)의 일이라고 했다.

다시 "마검지 서쪽에 수나라 때의 주전감이 있다[磨劍池西有隋鑄錢監]"고 했다. 어떤 이는 또 지금의 남지가 초관鈔關과 멀지 않으니 남지는 바로 마검지磨劍池라고 한다.

세 가지 설은 모두 증거가 없다. 『평산당도지』에는 다음과 같이 기록되어 있다.

> 맞은편 문봉사에 탑이 있는데 속칭 '문필탑'이라고 하며, 그렇기 때문에 남지를 연지라고도 한다. 왕옥추는 이에 따라 남원의 풍경에 '연지염한'이라는 이름을 붙였다.
>
> 隔岸文峰寺有塔, 俗稱文筆, 故稱南池爲硯池, 汪氏因于南園題曰硯池染翰.

19. 구봉원의 대문은 운하에 붙어 있으며, 좌우로 딸린 방[子舍]이 각기 5칸씩 있다. 운하 안에는 배를 매는 말뚝[牂舸]이 있고, 뭍에는 말을 매는 나무 울짱[木寨]이 있다. 대문 안에는 3칸 건물에 산금녹유병풍散金綠油屏風[52]이 설치되어 있고, 병풍 안쪽에서 오른쪽으로 돌아가면 둘째 문[二門]이 나오며, 그 안에는 오래된 나무들이 많이 있다. 오른편에 청사가 세워져 있는데, 그 이름은 '심류독서당'이다. 그 앞에 유리방이 있고, 거기에서 서너 번 꺾어 들어가면 '곡우헌'이 나오며, 그 오른편이 '연월실延月室'이다. 그곳에서 동남쪽에 있는 전각에는 '옥영롱관'이라고 적힌 편액이 걸려 있다. 이 건물의 양쪽은 모란꽃이 심겨 있으며, 한쪽 면은 호수에 붙어 있다. 곡우헌 뒤에는 밀실密室이 많이 있는데, 거륜방車輪房의 구조가 가장 정밀하다. 이곳에서 몇 번 꺾어 들어가면 어서루御書樓로 이어진다.

어서루 오른쪽은 우화암雨花庵인데, 암자 건물의 사면은 처마와 잇닿아 있다. 중간에는 관음당觀音堂이 있고 오른쪽은 물 위로 지나는 복도

---

52) 바탕에 기름을 이용해서 녹색으로 칠하고, 그 위에 황색 꽃잎을 장식한 병풍이다.

[水廊]이며, 그 바깥이 바로 시하市河이다. 어서루 앞쪽 대문 위에는 '연지염한'이라는 글씨가 돌에 새겨져 있다. 대문 바깥의 석판교石版橋는 하당荷塘을 지나 제방 위의 사각형 정자에 이르는데, 그곳 편액에는 '임지臨池'라고 적혀 있다. 그 동쪽에 작은 청사가 지어져 있는데, 그곳 편액에는 '일편남호一片南湖'라고 적혀 있다. 이곳에 이르면 호수 전체가 눈에 들어온다. 그 옆은 '풍의각'인데, 좌우로 1무畝[53] 남짓한 넓이의 기다란 못[塘]이 있다. 이곳에는 연蓮과 세발 마름[菱]을 심어놓았는데, 제방을 따라 피어난 연꽃이 가장 유명하다. 가장 동쪽에는 작은 건물이 대나무 숲 속에 있는데, 풍경이 상상할 수 없을 만큼 더 깊고 그윽하다.

풍의각 뒤편에는 밀실들과 큰 건물들이 질서정연하고 아름답게 서 있다. 창문에는 모두 유리가 설치되어 있는데, 큰 것은 넓이가 여러 자나 되고 깨끗해서 하늘의 구름을 바로 볼 수 있다. 창 밖에는 수십 길 높이의 돌산을 만들어놓았다. 이곳에는 황제께서 하사하신 '징공우'라고 적힌 편액이 걸려 있다. 청사 오른편에는 3칸짜리 작은 방이 있는데, 방 앞에는 노란 석벽이 세워져 있다. 그 위에는 엄나무[海桐]가 많고, '해동서옥海桐書屋'이라고 적힌 편액이 걸려 있다. 서옥 오른편에는 쪽문[便門]이 나 있고, 그 바깥은 바로 원림의 둘째 대문이다.

20. 심류독서당의 대련에는 다음과 같이 적혀 있다.

모름지기 처음에는 대나무가 될 걸로 보였는데
점점 맑은 그늘 만들며 아름다운 집 앞에 이르려 하네.
會須上番看成竹[두보杜甫][54]

---

53) 사방으로 100보步인 면적을 일컫는 단위이다.
54) 이것은 두보의 「삼절구三絶句」 가운데 제3수인데(이 시를 별도로 「영죽순詠竹筍」이라고 하기도 한다), 전문은 다음과 같다. "無數春笋滿林生, 柴門密掩斷人行. 會須上番看成竹, 客至縱嗔不出迎."

漸擬淸陰到畫堂[설원薛遠]55)

심류독서당 앞에는 노란 돌을 쌓아 높은 벽을 만들었는데, 중간 중간에 오래된 나무들이 그늘을 드리워 서늘하고 푸른 녹음이 높이 하늘을 찌르고 있다. 이 건물은 구봉원이 시작되는 지점에 있기 때문에 이 벽을 만들어 남호의 빛을 잠깐 감췄던 것이다. 그 옆에는 자목련紫木蓮 나무 한 그루가 서 있는데, 돌 틈으로 은근히 드러난 오래된 뿌리가 가로세로 5자의 땅을 차지하고 있다. 나무줄기 중간에는 해충들이 파먹어 구멍이 났지만 끊어지지 않고 가늘게 이어져 있어서 지팡이로 받쳐주었다. 그 위에 두세 개의 부드러운 가지가 싱싱하게 자라고 있는데, 꽃이 필 때면 마치 옥산玉山이 무너지는 듯한 장관을 연출한다.

21. 곡우헌에는 수천 그루의 모란이 심겨 있다. 춘분春分이 지나면 대나무를 꽂아 기둥으로 삼고 그 위에 갈대와 억새를 엮어 발을 만들어서 꽃을 위해 햇볕을 가려준다. 꽃이 필 때면 마치 아름다운 창이 활짝 열린 듯한 모습이다. 이곳에는 다음과 같은 대련이 있다.

> 아침 꽃송이는 금동선인 손바닥의 이슬과 멀리 헤어지고56)
> 밤바람 불어 옥 호로에 차가운 얼음 맺혔네.
>
> 曉艷遠分金掌露[한기韓琪]57)

---

55) 본문의 설원薛遠은 설봉薛逢을 잘못 쓴 것이다. 설봉薛逢(?~?)은 자가 도신陶臣이고, 당나라 포주蒲州 하동河東 사람이다. 회창會昌(841~846) 연간 초기에 진사에 급제하여 시어사侍御史, 상서랑尙書郞, 파주자사巴州刺史, 급사중給事中, 비서감秘書監 등을 지냈다. 『전당시』 권548에 수록된 설봉의 시 「영류詠柳」에는 "莫令岐路頻攀折, 漸擬垂陰到畫堂"이라는 구절이 들어 있다.

56) 한나라 무제武帝는 금동선인金銅仙人을 만들어 그 손에 이슬 받는 쟁반[承露盤]을 들고 있게 했다고 한다.

57) 한기韓琪는 한종韓琮을 잘못 쓴 것이다. 한종韓琮(?~?)은 자가 성봉成封이다. 장경 4년長慶(824) 진사에 급제하여 진허절도판관陳許節度判官, 중서사인 등을 지냈고, 대중 12년

夜風寒結玉壺冰[허혼許渾]58)

곡우헌 옆쪽의 연월실에는 다음과 같은 대련이 걸려 있다.

주렴 열고 새로 뜬 달을 보고
나무에 기대어 흐르는 샘물 소리 듣는다.
開簾見新月[이단李端]59)
倚樹聽流泉[이백李白]60)

그곳에서 동남쪽에 세워진 옥영롱관에는 다음과 같은 대련이 걸려 있다.

북쪽 정자에서 먼 산봉우리 한가할 때면 바라보는데
남원의 봄빛은 마침 한창일세.
北榭遠峰閑卽望[설능薛能]61)

大中(858)까지 호남관찰사湖南觀察使를 지냈다. 『전당시』 권565에 수록된 한종의 시 「모
란牡丹」에는 "曉艷遠分金掌露, 暮春深惹玉堂風"이라는 구절이 들어 있다.

58) 『전당시』 권535에 수록된 허혼의 「송노선배자형악부복주가례送盧先輩自衡岳赴復州嘉禮·
2수二首」 가운데 제2수에 "秋水靜磨金鏡土, 夜風寒結玉壺冰"이라는 구절이 들어 있다.

59) 이단李端(743?~782?)은 자가 정이正已이고 조주趙州(지금의 허베이성河北省 자오현趙
縣) 사람이다. 그는 어려서 승려 교연皎然에게 시를 배웠고, 대력大曆 5년(770) 진사에
급제하여 비서성秘書省 교서랑校書郎과 항주사마杭州司馬를 역임했다. 만년에 벼슬을 버
리고 호남湖南 형산衡山에 은거하며, 스스로 형악유인衡岳幽人이라는 호를 지어 불렀다.
그의 시는 응수應酬의 작품이 많으며, 대부분 현실도피적인 사상을 담고 있는 것으로
평가되며, '대력십재자大曆十才子' 가운데 하나로 꼽힌다. 『전당시』 권286에 수록된 이
단의 「배신월拜新月」에는 "開簾見新月, 卽便下階拜"라는 구절이 들어 있다.

60) 『전당시』 권182에 수록된 이백의 「심옹존사은거尋雍尊師居」에 "撥雲尋古道, 倚樹聽
流泉"이라는 구절이 들어 있다.

61) 설능薛能(?~880)은 자가 태졸太拙이고, 분주汾州 사람이다. 그는 회창會昌 6년(846) 진
사에 급제하여 이후 어사, 형부원외랑刑部員外郎, 공부상서 등을 역임했으나, 광명廣明
1년(880)에 대장군 주급周岌에게 피살당했다. 문집 10권이 남아 있으며, 『전당시』에 그
의 시집 4권이 수록되어 있다. 『전당시』 권559에 수록된 설능의 「평양우회平陽寓懷」에
"北榭遠峰閑卽望, 西湖殘景醉常眠"이라는 구절이 들어 있다.

南園春色正相宜[장위張謂][62]

　이곳에는 '만卍'자 모양의 길[徑]과 '천川'자 모양의 밭두둑[畦]이 만들어져 있다. 아침 햇살이 비칠 때나 석양 무렵, 연꽃 모양의 촛불[蓮炬]을 밝혀놓은 밝은 달빛 아래 풍경은 아름답기로 칭송이 자자하다. 꽃이 진 후에는 모든 문에 빗장을 걸어 잠근다.

22. 곡우헌 옆에는 작은 방이 많이 있는데, 가운데 있는 한 칸은 창을 수레바퀴 모양으로 만들어서 '거륜방'이라고 부르며, '거미줄[蜘蛛網]'이라고도 한다.

23. 어서루는 바로 우화암의 옛터이다. 그 오른쪽에 문이 나 있는데 '우화암'이라고 새겨진 예전의 돌 편액이 문 위에 걸려 있다. 그 안에는 천수안준제상千手眼準提像[63]이 모셔져 있어서 저녁 무렵이면 종을 울리고 새벽이면 경쇠를 치는데, 정원사가 그 일을 담당하고 있다.

24. 우화암의 대문 바깥에는 '연지염한'이라는 글씨가 새겨진 돌 편액이 박혀 있다. 그곳 대련에는 다음과 같이 적혀 있다.

　　높다란 나무에 걸린 석양빛은 옛 골목에 이어지고

---

62) 장위張謂(?~?)는 자가 정언正言이고, 하남河南 사람이다. 그는 천보天寶 2년(743) 진사에 급제하여, 이후 상서랑尙書郎, 예부시랑 등을 역임했다. 『전당시』 권197에 그의 시집 1권이 수록되어 있다. 장위의 「춘원가연春園家宴」에 "南園春色正相宜, 大婦同行少婦隨"라는 구절이 들어 있다.

63) 불교의 보살 가운데 하나이다. 준제準提는 '청정淸淨'이라는 뜻의 범어梵語를 음역한 것이다. 범어의 Cundi Cundhi Saptakoti-buddhaphagavati는 대개 중국어로 '준지제準胝提' 또는 '준지관음準胝觀音', '준제불모準提佛母', '칠구지불모七俱胝佛母' 등으로 번역된다. 밀종密宗에서는 이 보살을 연화부蓮華部의 여섯 관음 가운데 하나로 꼽는데, 그 생김새는 대개 눈이 3개에 팔이 18개로 묘사된다.

작은 다리 아래 흐르는 물은 평평한 모래밭에 닿아 있네.

高樹夕陽連古巷[노륜盧綸][64]

小橋流水接平沙[유겸劉兼][65]

　　대문 앞쪽에 있는 석판교石版橋는 3번 꺾어진 형태인데, 다리 머리에
나란히 모여 선 세 사람의 모습을 한 바위가 세워져 있다. 그 바위의 동
혈洞穴 가운데 큰 것은 뱀이 지나다닐 만하고, 작은 것은 겨우 개미들이
나 모여 있을 만한데, 그 이름을 '옥영롱玉玲瓏' 또는 '일품석一品石'이라
고 한다.『평산당도지』에서는 이것이 원래 해악암海嶽庵[66]에 있던 돌이
라고 했다. 조익趙翼[67]의 시에서,

구봉원의 일품석엔

여든한 개의 구멍으로 푸른 하늘 들여다보이네.

九峰園中一品石, 八十一竅透寒碧.

---

64) 노륜盧綸(748~800?)은 자가 윤언允言이고 하중河中 포蒲(지금의 산시성 용지永濟) 사
　　람이다. 그는 여러 차례 과거에 응시했으나 급제하지 못하다가, 나중에 재상 원재元載
　　의 눈에 들어서 비로소 벼슬길에 올라 검교호부랑중檢校戶部郎中까지 지냈다. 대력십재
　　자大曆十才子 가운데 하나로 꼽힌다.『전당시』권278에 수록된 노륜의 시「추중과독고
　　교거秋中過獨孤郊居」에는 "高樹夕陽連古巷, 菊花梨葉滿荒渠"라는 구절이 들어 있다.
65) 유겸劉兼(?~?)은 당나라 말엽 장안에서 태어났으며, 송나라 초기에 형주자사滎州刺史
　　를 지냈으며, 개보 7년開寶(974)에는 염철판관鹽鐵判官을 지내기도 했다. 또한 송 태조太
　　祖의 명에 따라『오대사五代史』의 편찬에 참여하기도 했다.『전당시』권766에 수록된
　　유겸의 시「기루에 술 마시러 갔다가 만나지 못하고, 술자리에 초청했으나 오지 않다
　　[訪歡妓不遇, 招酒徒不至]」에는 "小橋流水接平沙, 何處行雲不在家"라는 구절이 들어
　　있다.
66) 해악암은 송나라 때에 미불米芾(1051~1108?, 자는 원장元章, 호는 양양만사襄陽漫士
　　또는 해악외사海嶽外史)이 진강鎭江의 감로사甘露寺에 세운 것인데, 1125년 이른바 '정
　　강靖康 연간의 치욕'이 일어났을 때 무너져버렸다.
67) 조익趙翼(1727~1814)에 대해서는『양주화방록』권3「신성북록新城北錄·상上·19」를
　　참조할 것.

라고 한 것은 아마 이것을 일컬은 묘사인 듯하다. 원림에는 9개의 돌이 있었는데, 황제의 명에 따라 2개를 골라 북경의 어원御苑으로 보낸 까닭에 지금은 7개의 태호석만 남아 있다. 고문조高文照[68]는 「구봉원시九峰園詩」에서 이렇게 노래했다.

이름난 원림에 아홉 명의 어른 모셔져 있는데
두 노인네만 유독 황제의 은총 받았다네.
아마도 산도山濤[69]와 왕융王戎[70]이 궁궐로 떠나
죽림에 그저 다섯 군자만 남은 것 같았다네.
名園九個丈人尊, 兩叟蒼顔獨受恩.
也似山王通籍去, 竹林惟有五君存.

25. 석판교 바깥의 호수 제방에는 사각형의 정자가 세워져 있는데, 그 편액에 '임지臨池'라고 적혀 있다. 그곳에는 다음과 같은 대련이 있다.

산 속에서 옛 가락의 시 읊조리는데
들판의 온갖 소리 벼루 속으로 날아 들어오네.
古調詩吟山色裏[조하趙嘏][71]

---

68) 고문조高文照(1739~1776)는 자가 윤중潤中이고 호는 동정東井이며, 무강武康 사람이다. 덕화현령德化縣令을 지낸 고식高植의 아들인 그는 건륭 39년(1774) 거인이 되었고, 저작으로 『동정산인유시東井山人遺詩』를 남겼다.
69) 산도山濤(205~283)는 자가 거원巨源이고, 서진西晉 때의 하내河內 회현懷縣(지금의 허난성 우즈武陟 서쪽) 사람이다. '죽림칠현竹林七賢 가운데 하나로 꼽히는 그는 기주자사冀州刺史, 이부상서, 좌복야左僕射 등을 역임했다. 문집 10권을 남겼다고 하나 없어져버렸고, 지금은 후세 사람들이 모아놓은 것이 남아 있다.
70) 왕융王戎(234~305)은 자가 준충濬冲이고, 서진西晉 초기에 건위장군建威將軍을 역임했다. '죽림칠현' 가운데 하나로 꼽힌다.
71) 조하趙嘏(806~854)에 대해서는 『양주화방록』 권1 「초하록草河錄・상上・57」의 주을 참조할 것. 『전당시』 권792에 수록된 두목杜牧의 시 「조하와 함께 장명부의 교외 저택을 방문하여 지은 연구[同嘏二十二訪張明府郊居聯句]」에는 "古調詩吟山色裏, 無弦琴

野聲飛入研池中[두순학杜荀鶴][72]

정자 앞은 원림의 배를 대는 곳이다. 이곳에는 '이원移園'이라고 불리는 놀잇배가 있는데, 왕옥추가 직접 제작한 것이다.

26. 연지硯池는 으레 물에서 물고기나 새를 몰기 위해 그물로 둘러싸는 시설이 마련되어 있다. 먼저 그물을 치고 삼장선三槳船을 이용하여 좌우로 날개처럼 펼친 다음, 두 배를 나란히 연안을 따라 저은 후, 배를 멈추고 그물을 합쳐 에워싼다. 그리고 큰 새잡이 그물[鴻罿]을 치고, 실 매단 주살[矰繳]을 재고 있다가, 물새들이 떼 지어 날아오를 때 다투어 주살을 쏜다. 이렇게 잡는 새와 물고기는 헤아릴 수 없이 많다. 평상시에 이 지역 사람들도 종종 이곳에서 물고기를 잡는다.

27. 임지정臨池亭 옆에서 산길로 들어가면 바위 하나가 길을 막고 있는데, 길이는 2길 남짓이고 넓이는 그 절반쯤 된다. 생김새도 기묘하고 가파른 그 바위에는 등나무 덩굴이 가득 덮여 있고, 짙은 안개와 구름이 드나들며 변화를 일으킨다. 이 돌이 바로 '9개의 봉우리[九峰]' 가운데 하나이다. 그 옆에는 작은 청사가 하나 지어져 있는데, 그곳에는 '일편남호一片南湖'라고 적힌 편액이 있고 다음과 같은 대련이 있다.

여러 층의 큰 집들은 모두 그림 같이 물가에 섰고

在月明中"이라는 구절이 들어 있는데, 이 구절은 두목이 지은 것이라는 설도 있지만, 대체로 조하가 지은 것으로 여겨지고 있다.

72) 두순학杜荀鶴(846~904)은 자가 언지彦之이고 호는 구화산인九華山人이며, 지주池州 석태石埭(지금의 안훼이성 스타이石台) 사람이다. 그는 대순 2년大順(891) 진사에 급제하여, 이후 한림학사, 주객원외랑主客員外郎 등을 지냈다. 1959년 중화서국中華書局에서 그의 시를 모아 『두순학시杜荀鶴詩』를 간행했다. 『전당시』 권692에 수록된 두순학의 시 「제제질서당題弟姪書堂」에는 "窗竹影搖書案上, 野泉飛入研池中"이라는 구절이 들어 있다.

향기로운 나무 구불구불 봄을 맞이하네.

層軒皆畫水[두보杜甫][73]

芳樹曲迎春[장구령張九齡][74]

이 건물의 창과 창틀은 모두 오색 유리로 치장되어 있어서 원림에서
는 그곳을 '유리방[玻璃房]'이라고 부른다.

28. '일편남호' 옆에는 작은 회랑 10여 칸이 있는데, 그곳에는 '연저음
랑烟渚吟廊'이라고 적힌 편액이 걸려 있고 다음과 같은 대련이 있다.

계단은 섬의 물가에 있고

정원 정자엔 안개와 노을 서렸네.

階墀近洲渚[고적高適][75]

亭院有烟霞[곽양郭良][76]

---

73) 『전당시』 권229에 수록된 두보의 시 「회금수거지이수懷錦水居止二首」에는 "層軒皆面
水, 老樹飽經霜"이라는 구절이 들어 있다.

74) 장구령張九齡(678~740)은 자가 자수子壽이고, 소주韶州 곡강曲江(지금의 광둥성 사오
관韶關) 사람이다. 그는 무후武后 신공년神功(697) 진사에 급제하여 비서성교서랑秘書省
校書郎을 지냈고, 선천 1년先天(713)에 '도모이려과道侔伊呂科'에 급제하여 좌습유授左拾
가 되었다. 이후 중서랑동평장사中書侍郎同平章事, 중서령 등을 지냈으나, 나중에 이림
보李林甫의 미움을 받아 형주장사荊州長史로 폄적되었다. 저작으로 『장곡강집張曲江集』
(20권)이 있으며, 『전당시』에 그의 시집 3권이 수록되어 있다. 『전당시』 권46에 수록된
장구령의 시 「봉화성제동이상남출작서곡奉和聖制同二相南出雀鼠谷」에는 "瑞雲叢捧日, 芳
樹曲迎春"이라는 구절이 들어 있다.

75) 고적高適에 대해서는 『양주화방록』 권6 「성북록城北錄·15」의 주석을 참조할 것. 『전
당시』 권212에 수록된 고적의 시 「동한사설삼동정완월同韓四薛三東亭玩月」에는 "階墀近
洲渚, 戶牖當郊原"이라는 구절이 들어 있다.

76) 곽량郭良(?~?)은 생애에 대해 자세히 알려진 바가 없고, 단지 당나라 때에 금부원외랑
金部員外郎이라는 벼슬을 지냈다는 것만 밝혀져 있다. 『전당시』 권203에 수록된 곽량의
시 「제이장군산정題李將軍山亭」에는 "誰知貴公第, 亭院有烟霞"라는 구절이 들어 있다.

그 동쪽의 경사진 회랑은 곧장 물 위에 세워진 3칸짜리 누각과 통한다. 그곳에는 '풍의風漪'라고 적힌 편액이 걸려 있고 다음과 같은 대련이 있다.

물 건너 봄날 구름은 시인을 부르고
성을 두른 물결 속에 누대가 흔들리네.
隔岸春雲邀翰墨[고적高適][77]
繞城波色動樓臺[온정균溫庭筠][78]

이 누각은 호수 북쪽 물가에 있는데, 호수가 매우 넓다. 호수 중간에 섬이 있는데 소나무와 느릅나무, 매화, 버드나무가 우거졌고 정자와 돌산이 물가 모래밭에 세워져 함께 하나의 언덕을 이루고 있다. 그 아래에는 푸른 부평초가 수없이 펼쳐져 있어서 매년 가을과 겨울에 애릉艾陵의 야생 물오리들과 양자강의 기러기, 북쪽 교외의 까마귀들이 이곳으로 먹이를 찾으러 온다. 비바람이 불 때면 물결이 솟구치니 그 모양이 마치 돌을 던졌을 때와 같다. 종산鐘山 맞은편 남쪽 제방과 개울에는 날아오르는 새들의 모습이 아름다운데, 이 호수에서 물 위의 풍경이 가장 뛰어난 곳이다. 고문조高文照는 다음과 같은 시를 썼다.

갈대 싹 짤막할 때 낚싯배 이르는데
저물녘 짙은 안개 물길 서쪽으로 사라지네.
바람에 이는 물결 소리 들으며 정자 위에 서서
무심히 듣고 있네, 처절한 뻐꾸기 울음소리!

---

77) 『전당시』 권212에 수록된 고적의 시 「동진류최사호조춘연봉지同陳留崔司戶早春宴蓬池」에는 "隔岸春雲邀翰墨, 傍檐垂柳報芳菲"라는 구절이 들어 있다.
78) 『전당시』 권582에 수록된 온정균의 시 「河中陪師游亭(一作陪河中節度使游河亭)」에는 "滿座山光搖劍戟, 繞城波色動樓臺"라는 구절이 들어 있다.

蘆芽短短釣船低, 向晚濃烟失水西.
半響風漪亭上立, 無情聽殺郭公啼.

29. 풍의각 뒤편 동북쪽 모퉁이에는 네모난 못[沼]이 있다. 그 안에는 세발 마름과 연[荷]이 심겨 있고, 못을 둘러싼 제방에는 연꽃이 심겨 있다. 못 옆에는 작은 정자가 하나 있고, 정자 왼편의 팔각문八角門을 지나면 서너 구비 꺾어진 회랑[盧廊]이 나오는데 그 중간에는 4,5칸의 밀실이 있다. 이곳에는 원림의 꽃 키우는 이[花匠]가 살면서 분재를 가꾸고 있다.

30. '연저음랑' 뒤편에는 껍질 떨어지는 소나무[落皮松]와 껍질 벗겨지는 노송나무[剝皮檜]가 많다. 노란 돌을 쌓아 푸른 병풍 같은 가산假山을 만들었는데, 그 중간에 만들어진 두 곳 청사에는 3자 크기의 사각형 유리를 안치했고, 그 중간에는 선석宣石79)을 이어 붙여 장식을 만들거나 태호석을 세워놓았다. 이곳의 태호석은 바로 '아홉 봉우리' 가운데 두 번째 것이며, 이곳의 이름은 '파리청玻璃廳'이다. 그곳에는 '징공우'라고 적힌 황제께서 하사하신 편액이 걸려 있고, 다음과 같은 3개의 대련이 있다.

> 비 온 뒤라 난초 잎은 더욱 윤기를 띠고
> 바람 앞의 매화 꽃송이들은 무성하게 피어나기 시작한다.
> 雨後蘭芽猶帶潤, 風前梅朶始敷榮.

> 서재 창문으로 들판의 정취 눈에 가득 들어오나니
> 매화와 버들에 마음 실어 시정으로 빠져든다.
> 縱目軒窗饒野趣, 遣懷梅柳入詩情.

---

79) 안훼이성 쉬앤청현宣城縣에서 나는 돌로서, 정원을 장식하는 데에 널리 쓰인다.

푸른 물가에 유명한 정원 있는데

들판의 대나무는 푸른 하늘로 치솟았다.

名園依綠水, 野竹上靑霄.

31. 석공石工 장남산張南山은 일찍이 '징공우'의 두 봉우리야말로 진짜 태호석이라고 했다. 태호석은 태호에서 나는 석재인데 오랜 세월 동안 물결에 씻겨 저절로 구멍들이 생겨나 있지만, 물속에 잠겨 있기 때문에 옮겨오기가 매우 어렵다. 원나라 지정 연간至正(1341~1368)에 오吳 땅의 승려 유칙維則80)의 제자가 그 돌을 성 안으로 옮겨놓고 주덕윤朱德潤81) 과 조원선趙元善, 예찬倪瓚,82) 서분徐賁83)등을 초청하여 함께 상의한 후, 사자림獅子林84)을 건축했다. 이곳에 있는 사자봉獅子峰과 함휘봉含輝峰,

---

80) 유칙維則(1299~1368)은 자가 천여天如이고 출가 전의 성은 담씨譚氏로서, 영신永新(지금의 쟝시성江西省 지안吉安) 사람이다. 그는 출가 후에 중봉명본선사中峰明本禪師의 맥을 이었고, 1241년에는 소주蘇州의 사자림선원獅子林禪院에 거주했다. 그의 저작으로는 『정토혹문淨土或問』이 있다.

81) 주덕윤朱德潤(1294~1365)은 자가 택민澤民이고 호는 휴양산인睢陽散人이며, 원적原籍은 휴양睢陽(지금의 허난성 상치우商丘)이지만, 곤산崑山(지금의 쟝쑤성에 속함)에 살았다. 그는 원나라 영종英宗(1320~1323 재위) 때에 발탁되어 진동항중서성유제거鎭東行中書省儒提擧를 지냈으나, 영종이 죽은 후에는 주로 곤산의 집에 머물렀다. 그는 시문詩文과 서예, 산수화에 모두 뛰어났는데, 오늘날 남아 있는 그림으로는 〈임하명금도林下鳴琴圖〉, 〈수야헌도秀野軒圖〉 등이 유명하다.

82) 예찬倪瓚(1301?~1374)은 원래 이름이 연珽이고 자는 원진元鎭, 호는 운림자雲林子, 환하자幻霞子, 형만민荊蠻民, 경서은자經鉏隱者 등을 썼으며, 무석無錫(지금의 쟝쑤성 우시시無錫市) 사람이다. 그는 집안이 부유하여 '운림당雲林堂', '청민각淸閟閣'을 세우고 도서와 문구文具 등을 수장收藏했으며, 수묵산수화에 뛰어나서 황공망黃公望, 오진吳鎭, 왕몽王蒙과 함께 '원사가元四家'로 꼽힌다.

83) 서분徐賁(1335~1393)은 자가 유문幼文이고, 조적祖籍은 사천四川이지만 비릉毗陵(지금의 쟝쑤성 창저우常州)로 옮겨와 살다가, 나중에 평강平江(지금의 쟝쑤성 쑤저우蘇州)의 성 북쪽으로 이사했다. 이 때문에 호를 북곽생北郭生이라고 했다. 그는 명나라 태조에게 불려가 하남좌포정사河南左布政使를 지냈으나, 나중에 임무 수행을 소홀히 해서 옥에 갇혀 죽었다. 그는 시를 잘 지어서 고계高啓, 양기楊基, 장우張羽와 더불어 '오중사걸吳中四桀'로 명성을 날렸다. 또한 산수화와 수묵화를 잘 그린 것으로도 유명하다. 저작으로 시집 『북곽집北郭集』이 있고, 화집인 『촉산도蜀山圖』 등이 남아 있다.

84) 오늘날 쟝쑤성 쑤저우시蘇州市에 있는 원림園林이다.

토월봉吐月峰 등은 모두 강남의 명물로 꼽힌다. 이외에는 태호석을 옮겨 왔다는 소문을 듣지 못했으니, 군성郡城에 와 있는 태호석은 대부분 진강鎭江의 죽림사竹林寺나 연화동蓮花洞, 용분수龍噴水 등지에서 나온 것들이다. 그 돌들의 구멍은 태호석과 비슷하긴 하지만, 모두 태호의 섬들에서 난 석재는 아니다. 그러나 이 두 '봉우리'는 가짜가 아닐 것이다.

32. 해동서옥에는 다음과 같은 대련이 있다.

> 가파른 절벽 깎여 그림 같은 장벽 펼친 듯하고
> 수양버들 깊은 곳에 인가가 있네.
> 峭壁削成開畫障[오융吳融][85]
> 垂楊深處有人家[유장경劉長卿][86]

　서옥 뒤에는 두 개의 바위가 우뚝 서 있는데, 이것까지 포함하면 '아홉 봉우리'가 다 채워지게 된다. 이곳은 본래 옛날에 구련암九蓮庵이 있던 자리인데, 구련암의 본래 이름은 '이분명월二分明月'이다. 구련암은 굉각국사宏覺國師 목진木陳[87]이 세웠는데, 당나라 시인의 "옛 나루터 밝은 달빛 아래에서 뱃노래를 듣는다[古渡月明聞棹歌]"[88]라는 시 구절에서

---

85) 오융吳融(?~?)은 자가 자화子華이고, 월주越州 산음山陰 사람이다. 그는 용기龍紀 1년(889) 진사에 급제하여, 이후 시어사侍御史, 중서사인, 호부시랑 등을 지냈다. 저작으로 『당영집唐英集』(3권)이 있다. 『전당시』 권684에 수록된 오융의 시 「곡구우거우제谷口寓居偶題」에 "峭壁削成開畫障, 急溪飛下咽繁弦"이라는 구절이 들어 있다.

86) 유장경에 대해서는 『양주화방록』 권6 「성북록城北錄·23」의 주석을 참조할 것. 『전당시』 권151에 수록된 유장경의 「상사일월중여포시랑범주야계上巳日越中與鮑侍郎泛舟耶溪」에 "舊浦滿來移渡口, 垂楊深處有人家"라는 구절이 들어 있다.

87) 목진木陳(1596~1674)은 자가 도민道忞이고 호는 산옹山翁, 만년의 호는 몽은도인夢隱道人이며, 조음화상潮音和尙과 함께 천동사天童寺 밀운원오선사密雲圓悟禪師의 법통을 계승했다. 그는 1637년에 천동사 주지를 지냈으며, 순치 연간에 황제의 부름을 받아 경사에서 불법을 전파하기도 했다. 순치제가 칙령을 내려 그를 '굉각법사'에 봉해주었다.

88) 『전당시』 권586에 수록된 유창劉滄의 시 「양제의 무덤에서[過煬帝陵]」에, "行人遙起

암자 이름을 따왔다고 한다. 그러나 이 터가 구봉원에 편입된 뒤로는 암자가 다시 세워지지 않았다.

33. 왕옥추汪玉樞는 자가 진원辰垣이고 호는 염재恬齋이며, 흡현 사람이다. 그는 젊어서부터 시를 잘 지었고 천성적으로 산림을 좋아했다. 남원이 흥성한 것은 그로부터 시작되었다. 강희 연간에 왕궁부王躬符가 이 원림에서 열린 시회詩會의 작품을 모아『성남연집시城南宴集詩』를 엮었는데 오태첨吳泰瞻, 양가직梁嘉稷, 왕양도汪洋度,[89] 장사공張師孔,[90] 비석종費錫琮,[91] 왕당王棠,[92] 장잠張潛,[93] 안민顏敏, 비석황費錫璜,[94] 소양蕭暘, 민혁좌閔奕佐, 유산劉珊,[95] 민혁우閔奕佑, 정원유程元愈,[96] 왕전汪荃,[97] 진

廣陵思, 古渡月明聞棹歌"라는 구절이 들어 있다.

89) 왕양도汪洋度(?~?)는 자가 문야文治이고 흡현 사람이다. 그 외의 생애에 대해서는 자세히 알려진 바가 없다.

90) 장사공張師孔(?~?)은 자가 인선印宣이고, 강도江都 사람이다. 저작으로『자원집력후시柘園集曆候詩』가 있다.

91) 비석종費錫琮(1661~1725)은 자가 후번厚蕃이고 호는 수서樹棲이며, 청나라 때 사천四川 신번新繁(지금의 쓰촨성 청두시成都市에 속함) 사람으로 비밀費密의 아들이자 비석황費錫璜의 형이다. 저작으로『계정해영집階庭偕詠集』과『백학루집白鶴樓集』이 있다.

92)『양주역대인물사전揚州歷代人物辭典』(王澄 主編, 江蘇古籍出版社, 2001)에 따르면, 왕당王棠(?~?)은 자가 물전勿翦이고 강도江都 사람이다. 저작으로『지신록知新錄』(40권)을 남겼다. 한편, 강소江蘇 진택震澤 사람인 왕지부王之孚(1794~1812)의 아우 역시 이름이 왕당인데, 그는 자가 영지詠之 또는 일숙壹叔이다. 기록에 따르면 그는 수묵화와 고시古詩에 뛰어났던 것으로 평가된다. 저작으로『초설암고焦雪庵稿』가 있다(이상『청화가시사淸畫家詩史』,『묵림금화墨林今話』참조). 한편 북경도서관北京圖書館에는 왕당과 왕개王槩가 함께 편찬한『염암부군연보念庵府君年譜』(雍正 연간 家刻本)가 남아 있다. 본문의 왕당이 이 가운데 누구를 가리키는지는 분명하지 않다.

93) 장잠張潛(?~?)의 생애에 대해서는 자세히 알려져 있지 않지만, 강희 19년(1679)에『유현지攸縣志』(6권, 朱英蕡 修, 劉自燁 纂)를 증수增修했고, 또『시법성언詩法醒言』(10권, 건륭 연간)의 편찬에도 참여한 것으로 알려져 있다.

94) 비석황費錫璜(?~?)은 자가 자형滋衡이고, 사천四川 신번新繁 사람이나, 강소江蘇 강도江都에 살았다. 저작으로『도관당문집道貫堂文集』(4권),『체경당시집掣鯨堂詩集』(13권)이 있다.

95) 유산劉珊(?~?)은 자가 해수海樹이고 호는 개순介純이며, 한천漢川 사람이다. 가경 16년嘉慶(1811) 진사에 급제하여 영주지부潁州知府를 지냈다. 저작으로『역정당시집亦政堂詩集』이 있다.

96) 정원유程元愈(?~?)의 생애에 대해서는 자세히 알려져 있지 않지만,『사고전서존목총서四庫全書

정陳庭, 진우당陳于堂, 정계程啓, 왕조환王朝瓛,98) 왕천여汪天與,99) 왕함선 汪涵仙, 왕애汪艾, 변항구卞恒久, 장왈륜張曰倫, 정종程鍾,100) 이로李潞, 왕문 시王文蓍, 왕옥수汪玉樹, 비헌費軒,101) 비계기費繼起, 왕겸汪兼, 왕문추王文 樞,102) 왕문규王文奎,103) 당계조唐繼祖,104) 왕한탁汪漢倬, 그리고 왕옥추까 지 모두 36명이 각자 칠언고시를 1수씩 짓고, 용주鏞州 땅의 요등규廖騰 奎105)가 그 일을 기록하는 글[序]을 썼으니, 한때 대단한 모임으로 명성 이 높았다. 왕옥추는 70세에 이송자포산당易松滋抱山堂에서 중구회重九會

存目叢書』「사史」 245 「지리류地理類」에는 그가 편집한 『이루소지二樓小志』(汪越·沈廷璐 補輯) 이 수록되어 있다.

97) 왕전汪荃(?~?)은 자가 민장民長이고 호는 목병도인木甁道人, 서실 이름은 보이산방保 頤山房이며, 감천甘泉 사람이다. 저작으로 『수촌집水村集』(2권)과 『목병거사집木甁居士集』 이 있었다고 한다.

98) 왕조환王朝瓛(?~?)의 생애에 대해서는 자세히 알려진 바가 없다. 다만 조인曹寅(1658 ~1712)의 『연정사초楝亭詞鈔』에 왕조환이 쓴 서문이 수록되어 있다.

99) 왕천여汪天與(?~?)는 자가 창부蒼孚이고 호는 외재畏齋이며, 원적原籍은 흡현이나 의 징儀徵으로 옮겨와 살았다. 벼슬은 호부산서사원외랑戶部山西司員外郎과 형부복건사낭 중刑部福建司郎中 등을 지냈으며, 저작으로 『목청루집沐靑樓集』(7권)이 있었다고 『회해영 령집淮海英靈集』에 기록되어 있다.

100) 정종程鍾(?~?)은 건륭 연간 휘주의 염상鹽商으로, 하하진河下鎭에 동음원桐陰園을 세 워 많은 문인, 화가들과 교유했다.

101) 비헌費軒(?~?)은 명말 청초 사천四川 신번新繁의 저명한 시인 비밀費密(1623~1699, 자는 차도此度, 호는 연봉燕峰)의 손자로서, 자는 집어執御이다. 강희 연간에 거인擧人이 되었다. 강희 연간 양주의 풍경과 정서를 노래한 『몽향사夢香詞』가 유명하다.

102) 왕문추王文樞(?~?)는 호가 담암淡岩이고 강도江都 사람이다. 저작으로 『관매당집官梅 堂集』이 있다.

103) 왕문규王文奎(?~?)는 자가 동숙東宿이고, 건륭 36년(1771) 부공생副貢生이 되었다. 저 작으로 『사재문집斯齋文集』이 있다.

104) 당계조唐繼祖(?~?)는 자가 서황序皇이고, 강도江都 사람이다. 그는 강희 60년(1721) 진 사에 급제하여 예부원외랑, 절강도어사浙江道御史, 공과급사중工科給事中 등을 역임했고, 황제의 명에 따라 서역西城과 회안淮安, 호남湖南, 호북湖北을 순찰하기도 했다. 옹정 8 년雍正(1730)에는 호북안찰사湖北按察使에 발탁되기도 했다.

105) 요등규廖騰奎(?~?)는 자가 점오占五이고 호는 연산蓮山이며, 장락현將樂縣 사람이다. 그는 강희 8년(1669) 거인이 되어 감찰어사, 태상시소경太常寺少卿, 광록시정경光祿寺正 卿, 좌우통정사사左右通政史司, 도찰원우부도어사都察院右副都御史, 호부우시랑 등을 역임했 다. 저작으로 『욕운루고浴雲樓稿』, 『매화기략梅花紀略』, 『삼대안三大案』, 『수세홍편壽世鴻 篇』, 『신수당시집愼修堂詩集』 등이 있다.

를 열고, 다음과 같은 시 구절을 지었다.

> 북쪽 기러기 오가니 귀밑머리 바뀌고[106]
>
> 국화 피고 지니 친구도 드물어졌네.
>
> 北雁去來霜鬢改, 黃花開謝故人稀.

그는 말년에 병도 없이 죽었는데, 시회의 성원들은 그가 그 시구 때문에 죽었다고들 했다.

왕옥추의 아들은 5명인데 큰아들 왕장덕汪長德은 자가 우곡愚谷이고, 둘째 왕장인汪長仁은 자가 매곡梅谷이며, 왕장형汪長馨은 자가 수곡樹谷, 왕황汪潢은 자가 추명秋明, 왕장풍汪長豐은 자가 헌탁憲度이다. 그의 손자 왕보광汪寶光은 자가 치산峙山인데, 이들 모두 시를 잘 지었다. 또 후손들이 그의 시 몇 수를 모아 『염재유시恬齋遺詩』를 편찬하니, 항세준杭世駿이 거기에 서문을 써주었다. 왕장덕과 왕장인, 왕장형은 왕조王藻, 진고陳皐,[107] 장사과張士科, 항세준과 더불어 7명이 함께 「연지련구硯池聯句」를 지었는데, 그 시는 항세준의 『도고당집道古堂集』에 수록되어 있다.

34. 이 원림에는 예전에 구련암九蓮庵이 있었다. 구련암은 전운사를 지낸 하위何煟[108]가 세운 것이다.

---

106) 원문의 '개改'를 '중화본'에서는 '攽'으로 표기해놓았는데, 이 글자는 『중문대사전中文大辭典』에도 나오지 않는다. 모양이 비슷한 '민攽'을 잘못 표기한 것으로도 볼 수 있으나, 그럴 경우 뜻이 잘 통하지 않는다. 본 번역에서는 문맥을 고려해서, 역시 모양이 비슷한 글자인 '개改'로 바꿔 해석했다.

107) 진고陳皐에 대해서는 『양주화방록』 권4 「신성북록新城北錄·중中·22」를 참조할 것.

108) 하위何煟(?~1774)는 자가 겸지謙之이고 산음山陰(지금의 사오싱시紹興市) 사람이다. 그는 옹정 13년(1735) 재물을 바치고 주동州同에 제수된 이래 여러 지방관을 거쳐서 1751년에 양회염운사가 되었다. 1773년에는 순무로 승진하고, 나중에 산동하도山東河道를 겸하는 등 승진을 거듭했다. 죽은 후에는 태자태보의 직위에 추증되었고, 시호는 공혜恭惠이다. 그의 아들 하유성何裕城이 부친의 경험을 토대로 『전하요지全河要旨』를 편찬했다.

하위는 자가 겸지謙之이고 절강浙江 산음山陰 사람이다. 그는 어려서
부터 남하南河에 대해 잘 알았고, 선행을 좋아하며 남에게 베풀기를 즐
겼다. 벼슬은 하남총독河南總督까지 지냈다. 그의 아들 하유성何裕城은
자가 복천福天이고109) 순무巡撫 벼슬을 지냈다. 손자 하종何鍾은 자가 입
재立齋이고 동지同知 벼슬을 지냈다. 또 다른 손자 하선何銑은 자가 신재
愼齋인데 낭중郎中 벼슬을 지냈고, 하기何錡는 자가 낭재朗齋이고 지주知
州 벼슬을 지냈으며, 하금何金은 자가 순재純齋이고 중서中書 벼슬을 지
냈다. 그의 친척 하원석何元錫은 자가 몽화夢華인데 시를 잘 지었고 금석
문金石文을 두루 연구했다.

35. 건륭 계축癸丑년(1793) 가을, 원외랑을 지낸 증욱曾燠110)이 양회兩淮
지역의 전운사가 되어 이 원림에서 ‘수계修禊’111) 의식을 행했는데, 한
림학사를 지낸 오석기吳錫麒112)와 오훤吳煊,113) 효렴孝廉으로 천거된 첨
조당詹肇堂,114) 효렴으로 천거된 서숭徐嵩,115) 진사 출신의 호삼胡森,116)

---

109) ‘중화본’에서는 하유성의 자를 나타내는 글자가 지워져 있다.
110) 증욱曾燠에 대해서는 『양주화방록』 권3 「신성북록新城北錄 · 상上 · 8」을 참조할 것.
111) 옛날 민간 풍속에는 3월 상사일上巳日에 물가에서 목욕하며 묵은 때와 재앙을 씻어내
    곤 했는데, 이것을 ‘불계祓禊’라고 했다. ‘수계修禊’란 바로 이 ‘불계’를 행했다는 뜻이다.
112) 오석기吳錫麒(1746~1818)는 자가 성징聖徵이고 호는 곡인穀人이며, 전당錢塘(지금의
    항저우시杭州市) 사람이다. 그는 건륭 40년(1775) 진사에 급제하여 한림원 서길사에 뽑
    혀 편수에 임명되었고, 그 후 시강시독侍講侍讀, 국자감좨주 등을 역임했다. 만년에 고
    향으로 돌아간 뒤에는 양주의 안정서원安定書院, 원산서원爰山書院, 운간서원雲間書院 등
    지에서 학생들을 가르쳤다. 또한 그는 시를 질 지었고, 변문駢文은 소문도邵文燾, 홍양
    길洪亮吉, 유성위劉星煒, 원매袁枚, 손성연孫星衍, 공광삼孔廣森, 증욱曾燠과 더불어 ‘팔가
    八家’로 꼽힐 정도였다. 저작으로 『유정미재집有正味齋集』(73권)과 『유정미재문속집有正
    味齋文續集』, 『유정미재척독有正味齋尺牘』, 『유정미재곡有正味齋曲』, 『유정미재남북곡有正
    味齋南北曲』, 『유정미재시有正味齋詩』, 『유정미재시집有正味齋詩集』, 『유정미재부고有正味
    齋賦稿』, 그리고 전기傳奇 작품인 『어가오漁家傲』 등이 있다. 광릉본에는 “吳穀人錫麟”
    이라고 되어 있는데, 이는 잘못이다.
113) 오훤吳煊은 자가 퇴암退庵이고, 강서江西 남성南城 사람이다. 산수화에 뛰어난 화가였
    던 그는 호당胡棠과 함께 『당현삼매집전주唐賢三昧集箋注』(3권)을 편찬하기도 했다. 『양
    주화방록』 원문에는 “吳退庵□□煊”라고 되어 있어서 그의 벼슬이 표기되어 있었던
    듯하나, 해당 부분의 글자가 누락되어 확인할 수 없다.

오숭량吳嵩梁117), 오조吳照118)가 참가했다. 단도丹徒 땅의 육효산陸曉山이 이 모습을 그림으로 그렸다. 증욱은 다음과 같은 서문을 썼다.

늦봄에 수계를 행했는데, 그 일은 유래가 오래되었다. 마치 「노도부魯都賦」에서 유정劉楨119)이 7월 14일의 수계를 칭송하고,120) 곡수曲水121)의 잔치를 벌일 때 사조謝脁122)가 묵은 때를 씻어내는 일에 대해 노래했던 것123)과 같다.

---

114) 첨조당詹肇堂(?~?)은 자가 남유南有이고 호는 석금石琴이며 의징儀徵 사람이다. 건륭 56년(1791)에 진주서원眞州書院에서 오석기吳錫麒에게 학문을 배웠다. 그는 1795년 거인이 되었으며, 저작으로 『심안온실시집心安穩室詩集』(9권)과 『사집詞集』(4권), 『한아산방사嫻雅山房詞』(1권)가 있다.

115) 서숭徐嵩(?~?)은 자가 낭재閬齋이다. 그의 생애에 대해서는 자세히 알려져 있지 않지만, 장대순張大純과 함께 『백성연수百城烟水』를 편찬했고, 또 건륭 57년 (1792)에 평서平恕 등과 함께 『소흥부지紹興府志』(80권, 『권수卷首』 1권)의 편찬에 참여하기도 한 것으로 알려져 있다.

116) 호삼胡森(?~?)은 자가 향해香海이고, 강서江西 남성南城 사람이다. 『나원현지羅源縣志』에는 그가 가경嘉慶 7년(1802)에 이 현에 지현으로 부임했다는 기록이 있다. 저작으로 『한상제금속집邗上題襟續集』이 있다.

117) 오숭량吳嵩梁(1766~1834)은 자가 자산子山이고 호는 난설蘭雪 또는 철옹澈翁, 연화박사蓮花博士, 석계로어石溪老漁이며, 동향東鄕 신전新田 사람이다. 그는 가경嘉慶 5년(1800)에 거인이 되어 내각중서를 거쳐 귀주貴州 검서지주黔西知州를 역임했다. 고려高麗의 김노경金魯敬은 그를 '시불詩佛'이라 칭했다고 한다. 저작으로 『향소산관시초香蘇山館詩抄』(24집集), 『향소산관문집香蘇山館文集』(2권), 『석계방시화石溪舫詩話』(2권), 『동향풍토기東鄕風土記』(1권), 그리고 화집畵集으로 『여산기유도廬山記游圖』(1권) 등이 있다.

118) 오조吳照(1755~1811)는 자가 조남照南이고 호는 백창白廠이며, 강서江西 남성南城 사람이다. 그는 건륭 54년(1789) 공생으로 선발되어 대유교유大庾敎諭를 역임했으나, 곧 벼슬을 버리고 그림을 그려 팔아 생계를 유지했다. 그는 서예와 각종 그림에 뛰어났다고 한다. 저작으로 『설문자원고략說文字原考略』과 『청우루집聽雨樓集』이 있다.

119) 유정劉楨(?~217)은 자가 공간公幹이고, 동평東平 영양寧陽(지금의 산둥성 닝양현寧陽縣) 사람이다. '건안칠자建安七子' 가운데 하나로, 조조曹操가 승상이 되었을 때 그를 서리[椽屬]로 등용했다.

120) 유정의 「노도부」에는 "7월 14일 맑은 가을, 은하수가 기울어갈 때 백성들과 낮은 벼슬아치들은 불계를 행하여 묵은 때와 재앙을 씻고, 공경대부公卿大夫의 자제子弟들은 물놀이를 즐긴다[素秋二七, 天漢指隅, 人胥祓除, 國子水嬉]"라는 구절이 들어 있다.

121) 음력 3월 상사일上巳日(위魏·진晉 이후로는 3월 3일로 고정됨)에 물가에서 술을 마시며 잔치를 벌임으로써 불제祓祭를 통해 상서롭지 못한 것을 제거한 풍속을 가리킨다. 후대에는 구불구불 흐르는 물길에 잔을 띄우고 술을 마시며 즐기는 것을 '곡수'라고 부르기도 했다.

이전 시대에는 그런 일이 있었다는 것을 들어보기 드물고, 요즘 시대에는 더 이상 그걸 행하는 이가 없다. 올해는 계축년이니 난정蘭亭의 모임[124]이 있었던 해와 간지干支가 같지만, 계절이 초가을이라 회남 땅에 낙엽이 지고 있다.

나는 선현先賢들의 뜻을 이어받아 야외에서 바람을 맞으며 목욕하려는 소망을 갖고 있었는데, 하물며 이 회해淮海의 모임에 참석하여 빼어난 숲과 계곡의 풍경을 보게 되었음에랴? 공무에 막 여유가 생겼고 계절은 가을이 되었으니, 아름다운 모임을 열지 않으면 어떻게 고아한 회포를 풀 수 있으랴? 이에 7월 초하루부터 사흘 동안 한강邗江 가에 손님을 모아 가을 불계를 거행했다. 이때에는 물빛과 하늘빛이 같고 바람과 이슬이 옷에 가득 스며들었는데, 술잔을 띄우자 연꽃이 향기를 풍겼고 북두칠성이 떠서 은하수가 가까이 보였다. 학을 타고 노니는 신선을 생각하고, 제자帝子[125]의 영혼 깃든 반딧불 보며 슬퍼했다. 포조鮑照[126]와 같은 부賦를 짓고 두목杜牧의 시를 읊조리니,

---

122) 서조謝朓(464~499)는 자가 형휘玄暉이고 남조 제齊나라 진군陳郡 양하陽夏(지금의 허난성 타이캉太康) 사람이다. 그의 모친은 남조 송나라 문제文帝의 딸 장성공주長城公主이다. 그는 남제南齊의 여러 번왕藩王들에게 존중을 받았고, 495년에는 선성宣城 태수를 역임하고, 이후 상서이부랑尙書吏部郎을 지냈으나, 499년에 시안왕始安王 소요광蕭遙光이 반역을 꾀한 일과 관련해 누명을 쓰고 감옥에서 죽었다. 그는 사영운謝靈運과 더불어 남조 산수시를 대표하는 시인으로 꼽힌다.

123) 사조의 시 「화광전 물굽이에서 열린 잔치에 참석했다가 칙명을 받고 황태자를 위해 짓다[侍宴華光殿曲水奉勅爲皇太子作詩]」에 "가을이면 흐르는 물에 재앙을 씻어내고, 봄이면 단술로 부정한 것을 씻는다[秋祓濯流, 春禊浮醴]"는 구절이 있다.

124) 353년에 동진의 저명한 서예가 왕희지王羲之(303~361, 자는 일소逸少, 호는 담재澹齋)가 친구 사안謝安과 손작孫綽 등 42명을 난정에 모아 모임을 가지고 그 일을 기록했는데, 그것이 바로 유명한 「난정서蘭亭序」이다.

125) 요堯 임금의 두 딸 아황娥皇과 여영女英을 가리킨다. 그들은 순舜 임금의 부인이 되었는데, 훗날 순 임금이 창오蒼梧에서 죽자 두 부인이 그 무덤을 찾아 남쪽으로 갔다가 양자강과 상강湘江 사이에서 강물에 몸을 던져 죽었다. 나중에 그녀들은 상수湘水의 여신이 되었다고 전한다.

126) 포조鮑照(414?~466)는 자가 명원明遠이고 남조 송宋나라 때 동해東海(지금의 장쑤성 리앤윈강시連雲港市) 사람이다. 그는 미천한 출신이었으나 임천왕臨川王 유의경劉義慶에게 발탁되어 국시랑國侍郎이 되면서 벼슬살이를 시작했고, 나중에 임해왕臨海王 유자욱劉子頊이 형주荊州에 주둔할 때 그를 전군형옥참군前軍刑獄參軍으로 삼았기 때문에, 세간에서는 흔히 그를 포참군鮑參軍으로 불렀다. 그러나 후에 유자욱은 진안왕晉安王의 반란에 동조했다가 전투에서 패했고, 포조도 형주에서 반란군에게 피살되었다. 사후에

수계의 행사가 생긴 이래 이날처럼 성대한 행사가 있었다는 얘기는 들어본
적이 없다.

옛날에는 상사일上巳日에 행했으나 지금은 초가을에 행하나니, 진부한 것
을 씻어낸다는 의의만 취하고 수계 제사를 행하는 종교적인 취지에는 얽매
이지 않았기 때문이다. 여기에 모인 이들을 그림으로 그렸으니, 모두 8명이
었다. 그 내용을 글로 남긴다.

莫春修禊, 厥事尚已. 若乃魯都作賦, 公幹稱二七之祓. 曲水侍宴, 謝朓有濯
流之詞. 前代益罕聞之, 今世無復行者, 歲在癸丑, 符蘭亭之年, 序維上秋, 落
淮南之葉. 下官系出先賢, 志希風浴, 矧茲淮海之會, 兼有林谷之勝. 公事方暇,
素商屆節, 不有嘉集, 曷申雅懷? 乃以七月朔越三日, 會賓客于邗水之上, 秋禊
是擧. 于時水天一色, 風露滿衣, 羽觴浮而荷氣香, 斗槎泛而銀河近. 憶仙人之
鶴駕, 悲帝子之螢光. 鮑賦斯成, 牧詩載詠, 自有禊事以來, 未聞盛于此日者也.
古用上巳, 今行始秋, 用陳潔清之義, 匪泥祓除之旨. 與斯會者, 咸繪于圖, 凡
八人. 序之云爾.

전운사 증욱이 양주의 일을 담당하면서 아침이면 손님들을 접대하고
저녁이면 문장과 역사를 읽으니, 일처리가 물 흐르듯 잘 이루어졌다. 술
마시며 시를 읊을 여가가 많아서 『한상제금집邗上題襟集』이라는 저작을
만들었는데, 그 가운데 「추계시秋禊詩」가 수록되어 있다. 북쪽 교외의
여러 명승지들에 대해서도 전운사 증욱은 나들이 가서 잔치를 열며 시
를 주고받았으니, 「11월 보름에 황건재의 초청으로 평산당에 나들이 가
서 밤에 호숫가에서 술을 마시다가 즉석에서 운에 맞춰 화답하다[十一月
望日黃建齋邀游平山堂夜飲湖上卽席和韻奉答]」와 「곡일에 촉강에서 매화를 구
경하다가 한유韓愈의 「인일에 성 남쪽에서 산에 올라」에 쓰인 운을 이
용하여 쓰다[谷日蜀岡探梅用昌黎人日城南登高韻]」, 「강산류객康山留客」 등의

그의 작품은 많이 산실散失돼 버렸지만, 후세 사람들이 그의 작품을 모아 『포참군집鮑
參軍集』 10권을 간행했다.

시들은 모두 한때 널리 전해져서 낭송되곤 했다.

36. 건륭 갑진甲辰년(1784)에 관간진管幹珍[127])이 남방의 조운漕運을 순시
하면서 양주에 머물렀다. 사구司寇[128]) 벼슬을 지낸 사용생謝溶生[129])과
관찰사觀察使 진횡秦黌,[130]) 전운사 심업부沈業富,[131]) 한림학사 오소완吳紹
浣,[132]) 관찰사 조익趙翼[133]) 등이 이 원림에서 관간진이 마련한 연회에
참석하여 각기 시를 지어 그곳의 뛰어난 풍경을 기록했다. 관간진이 쓴

---

127) 관간진管幹珍(1734~1798)은 이름을 간정幹貞이라고도 하며, 자는 양복陽復이고 호는
   송애松崖 또는 송애松厓이며 양호陽湖(지금의 쟝쑤성에 속함) 사람이다. 그는 건륭 31년
   (1766) 진사에 급제하여 한림원 편수를 거쳐서 조운총독漕運總督까지 지냈다. 그림을
   잘 그렸던 그는 관직에 있을 때에도 청렴하고 절개가 곧은 것으로 명성이 높았다고
   한다. 저작으로 『송애집松崖集』이 있다. 『판서우기販書偶記』에는 건륭 연간 대관루大觀
   樓에서 간행된 『독역일우讀易一隅』 2권(『송애문초松厓文鈔』라고도 함)이 그의 저작으로
   언급되어 있다.
128) 청나라 때에는 형부상서를 '대사구大司寇', 형부시랑을 '소사구少司寇'라고 불렀다.
   사용생은 형부우시랑刑部右侍郎을 지냈기 때문에 이렇게 칭한 것이다.
129) 사용생謝溶生에 대해서는 『양주화방록』 권3 「신성북록新城北錄·상上·33」의 본문과
   주석을 참조할 것.
130) 진횡秦黌(?~?)에 대해서는 『양주화방록』 권3 「신성북록新城北錄·상上·35」의 본문
   과 주석을 참조할 것.
131) 심업부沈業富(1732~1807)는 자가 기당旣堂이고 강소江蘇 고우高郵 사람이다. 그는 건
   륭 19년(1754) 진사에 급제하여 한림원 편수에 제수되었는데, 당시 장증창張曾敞, 옹방
   강翁方綱, 주균朱筠과 함께 공정하고 청렴하기로 명성이 높아 '사금강四金剛'이라고 칭
   송을 받았다. 1760년과 1762년, 1765년에는 각기 강서江西와 산서山西, 순천順天의 향시
   를 주관하면서 유능한 인재를 두루 발탁했다. 이후 하동도전운사河東都轉運使, 사운사司
   運使 겸 관염법도管鹽法道 등을 역임했다. 『청사고淸史稿』에는 심선부沈善富의 전기가 수
   록되어 있는데, 이것은 바로 심업부의 전기이다. 아마도 '업業'과 '선善'의 글자 모양이
   비슷하여 생긴 오류인 듯하다.
132) 오소완吳紹浣(?~?)은 흡현 사람으로 양주의 저명한 염상鹽商 집안의 후손이다. 그는
   1739년과 1778년의 두 차례 과거에서 그의 형 오소찬吳紹澯(1745~1798, 자는 징야徵野)
   과 함께 진사에 급제하여 한림원에 들어갔으며, 중서사인과 하남남여광도河南南汝光道
   를 지냈다. 한편 『서림기사書林紀事』의 기록에 따르면, 그는 서화書畫와 도서圖書의 감
   별鑑別에 뛰어나서, 당시 저명인사들이 서화나 도서를 진상할 때에는 반드시 그의 감
   별을 거쳤다고 한다.
133) 조익趙翼(1727~1814)에 대해서는 『양주화방록』 권3 「신성북록新城北錄·상上·19」를
   참조할 것.

다음 시 구절은 한때 명구名句로 칭송되며 널리 전해졌다.

> 우사雨師가 만약 회수의 산석山石을 만들었다면
> 씻어낸 연꽃 같은 아홉 개의 푸른 봉우리 되었겠지.
> 雨師若爲淮山石, 洗出芙蓉九點靑.

37. 남문 바깥 성 발치는 풀이 자랄 때면 말과 양을 방목하는 곳이 된다. 고도교북로古渡橋北路는 옛날에 시하市河였는데, 그 서쪽 강가에 있던 영원影園은 지금 호수 가운데 있는 길쭉한 섬[嶼]이 되었다. 동쪽 강가에는 남문대가南門大街의 재신묘항財神廟巷부터 시작되는 정혜원대로靜慧園大路가 있다. 단항壇巷을 나와 미인교美人橋를 지나서 남홍교南紅橋에 이르면 소구산대로掃垢山大路와 이어져서 서문대가西門大街에 이르게 된다. 이것들이 모두 남호南湖 양쪽의 모습이다.

38. 고도교는 돌로 만들었는데, 작고 좁아서 놀잇배들이 지나다닐 수 없고, 오가는 것은 오직 어선들뿐이다. 『천록식여天祿識餘』[134])에서는 다음과 같이 기록했다.

> 양주의 다리 가운데 북쪽의 3개, 중간의 3개, 남쪽의 3개를 9개의 다리라고 부른다. 그런데 이것들은 배가 오가지 못해서 양주를 대표하는 '24개의 다리'에는 꼽히지 못한다.
> 揚州北三橋, 中三橋, 南三橋, 號九橋, 不通舟, 不在二十四橋之數.

고도교는 이런 부류에 속한다.

---

134) 고사기高士奇(1645~1704)가 편찬한 것으로, 총 12권으로 되어 있다.

39. 고도선림古渡禪林은 호수 안의 길쭉한 섬에 있으며, 금산사金山寺의 하원下院이다. 시인詩人 의육儀堉[135]과 서조구徐晁玖, 진중공陳仲公이 이 곳에서 시사詩社를 조직했는데, 그것을 일컬어 '이분명월사二分明月社'라 고 했다. 의육이 글을 써서 그 일을 기록했다.

40. 어주수실御舟水室은 고도선림 뒤쪽 제방에 있는데, 물 위에 집을 엮 어 지었다. 이것은 5칸짜리 집 모양으로 지은 배인데, 용봉龍鳳으로 불 리는 배가 각기 2척씩 있고, 각 배에 엮어진 건물은 4층으로 되어 있다. 양옆에는 붉은색과 노란색 대나무로 엮은 발[紅黃竹簾]을 둘러서 비바람 을 피하게 했으니, 그것을 일컬어 '장주포藏舟浦'라고 한다.

이 내하內河의 어주御舟는 외하外河의 나루터[馬頭]에 갖춰진 황제의 배인 여의선如意船과는 다르다. 이 배는 4개의 상앗대를 이용하여 움직 이는데 뱃머리에는 용과 봉황이 조각되어 있고, 운모雲母로 장식되어 있다. 어떤 것은 판자로 비려飛廬[136]를 엮고 푸른 휘장을 치고 우개羽 蓋[137]를 설치해놓았고, 어떤 것은 선창船艙으로 쓰이기도 한다.

그 외의 수종선隨從船들은 6개의 상앗대를 쓰는 것[六槳船]도 있고, 8 개의 상앗대를 쓰는 것[八槳船]과 2개의 상앗대를 쓰는 것[二槳船]도 있다. 8 개의 큰 노가 달린 팔로선八艣船은 관선官船이라고 한다. 2개의 상앗대 를 쓰는 것은 바로 지금의 화자선划子船인데, 그것을 차선差船이라고 부 른다. 임무를 마친 후에 각기 원래의 소속 구역으로 돌아가는 배들은 원선園船이라고 부른다. 오직 황제의 배만이 장주포에 들어갈 수 있으 며, 그것을 감독하는 관리가 있다.

여기에서부터 북쪽은 서성西城의 바깥쪽에 해당한다.

---

135) 의육儀堉(?~?)은 자가 칙후則厚이고, 산서山西 태평太平(지금의 펀청汾城) 사람이다. 염 운사사지사鹽運使司知事를 지냈다.
136) 배 위에 만든 작은 누대를 가리킨다.
137) 배 위에 설치된 새 깃털로 장식된 우산 또는 양산을 가리킨다.

권8

성서록城西錄

1. 영원影園은 호수 가운데 있는 길쭉한 섬 위에 세운 것으로, 고도선림 古渡禪林의 북쪽에 있다. 그 곁에는 '정씨충의양선생사鄭氏忠義兩先生祠' 가 있다. 이 사당에서는 정원훈鄭元勳, 정원화鄭元化[1] 두 분을 제사지낸다. 영원은 정원훈이 만들었는데, 이곳을 영원이라고 부르게 된 것은 동기창이 원림 안의 버들 그림자[柳影], 물 그림자[水影], 산 그림자[山影]를 가지고 명명했기 때문이다.

---

1) 정원훈鄭元勳(1598~1644)은 자가 초종超宗이고 호는 혜동惠東이며, 조상의 관적은 안휘 흡현이지만 부모를 따라 양주로 와서 살았다. 광범한 인물들과 교유했고, 그림에도 뛰어났던 그는 명나라 숭정崇禎 16년(1643) 진사에 급제했고, 시집 『미유각문오媚幽閣文娛』를 남겼다. 정원화鄭元化는 정원훈의 동생이다.

정원훈은 어렸을 때 그의 어머니가 꿈에 어느 곳에 이르러 누군가 원림을 짓는 것을 보고 주인이 누구냐고 물으니, 그가 '댁의 둘째아들입니다'라고 대답했다고 한다. 정원훈은 성장해서는 그림에 뛰어났다. 숭정 임신壬申년(1632)에 동기창이 양주에 들렀다가 정원훈과 회화의 육법六法2)을 논하였다. 그때 정원훈이 직접 성 남쪽에 있는 무너진 원림 자리를 골라 정원을 짓고 있었기 때문에 동기창은 '영원'이라는 이름의 편액을 써주었다. 10년이 넘게 공사 끝에 원림이 완성되어서 그의 어머니가 원림에 와보니, 그곳이 바로 20년 전 꿈에서 본 곳이었다고 한다.

원림은 호수 가운데 길쭉하게 생긴 섬 위에 있는데, 그곳은 고도선림의 오른쪽이자 보예서寶蕊棲의 왼쪽이다. 앞뒤로 물을 끼고 있고, 물 건너편에는 촉강이 있다. 그곳은 구불구불하고 울퉁불퉁한 모양이 완연한 산세를 이루고 있다. 버드나무와 연꽃이 드넓게 펼쳐져 있고 익모초[崔]와 갈대[葦]가 자라고 있다. 정원사의 집[園戶]은 동쪽으로 나 있다. 물 건너편은 남쪽 성벽의 발치에 해당하는데, 그곳은 온통 복숭아나무와 버드나무로 뒤덮여 있어 사람들이 '작은 도화원[小桃源]'이라고 부른다. 문 안으로 들어가 산길을 여러 번 꺾어 지나면 소나무와 삼나무가 빽빽하게 들어서 있다. 그 사이로 매화나무와 살구나무, 배나무, 밤나무들이 있다. 산이 끝나는 곳 왼편에는 겨우살이[荼蘼]로 만든 시렁이 있고, 그 바깥은 갈대숲이다. 이곳은 고기 잡는 그물들이 몰리는 곳이다. 오른편에는 작은 개울이 흐른다. 개울 너머로 드문드문 대나무가 심어진 낮은 울타리가 있다. 울타리는 고목으로 만들어졌고 사방을 둘러싼 담은 돌로 얼키설키 쌓아놓았다. 그 돌은 호랑이 가죽 같은 무늬가 있는 것을 썼기 때문에 사람들은 이 담을 호피장虎皮墻이라고 부른다. 담에는 2개

---

2) 육법은 그림을 그릴 때 따르는 6가지 법도로, 남조 제齊나라 사혁謝赫의 『고화품록古畵品錄』에 따르면 다음과 같다. 첫째, 기운생동氣韻生動, 둘째, 골법용필骨法用筆, 셋째, 응물상형應物象形, 넷째, 수류부채隨類賦彩, 다섯째, 경영위치經營位置, 여섯째, 전이모사傳移模寫이다(당唐 장언원張彦遠, 『역대명화기歷代名畵記』 「논화육법論畵六法」). 후대에 이르러 중국회화의 전체 규범으로 여겨지게 되었다.

의 작은 문이 나 있다. 문들은 규룡이 서린 것처럼 생긴 고목 뿌리로 만들어져 있다. 고목나무 문을 들어서면 키 큰 오동나무가 길 양편에 서 있다. 더 들어가면 대문이 나오는데, 문 위에는 동기창이 쓴 '영원'이라고 새긴 돌로 된 편액이 박혀 있다. 그곳을 돌아 오솔길로 들어서면 버드나무가 많이 있다. 버드나무 길이 끝나고 작은 돌다리를 지나 꺾어 들어가면 '옥구초당玉勾草堂'이 나온다.

옥구초당에는 정원악鄭元嶽이 쓴 편액이 걸려 있다. 옥구초당의 사방은 온통 연못이고, 그 안에는 연꽃이 자라고 있다. 연못 바깥의 제방에는 키 큰 버드나무들이 많다. 버드나무 너머는 긴 운하인데, 운하 건너편 언덕에도 키 큰 버드나무들이 많다. 그 버드나무 사이로 염원閻園, 풍원馮園, 원원員園이 보인다. 운하의 남쪽은 나루터로 이어진다.

운하 가에 서 있는 누각은 '반부각半浮閣'이다. 누각 밑에 매어놓은, 원림 소속의 배[園舟]는 '영암泳庵'이라고 부른다. 옥구초당 아래로 두 그루의 촉부해당蜀府海棠이 있고 연못 안에는 돌다리[石磴]들이 많이 설치되어 있는데, 사람들은 이를 '소천인좌小千人坐'라고 부른다. 물가에는 목부용木芙蓉이 많이 자라고 연못 주위에는 매화, 백목련, 수양해당화[垂絲海棠], 비백도緋白桃가 심겨 있다. 돌 틈에는 난초와 혜초蕙草, 그리고 개양귀비[虞美人], 고량강高良薑,3) 모란[洛陽花] 등 온갖 화초들을 심어놓았다. 굽은 널다리를 거쳐 버드나무들을 지나면 문이 나오는데, 문 위에는 '담연소우淡烟疏雨'라고 새긴 돌을 박아놓았다. 이것도 정원악이 쓴 것이다. 문 안으로 들어가 회랑을 돌아 들어가면 좌우의 두 길이 방으로 통한다. 그 방은 3칸짜리로 같은 크기의 정원이 딸려 있는데, 이곳이 바로 정원훈이 책을 읽던 곳이다. 창문 밖에는 큰 돌 여러 개와 파초 서너 그루, 사라수莎羅樹 한 그루가 서 있고, 바닥은 자갈로 포장해놓았으며, 돌의 틈새는 온통 해당화로 가득하다. 방의 왼편으로 누각을 올렸는

---

3) 생강의 한 종류. '양강良薑'이라고도 한다.

데, 방과 그 높이가 비슷하다. 그곳을 오르면 강남의 산들이 멀리 눈에 들어온다. 당시 도적떼가 이웃 고을에 침입하자 염운사 등공鄧公[4]이 누각이 높아 도적떼에게 점거당할까 걱정한 탓에 그곳을 작은 누각으로 고쳐짓게 되었다. 뜰 앞에는 기암괴석이 많다. 방의 귀퉁이에는 2개의 가산假山이 세워져 있는데 그 위에는 계수나무를 심어놓았고, 밑에는 모란, 수양해당화, 백목련, 황백색 산사나무大紅寶珠山茶, 매화磬口臘梅,[5] 석류[千葉榴], 백일홍[青白紫薇], 구연[香櫞] 등이 나 있어 사철의 빛깔을 모두 갖추었다. 그 옆으로 사립문이 나 있다.

정자 하나가 물가에 서 있는데, 강개선姜開先이 쓴 '고로중菰蘆中'이라는 글씨와 산음山陰 사람 예원로倪元璐[6]가 쓴 '곽취정漍翠亭'이라는 글씨가 모두 이곳에 걸려 있다. 정자 밖에는 다리가 있고, 그 다리에 또 정자가 있으니 '미영정湄榮亭'이라고 부른다. 정자와 인접한 건물은 누각으로, 그 이름은 '영창각榮窗閣'이다. 누각 뒤편으로 2개의 샛길이 나 있는데, 그 중 하나는 육각형의 문동門洞으로 통한다. 그 안으로 들어가면 3칸짜리 건물과 같은 크기의 정원을 갖추고 있는데 이것을 '일자재一字齋'라고 부른다. 이곳은 바로 서일령徐日靈[7]이 학생들을 가르치는 곳이다. 섬돌 밑에는 오래된 소나무 한 그루와 해류海榴 한 그루가 서 있다. 누대는 반쪽짜리 검환劍環 모양으로 지어져 있다. 위아래에 모란과 작약芍藥을 심어놓았고, 담장 너머로 돌 벽과 두 그루의 소나무가 하늘로 우뚝 솟아 있다.

---

4) 이름은 아직 확인할 수 없다.
5) 음력 12월경에 피는 매화의 일종이다.
6) 예원로倪元璐(1543~1644)는 자가 여옥汝玉, 호는 홍보鴻寶이다. 절강 상우上虞 사람인 그는 명대의 유명한 서예가이자 화가이다. 천계天啓 2년(1621)에 진사가 되었고, 관직이 호부상서, 예부상서에 이르렀다. 숭정 말년에 이자성이 경사를 함락시키자 목을 매 자결하였다. 복왕福王은 그에게 문정文正이라는 시호를 내렸고, 청대에 와서는 문정文貞이라는 시호를 내렸다.
7) 서일령徐日靈(1585~?)은 자가 효명曉明이고 호는 석암碩庵이며, 절강 서안西安 사람이다. 1622년 진사에 급제했고, 저작으로 『난가산동지欄柯山洞志』가 있다.

육각형 문동의 맞은편에는 큰 문동이 하나 있고 그 바깥 굽은 회랑에
도 작은 문동이 나 있어, 단계나무[丹桂]가 보인다. 이곳이 바로 원림으
로 통하는 또 다른 샛길이다. 반각半閣은 '미영정' 뒤편 샛길의 왼쪽에
서 있다. 거기에는 진계유陳繼儒8)가 쓴 '미유각媚幽閣'이라는 글씨가 있
다. 누각은 삼면이 물과 닿아 있고, 나머지 한 면은 석벽石壁이다. 그 석
벽 위에는 척아송剔牙松이 여러 그루 서 있고, 밑으로는 돌로 만든 도랑
[石澗]이 나 있는데, 이것을 통해 연못물이 밭두둑[畦]으로 흘러든다. 그
도랑 옆에는 커다란 돌들이 성난 모습으로 서 있다. 돌 틈마다 갖가지
빛깔의 매화나무들이 서 있다. 매화나무는 물가에 이르기까지 누각의
삼면을 온통 에워싸고 있다. 물 가운데 바위 하나라도 있으면 그곳에도
매화가 피어난다. 누각 뒤쪽 창문은 초당草堂을 마주하고 있다. 원림은
이곳에 이르러 경계를 이루며 끝나게 된다.

원림 곁에 자투리땅이 있는데, 원림에서 수십 무武9) 정도 떨어져 있
다. 그곳에는 연꽃이 핀 연못과 초정草亭이 있다. 꽃과 나무들은 이곳에
서 기르고 있으니, 필요할 때 골라서 내 가도록 한 것이다. 정원훈의 친
구 왕순王醇10)이 보예서를 지어 방생放生 장소로 삼았는데, 역시 그 옆에
있다. 왕순이 죽은 뒤 염사경閻舍卿이 그의 위패를 보예서 안에 모셨다.
정원훈은 그곳의 원림과 정자가 이렇듯 훌륭함을 직접 기록해두었는데,
백년이 넘도록 그 유적들이 그대로 남아 있다.

『강도현지江都縣志』에서는 영원이 '성의 남쪽에 있다'고 하고, 『양주

---

8) 진계유陳繼儒(1558~1639)는 자가 중순仲醇이고 호는 미공眉公이며, 화정華亭(지금의
  상하이 쑹장松江) 사람으로 시문과 서예에 뛰어났다. 제생 출신인 그는 여러 차례 천거
  되었으나, 끝내 벼슬살이를 하지 않았다. 동기창과 나란히 명성이 높았던 그는 문인화
  를 적극 제창하기도 했는데, 산수화 특히 매화와 대나무 그림으로 이름을 날렸다. 주요
  저작으로는 『니고록妮古錄』과 『진미공전집陳眉公全集』, 『소창유기小窗幽記』 등이 있다.
9) '무'는 '반보半步'의 거리이다. '6척'을 '보步'라 하고, '반보'를 '무'라고 일컫는다.
10) 청나라 때 팽희속彭希涑이 편찬한 『정토성현록淨土聖賢錄』 권8에 따르면, 왕순은 자
  가 선민先民이고 양주 사람이다. 그는 일우선사一雨禪師에게서 우바새優婆塞 계戒를 받
  고 수련하다, 양주로 돌아와 자운암慈雲庵에 살았다고 한다.

부지』에서는 '성의 동쪽에 있다'고 언급하고 있다. 현재 영원의 터를 놓고 보면 마땅히 『강도현지』의 기록이 옳다고 보아야 할 것이다. 그러나 영원의 대문에 걸린 편액은 오래전에 이미 망실되었다. 지금 매매가의 소수문蕭曳門에 박아놓은 돌이 바로 이 원림에서 나온 것이다.

2. '정씨충의양선생사'는 영원의 남쪽에 있다. 사당의 문은 운하에 인접해 있다. 운하 맞은 편 기슭은 남문의 외성外城이다. 문 안의 건물은 5칸짜리인데, 이곳에서는 명나라 병부兵部 직방사주사職方司主事를 지낸 정원훈과 명나라 영록대부榮祿大夫11)이자 우군도독부右軍都督府의 도독동지都督同知를 지낸 정원화 두 사람의 위패를 모시고 있다. 건물[堂] 왼쪽 처마 밑의 문은 영원의 호피장 아래쪽 편문으로 통한다.

　정씨는 집안은 흡현의 장령촌長齡村에서 살았다. 선조인 어사御史 정도동鄭道同12)과 참정參政 정거정鄭居貞13)은 명대 초기 건문제建文帝14)의 변란 때 함께 죽었다. 그 뒤로 정씨 집안은 7대에 걸쳐 덕을 쌓고 공을 세우다가 정원훈, 정원화 두 분에 이르러서야 집안이 융성하기 시작했다. 두 분은 모두 명나라 말기에 공적을 쌓았다. 두 분의 선조인 정도동, 정거정을 모신 사당으로는 쌍충사雙忠祠가 있다. 후손인 정협여鄭俠如, 정위광鄭爲光, 정위욱鄭爲旭은 우리 청나라 때에 와서 향현사鄕賢祠에 모셔졌다. 그러나 오직 두 분의 공덕만이 드러나지 않고 있었기 때문에,

---

11) 명대의 문관은 1품에서 5품까지 '대부大夫'라는 직함이 덧붙여졌다. 정1품이 '광록대부光祿大夫', 종1품이 '영록대부'이다.

12) 정도동鄭道同(?~1402)은 정거정鄭居貞의 동생으로 1391년 진사에 급제하여 산동도山東道 감찰어사를 지냈으나, 나중에 방효유方孝孺 사건이 일어나 건문제가 정씨 일족까지 박해하자 자살했다.

13) 정거정鄭居貞(?~1402)은 신안新安(곧 흡현) 사람으로, 명나라 홍무洪武 연간에 명경과明經科로 거인이 되었고, 관직은 하남좌참정河南左參政에 이르렀다. 방효유와 우정이 돈독했던 그는 나중에 방효유 당에 연좌되어 금릉金陵에서 피살되었다. 저서로는 『민민』, 『관롱귀래關隴歸來』, 『회정檜庭』 등이 있다.

14) 명나라 혜제惠帝로, 재위는 1399년~1402년이다.

마을 사람들이 정원훈의 사후에 영원 옆에 이 사당을 세우게 된 것이다.

정원훈은 자가 초종超宗이고 호는 혜동惠東이며, 정지언鄭之彦의 둘째 아들이다. 그는 나면서부터 무척 영특하였으니, 동자시童子試에 응시하였을 때 장객경張客卿[15]이 그를 '나라의 그릇[國器]'이라고 여겼다. 그는 21세 되던 해, 즉 천계 갑자甲子년(1624)에 응천부應天府 향시에 6등으로 합격하였다. 당시 강회江淮 지역에는 기근이 자주 생겨나 길에 시체를 파묻을 지경이 되자, 그가 돈을 내어 일가의 자제들을 구휼하였다. 또한 성 안의 쌀과 보리 천 석을 모아 천녕사에서 죽을 끓여 굶주린 사람들을 먹였다. 그의 친구 하나가 환관의 분노를 사서 환관이 그 친구를 엄한 법률로 얽어 넣으려 하자, 정원훈은 그를 별실에 숨겨주었다. 환관은 대대적인 수색을 벌였지만 그 친구를 찾아내지 못했다. 그러다가 그 환관이 실각하자 비로소 친구를 보내주었다.

예장豫章[16] 사람 나만조羅萬藻[17]가 길에서 우연히 강도를 만나 다치고 양주에 들르자 정원훈이 잠시 묵을 곳을 마련해주고 치료도 해주어 계속 길을 갈 수 있게 도와주었다.

남창南昌 사람 만시화萬時華가 양주에서 객사하자 정원훈은 주검을 염하는 것을 챙겨주고 격식을 갖추어 관에 넣어주어 여한이 없도록 해주고, 몸소 운구하여 고향으로 보내주었다.

처음 영원을 짓고 나서는 이름난 시인들을 초청하여 날마다 시를 짓

---

15) 장객경張客卿(?~?)은 자가 빈왕賓王이고, 경현涇縣 사람이다. 저서에는 『유협초有鋏草』가 있다.

16) 지금의 쟝시성江西省 난창시南昌市 남쪽에 해당한다.

17) 나만조羅萬藻(?~1647)는 자가 문지文止이고, 강서江西 임천臨川 사람이다. 그는 천계天啓 7년(1621)에 거인이 되었으며, 장세순章世純, 진제태陳際泰, 애남영艾南英과 더불어 당시 팔고문을 잘 지어 '강서사가江西四家'로 통했다. 숭정 연간에 보거법保擧法을 시행하게 되자, 좨주祭酒 예원로倪元璐가 그를 추천하였으나 사양하고 벼슬길에 나서지 않았다. 복왕福王 시절 상항현上杭縣 지현이 되었고, 민閩 지역에서 당왕唐王(주율건朱聿鍵, 1602~1646)이 옹립되자 예부주사禮部主事로 발탁되기도 하였다. 저서로는 『차관당집此觀堂集』 6권이 있는데, 『사고총목四庫總目』에는 그 가운데 3분의 1만 실려 있다.

고 주연을 벌였다. 숭정 경진庚辰년(1640)18)에는 원림에서 황모란黃牡丹 한 그루를 갖다 놓고 큰 시회를 열어 시인들이 시를 짓도록 하였다. 또 강초江楚19) 지역의 시들을 모아 이름을 감추고 글씨를 바꿔 쓰도록 하여 작품의 우열을 심사하도록 하였다. 1등에게는 황금 술잔 두 개에 '황모란장원黃牡丹狀元'이라는 글자를 새겨 상으로 주었는데, 한때 대단한 행사라고 소문이 자자했다.

계미癸未년(1643)에 정원훈은 회시에 3등으로 합격하고, 관리가 되어 잠시 휴가를 내어 귀향하였다. 마침 고걸高傑20)이 의양儀揚에 주둔하고 있었고, 당시 그곳을 수비하던 자들은 순무 황가서黃家瑞, 병비부사兵備副使 마명록馬鳴騄, 사리司李 탕래하湯來賀, 강도령江都令 이일성李日成이었다. 마명록은 본래 탕래하와 사이가 벌어져 있었다. 탕래하의 부친과 정원훈은 나란히 진사에 합격하여 교분이 있었다. 마명록은 일이 있을 때마다 정원훈을 의심하면서 여러 번이나 그를 위험에 빠지게 만들었다. 예전에 고걸은 정원훈의 부장副將으로 있을 때 죄를 지어 참형을 당하게 되었는데, 정원훈이 탄원하여 죽음을 면하게 해주어 고걸이 큰 은혜를 입었다고 여기고 있었다.

이때 정원훈이 말했다.

"일이 다급해졌으니 내 한 몸 아낄 것 없이 고향 사람들을 구해야 한다. 나 혼자서라도 고걸의 진영으로 찾아가련다."

---

18) '중화본'에는 '계미년癸未年' 즉 1643으로 되어 있는데, '산동본'에는 '광릉본'에 의거해 '경진년'으로 고친다고 했다. 여기에서는 '산동본'을 따른다. 1643년은 정원훈이 회시會試에 3등으로 급제한 해이다.

19) 양자강 유역과 호남湖南 일대를 가리킨다.

20) 고걸高傑(?~1645)은 자가 영오英吾이다. 섬서陝西 미지米脂 사람인 그는 이자성李自成과 동향 출신으로 이자성의 유력한 부하 장수였다. 그는 군의 창고에서 군량미를 지급받으려다 이자성의 첩인 형씨刑氏를 만나 사랑에 빠졌는데, 본래 양가집 규수로 이자성에게 납치되어 군중에 들어온 형씨도 고걸에게 애정을 느낀다. 형씨의 설득과 발각될 것을 두려워한 그는 숭정 8년(1635)에 형씨와 부하들을 거느리고 동향 출신의 명나라 장수 하인룡에게 투항했다.

하인 장자명蔣自明이 말을 막아서며 간하자 정원훈이 나무라며 말했다.

"양주의 백성들이 편안하면 내 한 몸 잃는다고 무슨 대수이겠느냐?"

그는 마침내 고걸의 진영으로 들어가 대의를 일깨워주었고, 또한 그들의 포악한 약탈 행태를 나무랐다. 고걸이 그에게 진심으로 탄복하며 말했다.

"전날의 일들은 제 부장副將인 양성楊成이 저지른 것일 뿐입니다."

그러고는 철수를 지시하고, 양성을 주살하였다 [이주 : 양성은 본래 이름이 성조誠祖이고, 진秦 지역 사람이다. 조방도사調防都司로서 그가 관할한 것은 모두 서북 출신의 병사들이었다. 남쪽으로 내려온 병사들 가운데는 서북 지역 출신들이 많았는데, 이들은 양성과 상당히 친했다. 양성은 기회만 나면 노략질을 일삼았는데, 이를 두고 많은 병사들이 쑥덕거렸다. 자세한 내용은 강주絳州 땅의 풍사 고馮士高가 쓴 「별영루시서別影樓詩序」에 기록되어 있다. 오늘날 양성楊成이라고 부르는 것은 잘못된 것이며, 혹자는 양성楊誠이라고도 하기도 하나 이 또한 잘못이다.] 또한 통상 허가증[通商符券] 수백 장을 꺼내 공의 소매 안에 넣어주고, 병력을 5리 바깥으로 철수시켰다. 이 덕분에 성문 가운데 서북쪽 문이 잠시 열려 땔감과 곡식을 들일 수 있게 되었다. 정원훈은 사람을 만날 때마다 손을 들어 그들을 불러 증서를 건네주었다. 가는 길에 증서를 주다 보니 도중에 증서가 바닥이 났다. 나중에 증서를 찾는 이들은 증서를 구할 수 없자, 정원훈이 그것을 감춰두었을 거라고 말하기도 했다. 어떤 이들은 정원훈을 몹시 의심하며 이렇게 소문을 내곤 했다.

"고걸이 죽음을 면하게 해주는 부적을 정 아무개에게 주었다는군. (그 부적은) 그의 친척이 아니면 얻을 수 없고, 뇌물이 없으면 구할 수 없으니, 우리 같은 이들이야 그냥 죽을 수밖에."

이런 말들이 하룻밤 만에 사방에 퍼졌다.

이때 마명록이 화살과 돌로 몰래 고걸의 군대를 공격하는 바람에 고걸의 병사들은 몹시 불만을 품어서, 날마다 성 아래에서 시끌벅적한 것이 마치 성을 공격하려는 것 같았다. 성 안의 사람들은 한밤중이면 '정 아무개가 과연 적당賊黨이다'라고 미친 듯 떠들어댔다. 게다가 '양성을

주살했다[誅楊成]'는 말이 '양주성을 도륙한다[誅揚城]'는 것으로 와전되
자, 성 안 사람들이 칼을 뽑아 들고 그를 겹겹이 둘러싸고는 순식간에
칼을 휘둘러 결국 그는 죽임을 당하고 말았다. 그의 의로운 하인들도
의연히 들고 일어나 싸우다가 그를 따라 죽었다. 이 사건은 『양주부
지』와 육사陸師21)의 『의징현지儀徵縣志』에 보이고, 원화元和 사람 항세준
杭世駿22)이 지은 『도고당집道古堂集』에서는 언급이 더욱 상세하다.

　　정원화鄭元化는 자가 찬가贊可이고, 장년에 훈척勳戚의 자격으로 우군
도독부의 도독동지가 되었다. 그는 기개가 넘치고 지략이 풍부하였으며
권력가들을 두려워하지 않았고, 세상의 변고가 많은 것을 보고 벼슬자
리를 보잘것없이 여기고 그만두었다. 그의 맏형과 둘째 형은 모두 집안
을 빛내고 높은 벼슬을 지냈으나, 정원화는 나이를 핑계로 은퇴하여 서
민들의 소박한 생활을 하며 욕심 없이 살았다. 그는 오로지 인의仁義를
본받아 고향에서도 행실이 돈독하였으니, 모두들 금방 그를 존경하게
되었다. 아들은 정위욱鄭爲旭 하나를 두었다. 지금의 가수원이 바로 그
가 은거하던 곳이다.

　　두 정공의 집안은 대대로 그 충절이 9세 후손까지 이어졌다. 정도동
과 정거정 이후 정씨 집안의 사적은 『삼수휴원지三修休園志』와 『정씨망
족鄭氏望族』에 보이니, 여기에 덧붙여 기록해둔다.

3. 정경렴鄭景濂은 자가 유청惟淸이고, 흡현 장령촌에서 살았다. 그곳에
는 용담龍潭이 있는데, 용담의 물이 맑아 스스로 '결청옹潔淸翁'이라고
불렀다. 오래된 가산을 호족들에게 강제로 모두 빼앗기자, 정씨 부부는
집을 떠나게 되었다. 정씨 부부는 5살짜리 아이를 돌볼 수 없게 되자 할

---

21) 육사陸師(1667~1722)는 자가 인도麟度이고, 절강 귀안歸安 사람이다. 그는 강희 40년
　　(1701)에 진사가 되어, 이부원외랑 등을 거쳐 연녕도兗寧道에 이르렀다. 저서로 『옥병산
　　초음玉屛山樵吟』이 있다.
22) 항세준杭世駿에 대해서는 『양주화방록』 권3 「신성북록新城北錄·상上·19」와 『양주
　　화방록』 권4 「신성북록新城北錄·중中」의 본문을 참조할 것.

머니에게 맡겨 키우도록 하였다. 5년이 지나 비로소 양주로 이주하여
염업으로 집안을 일으키게 되었다. 천 명이 넘는 사람이 한 집에서 함
께 살았으니, 장공예張公藝,23) 육구연陸九淵24)의 기풍이 남아 있었다.

4. 정지언鄭之彦은 자가 중준仲雋이고, 호는 동리東里이다. 그가 바로 정
경렴이 집을 떠날 때 5살짜리 어린애였던 사람이다. 그는 7살에 할머니
를 따라 수백 리 되는 길을 맨발로 걸어 지양池陽에서 어머니를 찾아냈
다. 19살에는 양주군의 수재秀才가 되어 성균관에 입학하였다. 그는 풍
수風水에 능통하였고, 나라를 이롭게 하는 통상通商 사무에 밝아 '염협
좨주鹽俠祭酒'나 '유림장인儒林丈人'에 비유되곤 하였다. 그는 아들 넷을
두었으니, 바로 정원사, 정원훈, 정원화, 정협여이다.

5. 정협여鄭俠如는 자가 사개士介이고, 호는 사암俟菴이다. 정씨 집안은
본래 여러 세대가 함께 생활했는데, 이때에 이르러 비로소 따로 살게
되었다. 맏형 정원사는 자가 장길長吉인데, '오무지택五畝之宅'과 '이무지
간二畝之間' 및 '왕씨원王氏園'을 만들었다. 둘째인 초종超宗 정원훈은 '영
원'을, 셋째인 찬가贊可 정원화는 '가수원嘉樹園'을, 막내인 사개 정협여
는 '휴원休園'을 세웠다. 그리하여 형제는 원림을 가지고 서로 경쟁하게
되었다.

---

23) 장공예張公藝(578~676)는 타이첸현臺前縣 쑨커우향孫口鄕 사람이다. 북제北齊, 북주北
周, 수隋, 당唐의 네 왕조에 걸쳐 99세를 살았다. 그의 집에는 9대에 걸치는 900명의 식
구가 화목하게 살았던 것으로 유명하다. 당나라 인덕麟德 2년(665)에 고종이 무측천과
함께 봉선封禪 의식을 거행하러 태산에 가는 도중 수장壽張(지금의 타이첸현)을 지나다
가 그의 집에 들러 비단 백 단端을 하사한 바 있다.
24) 육구연陸九淵(1139~1192)은 자가 자정子靜이고 호는 존재存齋이다. 남송 금계현金溪縣
사람인 그는 철학자이자 교육가로 일찍이 상산象山(지금의 꿰이시현貴溪縣 남쪽 지역)
에서 강학 활동을 벌여 흔히 '상산선생'으로 일컬어진다. 그는 남송 건도乾道 8년(1172)
에 진사가 되었으며, 정안현靖安縣 주부主簿, 숭안현崇安縣 주부, 태주台州 숭도관崇道觀
주관主管, 형문군荊門軍 지군知軍 등의 관직을 역임했다. 특히 형문 지방에서 치적이 뛰
어나, 당시의 승상 주필대周必大는 '형문지정荊門之政'이라고 칭찬하기도 하였다.

애초 정협여는 숭정 기묘己卯년(1639)에 거인이 되었다. 이번 시험에서는 새로운 제도에 따라 부방副榜이 정방正榜25)보다 하루 먼저 발표되었는데, 이것을 '중공中貢'이라고 부른다. 그는 성균관으로 가서 시험을 보았는데, 성적과 상관없이 특별히 임용되었다. 이때부터 정협여의 문명文名은 형과 나란해졌다.

이때 분의分宜26) 사람 원계함袁繼咸27)은 어사御史로서 양주부사揚州副使로 나가게 되었다. 마침 환관 양현명楊顯名이 양회염무兩淮鹽務의 직책을 수행하고 있었다. 어사와 전운사 이하의 관리들이 모두 양현명에게 무릎을 꿇고 절하였으나, 원계함만이 혼자 몸을 굽히지 않았다. 양현명은 기분이 나빠 그를 탄핵하여 물러나게 하니, 성 전체가 시끄러워졌다. 백성들은 성문을 닫고 원계함을 열흘이 넘도록 억류하였다. 동료 관리나 신사들은 연루될 것을 걱정하여 모른 척했지만, 정원훈과 정협여 두 사람만이 원계함을 찾아가 간곡하게 이곳 사정을 이야기해주었는데, 그들의 이해득실에 대한 설명은 구구절절 옳은 것이었다. 그리고 밖으로 나와 성 안 사람들에게 문을 열도록 권하니, 원계함은 비로소 성을 나와 양주를 떠날 수 있게 되었다.

경진庚辰년(1640)에 원계함은 운鄖 지방을 다스리다가 양양襄陽 지역이 장헌충張憲忠 부대에게 함락당한 사건28) 때문에 체포되었다. 황도주黃道

---

25) 회시나 향시에서 정원 외의 약간 명을 뽑아 관직에 나갈 기회를 주는데, 이를 '부방'이라고 한다.

26) 지금의 쟝시성江西省 신위시新餘市에 해당한다.

27) 원계함袁繼咸(1593~1646)은 자가 계통季通이고 호는 임후臨侯이다. 원주袁州 구채하향區寨下鄕 횡당촌橫塘村 사람인 그는 명나라 대신으로, 천계 5년(1625)에 진사가 되었다. 그가 숭정 7년(1634)에 산서제학첨사山西提學僉事의 자격으로 환관을 물리치라는 상소를 올렸다가 오히려 탐관오리의 누명을 쓰자, 산서 지역의 생원生員 100여 명이 수도로 올라와 산발散髮을 하고 벽보를 나붙여 그의 무고함을 호소하기도 했다. 명나라가 망하자 그는 청나라에 투항하기를 거부하였고, 이 때문에 북경으로 압송되어 감금되었다가 순치 3년(1646) 6월 죽었다. 이런 그의 굳은 절개와 기상 때문에, 문산文山 문천상文天祥, 첩산疊山 사방득謝枋得과 더불어 '강우삼산江右三山'으로 불리기도 한다.

28) 명나라 숭정 14년(1641) 2월 초 장헌충은 무산巫山(지금의 쓰촨성에 속하는 지역)을

周[29]) 역시 상소문에서 건의한 내용 때문에 체포되었다. 두 사람 모두 양주를 지나게 되었는데, 그들을 찾아간 사람은 더욱 적어졌다. 이때 정협여가 용감히 나서 배를 몰아 그를 영접하였다. 그가 양계함을 영접할 때 좌우에는 호송병들이 있었으나, 정협여가 눈빛으로 그들을 제압했다. 양계함이 직접 다가와 정협여의 손을 잡고 말했다.

"죽지 않으면 또 만나겠지요."

그때 배 안에는 오직 왕유정王猷定[30]) 한 사람만이 타고 있었다.

정원훈이 죽음의 재난을 당하자, 정협여는 응천부應天府[31])로 걸어 들어가 애절히 울며 상소를 올려 결백함을 호소했다. 담당 관리는 그가

너머 흥산興山(지금의 후베이성 지역), 방현房縣(지금의 후베이성 지역) 안으로 들어와 포위권을 빠져나왔다. 도중에 그는 역참들을 불태우고 수비병들을 살해하였으며, 사천四川과 호광湖廣(대략 지금의 후난성과 후베이성에 해당함) 사이의 명나라 군대의 연락을 차단하였다. 이렇게 당양當陽(지금의 후베이성 지역)에 도착한 장헌충은 양사창楊嗣昌의 부대가 주둔해 있는 양양성襄陽城의 수비가 허술한 것을 알아내고, 하루 낮밤 동안 300리를 내달려 2월 초사흘에 양양에 도착한다. 그리고 즉시 20여 명의 기병을 명나라 병사로 위장시켜 성 안으로 침투시킨 후, 그날 밤 성을 공략하여 점거하였다. 그리고 양왕襄王 주익명朱翊銘을 살해하고 약탈을 자행하니, 이 소식을 전해들은 양사창은 자결하고 만다.

29) 황도주黃道周(1585~1646)는 자가 유현幼玄이고, 호는 석재石齋이다. 장포漳浦(지금의 푸젠성 장푸현漳浦縣) 사람이다. 그는 천계 2년(1622)에 진사가 되었고, 숭정 3년(1630)에 우중윤右中允에 임명되었으나, 권신 양사창楊嗣昌 등을 파직시키라는 상소를 올렸다가 광서廣西 지역으로 유배되기도 하였다. 복왕 정권에서는 예부상서를 지냈고, 당왕唐王 밑에서는 무영전대학사를 지내다가 군대를 이끌고 청나라에 저항하던 중에 무원婺源에서 청군에게 사로잡혀 순치 3년(1646) 남경의 대중교大中橋에서 살해당했다. 천문, 역법, 산술 등에 두루 정통하였고, 그림과 글씨에도 뛰어났던 그의 저서로는 『역상정易象正』, 『삼역동기三易洞璣』, 『태함경太函經』, 『속이소續離騷』, 『석재집石齋集』 등이 있다.
30) 왕유정王猷定(1598~1662)은 자가 우일于一이고 호는 진석軫石이며, 강서江西 남창南昌 사람이다. 그는 평생 발공생 출신으로 지냈다. 그의 부친 왕시희王時熙는 명나라 진사 출신으로 관직은 태복경太僕卿을 지낸 인물로, 천계 연간에 동림당에 참가하기도 하였다. 왕유정은 젊어서는 잡기와 도박 등에 빠지기도 했으나, 장년기에 이르러서는 양한兩漢의 문장을 공부하여 글쓰기 기풍을 일신함으로써 청나라 초기에 많은 주목을 받기도 하였다. 그러나 청나라가 들어선 후 그는 벼슬길을 단념하고 글쓰기에 몰두하였고, 항주 지역을 떠돌다 죽었다. 저서에는 친구 주양공周亮工이 편집, 간행한 『서조당문집四照堂文集』 16권이 남아 있다.
31) 오늘날의 난징시南京市에 해당한다.

성실하고 믿음직한 것을 보고 황제에게 상소문을 올려 그를 추천하니,
정협여에게 공부工部의 사무司務 벼슬이 제수되었다. 영국寧國32) 지역에
광산鑛山을 허가해달라는 청원이 들어올 때, 정협여는 그 사업은 개인
의 이익을 위해 백성들을 힘들게 만드는 것이라고 직언하였고, 결국 그
사업에 대한 논의는 중단되었다. 그의 사적은 『양주부지』에 실려 있다.
청나라 초에 정협여는 벼슬을 그만두고 휴원으로 돌아왔다.

'휴원'은 유수교流水橋 가에 있는데, 원래는 주씨朱氏의 원림이었다.
그곳에는 순무[諸葛菜]33)가 나는데 이를 '제갈화諸葛花'라고도 부른다. 원
림의 넓이는 50무이고, 남향이다. 원림이 위치한 곳은 주택들 뒤편이고
그 사이로 큰 길이 하나 있다. 여기에 복도複道를 만들었는데, 아래쪽
길은 비탈처럼 경사가 져 있다. 그 비탈길이 끝나면 작은 샛길이 나오
고, 샛길이 끝나는 곳에 문이 있다. 그 문 안쪽이 바로 휴원이다. 예전에
는 집들 뒤편으로 함영각含英閣, 식괴서옥植槐書屋, 벽엄탐가碧厂耽佳, 지
심루止心樓 등의 명소들이 있었다. 정원 안에는 공취산정空翠山亭, 예서蕊
樓, 읍취산방挹翠山房, 금소琴嘯, 금아서옥金鵝書屋, 삼봉초당三峰草堂, 어석
초語石樵, 수묵지水墨池, 담화위서헌湛華衛書軒, 함청별야含淸別墅, 정방定
舫, 내학대來鶴臺, 구영서오九英書塢, 고향재古香齋, 일포逸圃, 득월거得月居,
화서花嶼, 운경요화원雲徑繞花源, 옥조정玉照亭, 불파항不波航, 침류枕流, 성
시산림城市山林, 원은園隱, 부청浮靑 등의 명소들이 있다. 안에는 문진맹文
震孟,34) 서원문徐元文,35) 동기창의 진품들이 많다. 지심루 밑에는 미인석

---

32) 안휘성 동남부에 있는, 절강浙江과 인접한 지역이다.

33) 일명 '만청蔓菁', '무청蕪菁'이라고도 하며, 속칭 '대두채大頭菜'라고 부른다. 잎사귀와
　　뿌리 모두 식용이 가능하다.

34) 문진맹文震孟(1574~1636)은 자가 문기文起이고, 별호는 담지湛持이며, 장주長洲 사람
　　이다. 명나라의 유명한 화가 문징명文徵明(1470~1559)의 증손인 그는 1621년에 장원으
　　로 진사에 급제하고, 숭정 초년에는 예부좌시랑 겸 동각대학사를 제수 받았다. 죽은
　　뒤 내린 시호는 문숙文肅이다. 저서로 『고소명현소기姑蘇名賢小記』가 있다.

35) 서원문徐元文(1634~1691)은 자가 공숙公肅이고 호는 입재立齋이다. 강소 곤산崑山 사
　　람인 그는 청나라 순치 16년(1659) 진사에 장원 급제하고 한림원 수찬修撰 벼슬을 제수

美人石이 있고, 그 뒤편에는 500년 된 종려나무가 자라고 있다. 수묵지 안에는 큰 뱀[蟒]이 살고, 내학대來鶴臺 밑에는 여러 가지 약초가 자란다. 정협여의 아들 정위광은 『휴원지休園志』 몇 권을 집록하였다.

6. 양주에서 열리는 시회詩會는 마씨馬氏의 소영롱산관, 정씨程氏의 소원篠園, 그리고 정씨鄭氏의 휴원에서 가장 성대하게 열렸다. 정한 날짜가 되면 원림에 책상을 하나씩 마련한다. 그리고 책상 위에다 붓 2자루, 먹 1개, 벼루 1개, 연적硯滴 1개, 종이[箋紙] 4장, 시운詩韻 하나, 찻주전자 1개, 접시[碗] 1개, 과일과 다식茶食을 담은 그릇[盆]을 하나씩 올려놓는다. 시를 다 짓고 나면 바로 그것을 인쇄한다. 3일 안까지는 고쳐서 새로 찍어낼 수도 있다. 문집이 나오면 성 안에 두루 보내준다.

모임을 가질 때마다 마련되는 술과 안주는 대단히 훌륭하였다. 하루 동안 함께 시를 짓고 음악을 청해 듣는다. 참가자들은 매우 오래된 건물로 안내되는데, 그곳에는 푸른 유리창이 사방으로 나 있다. 또 나이든 악공 4명을 뽑아서 데려오는데, 그들은 모두 이가 빠지고 머리가 벗어졌으며 나이는 8,90살 정도 되는 이들이었다. 악공들은 각자 한 곡씩을 연주하고 자리에서 물러났다. 잠시 후 병문屛門36)을 열도록 한다. 문이 열리면 뒤쪽에 늘어선 건물들은 모두 누대들로, 누대에는 수많은 등불이 내걸려 있다. 남녀가 각기 하나의 악대를 이루는데, 모두 십오륙 세의 소년소녀들이다. 나는 원돈員炖37)이 이렇게 말하는 것을 들었다.

"시패詩牌는 상아로 만드는데, 크기는 사방 반 치[寸] 정도이다. 한 사람당 수십 자 또는 백여 자 분량의 시패를 나누어 갖고, 시 구절을 모아

받았다. 그는 형 서건학徐乾學, 동생 서병의徐秉義와 더불어 문장으로 유명해서, 당시 사람들은 이들을 '곤산삼서崑山三徐'라고 불렀다.

36) 중문中門, 병풍문屛風門이라고도 부르는 문으로, 집의 안채와 바깥채 사이에 설치해 두는 가운데 문이다.

37) 원돈員炖(?~?)은 자는 주남周南이며, 건륭 연간의 인물로 강도江都 사람이다. 생애는 자세히 알려져 있지 않다.

시를 만든다. 정말 힘들고 품이 많이 드는 일이다.”

　이런 일은 휴원과 소원에서 가장 성행하였다. 최근에 알려진 것으로는 다음과 같은 작품이 있다.

　장사과張四科38)의 시구는 다음과 같다.

　　배는 바람에 이끌리는 듯 나아가고

　　누대는 신기루처럼 서 있네.

　　舟棹恐隨風引去, 樓臺疑是氣噓成.

　약근藥根 화상39)의 시구는 다음과 같다.

　　비 듣는 창가에서 귀신 이야기 하노라니 등불이 먼저 잦아들고

　　술집에서 복수를 거론하노라니 문득 검이 소리 내 우는구나.

　　雨窗話鬼燈先暗, 酒肆論讐劍忽鳴.

　황유黃裕40)의 구절은 다음과 같다.

---

38) 장사과張四科(?~?)는 자가 철사喆士이고 호는 어천漁川이다. 임당臨潼 사람으로 공생
　　출신이며, 저서에는 『보한당집宝閑堂集』이 있다.

39) 약근藥根(?~?)은 청대의 시승詩僧으로, 속성은 서씨徐氏이고, 법명은 담성湛性이라고
　　도 한다. 호가 약근藥根이고, 자는 약암藥庵다. 강소江蘇 단도丹徒 사람으로, 출가하기
　　전의 성은 서씨徐氏이다. 그는 건륭 연간에 양주 기원암祇園庵의 승려로 있었는데, 출
　　가한 몸임에도 효성이 깊기로 유명했다. 그는 양주와 강녕江寧 지방을 오가며 여러 명
　　사들과 시를 주고받았는데, 시집에 스스로 ‘강도江都’ 사람이라고 서명했다. 그는 자신
　　의 문집인 『약암집藥庵集』을 직접 간행했는데, 이 책은 그가 죽은 후 산실散佚되었다가
　　건륭 임진년壬辰(1772)에 다시 간행되었다. 그의 사적은 『사고전서총목四庫全書總目』 권
　　185, 『호해시전湖海詩傳』 권46 등에 실려 있다.

40) 황유黃裕(1695~1769)는 자가 북타北垞이다. 흡현 출신으로 양주에서 살았으며, 58세
　　에는 의징으로 본적을 옮겼다. 그는 제생 출신으로 시를 잘 지어서 장병이張秉彝(자는
　　남타南垞)와 더불어 ‘백사이타白沙二垞’라고 불렸으며, 『강도현지江都縣志』 편찬에 참가
　　하기도 하였다. 저서로 『금죽거시존金竹居詩存』, 『백수강상집白首江上集』 등이 있다.

흐르는 물은 나그네의 마음을 전해주고

석양에는 온통 미인의 혼이 서려있네.

流水莫非遷客意, 夕陽都是美人魂.

왕중汪中[41]의 구절은 다음과 같다.

지는 나뭇잎 누항陋巷을 떠나고

시든 연잎 호수를 반쯤 덮었네.

葉脫辭窮巷, 蓮衰墻半湖.

모두 놀랄 만한 명구들이다.

7. 정원희鄭元禧는 천계天啓 정묘丁卯년(1627)에 거인이 되었고,[42] 숭정 신미辛未년(1631)에 진사가 되었다.[43] 당시 진우태陳于泰[44]가 장원으로 급제했다.

8. 정위홍鄭爲虹[45]은 정원훈의 조카이다. 그가 태어나 겨우 한 달이 될

---

41) 왕중汪中(1745~1794)에 대해서는 『양주화방록』 권3 「신성북록新城北錄・상上・52」를 참조할 것.

42) '중화본'에서는 이 부분이 "鄭元禧天禧, 丁卯擧人"이라고 적혀 있으나, 역사적 사실에 비추어 볼 때 '천희天禧'를 '천계天啓'로 표기한 '산동본'의 내용이 옳다고 보인다.

43) 이 대목에서는 이두의 착오가 있는 것으로 보인다. 정원희가 진사에 합격한 것은 숭정 4년 신미년(1631)이 아니라 숭정 7년 갑술년(1634)이다.

44) 진우태陳于泰(1596~?)는 자가 대래大來이고 호는 겸여謙如이며, 오늘날 쟝쑤성 이싱宣興사람이다. 1631년에 장원으로 진사에 급제하여 한림원 수찬修撰에 제수되었으나, 편법으로 장원을 차지했다는 비난을 들었다. 1633년에는 환관 왕곤王坤과 반목하다가 관직을 잃었다. 명나라가 망한 후에는 벼슬살이에 뜻을 접고 은거했다.

45) 정위홍鄭爲虹(1622~1646)은 자가 천옥天玉이고, 강도江都 사람이다. 그는 숭정 6년(1633)에 진사에 합격하고 포성 지현을 제수 받았는데, 청나라 군대가 침입했을 때 성을 수비하다가 포로가 되자, 급사중給事中 황대붕黃大鵬과 함께 자결했다.

무렵, 늙은 유모가 아기를 안은 채 정원훈에게 말했다.

"어제 이상한 꿈을 꾸었습니다. 어느 해에 도련님이 장차 나리와 함께 진사가 되시더군요."

계미년癸未(1643)이 되어, 정위홍은 정원훈과 함께 회시에 합격하고, 포성령浦城令으로 뽑혔다. 당왕唐王이 민閩 땅에서 제위에 올라 그를 감찰어사로 발탁하여 선하관仙霞關을 순시하도록 했다. 병술丙戌년(1646) 8월, 청의 군대가 침입하여 그를 붙잡았다. 이에 그가 칼로 자결하니, 나이 25세였다. 사적은 『명사明史』에 보인다.

9. 정위욱鄭爲旭은 자가 방단方旦이다. 그는 순치順治 신묘辛卯년(1651)에 발공생拔貢生이 되어 내각중서 벼슬을 제수 받았으며, 나중에 공부주사工部主事로 이임하였다. 광동廣東 지역 태평교太平橋의 세금 징수에서 상인들의 부담을 덜어주었다. 감찰어사에 발탁되어서는 동북 지역의 두 성을 순시하면서 국사에 관한 여러 가지 건의를 많이 올렸다. 예를 들면 다음과 같다.

관리 선발에서 험간驗看[46] 항목을 추가하고, 학정學政을 보낼 때는 문장을 잘 아는 사신詞臣[47]을 임명한다. 율령의 조문들을 읽어주어 백성들의 풍속을 순후하게 만든다. 진사, 거인, 공생, 발공생의 서열[班次][48]을 나누어 관리 선발 임용을 원활하게 만들도록 한다. 안찰사는 사건을 대할 때 경솔하게 처리하지 말고, 죄인들 가운데 노역을 하여 형이 경감된 자는 중도에서 사면해주고, 미결수는 모두 관례에 따라 관대하게 처분한다.

이런 상소들은 차례대로 실행되었다. 그는 죽은 뒤 향현사鄕賢祠에 모

---

46) 청나라 때 시행된 관리 선발 제도의 하나. 이부에서 관원을 뽑을 때 먼저 특별히 파견된 왕공王公이나 대신들의 의견을 수렴하고, 후보자의 경력이나 능력이 임무에 적합한지 살피는 것을 가리킨다.
47) 문장을 잘 하는 관리, 예컨대 한림원 관원 따위를 가리킨다.
48) 청대 관리 임명의 후보자 서열이다.

서졌다.

10. 정위광鄭爲光은 자가 차암次巖이고, 호는 회중晦中이다. 그는 늠선생원廪膳生員⁴⁹⁾을 거쳐 순치 갑오甲午년(1654)에 성균관成均館에 뽑혀 입학하였다. 정유丁酉년(1657)에는 순천부順天府 향시에서 좋은 성적으로 거인이 되었다. 기해己亥년(1659) 전시에서는 이갑二甲의 2등의 성적으로 진사가 되었고, 한림원 청서서길사淸書庶吉士 벼슬을 제수 받았다. 신축辛丑년(1661)에 그는 다시 감찰어사가 되었고, 갑진甲辰년(1664)에는 중성中城⁵⁰⁾을 순시하게 되었다. 그는 힘 있는 자들의 횡포를 금지하고 억울한 죄인들을 풀어주었다. 주州와 현縣마다 세금과 부역 때문에 폐단이 많이 생기자, 장부 내용을 다시 검토해달라고 청원하기도 하였다. 그는 양주의 관세[關鈔]와 관련된 오래된 폐단을 없앨 것, 과거의 정원의 숫자를 늘릴 것, 도량형 단위를 측정할 때 실효를 거둘 것, 관청의 쌀[鳳米]을 낭비하는 일을 줄일 것 등을 상소하였는데, 모두 '그대로 시행할하라[可]'는 답변을 받았다.

그는 관리로 재직하다가 죽었고, 저서로는 남은 소고疏稿⁵¹⁾들과 시문집이 있다. 향현사에 모셔졌다.

11. 열녀 정씨鄭氏는 정협여의 딸이다. 그녀는 어릴 때 정빈오程賓珸의 아들 정기선程起善과 혼약을 하였다. 정빈오가 이사를 하게 되어 밤에 엄주嚴州에 정박하였는데, 배에 불이 나서 선실이 불타자 정기선이 뛰어나와 부친을 구하려 하다가 그만 강물에 빠져 죽고 말았다. 정빈오가 아들의 관과 함께 돌아오자 그녀는 비통함으로 얼굴이 상할 지경이었고, 마침내 병이 났다. 해가 지날수록 병이 깊어졌다. 부모가 그녀에게

---

49) 명·청 시대에 관청에서 돈과 양식 등을 지급한 생원으로서, '늠생廪生'이라고도 부른다.
50) 수도인 경사의 내성內城을 가리키는 듯하다.
51) '주소奏疏의 초고草稿'를 가리킨다.

소원을 물어보니 그녀는 순절하기를 바라며, 살아서 정씨 집안에 들어
가 효자의 아내로서 절개를 지키고 후사를 세울 수 있기를 바란다고 대
답하였다. 그녀의 부모는 이를 허락하고 신안新安으로 편지를 보내 딸
자식이 수절하고 있는 상황을 알렸다. 그러자 정빈오가 급히 행장을 꾸
려 양주로 와서 그녀를 맞이하니, 마침내 그녀는 정씨 문중의 며느리가
되었다. 이날 그녀의 맞이하고 떠나보내는 친족들이 백여 명이 되었는
데, 모두 눈물을 흘렸다. 3일 후 정빈오는 아들의 위패를 만들고 후사를
점지해두었다. 그녀는 위패에 나아가 절을 하고 상복을 입었다. 다시 반
년이 지나고, 그녀의 병은 심해져 마침내 죽고 말았다. 그녀 나이 18살
이었다. 진요훈陳堯勳이 그녀를 위해 「효자정녀전孝子貞女傳」을 지었다.

12. 정조鄭潮는 자가 추당秋塘이다. 그는 음률에 뛰어났고 시를 잘 지었
다. 그의 아우 정운鄭澐은 자가 풍인楓人이다. 정조는 임오壬午년(1702)에
거인이 되어 관직은 절강독량도浙江督糧道[52]에 이르렀다. 그는 평생 시
를 논하길 즐겼고, 두보에 조예가 깊었다. 『두시전집杜詩全集』을 찍어 세
상에 널리 알렸다.

　그의 아들 정백鄭柏은 자가 신보新甫이다. 정백은 작은 해서체 글씨를
잘 썼고 시를 잘 지었다. 무신戊申년(1728)에 거인에 합격하였다. 그가 조
식曹植의 「낙신부洛神賦」를 쓴 글씨가 수백 점이 넘는다.

13. 남홍교南紅橋는 본래 남호南湖의 좁은 곳에 나무를 엮어 물을 건너
도록 만든 것이다. 나중에 호수 입구가 점점 돌출하게 되자 나무를 심
어 세워 다리를 세워 '남교南橋'라고 불렀다. 그 난간을 붉게 칠해놓았
기 때문에 그것을 '남홍교'라고 부른다. 봄에는 온갖 풀들이, 여름에는
부들이, 가을에는 가시연[茨][53]이, 겨울에는 갈대가 피어난다. 멀리 포구

---

52) 독량도督糧道는 조운총독漕運總督의 속관屬官으로, 양곡 운반과 운반선의 감독을 담당
　하였다.

가 아스라이 보이고 작은 다리가 들쭉날쭉 나 있는, 호수와 어우러진 풍경이 가장 아름답다. 다리 너머 서쪽 기슭은 '추우암秋雨庵'으로 이어 지는 길이 있다.

14. 미인교美人橋는 소구산掃垢山 끝자락의 연지硯池에 있다. 남쪽 기슭 은 중경中埂 아래쪽부터 지맥이 불쑥 솟아나와 곧장 탑만塔灣 쪽으로 이 어진다. 정혜원靜慧園은 바로 중경의 분기점에 있다. 단항壇巷 위쪽으로 는 구릉이 융기하여 그대로 소구산까지 이어진다.

추우암은 바로 소구산 끝자락에 있다. 절 안에는 호수 주변의 논[湖田] 이 10여 경頃이나 된다. 물이 많은 곳은 호수가 되고 물이 적은 곳은 논 이 되었는데, 이곳을 '미인동美人峒'이라고 부른다. 미인동 입구에는 돌 다리를 세웠는데, 이를 '미인교'라고 부른다. 비헌費軒[54]이 지은 「양주 몽향사」[55]에서 "앵무새 소리 들리니 미인교가 가까운가보다[聽鶯宜近美 人橋]"라고 읊은 곳이 바로 여기다.

그 서쪽에는 사직단社稷壇이 있다. 주민들이 그 위에 집을 짓고 사는 데, 이것을 '단항檀巷'이라고 부른다. 그 아래쪽이 바로 소구산인데, 서문 西門의 이조교二釣橋의 서쪽의 도천묘항都天廟巷과 이어져 있다. 이곳들 은 모두 남문대가南門大街의 재신묘항財神廟巷에서부터 이어지는 길이다.

15. 정혜사淨慧寺는 본래 석원席園이 있던 곳이다. 순치 연간에 승려 도 민목진道忞木陳[56]이 그곳에서 살았다. 순치제가 친히 글씨를 써서 칠언 시 1수와 다음과 같은 대련을 하사했다.

---

53) 수생식물로, 이름을 '계두雞頭'라고도 한다. 줄기 전체에 가시가 나 있고, 잎은 둥근 방패[圓盾] 모양이다. 물 위에 떠 있고, 자색紫色을 띤 꽃이 하나 핀다. 그 열매를 '검실 芡實'이라고 부르며, 식용하거나 약재로 쓸 수 있다.

54) 비헌費軒에 대해서는 『양주화방록』 권3 「신성북록新城北錄 · 상上 · 75」를 참조할 것.

55) 사 가운데 "走馬試來騷狗地, 聽鶯宜近美人橋"라는 대목이 있다.

56) 도민목진道忞木陳에 대해서는 『양주화방록』 권7 「성남록城南錄 · 32」를 참조할 것.

위대한 호법신들은 승려의 허물 가려주고

깨달음 얻은 고승은 세상 이치에 조화를 이룬다네.

大護法不見僧過, 善知識能調物情.

강희제는 '정혜원淨慧園'이라는 이름을 내리고, 칠언시 1수와 함께 다음과 같은 대련을 하사했다.

향긋한 구름에 감싸인 참된 불국토

회남 땅 우거진 숲의 나무는 헤아릴 수 없이 많구나.

眞性佛國香雲界, 不數淮南桂樹叢.

절은 사방 1리 남짓 크기로, 앞쪽에는 네모난 연못이 있고 뒤에는 대밭이 있다. 수목이 울창하고, 전각들이 우뚝우뚝 솟아 있다. 목진의 사리탑이 한가운데 서 있으니, 남교南郊의 명찰이다.

목진이 입적하고 절이 점차 퇴락하려 되자 흡현 사람 오가룡吳家龍이 중수하였다. 지금은 공물로 올리는 양회 지역의 담배와 고민사의 담배가 모두 이곳에 공장을 마련해두고 제조하고 있다.

오가룡은 자가 보리步李이다. 어릴 때 부친을 잃고 어머니를 지극히 봉양했다. 그는 남에게 베풀기를 좋아하여 왕응경汪應庚57)과 이름을 나란히 하였다. 조정에 명성이 알려져 염운부사鹽運副使의 직책을 하사받았다.

16. 추우암秋雨庵은 이 지역의 양씨楊氏가 출가한 곳이다. 임동臨潼사람 장선주張仙洲가 꿈에 감응을 받아 암자를 세우고, 이름을 소구정사掃垢精舍라고 붙였다. 강희 5년(1666), 영은대전靈隱大殿이 완성되자, 8월 13일 아침에 월중계月中桂의 열매가 떨어졌다. 절강의 승려 대공戴公이 양주

---

57) 왕응경汪應庚에 대해서는 『양주화방록』 권16 「촉강록蜀岡錄·23」을 참조할 것.

에 들렀다가 암자에 4,5의 씨앗을 남겨놓았다. 그리하여 이름을 금속암
金粟庵이라고 고쳐 부르게 되었다.

　암자는 사방이 모두 대나무이고, 대나무 밖에는 울타리를 둘렀다. 울
타리 안에는 네모난 연못이 있고, 연못 북쪽에는 산문山門이 있다. 문
안에는 3칸짜리 대전이 있고, 뜰 안에는 녹악매綠萼梅 한 그루가 있으며,
백등화白藤花 한 그루가 매화나무를 타고 자라고 있다. 5칸짜리 회랑 두
개가 대전의 좌우를 감싸고 있다. 뒤쪽의 누각은 5칸짜리인데 이것이
방장方丈이다. 암자 왼쪽은 계원桂園이다. 원림 안의 계수나무가 바로 월
중계의 씨앗에서 난 것으로, 꽃이 피면 모두 홍황색을 띤다. 오른쪽에는
대밭이 있는데 이름이 순원笋園이다. 그 안에는 육각형의 정자[六方亭]가
있는데 이름이 죽정竹亭이다. 장세진張世進, 장사과張士科 등이 모두 죽정
을 소재로 시를 지었다.

　추우암의 승려 조도祖道는 자가 죽계竹溪이다. 그의 본래 성은 범씨范
氏로, 범중엄范仲淹[58]의 후손이다. 그는 일찍이 보벌사寶筏寺의 주지로
있다가 건륭乾隆 신축辛丑년(1781)에 이 암자로 돌아왔다. 그는 거문고를
잘 타고 시를 잘 지었으며, 저서로『이륙당집離六堂集』이 있다. 노견증이
그와 절친하여 신분을 넘어선 교유를 맺었다. 일찍이 그가 혼자 말을
타고 조도를 찾아간 적이 있으니, 조도가 이를 두고 시를 한 수 지었다.

---

58) 범중엄范仲淹(989~1052)은 북송의 정치가로, 자는 희문希文이다. 소주 오현吳縣 사람
　　인 그는 대중상부大中祥符 8년(1015)에 진사에 합격하였고, 인종仁宗 조정趙禎이 친정親
　　政을 펴게 되자 진주통판陳州通判을 거쳐 우사간右司諫에 임명되었다. 경우景佑 2년
　　(1035)에는 잠시 개봉부開封府의 지부가 되었으나, 당시 재상인 여이간呂夷簡의 전횡을
　　비판하다가 요주饒州(지금의 쟝시성江西省 뽀양시波陽市), 윤주潤州(지금의 쟝쑤성 전쟝
　　시鎭江市), 월주越州(지금의 저쟝성 사오싱시紹興市) 등의 지현으로 쫓겨나기도 했다. 경
　　력慶歷 3년(1043)에는 추밀부사樞密副使가 되고 곧이어 참지정사參知政事가 되었는데, 이
　　때 상소를 올려 요역 경감, 농업 진흥, 병기 정비 등 10가지 분야의 일을 건의하자 황
　　제가 받아들여 시행하였는데, 이를 '경력신정慶歷新政'이라고 부른다. 시호는 문정文正
　　이고, 저서로는『범문정공집范文正公集』 48권이 있다.

공무에 틈을 내어 손님들 물리치고

승려가 있는 곳을 찾아주었네.[59]

계절 풍경은 중양절이 가까우니

울타리에는 국화가 피었구나.

거문고 한 곡 연주하고

설유차雪乳茶 석 잔을 마시네.

시 이야기에 정은 아직 다하지 않았는데

말 타고 돌아가노라니 해는 기울기 시작하네.

公暇捐賓從, 來尋釋子家.

風光近重九, 籬落有黃花.

一曲冰弦操, 三杯雪乳茶.

論詩情未已, 歸騎日初斜.

17. 소구산掃垢山은 본래 이름이 소구산騷狗山이다. 「양주몽향사」에 "말
을 달려 소구 땅에 와보았네[走馬試來騷狗地]"라는 구절이 있는데, 바로
이곳이다. 산에는 나무나 돌이 없고 오래된 무덤들이 늘어서 있다. 두
산 사이로 사람 하나가 지날 수 있는 길이 있다. 산 어귀를 나서면 바로
서문西門의 도천묘都天廟가 나온다. 도천묘 안에는 밤마다 경전 읽는 소
리가 끊이지 않는다. 천묘 밖에는 돌기둥 위에 가로등이 많이 밝혀져
있다. 갑인甲寅년(1794)에 이곳에 갑자기 샘 하나가 솟아났는데, 병을 치
료하는 효능이 있어서 샘물을 찾는 사람들이 날마다 100명이 넘었다.
그러나 그 샘은 한 달 남짓 후 다 말라버렸다.

18. 서복徐復은 자가 심중心仲이고, 서남향西南鄕 동가노패董家老壩 사람
이다. 그 마을사람들은 농사일을 중시하고 글공부를 경시하였다. 서복

---

59) '산동본'에서는 이 부분의 원문을 '석가자釋家子'라고 표기했으나, 오류이다.

은 농사꾼으로 살고 싶지 않았기 때문에 도천묘에서 기식하며 그곳을 청소하는 일을 하며 지냈다. 그는 틈이 나면 책을 읽었는데, 한겨울 제대로 걸칠 옷조차 없었지만 독서를 그만두지 않았다. 강도 출신의 명경明經60)인 초순焦循61)이 마침 도천묘에서 기거하고 있었는데, 서복의 의지를 어여삐 여기고 그를 집으로 초대하여 『모시毛詩』, 『주관례周官禮』 등의 경서들을 건네주었다. 서복은 점차 그 책들을 이해하게 되었고, 곧 제자원弟子員62)이 되었다. 그는 구장학九章學63)과 문자학[六書]에 꽤 정통하게 되었다. 근래에 『논어소증論語疏證』을 지었다.

19. 통사문通泗門이 바로 서문西門이다. 그곳에는 조교釣橋 두 곳이 있다. 두조교頭釣橋는 자성子城64) 안의 시하市河에, 이조교二釣橋는 자성 바깥쪽 시하에 걸쳐 있다. 다리 아래쪽은 바로 화산간花山澗과 남호南湖가 만나는 곳이다. 놀잇배의 나루터는 이조교 아래쪽에 있다. 다리를 건너면 육로는 두 갈래로 나뉜다. 하나는 입사교廿四橋와 만나고, 하나는 쌍교雙轎와 만난다.

옛날 명나라 사람 오조吳兆65)가 양주의 사리司理 벼슬을 지낸 서 아

---

60) 명·청 시대의 공생, 즉 회시會試에 합격한 거인을 가리킨다.
61) 초순焦循(1763~1820)은 자가 이당理堂 또는 이당里堂이며, 양주 한강현邗江縣 사람이다. 그는 가경嘉慶 6년(1801)에 거인이 되었으나, 회시에 낙방한 뒤로는 과거를 보러 가지 않고 제자들을 가르치고 저술하는 것을 즐거움으로 삼았다. 경經, 사史, 역산曆算, 음운, 훈고, 시사詩詞, 의학, 희곡 등의 다방면에 걸쳐 업적을 이룬 그의 저술은 20종 300권 가까이 되는데, 모두 『조고루집雕菰樓集』에 실려 있다. 완원阮元이 그의 학문이 정밀하면서도 방대함을 칭찬하였고, 당시 사람들에게 '통유通儒'로 일컬어졌다. 이른바 '양주학파揚州學派'의 대표적 인물의 한 사람이다.
62) 한대漢代에는 태학생太學生을, 명·청 시대에는 현학縣學의 생원을 가리킨다.
63) 『구장산술九章算術』과 관련된 산학算學을 지칭하는 듯하다.
64) 큰 성에 소속한 작은 성으로, 성곽에 붙어 있는 옹성甕城 또는 월성月城을 가리킨다.
65) 오조吳兆(?~?)는 자가 비웅非熊이고 휴녕休寧(지금의 안훼이성 지역) 사람이다. 그는 명나라 만력 연간에 주로 활동하였으며, 신회新會(지금의 광둥성 신회이시新會市)에서 객사한 것으로 알려져 있다. 금릉金陵(지금의 난징南京), 광릉廣陵, 고소姑蘇(쑤저우시蘇州市의 옛 이름), 예장豫章 등지에서 지은 원고들이 남아 있다.

무개의 집에 묵게 되었다. 그가 장학례張學禮66)와 함께 평산당에 놀러갔다가 이곳을 읊은 시가 있다.

나란히 말을 타고 성의 서문을 나서니
넓은 강물과 평평한 대지가 펼쳐지네.
가을 들판에 들불이 타오를 때
한적한 교외에서 말 달려 사냥하네.
竝轡城西門, 瀰迤亘平陸
秋原野火燒, 寒郊獵騎逐

예전에는 사리의 관서가 강도현 서쪽에 있었기 때문에, 위치의 원근을 살펴보면 사리가 교외로 나갈 때는 서문으로 나가는 것이 가까웠다.

20. 강희 연간에 서문의 문지기 이상李祥이 시를 잘 지었는데, 그의 시구 가운데 "쌓인 낙화에 말이 걸음을 늦추네[馬緩落花深]"라는 구절이 있다.

21. 서문의 두조교는 통사교 바깥쪽에 있다. 다리는 시하 위에 동서東西로 놓여 있다. 다리 오른쪽은 남홍교 외성이고, 왼쪽은 의홍원倚虹園이다. 맞은편에는 돌로 쌓은 제방이 있다.

22. 전각교轉角橋는 성의 서북쪽 모서리, 속칭 '선학소仙鶴膆'라고 부르는 곳에 있다. 이것은 나무다리로, 밑에는 새 개의 아치 모양의 배가 드

---

66) 장학례張學禮(?~?)는 자가 입암立庵이고, 양람기한군鑲藍旗漢軍 출신으로, 관직은 광서廣西道監察御使에 이르렀다. 강희 1년(1662)에 병과兵科 부이사관副理事官의 자격으로 행인사行人司의 행인行人 왕해봉王垓奉과 함께 유구국琉球國의 국왕 책봉식을 다녀온 경험을 기록한 책 『사유구기使琉球記』 1권을 저술하기도 했다.

나드는 공간[孔]이 나 있다. 교부橋夫와 도부渡夫 두 사람이 아치에 난 문을 여닫는 일을 담당하는데, 낮에는 널판을 덮어두지 않아서 놀잇배가 통과할 수 있게 해주고, 배를 이용해서 사람들을 건네준다.

　허풍쟁이 송삼宋三이라는 장정은 수십 년 동안 사공 노릇을 했는데, 저녁이나 한밤중에도 그곳을 떠나지 않고 지냈다. 그는 강물에 귀신이 있다는 말을 듣고 사람들더러 밤에는 움직이지 말라고 여러 번 말해주기도 했다. 어느 날 저녁, 송삼이 취해서 뱃전에 누워 있자니 누군가 그의 옷자락을 끌어당기는 것이었다. 송삼이 소리를 질렀는데, 어느새 자신이 풀섶에 누워 있고 귀신들이 그를 누르고 있었다. 그 귀신들은 마치 쇠나 돌처럼 무거웠다. 그는 결국 기절하고 말았다. 날이 밝자 개 한 마리가 다가와 그의 코를 깨물었다. 개의 주둥이에서 나오는 숨기운이 콧속으로 들어가자, 송삼이 깨어났다. 호숫가에 사는 사람들이 이 일을 두고 웃으며 그를 '구도기狗度氣'라고 불렀다.

23. 서문의 이조교는 두조교의 바깥쪽에 있다. 상류는 연지硯池로 통하고, 하류는 화산간花山澗으로 이어져 남호의 입구가 된다. 그 밑이 서문의 나루터이다.

24. 도춘교渡春橋는 화산간 중간에 위치하고 있다. 3개의 배가 드나드는 공간은 모두 네모꼴을 하고 있다. 위에는 얼음이 갈라지는 모양의 무늬[氷裂紋]가 있는 황석黃石을 써서 만들어져서, 대단히 특이한 것으로 이름이 나 있다. 이 다리의 상류는 이조교와 통하고 하류는 화산간으로 통한다. 다리의 동쪽은 홍교수계紅橋修禊와 접하고 있고, 서쪽은 소구산 아래쪽이다. 다리 옆에는 여래주如來柱가 서 있다.

25. 육수지陸壽芝는 대령大令[67] 벼슬을 지낸 육사陸師[68]의 손자이다. 그는 의징에 살았는데, 어려서부터 재능으로 이름을 날렸다. 한번은 그가

취한 상태로 다리에 걸터앉아 말 타는 자세를 취하였는데 그만 신 한 짝이 개울 속으로 떨어졌다. 그러자 그는 나머지 한 짝을 들어 물속으로 던지면서 말했다.

"천하에 이런 신 같이 쓸모없는 것들은 모두 버려도 돼."

26. 장유정張維貞은 자가 계당繼堂[69]이다. 그는 강도 지방의 부방副榜 출신으로 천문학을 좋아했다. 그는 도춘교渡春橋 부근에 살면서 밤마다 사직단社稷壇에 가서 별을 관찰하다가 날이 밝아서야 집으로 돌아가곤 하였다.

27. 요주姚澍는 자가 우전雨田이다. 그는 강도현의 명경明經 출신으로, 팔고문八股文을 잘 지었다. 그는 쌍교 부근에 살았는데, 따르는 학인들이 구름처럼 몰려들었다. 그의 제자는 학교에 들어가면 시험 답안지에 모두 쌍교서옥雙橋書屋에서 공부한 팔고문이라고 썼다. 지금은 양주의 주씨네에서 학관을 열고 있다.

주씨는 술장사가 생업이다. 양주의 술집은 대씨戴氏 네를 최고로 치고, 이를 '대만戴蠻'이라고 불렀다. 그 다음가는 것이 주씨 네 가게로, 이를 '주륙조방周六槽坊'이라고 불렀다. 이들은 모두 모과주木瓜酒를 팔았다.

진강부鎭江府에서 나오는 백화주百花酒 같은 경우는 양주에서 그것을 성행시킨 사람이 곽함태郭咸泰이다.

---

67) 지부知府나 지현知縣 등의 현관에 대한 경칭이다.

68) 육사陸師(1667~1722)는 자가 인도麟度이고, 절강 귀안歸安 사람이다. 그는 1701년에 진사가 되었고, 하남 신안현, 강소 의징현 등지에서 선정을 베풀었으며 1719년에는 이부원외랑을 지내기도 했다. 특히 송사 처리에 뛰어나 태어나 '신명神明'이라는 칭호를 얻기도 했다. 저서에는 『소운서옥집巢雲書屋集』 등이 있다.

69) 장유정張維楨(?~?)은 자가 기당芰塘이라고도 하며, 강도江都 사람이다. 그는 건륭 53년(1788) 향시鄕試에서 부방副榜으로 급제했다. 그는 시사詩詞에 뛰어나고, 천문天文에 조예가 깊었으며, 음양오행을 이용해 점을 치는 육임六壬의 점술에 밝았다고 한다. 70여세까지 살다 죽은 그의 저작으로는 『석라산방시초石蘿山房詩鈔』(8권)가 있다.

곽씨네는 단도丹徒 사람인데, 곽진郭晉은 자가 제당霽堂이고, 관직은 내각중서를 지냈다. 그의 아우 곽곤郭堃은 자가 후암厚庵이고, 제생 출신이다. 이들은 모두 시와 문장에 뛰어났다.

같은 시기의 감천甘泉 사람 이주남李周南은 자가 관삼冠三인데, 많은 제자를 두어 명성이 자자했다.

권9

소진회록^{小秦淮錄}

1. 소동문小東門은 구성舊城 동쪽에 있다. 『가정유양지』에서 "소동문의 문루를 초루譙樓라고 한다[小東門樓曰譙樓]"고 했는데 이것을 가리킨다. 또 "시간을 알리는 북[更鼓]과 물시계[銅壺滴漏]가 이 문루에 있다"고 했다. 내 생각엔 오늘날의 구성舊城은 송나라 때 대성大城[1]의 서남쪽 모퉁이에 해당한다. 원나라 지정至正 17년 정유丁酉(1358)에 첨원僉院[2] 장덕림張德林이 처음 성을 개수하였는데, 길이가 10리가량이고 둘레가 1,775길 5자, 높이는 원래보다 두 배로 했다. 성문은 5개였는데, 오늘날 대동문大

---

1) 양주에는 예전에 대성大城이 있고 또 자성子城이 있었는데 아성牙城이라고도 한다. 『송명신언행록宋名臣言行錄』에 의하면 건염建炎 3년(1129)에 지주知州 곽체郭棣가 축조했다고 한다.

2) 도찰원첨도어사都察院僉都御史를 통칭하는 용어이다.

東門이라고 부르는 해녕문海寧門과 오늘날 서문이라고 부르는 통사문通泗門, 오늘날 남문이라고 부르는 안강문安江門, 오늘날 북문이라고 부르는 진회문鎭淮門, 그리고 지금 설명하는 소동문은 옛 이름을 그대로 쓰고 있다. 남북으로 수관이 둘이 있어 시하의 물을 끌어들여 해자로 통하게 했다.

지금의 신성新城은 곧 송나라 때 대성의 동남쪽 모퉁이에 해당하며, 명나라 가정嘉靖 34년 을묘乙卯(1555)에 지부知府 오계방吳桂芳[3]이 처음으로 축성하자는 의견을 제시했고, 후임 지부인 석무화石茂華[4]가 이어서 완성하였다. 구성 동남쪽 모서리에서 꺾어 남쪽으로 내려가 운하를 끼고 동쪽으로 가다가, 꺾어서 북쪽으로 가고 다시 꺾어 서쪽으로 향해 구성의 동남쪽 모서리까지 이른다. 동쪽과 남쪽, 북쪽 삼면이 약 8리 남짓으로 모두 합해 1,542길이 된다. 성문은 모두 7개였다. 오늘날 초관鈔關이라 부르는 읍강문挹江門과 오늘날 서녕문西寧門이라 부르는 편문便門, 오늘날 천녕문天寧門이라 부르는 공신문拱宸門, 광저문廣儲門, 오늘날 편익문便益門이라 부르는 편문便門, 오늘날 궐구闕口라 부르는 통제문通濟門, 오늘날 동관東關이라 부르는 이진문利津門이 그것이다. 구성의 해자를 따라 남북으로 수관이 2개 있고, 동쪽과 남쪽 두 면은 운하가 해자를 대신하고 있다. 북면에 해자를 만들 때 구성과 이어지게 하여 운하에서 물을 끌어왔다. 이것이 구성과 신성의 개략적인 모습이다.

건륭 30년(1774) 정덕旌德 사람 유무길劉茂吉이 〈양주양성도揚州兩城圖〉를 그렸는데 큰 거리와 작은 골목들이 일목요연하게 나타나 있으며, 순염어사巡鹽御史 고항高恒[5]이 기기를 썼다. 오늘날 양주의 놀잇배는 모두

---

3) 『양주화방록』 권3 「신성북록新城北錄・상上・1」을 참조할 것.
4) 『양주화방록』 권3 「신성북록新城北錄・상上・1」을 참조할 것.
5) 고항高恒(?~1768)은 만주 양황기鑲黃旗 사람으로 자는 입재立齋이며, 그의 부친 고빈高斌은 대학사까지 지낸 귀족이었다. 그는 건륭 초년에 음생廕生으로 호부주사戶部主事에 제수된 이래 낭중郎中을 거쳐 산해관山海關, 회안淮安, 장가구張家口 등지의 세금 업무를 담당했고, 뒤이어 장로염정長蘆鹽政, 천진총병天津總兵을 거쳐 건륭 22년(1757)에

성 밖에 있지만 대동문과 소동문의 부두는 성 안에 있으니, 여기에 유무길의 그림을 함께 싣는다.

유무길은 자가 기휘其暉이다. 그는 산술을 익혔고, 의기儀器[6]를 잘 다루었으며, 특히 지도 그리는 데에 뛰어났다. 그는 정덕旌德의 옥병산玉屏山 남쪽에 살았는데, 산줄기가 감아 도는 곳에 흐르는 샘물을 끌어와서 비옥한 밭을 가꾸었다. 그는 그 밭을 경작하여 먹고 살았으며, 차와 죽순을 수확하고, 생선과 게를 잡아 손님하게 대접했다.

이 지도를 그릴 때 그는 이미 70살이었지만 매일 성 안팎을 직접 걸어 다녔으며, 밤에는 햇불을 밝혀들고 가보지 않은 곳이 없었다. 성시城市, 수관과 나루터, 관서, 마을, 작은 골목과 사통팔달의 큰 거리 등을 지도 도면에 그 크고 작은 크기에 맞게 모두 표시하고 넓고 좁은 것을 구분해놓았는데, 손바닥의 손금처럼 세밀하고 또렷하게 구별이 잘 된다. 게다가 깨알같이 작은 글자로 지명을 다 표시해놓아 보는 이로 하여금 하늘의 별들을 어루만지는 듯, 바둑판의 돌을 헤아리는 듯하게 하니, 어느 것 하나 눈에 분명하게 들어오지 않는 것이 없다. 이제 그 대강의 내용을 요약하여 다음에 기록해둔다.

2. 강도현江都縣과 감천현甘泉縣은 같이 양주 성곽에 붙어 있는데, 구성의 서쪽 성벽 절반과 신성의 남쪽 성벽 절반이 강도현 관할이고, 구성의 동쪽 성벽 반절과 신성 북쪽 성벽 반절이 감천현 관할이다.

3. 구성 남문에서 북대가北大街[7]까지가 3리 반인데, 남문에 가까운 쪽을 남문대가南門大街라 하고 북문에 가까운 것을 북문대가北門大街라고 하

양회염정兩淮鹽政에 제수되었다. 뒤이어 상사원경上駟院卿, 호부시랑, 이부시랑을 역임했으나, 1768년에 부정부패 혐의로 관직을 박탈당했다가 얼마 후에 처형당했다. 이때 양회염정 보복普福 및 염운사 노견증도 연루되어 처벌을 받았다.

6) 실험이나 계량, 관측, 도면 작성 등에 쓰이는 기구를 가리킨다.

7) '산동본'에서는 북문北門이라고 했는데, 문맥상 그것이 더 맞을 듯하다.

며, 그 가운데를 원대가院大街8)라고 한다. 남문에서 시작해서 동쪽으로 가면 남문 좌성각항左城脚巷, 설부사항薛副使巷[이주 : 설부사항의 오른쪽은 구성 동남쪽 모퉁이의 이름 없는 작은 골목으로 통하고, 좌성각항을 왼쪽으로 꺾으면 공북해사孔北海祠9)가 있고 송가교宋家橋로 통하며 중간에는 수안사壽安寺로 통하는 거리가 있음], 수안사항壽安寺巷[이주 : 수안사항에서 오른쪽으로 꺾으면 공북해사로 통하고, 왼쪽으로 꺾으면 분장항粉妝巷으로 통함], 당자항堂子巷[이주 : 서뢰단西雷壇이 있으며 곧장 가면 사갑교卸甲橋로 통함], 화가항禾嘉巷[이주 : 장가교張家橋로 통함. 화가항 안길의 북쪽이 항항缸巷과 분장항粉妝巷이고, 상부항常府巷에서 나와 상부교常府橋와 영풍항永豐巷에 이르면 소동문小東門 좌성각항으로 통함]이다. 서쪽으로 가면 남문 우성각항右城脚巷[이주 : 이 길은 수관 내의 의제교義濟橋로 통하며, 오른쪽으로 꺾으면 국항菊巷이 나옴. 국항에서 서쪽으로 가면 경여가慶餘街와 성 서남쪽 모퉁이의 이름 없는 골목이고, 중간에 양주위서揚州衛署가 있음], 신교新橋[이주 : 신교는 신교서가新橋西街가 되는데, 남쪽으로 가면 국항과 성 서남쪽 모퉁이고, 북쪽으로 가면 도부都府로 가는 길이며, 거리 끝에서 오른쪽으로 꺾으면 백과수항白果樹巷임]인데, 이상이 남문대가이다.

이곳 네거리에서 동쪽은 감천현가甘泉縣街이고, 서쪽은 태평교太平橋[다리 위에 화대왕묘華大王廟가 있음]이다. 네거리에서 남북으로 곧게 이어진 길[直街]을 내려가 동쪽으로 가면 이부항李府巷, 염화암항拈花庵巷, 우록항牛錄巷[그 안에 예곡창例穀倉이 있고 그 끝은 육현가毓賢街임], 오의항烏衣巷[그 끝이 기가만紀家灣임], 안정서원安定書院, 증가원曾家園[삼원항三元巷으로 통함], 염원서鹽院署[염원서 앞에 훈풍항薰風巷이 있고, 동쪽에는 관풍항觀風巷이 있음]이고, 서쪽으로 가면 통사교通泗橋[우록항牛錄巷 입구와 마주보고 있으며, 이 다리는 남소가南小街로 통함], 삼절문三節門[청백유방淸白流芳이라고도 하는데, 문가에 세워진 기둥의 편액을 따라 붙은 이름임], 문진교文津橋[다리를 건너면 바로 부학府學임], 삼판교항三板橋巷[중소가中小街로 통함]인데, 이상이 원대가이다.

이곳 네거리에서 동쪽은 대동문대가大東門大街이고, 서쪽은 개명교開明橋[다리를 건너면 바로 현학縣學임]이다. 남북으로 이어진 길을 내려가서 동쪽으로 가면 정의항正誼巷[이 골목에서 왼쪽으로 꺾으면 작은 길이 충의관제묘항忠義關帝廟巷으로 통

---

8) 아래 5번에 나오는 염원대가鹽院大街를 가리키고 있는 듯하다.
9) 공북해는 공융孔融을 가리킨다.

하고, 오른쪽으로 꺾으면 재관항材官巷이고, 대동문대가를 나가면 곧바로 대동문 우성右城 발치의 이름 없는 골목으로 통함], 관제묘항關帝廟巷, 북문좌성각항北門左城脚巷이고, 서쪽으로 가면 북문우성각항[이 길은 북수관 규교奎橋로 통하며, 왼쪽으로 꺾으면 북소가北小街임]인데, 이상이 북문대가이다. 여기까지 오면 북문에 이르게 되고, 위에서 언급한 세 개의 거리가 여기에서 끝난다.

4. 대동문大東門에서 서문西門까지 1리 반인데, 대동문에서 가까운 쪽은 대동문대가大東門大街라 하고, 서문에서 가까운 쪽은 서문대가西門大街라고 한다. 대동문에서 시작해 남쪽으로 가면 대동문좌성각항大東門左城脚巷[성각항城脚巷이란 이름이 9개가 있음], 염원동항鹽院東巷, 동인패루항同仁牌樓巷, 원대가院大街, 중소가中小街, 강도현서가江都縣西街, 계마장繫馬樁, 서문우성각항西門右城脚巷이고, 북쪽으로 가면 대동문우성각항大東門右城脚巷, 재관항材官巷, 북문대가北門大街, 북소가北小街, 현학縣學, 섭가문루葉家門樓[속칭 십팔만十八灣이라고 함], 사망정四望亭[쌍정雙井으로 통함], 구서원舊書院[유양서원維揚書院의 옛 터임], 정가루鄭家樓[그 사이에 방해항螃蟹巷과 설수왕洩水汪이 있음], 서문좌성각항西門左城脚巷이다. 여기까지 오면 서문에 이르게 되고 위의 두 거리가 끝난다.

5. 남수관에서 북수관 시하까지, 운하 동쪽 기슭의 남북으로 이어진 길[東岸直街]에는 남문대가南門大街, 염원대가鹽院大街, 북문대가北門大街 3개가 있고, 운하 서쪽 기슭의 남북으로 이어진 길[西岸直街]에는 남소가南小街, 중소가中小街, 북소가北小街라는 작은 거리[小街]가 3개 있다. 소가는 남문의 국항 입구에서 시작되어 북으로 이어지는데, 동쪽으로 가면 태평교太平橋, 통사교通泗橋[남소가南小街의 끝임], 문진교文津橋, 삼판교三板橋, 개명교開明橋[중소가中小街의 끝임], 규교奎橋[북소가北小街의 끝임]이고, 서쪽으로 가면 변공사고항卞公祠古巷[이가裏街 손관인항孫官人巷으로 통하고, 그 끝이 백과수항白果樹巷임], 석사자항石獅子巷[여기에는 관제묘가 있고, 왼쪽으로 꺾으면 양주부의 조벽照壁으로 나가게 됨], 부

동권문府東圈門[양주부 서쪽의 남북으로 이어진 길이 아경항만鵝頸項灣으로 이어지고, 승평가昇平街 입구에 이르면 맞은편이 양가묘楊家廟이고 서가西街로 통함. 양주부 서쪽에서 오른쪽으로 꺾으면 부서가府西街이고, 한강서원邢江書院 과사당課士堂과 관음사觀音寺, 구류항舊柳巷 그리고 성의 서성西城 발치의 이름 없는 골목임], 청군서淸軍署, 부학府學[부학의 오른쪽이 강도현이고, 강도 현청의 오른쪽이 현서가縣西街이며, 맞은편이 현승서縣丞署, 성황묘城隍廟, 우왕묘禹王廟, 석탑사石塔寺이고, 부서가와 현서가로 통함. 서쪽으로 가면 장회항張回巷, 매가항梅家巷이며, 계마장繫馬椿으로 통함], 현학, 서방사항西方寺巷[그 안쪽에서 북왕항北王巷으로 통함], 동악묘가東嶽廟街[쌍정雙井으로 통함]이다. 이 길들은 모두 오른쪽으로 꺾으면 규교에 이르게 되고, 거기에서 3개의 작은 거리가 끝난다.

6. 소동문小東門 성벽 발치에서 대동문大東門 성벽 발치까지 9개의 골목[巷]이 있고, 그 위로 2개의 거리[街]가 있다. 소동문 오른쪽 성벽 발치에서 시작하여 병마사항兵馬司巷이 두항頭巷부터 이항二巷, 삼항三巷[그 안에 진무묘眞武廟가 있음], 사항四巷, 오항五巷, 육항六巷, 칠항七巷, 팔항八巷, 구항九巷까지 있어 대동문대가까지 이른다. 그 위쪽 첫 번째 거리는 소동문대가에서 시작되며, 서쪽으로 가면 조미항糙米巷, 정충사항旌忠寺巷[양梁나라 소명태자昭明太子가 이곳에서 『문선文選』을 저술했다고 전해진다. 그래서 정충사 뒤편에 건물을 세우고 '양소명태자문선루梁昭明太子文選樓'라는 편액을 걸어놓았다. 내 생각으로는 이 지역의 옛 이름이 조헌항曹憲巷이었을 것이다.], 인풍리仁豐里 효자방孝子坊, 삼원항三元巷, 양부楊府 관제묘關帝廟[이 안에 삼절비三絶碑가 있다고 기록되어 있고, 옆에는 화성묘火星廟가 있음. 덕성가德星街라고도 함]이고, 오른쪽으로 꺾으면 대동문대가에 닿게 된다. 위쪽 두 번째 거리는 소동문대가에서 시작되고, 서쪽으로 가면 이부항李府巷, 염화암항拈花庵巷이고, 소사도묘小司徒廟를 거쳐 육현항毓賢巷, 구련묘항九蓮廟巷, 기가만紀家灣을 지나면 증가원曾家園, 동인패방同仁牌坊, 관풍항觀風巷에 이르게 되며 오른쪽으로 꺾으면 대동문대가에 이르게 된다. 이상이 모두 구성의 거리와 골목이다.

7. 신성 동관東關에서 대동문대가까지는 3리인데, 동관에 가까운 쪽을 동관대가東關大街라고 부르고, 대동문에 가까운 쪽을 채의가綵衣街라고 한다. 동관에서 시작하여 북쪽으로 가면 편익문대가便益門大街[거리 동쪽은 모두 성벽 발치의 이름 없는 작은 골목들이고, 거리 서쪽은 인수암항仁壽菴巷, 장가교張家橋라고도 하는 초항, 요가항姚家巷, 유가항劉家巷이고, 편익문에 이르게 됨. 이상에서 얘기한 것은 모두 서쪽의 골목들로서 모두 이랑묘二郎廟로 통함], 종가점宗家店, 이랑묘신도二郎廟神道[사당 동쪽은 두두항兜兜巷, 왕가사당汪家祠堂이고 서쪽으로 만가원萬家園과 통함], 아관인항啞官人巷, 전도항剪刀巷[만가원萬家園과 통함], 소리도疏理道[곧장 가면 준제암準提菴에 이르고, 준제암 동쪽은 만가원萬家園, 서쪽은 소관제묘小關帝廟, 담화암曇花菴인데 담화암 뒤쪽 풍경이 아름다우며 모두 광저문대가廣詛門大街로 통함. 소리도에서 오른쪽으로 꺾어 뒷길로 가면 안가항安家巷으로 통함]이고, 신지마교臣止馬橋를 지나 광저문가廣儲門街 입구[이 거리가 광저문에 이르면 그 동쪽은 안가항安家巷, 유패대과항留佩對過巷, 서쪽은 안가점항安家店巷, 광도항廣濤巷이며, 안으로 번가원樊家園이 있고 천녕문대가로 통함], 백세방百歲坊[곧 미타사항彌陀寺巷임], 천녕문가天寧門街 입구[이 거리는 천녕문으로 통하며, 그 동쪽 작은 골목은 미타항으로 통하고, 서쪽은 마방항磨坊巷이며 강가돈姜家墩으로 통함. 강가돈 아래의 이름 없는 작은 골목은 북으로는 성벽 발치로 이어지고 서쪽으로는 운하변으로 이어짐], 강가돈을 거쳐 대동문조교大東門釣橋에 이르게 된다. 남쪽으로 가면 전가항田家巷[하하가河下街가 여기에서 시작되고 오른쪽으로 꺾으면 경화관항瓊花觀巷으로 통함], 고가항古家巷, 양항羊巷[작약항芍藥巷으로 통하며 두 골목이 서로 통하는 곳을 은정교銀錠橋라고 함], 문정항問亭巷[재신묘소항財神廟小巷으로 통하고 관항觀巷을 나가면 서쪽으로 염의창鹽義倉으로 통함], 관항觀巷[곧바로 나만羅灣으로 통하고, 오른쪽으로 꺾으면 지관제地官第, 왼쪽으로 꺾으면 경화관瓊花觀임], 마감항馬監巷[삼축암三祝庵으로 통하고, 그 서쪽은 예배사항禮拜寺巷임], 시가항施家巷[삼축암교三祝庵橋로 통함], 설가항薛家巷, 만가항萬家巷[투계장鬪鷄場으로 통함], 북권문北圈門[곧 운사아문運司衙門의 앞임], 북류항北柳巷 입구[용배龍背라고도 함], 동공사董公祠, 파아하坡兒下이며, 대동문 조교에 이르면 거기에서 거리가 끝난다.

8. 궐구문闕口門에서 소동문대가까지가 3리인데, 궐구문 가까운 쪽을 궐구대가闕口大街라 하며, 그 위쪽으로 좌위가左衛街, 다자가多子街가 있고,

소동문가小東門街에 이르게 된다. 궐구에서 시작하여 북쪽으로 가면 하하가河下街 굉문항宏文巷, 숭덕항崇德巷, 북시항北始巷, 정항井巷[이상은 모두 유수교流水橋로 통함], 피시皮市 입구, 방가항方家巷[석패교石牌橋로 통함], 유가항劉家巷, 타동항打銅巷, 원문교轅門橋 입구, 대유방大儒坊 입구이며, 남쪽으로 가면 하하가河下街 당자항堂子巷, 유방항油坊巷[유비정劉備井으로 통함], 남시항南始巷[홍수왕洪水汪으로 통함], 장가교蔣家橋, 오성항五城巷[이상은 모두 정가만丁家灣으로 통함], 삼십가三十家[삼원궁三元宮으로 통함], 부가점傅家店[소창가蘇唱街로 통함], 사가점史家店, 청련항青蓮巷[이두가犂頭街로 통함], 전가두磚街頭[거리 동쪽이 이두가, 소창가, 양육항羊肉巷, 연법암항演法庵巷이고, 왼쪽으로 꺾으면 만안궁萬安宮이고 다시 왼쪽으로 꺾으면 인시직로引市直路와 이관인항李官人巷이고, 하하가로 나가게 됨. 창항倉巷은 인시로引市路 동쪽에 있음. 거리 서쪽은 달사항達士巷이고 오른쪽 관구두官溝頭로 꺾으면 목향항木香巷으로 나가 하하가에 이르고, 연성항連城巷 쪽으로 나가면 경자상埂子上에 이르게 됨], 십삼만十三灣[달사항으로 통하고 경자상으로 나감], 경자구埂子口이며 소동문조교에 이르면 거기에서 이 거리가 끝난다.

9. 초관鈔關에서 천녕문대가天寧門大街까지는 3리 반인데, 초관에 가까운 쪽을 경자상埂子上이라 하고, 그 위로 남류항南柳巷, 북류항北柳巷에서 천녕문에 이르는 길을 천녕문대가라고 한다. 초관에서 시작하여 초관서鈔關署 동쪽이 하하가河下街, 서쪽이 경자상이다. 동쪽으로 가면 달사항達士巷, 연성항連城巷[달사항으로 통하고 전가磚街로 나감], 다자가多子街 입구, 신성가新盛街 입구[여기에서 남류항은 시작되고 교장敎場이 끝남. 교장은 그 앞에 신성가가 있고 뒷쪽에 현량가가 있음. 남류항은 서영西營 바로 바깥쪽이고 영승가永勝街는 동영東營 바로 바깥쪽임. 신성가 북쪽 송풍항松風巷은 교장으로 통하고, 곧바로 가면 삼의각三義閣으로 통하며, 삼의각은 타동항으로 통하는데, 거기에서 동쪽으로 꺾어 북으로 가면 영승가로 통하여 고기정古旗亭에 이르게 됨], 현량가賢良街[곧장 가면 남권문南圈門 입구에 이르는데, 여기에서 운사아문運司衙門이 시작되고 북류항이 끝남. 현량가는 운사아문의 앞쪽에 있고 채의가綵衣街는 운사아문의 뒤쪽에 있음. 남권문에서 북권문까지가 운사가運司街이고 대유방大儒坊에서 용배까지가 북류항임. 운사의 권문圈門은 셋인데, 남권문 밖에서 곧장 가면 교장과 원문교轅門橋로 이어져 다자가로 통하고, 서쪽으로 꺾으면 고기정이고 동쪽으로 꺾으면 현량가임. 북권문은 그 안의

탐화항探花巷이 투계장으로 통하고, 문 밖은 채의가로 나가게 됨. 동권문東圈門에서 곧장 가면 삼축암교三祝庵橋와 지관제地官第로 이어지며, 관항으로 나가게 됨. 거기서 북쪽으로 가면 작은 골목들이 모두 동관대가로 통하고, 남쪽으로 가면 작은 골목들 모두 황가원黃家園과 고기정, 만자상灣子上으로 통함], 채의가綵衣街 입구이며 천녕문대가에 이르게 된다. 서쪽으로 가면 용두관항龍頭關巷[안에서 외성각外城脚과 통하게 되어 있고 소동문조교까지 이름], 소동문 입구[여기를 지나면 대유방大儒坊으로 들어가게 되는데, 남류항이라고도 부름], 수항水巷, 동공사董公祠, 파아하坡兒下[대동문조교로 통함], 마방항磨坊巷[천녕문가에 있음]이며 천녕문에 이르면 길이 끝난다.

10. 초관 동쪽에서 내성각內城脚을 따라 동관까지가 하하가이다. 초관에서 서녕문徐寧門까지가 남하하南河下이고, 서녕문에서 궐구문闕口門까지가 중하하中河下이며, 궐구문에서 동관까지가 북하하北河下로서 모두 4리 거리이다. 초관에서 시작해 북쪽으로 가면 목향항木香巷[관구官溝로 통함], 이관인항李官人巷[인시引市로 통해 만안궁萬安宮에 이름], 황가점黃家店, 고가점高家店[이상은 모두 창항倉巷으로 통함], 거사항居士巷[그 안에 화원항花園巷과 대수항大樹巷이 있으며, 이명궁離明宮으로 통함], 서녕문가 입구, 번가점樊家店[서녕문대가徐寧門大街로 통함], 쌍교항雙橋巷[양호자항楊鬍子巷이라고도 하며, 그 안에 고묘도古墓道가 있고, 벽돌로 쌓은 다리[磚橋] 2개가 3무武 거리를 두고 서 있음. 강춘江春10)이 이 다리에 '삼보량개교三步兩箇橋'11)라 이름을 짓고, 그것을 돌에 새겨 다리 옆 벽돌담에 박아 넣었음. 쌍교항은 유방항油坊巷과 서녕문대가로 통함], 왕달사항王達士巷12)[유방항으로 통함], 궐구문가 입구, 석장군항石將軍巷[북으로는 제갈화원諸葛花園으로 통하고, 남으로는 유수교流水橋로 통함], 원로부元老府, 천점穿店, 하가점夏家店[이상은 모두 안락항安樂巷으로 통함], 전가항田家巷[여기가 곧 경화관가瓊花觀街임. 거리 북쪽은 고가항古家巷, 작약항이고, 남쪽은 소안락항小安樂巷, 대안락항大安樂巷, 정항井巷임]인데, 동관에 와서 거리가 끝나게 된다.[남쪽으로 가면 모두 성 발치의 이름 없는 작은 골목으로 이어지므로 자세히 기록할

---

10) 강춘江春에 대해서는 『양주화방록』 권1 「초하록草河錄·상上·16」을 참조할 것.
11) '산동본'에서는 '삼보량개루三步兩箇樓'라고 했으나, 오류인 듯하다.
12) 8번에 나오는 달사항達士巷을 가리키는 듯하다.

11. 서녕문에서 나만羅灣까지는 2리이다. 서녕문에서 장가교蔣家橋까지가 서녕문대가이고, 장가교에서 나만까지가 피시가皮市街이다. 서녕문에서 시작하여 동쪽으로 가면 번가점樊家店, 양호자항楊鬍子巷[양호자항의 서쪽 입구를 쌍교항雙橋巷이라고 함], 토지당항土地堂巷[유비정劉備井으로 통함], 홍수왕항洪水汪巷이고, 동쪽으로 꺾으면 화성묘항火星廟巷[그 안에 허정암虛淨庵이 있고 장가교로 통함]이고, 북쪽으로 꺾으면 장가교蔣家橋[양주에 "내세울 것 없는 세 산[三山不出頭]"이라는 속어가 있는데, 이 세 산이 강산康山과 무산巫山과 의산倚山임. 강산은 강춘의 집에 있고 무산은 우왕묘禹王廟에 있으며 의산은 장가교 동쪽의 술집 안에 있는데, 그 술집 이름을 의산원倚山園이라 했음. 지금은 찻잎을 파는 가게로 바뀌었음]로 해서 피시가[남쪽 편에 있는 것을 남피시南皮市, 북쪽 편에 있는 것을 북피시北皮市라고 함]로 들어가게 된다. 그리고 미암암교彌勒庵橋 입구[다리 옆에 이아선묘李亞仙墓가 있음], 이항二巷[미륵암교彌勒庵橋로 통함], 흥교사가興教寺街 입구[절 북쪽에 동은암東隱庵이 있고, 안쪽으로 당인석당唐人石幢이 있음], 소안아항小安兒巷[안락항安樂巷으로 통함]으로 해서 나만羅灣에 이르게 된다. 서쪽으로 가면 남하가 입구, 화원항花園巷, 조가항刁家巷[파아상坡兒上과 방가항으로 통하며, 남쪽으로 가면 대수항임. 거기에서 창항으로 나와 북쪽으로 꺾으면 장가교의 대각선으로 난 길[斜路]이고 거기서 파아상을 지나 여래주如來柱에 이르게 되고 거기에서 정가만丁家灣으로 나가게 됨], 묘금항描金巷[장가교로 통함]이고, 북쪽 장가교[여기에서 세 갈래 길로 나뉨. 서쪽으로 꺾으면 정가만이고 남쪽으로 가면 여래주, 이명궁, 삼원궁, 토지묘항이 있음. 북쪽으로 가면 오성항五城巷, 삼십가三十家, 부가점傅家店임. 그리고 여기에서부터 소창가蘇唱街라 부르며 길이 세 갈래로 나뉨. 하나는 곧바로 전가磚街로 나가게 되고 다른 하나는 청련항青蓮巷으로 들어갔다가 이두항으로 나가며, 또 하나는 뒷길로 들어가 이명궁으로 나오게 됨. 이명궁에서 곧바로 가면 거사항으로 통하고, 서쪽으로 가면 정청井廳이며 주자암廚子庵으로 통하는데 중간에 천청렬泉淸洌이 있음]로 꺾으면 피시가로 들어가 풍상항風箱巷[석패루石牌樓로 통함], 완홍교宛虹橋 입구[그 안에 도천묘都天廟가 있고 만자상灣子上으로 나오게 됨], 진군전항眞君殿巷[판정板井으로 통하며 만자상으로 나오게 됨], 판정板井[안쪽이 등초항燈草行임], 동악묘후항東嶽廟後巷[세마교洗馬橋로 통함]으로 해서 나만에 이르게 되고, 여기에서 길이 끝

난다.[나만은 위쪽으로는 관항과 이어져있고 아래로는 만자상으로 통하는데 신성의 대각선으로 난 길[斜街]은 이곳 뿐임]

12. 만자상은 양주성에서 대각선으로 난 길[斜街]로서, 나만에서 시작하여 타동항에서 끝난다. 동쪽으로 가면 소안아항小安兒巷이고 세마교를 지나면 동악묘東嶽廟 동수항東首巷[판정板井으로 통함], 마시馬市 입구[동쪽으로 피시皮市와 통하고, 서쪽으로 석패루와 통함], 소가항蕭家巷[안에 소가정蕭家井이 있고 피시가로 통함], 석패루石牌樓, 유가항劉家巷[좌위가左衛街로 통함]이다. 서쪽으로 가면 대가만戴家灣[태평항太平巷을 지남]이고, 세마교를 지나면 도사왕淘沙汪[도사왕은 동악묘 조벽照壁 뒤에 있고, 옥정玉井과 고기정古旗亭으로 통함], 옥정항玉井巷[그 안에 천청렬천淸洌이 있음], 화성묘항火星廟巷[협전교夾剪橋로 통하며 영승가永勝街로 나오게 됨], 교이항餃餌巷, 명와항明瓦巷[이상은 모두 영승가 타동항으로 통함], 삼의각신도三義閣神道이고 타동항打銅巷으로 들어갔다가 좌위가左衛街로 나와서 끝난다.

신성과 구성에서 대각선에서 난 길은 만자상의 이 길이 유일하다. 이것은 경사에 있는 동서로 난 길[橫街]이나 대각선으로 난 길과 같은 것으로, 신성 동북쪽 모퉁이에서 서남쪽 모퉁이에 가기 편하도록 한 것이다. 나만 위쪽으로는 대각선으로 난 길이 없으며, 타동항 아래쪽엔 이두가犁頭街가 있고, 전가磚街와 달사항을 지나면 경자상으로 나와 초관에 이르게 된다. 이것들 전부가 신성의 거리이다.

13. 해자[城河]는 곧 시하이다. 남쪽으로 용두관龍頭關을 나오면 물을 가두어 놓은 제방[壩]이 관하官河와의 사이에 놓여 있는데, 이를 침교針橋라고 부른다. 북쪽으로 대동문 수관을 나와 고교高橋에 이르는 구역에도 역시 물을 가두어놓은 제방이 관하와의 사이에 있는데, 이를 황금패黃金壩라 부른다. 여기가 옛 시하이다. 오늘날 용두관의 충적지[淤墊]는 소동문조교 아래에 제방을 쌓아 만들어진 것인데, 물길을 북쪽으로 옮겨 대동문 수관으로 나가 진회문 시하로 모여 보장호로 들어가게 해서

동성東城의 놀잇배가 다니기 편하게 했다. 소동문 외성 발치의 두적대頭敵臺,13) 이적대二敵臺, 두항頭巷, 이항二巷이 모두 놀잇배가 드나드는 부두이다.

14. 용두관의 수로는 중간쯤에 양쪽 강기슭의 오수 배수구가 있어 저수지나 연못의 물들이 모여들기 때문에 매우 혼탁하고 오염되어 있다. 온갖 잡다한 것들이 다 뒤섞여 강물 색이 얼룩덜룩하니, 이곳 주민들이 그 때문에 늘 괴로워한다. 평소에 괴이한 일도 많이 생겼다.

　한번은 누군가가 등불을 환히 밝힌 2척의 등선燈船이 강 저쪽에서 오는 것을 보았다. 배에서는 떠들고 웃는 소리가 왁자지껄하게 들렸으며, 물길을 따라 용두관으로 빠져나갔다. 그런데 당시 그걸 본 사람은 이 수로는 배가 못 다니는 곳이라는 걸 까맣게 잊고 있었다.

15. 용두관 아래쪽은 물이 매우 깊고, 그 안에 큰 자라 한 마리가 살았다. 그놈은 맑은 날이면 등에 햇볕을 쬐러 나와 이곳 주민들이 늘 그 모습을 보았다. 그러나 물이 마르는 겨울에는 어디로 가는지 알 수 없었다. 전하는 말로는 그 자라는 사람으로 변할 수 있어 바느질하는 할멈이 되었다고 한다.

16. 강희 연간에 시하 서쪽 기슭에서 목을 매어 자결한 여자가 있었다. 그 여자는 귀신이 되어 이웃 마을에까지 해를 끼쳤는데, 언제나 모습을 드러내 지나가는 사람을 유혹했다.

　심沈 노인은 나이가 60살이었는데, 그 모습에 홀려 강을 건너 그 여자에게 다가갔다. 여자는 손으로 심 노인을 붙들어 데리고 들어가 심 노인더러 새끼줄로 자기 목을 매라고 강요했다. 노인은 정신을 잃고 말

---

13) 적대敵臺란 적을 방어할 수 있도록 성벽 위에 설치한 누대를 가리킨다.

았다. 그런데 갑자기 병풍 뒤에서 여자 하나가 나와서 노인을 땅으로 밀쳐버리고, 귀신에게 목을 매라고 했다. 귀신이 용서를 구했지만 들어주지 않았다. 한참 후 귀신은 목에 줄을 매어 죽었다. 날이 밝아 노인이 정신을 차리고 줄이 묶여 있던 곳을 찾아보니, 동전만한 거미 한 마리가 줄에 매달린 채 목이 부러져 죽어 있었다. 이 이후로 이상한 일들이 사라졌다.

17. 소동문조교 밖은 다자가와 좌위가에서 결구문까지로 이어진다. 다자가 입구는 남쪽으로 경자상에서 초관 입구까지이고, 북쪽으로는 남류항과 북류항에서부터 천녕문까지이며, 그 서쪽이 바로 소동문가의 입구이다. 천녕문 성내에서 동쪽으로 가면 채의가로 들어서게 되고, 왼쪽으로 꺾으면 운사가運司街, 교장敎場, 원문교轅門橋, 다자가, 경자상으로 해서 초관문鈔關門으로 나오게 된다. 오른쪽으로 화각항花覺行으로 꺾으면 구봉원九峰園으로 들어서게 되는데, 이 길이 소동문 밖 신성의 어도이다. 황제께서 강남을 순시하셨을 때 이 길에 돌을 깔아 장식하여 깨끗하게 만들었는데, 송나라 고종高宗이 임안臨安에 있을 때 모래를 깔아 길을 정비하여 임시로 황도黃道를 만든 것과 같은 경우이다.

18. 다자가는 곧 단자가緞子街로서, 길 양편이 모두 비단 가게이다. 양주에서는 옷을 입을 때 새로운 유행을 중시한다. 10여 년 전에 비단은 팔단八團 문양을 썼지만 나중에는 대양련大洋蓮과 공벽란拱璧蘭 문양의 비단을 썼고, 전에는 삼람색三藍色, 주색朱色, 흑색黑色, 고회색庫灰色, 이황색泥金黃이 유행이더니, 최근에는 고량홍색靑粱紅色과 앵도홍색櫻桃紅色을 복색福色이라 부르며 즐겨 쓴다. 대장군大將軍 복강안福康安[14]이 대만

---

14) 복강안福康安(1754~1796)은 자가 요림瑤林이고 만주족 팔기인이다. 대학사 복부항福傅恒의 아들인 그는 건륭 연간에 호부상서와 군기대신軍機大臣을 역임했다. 이후 운귀雲貴, 사천四川, 민절閩浙, 양광兩廣 총독을 거쳐 무영전대학사까지 지냈고, 충예가용패

臺灣의 비적들을 토벌하고 돌아오면서 양주를 지날 때 이 색깔의 옷을 입었다고 해서 이렇게 부르는 것이다.

상품이 들어올 때면 언제나 먼저 이 지역의 비단 유통을 총괄하는 도매상[綢莊緞行]에게 보냈다가 나중에 각 점포로 나가는데 이것을 '초호抄號'라고 한다. 매년 4월 20일에 관례적으로 이루어지는 초호를 '진강회鎭江會'라고 한다.

비단 가게를 운영하는 사람 가운데 거효봉居曉峰이란 이는 단도丹徒 사람인데, 시를 잘 지었다.

19. 약국 천서당天瑞堂은 다자가에 있는데, 정덕旌德 사람 강씨江氏가 운영하는 것이다.

강번江藩[15]은 자가 자병子屛이고 호는 정당鄭堂이며, 어려서 소주의 여소객余蕭客[16]에게 가르침을 받았다. 그는 나중에 혜동惠棟[17]의 학문을 했으며, 또 강영江永과 대진戴震[18] 두 대가의 학문을 참조하기도 했다. 그의 저술에는 『주역술周易述』과 『보고공補考工』, 『대씨거제도익戴氏車制圖翼』, 『의례보석儀禮補釋』, 『석경원류고石經源流考』가 있다. 또 『승수관잡기오종蠅須館雜記五種』이 있는데, 『창보鎗譜』와 『엽격葉格』, 『모정차화茅亭茶話』, 『치유기緇流記』, 『명우기名優記』가 그것이다.

자忠銳嘉勇貝子에 봉해졌다. 그는 감숙甘肅 회민回民의 기의와 운남雲南 묘민苗民의 기의를 진압했고, 건륭 52년(1787)에 대만臺灣 임상문林爽文의 '천지회天地會' 기의를 진압한 바 있다. 군왕郡王에 책봉되었고, 시호는 문양文襄이다.

15) 강번江藩에 대해서는 『양주화방록』 권1 「초하록草河錄·상上·9」를 참조할 것.
16) 여소객余蕭客(1732~1778)은 자가 중림仲林이고 호가 고농古農이다. 일설에는 이름이 중림이고 자가 소객蕭客 혹은 고농이라고도 한다. 그는 오현吳縣 사람이며, 혜동의 가르침을 받았다. 저서에 『고경해구침古經解鉤沈』 30권과 『선음루시습選音樓詩拾』이 있다.
17) 혜동惠棟에 대해서는 『양주화방록』 권3 「신성북록新城北錄·상上·50」을 참조할 것.
18) 강영江永과 대진戴震에 대해서는 『양주화방록』 권5 「신성북록新城北錄·상上·5」를 참조할 것.

20. 경자상은 초관가鈔關街라고도 하는데, 북쪽으로는 천녕문에 이르고, 남쪽으로는 관구關口까지 이어져 있다. 지맥이 불룩 솟아 남쪽으로는 소구산掃坵山으로 이어지고, 북쪽으로는 '평강추망平岡秋望'에 닿아 있다. 거리 양편으로 유명한 가게들이 많다. 오소서伍少西[19] 모직물 가게[氈鋪]에는 '오소서가伍少西家'라고 쓴 편액이 걸려 있는데, 강녕江寧 사람인 기군紀軍 양법자楊法者[20]가 쓴 것이다. 대춘림戴春林 향 가게에 붙어있는 '대춘림가戴春林家'라는 글씨는 동기창董其昌[21]이 써준 것이라고 전해진다.

21. 천하의 향료 가운데 양주에서 난 것 만한 것이 없는데, 대춘림의 것이 최고이고, 장원서張元書의 것이 그 다음이다. 땅을 옮기면 좋은 품질을 만들지 못하니, 물과 토양이 잘 맞아야 하기 때문에 인력으로 어찌해볼 수 있는 것이 아니다. 강란江蘭[22]이 산동순무山東巡撫에 임명되어 향시 감림監臨[23]을 맡았을 때 장원서에 많은 돈을 주고 향료를 제조하게 했는데, 한와漢瓦[24]와 규벽奎璧[25] 등의 모양으로 만들었다. 강란은

---

19) 오소서伍少西는 이름이 호浩이고 남경 오씨伍氏 세가 출신으로 명明 만력萬曆 연간의 모직물 거상이다. 그는 천재지변이 있을 때마다 응천부應天府에서 구휼미를 내놓았으므로, 남경 예부禮部에서 '유사儒士'의 호칭을 얻고 사품四品 관대冠帶를 하사받았다. 또 천진天津의 집에는 '고의유방高義留芳'이라고 패방을 붙여 그 공적을 표창하였다.

20) 『양주화방록』 권1 「초하록草河錄·상上·9」에는 이군已軍 양법楊法으로 되어 있다. 양법은 양법자라고도 하며 양주팔괴의 하나이다. 기군紀軍은 이군의 오기인 듯하다. 양법에 대해서는 권1 해당 부분에 주석이 있다.

21) 동기창董其昌에 대해서는 『양주화방록』 권2 「초하록草河錄·하下·35」를 참조할 것.

22) 강란江蘭에 대해서는 『양주화방록』 권6 「성북록城北錄·42」를 참조할 것.

23) 향시鄕試의 감독관을 가리킨다.

24) 진·한 시대에 만들어진 화상전畫像磚과 각종 문양이 들어간 와당瓦當 등의 건축 도기陶器를 보통 '진전한와秦磚漢瓦'라고 병칭한다. 와당은 기와 한쪽 끝에 둥글게 모양을 낸 부분으로, 처마 끝에 놓이는 수키와나 암키와에 달리는데, 주로 원형이나 반월형이며 동식물이나 구름 등의 여러 무늬를 새기거나 글자를 넣어 장식성이 강한 건축 구조물이다. 한와는 중앙에 큰 원주圓柱가 들어가고 윤곽선 부분이 잘 정리되어 있는 것이 전대에 비해 특징적인 부분이다. 한와는 청룡이나 백호 등의 사신四神 와당이 유명하며 흔히 보이는 구름 문양 외에 특히 '漢幷天下', '萬壽無疆', '長樂未央' 등의 글귀가 새겨

그것을 향시를 치르는 모든 이들에게 하나씩 나눠주었다. 지금도 장원 서 가게에서는 그때 만들었던 그대로 제조하고 있으며, 이를 장원향狀元 香이라고 부른다.

22. 동악천童嶽薦[26]은 자가 연북硯北이고 소흥紹興 사람이다. 그는 염세 를 징수하는 염무[鹽筴]에 정통했다. 그는 일을 잘 기획하고 기발한 추리 력이 풍부했으며, 경자상에 살았다.

동각童珏[27]은 자가 이수二樹인데, 양주에 오게 되면 동악천의 집에 머물 렀다. 동각은 학문이 깊고 시를 잘 지었으며, 매화를 잘 그렸고, 고금 문인 들의 시문집을 거의 빠짐없이 소장하고 있었다. 그는 고화古畫와 동기銅器 와 자기磁器, 옥기, 금석金石, 전도錢刀[28] 등을 감별하는 능력이 뛰어나 천 하를 두루 다니면서 그런 것들을 수집하여 항상 곁에 두고 즐겼다.

23. 여관덕余觀德은 자가 균회均懷이고 형제 항렬이 9번째이며, 휘주徽州 여안余岸 사람이다. 그는 어려서 집이 가난했으나 타고난 성품이 호방 하고 어디에 얽매이지 않았으며, 노년에 경자상에 살았다. 그는 소동문 수창水倉[29]을 처음 만들었으며, 건륭 을묘乙卯년(1795)에 용두관 수로가

진 문자 와당이 많은 것이 특징이다. 문자 와당의 자체는 소전小篆이나 조충전鳥蟲篆, 예서隸書, 진서眞書 등이 많은데 구도와 장법이 아름답고 독특한 것으로 유명하다.
25) 제후가 천자를 뵐 때 지니는 옥玉을 가리킨다.
26) 동악천童嶽薦(?~?)은 건륭 연간에 살았으며 양주 염상이다. 『동씨식규童氏食規』를 펴 냈으며, 일종의 요리백과사전인 『조정집調鼎集』을 정리했다고 하나 그의 것이 아니라 는 이설도 있다.
27) 동각童珏(1721~1782)은 자가 박암璞巖 또는 이여二如이고 호를 이수二樹라고도 한다. 절강浙江 산음山陰 사람이다. 그는 어려서 과거 공부를 포기하고 시와 고문만을 공부했 다. 고향의 유문위劉文蔚, 심익천沈翼天, 요대원姚大源, 유명옥劉鳴玉, 모일茅逸, 진지도陳芝 圖 등과 시사詩社를 만들어 '월중칠자越中七子'라 불렸고, 양주에 머물며 양주팔괴와도 가깝게 교유하였다. 장서가 수만 권을 넘었으며 하남순무河南巡撫 아사합阿思哈이 성지 省志를 만들 때 초빙되어 교정을 했다. 원매袁枚가 그의 시를 모아 12권으로 엮었다.
28) 고대 화폐의 일종으로 칼 모양으로 만들었다.
29) 방화용의 저수 창고를 일컫는 말이다. 인구 밀집 지구에서 조금 떨어진 곳에 물 항

통하도록 수리했다. 또한 태평마두太平馬頭를 건설하자고 태수太守 임조
형任兆炯에게 청을 받았는데, 아직 공사가 다 끝나지 않았다.

24. 취화가翠花街는 신성가新盛街라고도 하며, 남류항 입구 대유방大儒坊
동쪽 골목 안에 있다. 이곳 가게들은 멋들어지게 지어졌고 상품은 같은
것끼리 잘 분류되어 길을 따라 진열되어 있는데, 모두 진주와 비취로
된 머리장식을 파는 가게들이다.

　양주의 가채와 머리장식[鬏勒]은 다른 지역과 달리 나비[蝴蝶], 망월望
月, 화람花藍, 절항折項, 나한추羅漢鬏, 나소두蘿梳頭, 쌍비연雙飛燕, 도침송
到枕鬏, 팔면관음제의계八面觀音諸義髻와 초복액貂覆額, 어파륵자漁婆勒子
등의 다양한 양식이 있다.

　여성용 신발은 향장목香樟木으로 바닥의 두툼한 굽을 만드는데, 바깥
쪽에 대는 것은 바깥 굽[外高底]인데 행엽杏葉, 연자蓮子, 화하荷花 등의
다양한 양식이 있다. 안쪽에 대는 것은 안굽[裏高底]인데, 도사관道士冠이
라 부른다. 바닥이 평평한 것은 저아항底兒香이라 한다.

　여성용 저고리는 길이가 2자 8치, 소매 넓이가 1자 2치이다. 외호수外
護袖30)는 수놓은 비단을 덧대는데, 겨울에는 담비나 여우 털과 같은 것
을 쓴다. 치마를 만드는 방식은 비단을 마름질하여 폭[條]을 만들고, 매
폭마다 양쪽 가장자리에 꽃을 수놓고, 금선을 두르고, 그 폭 조각들을
이어 맞추어 완성한다. 이런 치마를 봉미군鳳尾裙이라 한다. 요즘은 치
마에 들어갈 비단 전체를 접어서 가는 주름이 생기도록 만드는데, 이를
백절군百折裙이라고 한다. 그 가운데 24겹의 주름이 잡힌 치마를 옥군玉
裙이라고 하며, 민간에서 입는 평상복이다.

　가죽을 부드럽게 손질하여 상의를 만드는 사람을 모모장毛毛匠이라

아리 백여 개와 수통 백여 개, 그리고 수도관을 설치해놓은 건물이다.
30) 만수挽袖라고도 하며 청대 건륭부터 동치, 광서 시기까지 유행했던 여성 상의의 소매
　　부분 장식을 가리킨다. 바깥에 입는 마고자 소매 부분에 만든 토시같이 생긴 장식품이다.

부르는데, 이들도 이 거리에 모여 산다.

25. 저추각紵秋閣은 취화가에 있는데, 그곳은 내가 예전에 살던 곳이다.
저추각 밖으로 매화나무 10여 그루가 자라고 있다. 건륭 신축辛丑(1781)
연간에 김조연金兆燕[31]은 가수 거저산居紵山과 소사小史[32] 이추지李秋枝
가 이 누각에 살고 있는 것을 보고 이름을 저추각이라 붙였다. 그리고
다음과 같은 발문跋文을 썼다.

　　강엄江淹[33]은 한을 노래했으니 덕에 흠이 갈만큼 마음을 흔들어놓았고, 유
신庚信[34]은 수심愁心을 읊었으니 슬픔에 혼까지 녹는 구절이 많았다. 악군자
석鄂君子晳이 비단이불 덮어준 것은 산목山木의 노래 때문이고,[35] 오吳 땅 사

---

31)『양주화방록』권3「신성북록新城北錄·상上·21」을 참조할 것. '중화본'에는 그의 호
　　인 종정椶亭의 표기가 종정欀亭으로 되어 있는데, '산동본'에는 양쪽 모두 종정椶亭으로
　　되어 있다.
32) 관청에서 잔심부름을 하는 말단 아역으로서 '소요小幺'라고도 부른다.
33) 강엄江淹(444~505)은 자가 문통文通이고 남조南朝 양梁 제양고성濟陽考城(지금의 허난
　　란카오蘭考) 사람이다. 그는 유송劉宋 시대에 서주종사徐州從事를 지냈고 나중에는 소도
　　성蕭道成(제齊나라 고제高帝)의 막부에 들어가 군서표기軍書表記를 지냈다. 제 왕조가 건
　　립된 후 중서시랑 등을 역임했다. 남조 양 무제武帝 때에는 금자광록대부金紫光祿大夫까
　　지 지냈으며 예릉후醴陵侯에 봉해졌다. 강엄은 사부辭賦 작가로 유명하여 포조鮑照와
　　병칭되는데「한부恨賦」,「별부別賦」는 남조 사부의 대표작으로 꼽힌다.
34) 유신庚信(513~581)은 북주北周의 문학가로 자는 자산子山이다. 혹은 이름을 자산이라
　　고도 한다. 남양南陽 신야新野 사람이며, 유견오庾肩吾의 아들인 그는 양梁나라에서 벼
　　슬살이를 하다가 서위西魏에 사신으로 나갔는데 그때가 마침 서위가 양을 침략하려던
　　때여서 그대로 북방에 억류되었다. 그리고 서위와 북주北周에서 출사하여 표기대장군
　　驃騎大將軍, 개부의동삼사開府儀同三司까지 지내 세간에서 유개부庾開府라고 불렸다. 시
　　부詩賦와 변려문에 특히 뛰어났던 그는 서능徐陵과 함께 궁정문학의 대표자로 꼽히며,
　　그 작품은 '서유체徐庾體'라 불리기도 했다. 원래 문집이 있었다 하나 산실되고 명나라
　　때에 흩어진 작품들을 모아 편찬된『유자산집庾子山集』이 있다.
35)『설원說苑』「봉사편奉使篇」에 따르면, B.C. 528년에 초楚나라 영윤令尹 악군자석鄂君子
　　晳이 뱃놀이를 하며 성대한 잔치를 열었을 때 월越나라의 가수가 악군자석을 바라보며
　　노를 끌어안고 월나라 말로 노래를 불렀다. 남방의 방언을 아는 이가 이 노래의 뜻을
　　악군자석에게 풀이해주었는데, 그 내용은 이러했다. "오늘 밤은 어떤 밤인가? 섬에서
　　배를 타고 강으로 왔네. 오늘은 무슨 날인가? 왕손과 함께 배를 탔다네. 부끄럽게도 아

내의 돌 같은 마음이라 한 것은 소해小海의 노래 홀로 불렀기 때문이다.36) 노래할 때면 기개가 넘쳤고, 붓을 들면 뛰어난 글을 쓸 수 있었다. 아름답고 법도 있는 문사는 『시경』의 노래와 어울리고, 거리낌 없는 성품은 광객狂客이라 불릴 만하다. 전생을 거슬러 오르자면 푸른 외뿔무소[靑兕]37)였으니 모두 신선의 재주라 감탄할 만하고, 이상은李商隱의 자란紫鸞38)을 춤추게 할 만큼 훌륭한 음악은 분명 법곡法曲39)이 되리라.

껴주셨는데, 부끄러워한다고 꾸짖지 마세요. 마음은 한없이 어지러운데, 왕손은 알아주시겠지. 산에는 나무가 있고, 나무엔 가지가 있거늘, 내 마음 그대를 좋아하지만, 그대는 몰라주시네[今夕何夕兮? 搴洲中流, 今日何日兮? 得與王子同舟. 蒙羞被好兮, 不訾詬恥. 心幾煩而不絶兮, 得知王子. 山中有木兮, 木有枝, 心悅君兮君不知]"라고 했다. 악군자석이 그 노래에 감동하여 남방의 예절에 따라 두 손으로 그 가수의 두 어깨를 끌어안고, 또 화려한 꽃무늬가 수놓아진 비단이불을 정중하게 덮어주었다고 한다. 산목山木의 노래는 월나라 가수가 부른 위의 노래를 가리킨다. 악군자석은 월나라 사람이라는 설도 있다. '산동본'에는 조군趙君은 월군越君, 견피絹被는 수피繡被로 교정을 해놓았는데 전고를 따르자면 그것이 맞는 듯하다.

36) 『진서晉書』 권94 『은일隱逸』 「하통전夏統傳」에 의하면 가충賈充이 하통夏統을 만나 위대한 선왕들은 다 노래를 지어 사람들과 함께 불렀는데 당신도 할 수 있느냐고 하자, 하통이 우왕과 조아曹娥 그리고 오자서伍子胥를 기리기 위해 백성들이 만든 노래를 불렀다. 그의 노래에 주위 모든 사람들이 감동하자 가충이 자기 위세를 보이려고 군사까지 동원했지만 하통은 마음의 평정을 유지하며 눈도 깜짝하지 않았다. 이에 가충이 "이 오 땅 사내는 목석같은 놈이구나[此吳兒是木人石心也]"라고 했다. 여기에서 하통이 부른 오자서의 노래 제목이 「소해小海」이다.

37) 남송의 애국 사인詞人으로 알려진 신기질辛棄疾(1140~1207, 자는 유안幼安이고 호는 가헌稼軒이며 지금의 산동성 지난齊南인 역성歷城 사람)을 보통 청시靑兕라고 부른다. 『송사宋史』 권401 「신기질전辛棄疾傳」의 기록에 의하면, 소흥紹興 31년(1161) 금나라가 남송을 공격하자 경경耿京 등이 의병을 일으켰고 신기질이 그에 합세했는데, 수하에 있던 승려 의단義端이 경경耿京의 인장을 갖고 도망쳤다가 잡혀왔다. 의단이 살려달라고 애원하면서 자신이 신기질의 진짜 모습을 알고 있는데, 전생에 푸른 외뿔무소[靑兕]였다고 했다고 한다. 또 전투할 때 양쪽 볼이 불그레하고 얼굴 정면 부분은 푸른빛이 돌아서 붙여진 별칭이라는 설도 있다.

38) 후대後隊는 하내군河內郡(지금의 허난河南의 친양沁陽)을 가리키는데, 이 하내군은 당나라 때의 시인 이상은의 원적지이다. 이상은의 시 「해상요海上謠」에 "자란이 춤추려 하지 않네[紫鸞不肯舞]"란 구절이 있다.

39) 고대 음악의 일종으로 동진남북조東晉南北朝에서는 법악法樂이라 불렀다. 불교 법회에 사용되었기 때문에 붙여진 이름이다. 원래는 외래 음악의 요소를 가진 서역 이민족들의 음악이었는데, 나중에는 한족漢族의 청상악淸商樂과 결합되어 점차 수조隋朝의 법곡法曲으로 변했다. 법곡에는 요발鐃鈸, 종鍾, 경磬, 당소幢簫, 비파琵琶 등의 악기가 쓰

江淹賦恨, 無非累德之能謳, 庾信言愁, 大有銷魂之句. 擁趙君之絹被, 山木能謳, 指吳兒之石心, 小海獨唱. 當歌必慨, 下筆能工, 麗則協乎詩人, 曠達稱爲狂客. 溯前身于靑兕, 共嘆仙才, 舞后隊之紫鸞, 應成法曲.

거저산은 이름이 분금畚金이고 자는 명구名求이며, 장주長洲 사람이다. 그의 부친 거도居屠는 화항花巷에 살았는데, 용기 있는 행동을 좋아하고 헤엄을 잘 쳤다. 거저산은 어릴 적에 다른 아이들과 함께 강에서 멱을 감는 도중 장난치다가 한 아이를 죽이는 바람에 10년간 옥살이를 하고 돌아왔다. 그는 아들 거분금을 낳은 뒤 주통교舟通橋 진씨陳氏의 딸 봉고鳳姑를 며느리로 들이려고 약혼을 해놓았다.

거분금은 자라면서 청창淸唱[40)]을 잘했다. 그는 16세에 경사에 가서 모 재상 댁의 십번고十番鼓[41)]에 들어갔으며, 직접 비파를 타며 부른 「구전화랑아九轉貨郎兒」로 명성을 얻었다. 그러나 고향으로 가서 혼례를 치르려고 경사를 나와 오양鰲陽[42)]에 이르렀을 때 강도를 만났다. 진 노인은 그가 빈털터리인 것을 알고 혼사를 없던 일로 하게 했다. 파혼 증서도 이미 다 썼는데, 봉고가 울며 허락하지 않아 결국 혼사를 파기하지 못했다. 거분금은 봉고의 의리에 감동하고 또 자신의 곤궁한 처지를 비관하여 제문齊門[43)]으로 나가 강에 뛰어들었다. 그러나 죽지 않고 양주로 흘러와 떠돌며 교사敎師 주중소周仲昭의 도움으로 홍씨의 가악家樂에 들어가 일하면서 많은 돈을 벌어 장주로 돌아갔고, 거기서 집을 빌려 신부를 맞아들였다.

인다. 당나라 때에 이르러서는 도곡道曲과 섞여 발전하여 전성기를 누리게 된다. 유명한 곡으로 「적백도리화赤白桃李花」, 「예상우의霓裳羽衣」 등이 있다.
40) 희곡의 연창演唱 형식 가운데 하나로 분장을 하지 않고 동작은 할 수 있으며, 대사[白] 없이 노래만 하는 것을 가리킨다. 악기 반주도 간단하여 보통 현악기나 피리 고판鼓板 등을 사용한다.
41) 이에 대해서는 『양주화방록』 권2 「초하록草河錄·하下·145」의 주석을 참조할 것.
42) 산동성에 있는 지명으로 오산鰲山 남쪽에 있다.
43) 소주성蘇州城 동북쪽에 있는 성문 이름이다.

사흘 후 그는 혼자 배를 타고 혜주惠州44)로 가서 진부陳府의 극단[陳府班]에 들어가 노생老生 역할을 했는데, 공연이 끝난 뒤 받는 돈[纏頭]이 거의 산처럼 쌓였으나 얼마 지나지 않아 떠나버렸다. 그가 탄 배가 해주海珠45)에 정박했을 때 태풍에 배가 뒤집어져 순식간에 호문虎門46)까지 표류해갔고, 그는 해선海船의 객상客商에게 발견되었는데 아직 숨이 붙어 있었다. 객상은 그가 배우[梨園子弟]라는 것을 알고 배 안에 붙들어두고 악공[靑衣]으로 삼았다. 그 후 2년이 지나서야 숭명崇明47)으로 돌아올 수 있었는데, 그는 또 얼굴을 망가뜨려 사람들이 알아보지 못하게 만들고 양주 항恒 지부 댁의 집안 극단[家班]으로 들어가 악대[場面]에서 일했다.

그렇게 다시 2년이 지난 뒤 그는 폐결핵에 걸려 거의 죽어가게 되었고, 내 누각에 와서 6달 정도 지냈다. 내가 사람을 시켜 그를 집으로 돌아가게 해주었는데, 그는 집에 도착한 직후 아내 봉고를 보더니 아무 말도 하지 못한 채 허공에 대고 뭐라 손짓만 하고는 죽고 말았다. 봉고는 그의 시신을 수습하여 지형산支硎山에 묻고, 그 아래 움막을 지어 상을 치르며 재가하지 않겠노라 맹서하였다.

26. 소동문가에는 음식점[食肆]이 많다. 그곳엔 익힌 양고기를 파는 가게

---

44) 광동성에 있는 지명이다.

45) 광동성 광주廣州 남쪽의 오양역五羊驛 앞 강 쪽에 있다. 사대부들이 연회를 열거나 전별연을 하던 곳으로 알려져 있다.

46) 광동성 주강珠江 입구 천비양穿鼻洋 서안의 번우남사番禺南沙와 동안의 동완태평東莞太平(현재의 후먼虎門시) 사이의 해면을 가리킨다. 아편전쟁으로 이어졌던 아편 금지 조처가 처음 내려진 곳이기도 하다.

47) 지금의 숭명현崇明縣으로 장강이 바다로 들어가는 입구에 있으며 중국에서 세 번째로 큰 섬이다. 618년부터 장강 입구 해면에 동사東沙와 서사西沙 두 섬이 모습을 나타나기 시작했고 점점 확장되었고 명말·청초에 이르러 큰 숭명섬으로 연결되었다. 이곳에는 696년부터 사람이 거주하기 시작했고, 705년 서사에 진鎭을 설치하고 숭명이란 이름을 붙였다. 남송南宋 가정嘉定 15년(1222) 천연 염장을 만들고 통주通州에 귀속시켰다. 명明 홍무洪武 2년(1936) 주州에서 현縣이 되었고 양주로揚州路에 속했다가, 나주에는 소주부蘇州府에 소속되었다. 민국시기 장쑤성 난통南通과 송장松江에 속했다가 49년 후에는 난통, 그리고 1958년부터는 상하이上海시 관할이 되었다.

가 있는데, 앞채는 다리 가에 붙어 있고 뒤쪽은 하방河房이며, 그 아래는 소동문마두小東門馬頭이다. 여기에 가서 음식을 먹으려는 사람들은 새벽닭이 울 때 일어나, 털외투에 펠트 모자를 쓰고 어깨를 움츠리고 코를 킁킁거리며 눈서리를 무릅쓰고 찾아 간다. 그들은 먼저 와서 먹고 있는 사람들을 힐끔거리다 주방을 찾아 요리사에게 돈을 집어 주는데, 그러고도 또 한참을 기다려야 한다.

먼저 잘게 썬 양의 내장[羊雜碎]을 내오는데, 이것을 전채요리[小吃]라고 부른다. 그 다음에 양고기 국[羊肉羹]과 밥을 내오는데, 한 사람당 한 그릇씩 먹고 남은 것은 다시 모아 끓인다. 이것을 주과走鍋라고 한다. 둥둥 뜬 기름을 걷어내는 것은 전미剪尾라고 부른다. 자주 먹어 습관이 되면 양고기 맛도 나쁘지 않다는 것을 알게 되니, 오직 잠꾸러기와만 함께 먹을 수 없을 뿐이다. 먹을 때를 놓쳐 식어빠진 남은 고기를 다시 데워 먹게 되면 전혀 제 맛을 즐길 수 없다.

27. 소동문 서쪽 외성 발치에는 가게가 없어서 아침밥과 저녁밥은 대부분 소동문가의 음식점에서 가져다 먹는데, 주로 호초전계糊炒田鷄,[48) 주초제酒醋蹄,[49) 홍백유계압紅白油鷄鴨, 새우튀김[炸蝦], 소금에 절였다 건조시킨 오리[板鴨],[50) 오향야압五香野鴨, 계압잡鷄鴨雜,[51) 얇게 썬 햄[火腿片] 같은 것들이며, 골동탕骨董湯[52)은 또 한때 먹기에 아주 편한 음식으로 여겨졌다.

성 아래쪽에는 잡화점들이 있으니, 곧 산주점散酒店이나 암주점菴酒

---

48) '전계田鷄'는 식용 개구리를 가리킨다. '호초전계糊炒田鷄'는 살짝 튀긴 개구리 요리인 듯하다.
49) 술에 절인 돼지족발이다.
50) 남경의 대표적인 오리 요리로서 소금에 절였다가 납작하게 눌러서 건조시킨다. 쌀을 먹여 살이 통통하게 오른 오리를 쓴다. 상등품은 북경 왕궁에 진상했다.
51) 닭과 오리의 내장으로 만든 요리이다.
52) 잡다한 재료를 넣어 한꺼번에 끓인 탕 요리이다.

店53) 같은 부류이다. 여기에서는 신선한 야채와 버섯으로 만든 안주거리[小八珍]를 파는데, 불에 익힌 음식[烟火物]은 전혀 취급하지 않는다. 봄여름에는 연순燕笋과 아순牙笋, 참죽[香椿], 조구早韭, 뇌균雷菌, 상치[萵苣] 같은 것을 팔고, 가을 겨울에는 청대콩[毛豆],54) 미나리[芹菜], 줄풀[茭瓜],55) 무[蘿蔔], 겨울죽순[冬笋], 절인채소[醃菜]를 판다. 수산물로 새우[鮮蝦], 다슬기[螺絲], 훈제생선[薰魚], 가금류로는 동제凍蹄, 소금에 절였다 건조시킨 오리[板鴨], 닭튀김[鷄炸], 훈제 닭[薰鷄]이 있으며, 술로는 빙당삼화주冰糖三花酒, 사국공주史國公酒, 노호유주老虎油酒와 과권주果勸酒가 있다. 제철이라 싱싱하고 각양각색의 맛을 내는 이들 고급 식자재들은 모두 기원妓院의 연반軟盤56) 연회에 쓰이며, 날이 샐 때까지 장사가 끝나질 않는다.

28. 소동문마두는 외성 발치에 있고, 그곳에는 5개의 적대敵臺가 있다. 놀잇배가 정박하는 부두는 셋인데, 하나는 조교釣橋 아래에 있고, 또 하나는 두항頭巷에 있으며, 나머지 하나는 이항二巷에 있다. 두항과 이항이 두적대頭敵臺에 있으며, 놀잇배 27척이 정박하고 있었는데 지금은 33척으로 늘었다. 그 중 가장 큰 것의 높이와 넓이는 동수관을 나갈 수 있는

---

53) 송나라 때에 성행했던 술집의 종류를 나타내는 말로서, 산주점은 일반적인 큰 술집을 가리키고, 암주점은 기생이 있는 술집으로 건물 안쪽 깊은 곳에 침상을 두고 있었다고 한다.

54) 풋콩이라고도 하며 껍질에 털이 많고 푸른색으로 요리에 사용된다.

55) 교백茭白이라고도 하며 줄의 어린 줄기가 깜부기병에 걸려 비대해진 것으로 식용으로 쓴다.

56) 연반軟槃이라고 쓴다. 연회를 열 때 손님 앞에 상을 벌여놓지 않고 기생들이 음식을 들고 있다가 먹여주도록 하는 것을 가리킨다. 송나라 때 심괄沈括의 『몽계필담夢溪筆談』 「인사人事·1」에 "여러 기생들이 과일과 고기 안주를 들고 그 앞에 모여 서 있다가 음식을 다 먹으면 좌우로 줄 지어 늘어서는데, 경사 사람들은 이를 '연반'이라 부른다[群妓執果肴者, 萃立其前, 食罷則分列其左右, 京師人謂之'軟槃']"는 기록이 있다. 명나라 때 왕지견王志堅의 『표이록表異錄』 「인사人事」에도 "권문세가집의 연회에는 상을 차리지 않고 기생이 손으로 음식을 집어 나르게 하는데 이를 '연반'이라 한다[豪家宴客不設几案, 令妓手執以進, 謂之軟盤]"는 기록이 있다.

가를 기준으로 했기 때문에, 대략 북문의 배보다 2자 남짓 좁고 천녕문의 배보다 4자 남짓 낮다. 또 그 배들은 위로는 작실雀室57)을 두지 않았고, 아래로는 300곡斛 이상을 싣지 못하고, 뱃전에는 걸어 다닐만한 공간이 없고, 고물에 키[[illegible]]를 둘 수 없다.

운하는 수로가 좁아 배가 나란히 다닐 수 없고 좁은 뱃길 외에는 물이 얕아서 노와 상앗대를 사용할 수 없기 때문에, 배들이 수로를 왕래할 때는 마치 요순시대의 농부가 땅을 양보하듯이 길을 양보한다. 날씨가 좋은 날이면 배들이 일제히 몰려 나와 경주하듯 앞 다투어 나가는 바람에 물길이 꽉 막혀 한참동안 배가 움직이질 못한다.

29. 오기吳綺58)는 『양주고취사揚州鼓吹詞』 서문에서 다음과 같이 말했다.

양주 성 안의 시내 기원妓院에는 매일 저녁 수만 개의 등롱을 환히 밝히는데, 화려하게 치장한 미인들이 천하 으뜸이다.

郡中城內, 重城妓館, 每夕燃燈數萬, 粉黛綺羅甲天下.

---

57) 춘추시대부터 발전된 전함의 일종인 누선樓船의 가장 높은 층으로 전망대로 사용되던 부분의 명칭이다. 배의 크기에 따라 누선의 층수가 달랐는데 2층 누선의 두 번째 층은 '여廬'라고 하고, 3층 누선의 세 번째 층은 '비여飛廬'라고 하며, 4층 누선의 네 번째 층을 '작실雀室', '적실翟室' 혹은 '작실爵室'이라고 불렀다. 매 층마다 여장女牆을 설치하여 화살을 피할 수 있게 하고 또 구멍을 내어 활을 쏠 수 있게 해놓았다. 누선은 후대로 가면 전함이 아니라 재부를 과시하는 일종의 놀잇배로 사용되었다.

58) 오기吳綺(1619~1694)는 자가 원차園次이고 호가 풍남豐南 혹은 청옹聽翁이며, 자칭 홍두사인紅豆詞人이라고도 했다. 그는 강도江都 사람이며 흡현에 살았는데, 문장을 잘 지었으며 특히 시사詩詞와 사륙문四六文에 뛰어났다. 순치順治 11년(1645)에 공생이 되었고 홍문원중서사인弘文院中書舍人과 병부주사兵部主事, 무선사원외랑武選司員外郎 등을 지냈다. 또 호주湖州 지부를 지내면서 청렴한 태수로 명성을 얻었다. 그의 집에는 시문을 얻으러 온 사람들이 많았는데 꽃과 나무를 원고료로 받았기 때문에, 그의 정원을 '종자림種字林'이라 하고 춘강화월사春江花月社라고도 불렀다. 저서에 『임혜당집林蕙堂集』과 『예향사藝香詞』, 『송금원시선宋金元詩選』, 『영남풍물기嶺南風物記』가 있다. 『충민기忠愍記』, 『소추풍嘯秋風』과 『수평원繡平原』의 전기傳奇 3종이 있다고 하나 지금은 실전되었다. 『양주화방록』 원문에서는 원차園次를 원자園茨라고 표기하고 있다.

우리 고향에 미녀가 많은 것은 당나라 때부터 그러했다.

우리 청조 초기에는 관기官妓를 악호樂戶59)라고 불렀다. 지역 풍속에 따르면 입춘 하루 전날 태수가 성 동쪽에 있는 번리관藩釐觀에서 봄맞이 의식[迎春]60)을 개최하는데, 관기로 하여금 잡희[社火]61)의 배우로 분장하게 했다. 등장하는 배역은 춘몽파春夢婆62) 1명, 춘저春姐 2명, 춘리春吏63) 1명, 하인[皂隷] 2명, 춘관春官64) 1명이었다. 다음 날이 되면 춘관이 춘우春牛를 끌고 가는 의식을 행하면 수고비로 27문文을 주고, 또 따로 달력 10권을 상으로 내렸다. 이 의식은 번리관 앞에서 이정里正65)이 주

---

59) 전문적으로 악기 연주나 노래를 부르는 일에 종사하는 사람으로 이름이 악적樂籍에 올라 있으며 소유자인 주인에게 신분적으로 예속되어 있었다.

60) 영춘迎春은 원래 고대 제례 중의 하나로, 봄을 오방五方 가운데 동東, 오색五色 가운데 청青에 위치시켜 입춘이 되면 천자가 백관을 이끌고 동교東郊로 나가 청제青帝에게 제사를 올려 봄이 오는 것을 맞이하는 것을 가리켰다. 후대로 오면서 지방관이 입춘 하루 전에 신사紳士와 보좌관들을 이끌고 동쪽 교외에서 음악을 연주하며 춘우春牛와 봄을 관장하는 신[芒神]을 맞이하는 행사로 바뀌었다. 춘우란 봄맞이를 하는 토우土牛를 가리킨다. 토우는 흙으로 빚은 소인데, 고대에는 음력 12월에 빚은 토우가 음기陰氣를 없앤다고 생각했다. 나중에 영춘 행사에서는 토우를 채찍으로 때려 권농勸農을 상징하고 경작하는 시기가 왔음을 알리는 상징물로 사용되었다.

61) 명절에 마을 사당에서 신을 맞이하는 축제를 열 때 공연하는 각종 잡희雜戲를 가리킨다. 후대로 가면서 다양한 민중 오락거리를 망라한 연예활동을 총칭하는 말로 쓰이기도 했다. 송나라 때 범성대范成大의 시 「상원기오중절물배해체삼십운上元紀吳中節物俳諧體三十二韻」의 자주自注에 "민간의 고악鼓樂을 사화社火라고 하는데, 상세히 기록할 수는 없으나 대체로 골계적인 내용으로 웃음을 주는 것들이다"는 기록이 있으며, 송나라 맹원로孟元老의 『동경몽화록東京夢華錄』에도 관련된 기록이 남아 있다.

62) 송나라 때 소식蘇軾이 창화昌化로 폄적되었을 때 어떤 늙은 아낙네를 만났는데, 그녀가 소식에게 "지난 날 한림원에서 부귀하게 지내던 일이 일장춘몽입니다[內翰昔日富貴, 一場春夢!]"라고 말해 마을 사람들이 그녀를 '춘몽파'라고 불렀다고 전해진다. 소식의 「피주독행편지자운위휘선각사려지사被酒獨行遍至子云威徽先覺四黎之舍」의 제3수에 "投梭每困東隣女, 換扇惟逢春夢婆"라는 구절이 있다. 후에 이 일화에 근거하여 허망하게 변하는 부귀영화를 탄식하는 말로 쓰이게 되었다.

63) 춘사春史라고도 하며 춘사春事를 관장하는 관리를 가리킨다.

64) 영춘 의식을 할 때 소를 끄는 역할을 하는 사람을 가리킨다.

65) 향관鄉官의 하나이며 마을의 우두머리를 일컫는 말이다. 춘추시대에는 마을 일을 주관할 줄 아는 사람을 이정이라고 했고, 북제北齊 이래로 수가 늘어났다. 명나라 때에는 이장里長으로 이름을 바꾸었고, 후대의 지보地保를 이정이라고도 불렀다.

관했다.

강희 연간에 오면 악호를 없애고 관기도 완전히 없어졌기 때문에 등절燈節66)의 화고花鼓67)에 나오는 배우로 대신하였다. 양주의 화고에서는 왕소군王昭君68)과 미친 할멈[漁婆]69) 같은 인물로 분장하는데 모두 남자가 맡아서 한다. 그래서 속어에 "착한 여자는 봄 구경을 하지 않고, 착한 남자는 등 구경을 하지 않는다[好女不看春, 好男不看燈]"는 말이 있다. 관기가 없어지자 사과자私窠子나 반개문半開門70) 따위의 토착 창기[土娼]들이 은밀하게 번성하였는데, 관청에서는 이를 금지하였다.

태주泰州에 있는 어망선漁網船은 광동성의 큰 거룻배인 고외정高桅艇과 같은 종류인데, 양주에서는 이를 망선빈網船濱이라고 부른다. 그러다 이 말이 기생을 가리키는데도 쓰여서, 소주의 기생은 '소빈蘇濱', 양주의 기생은 '양빈揚濱'이라고 부르게 되었다. 이런 사창들에 금지령이 내려지자 모두들 필사적으로 도망쳐 어디로 갔는지 알 수 없게 되었다.

여기 기록한 소고삼蘇高三과 진주낭珍珠娘과 같은 이들의 이야기는 금령이 내려지기 이전의 옛날 일화들이다.

30. 칠장이[漆工] 하夏씨는 이원梨園 요이관姚二官의 누이를 부인으로 맞

---

66) 등절燈節은 음력 1월 13일에서 17일까지 민간에서 등을 밝히고 축제를 여는 것을 말한다. 원소절元宵節이라고도 부른다.

67) 화고花鼓는 호북湖北, 호남湖南, 강서江西, 안휘安徽 등에서 성행한 민간 가무歌舞의 명칭이다. 일반적으로 남녀 두 명이 짝을 지어 추는데 한 명은 소라小鑼, 또 한 명은 소고小鼓를 맡아 악기를 연주하는 동시에 노래와 춤을 함께 한다.

68) 왕소군王昭君은 이름이 장嬙이고 서한 원제元帝 때의 궁녀이다. 『한서漢書』「원제기元帝紀」에서는 이름을 장檣이라고 기재했고, 「흉노전하匈奴傳下」에서는 장牆이라고 쓰고 있다. 그녀는 자가 소군昭君인데 진晉 나라 때 사마소司馬昭의 이름을 피휘하기 위해 명군明君으로 고쳐 불렀다. 그녀는 원제 때 궁녀로 있다가 B.C. 33년에 흉노 호한야선우呼韓邪單于가 입조하여 화친을 구하자 자청하여 흉노에게 시집갔다. 흉노에게 간 뒤 영호알지寧胡閼氏로 불렸다.

69) 화고에 나오는 단旦 역 이름으로 풍파낭瘋婆娘이라고도 하며, 주로 머리싸개[包頭]를 하고 나온다.

70) 사과자私窠子와 반개문半開門 모두 사창私娼을 가리킨다.

아 두항에 3칸짜리 하방河房을 짓고 살았다. 그는 옛날 칠기를 잘 만들었는데, 만드는 방법에는 척홍剔紅[71]과 전칠塡漆[72] 두 가지 종류가 있다. 금과 은, 철, 나무를 바탕 재료[胎]로 삼아 붉은 안료를 넣은 옻칠[朱漆]을 36번 한 뒤, 세밀하고 아름다운 무늬로 장식한다. 함[合][73]에는 자단식蔗段式과 증병식蒸餠式,[74] 하서식河西式, 삼당식三撞式, 양당식兩撞式 등의 다양한 형태가 있고, 소반[盤]에는 전체 형태가 사각형과 원형, 팔각형에 테두리[條環]를 둘러 장식한 것과 네 모서리에 모란 꽃잎을 장식한 것[四角牡丹花瓣] 등의 다양한 양식이 있고, 상자[匣]에는 장방형의 양당식과 삼당식 등의 양식이 있다. 이것들을 조칠기雕漆器라 부른다. 하씨는 이런 칠기들을 만들어 돈을 많이 벌었기 때문에 집에서 쓰는 그릇 대부분이 척홍으로 만든 것이고, 또 하방의 난간을 척홍으로 꾸몄다. 그래서 그의 집은 소진회에서 가장 화려한 집[朱欄]이다.

31. 합흔원合欣園은 본래 항가화원亢家花園의 옛 터인데 찻집으로 바뀌었다. 시내에서 이 집의 수아소병酥兒燒餠이 맛있기로 유명했다.

처음 이곳에서 장사를 시작한 것은 임林 노파인데, 그녀에겐 임고林姑

---

71) 칠기 공예에서 전체적으로 붉은 옻칠을 여러 번 칠해 전체적으로 두께가 두툼해지고 단단해지면, 그 위에 각종 도안에 따라 날카로운 조각칼로 판 뒤 진사辰沙로 채색하는 제조 방법을 가리킨다. 중국 칠기의 대표적인 조칠彫漆 방식으로 당대부터 조금씩 나타나 송·원대에 성숙해지고 명나라 초기에 가장 각광받는 칠기 제작방법이 되었다. 주로 붉은 칠을 사용하므로 '조홍칠雕紅漆'이라고도 부른다.
72) 칠기 제작 기술의 일종이다. 칠기 위에 무늬를 조각하고 조각한 곳에 여러 색을 집어넣는 것을 가리키는데, 이것도 다시 두 가지 기술로 나뉜다. 하나는 색을 넣은 부분과 칠면이 높이가 같아 평평해지게 하는 것이고, 또 하나는 조각한 후 무늬 부분이 움푹하게 들어가고 칠면과 평평하지 않게 하여 조각한 맛을 두드러지게 한다.
73) 음식을 담는 그릇인 '합盒'과 같은 뜻이다.
74) 자단식蔗段式은 뚜껑이 평평하고 함의 둘레를 이루는 벽이 수직이고 밑바닥은 평평하면서 안이 살짝 오목하게 되어 있다. 증병식蒸餠式은 뚜껑이 위로 솟아 소가 없는 큰 만두[蒸餠]같이 생겼고 함의 둘레를 이루는 벽 부분이 안쪽으로 비스듬하게 기울어져 있으며, 밑바닥은 약간 오목하게 되어 있다. 보통 자단식은 크게 만들고 증병식은 작게 만들며, 뚜껑과 외벽에 각종 문양을 화려하게 조각한다.

라고 불리는 딸이 있었다. 그녀가 해맑은 눈동자로 창밖을 내다보거나 문가에 기대어서서 나긋나긋하게 말을 걸면 나들이객이 그리로 모여들었고, 그래서 마침내 큰돈을 벌었다. 두적대 쪽으로 대문을 냈는데, 수레 두 대가 나란히 갈 만큼 넓었다. 문 안쪽은 채색 벽돌을 깔아 장식했고 붉은 난간이 구불구불 이어져 있다. 돌계단 10여 층을 내려가면 둘째 문[二門]이 나온다. 둘째 문 안에는 3칸짜리 청사가 있는데 '추음서옥秋陰書屋'이라는 편액이 붙어 있다. 청사 뒤에는 주거용 방 10여 칸이 있다. 한 칸은 두 줄로 나뉘어 있는데, 앞줄은 손님 접대용 방[客座]이고, 뒷줄은 침실이다. 물가에 가까운 방도 있고 성벽 쪽에 붙어 있는 방도 있어서 나들이객들 모두가 마음에 들어 했다.

얼마 후 임 노파가 죽고 그 딸은 행방이 묘연해져서 결국 합흔원은 여관[客寓]으로 바뀌었다.

32. 합흔원 동쪽 변소는 후문 운하 가에 있었는데, 종종 변소에 갔다가 죽는 사람들이 있었다. 그곳에 흐리고 비오는 날이면 귀신이 나타나 해를 끼쳤는데, 변소 안에서 희미하게 웅얼거리는 소리가 들리기도 했다.

33. 소주 사람 오윤원鄔掄元은 피리[笛]를 잘 불었는데, 합흔원에 머물렀다. 많은 명기名妓들이 그를 찾아갔고, 오윤원은 그들에게 자신이 작곡한 노래를 가르쳤다. 이때부터 기원의 노래가 모두 그의 손에서 나왔다. 기원에서는 그를 오 선생[鄔先生]이라 불렀고, 당시 일반 사람들은 '까마귀 선생[烏師]'이라 불렀다.

34. 추필현鄒必顯은 양주 방언을 모아 책을 만들고 『양주화揚州話』라고 제목을 붙였는데, 이 책은 『비타자서飛跎子書』라고 불리기도 한다. 그는 처음에 강가돈姜家墩에 살다가 이적대로 이사를 왔다. 그는 성품이 꽁한 편이고 말수나 웃음이 적었지만, 가끔 격조 있는 농을 한 마디 던져 좌

중의 사람들을 포복절도 하게 만들곤 했다. 그의 재미있는 농은 당시 타유시打油詩75)나 황앵아黃鶯兒76)로 만들어져 사람들 입에서 입으로 많이 전해졌다. 그는 나중에 음식을 삼키지 못하는 일식병噎食病에 걸리자, 직접 관을 사서 시를 한 수 지어 관에다 써놓았다.

35. 소고삼蘇高三은 이름이 소은蘇殷이고 호는 봉경鳳卿, 어릴 적 이름은 쌍봉雙鳳이며, 이적대 아래에 살았다. 그녀의 집은 문 안쪽에 본채[正樓]가 3채 있고, 좌우에 모두 곁채[廂樓]가 있었다. 중앙에는 10궁弓77) 넓이의 공터가 있다. 운하에 붙은 쪽에는 나무판을 질러두고 가운데에 수문을 냈다.

본채 위층은 7칸이고 양쪽 곁채는 각각 2칸이다. 따로 작은 방[子舍]을 만들어 1칸은 손님 접대용 방으로 쓰고 1칸은 침실로 썼는데, 모두 중간채[中樓]와 통했다.

본채의 아래층은 3칸인데, 2칸은 응접실이며 1칸에는 녹색 유리 병풍을 쳐서 소고삼이 쉬는 곳으로 썼다. 여기에는 다음과 같은 연구聯句가 있다.

　　부끄러워라, 저 여인네 같은 남자 사마司馬78)여

　　내게 향연 베풀어주는 여자 맹상군孟嘗君79)이로다.

---

75) 구체시舊體詩의 일종으로 내용과 언어가 통속적이고 해학적이며, 속어를 많이 사용하여 말장난을 즐기며, 평측平仄을 포함한 운율에 별다른 규칙이 없이 자유롭다. 당나라 때 장타유張打油가 처음 만들었다고 전해진다.
76) 곡패曲牌의 이름으로 남곡南曲 상조商調와 북곡北曲 상각조商角調에 모두 동명의 곡패가 있다. 남곡에서 보다 일반적으로 쓰이며 「금의공자金衣公子」라고도 부른다. 과곡過曲 혹은 소령小令으로 쓰며 북곡에서는 투곡套曲 안에 쓰기도 한다.
77) 지적地積을 재는 단위로서 1궁이 5자이며, 360궁이면 1리里가 된다. 또 궁은 활모양으로 생긴 지적을 측량하는 기구 이름이기도 하다.
78) 군무軍務를 담당하는 관직 이름이다.
79) 맹상군孟嘗君(?~B.C. 279?)은 전문田文의 봉호封號이다. 그는 전국시대 제齊나라의 재상이 되었을 때 삼천 명에 이르는 식객食客을 양성한 것으로 유명하다.

愧他巾幗男司馬, 饗我飯饌女孟嘗.

　　임도원林道源[80]이 사람들과 함께 정향원淨香園에서 활쏘기 시합을 하고 있었다. 그때 소고삼이 높은 곳에서 한참 지켜보다가 소매를 걷어 올리고 앞으로 나서서 쏘아보겠다고 청했는데, 3발을 쏘아 3발 모두 적중했다. 이에 임도원이 시를 지어 그 일을 기록했고, 당시 이 시에 창화한 사람이 100여 명이나 되었다. 그 중 완원阮元[81]이 화답한 시는 다음과 같다.

　　꽃방석에 올라가 취운구翠雲裘[82] 소매 걷으니

　　드높은 기세가 가을 하늘에 가득하네.

　　아름다운 눈썹 그늘 아래 초승달 같은 눈 반짝이고

　　노래하고 활 쏘는 사이 비단 공 잃어버렸네.[83]

　　진정 연리지[84] 가지 다듬어 화살을 만들고

　　비익조[85] 그려 과녁 삼으려 했지.

---

80) 임도원林道源은 자가 중심仲深이고 호가 유천庾泉이며 안휘성 천장天長 사람이다. 그는 성격이 호방하고 말타기와 활쏘기에 뛰어났으며, 완원阮元의 막객을 지낸 바 있다. 전서篆書와 예서隸書 및 산수화에도 능했다고 한다. 『양주화방록』 권12 「교동록」에 그에 관한 기록이 있다.

81) 완원阮元(1764~1849)은 청淸 의징儀徵 사람으로 자는 백원伯元이고 호는 운대芸臺이다. 그는 건륭 54년(1789)에 진사가 되고, 조정의 요직을 역임하여 학정, 순무, 총독을 비롯하여 체인각대학사體仁閣大學士와 회시총재會試總裁를 지내기도 했다. 『경적찬고經籍纂詁』(1799)와 『십삼경주소교감기十三經註疏校勘記』(1806)를 주편하였다. 또 청나라 여러 학자의 경학에 관한 저술을 집대성하여 『황청경해皇淸經解』(1829)를 편찬하는 등 많은 저술이 있다. 기타 사항은 『양주화방록』 권3 「신성북록新城北錄·상上·67」을 참조할 것.

82) 깃털로 바탕을 만들고 그 위에 구름무늬로 장식한 외투를 가리킨다.

83) 여자가 비단 공[彩毬]을 던져 받는 사람이 신랑이 된다는 이야기가 있다. 이 구절에서 공을 놓쳤다고 했으니, 여인이 좋은 인연을 놓칠 것이라는 의미가 포함되어 있다.

84) 연리지連理枝는 다른 뿌리의 두 나뭇가지가 서로 얽혀 마치 한 나무처럼 자라는 것을 말하며, 애정이 깊은 부부 관계를 비유한다.

85) 비익조比翼鳥는 눈 하나와 날개 하나만 있어서 두 마리가 서로 나란히 있어야 비로소 두 날개를 이루어 날 수 있다고 하는 새이며, 부부나 남녀 사이의 애정이 깊은 것을 비유한다.

가녀린 말에겐 봄날 시름도 무거우련만

은 등자에는 쌍쌍이 봉황 머리 얹었었네.86)

走上花裀捲翠裘, 亭亭風力欲橫秋.

眉山影裏開新月, 唱射聲中失彩毬.

好是連枝揉作箭, 擬將比翼畫爲侯.

何當細馬春愁重, 銀鐙雙雙著鳳頭.

그 후 얼마 안 되어 소고삼은 병이 들었다. 그러자 그녀는 자기 손으로 직접 침실 휘장에 난초와 대나무를 그린 뒤 다음과 같은 절구를 적어놓았다.

가녀린 상죽湘竹87)과 향기 그윽한 난초

눈썹 그리는 붓은 죽은 혼 되살리는 단약이지.

사람들은 멋대로 화보花譜 그리는가 여기지만

정처 없이 떠도는 풀 그려 내가 볼 것이라오.

裊裊湘筠馥馥蘭, 畫眉筆是返魂丹.

旁人慢疑圖花譜, 自寫飄蓬與自看.

소고삼은 30살이 안 되어서 병으로 죽었다.

36. 풍채가 뛰어난 어떤 공자公子가 집에서 백만금을 들고 회남淮南88) 지방에 놀러 왔다. 그는 먼저 소주와 강녕江寧에 갔다가, 소진회小秦淮에

---

86) 이 구절은 소고삼의 쌍봉雙鳳이라는 아명을 염두에 두고 쓴 것이다.

87) 상비죽湘妃竹 또는 반죽斑竹이라고도 하며, 줄기에 자갈색 반점이 있는 대나무이다. 진晉나라 때 장화張華가 편찬한 『박물지博物志』 권8에 의하면, 요堯 임금의 두 딸이 모두 순舜 임금의 비妃가 되었고 상부인湘夫人이라 불렸는데, 순 임금이 죽음을 슬퍼한 두 부인의 눈물이 대나무에 떨어져 반점이 생겼다고 한다.

88) 회수淮水 이남, 장강長江 이북 지역으로 특히 안휘安徽 중부를 가리킨다.

와서 머물렀다. 그는 장강 남북으로 아름다운 기녀들은 거의 다 만나봐서, 기원에서 그를 보지 못한 기생은 모두 촌기村妓로 여겨졌다. 이렇게 여러 해를 보내자 가지고 온 돈도 점점 줄어들었다. 그의 친척 가운데 한 지체 높은 양반이 그가 이처럼 방탕하게 지내는 것을 보고 계책을 써서 집으로 돌아가게 만들었다. 그 후로 그가 다시 강남에 놀러 온 적이 없었지만, 그의 이름은 오랫동안 기생들 입에 오르내렸다.

방장선方長仙이라는 기생집의 노래선생이 있었는데, 중추절에 기생들이 달에 제사를 올리면서 술상을 차려 놓고 그를 청해 술을 마셨다. 방장선이 기생들에게 말했다.

"내가 여기서 지낸지 30년이 되었네. 처음엔 누가 누군지 목소리를 분간할 수 있겠더니, 지금은 그림자만으로도 누군지 알 수 있게 되었네 그려."

기생들은 정말 그럴 수 있는지 한번 해보자고 청했다. 그리고 방장선을 창 안쪽에 들어가 있게 하고, 창에 비친 여러 기생들의 그림자를 보고 누구인지 가려내보라고 했다. 그는 한 사람이 지나갈 때마다 큰 소리로 누구누구라고 외쳤는데, 한 명도 틀리지 않았다. 어쩌다 틀리더라도 창밖에서 아니라고 알려주면 금방 다른 사람 이름을 댔는데, 그땐 역시 틀리지 않았다.

그렇게 한참이 지나고 기생 하나가 지나가는데, 갑자기 그녀의 그림자 뒤로 한 남자가 따라왔다. 그는 목과 다리가 길고 변발이 땅까지 치렁치렁 닿았다. 그 뒤로 키가 한 길이 넘는 키다리가 또 따라왔다. 그는 울퉁불퉁 험상궂은 얼굴에 실오라기 하나 걸치지 않은 채, 주먹을 움켜쥐고 그 기생을 마구 때렸다.

방장선은 깜짝 놀라 창을 넘어 뛰어나갔고 땀이 비 오듯 흘렀다. 이때는 벌써 한밤중이었고 집안에 다른 남자는 아무도 없었다. 기녀들이 무엇을 보았기에 그러냐고 묻자, 방장선이 그 연유를 말해주었다. 그가 방금 지나간 기생이 누구였느냐고 물으니 해은아解銀兒라는 것이었다. 해은아는 그 이야기를 듣고 주르륵 눈물을 흘리더니 이렇게 말했다.

"예전에 그 공자가 남몰래 우리 어머니께[89] 5,000금을 주고, 문서를 만들어 저를 사서 첩으로 삼았습니다. 그때 저는 임신 2개월째였죠. 그런데 그분이 친척 때문에 고향으로 돌아가시게 되자 제게 '나를 기다리다 삼년이 지나도 안 오면, 네가 하고 싶은 대로 해라. 하지만 뱃속에 있는 아이를 다치게 해선 안 된다. 그러면 내 죽어 귀신이 되어서라도 너를 괴롭힐 거야!' 라고 했습니다. 하지만 삼년이 안 되었는데 제가 그 약속을 어겼으니, 지금 보신 것은 분명 그 공자일 것입니다."

모두들 해은아를 위로하다가 각자 흩어졌다. 그렇게 집에 돌아가 한 달이 채 못 되어 해은아는 피를 토하고 죽었다.

37. 진주낭珍珠娘은 성이 주朱씨이고, 나이는 12살이다. 그녀는 노래를 잘 불러 악공인 오사영吳泗英의 양녀가 되었다. 그녀는 폐병에 걸려서 백리목白理木 국자로 술을 뜰 때마다 머리카락이 바람 앞의 가을 버들처럼 빠졌다. 그럴 때마다 그녀는 거울을 붙잡고 넋이 나간 듯 멍하니 있다가 갑자기 목메어 흐느끼며 자신의 신세를 한탄했다.

양호陽湖 사람 황경인黃景仁[90]은 나를 볼 때마다 이 광경을 이야기해 주면서 눈물을 흘리곤 했다.

---

89) 여기에서 '어머니'는 친어머니가 아닌 기생어미를 가리킨다.

90) 황경인黃景仁(1749~1783)은 무진武進(지금의 쟝쑤성 창저우常州) 사람으로 자는 중칙仲則 또는 한용漢鏞이며, 호는 녹비자鹿菲子이다. 북송 시인 황정견黃庭堅의 후예이다. 그는 4세에 부친을 여의었지만, 16세에 동자시童子試에 응시하여 일등으로 합격하고, 17세에 박사제자원博士弟子員 후보가 되었다. 그러나 누차 응시한 향시에는 합격하지 못하고, 건륭 33년(1768)부터 절강, 안휘, 강서, 호남 등지를 유랑하며 호남안찰사湖南按察使 왕태악王太岳, 태평지부太平知府 심업부沈業富, 안휘학정安徽學政 주균朱筠의 막객을 지내기도 했다. 그러다가 건륭 40년(1775) 북경에 갔다가, 다음 해 건륭제가 동순東巡하면서 주재한 시험에서 2등을 하여 무영전서첨관武英殿書簽官을 제수 받았다. 건륭 48년(1783)에 빚에 쫓기면서 병든 몸으로 서안으로 가는 길에 당시 하동염운사河東鹽運使가 되어 있던 심업부의 관서에서 객사했다. 저서에 『양당헌집兩當軒集』 22권이 있다. 본문에서 38세에 죽었다고 한 것은 잘못된 것인 듯하다.

미인의 아름다운 용모는 쇠하기 마련이고

명사는 흔히 곤궁한 처지에 몰리는 법.

글을 팔아먹고 살건 미색을 팔아먹고 살건

슬픈 것은 매한가지다.

美人色衰, 名士窮途,

煮字繡文, 同聲一哭.

진주낭은 뒤에 병으로 죽었는데, 그때가 38살이었다. 몇 년 뒤 황경인도 강주絳州[91]에서 객사했는데, 그때 그의 나이도 38살이었다.

38. 건륭 7년(1742)에 담약譚鑰의 처 진陳씨가 정절을 지켜 표창을 받아 사적대四敵臺에 패방牌坊[92]을 세우고, 그곳을 정절패방貞節牌坊이라 불렀다. 그 옆에 하방河房 몇 칸이 있고, 어떤 여자가 살고 있었다. 그녀는 12살 된 딸 하나를 키웠는데, 딸에게 글을 가르쳤다.

어느 날 그녀는 우연히 패방 아래를 지나가다 돌에 새겨진 글을 올려다보고 낭랑하게 읊더니 어디론가 사라져버렸다. 어디로 갔는지는 아무도 알지 못한다.

39. 정절패방 맞은편의 성가퀴[女牆][93] 위에는 하수오何首烏[94] 넝쿨이 있

---

91) 지금의 산시성山西省 취워현曲沃縣 부근이다.
92) 효자나 절부 등 남의 모범이 될 만한 행위나 공로가 있는 사람을 표창하고 기념하기 위해, 또는 미관을 위해 세운 문짝 없는 문으로, 패루牌樓라고도 한다.
93) 성 위에 쌓는 낮은 담으로, 비예睥睨라고도 한다. 이 담은 성에 비해서 낮기 규모가 작기 때문에 성을 남편에, 여장을 부인에 비유한 것이다.
94) 하수오는 야합夜合, 지정地精, 교등交藤, 진지백眞知白, 산옹山翁, 산정山精 등의 여러 이름이 있다. 우리말로는 흔히 큰 조롱, 또는 은 조롱이라고 하며 황해도나 경상도 지방에서는 새박덩굴이라 부르기도 한다. 하전아何田兒라는 사람이 이 약초를 먹고 머리가 검어져서 하수오何首烏라는 별명으로 불렸고, 그 뒤로 이 약초를 하수오라고 불렀다고 한다.

는데, 붉은 것과 하얀 것 두 색깔의 넝쿨이 서로 얽혀 한 덩어리를 이루고 있다. 달이 뜨는 밤이면 하수오의 정령精靈이 어린 아이로 변해서 천천히 내려왔다가, 사람이 보이면 얼른 숨어버렸다. 때로는 노인의 모습으로 변해 거리에 놀러 나오기도 했는데, 사람들은 그를 하何 노인이라고 불렀다. 나중에 넝쿨이 있는 땅을 파자 붉은 색과 하얀 색의 하수오가 나왔는데, 크기가 버들가지로 결은 바구니[栲栳]만 했다. 그 후로는 달밤이 되어도 다시는 그 모습을 볼 수 없었다.

40. 소흥화小興化는 성이 이李씨이다. 그녀는 미모가 꽤 뛰어난 편이었고, 살결이 곱고 골격이 가늘고 여렸으며, 구름같이 풍성한 머리에 발이 작아 3치가 채 안 됐다. 그 아름다운 자태는 마치 구름 위의 선녀 같았다.

41. 탕이관湯二官은 고향이나 내력은 알 수 없다. 몸이 풍만하고 아름다우며 얼굴이 화사하고 요염했던 그녀는 우스갯소리를 잘했는데, 나중에 어떻게 되었는지는 모른다.

42. 전삼관錢三官은 양주 사람으로 미모는 그다지 뛰어나지 않았지만 호탕하고 기개가 있었다. 어떤 공자가 그녀에게 빠져 시간 가는 줄 모르자, 전삼관은 그에게 빨리 장가를 가서 마음을 잡고 본업에 전념하도록 간곡히 권했다. 공자는 그녀의 마음씀씀이에 감동해 마침내 힘써 집안일을 돌보아, 벼슬살이는 못했어도 살림은 그보다 윤택한 정도까지 되었다.95)

---

95) '중화본'에는 '성소풍언成素豐焉'이라고 되어 있으나, '광릉본'과 '산동본'에는 '성소봉언成素封焉'으로 되어 있다. 여기서는 후자를 따라 번역한다. 『사기』「화식열전貨殖列傳」의 "今有無秩祿之奉, 爵邑之入, 而樂與之比者, 命曰素封"에 대한 장수절張守節의 '정의正義'에 따르면 '소봉素封'은 관작官爵이나 봉읍封邑은 없지만 그런 벼슬아치들에 비견될 정도로 부유한 이를 가리킨다고 했다.

43. 양소보楊小寶는 소주 사람인데 양주 사람의 수양딸로 팔려 왔기 때문에 모두 양빈楊濱이라고 불렀으며, 천하절색이었다. 그녀의 노래 솜씨는 주야동朱野東[96] 못지않았다. 황군성黃君騂이 아직 출세하지 못했을 때, 양소보는 그가 지체 높은 사람이 될 것임을 알아보기도 했다.

44. 양고이楊高二와 양고삼楊高三은 한 명은 양주 사람이고, 또 한 명은 의징儀徵 사람이다. 양고이는 외모가 수려하고 우아한 풍모가 빼어났지만 나이는 양고삼보다 많았다. 양고삼은 몸가짐이 우아하여 기생 티가 나지 않았으며, 진陳 아무개와 가까운 사이였다.

진 아무개가 경사에 놀러갔다가 돌아올 때는 거지꼴이 되었는데, 세밑이 되자 양고삼은 그에게 300금을 주었다. 얼마 되지 않아 양고삼이 병이 들어 거의 죽게 되자, 진 아무개를 한번 꼭 만나고 싶어 했다. 그가 오자 양고삼은 눈물을 흘리며 이렇게 말했다.

"10년 동안 사귀었지만, 당신이 급제하는 걸 못보고 죽게 되었으니 참으로 원통합니다."

말을 마치자 바로 숨을 거두었다.

45. 양계림梁桂林은 양주 사람으로, 15살에 기원에 팔려 왔다. 그녀는 몸집이 작고 아름다웠고, 온화한 성격에 우아했다. 그녀는 음률에도 뛰어났으며, 삼현금을 잘 타고 피리[簫]를 잘 불었다. 또 시에 대해 논하기를 좋아했고 간혹 뛰어난 시 구절을 써낼 때도 있었다. 그녀가 지은 「국화 앞에서[看菊]」이란 절구에 다음과 같은 구절이 있는데, 시구에 색다른 운치가 넘친다.

지금은 울타리에 아름다운 풍경 만들어주지만

---

96) 주야동朱野東은 극단에서 소단小旦 역할을 하는 배우이다. 그에 대해서는 『양주화방록』 권5 「신성북록新城北錄·하下·35」를 참조할 것.

봄이 다 지날 때까지도 꽃이라 여기지 않았네.

縱敎籬落添佳色, 過盡春時不算花.

　건륭 병오丙午년(1786)과 무신戊申년(1788) 사이에 과거에 응시하러 가면서 그녀와 하룻밤 묵고 길을 떠난 제생들 가운데 앞뒤로 7명이나 일등으로 거인이 되었으므로 '항아嫦娥'라는 별명을 얻었다. 그녀는 20살이 넘자 곧 종량從良[97]을 했다.

46. 용두龍頭에서 천녕문 수관까지 운하를 낀 양쪽 기슭에서 개별적으로 기록할 만한 사람을 제외한 나머지 사람들의 내력을 적어보면 다음과 같다.

　목소리가 맑고 고우며 그 기예의 명성이 드높았던 경우는 이루 헤아릴 수 없이 많다.

　백사낭白四娘 같은 이는 양주 사람인데, 현의 아전[縣吏] 주朱 아무개가 그녀가 위험할 때 도와준 적이 있었다. 나중에 그가 사건에 연루되어 큰 벌을 받을 뻔했는데, 그녀가 가진 재산을 다 써서 그를 구하려고 애쓴 결과, 주 아무개는 사형을 면하고 변방으로 유배를 가게 되었다.

　조대관趙大官, 조구관趙九官, 큰 김이관金二官, 작은 김이관金二官, 진은관陳銀官, 교관巧官, '뺀질이[麻油]' 왕이관王二官, 양대관楊大官, 양삼관楊三官, 오신관吳新官, 왕대관汪大官, 민득관閔得官, 민이관閔二官, 심사관沈四官, 심대이관沈大二官, 조삼관趙三官 육애관陸愛官, 동봉관佟鳳官, 하대관夏大官, 소청청小青青, 장대관蔣大官, 장이관蔣二官, 장삼관張三官, 왕대관王大官, '작은 발' 진삼관陳三官, '큰 발' 진삼관陳三官 등은 다 미색과 기예에서 모두 뛰어났다. 이들이 호수에서 배를 띄우고 놀 때 사람들이 이들을 만나면 하나같이 신선세계에서 내려온 것이 아닌가했다.

---

97) 종량從良이란 기녀가 기적妓籍에서 벗어나 결혼하는 것을 말한다.

국수가게[麪店]의 왕삼관王三官 같은 이는 양주 소빈蘇濱의 비조가 되었
는데, 기예로 칭송을 받은 것이지 미색으로써는 아니었다. 이 집의 기생
오관五官은 아름다웠지만 놀러가서 만나 나이와 이름을 물으면 얼굴을
붉히고 도망가 숨어버리니, 이 또한 소빈 가운데 특이한 경우로 꼽혔다.

고소여자高小女子 같은 이는 본래 양주 사람인데, 아름다운 자태가 천
하제일인데다 기예 또한 당대에 필적할 사람이 없었다. 서구관徐九官이
그와 이름을 나란히 했으나 사실은 그에게 한참 못 미친다.

그 밖의 인물로 진무운陳巫雲, 경자瓊子, 봉자鳳子, 남문의 고이관高二
官, 이이관李二官, 흥화興化 출신의 이이관李二官, 장육자蔣六子, 소정향小
丁香, 곽삼郭三, 삼양三揚이 있다.

진사陳四는 세간에서 '염두자鹽豆子'98)라고 불렸다. 그의 딸 매매梅梅
는 14살이고 절세의 미모를 지녔는데, 나중에 유력가에게 팔려가니 화
류계가 텅 비어버린 듯하였다.

47. 항원亢園은 소진회에 있다. 예전에 항씨亢氏99)가 염업을 할 때 안씨
安氏100)와 나란히 이름을 날려 '북안서항北安西亢'이라는 말이 있었다.
항씨가 성 북쪽에 원림을 만들었는데, 길이가 1리 남짓이나 되어 두적
대에서 사적대까지 이어졌다. 운하를 따라 100칸의 건물을 지어 그 지

---

98) 햇빛에 말린 대두大豆를 소금에 절인 후 술을 부어 절이거나 매운 고추와 생강 등을
첨가하기도 하는 반찬을 가리킨다. 강소성 북부, 산동성 남부 일대에서 음력 10월에
만들며, 항우項羽가 유방劉邦과 서주徐州에서 전투를 할 때 식량이 부족해지자 임시방
편으로 만들어낸 음식이라고 한다.
99) 청초의 양회염상兩淮鹽商으로 염업과 전당포업, 미곡업 등을 하여 거금을 모았다. 원
적은 산서山西 평양부平陽府(지금의 린펀臨汾)이고 양주에 살며 부동산에 투자해 항원
을 지었다. 항씨 집안의 엄청난 부에 대해 전설이 전해지기도 한다. 즉 명나라 말엽 이
자성李自成이 산해관山海關에서 청나라 군대에 패한 뒤 북경으로 퇴각해 산서성을 거쳐
서안으로 가던 중 가지고 있던 금은재화를 항씨 집에 맡겼는데, 이자성이 죽은 뒤 모
두 그의 것이 되었다는 것이다.
100) 안기安岐를 가리킨다. 안기에 대해서는 『양주화방록』 권2 「초하록草河錄·하下·105」
의 주석을 참조할 것.

역 사람들이 백간방百間房이라 불렀다. 지금까지 그 옛 터가 남아 있으나 정자와 집, 당堂 등은 이미 흔적도 없어져버렸다. 다만 '병인청화팔십일노인방문서丙寅淸和八十一老人方文書'라고 새겨진 유문탕화교流文蕩畫橋의 돌 하나가 양고삼楊高三의 집 수문水門 위에 박혀 있다.

48. 소진회차사小秦淮茶肆는 오적대에 있다. 문을 들어서면 10여 층의 계단이 나선형으로 이어져 있고, 거기를 내려가면 3칸짜리 작은 집이 있다. 그 옆에는 2칸 정도의 작은 누각이 있으며 누런 방해석方解石이 우뚝하게 솟아 있다. 그 돌 안에는 10여 그루의 고목이 자라고 있으며, 그 돌을 둘러싼 1궁弓 정도 되는 땅에 돌 책상[石几]과 돌 평상[石牀]을 두었다. 그 앞에는 네모난 정자가 서 있고 정자 왼쪽은 4칸짜리 하방인데, 뛰어난 배치로 오랫동안 칭송받았다. 나중에는 동리東籬로 이름이 바뀌었고, 지금은 다시 객사客舍로 바뀌었다. 이곳은 양주에 찾아오는 평화評話101)를 가르치는 예인들이나 마술[戱法]을 공연하는 여배우들, 기생 어미들이 묵는 곳으로 쓰인다.

49. 고아이顧阿夷는 오문吳門(지금의 쑤저우蘇州) 사람인데, 여자를 모집해 곤강崑腔을 하게 하면서 쌍청반雙淸班이라 이름을 짓고 선생을 모셔다 가르쳤다. 그녀는 처음에 소진회의 객사에서 지내다가 작약항芍藥巷으로 옮겼다.

쌍청반의 희관喜官이 연기한 『모란정牧丹亭』의 「심몽尋夢」은 바로 김덕휘金德輝102)의 창법이었다.

옥관玉官은 소생小生을 연기했는데 용모가 남자 같았다.

---

101) 곡예曲藝의 일종으로 한 사람이 그 지방 방언으로 이야기를 하는데, 노래는 없이 강설만 있다. 『양주화방록』 권11 「홍교록紅橋錄·하下」에 의하면, 이것은 강남에서 성행했으며 유봉춘柳逢春, 공운소孔雲霄 같은 예인들이 유명했다고 한다.
102) 김덕휘에 대해서는 『양주화방록』 권5 「신성북록新城北錄·하下·35」를 참조할 것.

교관巧官은 이목구비가 수려하고 여러 분야의 책을 많이 읽었다. 그녀는 사모소생紗帽小生[103]을 연기했는데, 궁화宮靴를 자신이 직접 만들어 신었으며, 행동거지가 소탈하고 시원시원했다.

소옥小玉은 희관의 여동생으로 희관이 최앵앵崔鶯鶯 역을 하면 소옥은 홍낭紅娘을 맡고, 희관이 두여낭杜麗娘 역을 하면 소옥은 향춘春香을 맡아 서로의 연기를 품평해주었다.

김관金官은 성격이 제멋대로이고 교만해 극단 내에서 '싸움꾼[鬪蟲]'이라고 불렸는데, 그런 그녀가 『차천기釵釧記』의 「상약相約」, 「상매相罵」를 연기하면 마치 신들린 듯 뛰어난 재주를 보여주었다.

서구아徐狗兒는 고상하고 우아하며 파리하게 여위어, 음식도 아주 조금밖에 먹지 않았다. 그녀는 분장실[戲房]에 앉아 있을 때는 마치 규방에 있는 듯 했고, 무대에 나가면 영락없이 금지옥엽으로 자란 여염집 규수였다.

삼희三喜는 자존심이 지나치게 강했으며, 낯선 사람을 만나면 눈살을 찌푸리며 인상을 썼기 때문에 그 기예가 뛰어나지 못했다.

고미顧美는 고아이의 딸인데, 무례하여 극단의 배우들이 겉으론 받아주었지만 속으론 멀리하는 마음이 있었다.

이관二官은 조오낭趙五娘을 연기했는데, 조오낭이 온갖 고생을 다 하는 모습을 더할 나위 없이 실감나게 보여주었다.

방희麗喜는 노단老旦을 연기했는데, 비 맞은 학처럼 고개를 푹 숙이고 청승맞게 연기했다.

어자魚子는 12살이고 소축小丑을 연기했는데, 몸이 날렵하고 유연하여 어떠한 동작이든 자유자재로 해냈다.

계옥季玉은 11살인데, 어린 나이에도 남녀의 운우지정을 잘 이해하고

---

103) 사모紗帽는 명대의 문무관원의 일상 예복을 가리키며, 여기에서 연용되어 관원을 가리키기도 한다. 사모소생紗帽小生은 희곡의 배역 이름으로 소생의 일종이다. 경극京劇 『옥당춘玉堂春』에서 왕금룡王金龍처럼 대부분 문관文官 역할을 한다.

표현했다.

수관秀官은 사람됨이 깔끔하고 단정하며 인정이 박한 편이었다. 그녀는 열녀를 주로 연기했고, 한가할 때는 손을 소매 속에 집어넣고 마치 뭔가 살펴보기라도 하는 듯 천천히 걸으며 잘난 척하기를 좋아했다.

강관康官은 나이가 어리고 똑똑하지 못해 눈물이 마를 날이 없었으나 목소리는 맑고 은은했다. 그녀는 노래를 한 번만 가르쳐주면 바로 배웠다. 그녀가 『염운정艶雲亭』의 「치소점향癡訴點香」을 연기하게 하면, 무대에 나가자마자 온 객석에서 어수룩하게 사랑에만 빠져 있는 그녀의 연기에 감탄을 금치 못했다.

맹인 노파인 고접顧婕은 딸을 이 극단에 팔아 강관과 함께 「치소癡訴」에서 장님 연기를 하게 시켰는데, 그 딸이 장님의 형상과 자태를 실제 그런 양 똑같이 보여주었다. 어미와 딸은 본래 기질이 통하는지라, 딸이 어미의 마음을 헤아리기만 하면 훌륭한 연기를 할 수 있었던 것이다.

신관申官과 유보酉保 자매는 『얼해기蘗海記』의 「쌍사범雙思凡」을 연기했고, 흑자黑子는 홍초녀紅綃女를, 육관六官은 이삼낭李三娘을 연기했는데, 모두 그 극단에서 최고였다.

악대[後場]는 모두 가동歌童이 담당했다.

사관四官은 소라小鑼를 연주했고 또 대화면大花面 연기도 할 줄 알았다. 그는 『소광검宵光劍』의 「요장구청鬧莊救靑」 연기를 가장 잘 했고, 웃는 모습이 범송년范松年[104]을 닮았다.

극단 선생[敎師]의 아들인 허순룡許順龍도 간혹 극단에서 정단正旦을 연기하곤 했는데, 옥관과 함께 『비파기琵琶記』의 「남포촉별南浦囑別」을 연기했을 때는 사람들이 생生과 단旦이 남녀가 뒤바뀌었다고들 말했다.

이렇게 여자배우가 18명, 악대[場面]가 5명, 극단을 관장하는 교사[掌班敎師]가 2명, 남자 정단正旦이 1명, 의상衣箱과 잡상雜箱과 파상把箱,[105] 금라

---

104) 평화評話를 전문으로 했던 설서 예인이다. 건륭 연간에 왕덕산王德山, 설가홍薛家洪 등과 함께 양주에서 이름을 떨쳤다.

를 관리하는 사람 4명으로 극단 하나를 이루고 있다. 조익趙翼106)의 『구북집甌北集』에 다음과 같은 시가 있는데, 이런 극단을 두고 말한 것이다.

> 어느 날 저녁 술잔 놓고 다시 연회를 여니
> 백 년 전 미인들이 차례로 눈앞에 나타나는구나.
> 一夕綠尊重作會, 百年紅粉遞當場.

50. 유일목留一目은 자가 계패繼佩이고 형제의 항렬이 두 번째이다. 어려서 애꾸눈이 된 그는 엽자희葉子戲107)에 정통했으며, 노단老旦 연기를 했다. 그는 만년에 특별한 이유 없이 목을 매 자살했는데, 후사가 없어 그의 집은 기원이 되어버렸다. 그 기원은 물가 쪽으로 대나무 울타리를 엮어놓았고, 덩굴시렁[豆棚]을 올린 것이었다. 기녀들이 노래를 부를 때면 홀연 유일목이 나타나 시렁 밑에서 노래 소리를 듣고 있는 듯한 모습이 보이곤 했는데, 사람들도 그걸 이상하게 여기지 않았다고 한다.

51. 여기 소진회는 중추절에 가장 북적거리니, 물가 쪽으로 난 창을 열고 달에 제사를 올린다. 오색 휘장이 드리워진 아름다운 정자를 그려서 광한청허지부廣寒淸虛之府108)를 만드는데, 이를 월궁지月宮紙라 부른다. 또 종이나 얇은 비단으로 의관을 갖춘 신상神像을 만들고 월병月餠 위에 항아嫦娥의 모습을 집어넣는데, 이를 월궁인月宮人이라 부른다. 연뿌리

---

105) 『양주화방록』 권5 「신성북록新城北錄・하下・54」를 참조할 것.
106) 조익趙翼에 대해서는 『양주화방록』 권3 「신성북록新城北錄・상上・19」를 참조할 것.
107) 엽자격葉子格을 가지고 하는 잡희를 가리킨다. 엽자격은 잡희 도구인데, 지금은 사용 방법이 전해지지 않지만 서양의 포커와 비슷한 것으로 여겨진다. 엽자희의 내용은 시대마다 달라졌는데, 당・송 시대에는 주사위[骰子]를 썼으며 사대부의 연회에 많이 썼다. 명・청 시기에는 마적패馬吊牌를 엽자회라 불렀다.
108) 전설에 의하면 당나라 현종이 8월 대보름날 달에서 노닐다가 커다란 궁전을 보았는데, 방榜에 "廣寒淸虛之府"라고 적혀 있었다고 한다. 이로부터 달 속의 선궁仙宮을 광한궁廣寒宮이라고 부르게 되었다.

[藕]의 생가지를 따온 것을 자손우子孫藕라 하고, 연꽃의 속이 꽉 찬 연
방蓮房을 화합련和合蓮, 연밥 가운데 크기가 크면서 여장女墻의 조각처럼
촘촘하게 늘어선 것을 구아과狗牙瓜라고 한다. 여기에 마름과 밤, 은행
같은 것을 곁들여 내기도 한다. 종이와 얇은 비단으로 보탑寶塔을 만들
어 대가 댁 여자들이 그 주위에 둘러앉아 술을 마시는데, 이를 단원주團
圓酒라고 한다. 이날 음악이 연주되기 시작하면 밝은 달이 빛을 뿌리며
떠 있고, 주렴 드리운 수많은 집들마다 여인의 은 장신구가 모두 나와
반짝인다. 배는 만을 따라 선회하고, 나무들은 흐르는 물길 따라 굽이굽
이 섰으니 마치 위쪽에 둥근 고리를 달고 등으로 만든 병풍[屈膝燈屛] 한
폭을 펼친 듯하다.

52. 포림浦琳은 자가 천옥天玉인데, 오른손이 짧으면서 비틀려 있어 '별
자拚子'라고 불렸다. 그는 어려서 고아가 되어 성안에서 구걸을 하고 밤
에는 걸인 수용소[火房]에서 잤다. 성인이 되자 이웃마을 부인이 중매를
서주려고 하자 그는 겁을 먹고 당황해했다. 부인은 "무서워 할 것 없다"
고 달랬다. 그가 여자의 성씨를 묻자 부인은 예쁜 신붓감을 구해놓았다
며 모월 모일 모처에서 혼인을 하자고 약속을 정했다. 그러나 포림은
거짓말이려니 하고 믿지 않았다.

혼인 날짜가 되어 부인이 포림을 데리러 왔는데 그가 보이지 않자,
다급히 백방으로 수소문해 그를 찾아냈다. 함께 약속했던 장소로 가보
니 여자의 방이 으리으리했다. 부인은 포림을 거기로 들이밀어 억지로
혼인을 시켰다. 이후로 포림은 시내에서 청소를 하며 다시는 구걸을 하
지 않았다.

몇 년 후 대동문조교 남쪽의 차 끓이는 노파가 그에게 호로呼盧라는
도박술을 가르쳐주었는데, 포림은 그 기술을 배운 이후로는 도박에서
100번에 1번도 지지 않았다. 이때부터 그는 돈을 모아 집을 얻고 중매
를 해준 부인과 이웃하여 오적대에 살았다. 그 부인에게는 평화評話를

공연하여 먹고 사는 조카가 있었는데, 날마다 이 부인 집에 와서 연습을 했다. 포림은 오랫동안 매일같이 그 소리를 들으며 지내다 보니, 어렵지 않게 평화를 배우게 되었다.

그런데 평화에서 강설하는 이야기들이 모두 사람들이 익히 아는 것들인지라, 포림은 자기가 겪은 경험을 엮어 피오皮五라는 가명으로 「청풍갑淸風閘」 고사를 지었다. 심혈을 기울여 가사를 정하고, 음조를 따지고 내용에 따라 잘 맞추었으며, 당시의 천한 떠돌이 부녀자들 특유의 발음과 말투를 똑같이 따라했다. 이 이야기를 듣는 이들은 재미있어 웃음을 참을 수가 없고, 더 듣다보면 모골이 송연해지게까지 만들었으니, 마침내 대단한 절기絶技가 되었다.

포림은 몸집이 비대하고 가래가 많았으며, 잠자기를 좋아했다. 그는 우스갯소리와 구기口技[109]에 두루 뛰어났는데, 거기에는 풍자와 권계勸戒의 뜻을 많이 담고 있어 옛날 풍자 배우들의 풍취를 지니고 있었다. 만년에 그는 즐겨 선행을 베풀고 남을 많이 도와주었다. 김조연金兆燕[110]이 『별자전拟子傳』을 지었다.

53. 남류항南柳巷은 동쪽 기슭에 있다. 항주 사람 진장陳章[111]이 여기에 살았는데, 집 뒤편이 운하에 붙어 있었다. 여악厲鶚[112]의 "버들 자란 골목 남쪽에 훌륭한 시인이 사네[柳巷南頭詩老在]"라는 시구는 그를 가리켜 한 말이다.

54. 남류항에 있는 수항水巷에 돌을 쌓아 작은 계단을 만들어 강가 원림

---

109) 구기口伎라고도 한다. 잡기雜技의 일종으로 입을 놀리는 특정한 기술을 사용해 각종 소리를 흉내 낸다. 예전에는 벽을 사이에 두고 공연을 했으므로 격벽희隔壁戱라고도 하고, 상성像聲이라고도 부른다.
110) 김조연金兆燕에 대해서는 『양주화방록』 권3 「신성북록新城北錄・상上・27」을 참조할 것.
111) 진장陳章에 대해서는 『양주화방록』 권4 「신성북록新城北錄・중中・22」를 참조할 것.
112) 여악厲鶚에 대해서는 『양주화방록』 권4 「신성북록新城北錄・중中・18」을 참조할 것.

의 배[江園水船]들과 편의문便宜門113) 및 서문의 분뇨선[糞船]이 드나드는 나루터로 삼았다. 간혹 나들이객이 여기에서 배를 타기도 하는데, 놀잇배로 가는 지름길이었다. 강물 안에 샘이 있는데 수항 입구 운하 옆에 위치해 있다. 샘은 물빛이 맑고 맛이 깨끗하여 하원下院의 우물에 못지않았다. 그것은 운하의 수위가 높아지면 없어졌다가 낮아지면 다시 나타나므로, 차를 끓이거나 술을 담그는 경우가 아니면 항상 길어 가지는 않는다.

양주 군성에서 차를 끓일 때는 우물물을 긷지 않고, 천녕문과 광저문, 서문, 북문, 대동문, 소동문 등의 문에 있는 보장호에 흘러온 물을 길어다 쓴다. 이 물을 선수船水라고 부른다. 남문, 초관문, 서녕문, 궐구문, 동관, 편익문 등의 문에 있는 관하官河에서 흘러온 물은 하수河水라고 부른다.

성 안에 있는 우물물 가운데 쓸 만한 것으로 천녕문의 청룡천靑龍泉과 동관의 광릉도廣陵濤 두 샘이 있었다. 지금 청룡천은 이미 말라버렸고, 광릉도는 동관 남성南城 발치의 어느 집에 있는데 거의 살펴볼 만한 것이 남아 있지 않다. 그 나머지 관개용으로 공급되는 것을 흘수정吃水井이라 하는데, 우열을 따질 만한 것이 없으나 정가만정丁家灣井과 정정亭井, 서방사西方寺의 사안정四眼井은 그래도 조금 낫다. 여기 소진회의 우물 같은 경우 이곳 사람들이 아직 잘 모르고 있다.

광릉도의 경우 그 이름을 둘러싼 쟁론이 분분하기 이를 데 없다. 모두들 「칠발七發」114)에서 말한 "광릉의 곡강曲江115)에서 넘실대는 물결

---

113) 편익문便益門이 옳을 듯하다.

114) 한나라 무제武帝와 경제景帝 때 활동한 매승枚乘(자는 숙숙, 강소 회음淮陰 사람)의 부賦 작품이다. 부체賦體 산문인 「칠발」은 총 8단段으로 나뉘어 있으며, 초楚 태자太子와 오객吳客의 대화를 빌려 인생 철리에 대해 이야기하는 것을 주 내용으로 하고 있다. 여기에 인용된 문구는 다음 부분에서 나온 것이다. "將以八月之望, 與諸侯遠方交遊兄弟, 幷往觀濤乎廣陵之曲江."

115) 곡강曲江은 강소성 양주시 남장강南長江의 일단을 가리킨다. 매승의 이 구절에서 알 수 있고, 또 『초학기初學記』 권6과 청나라 때 왕중汪中이 쓴 『술학述學』「광릉곡강증廣

을 본다[觀濤於廣陵之曲江]"라는 구절을 가지고, 곡강은 지금의 절강을 가리키는 것이므로 그 곡강의 물결을 보는 것이라고 해석해왔다. 그러나 비석황費錫璜116)은 춘추시대에는 산동山東 지방에서 밀물이 왕성했고, 한나라와 육조시대에는 광릉 지방에 왕성했으며, 당·송 이후로는 절강 지방에서 왕성했다고 풀이했다. 이곳은 대지의 기운이 북에서 남으로 옮겨갔기 때문인데, 그런 사실을 아는 자가 아무도 없었다는 것이다. 이 설명을 가지고 『맹자孟子』의 "전부산轉附山과 조무산朝儛山"117)이라는 구절을 보면 조무朝儛는 곧 밀물이 춤추는 듯 넘실댄다는 뜻이며, 따라서 북쪽을 발해渤海118)라고 부르는 것이다. 발渤은 발勃과 같고, 성내다[怒], 거스르다[逆]라는 뜻이니, 이상은 산동에서 조수가 왕성했다는 얘기이다.

『남제서南齊書』에는 다음과 같은 기록이 있다.

영초永初 3년(422) 단도제檀道濟119)가 처음 남연주南兗州를 만들었고, 이에

陵曲江證」에도 고증되어 있다. 또 곡강은 전당강錢塘江의 다른 이름이기도 하다. 본래 이름은 절강浙江이었는데, 밀물이 절산浙山 아래에서 굽이져 흘러 동쪽의 바다로 들어가기 때문에 곡강이라 부르게 되었다. 청나라 때 위원魏源의 「천태석량우후관폭가天台石梁雨後觀瀑歌」에 "靜中疑是曲江濤, 此則雲垂彼海立"이라는 구절이 있으며, 『절강통지浙江通志』「산천일山川一」「전당강錢塘江」에 설명이 있다.

116) 비석황費錫璜(1664~?)은 자가 자형滋衡이고 신번新繁 사람이다. 시인 비밀費密의 둘째 아들이다. 그의 조상은 사천성 신번 사람인데, 조부가 난을 피해 양주로 와서 오강吳江 사람이 되었다. 그는 양한兩漢 악부樂府를 공부하여 심덕잠沈德潛과 이조원李調元의 상찬을 받았다. 저서에 『체경당시집掣鯨堂詩集』이 있다. 여기에 나온 비석황의 이야기는 그의 「광릉도변廣陵濤辨」에서 나온 것인 듯하다.

117) 『맹자』「양혜왕상梁惠王上」: "轉附朝儛." 조기趙岐와 초순焦循, 주희朱熹 모두 전부와 조무를 산 이름으로 해석하였다. 초순에 의하면 전부轉附는 지부산之罘山, 조무朝儛는 성산成山을 가리키는 것으로, 진시황과 한 무제가 낭야에서 북쪽으로 가서 이 두 산에 이르렀다고 했다. 지부산은 지금의 산둥성 이앤타이시煙台市 즈푸다오芝罘島에 있다.

118) 요동과 하북, 산동, 천진의 세 성省과 시市에 걸쳐진 지역으로 동쪽으로는 요동반도 남단, 남쪽으로는 산동반도 북안에 이르는 곳을 일컫는다.

119) 단도제檀道濟(?~436)는 고평高平 금향金鄉(지금의 산동 진샹金鄉 북쪽) 사람이다. 그는 남조 송나라의 명장으로 대대로 경구京口(지금의 쟝쑤성 쩐장시鎭江市)에 살았다. 그는 남연주자사南兗州刺史를 지냈으며, 광릉을 수비하는데 여러 차례 전공을 세워 명성이

따라 광릉이 중요 근거지인 주진州鎭이 되었는데, 그 땅이 매우 평탄하고 넓었다. 자사는 매년 8월이면 자주 해릉海陵120)에 나가 밀물을 구경했는데, 그곳은 경구京口와 마주보고 있으며 장강이 웅장하고 광활하게 흘러가는 곳이다.

　　永初三年, 檀道濟始爲南兗州, 廣陵因此爲州鎭, 土甚平曠, 刺史每以八月多
出海陵觀濤, 與京口對岸, 江之壯闊處也.

또 악부樂府 「장간곡長干曲」121)에는 다음과 같은 구절이 있다.

　　거친 물살을 헤치며 옛 친구 불러서 가니
　　마름 따는 작은 배 흔들리는 것쯤 두렵지 않아요.
　　이 몸은 양자강에 사니
　　지금껏 광릉의 밀물 타고 헤엄치며 놀았답니다.
　　逆浪故相邀, 菱舟不怕搖.
　　妾家住揚子, 便弄廣陵潮.

　　이 시에서 말하는 것 역시 지금의 전당錢塘 지역에서 행해지는 농조弄潮122) 놀이와 같은 것이다. 또 『남연주기南兗州記』123)에는 이런 기록도 있다.

　　과보瓜步124)에서 5리 되는 곳에 과보산瓜步山이 있는데, 밀물이 바다에서

높았다. 일설에는 원가元嘉 8년(431)에 남연주를 설치했다고 하기도 한다.
120) 강소성 태현泰縣 동쪽에 있다.
121) 『악부시집樂府詩集』 「잡곡가사雜曲歌辭」 12번째 곡이다.
122) 밀물 속에서 헤엄을 치며 장난치는 것을 가리킨다. 전당錢塘에서 행해지는 것이 가
　　장 유명하다. 또 오자목吳自牧의 『몽양록夢梁錄』 「관조觀潮」에는 남송 때 임안臨安에서
　　는 8월에 밀물을 구경하며 소년 110명이 무리를 이루어 깃발을 쥐고 물속에서 헤엄치
　　는 것이 있는데, 이를 농조지희弄潮之戱라고 불렀다는 기록이 있다.
123) 남조 제齊나라의 완서지阮叙之가 지은 지리서이다.
124) 강소성 육합六合의 동남쪽에 있는 지역 이름이다. 이곳에 과보산瓜步山이 있으며 산
　　아래 과보진瓜步鎭이 있다. 과보산 남쪽으로 장강이 흐르기 때문에 남북조 시대에 있
　　었던 전투에서 여러 차례 주요 쟁탈지가 되었다. 450년 북위北魏 태무제太武帝가 송宋

장강으로 600리를 솟구쳐 세차게 흘러오다 이 언덕 옆쪽에 이르러 그 기세가 조금 누그러든다.

瓜步五里有瓜步山, 南臨江中, 濤水自海大江, 冲激六百里, 至此岸側, 其勢稍衰.

『남서주기南徐州記』125)에는 다음과 같은 기록이 있다.

경강京江126)은 『상서尙書』「우공禹貢」에 의하면 북강北江127)에 해당하는데, 봄가을 초하루와 그믐에 큰 밀물[大潮]128)이 생겨서 장강을 타고 북쪽으로 흘러 적안赤岸129)에 이르면 그 기세가 더욱 더 맹렬해진다.

京江, 禹貢北江, 春秋分朔, 輒有大潮江乘北激赤岸, 尤更迅猛.

그런데 적안은 광릉에 있으므로 이 설명과 매승이 말한 것이 합치된

을 공격할 때, 이곳에 와서 산을 깎아 굽이진 길을 내고 전전甎殿을 설치하여 장강 건너에 있는 건강建康(지금의 난징시)을 위협하였다. 명·청 시대에는 과보진에 순검사巡檢司를 두었다. '보步'자의 경우 지금은 '부埠'자로 쓰고 있다.

125) 산겸지山謙之(?~454?)가 지은 지리서이다. 산겸지는 원가元嘉(424~453) 연간에 사학생史學生이 되었고 후에 학사學士를 지냈다. 저작랑著作郎 하승천何承天과 함께 『송서宋書』를 편찬했고, 454년에 황제의 명을 받아 속찬續撰을 했다. 「남서주기」외에 「단양기丹陽記」와 「오흥기吳興記」, 「심양기尋陽記」 등을 지었다.

126) 강소성 진강鎭江 북쪽에서 바다로 흘러들어가는 부분까지 장강의 일단을 가리키는 말이다. 진강의 옛 이름이 경구京口였기 때문에 이런 이름이 붙었다.

127) 북강北江은 회계會稽 비릉현毗陵縣 북동쪽에서 바다로 들어가는 장강의 일단이고, 중강中江은 단양丹陽 무호현蕪湖縣 동북쪽에서 회계 양이현陽羡縣 남동쪽에서 바다로 들어가고, 남강南江은 회계 오현吳縣 동남쪽에서 바다로 들어간다. 『사기史記』「하거서河渠書·제칠第七」에 삼강三江이란 말이 나오며, 「우공禹貢」편에 북강北江, 중강中江이란 말이 나온다.

128) 조수의 승강폭은 날마다 달라지고 초하루[朔]와 보름[望]에는 해와 달의 인력이 가장 커지는 때라 해수면도 가장 높게 상승하는데, 이를 대조大潮라고 한다. 그러나 지역에 따라 혹은 다른 복잡한 요소의 영향으로 대조가 반드시 초하루와 보름에 일어나는 것은 아니며, 이삼일 동안 지연될 수도 있다.

129) 강소성 육합六合의 동남쪽 40리 정도에 있는 적안산赤岸山을 가리킨다. 홍산紅山이라고도 한다. 산에 있는 바위와 주변 토양이 모두 붉은 색이기 때문에 이런 이름이 붙었다.

다. 이상은 밀물이 광릉에서 왕성했다는 얘기이다.

낙빈왕駱賓王130)의 시에 "문은 절강의 밀물을 마주하고 있네[門對浙江潮]"라는 구절이 있는데, 당·송 이후로는 기록에서 '전당'이라고 칭하고 있다. 이것은 밀물이 절강에서 왕성했다는 얘기이다.

또한 비석황은 이렇게 말했다.

절강의 밀물은 춘추시대에 이미 있었던 것이다. 오자서伍子胥와 문종文種131)이 모두 백마를 타고 파도를 헤치고 갔다는 것을 보건대 그러하다.

浙江之潮, 在春秋已然, 觀伍胥文種皆乘白馬而爲濤是也.

이러한 모든 것이 매승이 말한 광릉이 양주에 있었다는 것을 증명해주고 있다. 곽장원郭長源132)이 일찍이 비석황에게 이렇게 말한 적이 있다.

요즘 광릉에 한 번도 밀물이 없었다고 말하는 이들은 동관 성 아래를 가리켜 '광릉도'라고 하는 것은 잘못이라고 합니다. 또 왕중汪中이 「광릉곡강고廣陵曲江考」에서 수수秀水 사람 주이존朱彝尊의 견해를 반박하면서 「칠발七發」에 있는 '팔월에 밀물을 본다.'는 구절이 광릉에서 일어난 일이지 절강이 아니라고 한 것도 잘못이라고 합니다. 그러나 밀물이 광릉에 있었다면 분명 우물이나 작은 물줄기 같은 것을 가리켜 말한 것은 아닐 것입니다.

---

130) 낙빈왕駱賓王에 대해서는 『양주화방록』 권6 「성북록城北錄·23」을 참조할 것.
131) 문종文種은 초楚나라 영郢 사람으로 자는 소금少禽 혹은 백금伯禽이라 쓴다. 대부종大夫種이라 부르기도 한다. 춘추시대 말엽에 월越나라의 대부를 지낸 그는 B.C. 494년 월이 오에게 공격을 당했을 때 회계會稽를 지켜내고, 월왕 구천勾踐에게 건의하여 오나라 태재太宰에게 뇌물을 주어 월을 구했다. 구천이 돌아온 후 그에게 국정을 다 맡겼다. 나중에 구천은 다른 신하의 참언을 듣고 문종에게 오왕 부차夫差가 오자서에게 주었던 칼을 던져주었고, 문종은 그의 뜻대로 그 칼을 받아 자결하였다.
132) 곽장원郭長源(?~?)은 자가 시약時若이고 강도江都 사람이다. 그는 옹정 10년(1732)에 향시에서 해원解元으로 급제했다는 것 외에 생애에 대해 알려진 바가 별로 없다. 청나라 때 왕감王椷의 『추등총화秋燈叢話』 권16에는 그가 향시에 합격한 것은 옆방 노인의 도움을 받았기 때문이라는 일화가 실려 있다.

近人說廣陵竟無濤者, 非若指東關城下爲廣陵濤, 亦非汪容甫廣陵曲江考力
駁秀水朱檢討之說, 以七發八月觀濤爲在廣陵而不在浙江. 然而濤在廣陵, 必
非井泉小水之謂也.

지금 광릉도가 동관 성 아래에 있었다는 설에도 두 가지가 있다. 하나는 성문 밖 나루터 아래라는 설이고, 또 하나는 성 안의 소성동小城洞에 있다는 설이다. 아마도 처음에 동관에 있는 찻집 가운데 이름을 광릉도라고 했던 집이 있었고, 또 목욕탕 가운데 광릉도라는 이름도 있어서 나중에 그 이름을 가지고 이 지역을 지칭하게 되었던 것이지, 그곳에 정말 광릉의 밀물이 있었던 곳은 아닐 것이다. 사실 동관 성 아래의 샘은 맛이 맑고 깨끗한 것으로 보아 물에 잠긴 적이 있을 수가 없다.

55. 북류항北柳巷은 남류항 북쪽에 있으며 동자사董子祠가 있다. 동자사는 예전에 정의서원正誼書院이었는데 명나라 정덕正德(1506~1521) 연간에 정의사正誼祠로 바뀌면서 한나라 때의 승상 동중서董仲舒[133]를 제사지내고 『춘추번로春秋繁露』를 모셔두었다. 우리 청 왕조의 성조聖祖 강희제께서 '정의명도正誼明道'라는 편액을 하사하시어 이름을 동자사라 하게 되었다. 이곳은 문이 북류항 아래 언덕으로 나 있고, 서쪽으로 가면 남향의 두 번째 문[二門]이 나온다. 그 안에 제기고祭器庫와 재생당宰牲堂, 도서방圖書房, 치재소致齋所, 자임당資任堂, 박문재博聞齋와 기도재起道齋가 있다. 그 바깥으로 언덕 아래쪽에 두 줄로 건물을 세웠고, 도사道士가 거처한다. 염무鹽務가 이곳에 시약국施藥局을 세웠는데, 예전의 매약

---

133) 동중서董仲舒(B.C. 179~B.C. 104)는 광천廣川(지금의 허베이성河北省 짜오창현棗強懸 동쪽) 사람이다. 그는 경제景帝 때에 박사博士를 지내며 『공양춘추公羊春秋』를 연구했다. 무제武帝 때에는 '현량문학賢良文學'에 천거되었고, 강도왕江都王과 교서왕膠西王의 재상을 지내기도 했다. 나중에 병을 핑계로 사직하고 학문과 저술에 전념했다고 하나, 그의 저작은 대부분 온전히 남아 있는 것이 없고 후세 사람들이 엮은 『춘추번로春秋繁露』와 『동자문집董子文集』 정도만 남아 있다.

소매약소買藥所나 화제국和劑局 같은 종류이다.

무생武生134)을 연기하는 오홍吳灯135)이 동자사에 살았는데, 그는 거문고를 잘 탔다. 그는 날마다 서금당徐錦堂과 심강문沈江門, 오중광吳重光 그리고 승려 보월寶月과 함께 어울려 놀다가 밤이 되면 거문고를 탔는데 삼경三更이 될 때까지 그치지 않았다.

양주의 금학琴學은 서의徐褘136)가 최고이다. 서의는 자가 진신晉臣이고, 포정사布政使 연희요年希堯137)에게 인정을 받아 『징감당금보澄鑒堂琴

---

134) 전통 희곡의 배역 명칭으로, 생生의 일종이다. 대부분 무예에 뛰어난 청년으로 분하며 장고무생長靠武生과 단타무생短打武生으로 구분된다. 노인이면서 무예에 뛰어난 사람으로 분하는 것은 무노생武老生이라 부른다. 무생은 부분적으로 무정희武淨戲를 겸하기도 한다. 경극京劇 『철롱산鐵籠山』의 강유姜維가 그 예이다. 후희猴戲 가운데 손오공孫悟空도 대부분 무생이 맡아서 한다.

135) 오홍吳灯(1719~1802?)은 자가 사백仕栢이고 양주 의징儀徵 사람으로 서상우徐常遇의 손자 서금당徐錦堂에게 거문고를 배웠다. 그들은 당시 양주에 모여 있던 각지의 거문고 명수들 즉, 금릉金陵의 오궁심吳宮心과 곡강曲江의 심강문沈江門, 신안新安의 강려전江麗田, 양주의 서준徐俊 등과 함께 하루 종일 함께 하면서 음악을 논하고 연주를 했다고 한다. 그는 『율려정의律呂正義』와 왕탄王坦이 쓴 『금지琴旨』의 내용을 흡수하여 금곡琴曲 82수를 엮고, 『자원당금보自遠堂琴譜』 12권을 지었다. 80세에는 관찰사 이정경李廷敬의 초빙을 받아 막빈으로 지내기도 했고, 이정경의 도움 아래 1802년 『자원당금보』를 출간하기도 했다.

136) 서의徐褘는 거문고의 대가인 서상우徐常遇(자가 이훈二勳)의 셋째 아들이다. 맏형인 서호徐祜(자는 주신周臣)와 함께 젊은 시절에 북경 보국사報國寺에 가서 거문고를 타서 "강남이서江南二徐"라는 명성이 자자했다. 강희제가 그 소문을 듣고 창춘원暢春院으로 불러 그들을 접견하고 연주를 듣기도 했다. 서의는 다른 형제들과 함께 부친인 서상우의 금서琴書 『징감당금보澄鑒堂琴譜』를 정리하여 간행했다. 그의 아들 서금당徐錦堂이 그의 금학琴學을 계승했고 광릉파의 후계자인 오홍에게 전수했다.

137) 연희요年希堯(?~1739)는 자가 윤공允恭이다. 일설에는 이름이 윤공이고 자가 희요라고도 한다. 그는 광녕廣寧(지금의 요녕遼寧 북진北鎭) 사람이며 녹한군錄漢軍 양황기鑲黃旗 출신이다. 그는 광동순무廣東巡撫와 공부우시랑工部右侍郎까지 지냈으며, 옹정雍正 4년(1728)에 내무부총관內務部總管을 제수 받아 회안판갑관세무淮安板閘關稅務를 관리하다가 1735년에 사직했다. 그는 유원劉源, 낭정극郎廷極, 당영唐英, 계창繼昌 등과 함께 모두 기적旗籍을 가지고 있으면서 강남에서 자기를 제조했던 것으로도 유명했고, 경덕진景德鎭의 도자기 공장을 관할하여 '연요年窯'라고도 불리기도 했다. 산수화와 화훼화, 영모화翎毛畫에도 뛰어났던 그의 저서로는 『고금화사古今畫史』, 『삼만륙천경호중화선록三萬六千頃湖中畫船錄』, 『설교시화雪橋詩話』, 『회경헌독화기繪境軒讀畫記』, 『고자고략古瓷考略』 등의 저서가 있다.

譜』138)를 간행했다. 그 뒤를 이어 서금당이 『오지재금보五知齋琴譜』139)를 지었으니, 이 두 사람을 이서二徐라고 병칭한다. 심강문, 오중광 같은 이들이 모두 여기에서 나온 인재들이다.

양주의 소장가들은 고금古琴을 많이 가지고 있는데, 그 가운데 가장 오래된 것이 마왈로馬曰璐140) 집에 있는 뇌금雷琴이다. 거기에는 "개원 2년(714)에 뇌소雷霄141)가 만들다[開元二年雷霄斲]"라고 새겨져 있다.

56. 오현吳縣 사람 섭어부葉御夫의 표구점[裝潢店]이 동자사 옆에 있다. 섭어부는 당나라 때의 숙지법熟紙法142)을 익혔다. 오래된 서화書畫를 표구한 바탕 면[絹地]이 천 조각 만 조각으로 훼손되었어도 일단 그의 손을 거치면 온전한 것이 되어 나왔다. 그러나 그는 성품이 고지식하고 사람 사귀는 것을 꺼려하여, 기술을 남에게 쉽게 전해주지 않았다.

57. 대동문서장大東門書場143)은 동자사 고개 아래쪽의 변소[廁房] 옆에 있다. 사면으로 빙 둘러 좌석이 배치되어 있고 가운데에 서대書臺를 설치했으며,144) 문에는 광고판[書招]이 걸려 있다. 광고판의 위쪽에는 가로로 세 글자가 쓰여 있는데, 평화를 설창하는 사람[評話人]의 성명이다.

---

138) 서상우가 『금보지법琴譜指法』을 써서 1702년 초에 향산당響山堂에서 출간했는데, 나중에 징감당澄鑒堂에서 중각하면서 그의 세 아들이 교감을 보아 현존하는 『징감당금보』가 되었다.
139) 여기에는 이두의 착오가 있는 듯하다. 이 책은 서기徐祺(자는 대생大生, 호는 고랑노인古琅老人, 양주 사람)와 그의 아들 서준徐俊이 지은 것으로 알려져 있다.
140) 마왈로馬曰璐에 대해서는 『양주화방록』권4 「신성북록新城北錄·중中·12」를 참조할 것. 원문의 '마반사馬半查'를 광릉본에서는 '나반사羅半查'로 표기했으나, 이는 잘못이다.
141) 뇌소雷霄는 거문고[古琴]를 잘 만들기로 유명한 당나라 때의 장인이다. 당나라 때에는 사천四川 지방의 뇌씨雷氏 가족의 거문고가 가장 유명했는데, 뇌소 외에 뇌위雷威, 뇌각雷珏, 뇌신雷迅 등의 십여 명이 있었다고 한다.
142) 서화의 종이를 표구하거나 보수할 때 사용하는 기법으로, 사용할 종이를 삶아서 두드리고 밀랍을 칠하는 등의 공정을 거쳐 특수하게 처리하는 것을 가리킨다.
143) 서장書場은 설서나 평화 등의 곡예曲藝를 공연하는 장소이다.
144) '산동본'에는 이 부분의 원문이 "四面團座"까지만 있고, "中設書臺"는 빠져 있다.

그 아래쪽에는 세로로 '개강서사開講書詞'라고 쓰여 있다. 서장의 주인과 설창자가 홀숫날 짝숫날로 나누어 번갈아 돈을 받는데, 걷힌 돈이 1,000냥 정도는 되어야 훌륭한 설창자[名工]로 인정된다. 성안의 거리 곳곳마다 모두 이런 서장이 있다.

58. 신신여申申如라는 것은 채식 요리를 파는 음식점[素食肆]인데, 조교 밖에 있다. 그 옆에 회회관回回館이라는 양고기 가게가 있고, 뒤채 아래가 바로 대동문 나루터이다.

59. 대동문조교 밖에서 100보 정도를 가면 큰 거리 입구가 나오는데, 그 동쪽은 채의가綵衣街이고, 남쪽은 북류항이며, 북쪽은 천녕문가이다. 해자의 서쪽 기슭은 성문에서 북쪽으로 계단을 따라 아래로 내려가면 작은 골목으로 들어가고, 거기서 운하가로 나와 동수관東水關에 이르게 된다. 해자의 동쪽 기슭은 조교 바깥에서 북쪽으로 가면 강가돈항姜家墩巷이 나오는데, 그곳 계단을 내려가 왼쪽으로 꺾으면 운하가로 나가서 동수관에 이르게 된다. 대동문 나루터는 3곳인데 하나는 조교 바깥에서 남쪽으로 가면 있는 운하 가에 있고, 또 하나는 성문에서 북쪽으로 가서 계단으로 내려간 곳에 있으며, 다른 하나는 동수관 동쪽 기슭에 있다.

60. 가마꾼 영감[抬轎叟]은 어느 의원의 가마꾼이었다. 그는 이른 아침이면 왔다가 날이 저물기 전에 돌아갔는데, 동료들도 그의 집이 어딘 줄 몰랐다. 어쩌다 그를 찾으려면 그는 항상 조교 위에 있었고, 그렇게 수십 년을 지냈다. 그는 사람들이 죽고 사는 것에 대해 잘 맞추어서 모두 신기하게 생각했는데, 나중에 갑자기 모습이 보이지 않았다. 사람들은 모두 그가 귀신이 들렸다고들 수군댔다.

61. 대동문 외성 발치의 운하 가에는 모두 집이 들어서 있다. 성 아래로 길이 나 있는데 너비가 4,5자 정도이고, 마을에서 '난성항攔城巷'이라 부른다. 거기에서 동쪽으로 꺾으면 운하가로 들어가게 된다.

　난성항에는 예전에 이상한 일이 많았다. 저녁마다 키가 4자쯤 되는 푸른 옷을 입은 사람이 나타났는데, 사람이 보이기만 하면 옷을 잡아당기며 생고기로 만든 육포를 내놓으라고 했고, 등불이 나타나면 바로 숨어버려 마을 사람들이 괴로워하였다. 그런데 떠돌이 도사 하나가 그 귀신은 쉽게 없앨 수 있다면서 돌비석에 "태산석감당泰山石敢當"145)이라고 새겨서 세워놓고, 섣달 그믐날 생고기로 만든 육포 3조각을 놓고 제사를 지내라고 했다. 그의 말대로 돌을 세웠더니 마침내 귀신이 얌전해졌다.

62. 대동문 외성 발치의 운하 가는 절반은 마을 주민들이 사는 집의 뒷담이고, 절반은 운하 가에 있는 길이며, 하방은 없다. 다만 사창私娼 왕천복王天福의 집만이 문밖으로 하방 3칸을 두었다. 이 하방은 반은 물속에 잠겨 있고 반은 강가에 세워져 있다. 밖으로 꽃 시렁이 사방을 에워싸고 있고 그 안에 창의 격자를 만들어 넣었으니, 동수관에서 가장 아름다운 경관이다.

63. 왕천복의 처는 형제의 항렬이 세 번째이고 몸집이 비대하여 사람들이 뚱보 왕삼[王三胖子]라고 불렀다. 이 집의 기녀 허취許翠는 자가 녹평綠萍이고, 상숙常熟 사람이다. 그녀가 15살 때 어떤 손님이 뚱보 왕삼에게 거액을 쥐어주면서 허취의 머리를 올리게 해달라고 꼬였다. 그러나 허취는 뚱보 왕삼의 뜻을 따르지 않았고, 심하게 매질을 했지만 그럴수록 그녀의 결심은 더 강해졌다. 뚱보 왕삼은 할 수 없이 손님에게 돈을

---

145) 민간 풍습의 하나로 집의 대문이 교량이나 골목 어귀 혹은 큰 도로를 향해 있을 때, 담 바깥에 작은 돌비석을 세워 "泰山石敢當"이란 다섯 글자를 새겨 놓으면 사악한 기운을 피할 수 있다고 했다.

돌려주며 사죄했는데, 그 손님은 돈을 다시 주며 허취의 뜻대로 하게 해주라고 했다.

4년이 지난 뒤 19살의 어떤 공자公子 하나가 왔는데, 그는 잘생기고 돈도 많았다. 그는 왕삼의 집을 석 달 동안 드나들었다. 그가 허취를 취하겠노라는 말을 꺼낸 적도 없었지만, 허취는 그를 사랑하게 되어 정을 통했다. 이전에 돈으로 그녀를 사려고 했던 그 손님은 이 때문에 공자를 질투하고 허취를 미워하게 되었다.

이 무렵 동기童妓 소옥노小玉奴의 친척이 소주에서 와서 왕삼에게 돈을 많이 요구했는데, 왕삼은 그 돈을 주지 않았다. 그러자 그 친척은 왕삼이 양인을 사서 천기로 만들었다 하여 관리에게 소송을 제기했다. 이리하여 왕천복 부부와 허취까지 모두 감옥에 갇히게 되었는데, 공자가 애를 써서 허취는 옥살이를 면하게 되었다. 그녀는 강녕江寧으로 가서 숨으려 했는데, 가는 길에 어떤 귀공자가 무정교武定橋 동쪽에 있는 하루河樓에서 그녀를 겁탈하려 했다. 허취는 다급해져서 잠시 빈틈을 노려 지나가는 배를 불러 타고 사조항四條巷으로 가서, 전에 알고 지내던 무관武官 섭葉 아무개의 집으로 피신했다. 섭 아무개는 그녀의 위급한 상황을 이용하려는 마음을 품었고, 허취도 그걸 알아차렸다. 그때 마침 그 귀공자가 보낸 염탐꾼이 왔다.

허취는 다급한 나머지 섭 아무개에게 몸을 맡기기로 했다. 섭 아무개가 집 앞에서 염탐꾼에게 이야기를 하고 있는 사이, 허취는 꽃을 사겠다며 그의 부인에게 200전錢을 빌렸다. 그리고 밖으로 나가 집 뒤쪽을 보니 운하 가에 배가 있었다. 그녀는 뱃사공을 속여 이렇게 말했다.

"제가 일이 있어 그러는데요, 서수관 밖으로 갑시다."

그리고 200전을 쥐어주고 배에 타니, 배는 나는 듯이 달려갔다. 용강龍江의 하관下關에 이르렀을 때 태풍을 만나는 바람에 지나던 배들이 모두 정박해 있게 되었다. 그러자 허취가 큰 소리로 말했다.

"육합六合에 계신 어머니께서 병으로 곧 돌아가시려고 해요. 누구든지 절 데려다주시는 분께 후하게 사례하겠어요."

그 소리에 어떤 고깃배 하나가 가겠다고 하여, 허취는 그 배에 탔다. 돛에 큰 바람을 안고 중류쯤 이르렀을 때, 어부가 나쁜 마음을 품었다. 허취가 그걸 눈치 채고 비단옷과 금비녀, 금팔찌를 풀고, 허리춤에 찼던 돈주머니를 끌러 은 몇 덩어리[錠]를 꺼내더니 어부에게 이렇게 말했다.

"내가 몸에 지닌 물건이 전부 여기 있소. 날 얼른 육합까지만 데려다 주면 이것들을 모두 드리겠소."

어부는 그 물건들이 탐이 나서 위험을 무릅쓰고 육합까지 건너갔고, 허취는 어떤 여관에 몸을 숨겼다. 그런데 귀공자가 그녀의 행방을 정탐하여 뒤쫓아 왔다. 귀공자가 허취를 꽉 끌어안으니, 막다른 골목에 이른 허취는 우는 척하며 이렇게 말했다.

"절 첩으로 맞으시려 한다면서 왜 이렇게 사람을 못살게 희롱하십니까? 가마를 불러 함께 배에 오르면 되잖아요?"

귀공자는 기뻐하며 가마를 부르려고 했다. 그 덕에 잠시 그에게서 풀려난 허취는 찻잔을 들고 사람들을 향해 말했다.

"내 비록 기원의 여자지만 이런 수모를 당하고 살 순 없습니다. 차라리 여기서 죽어버리겠어요!"

그리고는 찻잔을 깨뜨려 그 조각으로 목을 찔렀다. 귀공자는 깜짝 놀라 급히 배를 타고 가버렸다. 뚱보 왕삼과 왕천복이 그녀를 찾아와 데려갔다. 이후로 허취는 기생 생활을 할 뜻이 없어져, 호화롭고 화려한 생활을 버리고 불문에 귀의해 수행하며 살았다.

64. 서이관徐二官은 자가 연운硯雲이고 강음江陰(지금의 쟝쑤성 쟝인시江陰市) 사람이다. 그녀는 체구가 작고 몸놀림이 빨랐으며, 피부가 희고 매끄러웠다. 또 퉁소를 잘 불고 우스갯소리를 잘 해서, 무슨 말이든 하기만 하면 사방에서 박장대소를 했다. 서이관은 합흔원合欣園에 살았는데, 권법[拳勇] 솜씨가 누구보다 뛰어났다. 그녀는 지체 높은 관리의 아들 아무개

와 아주 가까운 사이였다.

하루는 비가 내리는데 관리의 아들이 그녀를 오라고 했다. 물을 들이붓듯 비가 내렸기 때문에 가마도 갈 수가 없었다. 그러자 서이관은 남자 옷을 입고 말을 몰아 적대를 훌쩍 뛰어 넘고 가파른 성벽을 타고 갔다. 이에 당시 사람들이 그녀를 '비선飛仙'이라 불렀다.

65. 조삼낭曹三娘은 금릉金陵(지금의 난징시) 사람인데, 투실투실 살이 쪄서 '육금강肉金剛'이란 별명이 있었다. 그녀는 한가할 때면 북방 사람들이 즐긴다는 석쇄石鎖146)를 갖고 놀기를 좋아했다.

양주 무수재武秀才인 어떤 공자는 스스로 용감하고 날쌔다고 자부했다. 어느 날 그가 조삼낭과 함께 긴 탁자[榻]에 마주 보고 앉아 있다가 "한 대 맞을래?" 하며 그녀를 놀렸다. 그러자 조삼낭이 응수했다.

"사내대장부라면 당장 해보시지."

공자는 손으로 그녀의 가슴을 쳤는데, 조삼낭이 손을 한 번 움직이자 공자는 땅에 자빠졌다. 이후로 그녀는 상대를 넘어뜨리는 손기술로 유명해졌다.

나중에 그녀를 알아보는 사람이 이렇게 말했다.

"조삼낭은 금릉의 권법가 아무개의 딸이다."

66. 서오용徐五庸은 권법으로 명성이 높아 사람들이 함부로 대하지 않았고, 마을에 억울한 일이 생기면 나서서 싸워주었다. 그러자 시정의 무뢰배들이 그의 힘을 무서워하여 '큰 형님[都老大]'이라고 불렀다.

허규생許奎生이란 자가 평소 힘이 세다고 자부했는데, 서오용에게 지고 나서 그에게 복수를 결심했다. 당시 숭명崇明(지금의 상하이시에 속함) 사람 장걸張杰은 자가 천근千觔인데, 권법 실력이 천하제일이었다. 허규

---

146) 옛날에 무술 단련용으로 쓰던 기구로서 지금은 체력 단련용으로 쓴다. 돌로 만들었으며 구식 자물쇠 비슷한 모양으로 생겨 이런 이름이 붙었으며, 서로 던져 주고받는다.

생이 몰래 그의 집을 찾아가 두 번 절을 올리고 찾아온 이유를 말했다. 장걸은 그를 집안으로 들어오게 하고, 사흘간 후히 대접한 뒤 말했다.

"가르침을 베푸는 것도 격에 맞아야 하는 법이지. 나는 서오용을 이길 수 있지만, 자네는 아무리 해도 그를 이길 수 없을 것이네."

말을 마치자 그는 문서 한 통을 던져주며 보라고 했다. 그것은 바로 예물 명세서였는데, 거기에는 이렇게 적혀 있었다.

> 문하생 서오용이 머리 조아려 인사드립니다. 명절 선물[節敬]로 500냥, 해마다 드리는 선물[年敬]로 1,000냥을 바칩니다.
>
> 門下徐五庸叩首上節敬五百兩, 年敬一千兩.

허규생은 조용히 스스로 깨달은 바가 있어서, 장걸에게 인사를 하고 돌아가 서오용을 스승으로 섬기며 그의 권법 기술을 모두 배웠다.

서오용은 만년에 주낭珠娘이라는 첩을 하나 들였다. 주낭은 오문吳門 사람이며 허리가 가늘고 춤을 잘 추었는데, 서오용이 그녀에게 권법을 가르쳤다. 서오용이 죽은 뒤 주낭은 한동안 명성을 날렸고, 그녀와 접해본 사람은 하나같이 청루青樓의 협객이라 말했다. 그녀와 동향 사람인 전매암錢梅菴이 그녀의 모습을 담아 〈주낭권식도珠娘拳式圖〉를 그렸고, 강녕江寧 사람 김우정金虞廷과 두구연杜九煙, 수경당隨敬堂이 모두 시를 썼으며, 내 고향 사람 황문양黃文暘147)이 발문跋文을 썼다.

67. 수생당收生堂148) 왕王씨는 산파이다. 그녀는 나이가 60살인데 아이를 낳는 법에 대해 잘 알았다. 그녀가 지은 『달생편達生編』이 판각되어 세간에 유행했다.

---

147) 『양주화방록』 권2 「초하록草河錄・하下・9」를 참조할 것.
148) 수생收生이 분만을 돕는다는 뜻이다.

68. 여의관如意館이라는 음식점은 대동문 조교대가의 길 북쪽에 있다. 건물 앞쪽은 비를 가리는 박자拍子가 있는 평지붕 건물[平房]이고, 뒤편은 나무판을 놓아 바닥을 만들고 사다리를 설치해 내려간다. 또 아래층 건물[樓下房]로 가는 다리를 만들었고, 담 옆의 작은 복도가 곧 여의관 안의 아래층 건물로 가는 회랑이다. 노인들이 전하는 말에 의하면, 예전에 이 음식점은 모든 좌석을 2전錢 4푼[分]으로 미리 정해놓고 술은 취할 때까지 제공해주면서 이를 '포취包醉'라 불렀다고 한다.

왕발[大脚] 주씨周氏란 자는 뚱뚱하고 샘이 많았으며, 남한테 이겨야 직성이 풀리며, 잘난 척 하기를 좋아했다. 그는 처음에 구성舊城 성황묘城隍廟 앞에서 돼지 내장[猪肚]을 팔아 유명해졌고, 중년 들어 여의관에서 사환으로 일했다. 그는 가을이면 귀뚜라미 싸움을 하고 겨울에는 메추라기 싸움[鬥鵪鶉]을 했다. 돈을 얼마나 쓰는지 따지지도 않았고 전 재산을 다 털어 계속했으니, 무뢰배 중에서도 통 큰 사내[豪俠] 축에 들었다.

69. 강가돈姜家墩은 대동문 조교 대가의 북쪽 골목 안에 있는데, 창성사倉聖祠와 낙선암樂善庵에서 천녕문 내성 발치까지 걸쳐 있다. 그리고 서쪽으로는 해자의 동쪽 기슭에 접해 있고, 동쪽으로는 천녕문가의 마방항磨房巷에 접해 있다.

70. 천심돈天心墩은 강가돈 서쪽 운하 옆의 아래쪽 언덕에 있다.

71. 창성사倉聖祠는 강가돈 길 서쪽에 있는데, 촉蜀 지방 승려 대암大嵒이 파주巴州에서 창성倉聖149)의 초상화를 구해 모셔놓았다. 강남에 왔을 때 낙선암에 살다가 건륭 기유己酉년(1789)에 이 사당으로 옮겼다. 사당의 내력을 적은 글[祠記]은 입당立堂 주삼계朱森桂150)가 지었으며, 숙아叔

---

149) 창성倉聖은 한자를 창조한 것으로 알려진 창힐倉頡에 대한 존칭이다.
150) 주삼계朱森桂(?~?)는 청대 안휘 경현涇縣 사람이다. 그는 시문에 뛰어났고, 저서에 『야

雅 응풍應灃151)이 그 글씨를 썼고, 편액의 대련은 손지損之 왕대횡汪大黌152)의 글씨이다. 이해 가을, 섬돌 아래에 손바닥만 한 붉은 색 영지靈芝가 자라났다.

72. 정업암淨業庵은 창성사 옆에 있다. 강희 연간에 어느 부잣집 딸이 불경에 밝고 자수를 잘 해, 색실로 수놓은 불상이 아주 많았다.

어느 날 밤 여자가 문을 닫고 막 잠자리에 들려는데 갑자기 스님 하나가 나타났다. 스님은 석장을 짚고 삿갓[斗笠]을 썼으며 넓은 이마에 구레나룻을 기르고 있었는데, 여자 앞에 와서 절을 올리는 것이었다. 여자가 깜짝 놀라 누구냐고 물어도 대답을 않고 꾸짖어도 물러가지 않았으며, 달아나려 하자 소매를 펼쳐 가로막았다. 여자는 소리를 치려해도 목소리가 나오지 않았고, 땅에 쓰러져 기절하고 말았다.

얼마 시간이 지나 깨어 보니 그 스님이 침상에 앉아 있었는데, 삿갓을 벗고 옷과 바지를 벗더니 이불 속에 들어가 앉는 참이었다. 한참 뒤 휘장을 내리더니 다시 일어나 옷을 걸치고 책상 앞에 서서, 불을 끄고는 다시 휘장을 열고 들어가 휘장을 내렸다. 휘장의 걸쇠가 달그락거리고, 침상은 마치 그 무게를 이기지 못하는 듯 삐거덕거렸다. 잠시 후 드르렁드르렁 코를 골아댔는데 마치 천둥이 울리는 듯 했다. 그는 자면서 중얼거리기도 하고 키득거리기도 했다. 한참 후 몸을 돌리더니 오줌을 누는 듯 쏴하는 소리가 났고, 오줌을 다 누자 다시 잠이 들어 한참 동안 조용했다.

날이 차츰 밝아오자 여자는 사지를 벌벌 떨며 고함을 질렀다. 식구들

식헌화도시夜識軒和陶詩』 4권과『집도시集陶詩』 1권이 있다. 이외 주약수朱若水와 함께 쓴 『서봉창화소초西峰唱和小草』 1권과『기기記』 1권이 판각되어 전해진다.
151) 응풍應灃은 훈도訓導를 지냈으며, 항세준杭世駿(1696~1773)의 사위가 되어 오랫동안 그의 가르침을 받았다. 그 외의 사항은『양주화방록』 권10「홍교록虹橋錄·상上·80」의 본문과 주석을 참조할 것.
152) 왕대횡汪大黌에 대해서는『양주화방록』 권2「초하록草河錄·하下·141」을 참조할 것.

이 도와주러 와보니 침상과 휘장은 평소와 다름없이 깨끗했다. 다만 휘장에 옅은 먹으로 '정업암淨業庵'이란 세 글자가 가로로 쓰여 있었는데, 그것을 문지르자 재처럼 사라져버렸다.

그로부터 40년이 지난 후 여자는 남편과 자식이 모두 죽자 머리를 깎고 비구니가 되어 강가돈 길 남쪽에 암자를 짓고 혼자 지내며, 암자 이름을 정업淨業이라 지었다. 여자가 죽은 뒤 여 도사 하나가 그곳을 지켰다. 건륭 기유년에 암자 건물은 사공사史公祠로 개축되었다.

73. 고희顧姬는 형제의 항렬이 네 번째이고, 자가 하오霞娛이다. 그녀는 사곡詞曲에 뛰어났고 시문詩文을 이해할 줄 알았으며, 강가돈 천심암天心庵 옆에 살았다. 향시와 회시, 전시에서 모두 일등으로 급제한 전계錢棨153)가 양주에 들렀다가 사구司寇를 지낸 사용생謝溶生154)의 연회에 참석해 기녀들을 품평한 적이 있다. 그는 양소보楊小保를 여장원女狀元으로 뽑았고, 고희를 2등인 여방안女榜眼으로, 양고楊高를 3등인 여탐화女探花로 뽑았다. 이 일에 대해 관찰사 조익趙翼155)이 쓴 시가 있다.

녹색 술 붉은 등에 붉은 기운 도는 짙푸른 꽃

---

153) 전계錢棨(1734~1799)는 아명이 기起이고, 자는 훈미勳楣 또는 진위振威이며, 호가 상령湘舲이다. 강소 장주長洲 사람인 그는 어머니가 병이 중하자 넓적다리 살을 잘라 약으로 올렸다고 한다. 그는 28세에 현시縣試 부시府試 원시院試 세 시험에 일등으로 합격해 수재가 되어 "소삼원小三元"으로 불렸다. 건륭 44년(1779) 향시鄕試의 일등인 해원解元이 되었고, 건륭 46년에 북경 회시에서 일등인 회원會元으로 합격했다. 또 같은 해 치러진 전시에서 장원으로 합격해, 청대 역사상 최초로 여섯 시험에 일등으로 합격한 "육원六元"이 되었다. 이후 그는 한림원 수찬을 제수 받고, 순천향시동고관順天鄕試同考官을 역임했으나, 당시 권력을 쥐고 있던 화곤和珅에게 협력하지 않다가 그의 술수로 면직되었다. 그러나 건륭 58년에 다시 우찬선右贊善으로 발탁되어, 이후 광동향시부주고관廣東鄕試副主考官, 중윤中允, 시독侍讀을 역임했고, 화신이 실권한 뒤 가경제의 신임을 받아 내각학사가 되었다. 저서에 『상령시고湘舲詩稿』가 있다.
154) 사용생謝溶生에 대해서는 『양주화방록』 권3 「신성북록新城北錄 · 하下 · 33」을 참조할 것.
155) 조익趙翼에 대해서는 『양주화방록』 권3 「신성북록新城北錄 · 하下 · 19」를 참조할 것.

물의 땅 강남의 이 모임 고상하고 화려하네.

이 시대 최고의 장원급제 그 명성 유림에 드높고

음률은 천 년 동안 사씨謝氏 집안에 이어졌네.

주령 놀이 하느라 바삐 움직이는 손 빗방울 같고

명함에 새긴 여장원 호칭에 얼굴이 노을빛이 되네.

비할 데 없이 뛰어난 재자에 뛰어난 가인들

모두 세상에서 자랑할 만한 모임 가졌네.

酒綠燈紅紺碧花, 江鄕此會最高華.

科名一代尊沂國, 絲竹千年屬謝家.

拇陳酣摧拳似雨, 頭銜艶稱臉如霞.

無雙才子無雙女, 並作人間勝事誇.

74. 천심암天心庵은 곧 천심돈天心墩인데, 세월이 흐르면서 마을 주민들의 집이 그 땅을 차지하게 되었다. 지금의 천심암은 옛 천심돈이 있던 자리에 있다. 요사이 말하는 '돈대[墩]'란 사실 예전 돈대 옆에 있던 흙 언덕 하나에 불과할 따름이다.

천심암에는 비구니들이 거처한다. 건륭 30년(1768)에 한 비구니가 가부좌를 튼 채 입적했는데, 옥저玉箸156) 두 줄기가 드리워져 있었다.

75. 여의암如意庵은 유가상劉家相이 출가한 곳이다. 유가상은 어려서부터 염불과 독경소리를 좋아했고, 자라서는 이원梨園에 들어가 소축小丑을 연기했는데 목소리가 맑고 울림이 좋아 그 극단에서 가장 뛰어났다. 그런데 그는 늙기도 전에 머리가 빠지기 시작해 몇 가닥밖에 남지 않게

---

156) 옥저玉筯라고도 한다. 불가에서 가부좌를 튼 채 입적하는 좌화坐化 때에 콧물이 나와 매달려 있는 것을 칭송하여 부르는 말이다. 도종의陶宗儀의 『철경록輟耕錄』「상소嗓」에, 왕화경王和卿이 갑자기 좌화하였는데 코에서 두 줄기 콧물이 한 자가 넘게 드리워져 있어 사람들이 모두 감탄하고 놀랐다는 기록이 있다.

되어 사람들이 '유왜모劉歪毛'157)라고 불렀다. 그는 마침내 다시는 머리를 깎지 않았고, 세상사를 등지고 스님이 되어 강가돈 여의암을 사서 어머니를 모시고 수행하였다. 그는 매일 머리를 헝클어트린 채 붉은 가사를 입고, 운판雲板과 목패木牌를 등에 지고 소리 높여 "나무약사유리광여래南無藥師琉璃光如來"158)하며 불호佛號를 읊조렸다. 그는 탈속한 자태로 마치 나는 듯이 걸어 다녔는데, 크고 작은 거리와 골목 구석[衖]159)까지 발길이 닿지 않은 곳이 없었고, 비바람이 불 때나 추울 때나 더울 때나 잠깐이라도 쉰 적이 없었다. 이렇게 수십 년 동안 수만 냥의 거액을 모금하여, 큰 사찰 가운데 허물어진 것이 있으면 돈을 내어 수리해 주었다. 건륭사建隆寺나 석탑사石塔寺 같은 큰 사찰이 모두 반쯤 그의 도움을 받았다.

그는 평소 시장에 갔다가 살아 있는 생물을 보면 돈을 주고 사서 방생해주었고, 돈이 없으면 늘 합장하고 절을 하며 자기가 본 생물들이 모두 방생될 수 있도록 해달라고 발원했다. 그래서 당시 전가磚街에 닭장과 거위 우리, 물고기 항아리와 잡을 짐승을 내놓고 파는 가게에서는 운판 두드리는 소리만 들리면 얼른 그 생물들을 감추었고, 그것은 해마다 늘 있는 일로 여겼다. 그가 80살이 되었을 때 고민사 방장이 그를 납로당納老堂160)으로 모셔왔다.

76. 낙선암樂善庵은 역경대譯經臺의 옛 터인데 우리 청나라 초기에 오씨吳氏가 여기에 별장을 짓고 오원吳園이라 불렀다. 옹정 연간에 촉蜀 지방

---

157) 왜모歪毛란 정수리에만 머리가 한 줌 정도 남은 상태를 가리킨다. 성이 유劉인 것은 류留와 음이 통하므로 머리가 몇 가닥만 남은 사람이란 뜻으로 해석될 수도 있는 별명이다.
158) 보통 약사불藥師佛이라고 줄여 부르며, 부처의 이름이다. 동방정유리세계교주東方淨琉璃世界敎主이다. 12개의 대발원을 하여 중생의 모든 욕망을 만족시키고 모든 고통을 없애주고자 한 부처이다.
159) '산동본'에는 '항衖'을 '농弄'으로 표기했다.
160) '산동본'에는 '납로당納老堂'으로 되어 있다.

승려 대암大嵒이 있었는데 보통 사람보다 유난히 힘이 셌다. 그는 나이가 40살이었으며, 정수리에서 배까지 문신을 새겨 인간 염주알[肉菩提子] 같았다. 그는 철로 만든 향로 하나와 촛대 2개를 직접 가져와 두었는데, 무게가 백 수십 근이나 나갔지만 한쪽 어깨만으로 짊어졌다. 그는 마을 사람이 억울한 일을 당하면 당장에 앞장을 서 어려움을 해결해주었다. 기백 있고 힘쓰는 주위 사람들이 그에게 증정한 돈이나 비단이 이루 헤아릴 수 없이 많았다. 대장군 악종기岳鍾琪[161]가 그를 대단히 아꼈다. 대암이 강남에 가려고 하자 악종기가 편지를 10통 써주니, 배와 수레가 들르는 곳마다 사람들이 나와 예물을 준비하여 전별했으며, 마중하고 배웅하는 사람들의 발길이 끊이지 않았다.

대암은 본래 글자를 알지 못해 창힐의 상을 모시고 있었고, 촉을 떠날 때에도 그 상을 배로 모셔왔으며, 철향로와 촛대도 같이 싣고 갔다. 그는 천대산天臺山에서 10년을 지낸 뒤 양주 천녕사로 옮겨 왔는데, 천심돈의 역경대를 좋아하여 마침내 그 터에 창성전을 만들게 되었다. 그곳에서 서쪽으로 마주하고 있는 것[162]이 바로 오원이다. 그는 황폐한 정자와 꽃과 나무들을 정리하여 새롭게 만들고, 화엄당華嚴堂을 복원했으며, 강가돈 길 서쪽에 산문을 지었다. 산문 안은 돌계단이 층층이 몇 굽이로 꺾이며 놓여 있고, 두 번째 산문으로 올라가면 거기에 '낙선암'

---

161) 악종기岳鍾琪(1686~1754)는 자는 동미東美이고 호는 용재容齋이며 남송 악비岳飛의 21대손이다. 조적祖籍은 하남河南 탕음湯陰이고 태어난 곳은 사천四川 성도成都이다. 그는 무장 집안 출신으로, 키가 크고 붉은 얼굴에 백여 근이 나가는 동추銅錘 두 개를 썼으며, 지략이 풍부하고 군졸들과 동고동락했던 명장으로 일컬어진다. 그는 강희에서 옹정, 건륭 삼대에 이르는 동안 국경수비와 반란 진압 등 업적이 대단하여 고종高宗이 그를 "삼조三朝의 무신 가운데 최고[三朝武臣巨擘]"이라 불렀다. 광록대부光綠大夫를 제수 받았고 분위장군奮威將軍, 삼등공三等公, 사천제독四川提督, 천섬총독川陝總督, 섬서순무陝西巡撫, 영원대장군寧遠大將軍을 지냈으며, 거기에 더해 소보少保와 태자소보太子少保, 병부상서함兵部尙書銜 작위까지 더하고 위신威信이란 작호를 받았다. 시호는 양근襄勤이며, 청나라 때에 한족으로 대장군을 제수 받은 유일한 사람이다.

162) '중화본'에는 사면四面이라고 되어 있는데, 광릉본과 '산동본'에는 '서면西面'으로 되어 있다. 의미상 후자가 맞는 듯하여 이 번역에서는 후자를 택했다.

이란 편액이 붙어 있다. 대장군 악종기가 금천金川[163)의 일로 양주를 지나다가 낙선암으로 그를 찾아온 적이 있는데, 이때 다음과 같은 대련을 선사했다.

> 달이 뜨면 누대 위로 오르니
> 봄 여름 가을 겨울 따로 없네.
> 이 바람 모두 자리로 불어오니
> 동서남북 가리지 않네.
> 有月卽登臺, 無論春冬秋夏.
> 是風皆入座, 不分南北東西.

대암은 낙선암에 온 후로 점점 부유해졌고, 무예나 힘을 쓰는 일도 뜸해졌다.

마을에 3명의 무생武生이 있었다. 그 중 하나는 위오魏五라고 하는데, 말타기와 활쏘기에 뛰어났고 말이 내는 소리를 잘 알아들었다. 낭산총융狼山總戎[164)이 양주영揚州營을 순시하러 왔을 때 영내의 말들이 일제히 울어대자 위오가 다른 사람에게 "삼 개월 후에 총융이 죽을 것이다"라고 말했는데, 후에 정말로 그렇게 되었다. 또 한 사람은 장음원張飮源이라는 자인데, 쌍칼[雙刀]을 잘 썼다. 나머지 하나는 설삼薛三이라 하는데, 50석石의 무게가 나가는 활을 잘 다루었다. 사람들은 그들을 일컬어 "위오의 말, 장음원의 칼, 설삼의 경궁硬弓[魏馬張刀薛硬弓]"[165)이라 했다.

이들은 평소에 대암과 무예에 관해 논하다 실력이 그에 미치지 못해

---

163) 강희 60년(1721)에 사천제독四川提督이었던 악종기가 사라분莎羅奔(제침齊浸 사람이며 장족藏族임)에게 금천현을 다스리도록 맡겼다. 건륭 12년(1747)에 그가 반란을 일으키자 건륭 14년에 부항傅恒과 악종기를 파견했는데, 황제가 잠시 휴전을 명한 상태에서 악종기가 나서서 화친조약을 맺어 원만히 해결했다.
164) 낭산은 강소성 남통南通에 있는 산이다.
165) 강궁强弓을 가리키는 말로서, 힘이 대단히 세어야만 당길 수 있는 활을 의미한다.

그에게 무시를 당했고, 이로 인해 원망을 품어 20년간 그를 멀리하였다. 그러던 어느 날 설삼이 낙선암에 와 철향로를 높이 들어 던졌는데, 대암이 손으로 그것을 받았다. 이를 보고 설삼은 피를 토하고 죽었다. 며칠 후 이번엔 장음원이 와서 그와 결투를 벌였는데, 역시 이길 수가 없었다. 그러자 위오가 말했다.

"이 자는 교활한 계책을 쓰지 않으면 이길 수가 없겠구나."

대암은 옴과 종기 등이 많아 날마다 꼭 욕탕에 들어가 목욕을 했다. 위오는 그가 욕탕에 들어가길 기다렸다가, 그가 미처 싸울 태세를 갖추지 못한 사이에 밀어뜨리고 마구 팼다. 대암은 무릎이 부러지면서 힘도 점차 빠져, 나중에 낙선암에서 죽었다.

그의 제자 보월寶月은 바둑을 잘 두고 거문고를 좋아했으며, 사람을 널리 사귀었다.

손선기孫先機는 자가 정연淨緣이다. 그는 보월에게서 거문고와 바둑을 전수받았다. 그가 보암주普庵呪166) 등의 곡을 연주할 때면 승려 석장石莊167)이 항상 퉁소를 불어 화답하였다.

77. 천심돈은 운하 동쪽 기슭에 있는데, 수십 길에 걸쳐 이어져 있으며 높이는 성과 똑같다. 등나무가 우거지고 순무가 빽빽이 자랐으며 매처럼 날렵한 바위들이 삐죽삐죽 솟아 있어, 여기에 오르려면 몸을 옆으로 해서 붙이고 덩굴을 붙들고 가야 겨우 올라갈 수 있다. 그 위에서 내려다보면 집들과 무덤이 서로 뒤섞여 보인다. 천심돈에 전해오는 이야기와 유적은 『유괴록幽怪錄』168)과 양주 군지郡志에 실려 있다.

---

166) 청대 보암普庵 조사祖師가 만든 주문呪文으로서, 노래로 만들어져 민간에 널리 불렸다. 강희제도 궁궐에 서양악기를 놓고 보암주를 연주했다는 기록이 있다.
167) 석장石莊에 대해서는 『양주화방록』 권2 「초하록草河錄·하下·7」을 참조할 것.
168) 당나라 때 우승유牛僧孺(779~847)가 지은 지괴 필기집이다. 원래 제목은 『현괴록玄怪錄』인데, 송대에 '현玄'자를 피휘하기 위해 『유괴록』이라 했다.

78. 수재를 지낸 황문양黃文暘[169]은 자가 시약時若이고 호가 추평秋平이며, 천심돈에 살았다. 시와 고문古文, 사詞에 뛰어났던 그는 옛날 돈 수백 점을 모아 상고上古시대부터 지금까지의 돈이 다 있었는데, 하나하나 본을 뜨고 해설을 붙여 『고금통고古金通考』[170] 6권을 썼다. 그는 안양전安陽錢과 평양전平陽錢[171]을 전국戰國시대의 화폐라고 판별하고, 신농전神農錢이 글자의 순서가 거꾸로 된 도문倒文으로 되었다고 식별했는데, 그 해설이 모두 대단히 정밀하다. 또 그는 금나라와 원나라 이래의 잡극과 원본院本을 기록하고, 작품의 제목을 표시한 뒤 해설을 붙여『곡해曲海』몇 권을 썼다. 또한 『은괴총서隱怪叢書』 12권과 『병관집丙官集』 수 권을 지었다. 그는 조롱박을 좋아해 문 앞의 마당과 담장, 변소까지 모두 심어놓았다. 길고 짧고 크고 작은 조롱박이 구슬을 꿴 듯 이어져 있고, 벽에는 수묵으로 그린 조롱박이 무수히 그려져 있었다. 또 그는 『호로보葫蘆譜』를 지어 음양이 소멸하고 생겨나는 오묘한 이치를 밝혔으니, 『당상糖霜』[172]이나 『백국百菊』[173]은 이에 비할 바가 못 된다.

황문양의 처 장인張因[174]은 자가 정인淨因이고 시와 그림에 뛰어났으

---

169) 『양주화방록』 권2 「초하록草河錄·하下·9」를 참조할 것.

170) '산동본'과 광릉본에서는 '고천고古泉考'라고 되어 있으나, 오류인 듯하다.

171) 모두 전국시대 조趙나라에서 쓰던 화폐이다.

172) 당상糖霜은 설탕을 가리킨다. 『당상糖霜』은 『당상보糖霜譜』를 가리키는 것으로 송나라 때 왕작王灼이 지은 책이다. 왕작은 자가 회숙晦叔이고 호가 이당頤堂이며 수녕遂寧 사람이다. 소흥紹興 연간에 막관幕官을 지내면서 이 책 7편을 썼다. 첫 편에는 설탕의 전래 내력을 밝히고 있는데, 당唐 대력大曆 연간에 중추화상中鄒和尙이 처음 재배했던 것으로 쓰고 있다. 2편부터는 표제가 따로 없다. 대략 내용을 나누어보면 제2편에는 사탕수수가 설탕이 되는 과정과 사탕수수액蔗漿이란 말이 처음 초사楚辭에 나온다는 등의 고증이 들어있다. 제3편에서는 사탕수수 재배, 제4편에서는 설탕을 만드는 기구, 제5편에서는 사탕 결정을 만드는 방법에 관해 쓰고 있고, 제6편에서는 설탕 결정의 생성 여부는 운명적인 요소가 많다는 것과 선화宣和 연간에 공물로 바쳐지던 상황을 기록하고 있다. 제7편에서는 설탕의 성질과 맛 그리고 그것으로 음식을 만드는 방법들에 관해 쓰고 있다.

173) 송宋나라 때 사주史鑄가 지은 『백국집보百菊集譜』를 가리킨다. 국화에 관한 연구를 집대성한 책이다.

174) 장인張因(1740~1807)은 감천甘泉 사람으로 장견張堅의 딸이다. 이름이 정인淨因이라

며, 『숙화집淑華集』을 지었다.

그의 아들 황금黃金은 자가 무가無假이고, 당나라 때의 절구絶句 짓는 법을 심득心得하였다. 강북에서 시를 잘 지어 일가를 이룬 사람 중 한 명으로 꼽히는 그는 또 『통사발범通史發凡』 30권을 지었다.

79. 청정암清靜庵은 운하 동쪽 기슭의 큰 홰나무 아래에 있다. 이곳은 본래 낙선암의 하원下院이었는데, 지금 자니거紫尼居로 바뀐 지 삼대三代 정도 되었다. 예전에 청정암 밖에 요괴가 많아서 매일 저녁 물속에서 무슨 소리가 들렸는데, 마치 물고기가 뛰어 오르는 듯한 소리였다.

80. 동수관東水關의 동쪽 기슭은 땅이 본디 낮게 패여 있어 물이 가장 깊게 차 있는 곳이라, 왕가왕王家汪이라 부른다. 그래서 성을 수리할 때 기와와 돌을 부어 메우고 땅을 고르게 하고 나서 주민들의 집을 지었다. 왕가왕의 옛 터는 바로 지금 주횡朱鈜[175]이 거처하는 곳이다.

왕가왕에는 예전에 요괴가 있어 매일 밤이면 공처럼 둥근 불덩이가 나타나 주위를 돌아다녔는데, 그곳을 메운 뒤로 예전의 그 불덩이가 천녕문가로 옮겨갔다. 불덩이는 밤마다 커졌다 작아졌다 하면서 날기도 하고 뛰기도 했다. 어느 날 저녁 어떤 노파가 구걸을 하며 걸어가던 길에 불덩이로 변해 주위를 돌다가 사라져버렸다. 또 변소에 가던 사람이 이 노파를 보았는데, 가만히 서 있기에 따라갔더니 다시 불덩이로 변했다. 두 사람이 이 노파를 보았는데, 그 뒤로 하나는 학질에 걸려 거의 죽을 지경이 되었고 하나는 사흘 후 아들이 죽었다.

는 설도 있다. 그녀는 25세에 황문양에게 시집을 갔는데, 시부모를 잘 모셔 효부로 유명했고, 집안 형편이 어려우면 그림을 팔아 쌀을 샀다. 저작으로 『녹추서옥시집綠秋書屋詩集』 5권이 있다.

175) 『양주화방록』 권2 「초하록草河錄·하下·148」을 참조할 것.

81. 미경천米景泉은 운하 동쪽 기슭에 사는데 천녕문가에서 떡 가게[糕鋪]를 열고 있다. 그는 시를 잘 지었고 새 기르기를 좋아했다. 당시 염무상총鹽務商總으로 안기安岐[176]가 최고였다.

하루는 안기가 이 가게를 지나가는데 조롱 속에서 구관조가 "안공, 절 사가세요"라고 말하는 것이었다. 안기는 기뻐하며 많은 돈을 주고 그 새를 샀다. 아마도 미경천이 이 한 마디만을 가르쳤을 터이니, 또한 돈 버는 재주가 뛰어났다고 할 수 있다.

82. 주진朱震[177]은 자가 청려青藜이고 강도江都 사람이며, 시를 잘 지었다. 그는 동수관에 살았는데, 앞문이 운하 가에 붙어 있어 소동문小東門의 화자선划子船이 모두 거꾸로 상앗대를 저어 그 문에 이르면 뱃머리를 돌려 간다. 후문은 천심돈에 기대어 있고 계단을 쌓아놓아, 거기를 올라가면 낙선암의 후문에 닿는다. 주진은 매번 천심돈을 넘어 거리로 나갔는데, 이를 과령過嶺이라 불렀다.

83. 동수관 양쪽 기슭에는 돌을 쌓고 그 위에 판을 설치해놓았다. 배가 지나갈 때 그 판을 뽑고 사람이 지나갈 때는 판을 걸쳐놓았다. 다른 성에선 통상적으로 자물쇠로 여닫는다.

84. 소진회小秦淮라는 이름은 지방지에 실려 있지 않다. 왕사정王士禎[178]의 「홍교유기虹橋游記」에 다음과 같은 기록이 있다.

진회문을 나가 소진회를 따라가다 꺾어서 북으로 가면 홍교가 나온다.

出鎮淮門, 循小秦淮折而北, 爲虹橋.

---

176) 『양주화방록』 권1 「초하록草河錄·상上·14」를 참조할 것.
177) 『양주화방록』 권3 「신성북록新城北錄·상上·14」를 참조할 것.
178) 『양주화방록』 권1 「초하록草河錄·상上·14」를 참조할 것.

이에 의하면 소진회는 홍교 위쪽에 있어야 된다. 『평산당도지』에는
또 이런 기록이 있다.

소진회는 소동문 안쪽의 좁은 운하길이다.
小秦淮爲小東門內夾河.

여기에서는 소동문의 좁은 운하길을 소진회라고 했다. 지금은 모두
『평산당도지』에서 말한 것을 따르니 옛 명칭은 아는 자가 없어졌다.
호선린胡善麐은 휘주徽州 기문현祁門縣 사람인데, 「소진회부小秦淮賦」
에서 이렇게 말했다.

양주성 서북쪽에 홍교가 있는데 천하에 그 아름다움에 대한 명성이 자자하
다. 홍교에 흐르는 물을 소진회라고 부르는데, 아마도 금릉의 진회秦淮[179]와
비교할 만하나 거기엔 못 미치는 곳이기 때문에 붙은 이름일 것이다. 이름이
지어진지 오래되어 그 유래를 아는 자가 아주 적다. 한적하게 지내며 여가가
많은 김에 이에 대해 부賦를 지어보았다. 그 내용은 다음과 같다.

오吳나라 성의 옛터요, 수隋 나라 원림의 옛 자취 남은 곳을 아는가?
울긋불긋한 십삼루十三樓,[180] 잔물결 이는 염사교念四橋
구름 피어오르는 산에 우뚝 솟은 누각, 아홉 구비 돌아가는 훌륭한 연못
있는 곳
넝쿨풀 뒤얽혀 분간하기 어렵고 운무 자욱한 사이로 언뜻 언뜻 비치고
저 안쪽 멀리 바라보니 스산하고 찾아오자니 처량하지만

---

179) 진회秦淮는 남경을 지나가는 강으로서 남경의 유명한 명승지 가운데 하나이다. 전설
에 의하면 진시황이 남쪽을 순시하다 용장포龍藏浦에 왔다가 왕기王氣가 있는 것을 발
견하여 네모난 산[方山]을 파서 그 긴 맥을 끊어 훼손하고 강으로 들어가게 하여 왕기
를 없애버렸다고 해서 진회秦淮라는 이름이 붙었다고 한다.
180) 유람하고 노는 용도로 지어진 누대를 가리킨다.

이름난 풍경구로 들어가 명승지 찾아가는데 누가 말 멈춰 마차를 세우지 않으리!

한 줄기 강물이 감아 돌아 까마득히 솟은 높은 성곽을 보듬고 있네.

이 강은 바로 촉강에서 발원하여 굽이굽이 운하로 흘러들어

가까이론 시장과 마을을 가로질러 저 멀리 교외로 흘러가네.

거울처럼 맑은 물에 달빛 쏟아지고, 누인 칼 같은 강줄기 별빛 머금어 반짝이네.

첩첩 봉우리 비쳐 붉은 빛 어려 있고, 꽃 핀 언덕 비쳐 푸른 빛 어른거리네.

천천히 기슭에서 멀어져서 다소곳이 모래섬을 돌아가네.

북쪽으론 황금패黃金壩에 닿고, 서쪽으론 보장호로 통하네.

남쪽으론 띠처럼 돌아 연못에 모이고, 동쪽으론 화살처럼 곧게 성 모퉁이로 흘러가네.

물줄기는 막힘없이 사방으로 통해 십 리를 흐르고도 또 흘러가네.

그 안 제방에는 관에서 심은 버드나무 늘어섰고, 골짜기마다 여기저기 야생 복숭아나무 자라네.

곳곳에 자란 느릅나무, 집집마다 심은 뽕나무와 대나무

벽오동은 바람에 한들한들, 푸른 소나무는 빗줄기에 씻기고 있는 듯

노송나무는 용의 비늘을 두르고, 홰나무엔 토끼 눈 같은 새순 돋았네.

숲 속 살구나무는 붉은 꽃잎 날리고, 고갯마루 매화는 푸른 잎 틔웠네.

비단 같은 해당화, 옥 같은 백목련

목부용은 가지를 낮게 드리웠고 은행나무는 우뚝 서 있네.

땅에는 온갖 화초의 무늬 둘러졌고 또 수많은 나무들 하늘을 찌르네.

또 아스라이 모란에 덮인 누대 보이고, 야트막한 밭에는 작약을 심었네.

향초와 창포 밭두렁 따라 자라고 미나리와 물풀은 밭두둑 가에 이어져 있네.

갈대와 억새 쓸쓸하니 유우석劉禹錫의 시에 나온 옛 보루요[181]

---

181) 『전당시』 권359에 실린 유우석劉禹錫(772~842)의 시 「서채산회고西塞山懷古」에 "今逢四海爲家日, 故壘蕭蕭蘆荻秋"라는 구절이 있다. 유우석은 낙양에서 태어났는데, 선조

여뀌 꽃 선명하게 빛나니 육유陸游 꿈속의 시냇가라네.182)

연못 위 연꽃은 좌우로 흔들리고 언덕 위 국화는 동서로 비스듬히 늘어서 있네.

저 모든 꽃 중에 누구 가장 뛰어날까? 뭇 풀과 뒤섞여서 헤아리기 어렵구나.

여기엔 하늘색 비단 같은 별장들과 물고기 비늘처럼 늘어선 이름난 원림들 있네.

높은 누각과 화려한 당堂마다 아름다운 섬돌과 옥을 쌓은 듯한 계단 있고

산마루엔 탁 트인 누대, 물가엔 외로운 정자 서 있네.

문에는 등나무 덩굴 걸려 있고, 담은 쑥과 꽃창포가 빽빽이 덮고 있네.

사슴 눈 같은 구멍 뚫린 성긴 울타리, 봉황의 날개 같은 긴 회랑들

그 뿐이랴, 웅장한 사찰과 아스라이 보이는 도관들도 있어

꽃은 탑 사이에 환히 피었고 바람은 풍경 속에서 속삭이네.

빙 둘러선 누대 널찍하고 거북처럼 웅크린 비석들은 품격이 넘치네.

독경 소리 따라 향이 피어오르고, 밤을 알리는 북소리, 새벽 종소리 울리니

푸른 연꽃 덮인 샘인 듯, 고운 구름 서려 있는 동쪽하늘인 듯

게다가 별을 딸 듯 높은 누대는 안개 속에 서 있고, 울창한 숲 속에 평산당이 앉았네.

길 가엔 주점들, 다리 옆엔 찻집들 늘어섰네.

정원사는 콩대 덮인 시렁 아래 있고, 꽃 가꾸는 늙은이 소나무 가지 아래

의 고향이 중산中山(지금의 허베이河北 띵현定縣)이라 '중산'으로 대칭되기도 한다. 『당시기사唐詩紀事』에 의하면, 이 시는 유우석이 백거이, 원진 등과 함께 금릉의 옛일을 회고하는 시를 서로 주고받을 때 쓴 것이다. 시의 내용은 삼국시대 서진西晉이 오吳를 멸망시키는 과정에서 서진의 왕준王濬이 오의 요충지인 서채산을 함락시킨 역사적 사실을 배경으로 하고 있으며, 위의 마지막 두 구는 통일왕조인 당나라에 들어오니 옛 왕조의 영루가 황폐해졌다는 것을 대조적으로 표현한 것이다.

182) 육유陸游(1125~1210)의 칠언절구 「추일잡영秋日雜詠」를 인용한 것으로 전문은 다음과 같다. "오랜 비 개이니 너무나 기뻐, 짚신 신고 집 주위를 여기저기 돌아다니네. 문득 버드나무 옆 다리 아래 이르니 젖은 이슬 속의 여뀌꽃 온 계곡에 붉게 피었네[久雨初晴喜欲迷, 靑鞋踏遍舍東西. 忽然來到柳橋下, 露顯蓼花紅一溪]." 육유의 호가 방옹放翁이다.

있네.

간간이 평탄한 땅 보이고 깊숙한 물굽이 어지럽게 얽혀 있네.

저 봄바람에 막 따스한 기운 돌 때, 얼음 미처 풀리지 않았을 때에도

여름 비 잠깐 멈출 때나 가을 구름 산뜻해질 때면

서로 짝 부르고 친구 찾아 나들이 발길 끊이지 않네.

놀잇배를 타고 겹겹 성문을 나가

살랑대는 바람 따라 맑은 물결 위에 배를 띄우네.

악기들이 앞 다투어 울리고 갖은 안주 풍성히 차려졌네.

초목 우거진 데서 고요함을 맛보기도 하고, 탁 트인 곳에서 광활함을 즐기기도 하고

기이한 장관 구경하려 잠깐 멈추기도 하고, 뛰어난 경관 좇아 걸음을 재촉하기도 하고

홀로 구경하며 느긋하게 감상하기도 하고, 우르르 몰려가 티격태격 다툼을 하기도 하고

차례대로 줄지어 구불구불 이어 가기도 하고 빽빽이 모여 어지럽게 몰려다니기도 하니

헤엄치던 피라미 그림자 숨기고, 우짖던 새는 목소리를 감추지.

제녀齊女 송자宋子[183] 같은 명문가의 아가씨들 깊은 규원의 적막함이 싫어라.

월녀越女 오희吳姬[184] 같은 미녀들 아름다운 경치 즐기며 떠날 줄을 모르네.

화려한 마차 타고 먼 길 나서기도 하고, 비단 밧줄 천천히 당기는 유람선 타네.

주렴 밖으로 분 바른 얼굴 빛나고, 난간 앞에 구름 같은 머리 보이네.

은은한 미인의 향기 남기며, 꽃같이 예쁜 미소 피워내네.

---

183) 제녀齊女는 『시경詩經』에서 주조周朝 제국齊國의 맏딸을 가리키는 말이었는데, 나중에는 명문대가의 딸을 지칭하게 되었다. 송자宋子 역시 『시경』에서 은殷의 후예이자 설契의 후예를 가리키는데, 나중에는 왕후의 딸을 지칭하게 되었다.

184) 고대 월국越國에 미녀가 많이 태어났고, 그 중 서시西施가 특히 유명하여 월녀越女는 월 지역 미녀를 가리키는 말로 쓰이게 되었다. 오희吳姬는 오 지방의 미녀라는 뜻이다.

이윽고 밤안개 점점 피어올라 환한 노을 벌써 스러져버리면

아름다운 등 걸리고, 향긋한 기름에 등불 밝히네.

수많은 등불 휘황하게 반짝이고, 은빛 불꽃 무성하게 피어나네.

넘치는 술잔 바삐 오가고, 구름도 멈추게 하는 노래 소리 끊이지 않네.

만 점의 별빛 뿌려져 있고, 밝은 달 중천에 차갑게 빛나네.

일 년 내내 장마나 혹한이 아니라면

호수의 풍경 적막할 날 없고 숲 속 빈터 공허할 때 없네.

실로 시간 가는 줄 모르는 곳이요, 세월을 녹여 없애는 곳이라네.

세속 풍조는 경박하고 사는 곳은 번화하고 호화로우니

날마다 이렇게 하다 보니 자연히 그런 풍조 길러진 것이라네.

이곳에 오면 몸과 마음이 즐겁고 기쁨을 노래하게 되니

멋스럽고 뛰어난 선비와 글 잘 짓는 선현들이

더불어 빛나는 재주를 드날리며 아름다운 문장으로 표현해냈다네.

그러기에 여기까지 와보지 못한 이는

홍교를 은하수의 다리처럼 우러르고, 법해사를 봉래산의 낙원처럼 선망한다네.

이곳이야말로 서호西湖와 겨룰 만하거늘, 어찌 진회秦淮와 견주어 모자란다 하였는가!

揚州城西而北, 有虹橋焉, 天下艷稱之. 其水號小秦淮, 蓋與金陵相較而遜焉者也. 名之舊矣, 而知者尙少. 幽居多暇, 因爲賦之. 其詞曰.

試問吳城舊址, 隋苑餘基, 十三樓之丹碧, 念四橋之漣漪. 雲山起閣, 九曲名池, 莫不蔓草迷離, 烟光明滅, 望裏荒寒, 尋來凄切. 入名區而訪勝, 執停驂而駐轍. 惟一水之瀠洄, 抱高城之巉嵲. 爾乃源從蜀嶺, 委注韓溟, 近穿塵閈, 遠入郊坰. 鏡流寫月, 劍臥涵星, 映層巒而凝紫, 照芳隴以呈靑, 延緣遠岸, 窈窕廻汀, 北界黃金之壩, 西通保障之湖, 南帶瀠而沼滙, 東箭直于城隅.條四達而無礙, 綿十里而有餘. 其中則有官柳連堤, 野桃散谷, 處處枌楡, 家家桑竹, 碧梧風嫋, 蒼松雨沐, 檜是龍文, 槐爲冤目, 林杏飄紅, 嶺梅綻綠, 海棠如錦, 木蘭

似玉, 拒霜低映, 銀杏高矗. 旣匝地以千章, 亦參天而萬族. 又有鼠姑臺逈, 芍
藥田低, 菰蒲接畛, 芹茆仍畦. 蘆荻蕭蕭, 中山詩裏之疊, 蓼花的的, 放翁夢處
之谿. 池荷掩冉于左右, 隴菊逶邐于東西. 彼凡葩之誰尙, 雜庶草而難稽. 于是
別館綦布, 名園鱗次, 傑閣華堂, 瑤階玉砌, 廣榭山巓, 孤亭水際, 門掛藤蘿, 牆
封薜荔, 疏籬鹿眼, 長廊鳳翅. 復有巍峩紺宇, 縹緲琳宮, 花明塔裏, 風語鈴中,
廻環臺敞, 晶屭碑豐, 經聲爐氣, 暮鼓晨鐘.似靑蓮之湧地, 若彩雲之東空. 更復
烟靄摘星之樓, 樹蔚平山之奧. 路畔酒壚, 橋邊茶竈. 園丁豆下之棚, 花叟松間
之幬. 間雜平坻, 紛紜曲隩. 當夫春風初暖, 冬冰未徹, 暑雨乍收, 秋雲正潔. 相
與呼儔命侶, 絡繹紛綸, 乘畫舫, 出重闉, 隨輕飆, 泛淸淪. 絲管競奏, 肴核雜
陳. 或賞靜於蒙密, 或樂曠于空明, 或觀奇而暫止, 或趨勝而徑行, 或孤游而自
得, 或騈進而紛爭, 或魚貫而委蛇, 或蜎集而縱橫. 游儵匿影, 啼鳥藏聲. 齊姜
宋子, 厭深閨之寂寞, 越女吳姬, 愛185)風物而流連. 亦復畫輪遠出, 錦纜徐牽,
粉光簾外, 鬢影欄前. 留衣香之陣陣, 露花笑之娟娟. 旣而晚烟漸起, 明霞已沒,
華燈張, 蘭膏發, 火樹炫熿, 銀花蓬勃. 倒海之觴頻催, 遏雲之曲靡歇. 散萬點
之疏星, 冷中天之皓月. 一歲之中, 非夫重陰沍寒, 未有寂歷湖光, 空濛林樾,
信爲費日之場, 而銷時之窟也. 蓋俗尙輕揚, 邑居繁庶, 日爲之因自然而培護.
于以怡心神, 鳴悅豫, 而風流才士, 文章宿老, 更與揚其光華, 傅其麗藻. 以故
未臻此者, 望虹橋如在銀河, 思法海若游蓬島, 方將與明湖而相埒, 何爲較秦淮
而稱小哉.

<hr>

185) '중화본'에는 '애愛'를 '수受'로 표기했으나, '광릉본'과 '산동본'에 따라 고쳤다.

<h1 style="text-align:center">권10</h1>

홍교록虹橋錄　상上

1. '홍교수계虹橋修禊'는 원래 최백형崔伯亨[1]의 정원이었으나, 지금은 홍씨洪氏[2]의 별장이다. 홍씨에게는 2개의 정원이 있는데, '홍교수계'가 있는 곳이 대홍원大洪園이고, '권석동천卷石洞天'이 있는 곳은 소홍원小洪園이다. 대홍원에는 2개의 풍경구가 있는데, 하나는 '홍교수계'이고 다른 하나는 '유호춘범柳湖春泛'이다. 이 정원은 왕사정王士禎[3]이 「야춘시冶春詩」를 지은 곳이고, 훗날 전운사 노견증이 수계修禊 의식을 행한 곳도

---

1) '광릉본'에는 '곽백형霍伯亨'으로 되어 있다.

2) 홍징치洪徵治(?~?)를 가리킨다. 홍징치는 흡현歙縣 출신의 염상鹽商으로, 건륭 27년(1762)에 황이섬黃履暹, 강춘江春, 오희조吳禧祖와 함께 봉신원경奉宸苑卿의 벼슬을 받았다. 그 밖의 내용에 대해서는 본문의 뒷부분을 참조하기 바란다.

3) 왕사정王士正 또는 왕사진王士禛이라고도 쓴다.

이곳이다. 이 때문에 그 경치에 '홍교수계'라는 이름이 붙었고, '아패 24
경牙牌二十四景'4)에 포함되어 황제께서 '의홍원倚虹園'이라는 이름을 하
사하셨다.5)

　정원 대문은 도춘교渡春橋 동쪽에 있는데, 그 안쪽이 묘원당妙遠堂이
다. 묘원당 오른쪽은 전춘당餞春堂인데 물가에 음홍각飮虹閣이 세워져
있고, 그 바깥은 '방호도서方壺島嶼'와 '습취부람濕翠浮嵐'이다. 전춘당 뒤
쪽에는 대숲 사이로 길이 나 있는데, 물가에 작은 나루터가 만들어져
있고, 길을 따라 구불구불 가다 보면 함벽루涵碧樓로 들어간다. 함벽루
뒤에는 선석방宣石房이 있고 그 옆에 몇 층짜리 건물이 있는데, 황제께
서 이곳에 치가루致佳樓라는 이름을 내려주셨다.6) 그곳에서 곧장 남쪽
으로 가면 계화서옥桂花書屋이 있고 그 오른쪽에는 수청水廳이 있다. 그
수청의 서쪽에는 석벽이 있는데, 그곳을 뚫고 흐르는 물은 어디로 흐르
는지 종적을 헤아리기 어렵다.

　수청 뒤에는 모란이 우거져 있는데, 모란꽃밭에서 서쪽으로 가면 영
방헌領芳軒으로 들어가게 된다. 영방헌 뒤에는 10여 칸 크기의 가대歌臺
가 설치되어 있고 그 옆에는 소나무나 잣나무, 삼나무, 종가시나무[櫧]가
울창하게 자라고 있다. 물가에는 20여 채의 누각들이 만[灣]을 따라 늘
어서 있으며, 그 중간에 수계정修禊亭이 세워져 있다. 그 바깥은 물길을
옆에 두고 대문이 나 있으며 3칸짜리 대청이 세워져 있는데, 그 편액에
는 '홍교수계'라고 적혀 있다. 대청 옆에는 비정碑亭을 세워 어제시 2수
를 모셔놓았는데, 첫 번째 시7)는 다음과 같다.

---

4) '아패牙牌'는 상아나 다른 짐승의 뼈, 뿔에 어떤 일을 기록하여 만든 첨패籤牌를 가리
　킨다. 당나라 단성식段成式의 『유양잡조酉陽雜俎』 「충지忠志」에는 당나라 예종睿宗이 황
　실 창고에서 황금색에 길이가 4자이고 마디에 벌레가 갉아먹은 자국이 있는 채찍 하
　나가 똬리 튼 용처럼 놓여 있는 것을 보고, 손잡이[靶]에 아패를 만들어 걸었다는 기
　록이 있다.
5) 이것은 건륭 27년(1762) 제3차 강남 순시 때에 한 일이다.
6) 이것은 건륭 30년(1765) 제4차 강남 순시 때에 한 일이다.
7) 원래 제목은 「유의홍원인제구游倚虹園因題句」이다.

홍교의 모임은 본래 광릉의 일이었는데

홍교 옆의 정원은 우연히 물어 오게 되었다.

떠들썩한 음악소리는 멀리서 들어야 하건만

늙은이는 나이가 많아[8] 직접 가보길 좋아한다.

버들은 가녀린 솜 땅에 끌며 다소곳한 몸짓 따라하고

매화는 아름다운 자태 드러내고 미녀의 표정 짓기 시작한다.

화조일花朝日[9] 미리 빌려 상사일上巳日[10]로 삼은 것은[11]

봄놀이 다니는 것이 이곳 백성들에겐 익숙하기 때문이로다.

虹橋自屬廣陵事, 園倚虹橋偶問津.

鬧處笙歌宜遠聽, 老人年紀愛親詢.

柳拖弱絮學垂手, 梅展芳姿初試嚬.

預借花朝爲上巳, 冶春慣是此都民.

두 번째 시[12]는 다음과 같다.

돌 쌓아 만든 농가 군성 서쪽에 있음을 알고

놀잇배 대고 이끼 낀 제방을 걸었다.

---

8) 건륭제가 처음 이곳을 왔을 때인 1762년에 그의 나이가 이미 50세를 넘겼기 때문에
   이렇게 표현한 것이다.
9) 남송 오자목吳自牧의 『몽량록夢粱錄』「이월망二月望」에서는 "2월 15일은 꽃의 생일인
   화조절花朝節인데, 절강浙江 지방의 민간 풍속에서는 이 날이 봄의 한가운데이기 때문
   에 온갖 꽃이 다투어 피는지라 꽃놀이하기에 가장 적당하다고 여긴다[仲春十五日爲花
   朝節, 浙間風俗, 以爲春序正中, 百花爭放之時, 最堪遊賞]"라고 기록되어 있다. 그러나
   화조일에 대해서는 음력 2월 12일이라는 설과 2월 2일이라는 설도 있다.
10) 한나라 이전에는 음력 3월 상순上旬의 사일巳日을, 위진魏晉 이후로는 3월 3일을 '상
    사일'이라고 했다. 『후한서後漢書』「예의지상禮儀志上」에 따르면, 이날은 관리들과 백성
    들이 모두 동쪽 강가에 모여 묵은 때와 재앙을 씻어내는 의식을 행했는데, 이것을 '대
    계大禊'라고 했다는 기록이 있다.
11) 원래 이 구절에는 다음과 같은 내용의 주석이 달려 있었다. 이곳은 옛날 '홍교수계虹
    橋修禊'라고 불렸는데, 이튿날이 화조일이라 이렇게 표현한 것이다.
12) 이 시의 원래 제목은 「유의홍원遊倚虹園」이다.

꽃과 나무는 마침 2월의 풍경 빚어내며 아름다우니

사람 사는 마을은 무릉의 신선 계곡에 있는 듯.

물 건너 음악소리는 지나치게 시끄럽지만

못가 여관에 소장된 죽간竹簡은 시 지을 만하구나.

잠시 배회하다 다시 배에 올라가니

촉강의 빼어난 경치가 다시 기다리고 있구나.

情知石墅郡城西, 逶蟻蘭舟步蘚堤.

花木正佳二月景, 人家疑住武陵溪.

笙歌隔水翻嫌鬧, 池館藏筠致可題.

片刻徘徊還進舫, 蜀岡秀色重相徯.

2. 묘원당은 정원에 나들이 나온 사람들을 접대하는 곳이다. 호숫가 정원마다 심당深堂[13)]을 지어놓고 주방과 침실을 갖춰 해마다 절기 때면 나들이 나온 사람들이 이런 곳에서 잔치를 벌이곤 한다. 이곳에는 다음과 같은 대련이 있다.

강가의 맑은 기운 향기로운 풀 맞이하고

성 위의 봄빛 꽃밭과 담장을 덮었네.

河邊淑氣迎芳草[손막孫邈][14)]

城上春陰覆苑墙[두보杜甫][15)]

---

13) 건물 깊숙한 곳에 있는 대청, 즉 내당內堂을 가리킨다.
14) 본문의 손막孫邈은 손적孫逖을 잘못 쓴 것이다. 손적(696~761)은 하남河南 공현鞏縣 사람으로, 714년 문조굉려과文藻宏麗科에 급제하여 좌습유左拾遺, 집현전수찬集賢殿修撰, 고공원외랑考功員外郎, 중서사인 등을 역임했다. 그의 원래 문집은 지금은 남아 있지 않고, 『전당시』에 수록된 60여 수의 시와 『전당문全唐文』에 수록된 산문 6권만 남아 있다. 『전당시』 권 118에 수록된 손적의 「좌사 장원외의 "낙양에서 사신으로 경사에 들어오는 도중 먼저 장안에 가서 입춘일에 위시어 등 여러분을 만나서 바침"이라는 시에 화답함[和左司張員外自洛使入京中路先赴長安逢立春日贈韋侍御等諸公]」에 "河邊淑氣迎芳草, 林下輕風待落梅"라는 구절이 들어 있다.

묘원당 오른쪽에는 전춘당이 있는데, 그곳에는 다음과 같은 대련이 있다.

꾀꼬리 울고 제비 지저귀는 향기로운 꽃의 계절
나비 그림자와 벌 소리 어지러이 얽히는 시절
鶯啼燕語芳菲節[모희진毛熙震]16)
蝶影蜂聲爛縵時[이건훈李建勳]17)

그 옆은 곱자[曲尺]처럼 굽은 수각水閣 10여 칸과 통하는데, 그곳 편액
에는 '음홍각飮虹閣'이라고 적혀 있다. 이곳은 가파른 회랑과 날아갈 듯
이 높은 들보, 붉은 다리[朱橋]와 회칠로 장식한 벽이 어우러져 눈길을
뗄 겨를이 없다.

3. 함벽루涵碧樓 앞에는 괴이한 돌이 우뚝 서 있다. 구불구불 자란 늙은
소나무가 덮개처럼 잎을 드리우고 있는데, 그 바위 사이를 지나면 높다
랗게 치솟은 절벽이 마치 지척에 있는 것처럼 눈에 들어온다. 그 오른
쪽에는 숨은 구멍에서 샘이 솟아 세차게 흘러 곧장 아래로 흐르는데,
맑은 물소리를 내며 호수로 들어간다. 그곳에는 문처럼 틈이 갈라진 바
위가 있는데 바람이 세서 가까이 가 살펴볼 수 없으며, 양쪽 벽이 무너

---

15) 『전당시』 권225에 수록된 두보의 시 「곡강대우曲江對雨」에 "城上春雲覆苑墻, 江亭晚
色靜年芳"이라는 구절이 들어 있다.

16) 모희진毛熙震(?~?)은 촉蜀 땅 사람으로, 오대五代 시기 후촉後蜀의 맹창孟昶 밑에서 비
서감秘書監을 지냈다. 『화간집花間集』에 그의 사詞 29수가 수록되어 있다. 『전당시』 권
895에 수록된 모희진의 사詞 「뒤뜰의 꽃後庭花」에 "鶯啼燕語芳菲節, 瑞庭花發. 昔時歡
宴歌聲揭, 管弦清越"이라는 구절이 들어 있다.

17) 이건훈李建勳(?~?)은 자가 치요致堯이고, 당나라 농서隴西 사람이다. 남당南唐의 이승
李昇이 금릉金陵을 점거했을 때 그를 부사副使로 기용했고, 중서시랑동평장사中書侍郞同
平章事에 임명했다. 승원昇元 5년(941)에 고향으로 돌아갔다가, 다시 이승의 뒤를 이은
이경李璟에게 불려가 사공司空, 사도司徒 등의 벼슬을 역임했고, 종산공鍾山公이라는 호
를 하사 받았다. 『전당시』 권 739에 수록된 이건훈의 시 「장미薔薇二首」의 둘째 수에
"拂檻拖地對前墀, 蝶影蜂聲爛熳時"라는 구절이 들어 있다.

질 듯 흔들린다. 벼랑에는 나무들이 뒤엉켜 자라고, 돌을 모아 배를 대는 곳[步]을 만들었는데, 그 사이가 넓은 곳은 배가 지나다닐 수 있을 정도이다. 그 아래에는 1자 2치나 되는 수미어繡尾魚가 많아, 벼랑 위에는 한두 명의 낚시꾼들이 1년 내내 이곳에서 낚시질을 한다.

함벽루 뒤쪽에는 물을 대서 우거진 숲을 가꿔놓아 짙은 녹음의 향기가 옷에 스민다. 그 옆에는 작은 집[屋]이 있는데, 그 안에는 대들보 위에 돌을 쌓아 마치 종유석鐘乳石이 드리운 듯한 모양을 만들어놓았다. 그 아래쪽으로는 높고 가파른 산들이 천 겹 만 겹 이어지며 6,7번 꺾어져서 집 앞의 깊은 못[沼]까지 이어진다. 집 안에는 돌 안석[石几]과 돌 걸상[石榻]이 놓여 있어서 한여름에 거기 앉으면 더위를 잊는다. 엄동설한에는 진흙으로 바람을 막고 안석 위에 담비 털로 만든 융단을 깐 후 화로에 둘러앉아 술을 마실 수 있게 했으니, 정말 신기하게 지어진 건물이라 하겠다.

4. 치가루致佳樓는 5칸짜리 건물인데, 황제께서 내리신 돌 편액과 대련 하나를 모셔두고 있다. 그 대련의 내용은 이러하다.

> 꽃과 나무는 마침 2월의 풍경 빚어내며 아름다우니
> 사람 사는 마을은 무릉의 신선 계곡에 있는 듯.
> 花木正佳二月景, 人家疑住武陵溪.

이 누각 역시 옛 최씨 정원의 터 안에 있다. 누각 뒤쪽은 모두 황무지를 새로 개간한 땅인데, 전각교轉角橋 서쪽 입구의 야춘차사冶春茶社와 함께 정원의 담장 안에 들어가 있다. 이곳에서부터 정원은 삼면이 물가에 접해 있고, 강폭이 넓어지기 시작한다. 그 안에는 계화서옥이 세워져 있는데, 수십 칸의 작은 방들이 구불구불 이어져 있어서 구경 나온 사람들이 정신을 잃고 어디로 가야 할 지 모르게 만든다.

5. 의홍원倚虹園에서 볼 만한 풍경은 물가에 있고, 물가에서도 빼어난 풍경은 수청水廳에 있다. 계화서옥에서 구불구불한 회랑을 따라 북쪽으로 꺾어 가면 또 서쪽에 물가에 세워진 청사가 있다. 이 청사는 창을 내어서 꽃과 계곡물, 호수의 물빛, 돌벼랑 등이 치마를 걷고 다가오게 만들었다. 밤이면 휘장을 칠 필요가 없고 낮에는 항상 그림 같은 병풍이 둘러진 셈이다. 고결한 우정을 맺은 오랜 벗들이 베틀 북처럼 자주 오간다. 여기서 아침밥과 저녁 반찬을 먹으면 향기가 그윽하여 시원한 꽃밭 안에 비단 창을 낸 방 안에 있는 듯하고, 구름 계단을 올라가 달 세상에 들어간 것 같으니 정말 상당上黨의 위두대熨斗臺18)와 같은 곳이라 하겠다.

6. 호수 위의 수랑水廊 가운데는 '사교연우四橋烟雨'의 풍경으로 유명한 춘수랑春水廊이 가장 훌륭하고, 수각水閣은 구봉원九峰園의 풍의각風漪閣과 '사교연우'의 금경각錦鏡閣이, 수관水館은 '금천화서錦泉花嶼' 풍경구의 미파관微波館이, 수당水堂은 '하포훈풍荷蒲薰風' 풍경구의 내훈당來薰堂이, 수루水樓는 이 의홍원의 수계루修禊樓가 가장 훌륭한데, 이것들은 강물과 어우러진 모습 때문에 풍광이 빼어나다. 수계루는 의홍원 동남쪽 모퉁이에 있는데, 이곳은 곱자처럼 굽은 물굽이가 있고 누각 아래에 문이 나 있다. 누각 위에는 황제께서 '의홍원'이라고 써서 하사하신 편액과 대련 하나를 모셔놓고 있는데, 대련의 내용은 이러하다.

---

18) 상당上黨은 지금의 산시성山西省 창즈시長子市에 속한 지역이다. 이곳 서남쪽에는 해발 1,080m의 산 위에 '장자성長子城'이라는 산성山城이 있는데, 전설에 따르면 요 임금의 큰아들 단주丹朱가 사람들을 이끌고 흙을 쌓아 만든 산이라고 했다. 그런데 이 산은 생김새가 마치 다리미[熨斗] 같아서 위두대熨斗臺라고 불리기도 한다. 또 전설에 따르면 여동빈呂洞賓이 여산廬山 선인동仙人洞에서 신선이 되어 학을 타고 하늘로 올라간 뒤, 어느 날 학을 타고 서북쪽을 향해 가다가 학이 피곤하여 잠시 이곳 위두대에 내려와 쉰 적이 있는데, 이곳 경치가 아름다운 것을 보고 위두대 위에 집을 짓고 화초를 기르며 지냈다고 한다.

버들은 가녀린 솜 땅에 끌며 다소곳한 몸짓 따라하고
매화는 아름다운 자태 드러내고 미녀의 표정 흉내 내기 시작한다.
柳拖弱絮學垂手, 梅展芳姿初試靨.

대문 앞은 바로 나루터이다.

7. 의홍원 대문 오른쪽에는 3칸짜리 청사가 있는데, 가운데 칸의 병풍 사이에 있는 북에는 '홍교수계虹橋修禊'라는 글자가 새겨져 있고, 지름은 1자 남짓 된다. 그 옆에는 짧은 담을 쌓아놓았는데, 쪽문[便門]이 나 있어 전각교와 통한다.

8. 왕사정王士正은 자가 자진子眞 또는 이상貽上이고, 호는 완정阮亭, 별호는 어양산인漁洋山人이며, 산동山東 신성新城 사람이다. 그의 고조부高祖父 왕중광王重光은 귀주貴州 포정사布政使를 지냈고, 증조부 왕지원王之垣(?~?)은 호부좌시랑戶部左侍郎을, 조부 왕상진王象晉19)은 절강 포정사를 지냈다. 그의 부친 왕여칙王與敕(1609~1685)은 공생으로 태학太學에 들어갔고, 형 왕사록王士祿은 원외랑을 지냈으며, 또 다른 형 왕사희王士禧는 공생이다. 그의 아우 왕사호王士祜20)는 진사 출신이다.

왕사정은 순치 을미乙未년(1655) 진사에 급제하여 형부상서刑部尙書를

---

19) 왕상진王象晉(1561~1653)은 자가 자진子進 또는 강후康候이고, 호는 강우康宇 또는 명농거사明農居士이다. 그는 만력 32년(1604) 진사에 급제하여 중서사인, 한림원 학사, 어사 등을 역임했다. 주요 저작으로『이여당군방보二如堂群芳譜』(28권),『사한당집賜閑堂集』(20권),『청오재심상편淸寤齋心賞編』,『전동재필剪桐載筆』,『주장시여대벽奏張詩餘臺壁』등이 있다. 참고로 '중화본'에서는 왕상보王象普라고 표기되어 있으나, 여기서는 바로잡아 쓴다.

20) 왕사호王士祜(1632~1691)는 자가 숙자叔子 또는 자측子側, 별자別字로 동정東亭을 사용했다. 그는 1670년 진사에 급제했으며, 저작으로『고발산인집선古鉢山人集選』이 있다. 한편 '중화본'에는 왕사우王士祐로 되어 있으나, 잘못된 표기이다. 그리고 왕사호는 왕사정의 동생이 아니라 둘째 형이다.

지냈고, 시호諡號는 문간文簡이다. 저작으로『대경당집帶經堂集』과『정화록정본精華錄定本』및 10종의『시화詩話』가 있다. 그는 문학과 시가 창작으로 당대에 명성이 높아서 수십 년 동안 문단을 이끌었다.

그는 예전에 순치 기해己亥년(1659)에 양주부추관揚州府推官에 임명되어, 이듬해인 경자庚子년(1660) 3월에 양주 군성에 도착했으며, 8월에는 강녕향시동고관江寧鄕試同考官이 되었다. 신축辛丑년(1661) 3월 강녕 땅의 관리로 있을 때에는 진회秦淮(지금의 난징시)의 요적보邀笛步21)에 살면서 『백문집白門集』을 편찬했다. 그는 강희 임인壬寅년(1662) 봄에 두준杜濬, 장양중張養重, 구상수邱象隨, 진윤형陳允衡, 진유숭陳維崧과 더불어 홍교虹橋에서 수계修禊 의식을 행했다. 여기서 그는 「완계사浣溪紗」 3결関22)을 짓고, 다른 이들의 작품을 모아『홍교창화집虹橋唱和集』을 편찬했다. 이듬해 겨울에 그는 강녕무위동고시관江寧武闈同考試官이 되었다. 강희 갑진甲辰년(1664) 봄에는 다시 임고도林古度, 두준, 장강손張綱孫, 손지위孫枝蔚, 정수程邃, 손묵孫默, 허승선許承宣, 허승가許承家와 더불어『야춘시冶春詩』를 지었으니, 이것은 모두 그가 수계를 행한 것과 관련된 작품들이다.

오위업吳偉業23)은 이렇게 말했다.

왕사정은 광릉에 있을 때, 낮에는 공무를 처리하고 밤이면 사인詞人들을 접대했다.

貽上在廣陵, 晝了公事, 夜接詞人.

모양冒襄은 이렇게 말했다.

---

21) 옛 이름은 소가도蕭家渡로서, 강소江蘇 상원上元(지금의 난징시에 속함)의 청계교淸溪橋 오른편에 있다. 이곳은 진晉나라 때 왕휘지王徽之(?~388, 자는 자유子猷)가 피리[笛]를 불고 있는 환이桓伊(?~?, 자는 숙하叔夏 또는 야왕野王)를 만난 곳으로 유명하다.
22) 가곡歌曲이나 사詞 작품 한 수首를 일컫는 단위이다.
23) 오위업吳偉業에 대해서는『양주화방록』권5「신성북록新城北錄・하下・15」의 주석을 참조할 것.

왕사정의 문장으로 천하의 인물들을 두루 사귀어서, 평산당과 당창관唐昌觀을 방문하는 손님들의 발길이 날마다 끊이지 않았다. 그는 줄곧 술을 마시고 시 짓는 모임을 좋아해서 정성을 다했는데, 손님들은 하루 종일 그를 상대하면서도 끝내 사적인 부탁을 하지 않았다. 한번은 어느 막역한 벗과 작별하면서 그가 이렇게 말했다.

"부끄럽게도 벼슬살이를 하면서도 가난하여 어르신께 드릴만 한 것이 없습니다. 저희 관청에 있는 학 열 마리 가운데 두 마리를 드리겠사오니, 속기俗氣 없는 우정을 새겨두려는 뜻입니다."

漁洋文章結納遍天下, 客之訪平山堂, 唐昌觀者, 日以接踵. 漁洋詩酒流連, 曲盡款洽, 客相對永日, 亦終不忍干以私. 嘗有一莫逆臨別, 公曰 : 愧官貧, 無以爲長者壽, 署有十鶴, 敬贈其二, 志素交也.

서구徐釚는 이렇게 말했다.

홍교는 평산당 법해사 옆에 있는데, 왕사정이 양주를 다스릴 때 날마다 여러 명사들과 나들이 가서 잔치를 벌였기 때문에, 광릉 땅을 들른 사람들이 홍교에 대해 많이들 물었다.

虹橋在平山堂法海寺側, 貽上司理揚州, 日與諸名士游宴, 于是過廣陵者多問虹橋矣.

송낙宋犖24)은 이렇게 말했다.

왕사정이 양주추관이 되자 능숙하고 손쉽게 그 일을 처리하고, 날마다 여러 선비들과 나들이 다니며 잔치를 열었다. 마치 백거이白居易와 소식蘇軾이 항주杭州에서 벼슬살이할 때처럼 풍류를 다 누리려고 했다.

---

24) 송낙宋犖에 대해서는 본문 27을 참조할 것.

阮亭調選得揚州推官, 游刃行之, 與諸士游宴無虛日, 如白蘇之官杭, 風流欲
絶.

또 유체인劉體仁25)은 이렇게 말했다.

명주가 빛나고 계기桂旗26) 반짝이며 펄럭이니, 아름답구나! 시동을 거느리
고 다니거나 바람에 소맷자락 휘날리니, 마치 신선이 되어 떠나려는 듯했다.
『야춘시』가 한 시대를 호령했으니, 굳이 양유정楊維楨27)처럼 함부로 특별한
가락을 만들려고 하지 않고도 아름다운 문장을 드러냈다.

采明珠, 耀桂旗, 麗矣. 或率兒拜, 或袂從風, 如欲仙去. 冶春詩獨步一代, 不
必如鐵崖遁作別調, 乃見姿媚也.

그의 형 왕사록王士祿은 이렇게 말했다.

그는 일찍부터 지혜롭고 용모가 빼어나서 마치 신선 숲의 옥으로 된 나무
처럼 사람들을 환히 비췄다. 양주를 다스릴 때에는 날마다 여러 명사들을 촉

---

25) 유체인劉體仁에 대해서는 본문 28과 『양주화방록』 권6 「성북록城北錄·34」의 주석을
참조할 것.
26) 『초사楚辭』 「구가九歌」 「산귀山鬼」에 "붉은 표범 타고 얼룩무늬 살쾡이 거느린 채,
신이목辛夷木으로 만든 수레 타고 계수나무 꽃 매단 깃발 세웠다[乘赤豹兮從文狸, 辛
夷車兮結桂旗]"라는 구절이 있는데, 후세에는 주로 신들의 수레에 꽂아 세우는 깃발
을 가리키는 뜻으로 사용되었다.
27) 양유정楊維楨(1296~1370)은 자가 염부廉夫이고 호는 철애鐵崖 또는 동유자東維子로서,
회계會稽(지금의 저장성 사오싱紹興) 사람이다. 그는 1327년 진사에 급제하여 천태현윤
天台縣尹, 건덕로총관추관建德路總管推官 등을 역임하다가 원나라 말엽에 부춘강富春江
일대에 은거했고, 나중에 송강松江에 원포봉대園圃蓬臺를 짓고 선비들을 초청하여 교유
했다. 명나라 홍무제洪武帝의 부름으로 경사에서 각종 예의법전禮儀法典을 교정하기도
했다. 그는 시와 산문, 희곡에 모두 뛰어나서 거의 40여 년 동안 원나라 문단을 이끌었
다. 저작으로 『동유자문집東維子文集』과 『철애선생고악부鐵崖先生古樂府』 등이 있다. 뛰
어난 서예가이기도 했던 그는 『성남창화시권城南唱和詩卷』, 『진경암모연소권眞鏡庵募緣
疏卷』 등의 필적을 남겼다.

강과 홍교 근처에 모아놓고 바리때를 두드리며 시를 지었으니, 맑은 차 향기 속에 시를 쓸 하얀 비단이 무성히 날렸다. 그러므로 양선陽羨(지금의 이싱宜興 일대) 땅의 진유숭陳維崧[28]은 '두 줄로 늘어선 낮은 벼슬아치들 신선을 보듯 부러워하며, 상관이 지은 애끓는 구절 칭송했네'라고 노래했다. 지금도 광릉에 오면 그가 남긴 뜻을 이야기하여 마치 구양수歐陽修와 소식을 말하는 듯하니, 단순히 두목杜牧의 꿈[29]을 떠올리는 것과는 다르다.

貽上負夙慧, 神姿清徹, 如瓊林玉樹, 朗然照人. 爲揚州法曹, 日集諸名士于蜀岡, 虹橋間, 擊鉢賦詩, 香清茶熟, 絹素橫飛, 故陽羨陳其年有兩行小吏艷神仙, 爭羨君侯腸斷句之詠. 至今過廣陵者, 道其遺意, 仿佛歐蘇, 不徒憶樊川之夢也.

종원정宗元鼎[30]의 시에서는 다음과 같이 노래했다.

---

28) 진유숭에 대해서는 본문 14와 『양주화방록』 권6 「성북록城北錄 · 34」의 주석을 참조할 것.

29) 두목杜牧에 대해서는 『양주화방록』 권1 「초하록草河錄 · 상上 · 7」의 주석을 참조할 것. 이른바 '양주몽揚州夢'으로 일컬어지는 두목의 꿈은 그가 지은 시 「견회遣懷」에서 비롯된다. 이 시의 내용은 다음과 같다. 실의하여 강남땅에 술 싣고 다니는데 / 초 땅 미녀는 창자가 끊길 듯 허리 가늘어 손에 들어도 가볍다네. / 십년 만에 양주의 꿈에서 깨어나 보니 / 얻은 것은 기생집의 얄팍한 명성뿐이더라[落魄江南載酒行, 楚腰腸斷掌中輕. 十年一覺揚州夢, 贏得青樓薄幸名]! 이 시는 판본마다 구절의 글자가 조금씩 다르지만 대체적인 의미는 비슷하다. 한편 두목과 동시대 사람인 우업于鄴이 여색을 즐기는 두목을 소재로 『양주몽기揚州夢記』라는 이야기를 썼는데, 훗날 이 작품의 뒤를 이어 많은 희곡 작품들이 만들어졌다. 대표적으로 원나라 때의 교길喬吉은 『양주몽기』의 이야기를 잡극 『양주몽』으로 고치면서, 기생 장호호張好好를 새로운 주인공으로 등장시켰고, 명나라 때의 혜영인嵇永仁은 같은 제목의 전기傳奇를 지으면서 장호호 대신에 가기歌妓인 자운紫雲과 녹엽綠葉의 비극적인 사랑 이야기를 첨가했다. 또 청나라 때에 진동陳棟이 지은 잡극에서는 하늘에서 내려온 '재동원황제군梓潼元皇帝君'을 등장시켜 더욱 신비스러운 분위기를 연출했다. 그리고 역시 청나라 때의 황조삼黃兆森도 같은 제목의 잡극을 지은 바 있다.

30) 종원정宗元鼎(1620~1698)은 자가 정구定九 또는 정구鼎九이고 호는 매잠梅岑 또는 향재香齋, 동원거사東原居士, 매서거사梅西居士, 소향거사小香居士, 부용재芙蓉齋, 매화노인賣花老人 등을 썼다. 그의 관적貫籍에 대해서는 강남江南 흥화興化(지금의 장쑤성에 속함)라는 설과 강도江都(지금의 양저우시)라는 설이 있으나 분명하지 않다. 주요 저작으로 『부용집芙蓉集』(17권)과 『신류당집新柳堂集』(10권), 그리고 『소향사小香詞』(2권)가 있다.

백거이白居易 따라 양류楊柳를 노래하지 말고
유우석劉禹錫에게 「죽지사竹枝詞」 부르게 하지 말라.
닷새 동안 봄바람 불고 열흘 동안 비 내리니
강가 누대에선 일제히 「야춘사」를 노래하네.
休從白傳歌楊柳, 莫遣劉郞唱竹枝.
五日東風十日雨, 江樓齊唱冶春詞.

이제 수계 행사에 참여한 사람들과 왕사정이 양주에서 교유한 이들을 덧붙여 수록한다.

9. 두준杜濬[31]은 원래 이름이 두조杜詔이고 자는 어황於皇, 호는 차촌茶村이고, 호광湖廣 황강黃岡 사람이다. 그는 시를 잘 지었는데 강녕江寧 계명산鷄鳴山 오른편에 이주해 살았고, 양주를 오가며 왕사정과 우의가 깊었다. 수계 행사를 할 때 그가 뒤늦게 도착하자 왕사정이 다음과 같은 시를 지었다.

두릉 땅의 늙은이 가련할 정도로 가난하지만
술 한 말에 시 백 편을 읊을 수 있다네.
오늘 아침은 어느 집 화로 옆에서 취했는가?
아마도 누군가 술값을 보내주었나 보군.
杜陵老叟窮可憐, 猶能斗酒詩百篇.
今朝何處爐頭醉, 知有人家送酒錢.

---

31) 두준杜濬(1611~1687)은 명나라 말엽에 부공생副貢生이 되었으나, 명나라 말엽에 온 가족이 남경으로 이주한 뒤에 명나라가 망하자 벼슬에 뜻을 접고, 시를 지으며 강남에 있던 명나라 유민遺民들과 교유했다. 그러나 집안 형편이 점점 나빠져서 벗들의 도움을 받으며 살아야 했으며, 한때 이어李漁(1611~1680?)에게 몸을 의탁하기도 했다.

그가 죽자 태수를 지낸 진붕년陳鵬年32)이 강녕江寧 태평문太平門의 산자락에 묻어주었다. 저작으로 『변아당집變雅堂集』이 있다.

10. 장양중張養重(1620~1680)은 자가 자첨子瞻이고 호는 우산虞山, 별호는 야관도인椰冠道人이며 산양山陽(지금의 쟝쑤성 화이안淮安) 사람인데, 시를 잘 지었다. 그가 양주에서 왕사정을 만나자 왕사정이 이렇게 말했다.

"예전부터 선생의 시구 가운데 '남쪽 누대의 촉나라 빗속에 삼경도 벌써 지나니, 봄물 흐르는 오나라 강은 밤새 불어나네[南樓楚雨三更遠, 春水吳江一夜增]'라는 것을 좋아했습니다. 평생 이처럼 좋은 구절을 몇 개나 보겠습니까?"

장양중이 돌아와서 구상수邱象隨에게 이렇게 말했다.

"옛날에 내키는 대로 지은 구절이 있는데, 뜻밖에 왕사정이 나를 보자마자 그걸 언급하더구먼."

당시 사람들은 그를 장산양張山陽이라고 불렀다.

11. 구상수邱象隨33)는 자가 계정季貞이고 산양 사람이다. 그는 발공생拔貢生이며, 시는 시강侍講을 지낸 그의 형 구상승邱象昇34)과 나란히 명성

---

32) 진붕년陳鵬年(1662~1723)은 자를 창주滄州라고 쓰는 경우가 많다. 그는 1691년 진사에 급제하여 절강 서안지현西安知縣, 해주지주海洲知州, 강녕지부江寧知府, 강소포정사江蘇布政使 등을 역임했다. 또 두 차례 무영전武英殿에 들어가 『분류자금分類字錦』, 『물류집고략物類輯古略』, 『월령집요月令輯要』 등을 편찬하기도 했으며, 후에 하도총관河道總管 겸 총조운사總漕運事까지 지냈다. 그는 죽을 때 집안에 남은 재산이 없을 정도로 청렴하고 유능한 인물이었다고 칭송된다. 저작으로 『창주시집滄州詩集』, 『도영당문집道榮堂文集』, 『하공조약河工條約』, 『역사정략歷仕政略』, 『진각근주의陳恪勤奏議』 등이 있다.

33) 구상수邱象隨(?~?, 1671 전후 활동)는 호가 서헌西軒이며, 구상승邱象昇(1629~1689)의 동생이다. 그들 형제는 모두 시를 잘 지어서 당시에 '이구二邱'라고 불리며 명성을 날렸다. 그는 1654년 발공생拔貢生이 되어 1679년에 '박학홍사과'에 급제하여 한림원 검토에 제수되었고, 이후 태자세마太子洗馬를 역임했다.

34) 구상승邱象昇(1629~1685)은 자가 서계曙戒이고 호는 남재南齋이다. 그는 순치 2년(1655) 진사에 급제하여 한림원 서길사가 되었고, 이후 대리시좌시부大理寺左寺副까지 지냈다. 저작으로 『영해집嶺海集』, 『곡음집轂音集』, 『입연집入燕集』, 『백운초당집白雲草堂

을 날렸다. 그는 박학홍사과에 급제하여 태자세마太子洗馬를 지냈다. 저
작으로 『서산기년집西山紀年集』이 있다.

12. 주극생朱克生은 자가 국정國禎이고 호는 추애秋厓이며, 보응寶應 사람
이다. 그는 순안어사巡按御史를 지낸 주극간朱克簡[35]의 동생으로, 사양호
射陽湖 안에 환계별서環溪別墅를 갖고 있다.

13. 진윤형陳允衡[36]은 자가 백기伯璣이고, 어사를 지낸 진본陳本의 아들
로서 건창建昌(지금의 난창시南昌市) 사람이다. 그는 시를 잘 지었는데, 동
호東湖(지금의 난창시 동쪽) 지역에 변란이 일어난 후 유원공劉遠公과 함께
구자산鳩玆山에서 살다가, 만년에 동호 지역으로 돌아와 운경소포雲卿蔬
圃[37]의 옛 터에 초가를 짓고 살았다. 웅문거熊文擧[38]와 여원관黎元寬,[39]

集』 등이 있다.
35) 주극간朱克簡(?~1693)은 순치 4년(1647) 진사에 급제하여 내각중서에 제수되었고, 그
  후 어사御史, 복건순안福建巡按 등을 지냈다.
36) 진윤형陳允衡(1622~1672)는 호가 옥연玉淵이다. 그는 1662년에 양주에 와서 산서山西
  무향武鄕 출신의 정곤륜程康莊(?~?, 자는 탄여坦如 또는 곤륜崑崙)과 양주를 다스리던
  왕사정, 그리고 양회염정兩淮鹽政 호문학胡文學과 교유하며, 그들의 도움으로 『국아초
  집國雅初集』을 간행했다. 이 시집은 청나라 때 중국의 시인들과 외국의 여성 시인까지
  포함해서 모두 120명의 걸작을 뽑아 교감한 것으로, 원래 이운전李雲田과 함께 원고를
  만들었으나 간행되지 못했다. 그러다가 이운전은 자신이 쓴 원고를 가지고 한양漢陽으
  로 돌아갔고, 진윤형은 자신이 편집한 50여 종의 시집을 지닌 채 이리저리 떠돌다가
  마침내 양주에서 책으로 간행했던 것이다. 그는 이 밖에도 『시찬詩撰』, 『시위詩慰』 등
  의 시집을 편찬했으며, 자신의 시집으로 『애금관시집愛琴館詩集』을 남겼다.
37) 『송사宋史』 「소운경전蘇雲卿傳」에 따르면, 소운경은 광한廣漢 사람이다. 그는 소흥紹興
  (1131~1162) 연간에 예장豫章 동호東湖로 와서 오두막을 짓고 채소밭을 가꿔 내다 팔
  았는데, 채소를 가꾸는 솜씨가 대단히 뛰어났다고 한다.
38) 웅문거熊文擧(1595~1668)는 자가 공원公遠이고 호는 설당雪堂이며, 신건新建 사람이
  다. 그는 1631년 진사에 급제하여 합비현령合肥縣令, 계훈사랑중稽勳司郞中 등을 역임했
  으며, 청나라 때에는 통우정通右政, 이부우시랑 등을 지냈다. 저작으로 『순향잉筍香剩』,
  『수성기守城記』, 『묵순초墨盾草』, 『사진잡음使秦雜吟』, 『치려집耻廬集』 등이 『설당전집雪
  堂全集』(40권) 안에 들어 있다.
39) 여원관黎元寬(?~?)은 자가 좌엄左嚴이라고도 하고, 호는 박암博庵이며, 남창南昌 사람
  이다. 그는 명말 청초의 학자로 숭정崇禎(1628~1644) 연간에 진사에 급제하여 절강제

형방邢昉,[40] 고몽유顧夢游[41]가 모두 그의 오언시를 칭송했다. 저작으로
『보금관집寶琴館集』이 있다.

14. 진유숭陳維崧[42]은 자가 기년其年이고 의흥宜興 사람이며, 시와 사詞,
변문騈文을 잘 지었다. 그는 40살에도 여전히 제생 신분이었는데, 점쟁
이[日者]가 그에게 "그대는 50살이 되면 틀림없이 한림원에 들어갈 것입
니다"라고 말했다고 한다. 매뢰梅磊[43]는 그에게 준 시에서 이렇게 노래
했다.

> 아침에 점쟁이가 다리를 지나며
>
> 마주馬周[44]와 같은 공명을 이루리라 예언했지.
>
> 朝來日者橋邊過, 爲許功名似馬周.

나중에 그는 박학홍사과에 급제하여 한림원 검토를 지냈고, 서중홍徐
仲鴻,[45] 오농상吳農祥,[46] 왕사괴王嗣槐,[47] 오지이吳志伊,[48] 모기령毛奇齡[49]

학부사浙江提學副使를 역임했다. 만년에는 남창의 광윤문廣潤門 바깥의 요주蓼洲에 은거
하여 저작에 전념했다. 저작으로『진현당집進賢堂集』 등이 남아 있다.

40) 형방邢昉(1590~1653)은 명말 청초의 인물로 자는 맹정孟貞 또는 석호石湖이고, 고순高
淳 사람이다. 그는 명나라 때 제생 출신이고, 저작으로『완유초宛游草』와『석구집石臼集』
이 있다.

41) 고몽유顧夢游(1599~1660)은 자가 여치與治이고, 오군吳郡(지금의 장쑤성 쑤저우시에
속함) 사람이다. 그는 명나라 때 공생 출신으로 금릉金陵(지금의 난징시)에 이주해 살
았다. 청나라가 들어서자 벼슬길에 나아가지 않고, 가난하고 병들어 생을 마쳤다. 저
작으로『고여치시顧與治詩』(8권)가 남아 있다.

42) 진유숭陳維崧의 좀 더 자세한 약력에 대해서는『양주화방록』권6「성북록城北錄·34」
를 참조할 것.

43) 매뢰梅磊(?~1665)는 자가 표사杓司이고 호는 향산響山이며, 안휘 선성宣城사람이다. 그는
명나라의 유민遺民으로 만년에는 남경에 살았다. 저작으로『향산재집響山齋集』이 있다.

44) 마주馬周(601~648)는 자가 빈왕賓王이고 박주博州 치평茌平(지금의 츠핑진茌平鎭 마장馬
莊) 사람이다. 그는 어려서 고아가 되어 가난하게 지냈으나 공부를 열심히 하여『시경詩經』
과『서경書經』에 정통했고, 631년에 감찰어사로 발탁되어 중서령中書令까지 지냈다.

45) 서임홍徐林鴻(?~?, 1662 전후)을 잘못 쓴 것인 듯하다. 서임홍은 자가 대문大文 또는
보명寶名이고, 절강 해녕海寧 사람이다. 그는 1679년에 '박학홍유博學鴻儒'에 천거되었
으나 벼슬길에 나아가지 않고 고향으로 돌아갔다. 저작으로『양한초당시문집兩閑草堂

과 함께 대학사를 지낸 풍부馮溥50)의 저택에 초빙되어 '가산당육자佳山
堂六子'로 칭해졌다. 왕사정의 『야춘시』의 뒤에 진유숭은 다음과 같은
제시題詩를 썼다.

관청 놀잇배와 은 등자 채운 말 타고 나와 멋진 봄날의 시 지으니
낭야산 풍류51) 뉘라서 견줄까?
아름다운 그 사람 술자리에서 쓰러질 듯 취해 있지만52)

詩文集』(40권)이 있다.
46) 오농상吳農祥(1632~1708)은 자가 경백慶百이고 호는 성수星叟이며, 절강 전당錢塘 사
  람이다. 그는 1679년 '박학홍유'에 천거되었으나 벼슬길에 나아가지 않고, 집안에서
  저서에 전념했다. 저작으로『소대집蕭臺集』(240권)과『오원잡지梧園雜志』(20권), 『유연집
  流鉛集』(40권), 『시여詩餘』(24권), 『녹창독사綠窗讀史』, 『전읍지림錢邑志林』, 『당시변의唐詩
  辨疑』 등이 있다.
47) 왕사괴王嗣槐(?~?, 1653 전후)는 자가 중소仲昭이고 호는 계산桂山이며, 절강 인화仁和
  사람이다. 그는 제생 출신으로, 1679년 '박학홍유'에 천거되었을 때 나이가 많아 시험
  을 치르러 가지 않았으나, 내각중서의 직함을 하사받았다. 저작으로『계산당우존桂山堂
  偶存』과『소석재사嘯石齋詞』, 그리고『태극도설론太極圖說論』(14권)이 있다.
48) 오지이吳志伊(?~?)는 자가 임신任臣이고 호는 탁원托園이며 흥화부興化府 평해위平海衛
  (지금의 푸젠성 핑하이진平海鎭) 사람이다. 그는 1679년 '박학홍유'에 천거되어 한림원
  검토에 제수되었고, 명사관明史館에서 『명사明史』「율력지律曆志」의 편찬을 담당했다.
  주요 저작으로는『십국춘추十國春秋』를 비롯해서『주례대의周禮大義』, 『예통禮通』, 『춘
  추정삭고변春秋正朔考辨』, 『남북사합주南北史合注』, 『산해경광주山海經廣注』, 『자휘보字彙
  補』, 『탁원시문집托園詩文集』 등이 있다.
49) 모기령毛奇齡(1623~1716)은 원래 이름이 모신毛甡 또는 모초청毛初晴이었으며, 자는
  대가大可 또는 제우齊于이고, 호는 서하西河이며, 소산蕭山 성상진城廂鎭(지금의 항저우
  시에 속함) 사람이다. 그는 1679년에 '박학홍유'로 천거되어 한림원 검토에 제수되었다
  가 1685년 고향으로 돌아가 저술에 전념했다. 주요 저작으로『고금통운古今通韻』(1권)과
  『사서개착四書改錯』, 『대학지본도설大學知本圖說』, 『상호수리지湘湖水利志』(3권), 『소산현
  지간오蕭山縣志刊誤』(3권), 『서하시화西河詩話』, 『서하사화西河詞話』, 『경산악천竟山樂泉』(4
  권), 『악본해설樂本解說』(2권) 등이『서하전집西河全集』(493권)에 실려 있다.
50) 풍부馮溥(1609~1691)는 자가 공백孔伯이고 호는 이재易齋이며, 산동山東 임구臨朐(익
  도益都라고도 함) 사람이다. 그는 1647년 진사에 급제하여 한림원 편수가 되었고, 이후
  문화전대학사文華殿大學士, 이부상서 등을 역임했다. 시호는 문의文毅이며, 주요 저작으
  로『가산당집佳山堂集』(10권)이 있다.
51) 구양수歐陽脩가 저주태수滁州太守로 있을 때 낭야산琅琊山의 풍락정豊樂亭에서 모임을
  가졌던 것을 가리킨다.

치솟는 의기는 분명히 사람들을 압도했네.

官舫銀鐙賦冶春, 琅琊風調更誰倫.

玉山筵上頹唐甚, 意氣公然籠罩人.

왕사록은 이렇게 말했다.

진유숭의 '몰아치는 물결이 옛 왕조를 휩쓸어 가버렸다'는 구절은 영웅의
기상이 담긴 말이다.

其年浪捲前朝去, 英雄語也.

그는 또 이렇게 말했다.

진유숭은 짧은 구레나룻을 기르면서 주변을 다듬지 않았지만 내가 보기엔
그저 멋지게만 느껴졌으니, 그것은 바로 그가 가슴 속에 수천 권의 책을 품
고 있기 때문이다.

其年短鬚, 不修邊幅, 吾對之只覺其嫵媚可愛, 以伊胸中有數千卷書耳.

왕헌정王獻定53)은 이렇게 말했다.

당나라 개원開元, 천보天寶 연간 이래 700년 동안 진유숭만큼 사륙변려문四
六駢儷文을 잘 지은 이가 없다.

---

52) 남조 송나라 때 유의경劉義慶이 편찬한 『세설신어世說新語』「용지容止」에, 외로운 소
나무처럼 고고한 혜강嵇康이 술에 취하면 마치 옥산玉山이 무너지려는 듯한 모습이었
다고 했다. 이 때문에 '옥산도玉山倒' 또는 '옥산퇴玉山頹'는 사람이 술에 취한 모습을
형용하는 말로 쓰이게 되었다.
53) 왕헌정王獻定(1598~1662)은 호가 우일于一이고 남창南昌 사람이다. 기타 생애에 대해
서는 자세히 알려진 바가 없으며, 저작으로 『사조당집四照堂集』과 『왕우일집王于一集』
이 있다.

唐開寶以後, 七百年無有其年此等四六之文.

진유숭의 저작으로는 『호해루집湖海樓集』과 『검토집檢討集』이 있다. 환강皖江[54]의 정사공程師恭[55]이 『검토사륙문주檢討四六文注』를 편찬한 바 있다.

서자운徐紫雲은 자가 운랑雲郎이고 양주 사람으로, 모양冒襄 집안의 하인인데, 총명하고 노래를 잘 불렀다. 그는 진유숭과 친밀하게 지냈다.[56]

15. 임고도林古度[57]는 자가 무지茂之 또는 나자那子이고, 복건福建 복청福清 사람이다. 그는 숭정崇禎 연간에 강녕江寧에 이주해 살았는데, 시를 잘 지었다. 그는 80살이 되었는데도 너무 가난하여 겨울밤이면 해진 솜이불 속에서 잠을 자면서, '마치 외로운 기러기가 갈대꽃 속으로 들어간 듯하다[恰如孤雁入蘆花]'라는 시 구절을 지었다. 방문方文[58]은 그에게 준 시에서 이렇게 말했다.

　　함박눈 개이자 새들은 깃을 말리니

---

54) 양자강 유역 가운데 안휘 지역에 속하는 곳으로서, 오늘날 행정구역 가운데 안칭安慶, 츠저우池州, 퉁링銅陵, 우후蕪湖, 마안산馬鞍山, 처오후巢湖, 쉬앤청宣城(지시현績溪縣 제외)까지 7개 시와 추저우시滁州市의 동부에 걸친 지역을 가리킨다.
55) 정사공程師恭(1650~1712)은 자가 숙재叔才이고 호는 오촌梧村이며, 강가취江家嘴(지금의 상하이시에 속함) 사람이다. 생애에 대해서는 자세히 알려진 바 없다.
56) 본문에서는 '친밀하다'는 뜻으로 '압狎'을 사용했으니, 아마도 동성애 관계였던 듯하다.
57) 임고도林古度(1580~1666)는 명나라가 망한 후 집안이 쇠락하여 빈곤하기 그지없는 생활을 했으나, 만년에 왕사정王士禎과 함께 홍교紅橋 평산당平山堂에서 시를 화창和唱하면서 명성이 높아졌다. 나중에 왕사정이 그의 시를 모아 『무지시선茂之詩選』(2권)을 간행해주었다. 기타 사항은 『양주화방록』 권6 「성북록城北錄·34」의 주석을 참조할 것.
58) 방문方文(1612~1669)은 자가 이지爾止이고 호는 도산嵞山이며 안휘 동성桐城 사람이다. 원래 이름은 방공문方孔文이고 자는 이지爾識인데, 명나라가 망한 뒤에 이름을 방일뢰方一耒, 자는 명농明農, 별호는 회서淮西로 바꿨다. 그는 명나라 때의 제생으로, 청나라가 들어서자 벼슬살이를 하지 않고 남경에 은거했다. 그는 복사復社 및 기사幾社의 여러 성원들과 친밀한 관계였는데, 청나라 때의 명사인 전겸익錢謙益, 시윤장施閏章 등이 모두 그를 추천하고자 했다. 저작으로 『도산집嵞山集』(12권)과 『속집續集』(4권), 『우속집又續集』(5권) 등이 있다.

느긋하게 어린 딸 손잡고 숲을 나온다.

집안사람들아, 아이 옷 얇다 탓하지 마라

85살 늙은이도 헌 솜옷 입고 있노라.

積雪初晴鳥曬毛, 閑携幼女出林皐.

家人莫怪兒衣薄, 八十五翁猶縕袍.

당시 왕사정이 그와 친하게 지내면서 그가 양주로 와서 홍교와 평산당 근처에서 문인들의 잔치에 참석하면, 항상 왕사정이 직접 시중을 들었다.

16. 장강손張綱孫은 자가 조망祖望인데, 일설에는 성명이 장단張丹이고 자가 태정泰亭이라고도 한다. 별호는 죽은군竹隱君이며 절강 전당錢塘 사람이다. 그는 성품이 조용하고 담백하며, 시를 잘 지었다. 또 1자 남짓한 멋진 수염을 길렀으며, 손발과 가슴 등에 모두 1치가 넘는 털이 덮여 있었다. 그는 여름이면 담장을 찾아 큰 나무 아래 배를 깔고 누워 지내고, 산수를 유람하기 좋아하면서 뱀이나 호랑이를 피하지 않았다. 기분이 좋으면 길게 휘파람을 불었다. 그는 시로 명성이 높아 '서랭십자西泠十子'[59] 안에 포함되었다. 저작으로 『서랭이자종야당西泠二子從野堂』 등의 문집이 있다. 왕사정의 『야춘시』에서 "전당의 털북숭이 장씨는 시를 잘 지었다[錢塘張髥詩絶倫]"고 한 것은 그를 가리키는 것이다.

17. 손지위孫枝蔚[60]는 자가 표인豹人이고 섬서陝西 삼원三原 사람이다.

---

59) 서가徐珂(1869~1928, 원명은 창昌, 자는 중가仲可, 또는 중가中可, 중옥仲玉)가 편찬한 『청패류초淸稗類鈔』「문학류文學類」「모치황평서랭십자시毛稚黃評西泠十子詩」에 따르면 그는 강희 연간에 육기陸圻(?~?, 자는 경선景宣), 모선서毛先舒(1620~1688, 원명은 규駥, 자는 치황馳黃 또는 치황稚黃), 오백붕吳百朋(1614~1670, 자는 금문錦雯), 진정회陳廷會(?~?, 자는 제숙際叔), 손치孫治(?~?, 자는 우대宇臺), 심겸沈謙(1620~1670, 자는 거긍去矜), 정창丁澎(?~?, 자는 비도飛濤, 호는 약원藥園), 우황호虞黃昊(?~?, 자는 경명景明), 시소병柴紹炳(1616~1670, 자는 호신虎臣, 호는 성헌省軒)과 더불어 '서랭십자西泠十子'로 칭해 졌다고 한다.

키가 8척이고 목소리는 큰 종을 울리는 듯했으며 눈썹이 짙고 이마가
넓었는데, 시와 문장을 잘 지어 명성이 높았다. 그는 젊어서 제생이 되
었는데, 떠도는 도적떼를 만나자 창을 빼앗아 들고 쫓아간 적이 있다.
나중에 강도江都로 가서 왕우단王又旦,[61] 오가기吳嘉紀,[62] 학우길郝羽吉,
왕즙汪楫[63]과 더불어 '오우五友'로 불렸다. 왕사정의『야춘시』에서 "옹
주의 손랑은 붓에 신이 들린 듯하다[雍州孫郎筆有神]"고 한 것은 그를 일
컬은 말이다. 그는 만년에 '박학홍사'에 천거되었는데, 황제께서 벼슬살
이를 하지 않고 초야에 묻혀 지내던 인사 8명을 불러 사경국세마同經局
洗馬 벼슬을 제수할 때 그도 그 안에 포함되었다. 당시 두월杜越[64]은 나
이가 84세였고, 부산傅山[65]은 73세여서 함께 시험에 응시하지 못하고

---

60) 손지위孫枝蔚(1620~1687)는 호가 개당溉堂이며, 섬서陝西 삼원三原 사람이다. 그는 명
   나라가 망할 때 의병을 일으켰다가, 나중에 강남으로 가서 염상이 되어 부를 쌓았다.
   그러나 다시 장사를 그만두고 공부를 하면서 가세가 기울었다. 강희 18년(1679) 박학
   홍사과에 천거되었으나 연로하여 응시하지 않았다. 나중에 강희제가 특별히 내각중서
   를 제수했으나, 나중에 벼슬을 버리고 사방을 여행했다. 저작으로『개당집溉堂集』(28
   권)이 있다.

61) 왕우단王又旦(1636~1687)은 자가 유호幼華이고 별호는 황미黃湄이며, 합양郃陽 사람이
   다. 그는 1658년 진사에 급제하여 호과급사중戶科給事中을 역임했다. 저작으로『황미시
   선黃湄詩選』이 있다.

62) 오가기吳嘉紀(1618~1684)는 자가 빈현賓賢이고 호는 야인野人이며, 태주泰州 안풍장安
   豊場(지금의 둥타이시東台市 안펑진安豊鎭) 사람이다. 그는 명말 청초에 벼슬은 없지만
   명망 높은 시인이었으며, 저작으로『누헌시陋軒詩』가 있다.

63) 왕즙汪楫에 대해서는『양주화방록』권2「초하록草河錄·하下·96」을 참조할 것.

64) 두월杜越(1596~1682)은 자가 군이君異이고 호는 자봉紫峰이며 직예直隷 정전定典 사
   람이다(일설에는 객성客城 사람이라고 함). 그는 명나라 때 제생 출신으로, 학생들을
   가르치며 가난하게 살다가 강희 18년(1679) '박학홍유'에 천거되었으나 늙고 병들었다
   는 이유로 시험을 치러 가지 않았는데, 강희제가 특별히 내각중서 벼슬을 제수했다.
   저작으로『자봉집紫峰集』(14권)이 있다.

65) 부산傅山(1607~1684)은 원래 이름이 부정신傅鼎臣이고, 자는 청죽靑竹인데, 나중에 청
   주靑主로 바꿨다. 별호로는 공타公它, 공지타公之它, 주의도인朱衣道人, 석도인石道人, 색
   려嗇廬, 교황僑黃, 교송僑松 등을 사용했다. 그는 산서山西 태원太原 사람으로서, 뛰어난
   학자이자 서예가, 화가이기도 했다. 그의 저작으로는『상홍감집霜紅龕集』과『순자평주
   荀子評注』, 그리고『부청주녀과傅靑主女科』,『부청주남과傅靑主男科』,『부씨유과傅氏幼科』
   등의 의학 저술이 있다.

먼저 고향으로 돌아갔다. 나중에 황제께서 조서를 내리셔서 그들 두 사람과 손지위에게 함께 중서사인中書舍人 벼슬을 제수하셨다. 그는 훗날 늙어서 벼슬을 그만두고 강도로 돌아가 매화서원梅花書院 옆에 생광生壙66)을 만들고, 스스로 만시挽詩를 지었다.

18. 정수程邃67)는 자가 목천穆倩이고 호는 강동포의江東布衣 또는 구도인垢道人이며, 흡현 사람이다. 그는 박학다식하고 시와 문장을 잘 지었으며, 금석문과 전각篆刻에도 뛰어났다. 또 옛 글씨와 그림 및 청동기, 옥기玉器를 잘 감별했고, 자기 집안에 소장한 것도 많았다. 그는 산수화를 잘 그렸는데, 순전히 고필枯筆68)을 사용하면서 거연巨然69)의 화법을 써서 특별히 신묘한 맛[神味]을 갖추었고, 또 예서隸書도 잘 썼다. 그는 품행이 단정하고 조심스러웠으며 기개와 절조를 매우 숭상했다. 젊은 시절에는 장포漳浦 사람 황도주黃道周70)와 청강淸江 사람 양정린楊廷麟71)을

---

66) 살아 있는 때에 미리 만든 무덤을 가리킨다.

67) 정수程邃(1605~1691)는 구계垢溪 또는 구구垢區, 황해조자黃海釣者 등의 호도 사용했다. 그는 진계유陳繼儒(1558~1639)에게서 학문을 배웠고, 젊은 시절 송강松江, 휘주徽州, 소주, 남경 등지에서 활동하며 복사復社의 성원들과 광범하게 교류했다. 그러나 평생 벼슬살이를 하지 않고, 시와 술, 각인刻印, 그림으로 일생을 보냈다. 저작으로『소연음簫然吟』이 남아 있다.

68) 붓에 먹을 아주 조금만 찍어서 그림을 그리거나 글씨를 쓰는 방법을 가리킨다.

69) 거연巨然에 대해서는『양주화방록』권2「초하록草河錄·하下·40」을 참조할 것.

70) 황도주黃道周(1585~1646)는 자가 유현幼玄이고 호는 석재石齋이며, 장포漳浦(지금의 푸젠성 장푸현漳浦縣) 사람이다. 그는 1622년 진사에 급제한 뒤로 우중윤右中允, 예부상서 등을 역임했다. 나중에는 정지룡鄭芝龍 등과 함께 당왕唐王 주륭무朱隆武를 황제로 내세워 무영전대학사로 있으면서 청나라에 대항하다가 포로가 되어 남경에서 처형되었다. 주요 저작으로『역상정易象正』과『삼역동기三易洞璣』,『태함경太函經』,『속이소續離騷』,『석재집石齋集』 등이 있다. 그는 또 뛰어난 서예가로서, 특히 해서와 행초行草書를 잘 썼다고 한다.

71) 양정린楊廷麟(1596~1646)은 자가 백상伯祥 또는 기부機部이고, 만년에 남송 때의 문천상文天祥(호는 문산文山)과 사방득謝枋得(호는 첩산疊山)의 뜻을 따르겠다는 뜻으로 스스로 호를 겸산兼山이라 지었다고 한다. 그는 숭정 4년(1631) 진사에 급제하여 한림원 편수에 제수되었고, 이후 병부상서, 동각대학사東閣大學士 등을 역임했다. 1645년 청나라 군대가 남경을 점령하자 그는 공주贛州에서 당왕唐王을 섬기며 항쟁했고, 이듬해 곽

따라다녔고, 만년에는 강도江都로 이주하여 살았다. 왕사정의 『야춘
시』에서 '백악과 황산의 두 은사[白嶽黃山兩逸民]'라고 한 것은 바로 정수
와 손묵을 가리키는 말이다. 수수秀水 사람으로 시랑侍郎 벼슬을 지낸
조용曹溶72)이 양주에 들렀을 때, 장편시를 지어 그에게 증정했다.

19. 손묵孫默73)은 자가 무언無言이고 휴녕休寧 사람이다. 그는 시를 잘
지었고, 많은 이들과 교유하면서 우의를 중시했기 때문에 시에 대한 그
의 명성은 저절로 높아졌다. 그는 젊은 시절 양주에 거처하다가 만년에
황산黃山의 옛 은거지로 돌아갔다. 천하의 명사들이 시문을 지어 그를
전송했는데, 그 양이 책 상자에 가득 찰 정도였다.

20. 허승선許承宣74)은 자가 역신力臣이고, 강도 사람이다. 강희 병진丙辰
년(1700) 진사에 급제하여 벼슬이 급사중給事中에 이르렀다. 그는 맨 먼저

유경郭維經, 팽기생彭期生 등과 더불어 수성전守城戰을 펼치다가 실패하자 물에 뛰어들
어 죽었다.

72) 조용曹溶(1613~1685)은 자가 추악秋嶽 또는 결궁潔躬, 감궁鑒躬이고, 호는 권포倦圃 또
는 서채옹鉏菜翁이고, 가흥嘉興 사람이다. 그는 1637년 진사에 급제하여 어사를 역임했
고, 1644년 청나라 군대가 북경을 점령한 뒤에는 회시감고관會試監考官, 태복시소경太僕
寺少卿, 좌부도어사左副都御史, 호부우시랑, 광동포정사廣東布政使 등을 역임했다. 그의 저
택 권포倦圃에는 수많은 장서藏書가 있어서 주이존朱彝尊 등의 학문에 큰 영향을 주었다
고 알려져 있다. 주요 저작으로는 『정척당시사집靜惕堂詩詞集』, 『숭정오십재상전崇禎五十
宰相傳』, 『유예사적劉豫事迹』, 『고림금석표古林金石表』, 『권포시식기倦圃蒔植記』, 『월유초
粵游草』, 『속헌징록續獻徵錄』, 『정척당척독靜惕堂尺牘』 등이 있다.

73) 손묵孫默(?~?)은 『십오가사十五家詞』(37권)를 편찬한 것으로 알려져 있다. 여기에는
오위업吳偉業의 『매촌사梅村詞』(2권), 양청표梁清標의 『당촌사棠村詞』(3권), 송완이宋琬二
의 『향정사鄕亭詞』(2권), 조이감曹爾堪의 『남계사南溪詞』(2권), 왕사록王士祿의 『취문사炊
聞詞』(3권), 우동尤侗의 『백말사百末詞』(2권), 진세상陳世祥의 『함영사含影詞』(2권), 황영黃
永의 『계남사溪南詞』(2권), 육구가陸求可의 『월미사月湄詞』(4권), 추기모鄒祇謨의 『여농사
麗農詞』(2권), 팽손휼彭孫遹의 『연로사延露詞』(3권), 왕사정의 『연파사衍波詞』(2권), 동이녕
董以寧의 『용도사蓉渡詞』(3권), 진유숭의 『오사사烏絲詞』(4권), 동유董俞의 『옥부사玉鳧詞』
(2권)가 수록되어 있다.

74) 허승선許承宣(?~?)은 호가 균암筠庵이며, 저작으로 『금대집金臺集』과 『숙영정고宿影亭
稿』, 『서북수리의西北水利議』 등이 있다.

양주의 수리水利와 부역賦役에 관한 두 가지 상소문을 올렸다. 신유辛酉년(1681)에 섬서陝西에서 향시를 주관했고, 또 진秦 땅과 진晉 땅의 이로움과 폐해를 6가지로 정리해 상소를 올리고 어제문집御制文集을 간행해 달라고 청했는데, 황제께서 모두 받아들이셨다. 그는 고향으로 돌아와 집에서 죽었는데, 그의 부친 허명현許明賢, 아우 허승가와 함께 향현鄕賢으로 받들어져 사당에 위패가 모셔졌다.

허승가許承家75)는 자가 사륙師六이고, 강희 을축乙丑년(1685) 진사에 급제하여 한림원 편수에 제수되었다. 신미辛未년(1691) 회시에서 동고관同考官이 되었으며, 시와 문장으로 형과 나란히 명성을 날렸다. 저작으로 『엽미각집獵微閣集』이 있다. 왕사정의 『야춘시』에서 '운간雲間76)과 낙하洛下에서 나란히 이름 날린 선비[雲間洛下齊名士]'라고 한 것은 이들을 가리키는 말이다.

허승선의 아들 허창령許昌齡은 형부주사刑部主事를 지냈다. 손자 허영년許迎年은 강희 경진庚辰년(1700) 진사에 급제하여 중서사인을 지냈고, 허도장許道章은 신묘辛卯년(1711)에 거인이 되었으며, 허삭중許溯中은 계사癸巳년(1713)에 향시에서 최고 성적을 얻어 해원解元이 되었다.

허영년의 아들 허패황許佩璜77)은 개봉부상하동지開封府上河同知를 지냈는데, 박학홍사과에 천거되었다. 또 다른 아들 허신서許信瑞는 건륭 무오戊午년(1738)에 부방副榜으로 급제했다.

21. 오위업吳偉業78)은 자가 준공駿公이고 호는 매촌梅邨이며 태창주太倉

---

75) 허승가許承家(?~?)는 호가 내암來庵이다.
76) 송강松江(지금의 상하이시에 속함)의 옛 명칭이다.
77) 허패황許佩璜(?~?)은 자가 위부渭符이고 호는 쌍거雙渠이며, 강도江都 사람이다. 그는 1736년에 '박학홍사과'에 천거되어 위휘동지衛輝同知를 역임했다. 저작으로 『포산음抱山吟』이 있다.
78) 오위업吳偉業(1609~1671)은 전겸익錢謙益(1582~1644), 공정자龔鼎孳(1615~1673)와 함께 '강좌삼대가江左三大家'로 칭송되었으며, 저작으로 『매촌가장고梅村家藏稿』를 남겼다. 그 외에 그는 전기傳奇 작품인 『말릉춘秣陵春』과 잡극雜劇인 『통천대通天臺』와 『임춘각

州 사람이다. 숭정崇禎 연간 진사에 급제하여 국자감좨주를 지냈다. 그는 시를 잘 지어서 진자룡陳子龍[79]과 나란히 명성을 날렸다. 그는 건륭 신해辛亥년(1791) 원단元旦에 상제上帝께서 자신을 불러 태산부군泰山府君에 봉한다는 꿈을 꾸었는데, 이 해에 병이 깊어지자 스스로 다음과 같은 절명사絶命詞를 지었다.

> 한 해가 넘도록 차마 죽지 못하고 구차하게 살아왔으니
> 이제 내 죄를 어찌 씻을까?
> 받은 은혜와 진 빚은 결국 갚아야 하나니
> 그게 설령 기러기 깃털보다 가볍다 할지라도!
> 忍死偸生念載餘, 而今罪蘗怎消除.
> 受恩欠債終須補, 縱比鴻毛也不如.

당시 절강 땅의 어느 승려가 앞일을 예견할 줄 안다고 하자 그를 찾아가니, 승려가 점을 쳐보고 이렇게 말했다고 한다.

"금년 설에 이미 꿈에서 그대에게 알려드렸는데, 나 같은 늙은 중에게 물어볼 필요 있소이까?"

그리고 그는 숨을 거뒀다.

22. 모양冒襄[80]은 자가 벽강辟疆이고 호는 소민巢民이며, 여고如皐 사람

臨春閣』을 창작하기도 했다.

79) 진자룡陳子龍(1608~1647)은 자가 와자臥子이고 호는 일부軼符 또는 대준大樽이며, 송강松江 화정華亭(지금의 상하이시 쑹장松江) 사람이다. 그는 숭정 연간 진사에 급제하여 소흥추관紹興推官, 병과급사중兵科給事中 등을 지냈으나, 부패한 조정의 현실에 실망하여 벼슬을 버리고 고향으로 돌아갔다. 나중에 청나라 병사가 남경을 점령하자 항전하다가 산속에 은거했다. 그 뒤 태호太湖에서 의병을 조직하려다가 사전에 일이 누설되는 바람에 체포되었는데, 감시가 소홀한 틈을 타서 강물에 투신해 죽었다. 그는 『황조경세문편皇朝經世文編』 500여 권을 편찬한 바 있으며, 『진충유공전집陳忠裕公全集』(30권)을 남겼다.

이다. 그의 부친 모종기冒宗起[81]는 숭정崇禎 말년에 이부랑吏部郎으로 운주鄆州와 양주襄州를 다스렸다. 모양은 명경과明經科에 천거되어 사리司李 벼슬이 내려졌으나 취임하지 않아서, 기개와 절개가 높다고 칭송을 받았다. 그는 진정혜陳貞慧,[82] 방이지方以智,[83] 오응기吳應箕[84]와 친하게 지냈으니, 그들을 '사공자四公子'[85]라고 불렀다. 그의 집에는 수회원水繪園이 있고, 정원에는 일원逸園과 매당梅塘, 상중각湘中閣, 세발지洗鉢池, 옥대교玉帶橋, 한벽당寒碧堂, 소삼오小三吾, 소오계小浯溪 등의 명승지가 있다.

---

80) 모양冒襄(1611∼1693)은 호가 박소樸巢라고도 하며, 저작으로 『수회원시문집水繪園詩文集』과 『박소시문집樸巢詩文集』, 『영매암억어影梅庵憶語』 등이 있고, 그 외에 『개차휘초岕茶彙抄』를 편찬하기도 했다.

81) 『사고전서총목제요』에서는 이름이 모기종冒起宗이고 자가 종기宗起라고 했다. 그는 1628년 진사에 급제하여 호광포정사참의湖廣布政使參議까지 지냈다. 주요 저작으로는 『졸천당경질拙存堂經質』(2권)이 있다.

82) 진정혜陳貞慧(1604∼1656)는 자가 정생定生이고, 의흥宜興(지금의 장수성에 속함) 사람이다. 그는 명나라 말엽의 제생이며 향시에서 부방副榜으로 급제했다. 그의 부친 진어정陳於廷은 동림당東林黨의 일원으로 좌도어사左都御史를 지냈다. 진정혜는 복사復社의 성원으로, 모양冒襄, 후방역侯方域, 방이지方以智와 함께 '금릉사공자金陵四公子'로 칭해졌다. 주요 저작으로 『설잠집雪岑集』과 『황명어림皇明語林』, 『산양록山陽錄』, 『서사칠칙書事七則』, 『추원잡패秋園雜佩』 등이 있는데, 이 가운데 뒤의 3종은 『태창현훼유서太倉顯卉遺書』에 포함되어서, 한꺼번에 '진정생선생유서삼종陳定生先生遺書三種'으로 불려진다.

83) 방이지方以智(1611∼1671)는 자가 밀지密之이고 호는 만공曼公이며, 동성桐城 사람이다. 그는 숭정 13년(1640) 진사에 급제하여 한림원 검토에 제수되었다. 이자성李自成이 북경을 함락하자 그는 남경으로 피신했고, 그 후에는 영남嶺南 땅을 전전하며 약을 팔아 생계를 유지했다. 1650년에 청나라 군대에 의해 광서廣西 땅이 함락되면서 방이지도 체포되었으나, 청나라 장수 마교린馬蛟麟이 위협에도 굴하지 않는 그의 기개에 감복하여 풀어주며 승려가 되게 해주었다. 그 후 그는 천문과 예악禮樂, 율학律學, 수학, 성운학聲韻學, 문학, 서예와 그림, 의약醫藥, 악기와 검劍, 각종 기예 등을 망라한 방대한 분야에 걸쳐 뛰어난 저술을 남겼다. 저작으로 『물리소식物理小識』과 『통아通雅』, 『절운원류切韻源流』, 『부산문집浮山文集』, 『오언고시五言古詩』, 『역학망종易學網宗』, 『약지포장藥地炮莊』, 『의학회통醫學會通』 등 50여 종이 있다.

84) 오응기吳應箕(1594∼1645)는 자가 차미次尾이고 호는 누산樓山이며, 귀지貴池(지금의 안훼이성 궤이츠貴池) 사람이다. 그는 복사復社의 중심인물 가운데 하나로, 청나라 군대가 강남으로 내려올 때 의병을 일으켜 항거했다가 체포되어 죽었다. 저작으로 『누산당집樓山堂集』이 남아 있다.

85) 대개 '금릉사공자'는 오응기 대신에 후방역侯方城(1618∼1654)을 포함시킨다.

강희 을사乙巳년(1665) 봄에 왕사정이 여고 땅에서 벼슬살이할 때 소잠邵潛, 진유숭, 허사륭許嗣隆, 모사계毛師桂 등과 함께 이곳에서 수계修禊 행사를 치렀다. 노래하는 시동[歌兒] 자운紫雲이 상중각에서 벼루를 받들고 시중을 들었는데, 두준杜濬은 너무 늦게 와서 모임에는 참여하지 못했다.

23. 소잠邵潛[86]은 자가 잠부潛夫이고 호는 오악외신五嶽外臣이며, 강남 통주通州 사람이다. 벼슬살이를 하지 않은 선비[布衣]인 그는 여고如皋로 옮겨와 살았는데, 시를 잘 지었다. 그는 나이 80살에도 요역徭役에 시달렸다. 왕사정이 현縣을 순시하러 왔을 때 시종들을 거느리고 그의 거처를 찾아가 함께 술을 마시며 시를 지은 적이 있는데, 돌아오자 즉시 그의 요역을 면제해주었다. 소잠의 저작으로는 『우의록友誼錄』과 『순리전循吏傳』이 있다.

24. 허사륭許嗣隆[87]은 자가 산도山濤이다.

25. 모사계毛師桂는 자가 역사亦史이다.

26. 서구徐釚[88]는 자가 전발電發이고 호는 홍정虹亭이며, 오강吳江 사람이다. 그는 왕사정의 제자로서, 박학홍사과에 천거되어 한림원 검토를 지냈다. 만년에는 풍강어부楓江漁父라는 호를 사용했다.

---

86) 소잠邵潛(1581~1665)은 문선학文選學과 시에도 뛰어났을 뿐만 아니라 서예에도 조예가 깊었다. 그는 전주서篆籀書와 팔분서八分書에 정통했으며, 자학字學에도 뛰어났다. 자학에 관련된 저작으로는 『황명인사皇明印史』를 남겼다.

87) 허사륭許嗣隆(1631~?)은 강소 여고如皋 사람으로, 1682년 진사에 급제하여 한림원 편수에 제수되었다. 저작으로 『봉사전남집奉使滇南集』이 『사고전서총목제요四庫全書總目提要』에 수록되어 있다.

88) 서구徐釚(1636~1708)는 1679년에 박학홍사과에 천거되었다. 주요 저작으로 『사원총담詞苑叢談』(12권)과 『남주초당집南州草堂集』, 『국장사菊莊詞』, 『속본사시續本事詩』 등이 있다.

27. 송낙宋犖[89]은 자가 목중牧仲이고 하남河南 상구商邱 사람이다. 문강 공文康公 송권宋權의 맏아들인 그는 시와 문장을 잘 지었다. 또한 그는 시위侍衛의 신분으로 조정과 궁궐을 드나들었다. 한번은 소식蘇軾의 초 상화를 그리면서 자신이 그 옆에서 시중을 드는 모습을 그려 넣은 적이 있었다. 벼슬살이도 결국 소식의 유배지였던 황주黃州 땅의 통수通守로 시작했다. 이후에 남쪽으로는 강회江淮와 인접하고 북쪽으로는 갈석산碣 石山을 굽어보는 강남에 관부官府를 열었고,[90] 여러 관직을 거쳐 대총재 大冢宰까지 지냈다. 그는 신분이 낮은 선비들에게도 깍듯이 예절을 지켜 대했으니, 온 세상 선비들이 그를 칭송하며 '상구선생商邱先生'이라고 불 렀다.

28. 유체인劉體仁[91]은 자가 공용公㦡이고, 영주潁州 사람이다. 그의 부친 유정전劉廷傳은 자가 유중惟中인데, 집안의 재산을 풀어 빈객賓客을 양성 했다. 식사 때면 항상 백여 명 분의 밥을 준비했으며, 여가가 있으면 병 법에 따라 그들의 직책을 나누어 안배했다. 유체인은 진사 출신으로 이 부고공사吏部考功司를 지냈다. 그는 시를 잘 지었으며, 저작으로 『포암집 蒲庵集』이 있다. 그는 죽기 하루 전날 친구인 소명蘇銘(자는 무유茂舒)과 함 께 봉양鳳陽 용흥사龍興寺 하루 종일 참선을 즐기다가, 여관으로 돌아와

---

89) 송낙宋犖(1634~1713)은 호가 만당漫堂 또는 서피西陂, 면진산인綿津山人이다. 그는 1647 년 음보蔭補로 시위侍衛가 되었다가 이듬해 과거에 급제했고, 이후 황주통판黃州通判, 강 소순무江蘇巡撫, 이부상서 등을 역임했다. 저작으로 『서피류고西陂類稿』(50권)과 『만당설 시漫堂說詩』, 『강좌십오자시선江左十五子詩選』 등이 있다.

90) 고대 중국에서는 삼공三公이나 대장군大將軍, 장군 등의 고급 관료들이 부서府署를 설립하고, 자기 재량에 의해 하급 관료와 일꾼들[僚屬]을 뽑아 쓸 권리가 있었다.

91) 유체인劉體仁(1616~1676 또는 1624~?)은 호가 포암蒲庵이며, 영천潁川(지금의 안훼 이성 푸양阜陽) 사람이다. 그는 1655년 진사에 급제하여 형부주사刑部主事, 형부원외랑, 이부계훈청사사랑중吏部稽勳淸史司郎中을 역임했다. 사람들은 흔히 그를 유고공劉考功이 라고 불렀다. 저작으로 『칠송당시집七頌堂詩集』(8권)과 『칠송당문집七頌堂詩集』(4권), 『칠 송당지소록七頌堂識小錄』(1권), 『칠송당사역七頌堂詞譯』(1권)이 있는데, 이것들을 모두 합 쳐서 『포암집蒲庵集』이라고도 부른다. 또한 그는 뛰어난 화가로도 명성을 날렸다.

죽었다. 이날 밤 그가 소씨의 꿈에 나타나 다음과 같은 시를 읊었다고
한다.

> 60년 만에 꿈에서 깨어나
> 속세를 벗어나 큰 경지[四大]92)에서 바람 타고 다닌다오
> 그대와 어제 용흥사에 갔던 것은
> 마치 진흙 속에서 물길 따라 가는 것 같았소
> 六十年來一夢醒, 飄然四大御風輕.
> 與君昨日龍興寺, 猶是拖泥帶水行.

29. 왕사록王士祿(1626~1673)은 자가 자저子底93)이고 호는 서초산인西樵山
人으로, 왕사정의 형이다. 그는 진사 출신으로 이부고공사吏部考功司 원
외랑을 지냈다. 그는 시와 문장을 잘 지었고 경전과 역사를 공부했는데,
저작으로는 『표여당집表餘堂集』, 『십홀초당집十笏草堂集』, 『갑신상부집辛
甲上浮集』, 『연지집然脂集』 등의 문집이 있다. 그 외의 『독사몽습讀史蒙
拾』, 『미조일사米鳥逸史』, 『빈객별록賓客別錄』, 『규각어림閨閣語林』, 『남영
폭여록南榮曝餘錄』, 『군언群言』, 『두설頭屑』 등은 모두 마무리를 하지 못
했다.

30. 장금張琴은 자가 동봉桐峰이고, 강도 사람이다. 그는 왕사정의 제자
로서 진사 출신이며, 내각중서에 제수되었다. 그는 관리들의 실제 행정

---

92) 도가道家에서는 도道와 하늘[天], 땅[地], 인간[人]을 '사대四大'라고 한다. 『노자老子』
   에서는 "도와 하늘, 땅, 인간은 위대하다. 경계 가운데 네 개의 큰 것이 있으니, 왕은
   그 중 한 곳을 차지한다. 사람은 땅을 본받고, 땅은 하늘을 본받고, 하늘은 도를 본받
   고, 도는 자연을 본받는다[道大, 天大, 地大, 王大. 域中有四大, 而王居其一焉. 人法地,
   地法天, 天法道, 道法自然]"라고 했는데, 주겸지朱謙之의 『노자교석老子校釋』에 따르면,
   이 문장에서 '왕王'자는 마땅히 '인人'으로 써야 한다고 했다.
93) '중화본'에는 '우저于底'라고 되어 있으나, 이는 잘못이다.

에 대해 아주 잘 알아서, 「회황교회淮黃交會」와 「개준해구開濬海口」 같은
의론문 및 『조운漕運』, 『염법鹽法』 등의 책을 썼다. 그리고 그 또한 시를
잘 지어서 『섭원집涉園集』과 『내암집耐菴集』 등의 시집을 남겼다.

31. 종원정宗元鼎[94)은 자가 정구定九이고 호는 매잠梅岑, 별호는 소향거
사小香居士이며, 흥화興化 사람이다. 그는 종명세宗名世의 손자이자, 종관
宗觀의 아들이다.

종명세는 자가 양필良弼이고 강도에 살았는데, 만력 기축己丑년(1589)
진사에 급제하여 소흥교수紹興敎授를 지냈다. 그는 어느 날 길을 가다가
몽필교夢筆橋에 이르렀는데, 꿈에 강엄江淹[95)이 나타나 붓 3자루를 주면
서 "이것이 너로 하여금 3대 동안 문명文名을 날리도록 해줄 것이다"라고
말했다고 한다. 나중에 그는 벼슬이 공부주사工部主事에 이르렀으며, 저
작으로 『몽사략蒙史略』과 『함향당문집含香堂文集』이 있다.

종관은 자가 학문鶴問이고 부방副榜으로 향시에 급제했는데, 시를 잘
지어서 명성을 날렸다.

종원정은 시를 잘 지었고 『재조집才調集』[96)을 잘 알아서 양사본楊思
本[97)과 나란히 명성을 날렸다. 저작으로 『부용재집芙蓉齋集』과 『신류당

---

94) 종원정宗元鼎(1620~1698)은 자가 정구鼎九라고도 하고 호는 향재香齋, 동원거사東原居
士, 매서거사梅西居士, 부용재芙蓉齋, 매화노인賣花老人 등도 썼다. 그의 관적貫籍에 대해서
는 강남 흥화興化(지금의 쟝쑤성에·속함)라는 설과 강도江都(지금의 양저우시)라는 설이
있으나 분명하지 않다. 본문에 거론되지 않은 저작으로 『소향사小香詞』(2권)가 더 있다.
95) 강엄江淹(444~505)은 자가 문통文通이고 제양齊陽 고성考城(지금의 허난성河南省 란카
오蘭考의 동쪽) 사람이다. 그는 13세에 부친을 여의고 어렵게 살다가 466년에 남조 송宋
나라에서 건평왕建平王 유경소劉景素의 막료로 들어갔고, 472년에 반란을 모의하는 유
경소에게 반대하다가 474년에 건안建安 땅의 오흥현령吳興縣令으로 폄적되었다. 그러나
477년에 다시 조정으로 불려가 상서가부랑尙書駕部郎, 표기참군驃騎參軍 등을 지냈다. 이
후 양梁나라 왕조에서도 중서시랑, 어사중승御史中丞, 금자광록대부金紫光祿大夫를 지내
고 예릉백醴陵伯에 봉해졌다. 그의 저작으로는 『강문통집江文通集』이 있다.
96) 오대五代 시기 후촉後蜀의 위곡韋縠이 편찬한 시집으로, 당나라 때의 시 1,000수를 뽑아
모두 10권 분량으로 엮어놓은 것인데, 내용은 대개 남녀 간의 애정 묘사에 치우쳐 있다.
97) 양사본楊思本(1644 전후)은 이름을 인본忍本이라고도 하며, 자가 인지因之이고 호는 십

집新柳堂集』 등이 있다. 그는 또 그림을 잘 그렸는데, 화풍畵風이 전선錢選98)과 비슷하다. 그는 만년에 의릉宜陵에 은거하여 지내며 동원초당東原草堂을 지었는데, 이곳에는 오래된 매화나무 한 그루가 있어서 '종랑매宗郎梅'라고 불린다. 그가 지은 「동일초당세연소시冬日草堂洗燕巢詩」99)는 세상에 널리 알려져 있다. 또 그는 손수 수십 종의 화초를 길러서 매일 새벽에 꽃을 가지고 홍교에 나와 앉아 팔았으며, 돈을 벌면 술을 샀다. 이에 저잣거리 사람들이 그를 비웃으며 '화전花顛'100)이라고 불렀다. 그는 스스로 「매화노인전賣花老人傳」을 썼다. 왕사정이 그와 친구 사이로 지냈는데, 한번은 그가 홍교의 풍경을 그린 작은 그림을 왕사정에게 보내주었다. 그러자 왕사정은 시에서 이렇게 노래했다.

신이나무 꽃 밝게 빛나는 한식날
홍교에서 한 번 취하고 어느새 여섯 해가 지났구나.
훌륭한 풍경은 물길 따라 바삐 흘러 가버렸거늘
강도江都에는 느릅나무 꼬투리101) 몇 번이나 피고 졌던가?

학+學으로, 신성新城 도계桃溪(지금의 리찬黎川 쟝시향樟溪鄕) 사람이다. 그는 시와 문장을 잘 지었고, 실학實學에서도 많은 업적을 남겼으나 과거 준비를 전혀 하지 않아서 제생 신분으로 일생을 마쳤다. 주요 저작으로 『석도십전釋道十箋』과 『태평삼책太平三策』, 『경국이십서經國二十書』 등이 있는데, 이것들은 모두 그의 손자 양일승楊日昇이 간행한 『유관초함집榴館初函集』(12권)과 『필사筆史』(2권) 안에 포함되어 있다.

98) 전선錢選(1235?~1303?)은 자가 순거舜擧이고 호는 옥담玉潭 또는 삽계옹霅溪翁이며, 오흥吳興 사람이다. 그는 송나라 경정景定(1260~1264) 연간 진사에 급제했다. 그는 당시에 조맹부趙孟頫 등과 더불어 '오흥팔준吳興八俊'으로 불릴 만큼 명성이 높았다. 그는 인물화와 산수화, 꽃과 나무, 새 등을 두루 잘 그렸고, 특히 구부러진 나뭇가지를 잘 그렸다고 한다. 다만 그의 시와 저작들은 화재로 모두 소실되어 지금은 남아 있지 않다.

99) '산동본'에는 「추일초당세연소시秋日草堂洗燕巢詩」라고 되어 있다.

100) '전顛'은 '전癲'과 통하니, '화전'은 '꽃에 미친 사람' 또는 '꽃 파는 미치광이'라는 뜻이다.

101) 느릅나무의 잎이 나기 전에 먼저 가지 사이에 꼬투리가 나는데, 모양은 동전을 닮았으나 그보다 크기가 작고, 흰색으로 꿰미를 이루고 있다. 이것을 '유협楡莢'이라 하는데, 속칭 '유전楡錢'이라고도 한다. 잎사귀가 생겨나면 꼬투리도 떨어진다. 한편 『진서晉書』에 따르면, 오흥吳興의 심충沈充이란 사람이 동전을 주조했는데, 그것을 '심랑전沈郎錢'이라 불렀다고 한다. 이후로 시에서는 이것을 통해 흔히 느릅나무 꼬투리를 비유

辛夷花照明寒食, 一醉虹橋便六年.

好景匆匆逐流水, 江城幾度沈郎錢.

또 다른 시에서는 이렇게 노래했다.

홍교의 가을 버들은 정도 많아

이슬 젖은 잎 쓸쓸할 때 깊은 한이 생겨나네.

마침 동원초당에 늙은 거사 살고 있어

비 내리는 창가에서 황량한 성을 그려냈지.

紅橋秋柳最多情, 露葉蕭條遠恨生.

好在東原舊居士, 雨窗着意寫蕪城.

32. 비밀費密102)은 자가 차도此度이고, 성도成都 사람이다. 젊은 시절 도적 떼를 만나 서역西域으로 피신했다가, 훗날 한강漢江을 거슬러 올라가 회남淮南으로 내려와 강도 교외의 농가에 살면서 학생들을 가르치고 글을 팔아 생계를 유지했다. 그는 한쪽 발을 절었는데, "거대한 장강은 한수漢水로 흐르고, 외로운 배가 저무는 봄을 맞이하네[大江流漢水,103) 孤艇接殘春]"라는 구절로 왕사정에게 이름이 알려져서 '절름발이 도사[跛道士]'라고 불렸다. 만년에 그는 소주로 손기봉孫奇逢104)을 찾아가 뵙고,

---

하곤 했다.

102) 비밀費密(1623~1699)은 호가 연봉燕峰 또는 파도인跛道人이다. 그는 장헌충張獻忠의 난을 피해 가족을 버리고 도사가 되었으며, 여기저기 떠돌다가 강도의 야전장野田莊에 정착했다. 시와 글씨에 뛰어났던 그의 저작으로는 『중전정기中傳正記』와 『잠북유록蠶北遺錄』, 『사란기략奢亂紀略』, 『고사정古史正』, 『사기전史記箋』 및 『홍도서弘道書』, 『녹봉집鹿峰集』, 『연봉집燕峰集』이 있다.

103) '중화본'에는 "大江流日夜"라고 되어 있으나, 『어양시화漁洋詩話』의 표기에 따라 수정했다.

104) 손기봉孫奇逢(1584~1675)은 자가 계태啓泰이고 호는 종원鍾元(일설에는 자가 종원이라고도 함)이며, 원적은 보정부保定府 용성현容城縣(지금의 허베이성河北省에 속함) 사람이다. 그는 만력 28년(1600)에 거인이 되었으나, 명나라 말엽의 혼란을 피해 역주易州

그의 제자라고 자처했다. 그는 『굉도서성문구장宏道書聖門舊章』을 편찬했고, 자신의 시문집詩文集도 몇 권 있다.

그의 아들 비석종費錫琮과 비석황費錫璜은 모두 글을 잘 지었다.

33. 정굉회丁宏誨[105)는 자가 경려景呂이고, 강서江西 남창南昌 사람이다. 그는 획록지현獲鹿知縣을 지낸 적이 있으며, 왕사정에게 바친 시에서 "바람의 신이 옥 나무를 희롱하면서, 빼어난 흥취를 경화에게 묻는구나[風神欺玉樹, 逸興問瓊花]"[106)라고 했다. 나중에 과연 그들은 양주에서 만났다.

34. 조삼기趙三騏(?~?)는 자가 건부乾符이고 호는 석거石渠이며, 강서江西 한성韓城 사람이다. 그는 태주동지泰州同知를 지냈고, 시를 잘 지었다. 왕사정은 예전에 "그대는 굴원屈原과 송옥宋玉을 아전으로 삼을 만큼 글재주가 뛰어나오"라고 그를 칭찬한 적이 있다. 조삼기의 저작으로는 『사원집似園集』이 있다.[107)

오공산五公山으로 피신했다가, 만년에는 다시 하남河南 위휘부衛輝府 휘현輝縣에 있는 소문산蘇門山 자락의 하봉촌夏峰村으로 이주해 살았다. 이 때문에 학생들은 그를 하봉선생夏峰先生이라 불렀다. 또한 그는 명·청 양대를 통틀어 10여 차례에 걸친 조정의 부름을 거절했기 때문에, 사람들은 그를 도잠陶潛에 비유하여 손징군孫徵君이라고 부르기도 했다. 저작으로는 『이학종전理學宗傳』과 『하봉선생집夏峰先生集』 등이 있다.

105) 정굉회丁宏誨는 호가 순암循庵이다. 그는 강희 7년(1668) 임천臨川에서 무주부학교수撫州府學敎授를 역임했고, 1680년부터 1684년까지는 하북河北에서 획록지현獲鹿知縣을 지냈다. 만년에 남창으로 돌아갔으나 매우 가난하게 지냈는데, 마침 송낙宋犖이 강서순무江西巡撫로 와서 교유하게 되었다. 저작으로 『산후집刪後集』과 『경려시집景呂詩集』이 있다. 한편 그는 팔대산인八大山人과도 친한 벗으로서, 1678년에는 요우보饒宇補 등 11명과 함께 호역당胡亦堂에서 거행된 '몽천정시회夢川亭詩會'에 참가하기도 했다.

106) '옥수玉樹'와 '경화瓊花'는 「옥수후정화玉樹後庭花」라는 옛 노래의 제목에서 따온 표현이다. 청나라 때 진문술陳文述의 시 「청계조강총택靑溪弔江總宅」에는 "당시에 「옥수」는 바람 앞에서 부르는 노래였는데, 훗날 「경화」는 맑은 계곡에서 부르는 노래가 되었지[當時玉樹臨風曲, 異日瓊花水調歌]"라는 구절이 있다. 한편 '경화'는 양주를 대표하는 진귀한 화초 이름이기도 하다. 이에 대한 자세한 내용은 『양주화방록』 권 16 「촉강록蜀岡錄」을 참조하기 바란다.

마지상馬之驌(?~?)은 자가 민래旻徠이고, 직예直隸 웅현雄縣 사람이다.
그는 강도주부江都主簿를 지냈고, 시와 문장을 잘 지어서 왕사정에게 이
름이 알려졌다. 나중에 수장주부壽張主簿가 되었다. 저작으로 『시방詩
訪』과 『장추지張秋志』가 있다.108)

35. 추지모鄒祗謨109)는 자가 우사訏士이고 호는 정촌程村이며, 무진武進
사람이다. 그는 진사 출신으로 타고난 자질이 훌륭했으며, 한 번 본 것
은 잊어먹지 않았다. 위로는 경전과 역사, 제자백가, 문집으로부터 천문,
종교 등 여러 분야의 학문에서부터 세세하게는 고금 인물들의 작위爵位
와 출신지, 성씨, 세차世次, 연보年譜에 이르기까지 모든 것을 잘 알고 기
억했다. 양주에서 왕사정은 그와 더불어 『의성집倚聲集』을 편찬했는데,
그것은 만력 연간에서 순치順治 연간까지의 작품을 선집함으로써 명나
라 때의 탁인월卓人月110)과 서사준徐士俊111)이 편찬한 『사통詞統』112)의

---

107) 조삼기는 의학에도 뛰어나서 『의맥계사醫脈繫辭』를 편찬하기도 했다.
108) '중화본' 원문에는 "저시방후보수장부著詩訪後補壽張簿, 장추지張秋志"라고 되어 있고,
　　주석에서 "거어양시화권십구據漁洋詩話卷十九, 혈이십육頁二十六, 응작후보수장부應作後
　　補壽張簿, 저시방著詩訪, 장추지張秋志"라고 했다. 본 번역에서는 주젓의 교정을 따랐다.
　　한편 쑤위앤저우溯源舟의 『사고미수서집간四庫未收書輯刊』 「집부목록集部目錄」에는 1652
　　년에 간행된 마지상의 『고조당초집古調堂初集』(6권, 『마민래시집馬旻徠詩集』이라고도
　　함)이 수록되어 있다.
109) 추지모鄒祗謨(1627~1670)는 순치順治 15년(1658) 진사에 급제했으며, 본문에 언급되
　　지 않은 저작으로 『사시선士詩選』이 있다.
110) 탁인월卓人月(1606~1636)은 자가 가월珂月이고, 절강浙江 인화仁和(지금의 항저우시) 사
　　람이다. 그는 공생 출신으로서 맹칭순孟稱舜, 원우령袁于令과 우의友誼가 깊었다는 사실
　　외에는 생애에 대해 자세히 알려진 바가 없다. 그는 사곡詞曲을 잘 지어서 『오가사寤歌詞』
　　(12권)와 잡극 『화방연花舫緣』을 남겼다. 『곡록曲錄』에 따르면 그는 『사통詞統』이라는 책
　　을 저술했다고도 한다. 시집으로는 『섬대집蟾臺集』, 『예연집蕊淵集』 등이 남아 있다.
111) 서사준徐士俊(?~?)은 이름이 서상徐翔이라고도 하며, 자는 삼유三有이고 호는 야군野
　　君이며, 절강 인화 사람이다. 그는 대략 명말 청초에 살았던 인물이지만, 정확한 생졸
　　연도는 알 수 없다. 그는 사곡詞曲과 음악, 그림에 모두 뛰어났고, 역시 극작가인 탁인
　　월卓人月과 우의가 깊었다. 그가 지은 잡극으로는 『춘파영春波影』과 『낙빙사絡冰絲』가
　　남아 있다. 그 외의 개략적인 생애에 대해서는 청나라 때 왕해王海가 편찬한 『하거당
　　집霞擧堂集』에 수록된 전기와 『광서당서지光緒唐棲志』 권12를 참조하기 바란다.

뒤를 이은 것이다. 그의 저작으로는 『원지재집遠志齋集』과 『여농사麗農詞』가 있다.

36. 허필許玼[113]은 자가 천옥天玉이고 호는 성재星齋이며, 복건福建 후관侯官(지금의 민허우현閩侯縣) 사람으로, 거인 출신이다. 그는 시를 잘 지었지만 양주에 있을 때에는 무척 가난하게 살아서, 왕사정의 시에는 "허필은 한강 가에서 곤궁한 날을 보냈다[許玼送窮邗水上]"라는 구절이 있다. 허필의 저작으로는 『양원집梁園集』이 있다.

37. 고초顧樵[114]는 자가 초수樵水이고, 오강吳江 사람이다. 그는 그림을 잘 그려서 일찍이 왕사정의 「평산당시平山堂詩」 가운데 다음과 같은 구절의 내용을 그림으로 그린 적이 있다.

> 적성루摘星樓[115] 누각은 구름 속에 떠 있는데
> 한 쪽의 높다란 난간 초나라 강을 끼고 있네.
> 摘星樓閣浮雲裏, 一傍危欄坐楚江.

이 그림은 지금은 남아 있지 않다. 두준부터 고초까지는 모두 왕사정이 수시로 왕래하던 이들이다. 수십 년 후에 다시 고상한 풍류를 즐겼

---

112) '중화본'과 '광릉본'에서는 모두 '『사종詞綜』'이라고 표기했으나 이는 잘못이다.
113) 허필許玼(1614~1672)은 자가 성정星庭이라고도 하고, 호는 철당鐵堂 또는 천해산인天海山人이라고도 한다. 그는 명나라 숭정 2년(1639)에 거인이 되었다. 진연陳衍의 『민후현지閩侯縣志』 「문원文苑」에 그의 전기가 수록되어 있다. 청나라 강희 4년(1665)에 그는 공창부鞏昌府 안정安定(지금의 간쑤성甘肅省 딩시현定西縣)의 지현이 되어, 3년의 부임 기간 동안 가뭄으로 고생하는 백성을 구제하고 청렴하게 일을 수행한 것으로 명망이 높았다. 저명한 시인이기도 했던 왕사정과 주고받은 시를 모아 『쌍송시雙松詩』를 편찬함으로서 이름을 날리기도 했다. 주요 저작으로 『철당시초鐵堂詩草』와 『품월당집品月堂集』 등이 있다.
114) 고초顧樵(?~?)의 호는 약야若邪이다.
115) 상商 주왕村王이 세웠다는 전설 속의 높은 누각이다.

다는 칭송은 전운사 노견증에게 돌아갔다.

38. 노견증盧見曾[116]은 자가 포손抱孫이고 호는 아우산인雅雨山人이며, 산동 덕주德州 사람이다. 그의 부친 노도열盧道悅은 자가 희신喜臣이고 호는 몽산夢山이며, 강희 신축辛丑년(1721) 진사에 급제하여 지현知縣 벼슬을 지냈고, 향현鄕賢으로 받들어져 사당에 위패가 모셔져 있다. 노도열의 저작으로는 『공여만초公餘漫草』와 『청복당유고淸福堂遺稿』가 있다.

노견증은 시와 문장을 잘 지었고 도량이 넓어 작은 예절에 구애되지 않았으나, 키가 작고 몸이 비쩍 말라서 당시 사람들은 그를 '난쟁이 노씨[矮盧]'라고 불렀다. 강희 신묘辛卯년(1711)에 거인이 되어, 양회전운사兩淮轉運使까지 지냈다. 그는 사서使署[117]에 소정蘇亭을 지어놓고, 날마다 시인들과 노래를 주고받아 한때 강남땅에 문인들의 아름다운 모임이 성행했다. 건륭 을유乙酉년(1765)에는 양주 북쪽 교외에 '권석동천拳石洞天', '서원곡수西園曲水', '홍교람승虹橋攬勝', '야춘시사冶春詩社', '장제춘류長堤春柳', '하포훈풍荷浦薰風', '벽옥교류碧玉交流', '사교연우四橋烟雨', '춘대명월春臺明月', '백탑청운白塔晴雲', '삼과류종三過留踪', '촉강만조蜀岡晚照', '만송첩취萬松疊翠', '화서쌍천花嶼雙泉', '쌍봉운잔雙峰雲棧', '산정야조山亭野眺', '임수홍하臨水紅霞', '녹도향래綠稻香來', '즉루소시竹樓小市', '평강염설平岡艶雪'의 20개의 경관[二十景]을 만들었다. 또 정축丁丑년(1757)에는 홍교에서 수계修禊 행사를 열고, 칠언율시 4수를 지었는데, 그 내용은 다음과 같다.

연둣빛 기름 같은 봄날 강물 위에 목란으로 만든 배 떠 있고
걸음마다 정자와 누대 있어 쉬어갈 이 부르네.

---

116) 노견증의 저작으로는 『아우당시문전집雅雨堂詩文全集』과 『산좌시초山左詩抄』, 『출새집出塞集』 등과 전기傳奇 작품인 『기정기旗亭記』, 『옥척루玉尺樓』 등이 있다.
117) 사신使臣들이 묵어가는 곳으로, '사관使館'이라고도 한다.

그림 같은 십리의 풍경 속에 새로 지은 아름다운 정원 있는데

하늘과 호수 두 곳의 밝은 달 옛 양주를 비추네.

부질없는 연민에 억지 술 마시고 다시 따르나니

시 잘 짓는 이들더러 멋대로 노래 주고받지 못하게 해야지.

어제는 황제의 나들이에 새로이 따라가 모시면서

천자의 문장 받들고 궁전 동쪽으로 나왔다네.

綠油春水木蘭舟, 步步亭臺邀逗留.

十里畵圖新閬苑, 二分明月舊揚州.

空憐强酒還斟酌, 莫倚能詩漫唱酬.

昨日宸游新侍從, 天章捧出殿東頭.

다시 와서 수계를 행하나니 네 해가 흘렀는데

눈에 익은 홍교는 갑자기 전과 달라졌구나.

이슬비 내린 후 웅덩이 물줄기 시원하게 교차하고

절의 탑은 비단 같은 구름 꼭대기로 높이 꽂혔다.

아름다운 난간 구비마다 향기로운 안개 피어나고

나긋나긋 버들은 어지러이 놀잇배를 스친다.

스무 개의 경관 가운데 어디가 가장 훌륭한가?

보름달 막 떠오르는 희춘대이지.

重來修禊四經年, 熟識虹橋頓改前.

瀦汊暢交零雨後, 浮圖高挿綺雲巓.

雕欄曲曲生香霧, 嫩柳紛紛拂畵船.

二十景中誰最勝, 熙春臺上月初圓.

계곡에 갈라진 두 봉우리는 실 같은 잔교棧橋로 이어지고[118]

산 위 정자에서 바라보면 하동 땅이 다 보이지.[119]

마침 차의 우열 가리면서[120] 샘물을 평하고

사방이 연꽃으로 둘러싸이면 들판의 바람을 맞지.

겹겹 난간을 넘어 달빛 비치면 희미한 향기 풍기고

멀리 성곽은 안개에 덮여 모습이 흐릿하다.

비껴가는 배들에서는 연 따는 노래와 어부들의 노래 들리나니

맑은 호수[121]의 모습 푸른 물결 속에 장엄하구나.

溪劃雙峰線棧通, 山亭一眺盡河東.

好來鬪茗評泉水, 會待圍荷受野風.

月度重欄香細細, 烟環遠郭影濛濛.

蓮歌漁唱舟橫處, 儼在明湖碧漲中.

굽이굽이 평강에 고운 눈 밝게 빛나고

대숲 누각의 작은 저자엔 꽃 파는 소리 들린다.[122]

복사꽃 붉게 피고 물 따뜻하니 봄날이 너무 좋고

푸른 벼의 향기는 가을에 가장 맑아지지.[123]

이런 때면 항상 밤에도 음악소리 자주 들리니

그 때문에 젊은 남녀들 성 안을 떠나지 못하지.

봄을 노래하는 옛 노래[124] 사라진 뒤에

---

119) ‘24경’ 가운데 하나인 ‘산정야조山亭野眺’의 풍경을 묘사한 것이다.
120) 본문의 ‘투명鬪茗’은 ‘투차鬪茶’라고도 하는데, 차의 품질 또는 차를 우려내는 기술의
　　우열을 가리는 놀이의 일종으로, 송나라 때부터 널리 유행하던 것이다.
121) 본문의 ‘명호明湖’는 원래 제남濟南의 대명호大明湖를 가리킨다. 노견증은 산동 출신
　　이기 때문에 이런 비유를 쓴 것이다.
122) 이 두 구절은 각기 ‘24경’ 가운데 ‘평강염설平崗艶雪’과 ‘죽루소시竹樓小市’의 풍경을
　　묘사한 것이다.
123) 이 두 구절은 각기 ‘24경’ 가운데 ‘임수홍하臨水紅霞’와 ‘녹도향래綠稻香來’의 풍경을
　　묘사한 것이다.
124) 왕사정의 「야춘시」를 가리킨다.

홀로 시단에 서서 새로 한 곡 불러본다.

迤邐平岡艶雪明, 竹樓小市賣花聲.

紅桃水暖春偏好, 綠稻香含秋最淸.

合有管絃頻入夜, 那敎士女不空城.

冶春舊調歌殘後, 獨立詩壇試一更.

당시에 수계 행사를 주제로 시를 쓴 사람이 7천여 명이나 되어서, 책으로 엮으니 300권이 넘었다. 을유년(1765) 이후에 그는 다시 호숫가에 '녹양성곽綠楊城郭'과 '향해자운香海慈雲', '매령춘심梅嶺春深', '수운승개水雲勝槪'라는 4개의 경관을 증설했다. 그는 관서에서 문인들과 연회를 열고 그것을 아패牙牌에 글로 써서 술을 권하는 도구로 삼았는데, 그것을 일컬어 '아패 24경牙牌二十四景'이라고 한다. 나중에 그는 벼슬을 그만두고 고향으로 돌아가면서, 다음과 같은 작별의 시를 남겼다.

고달프지만 애써 근면하여 감히 스스로 불쌍히 여기며

못난 재주에도 오래 벼슬살이 했으니 황제의 은혜 너무 많이 받았구나.

나이는 손면孫冕125)보다 세 살이 많고

귀향한 것은 구양수歐陽修보다 9년이 늦었구나.

개와 말도 정이 있어 아직도 주인을 그리워하고

산삼도 복령도 효험 없어 목숨은 하늘에 맡겼다.

병든 몸 정양하기 위해 벼슬길에서 은퇴를 청했으나126)

---

125) 손면孫冕(?~?)은 자가 백순伯純이고, 신감新淦(지금의 쟝시성江西省 신간新干) 사람이다. 그는 송나라 옹희雍熙 2년(985) 진사에 급제하여 비서승秘書丞, 직사관直史館, 형호남로전운사荊湖南路轉運使, 상서예부랑중尙書禮部郎中 겸 소주지부蘇州知府 등을 역임한 후, 나이가 많다는 핑계로 벼슬을 사직하고 구화산九華山에 은거했다. 명나라『융경임강부지隆慶臨江府志』권12에 그의 전기가 수록되어 있다.
126) 본문의 '현거懸車'는 벼슬을 사직하고 귀향하거나 은거하는 것을 가리킨다. 옛날에는 일반적으로 70세가 되면 벼슬을 사직하고 고향으로 돌아갔는데, 이후로는 대개 수레를 쓸 일이 없기 때문에 이런 말이 생겼다.

뉘라서 말하는가, 이 몸이 다섯 가지 복을 다 누리지 못했다고?

力憊宣勤敢自憐, 薄才久任受恩偏.

齒加孫冕餘三歲, 歸後歐公又九年.

犬馬有情仍戀主, 參苓無效也憑天.

養疴得請懸車日, 五福誰云尙未全.

송별잔치 크게 열어 운하에 배가 가득하고

녹음 우거진 양주 성곽에 이별의 노래[127] 울린다.

다시 벼슬을 받아 와서[128] 삼고三考[129]를 치렀으니

고향으로 돌아갈 때 가마꾼들은 '오타五紽'[130]를 노래하는구나.

붉은 비단 장막 드리우고 주고받은 노래 모두 서적에 담았으니

문인들의 아름다운 교유를 기록한 이들 많기도 하구나.

하늘과 호수의 밝은 달 술잔 앞에서 둘로 나뉘어

반쪽의 달빛이 고향으로 떠나는 이의 벽라의[131]를 비춘다.

祖道長筵舟滿河, 綠揚城郭動驪歌.

---

127) 본문의 '여가驪歌'는 본래 『시경』 가운데 지금은 남아 있지 않은 작품[逸詩] 가운데
하나인 「여구驪駒」를 가리킨다. 『한서』 「유림전儒林傳」 「왕식王式」에 대한 안사고顔師古
의 주석에서는 문영文穎의 말을 인용하며 그 작품의 가사에 "문 앞에 검은 망아지 있
는데, 하인들까지 모두 준비되었네. 검은 망아지 길을 가는데, 하인들이 단정히 몰고
가네[驪駒在門, 僕夫俱存. 驪駒在路, 僕夫整駕]"라는 내용이 들어 있다고 했다. 이후로
이 말은 주로 작별할 때 부르는 노래라는 뜻으로 사용되었다.
128) 노견증은 1737년에 양회염운사에 제수되었다가 이듬해에 죄를 지어 파직 당했으나,
1753년에 복직되어 1762년까지 근무하다가 양주를 떠나 고향으로 돌아갔다.
129) 옛날 관리들의 업적을 심사하는 것을 가리킨다. 『상서』 「순전舜典」에는 "삼년 마다
업적을 심사하는데, 세 차례 심사를 거치면 축출되거나 승진되는 것의 명암이 밝혀진
다[三載考績, 三考, 黜陟幽明]"라는 내용이 들어 있다.
130) 『시경』 「소남召南」 「고양羔羊」을 가리킨다. 이 노래에는 "羔羊之皮, 素絲五紽"라는
구절이 있는데, 이것은 훗날 사대부가 정직하고 검소하며, 안으로 덕을 갖추고 밖으로
예의를 잘 차리는 것을 찬미하는 의미로 사용되었다.
131) 본문의 '반벽라返薜蘿'는 고향으로 돌아가 벽려의薜荔衣를 입는다는 뜻이다. 벽려의
는 벽려薜荔의 잎사귀로 만든 옷으로서, 본래 신선이나 귀신들이 입는 옷을 가리키는
말이었으나, 나중에는 은사들의 복장이라는 뜻으로 사용되었다.

重來節使經三考, 歸去輿人賦五絝.

絳帳唱酬通籍在, 潘門交際紀群多.

二分明月尊前判, 半照離人返薜蘿.

평강에서 돌아보니 타향살이 시름 더해져서

고상한 이들 집집마다 취한 글씨 남겨놓았다.

십리에 걸친 숲과 정자 놀잇배로 이어지고

한 해 내내 음악소리 한가을까지 계속된다.

눈처럼 꽃잎 날리는 봄날 붉은 깃발 맞이하는 모습 볼 때마다[132]

푸른 산이 흰 봉우리 그리워하는 듯한 기분이 들었지.

선산先山에 무덤자리 있다는 소식 들었으니

사람이 태어나 양주에서 죽을 일은 아니라네.

平山回望更關愁, 標勝家家醉墨留.

十里林亭通畵舫, 一年簫鼓到深秋.

每看絳雪迎朱旆, 轉似靑山戀白頭.

爲報先疇墓田在, 人生未合死揚州.

긴 강물 한 번 굽어 사립문 감아 도는데

멀리 황폐한 길에 소나무와 국화 애처롭구나.

이제부터 벼슬길의 풍파 사라지리니

비로소 알겠네, 고향에도 그윽한 풍경 가득하다는 것을.

고향 마을에 소치는 목동의 노래 듣기 좋고

명절[133]마다 잔치 열어 흰 머리 노인 공경하지.

---

132) 당나라 때 허혼許渾의 시 「두보궐이 초봄 비오는 날 배를 타고 강을 건너와 배낭중이
    마중 나온 것을 기뻐하는 모습을 보고 바침[酬杜補闕初春雨中舟次橫江喜裴郎中相迎
    見寄]」에서 "봄날 낭떠러지 아래 홍교가 비스듬하고, 새벽 나무마다 붉은 깃발 펄럭인
    다[紅橋迤邐春巖下, 朱旆聯翩曉樹中]"라고 한 것을 본떠서 지은 구절인 듯하다.
133) 본문의 '복랍伏臘'은 원래 매년 여름의 복날과 음력 12월 납일臘日에 올리는 두 개의

바보 같은 바람이나마 많지 않아 이루기 쉬울 터인데

지팡이 짚고 조회에 나가니 황제께서 은혜 베풀어 은퇴를 허락해주셨네.

長河一曲繞柴門, 荒徑遙憐松菊存.

從此風波消宦海, 纔知烟月足家園.

枌楡社集牛歌好, 伏臘筵開鶴髮尊.

痴願無多應易遂, 杖朝還有引年恩.

노견증은 두 번이나 전운사를 지냈고, 그가 개최한 연회에는 모인 이들은 모두 천하에 명망이 높은 선비들이었다. 또 그는 가난하지만 시를 잘 지은 이들과도 언제나 공손한 자세로 교유를 맺었다. 훗날 관찰사를 지낸 조익趙翼이 그를 추모하며 다음과 같은 시를 지었다.

홍교에서 수계 행사 열어 손님들이 시를 지었는데

전해지기로는 이때가 양주가 극성했던 시절이라네.

훌륭한 모임 계속 이어지지 않아, 이제 옛날을 돌아볼 때면

우리도 응당 누군가가 또 그리워진다오.

虹橋修禊客題詩, 傳是揚州極盛時.

勝會不常今視昔, 我曹應又有人思.

이를 보면 그가 한 때 드높였던 고상한 풍류를 상상할 수 있을 것이다.

노견증에게는 아들이 둘 있는데, 큰아들 노겸盧謙은 무한武漢 황덕도黃德道를 지냈고, 둘째 노모盧謨는 10살 때부터 시를 잘 지었고, 큰 글씨[擘窠大字]를 잘 썼다. 노견증의 손자는 넷인데, 노음포盧蔭浦와 노음혜盧蔭惠, 노음은盧蔭恩, 노음□盧蔭□[134]가 그들로서, 모두 벼슬살이를 하며

제사 즉, 복제伏祭와 납제臘祭를 가리키는데, 훗날에는 넓은 의미로 음력의 절일節日을 가리키는 뜻으로도 쓰였다.

134) 본문에 한 글자가 빠져 있어서 이름을 알 수 없다.

이름을 날렸다.

당시 노견증의 빈객으로 있었던 이들의 이름은 다음과 같다.

39. 대진戴震은 자가 동원東原이고, 휴녕休寧 사람이다. 한대漢代의 유학을 공부하여 음운학音韻學과 율학律學, 산학算學에 정통했다. 그는 젊어서 강영江永[135]과 교유하면서 그의 깊은 학식을 전수받았다. 나중에 양주로 와서 노견증의 상객上客이 되었는데, 혜동惠棟[136]과 심대성沈大成[137]이 그를 만나보고 기인奇人이라고 여겼다. 경사에 갔을 때에는 대사구大司寇[138] 벼슬을 지낸 진혜전秦蕙田[139]이 그를 초빙하여 『오례통고五禮通考』[140]를 편찬했다. 건륭 임오壬午년(1763)에 고향에서 거인으로 천거되어 황제의 명에 따라 『영락대전永樂大典』을 다시 편찬하는 일에 참여했고, 소진함邵晉涵,[141] 주영년周永年,[142] 양창림楊昌霖, 여집余集[143]과

---

135) 『양주화방록』 권5 「신성북록新城北錄・하下・5」의 각주를 참조할 것.

136) 『양주화방록』 권3 「신성북록新城北錄・상上・50」의 각주를 참조할 것.

137) 심대성沈大成(1700~1771)은 자가 학자學子이고 호는 옥전沃田이며, 송강부松江府 화정현華亭縣 사람이다. 그는 시와 고문을 잘 짓기로 강남 땅에 명성이 높았으며, 제자백가와 천문, 지리, 육서六書, 『구장산학九章算學』, 악율樂律 등에 고루 정통했다. 그는 수많은 장서를 갖추고 『십삼경주소十三經注疏』, 『사기史記』, 『한서漢書』, 『오대사五代史』, 『통전通典』, 『문헌통고文獻通考』, 『소명문선昭明文選』, 『설문해자說文解字』, 『옥편玉篇』, 『광운廣韻』, 『고씨음학오서顧氏音學五書』, 『매씨력산총서梅氏曆算叢書』 등의 많은 책을 정밀하게 교감校勘한 것으로도 유명하다. 만년에는 양주에서 전운사 노견증의 막료로 지냈다. 주요 저작으로 『학복재시문집學福齋詩文集』(58권)과 미완성의 『독경수필讀經隨筆』이 있다.

138) 상서尙書의 별칭이다.

139) 진혜전秦蕙田(1702~1764)은 자가 수봉樹峰이고 호는 미경味經이며, 강소江蘇 금궤金匱 사람이다. 그는 건륭 1년(1736) 진사에 급제하여 한림원 편수에 제수되었고, 이후 시강侍講, 통정사사우통정通政使司右通政, 내각학사, 예부시랑, 형부시랑, 국자감산학國子監算學, 공부상서, 형부상서, 태자태보 등의 요직을 역임했다. 시호는 문공文恭이다. 그는 '삼례三禮'에 정통해서 건학乾學의 『독례통고讀禮通考』의 체례를 따라 『오례통고五禮通考』(162권)를 편찬한 것으로 유명하며, 『사성표四聲表』를 고증하여 편찬하기도 했다. 그 외의 저작으로 『주역상의전周易象義箋』과 『미경와류고味經窩類稿』 등이 있다.

140) 광릉본에는 '오체통고五體通考'라고 표기되어 있으나, 잘못이다.

141) 소진함邵晉涵(1743~1796)은 자가 여동與桐 또는 이운二雲이고 호는 남강南江이며, 절강浙江 여요餘姚 사람이다. 그는 건륭 36년(1771) 진사에 급제했고, 1773년에 사고전서관의 찬수관纂修官이 된 이래, 중윤中允, 시독侍讀, 국사관제조國史館提調 등을 역임했다. 주요

함께 『사고전서』의 편찬 업무를 나누어 수행했다. 무술戊戌년(1778)에 진사가 되어 한림원 서길사로서 편수 벼슬까지 지내고 경사에서 죽었다. 그의 저서는 집안을 가득 채울 정도로 많았으나, 태반은 미완성 상태이다. 곡부曲阜 땅의 공계함孔繼涵144)이 그가 남긴 책 가운데 『고공도주考工圖注』, 『칠경소기七經小記』, 『굴원부주屈原賦注』, 『일편日編』, 『수경주水經注』, 『수지기水地記』, 『성류표聲類表』, 『맹자자의소증孟子字義疏證』, 『방언소주方言疏注』, 『책산구고할환기策算鉤股割圜記』, 『동원문집東原文集』 등을 간행했다. 그가 사고전서관四庫全書館에 있을 때 교감한 책이 바로 『수경주』와 이여규李如圭145)의 『의례집석문儀禮集釋文』이다. 그는 또 일

저작으로『이아정의爾雅正義』(20권), 『한시내전고韓詩內傳考』, 『곡량정의穀梁正義』, 『맹자술의孟子述義』, 『유헌일기輶軒日記』, 『방여금석편목方輿金石編目』, 『황조시적록皇朝諡迹錄』, 『찰강시문집咱江詩文集』 등이 있으며, 『오대사고의五代史考異』(2권)는 일부만 남아 있다.

142) 주영년周永年(1730~1791)은 자가 서창書昌이고 호는 임급산인林汲山人이며, 제남濟南 역성歷城 사람이다. 그는 젊은 시절에는 독서와 장서 모으기로 시간을 보내다가, 1771년 진사에 급제하여 한림원 편수에 제수되었고, 기윤紀昀과 함께 『사고전서』의 편찬에 가장 큰 공을 세웠다. 또『사고전서』가 편찬된 후에 기윤이『사고전서총목제요四庫全書總目提要』와 『간명목록簡明目錄』을 편찬할 때, 주영년은 석가釋家와 도가道家 전적典籍의 제요를 분담하여 편찬하기도 했다. 훗날 문연각교리文淵閣校理 등을 역임했다. 또한 학자이자 장서가인 그는 중국 최초로 공공도서관을 연 사람으로도 알려져 있다. 주요 저작으로는 『선정독서결先正讀書訣』, 『대원총서貸園叢書』, 『유장설儒藏說』, 『고문양몽집古文養蒙集』 등이 있다.

143) 여집余集(1738~1823)은 자가 용상蓉裳이고 호는 추실秋室이며, 인화仁和(지금의 항저우시杭州市) 사람이다. 그는 1766년 진사에 급제했고, 1773년에는 한림원 편수가 되어 소진함邵晉涵 등과 함께『사고전서』의 편찬에 참여했다. 이후 시독학사까지 지낸 후, 고향으로 돌아가 8년 동안 대량서원大梁書院에서 학생들을 가르쳤다. 주요 저작으로『양원귀도록梁園歸棹錄』, 『억만암잉고憶漫庵剩稿』, 『추실시초秋室詩鈔』 등이 있다. 뛰어난 서예가이자 화가이기도 했던 그는 특히 사녀도仕女圖를 잘 그린 것으로도 유명하다.

144) 공계함孔繼涵(1738~1783)은 자가 체생體生 또는 초맹誚孟이고, 호는 홍곡葒谷 또는 수목한자樹木閑者, 창평산인昌平山人이며, 공자孔子의 69세世 후손으로서 산동 곡부曲阜 사람이다. 그는 1771년 진사에 급제하여 호부하남청리사주사戶部河南淸吏司主事 겸 이군수국사理軍需局事, 일하구문찬수관日下舊聞纂修官, 조의대부朝議大夫 등을 역임했다. 옹방강翁方綱의 묘지墓志에 따르면 그는 천문, 지리, 경학, 자의字義, 산술算術 등에 두루 정통했으며, 『산경십서算經十書』와 『오대사五代史』를 비롯한 수많은 고대 전적을 교감하여 간행했다고 한다. 주요 저작으로『해구고속미법解勾股粟米法』, 『고공기거도보考工記車度補』, 『수경석지水經釋地』 등이 있다.

찍이 『난경難經』과 『상한론傷寒論』, 『금궤金匱』 등의 책에 주석을 달기도 했으나 미완성으로 남았다.

40. 포고鮑皐146)는 자가 보강步江이고 호는 해문海門이며, 진강鎭江 단도丹徒 사람이다. 그는 어려서 시를 잘 지어서 차사醝使 벼슬을 지낸 윤계선尹繼善147)에게 극찬을 받았다고 하며, 훗날 박학홍사에 천거되었으나 병을 핑계로 벼슬에 나아가지 않았다. 노견증이 그를 관서官署로 초빙했다. 저작으로 『해문집海門集』이 있다.

그의 아들 포지종鮑之鍾(1740~1802)은 자가 아당雅堂이다. 그는 진사 출신으로 예부랑중禮部郎中을 지냈다.

41. 혜동惠棟148)은 자가 정우定宇이고 호는 송애松厓이며, 소주 원화元和 사람이다. 그는 연계선생硯溪先生 혜주척惠周惕149)의 손자이자 반농선생半農先生 혜사기惠士奇150)의 아들로서, 효성스럽기로 고향에서 명망이 높

---

145) 이여규李如圭(?~?)는 자가 보지寶之이고 여릉廬陵 사람이다. 그는 송나라 소희紹熙 계축년癸丑(1193) 진사에 급제하여 복건로무간福建路撫幹을 지냈다. 그는 주희朱熹와 함께 『예경禮經』을 교정한 것으로 알려졌으며, 주요 저작으로『집석고례集釋古禮』(17권, 『의례집석문儀禮集釋文』이라고도 함)와 『석궁釋宮』(1권), 『의례강목儀禮綱目』(1권) 등이 있다.

146) 포고鮑皐(1708~1765)는 여경餘京(1564~1739), 장증張曾과 더불어 심덕잠沈德潛으로부터 '경구삼일京口三逸'이라는 칭송을 받을 정도로 당시 시단의 명사였다. 그의 아내 진예주陳蕊珠(1714~1778)와 아들 포지종, 딸 포지란鮑之蘭(1751~1812), 포지혜鮑之蕙(1757~1810), 포지분鮑之芬(1761~1808)도 모두 뛰어난 시인으로 알려졌다. 포지종은 『논산시집論山詩集』을, 그리고 진예주와 세 딸은 『과선루합고課選樓合稿』를 남겼다.

147) 윤계선尹繼善에 대해서는 『양주화방록』 권2 「초하록草河錄·하下·108」을 참조할 것.

148) 혜동惠棟에 대해서는 『양주화방록』 권3 「신성북록新城北錄·상上·50」을 참조할 것.

149) 혜주척惠周惕(?~?)은 원래 이름이 혜서惠恕이고, 호는 연계硯溪라고도 한다. 그는 1691년 진사에 급제하여 밀운密雲(지금의 베이징시에 속함) 지현을 역임했다. 주요 저작으로 『시설詩說』과 『연계시문집硯溪詩文集』 등이 있다.

150) 혜사기惠士奇(1671~1741)는 자가 천목天牧 또는 중유仲儒이고, 호는 반농거사半農居士, 홍두주인紅豆主人이다. 그는 1709년 진사에 급제하여 한림원 편수, 시독학사, 광동독학廣東督學 등을 역임했다. 주요 저작으로 『역설易說』, 『춘추설春秋說』, 『예설禮說』, 『대학설大學說』, 『교식거우交食擧偶』, 『금적리수고琴笛理數考』, 『홍두재소초紅豆齋小草』, 『영사악부詠史樂府』, 『남중南中』 등이 있다.

았다. 그는 고금의 학문에 두루 정통하여 진조범陳祖范,[151] 고동고顧棟
高[152]와 함께 경학經學으로 천거되었다. 노견증은 그의 품격을 존중해서
그를 초빙하여 『건착도乾鑿度』, 『고씨전국책高氏戰國策』, 『정씨역鄭氏易』,
『정사농집鄭司農集』, 『상서대전尙書大傳』, 『이씨역전李氏易傳』, 『광류정속
匡謬正俗』, 『봉씨견문기封氏見聞記』, 『당척언唐摭言』, 『문창잡록文昌雜錄』,
『북몽쇄언北夢瑣言』, 『감구집感舊集』 등을 교감하고, 『산좌시초山左詩
抄』를 편집하게 했다. 그의 저작으로는 『주역술周易述』, 『역한학易漢學』,
『역례易例』, 『역미언易微言』, 『구경고의九經古義』, 『고문상서고古文尙書考』,
『명당대도록체설明堂大道錄禘說』, 『산해경훈찬山海經訓纂』, 『후한서훈찬後
漢書訓纂』, 『정화록훈찬精華錄訓纂』, 『홍두산방고문집紅豆山房古文集』이 있
다. 양자강 남북에서 그의 학문을 배운 이들은 모두 그를 '홍두삼선생紅
豆三先生'이라고 불렀다.

42. 방백方伯(포정사의 별칭)을 지낸 왕즙汪楫과 주정主政 벼슬을 지낸 마왈
관馬曰琯[153]의 두 집안에는 소장한 책이 많아서 노견증은 종종 그것들
을 빌려다 보곤 했으며, 그 때문에 자신의 거처에 '차서루借書樓'라는 편
액을 써서 걸었다. 그리고 왕즙의 손자 왕발강汪祓江[154]에게 보낸 시에
서 이렇게 썼다.

　　궁의弓衣에 글이 수놓아져 바다 동쪽까지 두루 전해지고[155]

---

151) 진조범陳祖范에 대해서는 『양주화방록』 권3 「신성북록新城北錄·상上·19」를 참조할 것.
152) 고동고顧棟高(1679~1759)는 자가 진창震滄 또는 북초復初이고, 강소 무석無錫 사람이
　　다. 그는 진사 출신으로 내각중서, 국자감사업國子監司業, 좨주祭酒 등을 역임했다. 장서
　　藏書를 좋아했던 그는 『춘추대사표春秋大事表』(50권)와 『고금방여서목古今方輿書目』 등을
　　편찬하기도 했다.
153) 왕즙汪楫과 마왈관馬曰琯에 대해서는 『양주화방록』 권2 「초하록草河錄·하下·96」과
　　『양주화방록』 권1 「초하록草河錄·상上·30」을 참조할 것.
154) '산동본'에는 왕불강汪祓江이라고 표기되어 있으나, 정확한 명호名號와 생애에 대해
　　서는 밝혀진 바가 없다.

박학다식하여 옛 문헌들[156]을 두루 꿰었다네.

기쁘게도 남겨놓으신 책들도 여전히 아름다운 내용 담고 있어

내가 여러 차례 자주 차서루로 빌려오곤 했다네.

弓衣織遍海東頭, 博奧曾聞貫九邱.

猶喜遺編仍藻繪, 更番頻到借書樓.

또 마왈관에게 보낸 시에서는 이렇게 썼다.

영롱산관은 벽강원辟疆園[157]과 짝이라

옛 전적들을 두루 모으며 힘들어도 멈추지 않았지요

여러 권의 『논형論衡』을 비급으로 소장하고 있는데

그대가 호기롭게 형주荊州를 빌려준 것에 감사하오.[158]

玲瓏山館辟疆儔, 邱索搜羅苦未休.

數卷論衡藏秘笈, 多君慷慨借荊州.

43. 오옥진吳玉搢[159]은 자가 산부山夫이고, 회안淮安 산양山陽 사람이다.

---

155) ‘궁의’는 활을 넣는 주머니[袋]를 가리킨다. 구양수歐陽修의 『육일시화六一詩話』에는 소식蘇軾이 서남쪽 이민족에게서 샀다는 ‘궁의’를 한 벌 얻었는데, 거기에는 매요신梅堯臣의 시 「춘설春雪」이 적혀 있었다고 했다. 이것은 매요신의 명성이 먼 이역의 이민족에게까지 널리 알려졌다는 증거로 풀이될 수 있다.

156) 팔색구구八索九邱는 먼 옛날의 전적典籍을 가리키는 말이다. 명나라 이동양李東陽의 「가흥부지서嘉興府志序」에는 다음과 같은 구절이 들어 있다. “천하에 글자가 생긴 이래로 삼분오전三墳五典이 있어 도리를 밝히고 정사를 기록했으며, 팔색구구가 있어 풍속과 기풍을 나타내고 지리와 물산의 명칭을 기록했다[蓋自天下之有書契, 有墳典以明理道, 紀政事, 有邱索以象風氣, 名土物].”

157) 진晉나라 때 고벽강顧辟疆이 세운 유명한 원림으로, 큰 대나무와 정원을 장식한 기이한 바위들로 유명했다고 한다. 이 정원은 당나라 때까지는 그 모습이 남아 있었다고 하며, 그 터는 지금의 쟝쑤성 우현吳縣에 있다. 한편 모양冒襄의 자도 벽강辟疆이니, 이 구절은 중의적重意的 묘사라고 하겠다.

158) 유표劉表가 전략적 요충지인 형주를 유비劉備에게 양보했듯이, 중요한 문헌들을 여러 선비들에게 빌려주었다는 뜻으로 보인다.

159) 오옥진吳玉搢(1698~1773)은 자가 적오籍五이고 호가 산부山夫라고도 한다. 그는 공생

그는 소학小學에 정통했으며, 노견증의 막료가 되었다. 나중에 경사에 들어가자 상서 벼슬을 지낸 진혜전秦蕙田이 그를 초빙하여 『오례통고五禮通考』의 편찬에 참여하게 했다. 그의 저작으로는 『별아別雅』 5권과 『금석존金石存』 15권이 있다.[160]

44. 엄장명嚴長明은 자가 동우東友이다.[161] 그는 황제의 부름을 받아 시험을 치러 내각중서가 되었으며, 나중에 시독侍讀까지 지냈다. 그의 저작으로는 『귀구초당시문전집歸求草堂詩文全集』 및 잡저雜著 26종이 있다. 그의 아들 엄관嚴觀은 『원화군현보지元和郡縣補志』 6권을 지었다.

45. 주도손朱稻孫[162]은 자가 가옹稼翁이고, 가흥嘉興 수수秀水 사람으로 주이존朱彝尊의 손자이다. 그는 박학홍사에 천거되었으며, 서예에서는 당나라 때 묘지명墓誌銘의 필체에 담긴 빼어난 점을 얻었다. 또한 시집을 남기기도 했다.

으로서 만년에 봉양훈도鳳陽訓導를 지냈다.

160) 그 외의 저작으로 『설문인경고說文引經考』, 『육서술부서고六書述部敍考』, 『산양지유山陽志遺』 등이 있다.

161) 엄장명嚴長明(1731~1787)은 자가 동유冬有 또는 동우冬友, 도보道甫라고도 하며, 강소江蘇 강녕江寧 사람이다. 그는 건륭 27년(1762) 황제가 강남 지역을 순시할 때 제생의 신분으로 시를 바쳐서 거인 학위를 하사받고 내각중서에 제수되었고, 이후 내각시독內閣侍讀까지 지냈다. 그는 『통감집람通鑑輯覽』, 『일통지一統志』, 『열하지熱河志』, 『평정준갈이방략平定准噶爾方略』 등을 책을 편찬하는 데에 참여했고, 고향으로 돌아온 뒤에는 귀구초당歸求草堂을 지어놓고 많은 장서藏書를 갖춘 채 소일하다가 여양서원廬陽書院의 산장山長을 맡기도 했다. 주요 저작으로는 『서청비대西淸備對』, 『모시지리소증毛詩地理疏證』, 『문선과독文選課讀』, 『존문록尊文錄』, 『지백재금석류첨知白齋金石類簽』 등이 있다.

162) 주도손朱稻孫(1682~1760)은 자가 우파芋坡라고도 하며, 호는 오촌娛村이다. 그는 1736년에 박학홍사과에 천거되었다. 왕염王掞이 춘추관총재관春秋館總裁官이 되어 그를 초빙하여 조수로 삼았을 때, 자기 집안에 소장하고 있던 270여 종의 도서를 가져가 참고했다고 한다. 만년에 그는 집안 살림이 어려웠는데도 집안 장서루인 '폭서정曝書亭'에 소장된 8만여 권의 책을 끝까지 잘 간수한 것으로도 유명하다. 뛰어난 서예가이기도 했던 그의 저작으로는 『기행절구紀行絶句』, 『육봉각시六峰閣詩』 등이 있다.

46. 왕체汪梻는 자가 위회韓懷이고 호는 대금對琴 또는 벽계碧溪이다.[163] 그는 의징儀徵 땅의 늠생廩生 출신으로 국자박사國子博士가 되었으며, 벼슬은 형부원외랑刑部員外郎까지 지냈다. 그는 시와 문장을 잘 지어서 노견증과 시우詩友로 지냈으며, 홍교의 시회詩會에서도 다른 염상들은 모두 참여할 수 없었으나 오직 그만이 참여할 수 있었다. 그는 특별한 서적[異書]들을 많이 소장했고, 빈객을 대접하기 좋아해서 매일 그들과 술자리를 벌였다. 당시에 대진과 혜동, 심대성, 왕창王昶, 전대흔錢大昕, 왕명성王鳴盛, 오태래吳泰來, 조문철趙文哲,[164] 전재錢載,[165] 사용謝墉[166]과 같이 명성 있는 선비들이 한강 근처를 왕래하면 그들을 위해 술자리를 열어 시를 주고받곤 했다.

그의 아들 왕진번汪晉藩과 왕장정汪掌庭은 모두 명제생이다.

47. 역해易諧(?~?)는 자가 송자松滋이고, 흡현 사람인데 양주에 와서 살았다. 그는 시를 잘 지었으며, 포산당抱山堂을 지어놓고 사방의 명사들을 초빙하여 빈객으로 대접했다. 그는 노견증과 시우詩友로 지냈다. 포산당이라는 이름은 맹교孟郊[167]의 시 구절 가운데 '시를 좋아하여 항상

---

163) 왕체汪梻(1720~1801)의 저작으로는 『춘화각사春華閣詞』와 『특아당집特雅堂集』이 남아 있다.

164) 오태래吳泰來, 조문철趙文哲에 대해서는 『양주화방록』 권7 「성남록城南錄·6」을 참조할 것.

165) 전재錢載에 대해서는 본권 59번을 참조할 것.

166) 사용謝墉(?~?)은 자가 곤성崑城이고 호는 금포金圃 또는 동서東墅이며, 가선嘉善 사람이다. 그는 1751년 건륭제가 강남을 순시할 때 실시한 과거에서 급제하여 거인 학위와 함께 내각중서에 제수되었다가 이듬해 진사에 급제하여 한림원과 남서방南書房에서 근무했다. 이후 예부禮部와 공부工部, 이부吏部에서 좌시랑左侍郎을 역임했고, 내각학사까지 지냈다. 저작으로 『안아당시초安雅堂詩鈔』가 있다.

167) 맹교孟郊(751~814)는 자가 동야東野이고 호주湖州 무강武康(지금의 저장성 더칭현德淸縣) 사람이다. 그는 젊은 시절을 가난하게 살면서 호북湖北, 호남湖南, 광서廣西 등을 떠돌았으며, 여러 차례 과거에 응시했으나 계속 급제하지 못하다가 46살에야 진사가 되었다. 정원貞元 17년(801) 율양위溧陽尉가 되었으며, 이후 보잘것없는 관직을 전전하다가 낙양洛陽에서 가난과 병에 시달리며 죽었다. 송나라 때 송민구宋敏求가 그의 작품을

산을 안고 사네[好詩恒抱山]'라는 구절에서 따온 것이다. 그러나 그는 중
년에 집안 살림이 가난해져서 맹교와 처지가 같아졌다. 저작으로『포산
당시선抱山堂詩選』이 있다.

48. 정섭鄭燮168)은 자가 극유克柔이고 호는 판교板橋이며, 흥화興化 사람
이다. 그는 진사 출신으로 지현知縣을 지냈다.

　그가 산동山東 범현范縣의 지현으로 있을 때, 어느 부잣집에서 가난한
사위를 내쫓으려고 그의 생일날 많은 뇌물을 바쳤다. 정섭은 그 집의
딸을 거둬들여 의붓딸로 삼고 다시 그 사위를 잠시 관서官署에 있게 했
다가, 나중에 의붓딸이 인사하러 오자 자신이 돈을 대서 둘의 혼례를
치러주고 사위더러 수레를 끌고 돌아가게 함으로써 훌륭한 덕을 베풀
었다는 칭송을 들었다. 나중에 재난에 관해 상부에 보고할 때 높은 관
리의 비위를 거슬러서 파직되어 고향으로 돌아갔다. 그는 일찍이 천으
로 큰 자루를 만들어 돈과 비단, 먹을 것 따위를 담아두었다가 수시로
꺼내 쓰곤 했다. 그러다가 간혹 친구의 자제나 가난하지만 선량한 동향
同鄕 사람을 만나면 곧 그것들을 꺼내 흔쾌히 건네주었다. 그가 양주를
왕래할 때에는 '이십년 전의 옛 판교[二十年前舊板橋]'라고 새긴 인장印章
을 쓰곤 했다.169) 그는 노견증과 주고받은 시가 무척 많으며, 저작으로
『판교시사초板橋詩詞鈔』와 집에 보낸 편지[家書], 소창小唱170) 등이 있다.

　모아 편찬한『맹동야시집孟東野詩集』(10권)에 511수의 시가 남아 있다.
168) 정섭鄭燮에 대해서는『양주화방록』권2「초하록草河錄·하下·46」을 참조할 것.
169) 정섭은 양주에서 그림을 그려 팔아 생계를 유지했는데, 그가 그린 첫 번째 그림에는
　　"이십년 전에 술병을 들고 와서, 봄바람 맞으며 죽서정에서 취했네. 지금 다시 양주의
　　대나무를 심으니, 예전처럼 회남 땅의 푸른 풍경 펼쳐졌네[二十年前載酒瓶, 春風倚醉
　　竹西亭. 而今再種揚州竹, 依旧淮南一片青]"라는 제사題詞를 썼다. "이십년 전의 옛 판
　　교二十年前舊板橋"라는 인장의 글귀는 당나라 때의 시인 유우석劉禹錫의 시 구절을 이용
　　한 것인데, 대개 20년 전에 양주에서 그림을 팔 때에는 항상 눈총을 받았는데, 벼슬살
　　이를 하고 나서는 대접이 크게 달라졌음을 풍자한 것으로 풀이된다. 즉 사람도 같은
　　사람이고 대나무 그림도 같은 것인데, 이제는 값이 달라졌다는 것이다.
170)『양주화방록』권5「신성북록新城北錄·하下·27」의 주석을 참조할 것.

그는 대나무 그림을 잘 그렸고, 서예에서도 팔분서八分書171)와 해서楷書
를 섞어서 독자적인 유파를 이룩했는데, 오늘날 산동 유현濰縣 사람들
가운데 그 서체를 따라 하는 이들이 많다.

49. 이면李葂172)은 자가 소촌嘯村이고, 안휘 사람이다. 시와 그림에 뛰어
났던 그는 노견증의 제자인데, 일찍이 노견증을 위해『홍교람승도虹橋攬
勝圖』를 그린 적이 있다.

50. 장종창張宗蒼173)은 자가 묵존默存 또는 묵잠墨岑이고, 호는 황촌篁村
이며, 소주 오현吳縣 사람이다. 그는 황정黃鼎174)의 문하에서 산수화를
배웠는데, 회북淮北 염관鹽官으로서 노견증의 휘하 관속官屬이 되었으며,
더불어 벗이 되었다. 건륭 16년(1752)에 황제께서 강남을 순시하실 때 그
가 화책畵冊을 바치자, 황제께서 그를 경사로 불러들여 황궁의 지후祗
候175)에 임명했다가 나중에 호부주사戶部主事를 제수했다.

51. 왕우박王又樸176)은 자가 종선從先이고 호는 개산介山이며, 직예直隷
천진天津 사람이다. 그는 하공현승河工縣丞177)을 지냈으며, 시 공부[詩學]

---

171)『양주화방록』 권4 「신성북록新城北錄・중中・30」의 주석을 참조할 것.
172) 이면李葂에 대해서는『양주화방록』 권2 「초하록草河錄・하下・47」을 참조할 것.
173) 장종창張宗蒼(1686~1756)은 1751년 건륭제가 강남을 순시할 때『오중십륙경吳中十六
  景』을 바쳤다. 훗날 건륭제는 그의 그림에 대해 70여 편의 화제시畵題詩를 쓰기도 했다.
174) 황정黃鼎에 대해서는『양주화방록』 권2 「초하록草河錄・하下・37」을 참조할 것.
175) '지후'는 원래 관부官府의 아역衙役에 해당하는 낮은 벼슬에 해당한다. 다만 장종창
  의 경우는 궁정 화가가 되었다는 뜻인데, 청대에는 정식으로 화원畵院이 없었기 때문
  에 그들을 '지후'라고 칭하는 경우가 많았다.
176) 왕우박王又樸(1681~1760)은 1723년 진사에 급제하여 한림원 서길사로서 이부주사吏
  部主事에 임명되었고, 이후 지주池州와 휘주徽州의 지부知府를 역임했다. 주요 저작으로
  는『시례당전집詩禮堂全集』(57권)과 몇 권의 시문詩文 단행본이 있다. 또한 그는 1670년
  에 강희제가 반포한「성유聖諭」에 백화문白話文 형식으로 주해註解를 달아「성유광훈연
  聖諭廣訓衍」을 편찬하기도 했다.
177) 현령의 보좌관으로서, 하도河道와 제방 공사를 담당했다.

로 노견증에게 명성이 알려져서 시우詩友로 지냈다. 그의 저작으로는
『대학고목大學古木』이 있다.

52. 고봉한高鳳翰[178]은 자가 서원西園이고 호는 남촌南村, 별호는 남부노
인南阜老人 또는 노부老阜이며, 교주膠州 사람이다. 그는 효우단방과孝友
端方科에 천거되어 흡현승歙縣丞이 되었으며, 노견증의 천거로 태주순염
분사泰州巡鹽分司[179]가 되었다. 그는 시와 그림에 뛰어났고 서예에도 뛰
어나 '삼절三絶'이라고 칭해졌다. 나중에 그가 노견증과 함께 체포되었
을 때 굽히지 않고 반박했는데, 사건은 그로 인해 결백함이 증명되었다.
그는 저림병[痺]이 생겨 오른팔이 불편해지자 글을 쓸 때 왼손을 쓰면
서, 스스로 '상좌생尙左生' 또는 '정사잔인丁巳殘人'이라는 호를 썼다. 또
한 그는 벼루를 좋아하여 『연사硯史』를 썼다. 그리고 스스로 자신의 묘
지명을 썼는데, 그 내용은 다음과 같다.

　　살아가는 것만 알면 되지 죽음에 대해 알 필요는 어디 있나? 머리만 보면
되지 꼬리는 봐서 무엇 하나? 아! 죽고 사는 것이 이와 같구나!
　　知其生何必知死, 見其首何必見尾, 嗟爾! 死生類如此.

　　나중에 그가 가난 속에서 굶어죽자, 노견증이 그를 애도하며 다음과

---

178) 고봉한高鳳翰(1883~1748)의 호는 본문에 언급된 것들 외에도 차원且園, 석완로자石頑
老子, 송라도인松懶道人, 얼금노인蘗琴老人 등이 있다. 그의 관적貫籍에 대해서는 교주膠
州(지금의 산둥성 쟈오현膠縣)이라는 설과 제녕濟寧(지금의 산둥성 지닝현濟寧縣)이라는
설이 있다. 그는 옹정 5년(1727) 효렴방정과孝廉方正科에 천거되어 안휘 흡현과 적계현
績溪縣, 강소 의징현儀徵縣 등지에서 지현을 지냈고, 1737년에 오른팔에 저림병[痺]이
있어 사직하고 양주의 사찰에 은거한 채 왼손으로 시를 쓰고 그림을 그렸다고 한다.
주요 저작으로 『연사』와 『남부시초南阜詩鈔』가 있다. 한편 고봉한의 생졸년에 대해서
는 1638에 태어나 1719년에 죽었다는 설(왕보민王伯敏, 『중국회화사中國繪畵史』)과 1863
년에 태어나 1749년에 죽었다는 설(친링윈秦嶺雲, 『양주팔가총화揚州八家叢話』)도 있다.
179) '분사分司'는 염운사鹽運司 아래에서 염무鹽務를 담당하던 기관의 관리이다.

같은 시를 지었다.

멋진 글씨로 쓴 쌀 빌려 달라는 편지[180] 보고 그리 하려던 차에

갑자기 별세했다는 소식 들리니 슬픔을 어찌 감당하리까?

무함巫咸[181]은 유분劉蕡[182]의 밑에 있지 않는 법이니

현을 다스리는데 두보杜甫가 오면 누가 환영하겠소?

맑고 아름답기 그지없는 시회詩會의 모임 끝나면

당당한 저작이 옥 술잔 앞에 펼쳐졌지.

근래에 노쇠하여 돌아가실까 걱정했거니와

하물며 그대 떠나면 재주만 남게 되거늘!

乞米鴻歸箋正裁, 俄聞訣去豈勝哀.

巫咸不爲劉蕡下, 縣宰誰迎杜甫來.

落落淸華蘭社盡, 堂堂著作玉樽開.

年來衰老愁傷逝, 況是凋零僅剩才.

가장 풍류 넘치는 것이 오히려 바보처럼 보이나니

---

180) 당나라 때의 서예가 안진경顏眞卿이 이태보李太保에게 쌀을 빌려달라는 내용의 편지
　　를 썼다는 이야기가 있다.
181) 무함巫咸은 전설상의 인물인데, 같은 이름을 가진 이가 세 명이다. 첫째는 황제黃帝
　　가 탁록涿鹿에서 염신炎神과 전쟁할 때 점을 쳐보게 했다는 사람이고, 둘째는 홍술鴻術
　　로 요堯 임금의 무의巫醫가 되었다는 사람이며, 셋째는 은殷나라 중종中宗의 신하로서
　　무무巫戊라고도 하는 인물이다. 마지막 인물은 북[鼓]을 발명하고, 점대[筮]를 써서 점
　　을 치는 법을 만들어낸 인물이라고 한다. 여기서는 넓은 의미에서 '옛날의 훌륭한 신
　　하'라는 정도의 의미로 사용되었다.
182) 유분劉蕡(?~842)은 자가 거화去華이고, 평창昌平(지금의 베이징시 창핑현昌平縣) 사람
　　이다. 그는 당나라 보응寶應 2년(826) 진사에 급제했고, 태화大和 2년(828) 현량방정과賢
　　良方正科에 천거되어 대책문對策文에서 정권을 주무르는 환관의 폐해를 신랄하게 지적
　　하며 정치 개혁을 요구했다. 당시 시험관들은 그의 문장에 감탄했으나 환관들을 무서
　　워하여 낙제시켰다. 그 후 그는 영호초令狐楚와 우승유牛僧儒의 종사從事로 지내다가 나
　　중에 비서랑秘書郎에 제수되었으나, 결국 환관들의 모함으로 유주사호참군柳州司戶參軍
　　으로 내쫓겼다.

미치광이 미불米市도 굼뜬 예찬倪瓚도 그대보단 못하지.

그 많던 재산 다 날리고 여전히 동냥을 다녔고

한쪽 팔을 잃고도 못가에서 서예를 연습했지.[183]

은호殷浩는 초탈하게 살면서 원일元日을 논했듯이[184]

빼어난 솜씨로 굳센 글씨 써서 공당公堂의 반론문을 썼지.

회남 땅에 전해오는 옛 이야기 들었으니

그대 남겨놓은 글씨 어찌 아는 이 드물까 걱정하겠소?

最風流處却如痴, 顚米迂倪未是奇.

再散千金仍托鉢, 已輸一臂尙臨池.

殷生瀟灑談元日, 戴椽昂藏對簿詞.

見說淮南傳故事, 遺文爭患少人知.

53. 축응서祝應瑞(?~?)는 자가 여정荔庭이고, 진강鎭江 단도丹徒 사람이다. 그는 망도하茫稻河[185]의 갑문閘門을 지키는 관리를 지냈고, 시를 잘 지어서 『견산루집見山樓集』을 지었는데, 관직에서 물러난 뒤에야 그 명성

---

183) 『진서晉書』「위항전衛恒傳」에 따르면, 홍농弘農 땅의 장백영張伯英은 초서草書를 잘 썼는데, 집안의 옷감은 모두 글씨를 써서 연습한 뒤에 옷을 만들어 입었고, 못가에서 서예를 연습하여 연못물이 모두 검게 변할 정도였다고 한다. 이후로 '못가에 서다[臨池]'는 말은 서예를 연습하거나 붓글씨를 쓰는 것을 가리키는 말로 쓰이게 되었다.

184) 진晉나라 영화永和 연간에 왕표지王彪之가 양주자사揚州刺史로 있던 은호殷浩에게 편지를 보내, 원일元日에 천자가 제후들에게 달력[曆書]을 반포하는 일에 대해 논한 일이 있다. 은호(?~356)는 자가 연원淵源이고, 진군陳郡 장평長平(지금의 허난성河南省 시화西華의 동북쪽) 사람이다. 그는 『노자老子』와 『주역周易』에 밝기로 명성이 높았다. 일찍이 유량庾亮의 기실참군記室參軍을 거쳐 사도좌장사司徒左長史를 지냈으며, 나중에 벼슬을 버리고 10년 가까이 은거했다. 그 후 영화 2년(346)에 건무장군建武將軍 겸 양주자사에 발탁되었고, 얼마 후 사마욱司馬昱(즉 간문제簡文帝)이 정권을 잡았을 때에는 환온桓溫의 반란을 진압하기 위해 나서기도 했다. 그러나 352년과 이듬해에 걸쳐 두 차례나 전진前秦의 군대에 패하는 바람에, 354년에는 벼슬을 잃고 평민 신분이 되었다.

185) '망도하蟒稻河'라고도 한다. 청나라 때 강도현江都縣(지금의 양저우시)에서 동쪽으로 20리 떨어진 곳에 있던 운하의 요충지로서, 소금을 운반하는 배들이 반드시 거쳐 가는 곳이기도 했다.

이 알려졌다. 그는 자신이 그린 〈노어도老漁圖〉에 다음과 같은 제시題詩
를 썼다.

> 그림 펼치니 옛날 벼슬살이 같이 했던 동료들 다시 생각나는데
> 명사들을 백안시한 것 사과하기도 어렵구나.
> 안개 긴 달밤에 낚싯대 손에 들고 있으니
> 이제는 정말 늙은 어부처럼 보이겠구나.
> 披圖重認舊同官, 白眼名流謝過難.
> 烟月一竿綸在手, 而今眞作老漁看.

54. 장로張輅(?~?)는 자가 박존朴存이고, 강도江都 출신의 벼슬살이를 하
지 않은 선비[布衣]이다. 젊어서 성품이 소탈하여 겉모습에 신경 쓰지 않
고 홀로 꼿꼿하게 자기만의 즐거움을 누렸다. 그는 뛰어난 재주와 책략
을 갖추었고 초서草書를 잘 썼다. 또한 그는 아내가 죽자 재혼하지 않고,
미인도美人圖를 1폭 사서 침실 휘장에 걸어놓고 이불에 비친 그림자를
마주보며 잠을 잤다고 한다. 그는 직접 밥을 짓지 않고 고향에서 밥을
얻어먹었는데, 한 번이라도 면식이 있는 사람이라면 그의 집을 찾아가
마음대로 먹고 마셨다고 한다. 그는 또한 시를 잘 지어서, 그가 예순 살
에 쓴 「낙화시落花詩」를 본 강북 땅의 어떤 여자가 자살을 했을 정도라
고 한다. 당시 노견증이 수계修禊 행사를 열면서 쓴 시에 대해 거의 모
든 이들이 화창和唱했지만, 오직 수계 행사에 참여하지 않은 혜동과 참
여는 했지만 화시和詩를 짓지 않은 장로만이 나란히 명성을 날렸다. 장
로의 명성은 이 일로 인해 크게 높아졌다. 바둑을 좋아하는 그에게 어
느 벗이 이렇게 충고했다.

"전운사와 바둑을 두거든 반드시 한 번은 이기고 두 번은 져야 하네."

장로는 그러마했지만 막상 노견증의 관서에 들어가자 4판을 모두 이
겨버리니, 좌중의 손님들이 모두 안색이 변했다고 한다.

55. 초오두焦五斗는 진강 단도 사람으로, 초선焦先[186]의 후손이다. 그는 일찍이 『초산지焦山志』를 쓴 적이 있는데, 갑자기 사라져버린 그 책을 그의 아들이 양주성의 골동품 가게에서 다시 찾은 적이 있다. 노견증은 이로 인해 『금초이산지金焦二山志』를 편찬했다.

56. 오균吳均[187]은 자가 매사梅査이고, 흡현 사람이다. 그는 시를 잘 지었으며, 청당관青棠觀이라는 별장을 지어놓고 양주의 마왈관 형제와 시를 주고받았다. 노견증이 여러 차례 그를 초빙해서 시패詩牌[188] 모임을 열었다.

57. 심정방沈廷芳[189]은 자가 초원椒園이다.

58. 양헌梁巘[190]은 자가 문산文山이고, 박주亳州 사람이다. 그는 건륭 임오壬午년(1762) 부방副榜으로 급제했고, 노견증의 관서에서 지냈다. 그의 서예는 매끄럽고 필획筆劃이 고르게 이어졌는데, 척오루尺五樓와 연산정延山亭의 편액이 모두 그의 글씨이다.

---

186) 초선焦先(?~?)은 자가 효연孝然이고, 삼국시대 하동河東 사람이다. 그는 신선술을 배워서 170살까지 살았다고 전해진다.
187) 오균吳均(?~?)은 자가 공삼公三이고, 저작으로 『청당관시집青棠館詩集』을 남겼다.
188) 문인들의 놀이 가운데 하나이다. 여러 사람들이 각자 글자가 적힌 패牌를 나누어 가지고, 자기가 가진 글자들을 엮어서 시를 짓는 놀이를 가리킨다. 여기에 사용된 패 역시 '시패'라고 부른다.
189) 심정방沈廷芳(1692~1762)은 자가 원숙畹叔이고 호가 초원椒園이며, 인화仁和(지금의 항저우시) 사람이다. 그는 1736년에 박학홍사과에 천거되어 한림원 서길사에 뽑혀 편수에 제수되었다가, 산동도참찰어사山東道監察御史, 산동조운山東漕運, 등래청도登萊青道, 산동안찰사山東按察使 등을 역임했다. 주요 저작으로 시문집인 『은졸재시문집隱拙齋詩文集』(50권)과 『여몽잡저輿蒙雜著』(4권), 『고문지수古文指綏』(4권), 『감고록鑒古錄』(16권), 『하학연원下學淵源』(10권), 『십삼경주소정자十三經注疏正字』(80권), 『독경의고讀經義考』(40권) 등이 있다. 그 외에 상조원桑調元과 함께 『여산유고餘山遺稿』를 편찬하기도 했다.
190) 양헌梁巘에 대해서는 『양주화방록』 권2 「초하록草河錄·하下·122」와 권13 「교서록橋西錄·107」을 참조할 것.

59. 전재錢載[191]는 자가 곤일坤一이고 호는 탁석籜石이며, 절강 가흥嘉興 사람이다. 그는 난초와 대나무 그림을 잘 그렸고, 시와 문장도 잘 지어서 우산虞山의 상국相國[192]에게 이름이 알려졌다. 그는 경학과 박학홍사과에 천거되었으나 과거 시험에는 급제하지 못하다가, 건륭 임신壬申년(1752)에 진사가 되어 한림원 편수에 제수되었고, 공부시랑工部侍郞까지 지냈다. 그의 저작으로는 『탁석재집籜石齋集』이 있다. 그는 노견증과 우의가 깊어서 1년 동안 사서使署에서 지내면서 많은 시를 주고받았다.

60. 진대가陳大可(?~?)는 자가 여정餘庭이고, 절강 소흥紹興 사람이다. 그는 전서篆書와 예서를 잘 썼으며, '24경'의 편액과 대련에 적힌 글씨는 대부분 그의 손에서 나왔다.

61. 주구周榘[193]는 자가 만정幔亭이고, 강녕江寧 사람이다. 그는 시를 잘

---

191) 전재錢載(1708~1793)는 자가 근원根苑이라고도 하며, 호로 탁석籜石 또는 백복노인百福老人, 포존匏尊, 만송거사萬松居士 등을 썼고, 절강 수수秀水 사람이다. 그는 건륭 17년(1752) 진사에 급제하여 한림원 편수에 제수되어 남서방南書房에 들어갔으며, 예부시랑까지 지냈다. 만년에는 고향으로 돌아가 시를 짓고 그림을 그리며 소일했다. 저작으로 『탁석재집籜石齋集』이 있다.

192) 우산虞山은 강소 상숙常熟에 있으며, 상국相國은 재상宰相을 총칭하는 말이다. 그러므로 여기서 '우산의 상국'은 장정석蔣廷錫(1669~1732)을 가리키는 듯하다. 장정석은 자가 남사南沙 또는 유군酉君, 양손楊孫이고 호는 서곡西谷 또는 청동거사靑桐居士이며, 강소 상숙常熟 사람이다. 그는 강희 42년(1703) 진사에 급제하여, 이후 옹정雍正 연간에 예부시랑, 호부상서, 문화전대학사文華殿大學士, 태자태부太子太傅 등을 역임했다. 특히 1722년 강희제가 죽자 이듬해에 옹정제는 장정석에게 명을 내려 『고금도서집성』을 다시 편집하고 교정하게 했다. 이에 그는 진몽뢰陳夢雷의 이름을 지우고 자신의 이름을 써넣고, 『고금도서집성』「의부醫部」를 다시 편찬했다. 또한 뛰어난 시인이자 화가이기도 했던 그는 『상서지리지금석尙書地理志今釋』이라는 학술 저작과 『청동헌시집靑桐軒詩集』(6권)과 『편운집片雲集』(1권), 『서산상기집西山爽氣集』(3권), 『파산집破山集』(1권), 『추풍집秋風集』(1권) 등의 시집과 『새외화훼塞外花卉』(70종)과 〈죽석도竹石圖〉(축軸, 1701), 〈화훼도花卉圖〉(권卷, 1708), 〈사서경등도四瑞慶登圖〉(축, 1723), 〈장조초상張照肖像〉(1726) 등의 그림을 남겨놓았다. 시호는 문숙文肅이다.

193) 주구周榘(?~?)는 자가 우평于平이고 호가 만정幔亭이라고도 한다. 그는 원매袁枚(1716~1797)와 친한 사이였으며, 육서六書의 원류에 밝았고, 한 자[尺]의 비단에 강하만리江

지었고 팔분서를 잘 썼으며, "소나무 그림자 창으로 들어와 사라지네[松影入窓無]"라는 시 구절로 노견증에게 명성이 알려져 아낌을 받았다. 노견증이 자신보다 신분이 낮은 그에게 몸을 굽혀 그의 집으로 찾아가 '덕형당德馨堂'이라고 쓴 편액을 증정하고, 그를 양주로 초빙하여 「고어사의 생신을 축하함[壽高御史生辰詩]」이라는 시를 쓰게 한 일은 한 동안 화젯거리였다.

62. 호구순胡裘錞은 자가 서타西垞이고, 절강 산음山陰 사람이다. 그는 시를 잘 지었으나 무척 가난했는데, 노견증에게 다음과 같은 시를 지어 올렸다.

> 망아지처럼 내달리다 보니 또 세월은 저물어
> 쓸쓸한 신세 강가에 의탁했네.
> 금빛 햇살 뿌려 땅이 따뜻해지자 쉬이 봄이 오지만
> 신분 높은 이의 저택엔 인사 가기도 어렵구나.
> 유신庾信은 부를 쓰고 나자 늙어버렸음을 슬퍼했고
> 맹교孟郊의 시에는 외롭고 가난한 처지에 대한 슬픔 담겨 있구나.
> 스스로 생각해도 내 칠언율시가 초라하고 힘이 없지만
> 그대 보시도록 매화령梅花嶺으로 부쳐드리오리다.
> 駒隙奔馳又歲闌, 蕭蕭身世託江干.
> 布金地暖回春易, 列戟門高載拜難.
> 庾信賦成悲老大, 孟郊詩在惜孤寒.
> 自憐七字寒無力, 封上梅花閣下看.

　노견증은 그 시에 무척 감동하여 곧 그와 교유를 맺었다.

河萬里의 풍경을 그려내는 재주가 있었으며, 천문과 역법, 산학에도 뛰어났다. 저작으로 『만정집幔亭集』이 있다.

63. 김조연金兆燕(1718~1794)은 자가 종월鍾樾이고 호는 종정椶亭이며, 전초全椒 사람이다. 그의 부친 김구金榘는 자가 혈재絜齋인데, 시를 잘 지었고 『태연재집泰然齋集』이라는 저작을 남겼다.

김조연은 어려서부터 신동으로 불려서 첨사詹事 벼슬을 지낸 장붕충張鵬翀[194]과 나란히 명성을 날렸다. 그는 시와 사詞를 잘 지었으며, 특히 원나라 때에 유행했던 산곡散曲에 정통했다. 노견증은 그를 초빙하여 10년 동안 사서使署에 빈객으로 대접했다. 원림과 정자의 집련集聯과 대회大戲의 사곡詞曲은 모두 그의 손에서 나왔다. 그는 중년에 거인 출신으로 양주교관揚州校官이 되었으며, 나중에 진사에 급제하여 박사博士로 뽑혀 경사에 들어가 근무했다. 그리고 3년 후에 양주로 돌아와 강산초당康山草堂에서 학생들을 가르쳤다. 그의 저작으로는 『증운헌시문집贈雲軒詩文集』이 있다.

김조연의 아들 김대준金臺駿은 자가 소촌篠村이고, 명제생이다.

그의 손자 김진金璡은 자가 퇴곡退谷인데, 12살에 신동으로 불리다가 15살에 부생附生[195]이 되었고, 16살에 늠선생廩膳生이 되었으나, 17살에 죽었다.

김구부터 김진까지를 '김씨사재자金氏四才子'라고 부른다.

64. 송약수宋若水(?~?)는 자가 원중遠仲이고 호는 난석蘭石 또는 담천澹泉

---

194) 장붕충張鵬翀(1688~1745)은 자가 천비天扉 또는 억재抑齋이고, 호는 남화산선南華散仙이며, 상해上海 가정嘉定 사람이다. 그는 옹정雍正 5년(1727) 진사에 급제하여 첨사詹事까지 지냈다. 뛰어난 산수화가이자 시인인 그의 저작으로는 『남화산방시초南華山房詩鈔』가 남아 있다.

195) 부학생附學生의 약칭이다. 명나라 홍무제洪武帝 초기에는 생원의 수에 제한을 두었으나 얼마 지나지 않아 제한을 철폐했다. 선덕宣德(1426~1435) 연간에는 처음 시험에서 늠생廩生이 된 이를 늠선생원廩膳生員이라 불렀고, 더 늘려 뽑은 이들을 증광생원增廣生員이라고 불렀으며, 각지 일정한 수가 정해져 있었다. 그러다가 정통正統 1년(1436)에 정원 이외의 인원을 더 뽑아 제생의 말미에 덧붙였는데, 이들을 부학생원附學生員, 간략히 줄여서 부생附生이라고 불렀다. 청나라 때에는 동생童生으로서 학교에 입학한 이들을 모두 '부생'이라고 불렀으니, 이들이 곧 '수재秀才'이다.

이다. 그의 동생 송삼계宋森桂(?~?)는 자가 수방樹芳이고 호는 입당立堂이며, 경현涇縣 사람이다. 그들 형제는 모두 시를 잘 지어서 나란히 명성을 날렸다. 노견증은 그를 초빙하여 양회兩淮 지역의 세금 업무[國課]를 관장하게 했다. 그의 저작으로는 『훈호집壎篪集』과 『서봉창화소초西峰唱和小草』가 있다. 송삼계는 시 창작에 탐닉하여 늙어서도 그만두지 않아서, 스스로 펴낸 시집이 수백 권이나 된다.

65. 장영귀張永貴(?~?)는 자가 정원靜遠이고 호는 낙재樂齋이며, 광녕廣寧 사람이다. 그는 고향에서 거인이 되어 회북감체동지淮北監製同知[196]를 지냈다. 그는 또 시를 잘 지어서, 노견증이 그와 주고받은 시가 많다.

66. 예병倪炳(?~?)은 자가 적문赤文인데, 고서古書를 잘 팔았다. 그는 천녕가에 가게를 열었는데, 거기에는 '대경당帶經堂'이라는 편액이 걸려 있다. 그는 노견증을 위해 『아우雅雨』 10종種을 간행했다.

67. 문산文山은 정혜사靜慧寺의 승려인데, 계기홍저繼起弘儲[197]에게 서예를 배웠다. 노견증에게 이름이 알려진 후 그를 위해 소정蘇亭의 편액을 써주었으며, 노견증의 아들 노모盧謨가 10년 동안 그를 스승으로 모셨다. 그는 큰 글씨체인 벽과서擘窠書를 잘 썼으며, 당시 '아패 24경'의 글씨 가운데 절반은 그의 손에서 나왔다.

68. 왕리지汪履之는 동공사董公祠의 도사이다. 그는 성품이 담박하면서 기개가 있었는데, 바둑을 잘 두어서 노견증에게 이름이 알려졌다. 노견

---

196) 청대에는 양회염운사兩淮鹽運司 아래에 회남淮南과 회북淮北의 감체동지監製同知, 23곳의 염과사대사鹽課司大使, 2개의 염인비험소대사鹽引批驗所大使를 두었다.
197) 계기홍저繼起弘儲에 대해서는 『양주화방록』 권2 「초하록草河錄·하下·128」의 각주를 참조할 것.

증이 체포되어 변방으로 끌려가자 왕리지가 따라가 3년 동안 그를 보살폈으니, 노견증은 시에서 이렇게 노래했다.

도화담桃花潭[198)]에 물소리 찰랑찰랑
정 많은 나그네가 일찍부터 시로 명성이 알려졌지.
다시 왕륜汪倫이 있어 떠나는 그를 전송하니[199)]
팔천 리 밖에서 삼년 동안 살았다네.
桃花潭上水潺潺, 戀客情深詩早傳.
更有汪倫能送遠, 八千里外住三年.

그는 나중에 감숙주부甘肅主簿를 지냈으며, 장사長沙에서 죽었다.
대진으로부터 왕리지까지는 모두 노견증의 빈객이었다.

69. '홍교수계虹橋修禊'와 '유호춘범柳湖春泛'이 있는 곳은 대홍원이라 하고, '권석동천卷石洞天'은 전각교轉角橋 맞은편으로 조금 떨어진 곳에 있는데 그곳은 소홍원이라고 부른다.

70. 홍징치洪徵治는 자가 위홀魏笏이고, 흡현 사람이다.
그의 아들 홍조근洪肇根은 자가 향신向宸이고, 홍조송洪肇松은 자가 규방奎芳인데, 이들은 모두 부친의 뒤를 이어 염상 일을 했다.
홍조송의 아들 홍석예洪錫豫는 자가 건후建侯인데, 시를 잘 지었다.

71. 홍조주洪肇柱(?~?)는 자가 전서殿書인데, 홍조근의 동생이다. 그는

---

198) 안휘安徽 경현涇縣 서남쪽에 있는 연못 이름이다.
199) 원매袁枚의 『수원시화보유隨園詩話補遺』 권6에는 당나라 때 경천涇川 땅의 호걸 왕륜汪倫이 여행 중에 마침 그 지역을 들른 이백李白을 맞이하여 극진히 대접하고 전송하자, 이에 감동한 이백이 그에게 절구絶句 한 수를 써주었다는 일화가 기록되어 있다.

'불보살佛菩薩'이라는 별명을 갖고 있다. 그는 보시報施를 좋아해서, 항상 삼蔘과 계피桂皮 같은 약재藥材로 남을 도와주었다.

72. 방본方本(?~?)은 자가 입당立堂이고, 관적貫籍은 의징儀徵이다. 그는 문장을 잘 짓고 해서를 잘 썼으며, 동생 방곡동方谷同과 함께 기유己酉년(1789)에 거인이 되었다.

그의 아들 방사섭方仕燮은 자가 국인菊人이고, 방사걸方仕杰은 자가 월사月査인데, 둘 다 시에 조예가 깊었다.

그의 사위 홍향림洪薌林은 협행俠行을 하고 호기를 부리면서, 친구들의 어려움을 자기 일처럼 여겼다.

73. 오낭吳烺(?~?)은 자가 삼정杉亭 또는 순숙筍叔이고, 전초全椒 사람이다. 조정의 부름을 받은 선비[徵君]였던 그의 부친 오경재吳敬梓[200)는 시를 잘 지었고, 오랫동안 양주에 살았으며, 저작으로『금목산방집金木山房集』과『주비산경보주周髀算經補注』를 남겼다.[201) 그는 어려서부터 재주꾼[才子]으로 칭송 받았으며, 황제의 부름을 받고 과거를 치러서 내각중서 벼슬을 제수 받아, 김조연과 나란히 명성을 날렸다.

74. 고천소顧天昭(?~?)는 오吳 땅 사람으로, 산학算學에 뛰어났다.
그의 제자 고해顧楷는 자가 묘대妙臺인데, 그의 학술을 모두 전수 받았다.

---

200) 오경재吳敬梓(1701~1754)는 자가 민헌敏軒이고 호는 문목노인文木老人이다. 그는 명문 관료 집안에서 태어나 어린 시절 교육을 잘 받았으나, 22살 되던 해에 부친이 세상을 떠나면서 가족들 사이에 재산 분배를 놓고 싸움이 벌어졌다. 그 후로 그는 벼슬길에 뜻을 접고, 시와 문장을 지으며 생애를 보냈다. 만년에 안휘순무安徽巡撫가 그를 박학홍사과에 천거했으나 병을 이유로 응시하지 않았다. 그는 특히 49살까지 무려 20년 가까이 노력을 기울여 장편 풍자소설『유림외사儒林外史』를 창작한 것으로 유명하다. 그 외의 시문집으로『문목산방집文木山房集』이 있다.『양주화방록』에서는 그의 자를 민산敏山으로 표기했는데, 이는 잘못이다.
201) 오낭의 문집으로는『삼정집杉亭集』이 있다.

75. 서주신徐柱臣(?~?)202)은 자가 제객題客이고 호는 아의雅宜이며, 곤산昆山 사람이다. 그는 시를 잘 지었고, 서예에서는 소식蘇軾과 미불米市의 서체를 본받았다. 그는 양주를 왕래하며 홍씨洪氏 집안에서 묵어가곤 했다.

76. 사몽기史夢琦(?~?)는 자가 □□이고,203) 양호陽湖 사람이다. 그는 진사 출신으로 이부낭중吏部郎中과 복건정장도福建汀漳道를 역임했다. 홍씨가 그를 초빙하여 집안에서 묵게 한 적이 있다.

77. 만함萬涵(?~?)은 자가 석서石書이고, 의징 사람이다. 그는 초서를 잘 썼고, 모든 학문에 정통했으며, 밥은 다른 사람의 두 배를 먹었다.

78. 주당朱棠(?~?)은 자가 영헌暎軒이고, 소주 오현吳縣 사람이다. 건륭 을묘乙卯년(1795)에 부방副榜으로 급제했으며, 시와 문장에 뛰어났다.

79. 유몽치柳夢鷹(?~?)는 자가 동려東藜이고 의징 사람이며, 시를 잘 지었다. 그는 젊은 시절 막료 생활을 하다가, 나이가 들어서 순염어사 노견증에게 이름이 알려져 명성이 높아지기 시작했으며, 나중에 그의 집에서 묵었다.

80. 승려 가손嘉蓀(?~?)은 자가 신려辛侶이고, 단도丹徒 사람이다. 저윤서儲潤書(?~?)는 자가 옥금玉琴이고, 의흥宜興 사람이다. 이들은 모두 시를 잘 지어서 노견증의 집에 묵었으며, 응풍應灃204)과 나란히 명성을 날렸

---

202) 서주신의 저작으로는 『간잠악부艮岑樂府』가 있다.
203) 사몽기史夢琦는 자가 탁봉卓峰이다. 그는 건륭 34년(1769) 진사에 급제하여 4년 후에 내각중서를 시작으로 이후 복건 땅의 정장룡도汀漳龍道까지 지냈다. 그는 건륭 연간에 『흠정만주원류고欽定滿洲源流考』를 편찬할 때 찬수관纂修官으로 참여한 바 있다.
204) 응풍應灃(?~?)은 자가 자전仔傳이고 호는 우장藕莊 또는 숙아叔雅, 추사秋士라고도 하

다.

응풍은 자가 숙아叔雅이며, 인화仁和 사람이다. 그는 시를 잘 짓고 서예에 뛰어났으며, 항세준杭世駿의 사위이다.

81. '유호춘범柳湖春泛'은 도춘교渡春橋 서쪽에 있는데, 그곳은 언덕에 풀이 우거지고 버드나무를 심기에 좋다. 홍씨洪氏가 이곳에 초각草閣을 짓고 '망천도화輞川圖畫'라고 쓴 편액을 걸었다. 초각 뒤편에는 산길이 구불구불 초정草亭으로 이어지는데, 그곳을 유파화관流波華館이라고 한다. 유파화관에서 서쪽으로 걸어가 평교平橋를 건너면 호심정湖心亭으로 들어가며, 그곳에서 다시 동쪽으로 판자로 엮어진 회랑을 따라 몇 번 굽어 가면 방옥舫屋으로 들어가게 되는데, 이곳은 소강담小江潭이라고 부른다. 이 경관들은 모두 구역을 나누어 조경을 해서 점경點景이라고 부르는데, '한상농상邗上農桑'이나 '행화촌사杏花村舍'와 같은 종류이다.

82. 망천도화각은 3칸짜리 건물인데, 버드나무 사이에 있다. 빽빽한 숲에 햇빛이 영롱하게 비치면 새들이 위아래로 날아다니고, 물결은 맑고 아름답게 빛난다. 이곳에는 다음과 같은 대련이 걸려 있다.

> 이곳은 오직 그림 병풍만이 비견될 수 있으니
> 노닐며 『장자莊子』 같은 책을 써도 괜찮겠네.
> 此地惟堪圖畫障[백거이白居易]205)
> 不妨游更著南華[피일휴皮日休]206)

며, 서재 이름은 암연실闇然室이다. 그는 절강 해녕海寧 사람으로서, 안길교유安吉教諭를 지냈다. 시와 고문사古文詞를 잘 지었고 글씨에도 뛰어나 힘찬 필치로 유명했던 그의 저작으로 『암연실시존闇然室詩存』과 『정아집소전正雅集小傳』이 있다.
205)『전당시』 권440에 수록된 백거이의 시 「제악양루題岳陽樓」에 "此地唯堪畫圖障, 華堂張與貴人看"이라는 구절이 들어 있다.
206)『전당시』 권614에 수록된 피일휴의 시 「하경충담우연작夏景沖澹偶然作二首」의 첫째

83. 유파화관 뒤쪽 담장은 호숫가에 있는데, 전영前槳207)은 호수 가운데 있다. 땅에는 널빤지로 시렁을 얹고 그 위에 무늬가 새겨진 벽돌을 순서에 맞춰 깔아놓아서, 그것을 밟으면 맑은 하늘 위를 걷는 듯하다. 이곳에는 다음과 같은 대련이 있다.

> 계곡 길에 추위 남아 얼어붙은 눈 밟고 가는데
> 끝없이 일어나는 물거품은 소상강瀟湘江 같구나.
> 澗道餘寒歷冰雪[두보杜甫]208)
> 浪花無際似瀟湘[온정균溫庭筠]209)

유파화관 오른편에서 다시 판자로 만든 회랑을 따라 몇 번 굽어 가면 호심정으로 들어가게 된다. 그 왼편에는 완전교宛轉橋가 세워져 있어서, 구불구불 소강담으로 올라간다. 이곳에는 다음과 같은 대련이 있다.

> 대나무로 엮은 집에 공허한 기운 일어나고
> 물결은 먼 하늘로 일렁거린다.
> 竹室生虛白[진자앙陳子昂]210)
> 波瀾動遠空[왕유王維]211)

수에 "園吏暫棲君莫笑, 不妨猶更著南華"라는 구절이 들어 있다.

207) 건물의 남쪽 처마[南簷]를 가리킨다.

208) 『전당시』 권224에 수록된 두보의 「제장씨은거 2수題張氏隱居二首」의 제1수에 "澗道餘寒歷冰雪, 石門斜日到林丘"라는 구절이 들어 있다.

209) 『전당시』 권578에 수록된 온정균의 시 「남호南湖」에 "蘆葉有聲疑霧雨, 浪花無際似瀟湘"이라는 구절이 들어 있다.

210) 본문의 진자앙은 양소楊素(?~606, 자는 허도虛道)를 잘못 쓴 것인 듯하다. 『수서隋書』에 수록된 양소의 시 「산 속 서재에 홀로 앉아 설내사에 드림[山齋獨坐贈薛內史二首]」의 첫째 수에 "蘭庭動幽氣, 竹室生虛白"이라는 구절이 들어 있다. 한편 『전당시』 권84에 수록된 진자앙의 시 『남산가원림목교영성하오월유연청량독좌사원솔설십운南山家園林木交映盛夏五月幽然清涼獨坐思遠率成十韻』에는 "松竹生虛白, 階庭橫古今"이라는 구절이 들어 있으니, 아마도 이 때문에 착오가 생긴 듯하다.

84. 야춘시사冶春詩社는 홍교 서쪽에 있다. 강희 연간에 홍교차사虹橋茶肆의 명칭이 야춘사冶春社였는데, 공상임孔尙任[212])이 그곳 간판을 써주었다. 그 옆은 왕산애王山藹의 별장이 있는데, 여악厲鶚의 시에서는 이곳에 대해 이렇게 노래했다.

> 왕씨 집의 누대는 그다지 넓지 않은데
> 5월에도 옷 껴입는 것은 저녁 추위가 무섭기 때문이지.
> 나무 아래엔 귀뚜라미 울고, 나무 꼭대기엔 비가 내려
> 거나하게 취한 술꾼 굽은 난간에 기대 있네.
> 王家樓子不多寬, 五月添衣怯晚寒.
> 樹底鳴蟬樹頭雨, 酒人泥殺曲欄杆.

이곳은 나중에 전씨田氏의 소유가 되었는데, 그는 야춘사를 정원의 담장 안에 포함시키고, 그 경관에 '야춘시사'라는 명칭을 붙였다. 망천도화각 옆의 굽은 담에 난 문을 통해 우거진 대숲으로 들어가면, 높다란 나무들이 우뚝 섰거나 비스듬히 누워 있고, 기암괴석이 여기저기 솟아 있다. 산 뒤쪽에는 수십 칸의 작은 회랑이 지어져 있는데, 나무와 바위 때문에 숨었다가 나타나곤 한다. 그 바깥에는 사각형의 정자가 세워져 있는데, 그곳 편액에는 '회선관懷仙館'이라고 적혀 있다. 회선관 왼쪽의 작은 물구멍에서 물을 끌어다 연못에 채우는데, 위쪽에 사각형 판자를 덮어놓았다. 거기를 지나 추사산방秋思山房으로 들어가면, 옆쪽에 사각형 누각이 세워져 있고 야춘루冶春樓로 이어지는 각도閣道(즉 잔도棧道)가 나 있다. 야춘루 남쪽에는 괴음청槐蔭廳이 있고, 북쪽에는 교서초당橋

---

211)『전당시』권126에 수록된 왕유의「한강림범漢江臨泛」에 "郡邑浮前浦, 波瀾動遠空"이라는 구절이 들어 있다.

212) 공상임孔尙任에 대해서는『양주화방록』권1「초하록草河錄・상上・10」의 주석을 참조할 것.

西草堂이 있으며, 뒤쪽 끝부분은 향영루香影樓와 이어져 있다. 뒷산에는 정자가 두 개 세워져 있는데, 하나는 구보정歐譜亭이고 다른 하나는 운구정雲構亭이다.

85. 회선관은 기둥이 8개에 4쌍의 비첨[飛簷]이 있으며, 두겹 지붕에 지붕마루[脊]가 10개인 형태로 물가에 세워져 있다. 이곳은 전영前楹이 진회문鎭淮門의 시하를 마주보고 있다.213) 여기에는 다음과 같은 대련이 있다.

> 흰 구름 밝은 달 서로 알아보고
> 술 마시며 시 지으니 즐거움 끝없다.
> 白雲明月偏相識[임화任華]214)
> 行酒賦詩樂未央[두보杜甫]215)

86. 추사산방秋思山房은 물가 나무숲 사이에 있는데, 그곳에는 다음과 같은 대련이 있다.

> 하늘의 공기에는 대나무 향기 담겨 있고
> 산 빛이 호수의 빛을 가득 채우네.
> 天氣涵竹氣[장열張說]216)

---

213) '중화본' 원문은 '대진회對鎭淮'이다. '광릉본'에는 이 부분이 '봉진회封鎭淮'라고 되어 있는데, 오류이다.

214) 임화任華(?~?)는 당 현종玄宗(626~649 재위) 때의 인물로, 계주좌사참좌桂州刺史參佐를 지낸 것으로 알려졌다. 『전당시』 권261에 수록된 임화의 시 「이백에게 부침[寄李白]에는 "綠水青山知有君, 白雲明月偏相識"이라는 구절이 있다.

215) 『전당시』 권227에 수록된 두보의 「장재주의 귤정에서 성도 두소윤을 전별함[章梓州橘亭餞成都竇少尹(得涼字)]에는 "主人送客何所作, 行酒賦詩殊未央"이라는 구절이 들어 있다.

216) 『전당시』 권88에 수록된 장열의 시 「청원강협산사清遠江峽山寺」에 "天香涵竹氣, 虛

山光滿湖光[풍대馮戴]217)

　몇 년 전 무척 더운 어느 여름 날, 내가 사람들과 함께 소동문小東門을 나서서 배를 타고 가는데, 물색은 흐리고 배는 좁아서 비 오듯이 땀을 흘렸다. 동수문을 나서자 수묵화 같은 산 풍경이 펼쳐지고 백로가 물결 위를 날고 있었다. 얼마 후에 비바람이 몰아치자 두모궁斗姥宮218)에 배를 댔는데, 배가 거의 뒤집어질 뻔했다. 비가 잦아들자 사공이 연안을 따라 배를 끌어 야춘루에 이르렀다. 그래서 우리는 뭍에 올라 야춘루 안으로 들어가서 문을 열고 빗소리를 들었다. 정원사가 술을 사오고 요리를 계속 내왔는데, 한참 후에야 젓가락을 놓고 술잔을 다 비웠다. 비가 그치자 호수 위에 짙은 안개가 끼고, 비 갠 후의 씻은 듯한 풍경 속에서 젖은 대숲은 안개 속에 떠 있고, 비단 휘장이 너무 얇아 한기가 실내로 스며들었다. 동쪽으로 의홍원倚虹園 일대를 바라보니, 구름은 다른 봉우리로 옮겨갔고, 물줄기가 비스듬한 성을 감싸고 있었다. 북쪽을 바라보니 강에는 또 비가 내리려는 듯 나뭇가지 끝에서 쌀쌀한 기운이 일어나고 있었다. 그래서 야춘루 남쪽 물가의 사각형 정자에 들어가 비를 기다렸는데 나도 몰래 가을의 시름[秋思]이 조금씩 생겨났다.

　　唄引松風"이라는 구절이 들어 있다.
217) 이 부분은 시 구절의 출처를 잘못 밝힌 듯하다. 『전당시』 권260에 수록된 진계秦系의 시 「산중왕장주원외서기방형문山中枉張宙員外書期訪衡門」에는 "貧家仍有趣, 山色滿湖光"이라는 구절이 들어 있다. 진계는 자가 공서公緖이고 월주越州 회계會稽 사람이다. 생졸년은 불확실하나 대략 개원開元 8년(720)부터 원화元和 5년(820) 사이에 살았던 것으로 추정되며, 80살이 넘도록 살았다고 한다. 그는 스스로 동해조객東海釣客으로 불렀으며, 훗날 천주泉州 남안南安의 구일산九日山에 오두막을 지어놓고 살면서부터는 스스로 남안거사南安居士라고 불렀다. 그는 유장경劉長卿, 위응물韋應物과 친하게 지냈다. 그가 죽은 후 남안 땅의 사람들은 그를 추모하여 그가 살던 산을 고사봉高士峰이라 불렀고, 그곳에 여구정麗句亭을 지어놓았다. 진계는 시집 1권을 남겨놓았는데, 『신당서新唐書』 「예문지藝文志」에 수록되어 있다.
218) 도교의 신 두모斗姥(두모斗姆라고도 씀)를 모시는 사원이다. 두모는 북두칠성과 뭇 별들의 어머니라는 의미인데, 송・원 이래 신으로 모시는 일이 점차 성행하여, 마침내 조정으로부터 "선천두모대성원군先天斗姆大聖元君"이라는 직위까지 부여되었다.

87. 이 정원 각도閣道의 풍경은 동원東園에 비견될 만큼 빼어난데, 동원의 그것처럼 법도를 갖추고 있지만 그렇게 장중하지는 않고 이어졌다 끊어졌다 하면서 곳곳으로 통한다. 추사산방 뒤쪽에는 '괴음청槐蔭廳'이라고 적힌 편액이 걸린 3칸짜리 청사가 있는데, 이곳에는 다음과 같은 대련이 있다.

> 작은 정원의 회랑엔 봄기운 고요하고
> 화려한 난간 옆 향긋한 화초에는 녹음이 아름답네.
> 小院廻廊春寂寂[두보杜甫]219)
> 朱闌芳草綠纖纖[유겸劉兼]220)

그 청사를 통해 야춘루로 들어갈 수 있는데, 그곳에는 다음과 같은 대련이 있다.

> 강 양쪽 가득한 집들에 바람 불고 달빛 비추는데
> 창포 잎 바람에 뒤집어지고 버들가지 엇갈리네.
> 風月萬家河兩岸[백거이白居易]221)
> 菖蒲翻葉柳交枝[노륜盧綸]222)

누대는 삼면이 확 트여 있고, 서쪽으로는 구불구불한 물가와 숲, 연못을 마주하고 있다. 남쪽으로는 꽃이 만발한 계곡을 마주하고 있고 북

---

219) 『전당시』 권227에 수록된 두보의 시 「부성현향적사관각涪城縣香積寺官閣」에 "小院回廊春寂寂, 浴鳧飛鷺晚悠悠"라는 구절이 들어 있다.
220) 『전당시』 권766에 수록된 유겸의 시 「춘주취면春酒醉眠」에 "朱欄芳草綠纖纖, 欹枕高堂卷畵簾"이라는 구절이 들어 있다.
221) 『전당시』 권447에 수록된 백거이의 시 「성상야연城上夜宴」에 "風月萬家河兩岸, 笙歌一曲郡西樓"라는 구절이 들어 있다.
222) 『전당시』 권279에 수록된 노륜의 시 「곡강춘망曲江春望」에 "菖蒲翻葉柳交枝, 暗上蓮舟鳥不知"라는 구절이 들어 있다.

쪽으로는 작은 문을 통해 각도로 들어갈 수 있다. 양쪽에는 붉은 난간
이 만들어져 있는데, 넓은 곳은 두 사람이 손을 잡고 나란히 걸을 수 있
을 정도이고 좁은 곳은 한 사람만 겨우 지나갈 수 있다. 난간은 갈수록
고도가 높아져서 난간 밖을 내려다보면 벌써 백목련 나무[玉蘭樹] 꼭대
기가 발밑에 있다. 회랑 끝은 노대露臺와 이어져 있는데, 이곳에는 돌
탁자 하나와 도자기로 만든 등받이 없는 의자[墩]가 4개 있어서 그 위에
서 술을 마실 수 있으니, 마치 석연년石延年223)이 즐겼던 '소음巢飮'224)
의 기분을 느낄 수 있다. 그 옆에는 황석黃石을 3,4층 쌓아놓았다. 각도
는 갈수록 서쪽으로 향하다가 향영루로 들어가게 되는데, 이것은 왕사
정의 시 가운데 '의향인영衣香人影'이라는 구절에서 따온 이름이다. 이곳
에는 다음과 같은 대련이 있다.

다리 옆 달빛 비치는 제방 풍경도 아름답고
은 안장 없은 말에 수놓은 주렴 드리운 마차 화려하기도 하지.

隄月橋邊好時景[정곡鄭谷]225)

---

223) 석연년石延年(994~1041)은 자가 만경曼卿 또는 안인安仁이고, 조적祖籍은 유주幽州(지
금의 베이징시에 속함)이지만 송성宋城(지금의 허난성 상치우현商丘縣에 속함)에 이주
하여 살았다. 그는 진종眞宗(997~1022 재위) 때에 진사에 급제하여 제주濟州 금향지현
金鄕知縣, 통판通判 등을 거쳐 대리평사大理評事, 태자중윤太子中允, 비간교리秘間校理 등
을 역임했다. 저작으로는 『석만경집石曼卿集』이 있다.
224) 석연년은 술을 호탕하게 마시기로 유명했는데, 특히 세속의 예의범절에 얽매이지
않고 기벽奇癖을 일삼았던 그의 기질이 술을 마시는 데에도 예외가 아니었다. 심괄沈括
의 『몽계필담夢溪筆談』 권9 「인사人事·1」에는 그가 개발한 몇 가지 기괴한 술 마시기
놀이가 소개되어 있다. 예를 들면 머리를 풀어헤치고 맨발인 채 형틀을 차고 앉아 마
시는 것을 '수음囚飮'이라고 했고, 나무 꼭대기에 올라가 마시는 것을 '소음巢飮'이라고
했으며, 짚더미로 몸을 싸고 머리만 내민 채 술을 마시고 다시 짚더미 속으로 머리를
숨기는 것을 '별음鱉飮'이라고 했다.
225) 정곡鄭谷(851~910?)은 자가 수우守愚이고, 원주袁州(지금의 장시성江西省 이춘宜春) 사
람이다. 그는 887년 진사에 급제하여 도관랑중都官郎中까지 지냈다. 당나라 말엽의 시
단에서 명성이 높았던 그는 이른바 '방림십철芳林十哲' 가운데 하나로 꼽히며, 『전당시』
에는 그의 시 327수가 수록되어 있다. 그는 스스로 편찬한 시집 『운대편雲臺編』, 『의양
집宜陽集』 등에 1,000수 가까운 시를 남겼다고 하지만 이것들은 모두 지금 남아 있지

銀鞍綉轂盛繁華[왕발王勃]226)

향영루 북쪽의 작은 문으로 또 한 칸을 들어가면, 누대 밖에 작은 노대露臺가 지어져 있다. 노대의 끝부분에는 황석을 쌓아 가지런히 계단을 만들어놓았는데, 그것을 따라 아래로 내려가면 바로 이 정원의 누하청樓下廳이 나온다. 여기에는 '교서초당橋西草堂'이라는 편액이 걸려 있으며, 다음과 같은 대련이 있다.

푸른 대나무 사람 다니는 길까지 자라고
날리는 꽃잎은 일부러 무희들 춤추는 곳에 떨어지는 듯.
綠竹漫侵行徑裏[유장경劉長卿]227)
飛花故落舞筵前[소정蘇頲]228)

교서초당 뒤편의 한문旱門은 홍교 서쪽 길과 통한다.

않고, 현대에 들어서 푸의傅義가 편찬한 『정곡시집편년교주鄭谷詩集編年校注』에 그의 작품들이 모아져 있다. 『전당시』 권676에 수록된 정곡의 시 「촉중삼수蜀中三首」 가운데 첫째 수에 "堤月橋燈好時景, 漢庭無事不征蠻"이라는 구절이 들어 있다.
226) 왕발王勃(650~675)은 자가 자안子安이고, 강주絳州 용문龍門(지금의 산시성山西省 하뤼현河津縣) 사람이다. 그는 666년 과거에 급제하여 조산랑朝散郎에 임명되는 등 천재적인 면모를 보여주었으나 애석하게도 20대의 나이에 요절했다. 그는 『한서지하漢書指瑕』(10권), 『주역발휘周易發揮』(5권) 등의 많은 저작을 남겼다고 하나 지금은 거의 남아 있지 않고, 『왕자안집王子安集』(16권)만 남아 있다. 『전당시』 권55에 수록된 왕발의 시 「임고대臨高臺」에 "銀鞍繡轂盛繁華, 可憐今夜宿娼家"라는 구절이 들어 있다.
227) 『전당시』 권151에 수록된 유장경의 시 「부남중제저소부호상정자赴南中題褚少府湖上亭子」에 "綠竹放侵行徑裏, 靑山常對卷簾時"라는 구절이 들어 있다.
228) 소정蘇頲(670~727)은 자가 정석廷碩이고 장안長安 사람이다. 그는 진사 출신으로 오정위烏程尉를 거쳐 감찰어사, 급사중, 수문관학사修文館學士, 중서사인, 자미시랑紫微侍郎 등을 역임했다. 시호는 문헌文憲이다. 『전당시』 권73에 수록된 소정의 시 「봉화춘일행망춘궁응제奉和春日幸望春宮應制」에 "細草遍承回輦處, 輕花微落奉觴前(또는 飛花故落舞筵前)"이라는 구절이 들어 있다.

88. 교서초당의 오른쪽은 노대 부근부터 흙더미가 솟아 있고 그 위에 황석을 쌓아 삐죽삐죽 봉우리 모양을 이루고 있으며, 오래된 나무들이 옆으로 눕거나 시립하듯 서서 온갖 형상들을 나타내고 있다. 그 안에 세워진 육각형의 정자는 '구보정歐譜亭'이라고 하며, 사각형의 정자는 이름이 '운구정雲構亭'이다. 이곳에는 다음과 같은 대련이 있다.

산에 비 내려도 술자리는 여전히 계속 되는데
정자에 향 연기 피어나 풀들도 범상하지 않구나.
山雨樽仍在[두보杜甫]229)
亭香草不凡[장우張祐]230)

89. 이 지역 주민 주씨周氏 영감은 몇 마지기의 전답과 몇 칸짜리 집을 갖고 있는데, 이 정원과 이웃해 있다. 주씨 영감은 전씨가 돈을 주고 그 집을 사려 했으나 팔려고 하지 않고, 자신이 정원지기가 되어서 정원 안에서 꽃을 가꾸고 물고기를 기르고 싶다고 했다. 그의 아들 주구자周扣子는 섭매부葉粿夫에게 국화 기르는 법을 배워서 기술이 훌륭하다는 칭송을 들었다.

---

229) 『전당시』 권224에 수록된 두보의 시 「중과하씨重過何氏五首」의 제2수에 "山雨樽仍在, 沙沉榻未移"라는 구절이 들어 있다.

230) 본문의 장우張祐는 장호張祜(782?~852)를 잘못 쓴 것인 듯하다. 장호는 자가 승길承吉이고, 청하淸河(지금의 칭허현淸河縣) 사람이다. 그는 평생 벼슬길에서는 뜻을 이루지 못했지만, 시인으로서는 상당히 유명했던 것으로 보인다. 원화元和 10년(815)에 이미 그의 명성은 대단히 높았지만, 그는 겨우 서주절도사徐州節度使 이원李愿의 막료로 있었고, 820년에는 당시 재상으로 있던 영호초令狐楚가 헌종憲宗에게 그를 추천했으나 헌종의 자문을 받은 원진元稹이 정적 관계인 영호초를 견제하기 위해 장호의 시를 폄하하는 바람에 등용되지 못했다. 그러다가 834년에는 회남淮南으로 가서 그곳 절도사의 장서기掌書記로 있던 두목杜牧과 교유를 맺게 되었다. 『전당시』에는 그의 시 349수가 수록되어 있는데, 남송 초기에 간행된 『장승길문집張承吉文集』에는 모두 469수가 수록되어 있다. 『전당시』 권510에 수록된 장호의 시 「제도광상인산원題道光上人山院」에 "地僻泉長冷, 亭香草不凡"이라는 구절이 들어 있다.

　이 정원에는 원표園票가 있는데, 길이가 3치에 너비가 2치이며, 오색 화전지花箋紙 위에 "모년 모월 모일 정원사가 길을 쓸고 문을 열다[年月日園丁掃徑開門]"라고 인쇄되어 있고, 그 옆에 '교서초당橋西草堂'이라는 인장印章이 찍혀 있다.

90. 육안六安 땅의 수재 섭매부는 국화를 잘 길렀는데, 이웃 꽃집들과는 기르는 법이 달랐다. 그는 쑥대에 접목을 하지도 않았고, 줄기가 뻣뻣하여 굽어지지 않는 품종[鐽篠]을 심지도 않았다. 그는 먼저 개미와 해충이 갉아먹어 생긴 병든 뿌리들을 모두 제거하고, 소나무는 잎이 푸르고 구기자나무는 가지가 보라색이 되듯이 모두 자연에 맡겼다. 그는 『장취산방화보將就山房花譜』를 지어서 국화를 색채에 따라 '동작쟁휘銅雀爭輝', '노포추용老圃秋容'과 같은 종류로 분류했는데, 모두 아름답기로 세상에 짝이 없을 정도였다.

　섭매부는 고적孤寂을 즐기는 성품을 타고났고, 얼큰하게 술이 취하면 비단 100필의 값어치가 있는 귀한 꽃이라도 흔쾌히 가져다 줘버렸고, 줄 만한 가치가 없는 꽃이라면 값을 두 배로 쳐줘도 팔려고 생각하지 않았다. 그는 자신이 독자적으로 얻은 훌륭한 품종을 천하에 널리 퍼뜨리고자 했다. 그는 건륭 정유丁酉년(1777)에 양주에 와서 이 정원에서 1년 남짓 살았는데, 이 지역 주민들 가운데 많은 이들이 그가 술이 얼큰했을 때에 꾀를 부려 그 꽃을 얻어내서 지금도 그 품종이 전해지고 있다. 하지만 섭매부가 직접 기른 것과 비교해보면, 요즘 사람들이 기른 것은 꽃의 아름다움이 반에도 미치지 못한다고 할 수 있다.

91. 홍교虹橋는 바로 홍교紅橋이며, 보장호 안에 있다. 『양주부지』에는 이렇게 기록되어 있다.

　(그것은) 북문 밖에 있으며 홍교虹橋라고도 한다. 물가에는 붉은 난간을 둘

렀고, 제방에는 푸른 버드나무가 가득 심겨 있으며, 술집들이 빽빽이 들어서 있으니, 양주에서 손꼽히는 나들이 장소이다.

　　在北門外, 一名虹橋, 朱闌跨岸, 綠楊盈堤, 酒簾掩映, 爲郡城勝游地.

「고취사서鼓吹詞序」에서는 이렇게 적혀 있다.

　(그것은) 성에서 서북쪽으로 2리 떨어진 곳에 있는데, 숭정 연간에 풍수가風水家가 다리를 만들어 수관水關을 설치했다. 붉은 난간이 몇 길에 걸쳐 만들어져서 멀리 양쪽 물가로 연결되어 있는데, 물결 위에 놓여 있는 아름다운 무지개나 물길을 가르는 교룡으로도 그 모습을 비유하기엔 부족할 정도이다. 그리고 연꽃 향기와 버들색이 굽이굽이 이어지는 난간과 아름다운 기둥에 어울리면서 비늘처럼 빼곡하게 둘러싸고 있는데, 그 길이가 10리도 넘는다. 봄에서 여름으로 넘어갈 무렵이면 요란한 음악소리와 함께 황금빛으로 번쩍이는 놀잇배들의 모습이 그 사이로 보였다 사라졌다 하곤 하니, 정말 이 지역에서 유서 깊은 관광지이다.

　　在城西北二里, 崇禎間形家設以鎖水口者. 朱闌數丈, 遠通兩岸, 彩虹臥波, 丹蛟截水, 不足以喩. 而荷香柳色, 曲檻雕楹, 鱗次環繞, 綿亘十餘里. 春夏之交, 繁弦急管, 金勒畫船, 掩映出沒于其間, 誠一郡之舊觀也.

왕사정의 「유기游記」에서는 이렇게 쓰고 있다.

　진회문鎭淮門을 나서 소진회를 따라 구불구불 북쪽으로 향하면 언덕과 벼랑이 높았다 낮아졌다 하는데, 대나무와 다른 나무들이 울창하게 자라고 있다. 인가에서는 대개 물길에 따라 정원과 정자, 연못 따위를 만들어놓았으니, 그윽하면서도 깨끗한 분위기 속에서 자못 사계절의 아름다움을 모두 맛볼 수 있다. 작은 배를 타고 운하 물길을 따라 서북쪽으로 가다 보면 숲이 끝나는 곳에 아름다운 다리가 하나 나타나는데, 마치 무지개가 드리워져 계곡물을 마시는 듯, 미인이 곱게 단장하고 거울을 보는 듯한 모습을 한 그것이 이른바 홍교紅橋이다.

　出鎭淮門, 循小秦淮折而北, 陂岸起伏, 竹木蓊鬱, 人家多因水爲園亭溪塘, 幽窈明瑟, 頗盡四時之美, 拏小艇循河西北行, 林下盡處, 有橋宛然, 如垂虹下飮于澗, 又如麗人靚粧照明鏡中, 所謂紅橋也.

　홍교는 원래 널다리였는데, 교각[椿]은 4구간으로 나누어 각 구간마다 4개의 말뚝을 세웠다. 다리의 널빤지는 6구간으로 나뉘었는데, 각 구간마다 4개의 판자를 얹었다. 이 다리는 보장호의 물이 흘러드는 입구를 남북으로 가로지르고 있으며, 다리 주변에 붉은 난간을 둘렀기 때문에 '홍교'라는 이름이 붙여진 것이다. 건륭 병진丙辰년(1736)에 낭중郎中 벼슬을 지낸 황이묘黃履昴가 돌다리로 고쳐지었고, 신미辛未년(1751) 이후로 순염어사인 길경吉慶과 보복普福, 고항高恒231)이 차례로 중건重建했다. 그리하여 다리 위에 과교정過橋亭을 세우고, '홍紅'자를 '홍虹'으로 바꿨다.

　우리 청나라 초기에 제부制府(총독)를 지낸 우성룡于成龍232)이 홍교서원虹橋書院을 세우면서 이 다리의 빼어난 경관을 기록했다. 종원정宗元鼎233)은 〈홍교소경도虹橋小景圖〉를, 노견증은 〈홍교람승도虹橋攬勝圖〉를, 방우당方耦堂234)은 〈홍교춘범도虹橋春泛圖〉를, 명신明新235)은 〈홍교대월도虹橋待月圖〉를 그렸다고 하지만 지금은 모두 남아 있지 않다. 오직 정

---

231) 고항高恒에 대해서는 『양주화방록』 권9 「소진회록小秦淮錄 · 1」을 참조할 것.
232) 우성룡于成龍에 대해서는 『양주화방록』 권3 「신성북록新城北錄 · 상上 · 9」를 참조할 것.
233) 종원정宗元鼎에 대해서는 『양주화방록』 권2 「초하록草河錄 · 하下 · 14」를 참조할 것.
234) '우당耦堂'이라는 자호字號를 쓴 이로는 방유한方維翰(?~?)이 가장 유명하다. 그는 자를 우당耦堂 또는 남병南屛이라고도 하며, 호는 종원種園 또는 우선주인藕船主人이며, 대흥大興(지금의 베이핑시北平市) 사람이다. 그는 서예와 그림, 인장印章에 모두 뛰어났으며, 절강 석문지현石門知縣을 지낸 것으로 알려졌다. 그런데 『양주화방록』 권2 「초하록草河錄 · 하下」에서는 방원록方元鹿(호는 죽루竹樓)이 〈홍교춘범도〉를 그렸다고 했으니, 이것이 같은 제목의 다른 작품인지 아니면 이두의 착오인지는 아직 분명하지 않다.
235) 명신明新에 대해서는 『양주화방록』 권3 「신성북록新城北錄 · 상上 · 16」을 참조할 것.

명세程名世236)의 〈홍교도虹橋圖〉만이 『양주명원기揚州名園記』에 수록되어 있을 따름이다.

92. 양주는 남북의 요충지로서 사방의 현명한 이들 가운데 이곳을 들러 보지 않은 이가 없을 정도이다. 그러나 내가 보고 들은 것이 한정되어 있는지라 모두 기록할 수는 없다. 양주에 자주 들렀지만 딱히 누구의 빈객으로 머물러 있지 않았던 이들은 홍교를 문인들의 고상한 모임 장소로 여겼다. 이런 사람들을 삼가 여기에 기록하노니, 이렇게 함으로써 아름다운 호수와 산의 풍경에 아름다움을 더하고자 한다.

93. 매문정梅文鼎(1633~1721)은 자가 정구定九이고 선성宣城 사람이다. 그는 천문과 율학律學, 산학算學에 정통하여 저서가 100여 종이나 되는데, 자세한 내용은 항세준의 『도고당집道古堂集』에 설명되어 있다. 그는 일찍이 양주에 와서 탁이감卓爾堪237)과 주고받은 무제시無題詩에서 이렇게 노래했다.

> 24개의 다리 가에서 시골 배를 타니
> 육수의六銖衣238) 펄럭이며 빨래하는 미녀239)들 보이네.
> 남아로 태어났으니 응당 복사꽃 같은 미녀 얻어야 하는데
> 담황색 비단 신 코끝이240) 낮은 담 모퉁이에 보이네.

---

236) 정명세程名世에 대해서는 『양주화방록』 권15 「강서록岡西錄·9」를 참조할 것.

237) 탁이감卓爾堪(1655?~1705?)은 자가 자임子任이고 호는 녹허鹿墟 또는 보향산인寶香山人이며, 강도江都 사람이다. 그는 1675년부터 7년 동안 경정충耿精忠의 반란 토벌에 참여한 후로는 세상을 떠돌며 시를 읊으며 지냈다. 그리고 그 결과물로 『명사백가유민시明四百家遺民詩』(16권)를 편찬하면서, 부록으로 자신의 시집 『근청당시近靑堂詩』(1권)를 수록했다. 또 『유민시遺民詩』 1부部를 편찬하여 간행하기도 했다.

238) 당나라 때 곡신자谷神子의 『박이지博異志』 「잠문본岑文本」에 따르면, 육수의는 하늘나라 신선들의 옷[天人衣]이라고 했다.

239) '중화본'에는 '장粧'자를 '여籹'로 표기했으나, 잘못된 것인 듯하다.

廿四橋邊載野航, 六銖縹緲浣紅粧.

生兒應取桃花靦, 鸞尾湘鉤出短墻.

새 노래 끝내는 일 미녀에게 맡기니

맑고 깨끗한 소리 부녀자들 사이에 다투어 전해지네.

궁궐 도랑에 단풍잎 띄운 것은 지난 일이 되었지만241)

다시 사람들 사이에 시화詩話를 남겨놓았네.

新詞吟罷倚雲鬟, 淸婉爭傳士女班.

紅葉御溝成往事, 重留詩話在人間.

탁이감은 강도 사람으로, 일찍이 이지방李之芳242)을 따라 경정충耿精忠의 반란을 토벌할 때 우군전봉右軍前鋒이 되어 도화령桃花嶺과 상산常山, 옥산玉山, 병압조幷壓潮, 원구源口 등지에서 격전을 치렀다. 6년 후에

240) 본문의 '상구湘鉤'는 '상구緗約'를 잘못 쓴 것인 듯하다. 당나라 때 온정균溫庭筠의 「금혜부錦鞋賦」에 "碧繾緗約, 鸞尾鳳頭. 縷稱雅舞, 履號遠遊"라는 구절이 있다.
241) 당나라 때에는 단풍잎에 시를 적어 띄움으로써 남녀의 인연이 맺어지게 되는 이야기가 매우 많았는데, 그 내용은 대체로 비슷했다. 그 가운데 한 예로, 송나라 때 유부劉斧가 편찬한 『청쇄고의靑瑣高議』 「유홍기流紅記」의 내용은 다음과 같다. 당나라 희종僖宗(873~888 재위) 때에 궁녀였던 한씨韓氏가 단풍잎에 시를 적어 궁궐 도랑을 통해 밖으로 흘려보내자, 어우於祐라는 선비가 그걸 보고 역시 단풍잎에 화시和詩를 적어 궁궐 도랑에 띄웠더니 한씨가 보게 되었다. 얼마 후에 궁중에서 궁녀 3천 명을 내보내자, 어우가 한씨를 아내로 맞이했다. 혼례를 올리던 날 각자 단풍잎을 꺼내 보여주며, 이것이야말로 훌륭한 중매쟁이라고 여겼다.
242) 이지방李之芳(1622~1694)은 자가 업원鄴園이고 무정주武定州(지금의 훼이민현惠民縣) 사람이다. 그는 1647년 진사에 급제하여 절강 금화부金華府 추관推官과 형부주사刑部主事, 호광도어사湖廣道御史, 이부우시랑, 병부우시랑 겸 도찰원좌부도찰어사都察院左副都御史 등을 역임했다. 1673년에 그는 병부시랑의 신분으로 항주에 가서 경정충의 반란을 진압하는 데에 참여했고, 1682에야 조정으로 돌아갔다가 곧 병을 핑계로 벼슬을 사직하고 고향으로 돌아갔다. 그러나 1683년 강희제가 강남 지역을 순시할 때 영접하러 나온 그를 경사로 불러들여 문화전대학사 겸 이부상서에 임명하니, 그로부터 1688년에 사직하고 고향으로 돌아갈 때까지 한족으로서는 최고의 직책이라고 할 수 있는 조정의 '각로閣老'로서 내각의 정사에 참여했다. 그가 죽은 후, 강희제는 '문양文襄'이라는 시호와 묘지까지 하사했다.

그는 모친의 노환을 이유로 벼슬을 사직하고 고향으로 돌아가 산수를 즐기며 편안히 지냈다.

어느 상사일上巳日에 그는 공상임과 오기吳綺, 등한의鄧漢儀,243) 이기李沂,244) 황운黃雲,245) 종원정宗元鼎의 아들 종발宗發, 사사표查士標,246) 장이蔣易,247) 민인사閔麟嗣,248) 왕무王武249)와 함께 경주景州와 흡주歙州의

---

243) 등한의鄧漢儀(1617~1689)는 자가 효위孝威이고 호는 구산舊山 또는 구산매농舊山梅農이며, 명나라 말엽 오현吳縣의 제생 출신이다. 명나라 말엽에 그는 복사復社에 가입하여 호구대회虎丘大會에 참여하기도 하는 등 촉망 받는 청년 인재였으나, 1644년 청나라 군대를 피해 온 가족이 태주泰州로 이주한 뒤로 박사제자원博士弟子員의 신분을 버리고 벼슬길을 접었다. 그러다가 1679년 '박학홍유과'에 천거되어 조정에 불려가 시험을 치르고 내각중서에 제수되었다. 당시 시단을 이끈 대가 가운데 하나로 꼽히는 그는 『회음집淮陰集』, 『관매집官梅集』, 『과령집過嶺集』, 『호량집濠梁集』, 『연대집燕臺集』, 『용동집甬東集』, 『피징집被徵集』 등 많은 시문집을 남겼다.

244) 이기李沂(?~1701)는 자가 자화子化이고 호는 애산艾山 또는 호암壺庵으로, 명나라 때의 재상 이춘방李春芳의 후손이다. 그는 청나라에 항거하다가 일가족이 몰살한 자신의 백부 이신李信에게 학문을 배웠으며, 이 때문에 청 왕조에서 벼슬살이를 하지 않고 은거하여 지냈다. 훗날 왕사정王士禎이 그의 명성을 듣고 찾아가 만나려 했으나, 문을 걸어 닫고 만나지 않았다고 한다. 명말 청초 회수와 장강 남북의 시단에서는 수십 년 동안 '흥화파興化派'가 정통으로 꼽혔는데, 그 가운데 최고로 칭송받던 이가 바로 이기였다고 한다. 그는 일찍이 '하간초당河干草堂(난소당鸞嘯堂이라고도 함)'에서 시사詩社를 결성하여 지역 명사들과 더불어 시를 주고받았다. 만년에는 도가에 심취하여, 신선을 찾아 멀리 망탕산芒碭山까지 다녀오기도 했다고 한다. 주요 저작으로 『난소당집鸞嘯堂集』(9권)과 『추성각시화秋星閣詩話』(1권)이 있다.

245) 황운黃雲(1621~1702)은 자가 선상仙裳이고 태주泰州 사람이다. 그는 명나라 말엽의 제생 출신으로 시와 서예로 명성이 높았다. 그러나 명나라가 망하자 벼슬길을 포기하고, 스스로 호를 구초舊樵로 바꾼 후 몰래 남경의 효릉孝陵을 찾아가 곡을 하기도 했다. 주요 저작으로 『동인루집桐引樓集』과 『유연망집悠然望集』, 『초청집樵靑集』 등이 있으며, 그 밖에 간행되지 못한 원고가 무척 많았다고 한다.

246) 사사표查士標(1615~1698)는 자가 이첨二瞻이고 호는 매학梅壑이며, 휴녕休寧 사람이다. 그는 명나라의 생원이었으나, 나라가 망한 뒤 벼슬을 내놓고 오로지 서화書畵에만 몰두하여, 석도石濤, 팔대산인八大山人에 이어 유민遺民 의식을 기반으로 개성적인 작가 활동을 계속했다. 그는 손일孫逸, 왕지서汪之瑞, 홍인弘仁 등과 더불어 해양海陽의 4대가로 꼽힌다.

247) 장이蔣易(?~?)는 자가 전민前民이고 과주瓜州 사람이다. 저작으로 『석려집石閭集』이 있다.

248) 민인사閔麟嗣(1628~1704)는 자가 빈련賓連이고 호는 감암橄庵이며, 휘주徽州 암사진岩寺鎭(지금의 안휘이성安徽省 시현歙縣) 사람이다. 학자이자 여행가인 그는 역대 황산黃山의 지방지를 집대성한 『황산지정본黃山志定本』(8권)을 비롯해서 『여산집廬山集』, 『고국

교인喬寅,250) 주공朱恭, 주서가朱西柯, 장해석張楷石, 양이공楊爾公, 오수잠
吳壽潛,251) 조영회趙永懷,252) 왕부가王孚嘉, 초사윤楚士允, 문민의文閔義를
불러 홍교에서 수계修禊 행사를 거행했다. 이 행사는 왕사정 이전에는
공상임이 주도했다. 탁이감은 다음과 같은 시를 지었다.

　　　맑고 따뜻한 날 마침 수계를 거행하여

　　　사군使君253)께서도 모처럼 한가로워서 배를 띄우셨네.

　　　조정에서 논의하여 바닷길 다시 여니

　　　빈객들이 때맞춰 산을 구경하려 하네.

　　　양주의 정원 연못가 푸른 풀밭 너머

　　　행화루 건물 푸른 버들가지 사이에서 노닐지.

　　　악기 소리에 어울린 노랫가락에 갈매기도 내쫓기고

　　　물굽이 여기저기서 향기로운 꽃을 따네.

　　도금군현합고古國都今郡縣合考』,『황산송석보黃山松石譜』,『주말열국성회군현고周末列國省
　　會郡縣考』,『민빈련오설시초閩賓連悟雪詩草』 등의 저작을 남겼다.
249) 왕무王武(1632~1690)는 자가 근중勤中이고 호는 설령도인雪嶺道人 또는 망암忘庵이며
　　강소 장주長州 사람이다. 문각공文恪公 왕오王鏊의 6세손이다. 그는 명나라 때 화조화花
　　鳥畵의 대가로서, 청나라의 화조화는 거의 그의 화풍을 계승했다. 주요 작품에『화조화
　　책花鳥畵冊』 등이 있다
250) 교인喬寅(?~?)은 호가 동호東湖이고 서재 이름은 벽란당碧瀾堂이다. 그의 생애에 대
　　해서는 자세히 알려진 바가 없으며, 저작으로『황산시黃山詩』(1권)와『벽란당시집碧瀾堂
　　詩集』(여기에 대해서는 강희 26년, 즉 1687년 공상임孔尙任이 서문을 썼다는 기록이 있
　　음) 등이 있다고 알려져 있다.
251) 오수잠吳壽潛(?~?)은 자가 동본彤本이고 호는 서영西瀛이며, 광릉廣陵 사람이라는 것
　　외에는 생애에 대해 자세히 알려진 바가 없다(『사원췌편詞苑萃編』 권22 「해학諧謔」). 그
　　의 관적貫籍에 대해서도 신안新安이라는 설과 풍남豊南이라는 설이 있으나(淸 陳世英
　　등,『丹霞山志』), 어느 것이 정확한지는 알 수 없다.
252) 조영회趙永懷(?~?)는 자가 염석念昔이고 장주長洲 사람이다. 공부상서를 지낸 조개심
　　趙開心의 손자인 그는 젊은 시절 양주에 머물면서 태수 오기吳綺의 눈에 들어, 그의 사
　　위가 되었다. 그러나 만년에는 장사長沙에 환장環莊을 지어놓고 모친을 봉양하면서, 스
　　스로 환장거사環莊居士라는 호를 지었다고 한다.
253) 한나라 때에는 자사刺史를 일컬어 '사군'이라고 했으나, 이후로는 대개 주州나 군郡
　　의 장관을 가리키는 뜻으로 사용되었다. 여기서는 공상임을 가리킨다.

晴暖正逢修禊日, 泛舟難得使君閑.

廟堂有議還開海, 賓客乘時且看山.

隋苑池塘靑草外, 杏花樓館綠楊間.

笙歌更逐輕鷗去, 遍採芳蘭水一灣.

94. 주이존朱彝尊은 자가 석창錫鬯이고 호는 죽타竹垞이며, 절강 수수秀水 사람이다. 그는 박학홍사과에 천거되어 한림원 검토에 제수되었는데, 돌아갈 때 양주에 들르자 안기安岐[254]가 그에게 만금萬金을 기증했다. 그의 저서인 『경의고經義考』는 마왈관이 양주에서 책으로 간행해주었다.

95. 염약거閻若璩[255]는 자가 백시百詩이고, 산서山西 태원太原 사람이나, 산양山陽으로 이주해 살았다. 그는 박학홍사과에 천거되었으나 등용되지 못했고, 고학古學에 힘써서 『고문상서소증古文尚書疏證』, 『사서석지四書釋地』, 『상복익주喪服翼注』, 『박호장록博湖掌錄』, 『맹자생졸년월고孟子生卒年月考』,[256] 『일지록보주日知錄補注』, 『권서당집眷西堂集』, 『모시주설毛詩朱說』,[257] 『교정곤학기문校正困學紀聞』, 『속주자고문의續朱子古文疑』,

254) 안기安岐에 대해서는 『양주화방록』 권2 「초하록草河錄·하下·105」의 주석을 참조할 것.
255) 염약거閻若璩(1636~1704)는 호가 잠구潛邱이다. 그는 어렸을 때에는 우둔하고 말더듬이였으나, 15세 때 발분하여 깊이 생각하게 되고 모든 것을 빨리 깨닫는 현명한 인물이 되었다고 한다. 그리고 20세 무렵 오경五經의 하나인 『상서尚書』의 문헌에 의구심을 품고 30년 동안 연구한 끝에 『상서고문소증』(8권)을 저술하여, 고문 25편 및 『상서공전尚書孔傳』이 동진東晉 사람의 위작僞作임을 실증적으로 논증하였다. 특히 이 책은 청나라 고거학考據學의 선구적 업적일 뿐만 아니라, 정주학程朱學의 근저를 흔들어놓았다고 평가된다.
256) '중화본'에는 이 저서의 명칭 앞에 8글자가 빠져 있는 것으로 표기되어 있는데, 본 번역에서는 광릉본을 토대로 2권의 저서 제목을 보충해 넣었다. 한편, '산동본'에는 '모시주설毛詩朱說'을 '모주시설毛朱詩說'로 표기했는데, 오류인 듯하다.
257) '중화본'에는 이 저서의 명칭 앞에 9글자가 빠져 있는 것으로 표기되어 있는데, 본 번역에서는 '산동본'을 토대로 2권의 저서 제목을 보충해 넣었다.

『송유빈이도마단림왕응린사가일사宋劉邠李燾馬端臨王應麟四家逸事』를 저술했다. 그가 죽은 후 그의 아들 염학림閻學林이 그의 미완성 원고를 모아『잠구차기潛邱箚記』를 편찬했다. 그는 여러 차례 양주에 와서 회고시懷古詩를 남겼다.

96. 주균朱筠258)은 자가 죽군竹君이고, 순천順天 대흥大興 사람이다. 그는 진사 출신으로 한림원 학사를 지냈고, 안휘와 복건의 독학督學을 역임했다. 그는 세상 사람들이 육서六書에 대해 잘 알지 못한다고 생각하여 허신許愼의 『설문해자說文解字』를 책으로 간행하여 유포했다. 그는 건륭 경자庚子년(1780)에 양주에 있으면서 홍교에서 배를 띄우고 노닐기도 하고, 안정서원安定書院과 매화서원梅花書院에 있는 학문이 깊고 문장을 잘 짓는 선비들을 방문하기도 했다. 그가 죽은 후 문집이 간행되었다.

97. 전대흔錢大昕은 자가 효징曉徵이고 호는 신미辛楣 또는 죽정竹汀이며, 가정嘉定 사람이다. 그는 건륭 갑술甲戌년(1754) 진사에 급제하여 첨사詹事 벼슬을 지냈으며, 모든 분야의 학문에 정통하면서도 자신보다 신분이 낮은 선비들에게 겸손했고, 특히 후학들을 장려하기를 좋아했다. 그의 저작으로는 『잠연당시문집潛硏堂詩文集』, 『입이사고이廿二史考異』, 『금석문자발미金石文字跋尾』, 『삼통력술三統歷述』 등이 있는데, 모두 내용이

---

258) 주균朱筠(1729~1781)은 자가 죽군竹君 또는 미숙美叔인데, 학자들은 그를 사하선생筍河先生이라고 불렀다. 그는 원래 조상이 절강의 소산蕭山에 살았는데, 증조부 때부터 경사로 옮겨와 살았다. 그는 진사 출신으로 한림원 편수를 역임했고, 방략관찬수관方略館纂修官을 지냈으나, 부친상을 계기로 벼슬길에 뜻을 접었다. 그러나 얼마 후 건륭제의 부름을 받고 한림원 시독학사에 제수되어 일강기거주관日講起居注官을 지냈다. 그리고 기축년己丑(1769)에는 상소를 올려, 사고전서관을 열고 『영락대전』을 교감하여 간행하게 했다. 그는 대진戴震을 비롯한 많은 학자들을 발굴해냈을 뿐만 아니라, 임대춘任大椿, 홍양길洪亮吉, 손성연孫星衍, 장학성章學誠 등의 뛰어난 학자를 배출한 스승으로도 유명하다. 그러나 그의 저작은 대부분 유실되고, 지금은 『사하시문집筍河詩文集』(20권)만 남아 있다.

정심精深하고 순수하여 혜동惠棟과 대진戴震의 학문을 집대성했다.

그의 아우 전대소錢大昭259)는 자가 회지晦之이고 호는 가려可廬이며,
읍제생邑諸生이다. 그는『광필소의廣疋疏義』,260)『시고훈詩古訓』,『양한서
변의兩漢書辯疑』,『후한서보표後漢書補表』,『설문통석說文統釋』 등의 저작
을 남겼다.

전대소의 아들 □□도 육서六書에 정통하여,『맹자소의孟子疏義』라는
저작을 남겼다.

98. 왕창王昶261)은 자가 술암述庵이고 호는 난천蘭泉이며, 청포靑浦 사람
이다. 그는 진사 출신으로 대장군大將軍을 따라 여러 차례 군대에서 공
을 세우고, 강서포정사사江西布政使司로서 조정에 들어가 형부시랑刑部侍
郞이 되었다. 그는 경학에서는 정현鄭玄을 조종祖宗으로 여겨서 자신의
서재를 정학재鄭學齋라고 불렀다. 그는 후학들을 장려하고, 타인의 뛰어
난 점을 선양宣揚하기를 좋아했다. 그의 저작으로는『고금금석고古今金
石考』와 몇 권의 시문집詩文集이 있다. 또한 그는 자신이 알고 있는 시와

---

259) 전대소錢大昭(1744~1813)는 자가 굉사宏嗣, 호가 죽려竹廬라고도 한다. 그는 1796년
효렴방정과孝廉方正科에 천거되어 육품정대六品頂戴의 지위를 하사받았다. 그의 저서
가운데 본문에 제시되지 않은 것으로는『이아석문보爾雅釋文補』와『광아소의廣雅疏義』,
『삼국지변의三國志辯異』,『보속한서예문지補續漢書藝文志』,『이언邇言』,『속한서변續漢書
辯』,『시설詩說』 등이 있다.

260)『광아소의廣雅疏義』를 잘못 쓴 것인 듯하다.

261) 왕창王昶(?~?)은 자가 덕보德甫이고 호가 술암述庵 또는 공천共泉이라고도 한다. 그는
1754년 진사에 급제하여 내각중서, 협판시독協辦侍讀, 형부랑중 등을 역임하고, 1722년
에는 대학사이자 운귀총독雲貴總督인 아계阿桂를 따라 사천四川 땅으로 들어가 9년 동안
여러 차례 공을 세웠다. 그가 개선한 날 건륭제는 자광각紫光閣에서 잔치를 열어주며
그를 홍려시경鴻臚寺卿에 임명했고, 얼마 후엔 대리시경大理寺卿, 도찰원우부도어사都察
院右副都御使로 승진했다. 71세에 벼슬을 그만두고 귀향한 뒤에는 태창太倉의 누동서원
婁東書院과 항주杭州의 부분서원敷文書院, 청포靑浦의 청계서원靑溪書院 등의 강석講席을
주관했다. 그는 시문집인『춘융당집春融堂集』(60권)이 있으며,『명사종明詞綜』과『국조
사종國朝詞綜』 등을 편찬했다. 또한『대청일통지大淸一統志』와『속삼통續三通』의 편찬에
참여했고,『서호지西湖志』와『태창주지太倉州志』,『청포현지靑浦縣志』 등의 지방지 편찬
을 주관하거나 참여했다. 그 외에『천하서원총지天下書院總志』를 편찬했다.

고문, 사詞를 부류별로 모아 『호해시전湖海詩傳』과 『호해문전湖海文傳』을 편찬했다. 그는 과거에 급제하지 않았을 때부터 집정執政할 때까지 한강邗江 근처를 매우 여러 번 왕래했다.

99. 심초沈初[262)는 자가 운초雲椒이고, 절강 평호平湖 사람이다. 그는 진사 출신으로, 현재 총헌總憲(도찰원좌도어사都察院左都御史) 벼슬을 지내고 있다. 그는 시와 고문, 사詞에 모두 뛰어나서 강남 땅의 문인 사대부들이 그를 수장首長으로 받들고 있다. 그가 지은 시 「양주 소원에서 작약을 보다[揚州篠園看芍藥詩]」에서는 이렇게 노래하고 있다.

> 소원篠園은 북쪽으로 촉강 언저리까지 이르는데
> 작약263)은 지금 보니 세상 무엇보다 아름답구나.
> 주변을 두른 10무의 꽃밭은 수놓은 듯 아름답고
> 앉아 있는 3칸 방은 배처럼 널찍하구나.
> 따스한 바람 맑게 스치면 향기 더욱 짙어지고
> 새벽의 맑은 이슬 흐르면 색깔이 배로 선명해지네.
> 봄빛 가져다 돌아가는 놀잇배에 가득 실으니
> 소매적삼에 향로 연기 배어 있는 줄 알았네.
> 篠園北達蜀岡偏, 娄尾今看奪衆妍.
> 環十畝花濃似繡, 坐三間屋敞于船.
> 暖風晴拂香尤釅, 淸露晨流色倍鮮.

---

262) 심초沈初(1729~1799)는 자가 경초景初이고 호는 췌암萃巖 또는 운초이다. 그는 1762년 거인의 지위를 하사 받아 내각중서가 되었다가, 이듬해 진사에 급제해서 한림원 편수에 제수되었다. 그 후 시강侍講과 예부우시랑, 좌도어사左都御史, 병부상서 등을 역임했다. 또한 넓고 정심한 학문을 갖춘 것으로 정평이 높아서 사고전서관과 실록관實錄館, 삼통관三通館의 부통재副總裁를 지내기도 했다. 저작으로 『난운당시문집蘭韻堂詩文集』 등이 있으며, 시호는 문각文恪이다.

263) 본문의 '남미娄尾'는 본래 술잔이 돌아가는 마지막 자리라는 뜻인데, 작약은 봄을 마무리하는 시점에서 피는 꽃이라 하여 '남미춘娄尾春'이라는 별칭이 생겼다.

攜得春光滿歸舫, 自疑袖衫惹爐烟.

또 「평산당 승방에서 작약을 보다[平山堂僧房看芍藥詩]」에서는 이렇게
노래했다.

조용하고 한적한 뜰에 자리도 잘 잡았구나.

놀려댈 순 없어서 조용히 옆에서 보고만 있네.

사랑스러워라 하늘하늘 아름다운 자태로 서서

아름다운 모습 승복에 가득 비치네.

고운 심겨진 정원에 구경꾼도 드물어

산승이 일부러 향기로운 꽃송이 헤아리네.

소홍小紅이나 대백大白 같은 품종이야 흔히 보는 것이고

진귀한 것은 금대위金帶圍264)라고 부른다네.

寂寞閑庭位置宜, 不堪相謔靜相依.

可憐嫋嫋婷婷裏, 艶影偏侵壞色衣.

佳種園林見者稀, 山僧特爲數芳菲.

小紅大白尋常有, 珍重稱名金帶圍.

그의 저서로는 『난설당집蘭雪堂集』이 있다.

100. 원매袁枚265)는 자가 자재子才이고, 절강 전당 사람이다. 그는 젊어

----

264) 작약 가운데 진귀한 품종을 가리키는 명칭으로서 '금요대金腰帶'라고도 부른다. 송나
　　라 때 진사도陳師道의 『후산담총後山談叢』에서는 "꽃 가운데 천하에 명성이 높은 것은
　　낙양의 모란과 광릉 즉 양주의 작약 밖에 없다. 붉은 꽃잎에 허리가 노란 것은 '금대
　　위'라고 부르는데 그것은 씨가 없으며, 이따금 그런 품종이 나타나면 성 안에 틀림없
　　이 재상이 나오게 된다[花之名天下者, 洛陽牡丹、廣陵芍藥耳. 紅葉而黃腰, 號金帶圍,
　　而無種, 有時而出, 則城中當有宰相]"고 했다.
265) 원매袁枚(1716~1797)는 호가 수원선생隨園先生 또는 창산거사倉山居士이다. 그는 1739
　　년 진사에 급제하여 한림원 서길사에 제수되었고, 이어서 율수溧水, 강포江浦, 술양沭陽,

서부터 재능이 뛰어나기로 명성이 높았는데, 박학홍사과에 천거되었으나 등용되지 못했다. 나중에 진사가 되어서 한림원에 들어가 강녕지현江寧知縣을 지냈는데, 정치를 잘 해서 명망이 높았다. 그러다가 벼슬을 그만두고 청량산淸涼山에 수원隨園을 짓고 지내면서, 『소창산방시문집小倉山房詩文集』과 『신제해新齊諧』 등의 책을 저술했다. 그는 80살이 넘어서도 평산당에 매화가 무성할 때면 항상 한강邗江 부근을 왕래했는데, 그럴 때면 시를 들고 그를 만나보려는 사람들이 구름처럼 몰려들었다.

101. 왕명성王鳴盛(1722~1797)은 자가 봉개鳳喈이고 호는 예당禮堂 또는 서장西莊이며, 태창太倉 사람이다. 그는 진사 출신으로 광록시경光祿寺卿을 지냈다. 젊은 시절에는 재능과 학식이 뛰어나서 글을 잘 짓고 영민하여 학문을 좋아했으며, 열심히 저술에 종사했다. 그의 저작으로는 『상서후안尙書後案』과 『십칠사상각十七史商榷』, 『아술편蛾術編』, 『주례군부설周禮軍賦說』, 『태잠집苔岑集』, 『시장시존고西莊始存稿』 등이 있다.266) 오吳 땅의 후학들은 저술을 할 때면 모두들 그의 한 마디로 옳고 그름을 검증했다.

102. 김방金榜267)은 자가 보지輔之이고, 흡현 사람이다. 그는 건륭 임신壬辰년(1772)에 장원으로 급제하여 한림원 수찬修撰을 지냈다. 그는 젊어서는 대진戴震과 함께 벼슬살이를 하지 않은 선비 강영江永의 문하에서 공부하여, 강씨의 『예기禮記』 해설에 담긴 요지를 깨우쳐 『예전禮箋』 2

강녕江寧 등지의 지현을 역임하다가 1748년 벼슬을 버리고 남경의 수원隨園에 거주하면서 시문 창작과 저술에 전념했다. 그는 조익趙翼, 장사전蔣士銓과 더불어 건륭 연간의 시 창작을 대표하는 3대가로 꼽히며, 명나라 때의 공안파公安派와 경릉파竟陵派를 계승하여 시 창작에서의 '성령설性靈說'을 주장한 것으로도 유명하다. 그의 주요 저작으로는 『소창산방시문집』(80권)과 『수원시화隨園詩話』(16권) 및 『보유補遺』(10권), 『자불어子不語』(24권) 및 속편續編 10권, 『속시품續詩品』 등 30여 종이 있다.

266) 그 외의 주요 저작으로 『경양재시문집耕養齋詩文集』, 『서지거사집西沚居士集』 등이 있다.

267) 김방金榜(1735~1801)은 호가 경재檠齋이다.

권을 저술했다. 안휘 지역의 선비들은 너나없이 그를 따랐다.

103. 이왕도李汪度(?~?)는 자가 보당寶幢이고, 절강 인화仁和 사람이다. 그는 시와 고문사古文辭에 뛰어났으며, 효성孝誠과 우애友愛로 가풍家風을 세웠다. 그는 한림원 학사를 지냈으나, 연로한 부모를 봉양하기 위해 벼슬을 버리고 고향으로 돌아갔다. 갑진甲辰년(1784)에 건륭황제께서 강남을 순시할 때, 그가 양주 상방사上方寺 앞 동장도童莊道 길가에서 황제의 행차를 영접하자, 황제께서 특별한 예우로 초청한 바 있다.

그의 아들 이용李鏞은 자가 고도古陶인데, 진사 출신으로 한림원 편수를 지냈다. 그의 동생 이경증李慶曾은 자가 우공愚公인데, 거인 출신으로 형과 같은 해에 급제하여 교유敎諭 벼슬을 살았다.

104. 노문초盧文弨(1717~1796)[268]는 자가 소궁召弓이고 호는 포경抱經이며, 절강 인화 사람이다. 그는 진사 출신으로 한림원 학사를 지냈다. 그는 풍경馮景[269]의 외손자로서, 외조부의 학문을 전수받아 동중서董仲舒의 『춘추번로春秋繁露』와 가의賈誼의 『신서新書』, 『백호통白虎通』, 『방언方言』, 『서경잡기西京雜記』, 『석명釋名』, 『안씨가훈顏氏家訓』, 『독단獨斷』, 『경전석문經典釋文』, 『맹자음의孟子音義』, 『봉씨견문기封氏見聞記』, 『삼수소독三水小牘』, 『순자荀子』, 『한시외전韓詩外傳』 등을 교정校訂했는데, 모

---

268) 노문초盧文弨에 대해서는 『양주화방록』 권3 「신성북록新城北錄 · 상上 · 24」의 주석을 참조할 것.

269) 풍경馮景(1652~1715)은 자가 산공山公 또는 소거少渠이고, 절강 전당錢塘 사람이다. 그는 국자감생國子監生으로 1679년에 박학홍유과에 천거되었으나 사양하며 응시하지 않았다. 그리고 고향으로 돌아가 회안세마淮安洗馬 구상수邱象隨의 집에서 10년 동안 학당을 열고 학생들을 가르쳤다. 그 후 잠시 경사에 들러 과거에 응시했으나 낙방하자, 이후로 벼슬길에 뜻을 접었다. 이후 송낙宋犖이 오吳 지역의 순무로 부임하자 그의 막료로 발탁되어 일하다가, 연로한 모친을 봉양하기 위해 벼슬을 버리고 고향으로 돌아갔다. 그의 저작으로는 『행초幸草』(12권)와 『번중집樊中集』(10권), 『해춘집解春集』(14권) 등이 있었다고 하나, 지금은 대부분 남아 있지 않다.

두 훌륭한 판본으로 칭송 받고 있다. 그의 저작으로는『의례신교儀禮新校』와『종산찰기鐘山札記』,『군경습보群經拾補』가 있다. 그는 양주에 와서 관찰사를 지낸 진황秦黌270)의 빈객으로 있었다.

105. 소진함邵晉涵271)은 자가 이운二雲이고, 여요餘姚 사람이다. 그는 건륭 신묘辛卯년(1771) 진사에 급제하여 사고전서관四庫全書館이 열릴 때 등용되었으며, 벼슬은 첨사詹事까지 지냈다. 그가 지은『이아정의爾雅正義』는 형병邢昺272)의 주석[疏]에서 소홀한 바를 보충할 만하다. 그는 또『공양전公羊傳』과『맹자』 등의 책에 주석을 붙여 풀이한[疏義] 것이 있는데, 책으로 간행되지는 않았다.

　그가 고향에 있을 때 감천현령甘泉縣令이 그를 초빙하여 지방지를 편찬하게 했는데, 소진함은 감천이라는 지명이 옹정 연간부터 현으로 분리되기 시작했기 때문에 지방지는 마땅히 여기서부터 시작해야 하고, 현으로 분리되기 이전까지의 역사는 모두 강도현에 포함시켜야 한다고 생각했다. 그러나 당시 그의 주장에 동의하지 않는 이들이 있어서 지방지를 편찬하는 일이 결말을 맺지 못했다.

106. 육사陸師273)는 자가 인도麟度이고, 귀안歸安 사람이다.274) 그는 팔

---

270) 진황秦黌에 대해서는『양주화방록』 권3「신성북록新城北錄·상上·35」를 참조할 것.
271) 소진함邵晉涵에 대한 다른 사항은『양주화방록』 권10「홍교록虹橋錄·상上·39」의 주석을 참조할 것. 본문에 거론된 것 외에 그의 저작으로는『맹자술의孟子述義』와『남강시문초南江詩文鈔』 등이 있다.
272) 형병邢昺(932~1010)은 자가 숙명叔明이고, 제양齊陽 사람이다. 그는 태종太宗 대에 구경九經으로 급제하여 금부랑중金部郞中, 예부상서, 한림원 시강학사 등을 역임했다. 특히 한림원에 있을 때에 그는 황제 앞에서『춘추春秋』를 강의하기도 했으며, '삼례三禮'와『춘추』 '삼전三傳'의 편찬에도 참여한 바 있다. 또한 형병은『이아소爾雅疏』를 편찬하기도 했다.
273) 육사陸師(1667~1722)는 1701년 진사에 급제하여 하남河南 신안新安과 강소 의징儀徵의 지현을 지내면서 정치를 잘 하여 명성이 높았다. 관직은 연기조도兗沂曹道까지 지냈다. 그는 방포方苞와 저재문儲在文, 하작何焯, 장백행張伯行 등과 우의가 깊었으며, 저작으로

고문을 잘 지어 명성이 높았으며, 의징현령儀徵縣令[275]으로 있을 때에는 공정하고 명석하며 청렴하고 유능하다고 지역 주민들의 칭송을 들었다. 그는 일찍이 호숫가에서 높은 관료들과 연회를 벌이면서 자리가 끝날 때까지 사서문四書文[276] 7편篇을 써내자 동료들이 놀라면서 신기神技로 여겼다고 한다. 그가 죽은 후에 가족들은 그곳 의징에 살게 되었다.

그의 후손인 육영지陸寧芝는 어려서부터 총명하여 고을의 명제생이 되었다. 또 육대윤陸戴潤은 자가 우봉雨峰인데, 의징의 생원으로서 시를 잘 지었다. 그는 평산당에 나들이 가서 연회를 벌이며 지은 시가 많은데, 훌륭한 작품으로 널리 알려져 있다.

107. 장서훈張書勳[277]은 오현吳縣 사람이다. 그는 건륭 병술丙戌년(1766)에 장원으로 진사에 급제했다. 그가 양주에 왔을 때 저잣거리의 부녀자들이 모여 구경하다가 그의 얼굴을 보고는 일제히 웃으며 흩어졌다고 한다. 그가 진사 이도남李道南을 찾아가 이유를 묻자, 이도남이 이렇게 대답했다.

"선생께선 희극에 등장하는 장원 때문에 피해를 당하신 겁니다!"

그러자 그도 껄껄 웃었다고 한다.

108. 뉴옥鈕玉은 자가 비석匪石이고, 원화元和 사람이다. 그는 목면木棉

『소운서옥집巢雲書屋集』과 『채벽산당집採碧山堂集』, 『옥병산초집玉屛山樵集』 등이 있다.
274) '중화본'에는 육사의 관적貫籍 부분의 글씨가 지워진 것으로 표기되어 있으나, 본 번역에서는 '산동본'을 참조하여 보충했다.
275) '중화본'에는 '의진령儀眞令'으로 되어 있으나, 이는 잘못이다.
276) 팔고문八股文의 별칭이다.
277) 장서훈張書勳(?~?)은 자가 재상在常이고 호는 유봉酉峰이다. 그는 1766년 장원으로 진사에 급제하여 한림원 편수에 제수되어 국사國史 편찬을 담당했고, 나중에 우중윤右中允까지 지냈다. 그런데 1766년에 그는 이미 거인의 신분으로 지현을 지내고 있었는데, 이처럼 지현의 신분으로 전시殿試에 참여하고 또 좋은 성적으로 급제한 이는 역사적으로도 매우 드물다.

장사를 했는데, 배를 타거나 수레를 탈 때에도 반드시 경서經書나 역사서를 싣고 다녔고, 돌아오면 방 안에 조용히 앉아 하루 종일 책을 썼다. 장사를 다닐 때면 항상 한강邗江 부근을 거치면서, 그곳에 머물러 이 지역의 경학을 공부한 선비들과 며칠 동안 강론을 하고 떠났다.

109. 주대륜周大綸278)은 자가 이부理夫이고, 직예直隷 천진天津 사람이다. 그는 창화현승彰化縣丞을 지냈는데, 대만臺灣에서 반란이 일어났을 때 반군들에게 붙잡혀 며칠 동안 갇혀 지내면서 반군들을 꾸짖다가 살해당했다. 반란이 평정된 후에 운기위雲騎尉에 추증追贈되었다.

그의 큰아들 주기周琦가 부친의 유해를 짊어지고 돌아와 장사지내려 했는데, 양주에 도착한 후 주기도 죽어버리는 바람에 영구가 호숫가에 두 달 동안이나 머물러 있자, 시를 지어 조문하는 사람들이 무척 많았다.

주대륜은 태수를 지낸 우익조牛翊祖279)와 인척姻戚이었는데, 10년 전에 양주에 머물 때 자주 호숫가로 나들이를 가곤 했다. 그는 수염이 덥수룩하고 얼굴색이 불그레했는데, 나도 그를 본 적이 있다.

110. 왕계숙汪啓淑(1728~1800)280)은 자가 수봉秀峰이고 절강 항주 사람이다. 그는 형부刑部 원외랑을 지냈는데, 성품이 고아古雅하여 남과 어울리는 것을 좋아하지 않았다. 그는 서개徐鍇의 『설문해자계전說文解字系傳』과 정초鄭樵의 『통지通志』, 『힐방집纈芳集』 100권, 그리고 정확한 권수는 모르겠지만 『한인도서보漢印圖書譜』를 간행했다. 그런데 『힐방

---

278) 주대륜周大綸(?~1785)은 1755년에 공생의 신분으로 기부금을 바치고 관직을 얻어 복건 분발分發이 되었다. 청나라 때에는 도道와 부府 이하의 행정 단위에서 실제 결원缺員이 없는 상태에서 지역별로 보충할 관리들을 파견하곤 했는데, 그들을 일컬어 '분발'이라고 했다. 그리고 1778년에는 포전현莆田縣과 평해현平海縣의 현승縣丞을 거쳐 대만臺灣 남투현南投縣의 현승이 되었으나, 1785년 반란군에게 살해당했다.
279) 우익조에 대해서는 『양주화방록』 권2 「초하록草河錄 · 하下 · 134」를 참조할 것.
280) 왕계숙에 대해서는 『양주화방록』 권4 「신성북록新城北錄 · 중中 · 12」의 주석을 참조할 것.

집』에 20권이 부족했기 때문에 그는 시를 수집하기 위해 양주에 온 적이 있는데, 왕중汪中과 의견이 맞지 않는 부분이 많아서 격분하여 떠나버렸다.

111. 고문훤顧文烜281)은 자가 옥전玉田이고, 오현吳縣 사람이다. 그는 의학에 정통하여 한나라 때의 명의인 장기張機282)를 법통法統으로 삼았으며, 특히 『소문素問』과 『영추靈樞』의 이치에 통달하여, 양주 사람들은 천금을 들이더라도 그가 한번 찾아와 봐준다면 행운으로 여겼다.

그의 아들 고지규顧之逵는 자가 포충抱冲이고, 읍제생邑諸生이다. 그는 책을 소장하기를 좋아하여 소독서퇴小讀書堆라는 장서루藏書樓를 지었다.

같은 지역의 황비열黃丕烈은 자가 요포蕘圃인데, 그 역시 장서가 아주 많아서 고지규와 나란히 명성을 날렸다.

고지규의 동생 고광기顧廣圻는 자가 천리千里인데, 단옥재段玉裁에게 육서六書와 음운학音韻學을 배워 두루 정통했다.

112. 담태談泰는 자가 성부星符이고 강녕江寧 출신으로, 건륭 병오丙午년 (1785)에 거인이 되어 산양교유山陽敎諭를 지냈다. 그는 전대흔錢大昕에게서 천문학과 산술算術을 배웠는데, 전대흔의 『주경신설周徑新說』에 대해 이렇게 설명했다.

옛날에 원을 나누어 계산하는 법은 6변邊과 4변을 이용하여 내용內容(면적)과 외절外切283)을 계산하고, 구고勾股284)에서 무수한 다변多邊을 거듭해서 구

---

281) 고문훤顧文烜(?~?)은 호가 서주西疇이며, 주요 저작으로 『고서주방안顧西疇方案』과 『고서주성남진치顧西疇城南診治』가 있다.
282) 장기는 어름이 장선張羨이라고도 하며, 자는 중경仲景이고, 동한 말엽 열양涅陽(지금의 허난성 난양南陽) 사람이다. 그는 당시 민간에 유행하던 역병疫病을 치료하기 위해 『상한잡병론傷寒雜病論』을 저술함으로써 '의성醫聖'으로 칭송받았다.
283) 기하학에서 직선과 원주圓周, 원주와 원주, 혹은 평면과 구가 하나의 점에서 만나는

했다. 그래서 원의 지름이 1억이면 원주는 314,159,265라는 것을 추산해냈다. 남조 송나라의 조충지祖冲之[285]와 원나라의 조우흠趙友欽,[286] 그리고 근래의 서양인들도 모두 그러했다. 그러나 그 방법을 자세히 살펴보면 아직 미진한 부분이 있는 것 같다. 그들이 거듭해서 계산한 구고와 현弦의 길이는 모두 완전한 수치가 아니라 반올림하여 5보다 큰 수는 수렴하고 5보다 작은 수는 버린 것이다. 비록 그 수는 크지 않지만, 전체 변을 합쳐서 계산해보면 많지 않다고 할 수 없다.

　대개 사각형과 원형을 서로 비교하여 원주율을 구하려면 반드시 먼저 원 지름의 멱수冪數[287]을 알아야 한다. 무릇 사각형 대각선[方徑]의 멱수가 1이라면 사각형 둘레의 멱수는 16이고, 원 지름의 멱수가 1이라면 원주의 멱수

것을 '절切'이라고 한다.

284) 직각삼각형에서 직각을 사이에 끼고 있는 두 변 가운데 짧은 것을 '구勾'라고 하고, 긴 것을 '고股'라고 한다.

285) 조충지祖冲之(429~500)는 자가 문원文遠이고 조적祖籍은 범양范陽(지금의 허베이성 하이리라이수이현海里涞水縣) 사람이다. 그는 독학으로 수학과 천문학, 역학曆學, 기계학에 뛰어난 업적을 남겼다. 특히 그는 세계 최초로 원주율圓周率을 소수점 아래 7자리까지 계산해냈으며, 그의 아들 조긍祖暅과 함께 중국 최초로 구球의 체적體積을 계산하는 공식을 만들어낸 것으로 유명하다. 이들 부자의 연구는 『철술綴術』이라는 저작에 집대성되어 있는데, 이 책은 한국과 일본에도 전파되어 많은 영향을 주었다고 하지만 지금은 남아 있지 않다. 또한 그는 462년에 '세차歲差'를 반영한 '윤월閏月'을 포함한 『대명력大明曆』을 편찬했는데, 이것은 그가 죽은 후인 510년에 양梁나라 무제武帝에 의해 정식으로 사용되었다. 그 외에도 그는 목성의 공전주기가 11.858년이라고 계산했는데, 이것은 현대 천문학에서 계산한 11.862년에 매우 근접한 수치이다. 그리고 그는 나침반[指南車]과 물레방아 등을 발명하기도 했고, 필기소설집인 『술이기述異記』를 편찬하기도 했다.

286) 조우흠趙友欽(?~?)은 이름이 조흠趙欽이라고도 하고 자는 경부敬夫 또는 자공子恭이며, 호는 연독緣督인데, 강서江西 파양鄱陽 사람이다. 그는 원나라 초기의 도사道士로서 천문학과 점성술, 연단술煉丹術 등으로 명성을 날렸으나 세속의 부귀공명에 집착하지 않고 용유龍游(지금의 저장성 취현衢縣에 속함) 등지에서 은거하며 학문 연구에 전념했다. 그의 주요 저작으로는 『혁상신서革象新書』, 『금단정리金丹正理』, 『맹천록盟天錄』, 『연독자선불동원론緣督子仙佛同源論』, 『추보립성推步立成』, 『삼교일원三敎一源』 등이 있다고 하나, 지금은 『혁상신서』를 제외하고는 대부분 남아 있지 않다. 『혁상신서』는 천문학의 기본 문제와 광학光學 등을 다룬 책이다.

287) '멱冪'이란 거듭제곱으로 된 수를 가리킨다. 또한 $a^n = c$와 같은 식에서 a를 c에 대한 멱근冪根이라고 하고, n을 멱지수冪指數라고 한다.

는 10이니, 이것은 본래 자연스러운 비례로서 반복적으로 적용되어 어그러지지 않는 것이다. 가령 원 지름의 멱수가 1억이라면 원주의 멱수는 10억이다. 1억의 제곱근은 1만이니 이것이 원 지름의 수가 되고, 10억의 제곱근은 31,666.666…이니 이것이 원주의 수가 된다. 이것은 옛날 방법에 비해 250 정도가 많으며, 거기에서 얻은 수에 비교해도 역시 나머지 수가 있다. 그러나 먼저 설정한 멱적冪積은 본래 온전한 수이니, 제곱근은 본래 나머지가 비록 무한소수이긴 하지만 (소수 부분은) 매우 작은 수이다. 옛 방법은 1차로 구한 구고와 현으로 또 2차의 구고와 현을 구하니, 본래 있던 수에 나머지가 있었는지라, 반복해서 구하다 보면 어그러질 수밖에 없다.

또한 원주율의 314,159,265를 제곱하면 9,869,604,385,340,445가 되니, 이것은 10조에 가깝다. 그렇게 되면 원주의 멱수가 지름 멱수의 10배가 되니, 또 무엇을 의심한단 말인가? 이에 남조 송나라 이래로 지금까지 그것을 사용해도 전혀 어긋남이 없었다. 그러니 분명 원주율은 너무 작아서 고구考究할 필요는 없다고 하는 이들은 일상적으로 추산해낸 원의 지름이 기껏 1자나 몇 치 사이에 있을 정도로 짧기 때문에 원주 길이의 차이가 단지 몇 푼 몇 리밖에 나지 않는다는 것을 모르는 것이다. 만약 원의 지름을 10길로 설정한다면 원주는 31길 6자 6치 6푼 남짓이 될 것이니, 이것은 옛날 방법에 비해 2자 5치 정도가 많은 것이다. 그리고 원의 멱수 역시 6자 26치가 더 많아지게 될 것이다. 이제 새로운 방법으로 측정해보면, 원의 지름이 1일 때 원주는 3.16666666이고 원의 멱수는 79.1666666이다.

전대흔의 제자로는 또 이예李銳와 장염張焱, 가사기賈士璣가 있다.

장염은 자가 복암復菴이고, 가정嘉定 사람이다. 그는 전서篆書를 잘 썼고, 육서학六書學에 정통했다.

가사기는 자가 옥형玉衡이고, 진택震澤 사람이다. 그는 경학에 조예가 깊었다.

이예는 자가 상지尚之이고, 오현吳縣 사람이다. 그는 천문학과 역법에 조예가 깊었다. 전대흔은 그의 재능을 대단히 인정해서, 항상 자신이 그보다 못하다고 여겼다. 이예는 천문 역법이 정밀하지 않은 단계에서부터 정밀한 단계로 나아간다고 생각했다. 즉『삼통력三統曆』이래로는 중국의 방법을 통해 정밀하지 않은 단계에서부터 정밀한 단계로 점점 나아가려 했고,『구집력九執曆』288)과『회회술回回術』289) 이래로는 서양의 방법을 통해 정밀하지 않은 단계에서부터 정밀한 단계로 점점 나아가려 했다는 것이다. 그가 벼슬살이를 하지 않은 강성江聲290)에게 항성恒星이 동쪽으로 옮겨가는 각도를 계산해주니, 강성이 무척 탄복했다.

강성은 원화元和 사람으로 혜동惠棟의 제자이다. 그는 허신許愼과 정현鄭玄의 학문을 고수했으며, 저작으로『상서집주음소尙書集注音疏』가 있다. 그는 평생 해서를 쓰지 않아서 일상적인 기록이나 장부帳簿까지도 모두 소전체小篆體로 썼기 때문에, 그가 편찬한 책은 모두 전서篆書로 되어 있었다.

강성의 아들 강유江鏐는 자가 공정貢廷이고 호는 보승補僧인데, 그 역시 육서六書에 정통했고, 독실한 불교 신자이다.

---

288)『구요력九耀曆』이라고도 하는 범력梵曆의 일종이다. 여기서는 9개의 별에 날짜를 안배하는데, 그 순서는 다음과 같다. 일요日曜(태양), 월요月曜(달[太陰]), 화요火曜(화성[熒惑星]), 수요水曜(수성[辰星]), 목요木曜(목성[歲星]), 금요金曜(금성[太白星]), 토요土曜(토성[鎭星]), 라후羅睺(황번성黃旛星), 계도計都(표미성豹尾星). 이 역법은 당나라 개원開元 연간에 중국에 전파되어서 한 때 공식 역법으로 채용되기도 했으나, 나중에 폐기되었다.
289) 이슬람의 역법을 가리킨다. 명나라 때에 마사역흑馬沙亦黑이『회회술』이라는 저작을 편찬한 바 있다고 한다.
290) 강성江聲(1721~1799)은 자가 도도道濤 또는 숙영叔瀛이고 호는 간정艮庭 또는 악도鰐濤이며, 조적祖籍은 안휘 휴녕休寧인데 원화元和(지금의 저장성 쑤저우시)로 이주해 살았다. 그는 평생 벼슬길에 나아가지 않았는데, 중년에 '오파吳派'의 저명한 학자인 혜동惠棟에게 학문을 배워 경학과 문자학에서 모두 뛰어난 성취를 이루었다. 또한 혜동과 염약거閻若璩의 영향을 받아『고문상서古文尙書』를 위서僞書로 여기고『상서집주음소』를 편찬하기도 했다. 그 외의 주요 저작으로『논어질論語質』,『항성설恒星說』,『간정소혜艮庭小慧』,『육서설六書說』 등이 있다.

113. 장신蔣莘은 자가 우야于野이고, 장징위蔣徵蔚는 자가 장산蔣山이며, 장기蔣夔는 자가 청전青荃인데 이들은 소주 원화元和 사람이고 형제지간으로서, 명나라 때 병비도兵備道[291]를 지낸 장찬蔣燦의 후손이다. 그들의 부친 장증훤蔣曾煊은 경세제민經世濟民의 재능이 있었다.

장신은 시와 문장을 잘 지어서 저작으로 『수죽장시초水竹莊詩鈔』가 있다. 그는 책을 읽고 빈객을 잘 접대했으니, 그 모습을 묘사한 『수죽장도水竹莊圖』에는 동남 지역 문인들의 시와 문장이 두루 담겨 있다.

장징위는 천문지리에서부터 구고산술句股算術, 시와 문장, 사詞와 곡曲에 이르기까지 모두 정통했다. 그는 약관의 나이에 어려운 문제에 너무 신경을 쓰다가 몸이 상해서 두 귀가 멀어버렸다. 이에 그는 경학과 역사학에 더욱 매진했다.

그는 정현鄭玄을 한나라 말엽의 위대한 학자로 여겼는데, 정현이 주석을 붙인 『삼례시전三禮詩箋』과 『주역』, 『금문상서今文尚書』는 요즘에도 정통한 이가 있지만 『논어』와 『효경孝經』의 주석에 대해서는 아무도 그 뜻을 밝혀 설명하지 않았으며, 혜동惠棟이 모아 간행한 『왕후재고주王厚齋古注』[292]가 있긴 하지만 그것은 보잘것없는 것에 만족하면서 더 나아가려 하지 않는 것인지라 밝혀 설명한 책이라고 하기엔 부족하다고 생각하여 『논어정주소증論語鄭注疏證』 10권을 지었다. 그는 또한 『천학난문天學難問』 2권, 『북제서증오北齊書證誤』 2권을 편찬하고, 『주비산경周髀算經』, 『목천자전穆天子傳』, 『오어해조吳語解嘲』 등의 책에 보주補注

---

291) 포정사사布政使司 및 안찰사사按察使司의 보좌관으로서, 각 성省의 주요 구역에서 군사 시설과 장비[兵備]를 관장했다.

292) 왕후재王厚齋는 왕응린王應麟(1223~1296)을 가리킨다. 왕응린은 자가 백후伯厚이고 호는 후재厚齋 또는 심녕노인深寧老人이며. 은현鄞縣(지금의 저장성 닝포시寧波市) 사람이다. 그는 1241년 진사에 급제하여 서안주부西安主簿, 태상시주부太常寺主簿, 대주통판臺州通判, 저작좌랑著作佐郎 겸 예부랑관禮部郎官, 비서감秘書監, 중서사인 겸 직학사원直學士院, 예부상서 겸 급사중 등을 역임했다. 자세한 그의 생애는 청나라 때 전대흔錢大昕이 지은 『심녕선생년보深寧先生年譜』에 밝혀져 있다. 그의 주요 저작으로는 『곤학기문困學紀聞』『옥해玉海』, 『왕상서유고王尚書遺稿』 등이 있다.

를 달았다. 내각대학사內閣大學士를 지낸 완원阮元이 그의『사경실시문집
寫經室詩文集』을 간행해주었다.

　장기는 시를 잘 지었으며, 온정균溫庭筠과 이상은李商隱의 시에 정통
했다. 그의 저작으로는『청전집青荃集』이 있다.

　학자들은 이들 셋을 '오중삼장吳中三蔣'이라고 부른다.

114. 우음尤蔭293)은 자가 공부貢夫이고, 의징 사람이다. 그는 시와 그림
에 뛰어났으며, 과친왕果親王294)을 따라 변방을 다녀와서『출새집出塞
集』을 남겼다. 그가 홍교에서 노닐며 읊은 시들 가운데는 뛰어난 작품
이 많아 당시 문사들이 중시했다. 그는 난초와 대나무 그림으로도 명성
이 높아서, 우연히 그린 작품들이 모두 세상에 널리 전해지는 명작이
되었다.

115. 진실손陳實孫은 자가 우군又群이고 호는 사죽師竹이며, 여고如皐 지
방의 제생이다. 그는 시를 잘 지었고 서예에도 뛰어났으며, 의학에 정통
했다. 또한 그는 사람 사귀기를 좋아하여 다양한 분야의 사람들과 사귀
었다. 그의 저작으로는『춘초당집春草堂集』이 있다.

---

293) 우음尤蔭(1732~1812)은 자가 공보貢父라고도 하고, 호는 수촌水村이다. 그는 만년에
　　백사白沙의 반만半灣에 살면서도 스스로 반만시로半灣詩老라고 불렀는데, 나중에 고질
　　병을 얻자 또 반인半人이라는 자호를 짓기도 했다. 그는 자신의 거처에 석조산방石銚山
　　房이라는 이름을 붙였다. 그는 건륭 연간에 화석예친왕和碩禮親王　영은永恩(?~1805,
　　1753년 강친왕康親王의 직위를 세습 받았다가 1778년에 예친왕이 됨. 시호는 공恭)의
　　저택에 빈객으로 있으면서 급수주인汲修主人(예친왕禮親王 소련昭槤)의 화법畵法을 전수
　　했다. 그러다가 1765년에 왕을 따라 변방을 다녀왔다.
294) 청대의 과친왕果親王으로 우음과 비슷한 시대의 인물은 애신각라愛新覺羅 윤례允禮
　　(1697~1738)와 홍첨弘瞻(1733~1765), 그리고 영차永茶(?~1789)가 있는데, 여기서는 영
　　차를 가리키는 듯하지만 정확하지 않다. 오히려 우음의 생애와 관련시켜 보면, 본문의
　　과친왕은 예친왕禮親王을 잘못 쓴 것이 아닐까 생각된다. 어쨌거나 과친왕 영차는 홍
　　첨의 아들로서 1765년에 과친왕의 직위를 세습 받았으나, 후에 패륵貝勒으로 강등되었
　　다. 시호는 간簡이다.

116. 정세순程世淳[295)]은 자가 □□이고 휘주 사람이다. 그는 진사 출신으로 한림원 학사를 지냈으며, 서예에서는 '이왕二王'[296)]을 본받아 고고한 학과 같은 자태가 풍겼다. 그는 양주를 왕래했기 때문에 호수 주변에 그의 글씨가 많이 남아 있다.

117. 조문식曹文埴[297)]은 자가 죽허竹盧이고, 휘주 사람이다. 그는 진사 출신으로 호부상서戶部尙書를 지냈다.

그의 아들 조기曹鎮는 자가 육여六畬인데, 염업을 하며 양주에 살았다. 회북淮北 지역에는 그에게 도움을 받은 이들이 많다.

또 다른 아들 조진용曹振鏞은 진사 출신으로 한림원 시독侍讀을 지냈다.

조카인 조운구曹雲衢는 원외랑을 지냈는데, 잘 생긴 얼굴을 타고났고 호기가 넘쳤다. 그는 양주를 왕래하며 교유가 돈독해서 호수 주변의 사람들이 그를 무척 칭송했다.

118. 호선성胡先聲은 경현涇縣 사람이다. 그는 진사 출신인데 시를 잘 지었다. 그의 시 「가을밤 평산당에 나들이 가서[秋夜游平山堂詩]」에는

반딧불 몇 마리 돌 위로 날아오르고
옅은 구름 성긴 빗줄기 속에 또 황혼이 진다.
幾箇流螢飛石起, 淡雲疏雨又黃昏.

---

295) 정세순程世淳(?~?)은 자가 징강澂江이고 호는 단립端立이며, 건륭 연간에 호부戶部 원외랑을 역임했다.

296) 왕희지王羲之(321~379 또는 303~361)와 왕헌지(344~386) 부자를 가리킨다.

297) 조문식曹文埴(1735~1798)은 자가 근미近薇이고 호가 죽허竹盧이며, 흡현 웅촌雄村 사람이다. 그는 1760년 진사에 급제하여 한림원 편수에 제수되었으며, 그 후 시독학사, 좌부도어사左副都御史를 비롯해서 형부와 병부, 공부, 호부의 시랑侍郎을 역임하면서 순천부윤順天府尹을 겸임하기도 했다. 시호는 문민文敏이다. 그의 주요 저작으로는 『석고연재문초石鼓硯齋文鈔』(20권)와 『시초詩鈔』(32권), 『직려집直廬集』(8권), 『석고연재시첩石鼓硯齋試帖』(2권) 등이 있다.

라는 구절이 있다.

119. 경혜耿蕙는 자가 석포石圃인데 활을 잘 쏘았다. 그는 진사 출신으로 학자의 기풍을 지니고 있었고, 위휘참장衛輝參將을 지냈다.

그의 손자 경궁耿弓은 자가 안숙安叔인데, 성격이 호탕하고 기개가 높았다. 그 역시 활을 잘 쏘아서 백발백중의 기술이 있었다.

120. 기풍액奇豐額은 자가 여천麗川이고, 만주인滿洲人이다. 그는 시를 잘 지었으며, 강소순무江蘇巡撫를 역임했는데 잘 다스렸다는 평판을 들었다. 그가 양주를 오가며 평산당에서 술을 마시고 시를 읊은 일은 훌륭한 일이라고 칭송 받았다.

인화仁和 땅의 시인 임원봉林遠峰은 성격이 호방하고 얽매임이 없어서 중승中丞(순무) 기풍액이 그를 모임에 초대했다.

121. 강소신江紹莘은 자가 경야耕野이고 호는 음초吟草이며, 휘주 사람이다. 그는 시를 잘 지었고 성격이 호탕하여 사람 사귀기를 좋아했으며, 태사太史 벼슬을 지낸 오석기吳錫麒²⁹⁸⁾와 우의가 두터웠다. 그는 시문집詩文集을 남겼다.

122. 조정추趙廷樞는 자가 개남介南이고 강도 사람인데, 시를 잘 지었다. 그는 □□년에 부방副榜으로 과거에 급제했다. 그는 홍교에 혼자 서 있는 것을 좋아해서, 나는 항상 비바람이 불 때면 그곳에서 그를 볼 수 있었다.

---

298) 오석기吳錫麒(1746~1818)는 자가 성징聖徵이고 호는 곡인穀人이며, 절강 전당 사람이다. 그는 1775년 진사에 급제하여 국자감좨주를 지냈으며, 서예에 뛰어나서 행서와 해서를 잘 썼다. 저작으로 『정미재전집正味齋全集』이 있다.

123. 설정길薛廷吉은 자가 애인藹人이고 호는 어장漁莊인데, 집이 의징 박수만朴樹灣에 있다. 그는 어려서부터 시를 잘 지었고 서예에도 정통했으며, 약관 무렵에는 순무 벼슬을 지낸 장유공莊有恭299)에게 명성이 알려져서 조정에 불려가 시험을 치러서 2등으로 급제했다. 전운사 노견증이 그를 막료로 초빙했다.

그의 아들 설용薛溶은 자가 서청西靑이고, 명제생이다.

그의 딸 설영薛泳은 자가 녹의綠漪인데, 시와 문장을 잘 지었고 지극한 효성으로 모친을 모셔서 어사 벼슬을 지낸 정희鄭爔(자는 서교西橋)의 며느리가 되었으니, 현명하고 효성스럽기로 명성이 널리 알려졌다.

124. 완승유阮承裕는 자가 의곡衣谷이고 호는 용강溶江이며, 제생이다. 그는 성품이 효성스럽고 우의가 깊으며, 고향에서 신망이 두터워 '어른[長者]'으로 불렸다. 그의 저작으로는 『덕성당문집德星堂文集』이 있다.

그의 아들 완사흥阮嗣興은 자가 악향樗香인데, 사람됨이 기개가 높고 시원시원하며 산수 유람을 좋아했다.

125. 강가리江嘉理는 자가 문밀文密이고 휘주 사람이다. 그는 멋진 수염을 길렀으며 성품이 호탕했는데, 서예에 뛰어났고 요리도 잘했다. 또한 그는 의학에 정통하여 어린아이들의 천연두[瘍痘]를 치료하는 비법秘法을 얻었다. 그는 염운사鹽運司 아래 속한 분사分司의 관리 양정준楊廷俊과 우의가 깊었다.

그의 아들 강관성江貫誠도 의술이 훌륭하다고 명성이 높았다.

그의 사위인 궁정宮廷은 태주泰州 땅의 거인擧人 출신이다.

---

299) 장유공莊有恭(1713~1767)은 자가 용가容可이고 호는 자포滋圃이며 번우番禺(지금의 광둥성廣東省 광저우시廣州市에 속함) 사람이다. 그는 1739년 장원으로 진사에 급제하여 한림원 수찬修撰, 시독학사, 호부시랑, 제독강소학정提督江蘇學政, 태자태보太子太保, 협판대학사協辦大學士 겸 형부상서, 강소순무江蘇巡撫, 양강총독兩江總督, 복건순무福建巡撫 등을 역임했다.

양정준은 자가 서정西亭인데, 경세제민經世濟民의 재주가 있었고. 그는
글자를 하나도 몰랐지만 역사 사실에 대해 잘 알았다.

126. 동순董洵은 자가 소지小池이고, □□ 사람이다.[300] 그는 시를 잘 지
었고 전서篆書를 잘 썼으며, 철필鐵筆(인장이나 조각을 새기는 것)에 정통했
다. 그가 양주를 왕래할 때 그를 중시하는 이들이 많았다.

127. 문원성文元星은 자가 성북城北인데, 시를 잘 지어서 성남城南 사람
들 가운데에도 그를 따르는 이들이 많았다.

성남 땅의 왕예림王秋林은 자가 희정希亭인데, 성품이 호탕하고 용모
가 잘 생겼으며 역사 사실을 잘 알았다. 또한 그는 진가혜陳嘉蕙, 왕진번
王晉藩과 더불어 많은 장서藏書를 갖추고 있는 것으로 명성이 높았다.

128. 회남淮南 지역의 장서가藏書家는 여사呂四와 유씨劉氏를 최고로 꼽
는다. 유춘령劉椿齡은 자가 화음華蔭이고, □□[301]는 자가 공구貢九인데,
이들은 모두 여고如皋 땅의 명제생이다.

통주通州 땅의 장서가로는 양세륜楊世倫과 서능만徐凌萬, 소자양蘇子揚
이 있고, 석항石港에는 주보문周步文과 장계당張繼堂이 있다. 그리고 손여
인孫汝寅의 집에는 왕희지王羲之의 글씨가 소장되어 있다.

129. 왕곤汪坤(?~?)은 자가 원지元至이고 호는 옥병玉屏이며, 정덕旌德 사
람이다. 그는 시를 잘 지었고 교유의 범위가 넓었는데, 예전에 양주에서

---

300) 동순董洵(1740~1809)은 자가 기천企泉이고 호는 소지小池 또는 염소念巢이며, 절강 산음
山陰사람이다. 그는 사천四川 보현寶縣의 주부主簿를 지내다가 사직하고 북경에서 인장을
팔아 생계를 꾸렸다. 서예와 난초, 대나무 그림에도 뛰어났던 그의 저작으로는 『소지시
초小池詩鈔』와 『다야재인설多野齋印說』, 『동씨인식董氏印式』등이 있다.
301) 이 부분에는 본래 '여사呂四' 즉 '여呂씨 집안의 항렬이 4번째인 사람'의 본명이 적
혀 있었던 듯하나, 글자가 지워져서 알 수 없다.

시인들을 모아 모임을 갖고 『음향관합고吟香館合稿』302)라는 시집을 간행한 바 있다.

그 모임에 참여한 이들 가운데 이천징李天澂은 자가 구연九淵이고 호는 피선疲仙인데, 생활은 곤궁했지만 시는 잘 지었다.

왕준汪俊은 자가 걸사傑士이고 호는 벽봉碧峰인데, 시와 그림에 뛰어났다.

탕진가湯振家는 자가 소선紹先이고 호는 수곡繡谷이다.

소병蕭炳은 자가 영저永著이고 호는 청암晴岩이다.

오인욱吳仁煜은 자가 춘릉春陵이다.

이주李澍는 자가 주천澍千이고 호는 어장漁莊이다.

장유張鏐는 자가 자정子貞이고 호는 노강老薑이며, 시와 그림에 뛰어났다.

진욱秦昱은 자가 덕명德明이고 호는 잠매岑楳이다.

이동李桐은 자가 우탕于湯이고 호는 금헌琹軒이다.

허선許善은 자가 송포松圃이다.

호보태胡保泰는 자가 동산東山이고, 산음山陰 사람이다.

섭건후葉建侯는 자가 관백冠伯이고 호는 춘병春屏이며, 단도丹徒 사람이다.

사선査善은 자가 초진楚珍이고 호는 대기大其이며, 해창海昌 사람이다.

교수教授 벼슬을 지낸 이보태李保泰303)가 그 시집의 서문을 썼다.

130. 파원수巴源綏(?~?)는 자가 금장金章이고, 흡현 사람이며, 파위조巴慰祖의 형이다. 그가 젊었을 때 밤중에 집을 나온 이웃집 여자가 있었는데 그가 문을 닫고 거절하니, 마을에서 그의 덕을 칭송했다고 한다. 그리고 성인이 되어서 그는 양주로 와서 염무鹽務 일을 해서 집안을 일으켰다. 그는 호수 유람을 좋아해서, 집안에 놀잇배를 소유하고 있었다.

그의 아들 파수항巴樹恒은 자가 사능士能이다. 그는 부친의 사업을 계

---

302) '중화본'에는 『금향관합고唫香館合稿』라고 되어 있으나, 다른 판본들에 의거해서 바꿔 쓴다.

303) 이보태李保泰에 대해서는 『양주화방록』 권3 「신성북록新城北錄 · 상上 · 24」를 참조할 것.

승했는데, 염장鹽場의 염조鹽竈를 운영하면서 기묘한 계책을 많이 냈다.

131. 홍석항洪錫恒(?~?)은 자가 득천得天이고 호는 기당芰塘이다. 그는 12살에 제생이 되어서 신동으로 불렸으며, 시와 문장을 잘 지었다.

홍교록虹橋錄 하下

1. 홍교는 북쪽 교외에 있는 아름다운 곳이다. 「양주몽향사」에서는 이렇게 읊고 있다.

> 양주는 멋진 곳
> 그 첫째가 홍교라네.
> 푸른 버들 사이로 가는 비 내리면
> 붉은 앵두꽃이 퉁소 소리 속에 피어나고
> 곳마다 놀잇배들 멈춰서 있네.
> 揚州好, 第一是虹橋.
> 楊柳綠齊三尺雨, 櫻桃紅破一聲簫.

　　處處住蘭橈.

　　호수에 뱃놀이 나온 나들이객들은 가을 옷과 광택 나는 나막신을 보자기에 싸고, 차를 달이는 솥[茶鼎]과 등롱[燈籠], 가벼운 간식[點心]과 술잔 등을 다담茶擔[1]에 넣어 짊어진 일꾼을 거느리고 나온다. 호숫가에 다구茶具를 갖춰놓고 손님을 기다리는 경우에는 미리 쪽지[束帖]를 넣는데, 거기에는 '호방후옥湖舫候玉'이라고 적는다. 이런 일은 후대로 이어지며 풍습이 되고 점차 하나의 관례가 되었으나, 평소 손님을 불러 함께 호수를 유람할 때에는 이런 글을 쓰지 않았다. 「소랑사小朗詞」에서는 이렇게 읊었다.

　　　　눈짓으로 친구 불러 기루에서 놀고
　　　　머리를 나란히 하고 함께 유람선에 오르네.
　　　　丟眼邀朋游妓館, 拼頭結伴上湖船.

　　이런 풍습도 적지 않게 회복되었다.

2. 해마다 정월이면 성대한 모임이 열린다. 2월 2일에는 토지신에게 제사를 올리는데, 홍교의 토지신묘의 제사가 가장 규모가 크다. 이를 '증복재신회增福財神會'라고 부른다.

3. 놀잇배에서는 시장[市]도 있고 모임[會]도 열린다. 봄이면 매화꽃과 복숭아꽃을 파는 두 종류의 시장이 열리고, 여름이면 모란, 작약, 연꽃을

---

1) 차를 마시는 데에 필요한 도구를 담는 광주리를 가리킨다. 육우陸羽의 『다경茶經』에서는 그것을 직사각형의 대나무 광주리인 '도람都籃'에 대한 언급이 있고, 심괄沈括의 『몽계필담夢溪筆談』에도 '다낭茶囊'이라는 단어가 보인다. 청나라 때에는 주로 '다담'이라고 불렀으며, 형태도 대바구니가 아니라 목제품 등으로 다양했다.

파는 세 종류의 시장이 열리며, 가을이면 물푸레나무 꽃[桂花]과 목부용 꽃[芙蓉]을 파는 두 종류의 시장이 열린다. 또한 정월에는 재신회시財神會市가 열리고, 3월에는 청명시淸明市, 5월에는 용선시龍船市, 6월에는 관음향시觀音香市, 7월에는 우란시盂蘭市, 9월에는 중양시重陽市가 열린다. 시장이 열릴 때마다 많은 나들이객이 찾아와 뱃삯이 몇 배로 뛰곤 한다.

4. 용선龍船에서는 5월 초하루에서 18일까지가 시장이 열린다. 먼저 4월 그믐날[晦日]에 시연試演을 하는데, 이를 '하수下水'라 부른다. 18일이 되면 배를 끌어다가 강가에 올려놓는데, 이를 '송성送聖'이라 부른다. 배의 길이는 10길이 넘는데, 배의 앞부분은 용의 머리[龍首], 중간부분은 용의 배[龍腹], 끝부분은 용의 꼬리[龍尾]가 되며, 각기 하나의 색깔을 갖고 있다. 네 모서리와 방주枋柱에는 깃발을 드날리고, 상앗대를 잡은 사공[篙師]은 긴 쇠고랑이[長鉤]를 잡는데, 이를 '접두踮頭'라 한다. 키[舵]는 칼 모양으로 생겼는데, 이것을 잡는 자를 '나미拏尾'라고 한다. 선미船尾 부분은 1길 남짓 되는데, 채색한 새끼줄[彩繩]을 매어놓아 아이들이 물놀이 연극[水戲]을 공연하게 하였으니, 이를 '도초掉梢'라고 부른다. 여기서 공연하는 연극으로는 「장원狀元을 독점하다獨占鰲頭」, 「홍해아가 관음보살에게 절하다[紅孩兒拜觀音]」, 「조만간 높은 벼슬에 오르리다[指日高陞]」, 「양귀비가 봄잠에 빠지다[楊妃春睡]」 등이 있다.

배의 양 옆에는 16개의 상앗대[槳折]가 있는데, 그 중 앞쪽에 있는 것이 두절頭折이다. 물결에 따라 상앗대질을 하는 것을 '타초打招'라고 부른다. 노가 한 번 물을 치면 마치 구슬을 흩뿌리는 듯하다. 중간에 호두戽斗[2]를 설치하여 물을 퍼 올리는데, 징과 북으로 이것을 응원하면 그 소리가 물소리와 부딪치곤 한다.

하늘의 태자太子에게 음식을 바치나 그것이 어떤 신인지는 모르는데,

---

2) 서로 이어 설치하는 말[斗] 모양의 물을 퍼 올리는 도구이다.

굴원屈原이라 말하는 이도 있다. 그 신은 초楚나라 왕실과 성씨姓氏가 같아서 '태자'라고 부른다.

작은 배가 새끼오리를 싣고 놀잇배들 사이를 오갈 때 나들이객들이 그것을 사서 물속으로 던지면 용선들은 창을 잡고 다투어 잡는데, 이를 '창표搶標'라고 부른다. 또한 흙 병[土瓶]에 돈과 과자를 채우고 이것을 표적으로 삼기도 하고, 돼지 방광에 돈과 과자를 채우고 물에 띄워서 표적으로 삼기도 한다. 배에 탄 사람들은 몸을 날려 물속을 헤엄쳐 그것을 빼앗는다. 이 기술은 북문北門에 사는 벙어리 왕씨[王啞吧]가 가장 뛰어나다.

단오절이 지나면 외하外河의 서녕문西寧門, 궐구문闕口門 등지의 용선들을 옛날 강물의 갑문을 지나 내하內河로 끌어 들어가는데, 이것을 '객선客船'이라 부른다. 신성神聖을 전송하고 태자를 놀잇배 안에 받들어 모셔놓고 예배를 올리며 재앙이 그치고 축복이 내리기를 기원하는데, 이때는 온 나라가 열광한다.

5. 놀잇배에서는 '당객堂客'과 '관객官客'을 구분한다. 당객은 부녀자들을 부르는 호칭이다. 부녀자들이 배에 오르면 사방에 주렴을 내리고, 병풍 뒤에는 뒷골목처럼 같은 작은 방들을 따로 마련하고, 대추와 측주厠籌3)를 깨끗한 곳에 놓아둔다. 배의 지붕은 모두 사각형으로 되어 있어서 여성용 수레[女輿]를 실을 수 있다. 하인들은 배의 앞머리에서 줄지어 서 있는데, 남보다 많을수록 훌륭하게 여긴다. 이것을 '당객선堂客船'이라고 부른다. 1년 가운데 용선시가 열릴 때 당객선이 가장 많이 뜬다. 이백李白은 「단오시端午詩」에서 이렇게 노래했다.

　　문득 징과 피리소리 울리고 빈 배가 출항하니

---

3) 작은 나무나 대나무를 깎아 만든 것으로, 대변을 본 뒤 닦아내는 도구이다.

기녀들 돈 벌러 주렴 내리고 낚싯바늘 드리우네.

젊은 아내 기녀는 피하라고 말했건만

낭군은 부채에 기대어 뱃머리에 서있네.

無端鐃吹出空舟, 賺得珠簾盡上鉤.

小玉低言嬌女避, 郎君倚扇在船頭.

여기서 노래한 풍경은 모두 이런 당객선이다.

등선燈船이 밤늦게 돌아오면 오래 전부터 멋진 수레들이 기다리고 있다. 배를 버리고 뭍에 올라 불을 밝히고 음악을 연주하며 줄지어 이동한다. 천녕사 앞에서 공신문拱宸門 밖까지 주렴을 높이 걷고 어둠 속에 안식향安息香 냄새를 풍기는데, 이것은 바로 당객들이 돌아가는 모습이다. 「양주몽향사」에서는 다음과 같이 노래했다.

양주는 멋진 곳.

술 취하여 한밤중에 비틀거리고

등 그림자 속에서 거리에 뜬 잔월을 보면

밤바람 불어 죽순 향기 풍긴다네.

너무도 그립구나.

揚州好, 扶醉夜跟蹡.

燈影看殘街市月. 晚風吹上筍兒香.

剩得好思量.

6. 성 안의 부유한 사람들은 낮잠을 좋아하여 날마다 아침에 잠자리에 들어 해가 저물 무렵에야 일어나 불을 켜고 집안일을 하거나 먹고 마시는 연회를 즐긴다. 다시 아침이 되면 연회를 끝내고 다시 잠자리에 들어 온종일 잠을 잔다. 이 때문에 온 집안사람이 낮에 자고 저녁에 일어난다. 그러므로 호수에 배를 띄우고 노는 일은 1년 중 하루도 즐길 수

없다. 그러므로 배가 있는 집은 그저 한가롭게 포구나 섬에 정박해둘 뿐이다. 어쩌다 구경을 나서더라도 대개 신시申時를 지나 유시酉時⁴⁾가 될 무렵에 하게 되며, 겨우 죽교竹橋에 당도하면 때는 이미 해가 저물어버린다. 그러나 이런 일은 습관이 되어 자연스럽다.

7. 부유한 나들이객들은 큰 배에 술을 싣는데, 6개의 기둥에 기대어 배의 위쪽을 가리는 뜸[穹篷]을 설치하고 양 옆에 굵은 기둥[楹]을 날개처럼 세우니, 마치 정자 같은 모습이다. 여러 척의 배들이 모여 서로 꼬리를 물고 앞으로 움직이는데, 홍교 밖에 이르면 비로소 배를 나란히 저을 수 있다. 많으면 세 척의 배가 나란히 움직여 손님들이 시끌벅적한데, 멀리서 바라보면 마치 산을 몰아 바다를 뒤엎을 기세인 듯하다.

8. 양주의 놀잇배들은 주방이 없지만 오직 사비선沙飛船⁵⁾에만 그것이 갖춰져 있다. 그러므로 사비선으로 주선酒船을 대체하는 경우가 많다. 주이존이 「홍교시虹橋詩」에서,

홍교에 이르러 깊은 골짜기 돌아드니
늘어진 푸른 버들 사이로 주선이 나타나네.
行到虹橋轉深曲, 綠楊如薺酒船來.

라고 노래한 것이 바로 이것이다.
성 안의 노복들 가운데 요리를 잘 하는 이가 집안 요리사[家庖] 노릇을 하는데, 요리솜씨가 좋아 고용되어 임금을 받는 '외부 요리사[外庖]'도 있다. 그들은 자신들을 '요리사[廚子]'라고 부르며, 같은 일을 하는 동

---

4) 신시는 오후 3~5시경을, 유시는 오후 5~7시 무렵을 가리킨다.
5) 이것은 '탕호선蕩湖船'을 가리키는데, 양주의 사沙 아무개가 그것을 개조했다 해서 이런 명칭이 붙었다. 이에 대해서는 『양주화방록』 권18의 내용을 참조하기 바란다.

료들을 '요리사 집단[廚行]'이라고 부른다. 나들이객들은 그들을 고용하여 야외에서 식사를 하는데, 바로 사비선沙飛船을 타고 하는 것이다. 대야와 빗자루, 서양식 화덕[西炷], 젓가락과 수저통[箸], 장 단지나 식초를 담는 도구, 국자와 주방용 멜대, 수유나무 열매와 작약 따위를 대나무 광주리에 담아놓는다. 거기에 닭고기며 돼지고기 따위를 차곡차곡 눌러 담고, 그 위에다 천을 덮어둔다. 그리고 인부들을 시켜 그것을 어깨에 메도록 하는데, 이들을 '주담廚擔'이라고 부른다. 요리사들이 그 뒤를 따르는데, 제각기 쓰는 물건을 천으로 싸서 가져간다. 이것을 '도포刀包'라고 한다. 불 피우는 것을 담당한 인부들은 요리사들의 안색을 살펴서 불에 데우거나 쪄낼 시간을 알아낸다.

이렇게 해서 놀잇배는 앞쪽에서 가고 주선을 뒤를 따르며 노와 상앗대가 서로 박자를 맞춰 호응하며 호수 가운데로 나아간다. 음식 나르는 소리가 들리고, 요리하는 연기가 점점 위로 퍼져 버드나무 아래에 가득 퍼졌다가 바람에 날려 꽃 사이를 좌우 앞뒤로 퍼지는데, 이를 일컬어 '행포行庖'라고 부른다.

9. 튀기거나 끓이는 기술은 집안 요리사들[家庖]이 가장 뛰어나다. 예컨대 오해吳楷[6]의 볶은 두부[炒豆腐], 전안문田雁門의 튀긴 닭[炸鷄], 강정당江鄭堂의 10가지 모양의 돼지머리 요리, 왕남계汪南谿의 철갑상어[鱘鰉] 요리, 뚱보 시씨施氏의 가늘게 썰어 볶은 돼지고기 요리, 회교도 장사張四의 통째로 구운 양고기 요리, 왕은산汪銀山의 뼈 없는 물고기 요리, 강문밀江文密의 대합 전병[蟬螯餅],[7] 관대管大의 골동탕과 갈치 잡탕[鮆魚糊塗], 공인암孔訒庵의 게 국수, 승려 문사文思[8]의 두부 요리, 승려 소산小山

---

6) 오해吳楷(?~?)는 자가 일단一山이고 의징儀徵 사람이다. 그는 양주의 유명한 서원에서 염상鹽商을 하며 학업을 연마하여 조정의 부름을 받고 중서中書 벼슬을 제수 받았다. 그는 시문詩文과 사부辭賦에 뛰어나고 작은 해서楷書를 잘 썼으며, 요리를 잘한 것으로 유명했다. 기타 사항에 대해서는 『양주화방록』 권3 「교서록橋西錄·9」를 참조할 것.
7) '중화본'에는 '鱓螯餅'으로 되어 있다.

의 마안교馬鞍喬 등은 그 맛이 모두 대단히 빼어나다.

10. 가선歌船에는 높은 무대[高棚]를 설치하기에 적당한 배로, 좌선座船 앞에 위치한다. 가선이 역방향으로 움직이면, 좌선은 앞 방향으로 움직여서 배에 탄 사람들이 가수들과 함께 어울릴 수 있게 해준다. 노래는 무반주로 부르는 청창淸唱을 으뜸으로 치고, 그 다음이 십번고十番鼓9)이다. 징과 북, 마상당馬上撞,10) 소곡小曲,11) 탄황攤簧,12) 대백對白, 평화平話13) 같은 것들도 모두 '제승지구濟勝之具'14)이다.

11. 청창은 생황, 피리, 북, 딱따기[板], 삼현금을 반주 악기[場面]15)로 삼으며, 상자에 넣어둔다. 그리고 양탄자[氍毹],16) 피리 소반[笛床], 피리 상자[笛膜盒], 가짜 손톱[假指甲], 아교阿膠, 줄이나 끈[絃線], 북채[鼓箭] 따위를 함께 갖추어두는데, 이것을 '세간[傢伙]'이라고 부른다. 시회市會가 열릴 때마다 연주 솜씨를 다투는데, 상앗대를 멈추고 들으러 오는 놀잇배들이 얼마나 많은가로 승부를 가린다. 대개 희춘대熙春臺나 관제묘關帝廟가 청창의 공연 장소로 쓰인다. 이에 대해서 이면李葂17)은 다음과 같은

---

8) 문사文思에 대해서는 『양주화방록』 권4 「신성북록新城北錄 · 중中 · 11」을 참조할 것.
9) 이에 대해서는 『양주화방록』 권2 「초하록草河錄 · 하下 · 145」의 주석을 참조할 것.
10) 두 명 이상의 기예인들이 말을 타고 치고받는 싸움을 연기하는 민간공연예술로 여겨진다.
11) 속요. 민간에서 노래하는 속된 노래 가락이다.
12) 탄황灘簧이라고도 하며, 강소성 남부, 절강성 북부에서 유행하던 설창 예술의 하나이다. 처음에는 이야기만을 설창하였으나 나중에는 '소탄황蘇攤簧(소주蘇州 탄황)', '호탄황湖攤簧(호주湖州 탄황)' 같은 소극小劇으로 발전하였고, 상해 탄황은 지방극인 '호극滬劇'으로까지 발전하기도 하였다.
13) 송나라 때에 유행하던 민간의 구비문학의 일종으로, '창唱(노래)'과 '강講(이야기)'이 병행하였으나 점차 '강'이 우세하게 되었다.
14) 원래는 높은 곳에 올라 아름다운 풍경을 둘러보기에 적합한 신체를 가리키는 말이지만, 여기서는 나들이 가서 아름다운 풍경을 유람할 때 유용한 유희들이라는 뜻이다.
15) '장면場面'에 대해서는 『양주화방록』 권5 「신성북록新城北錄 · 하下 · 43」의 본문과 주석을 참조할 것.
16) 연극을 공연할 때 무대 바닥에 까는 것이다. 이 때문에 '구유氍毹' 또는 '홍구유紅氍毹'라는 말은 종종 무대를 가리키는 뜻으로 쓰이기도 한다.

시를 읊었다.

> 하늘 높이 달이 뜨고 별빛 내리비치면
> 푸른 술과 붉은 등불이 제방 사이에 가득하네.
> 한 줄기 노랫소리에 바람은 물을 흔들고
> 가벼운 배는 꽃 같은 다리의 서쪽에 둘러서 있네.
> 天高月上玉繩低, 酒碧燈紅夾兩堤.
> 一串歌喉風動水, 輕舟圍住畫橋西.

양주성의 풍속은 곡보에 맞춰 노래 부르기[度曲]를 좋아하나 훌륭하지는 않았다. 그것을 계승한 원나라 사람들의 『사죽변와絲竹辨譌』18)와 『도곡수지度曲須知』 등의 책들은 천하에 널리 퍼졌다. 원나라 사람들의 노래는 원기가 넘치고, 당시唐詩나 송사宋詞와도 겨룰 만하다. 지금은 오로지 장무순臧懋循19)이 편찬한 『백종百種』만이 세상에 유행하고 있다. 그러나 장무순이 탕현조湯顯祖의 『옥명당사몽玉茗堂四夢』을 고친 것은 어리석고 경솔한 행동이었다. 요즘은 섭당葉堂20)의 노래를 최고로 친다.

---

17) 이면李葂에 대해서는 『양주화방록』 권2 「초하록草河錄·하下·47」을 참조할 것.

18) '산동본'에는 '사죽변위絲竹辨僞'로 되어있다.

19) 장무순臧懋循(1550~1620)은 자가 진숙晋叔이고 호는 고저산인顧渚山人으로, 장흥長興 사람이다. 그는 30세에 진사에 급제하여 국자감박사國子監博士까지 오를 정도로 박학다식했으며, 시문詩文도 잘 지었다. 그러나 예법에 구애되지 않는 자유로운 행동거지로 눈총을 받다가 만력萬曆 13년(1585)에 '술에 빠져 있다沈湎'는 이유로 파직 당했다. 이후 그는 고향의 고저산顧渚山에 은거하며 직접 출판사를 차려서 작품집을 편찬하여 간행했고, 『부포당시문집負苞堂詩文集』과 『문선보주文選補注』등 자신의 저작을 내놓았다.

20) 섭당葉堂(?~?)은 자가 광명廣明 또는 광평廣平이고 호는 회정懷庭이며, 오현吳縣(지금의 쑤저우시에 속함) 사람이다. 그는 강남 지방의 이름난 의원이었던 섭계葉桂(자는 천사天士)의 손자로서, 오강吳江 땅 서씨徐氏에게서 도곡度曲을 배워 섭파창법葉派唱法을 이룩해냈다. 곡률曲律에 정통했던 그는 『납서영곡보納書楹曲譜』를 저술했고, 심기봉沈起鳳과 함께 『음향당곡보吟香堂曲譜』를 교정한 바 있다. 또한 그는 '옥명당사몽'을 위해 곡보를 만들어 이를 '사몽전보四夢全譜'라고 부르면서 자신이 지은 『납서영곡보』의 뒤에 첨부한 바 있다. 그가 죽은 후 뉴비석鈕匪石이 그의 비전秘傳을 이어받았으며, 이것

그는 『납서영곡보納書楹曲譜』21)를 지었는데, 세상에서 이를 으뜸으로 평가한다. 그 나머지는 거론할 만한 인물이 없다.

청창의 경우, 외정外淨22)과 노생老生23)이 부르는 노래는 목청이 크고 굵직한 대후롱大喉嚨24)이고, 남녀 배역인 생生과 단旦이 부르는 가사와 노래는 가늘고 높은 톤의 소후롱小喉嚨25)이며, 익살꾼인 축丑과 중년남성 역할인 말末이 부르는 가사와 노래의 경우, 이 두 가지를 섞어 쓴다.

양주의 유노첨劉魯瞻은 소후롱에 뛰어나 '유파劉派'를 형성하였는데, 그는 또한 피리[笛]도 잘 불었다. 한번은 그가 소주의 호구虎丘에 피리를 사러 간 적이 있는데, 아무리 찾아도 물건이 없었다. 그러자 피리 장수가 이렇게 말했다.

"대나무 피리가 하나 있긴 하지만 유노첨이 오기를 기다려야 합니다."

유노첨이 사실을 이야기하자 피리 장수는 결국 대나무 피리를 꺼내왔다. 유노첨은 그것을 한번 불어보고는 이렇게 말했다.

"이건 암피리[雌笛]입니다."

피리 장수가 다시 하나를 꺼내자, 유노첨이 손가락으로 그것을 눌러보고 서로 바꾸어 불어보니, 소리가 하늘 높이 사라졌다. 유노첨이 피리를 가리키며 말했다.

"이 대나무 피리는 바꾸어 부르지 않으면 곡이 다 끝나기도 전에 피

은 다시 훗날 유명한 단旦 연기자인 김덕휘金德輝를 거쳐, 한화경韓華卿, 그리고 근대의 유속려兪粟廬에게로 이어졌다.

21) 섭당이 건륭 시기(1736~1795)에 무대 위에서 유행한 곤극崑劇과 약간의 지방희地方戲, 절자희折子戲 등의 극본 300여 종을 수집하여 펴낸 것으로, 정편正編, 속편續編, 보유補遺, 외집外集 등을 합쳐 모두 14권으로 구성되어 있다. 여기에는 『옥명당사몽』의 곡보 8권과 『서상기西廂記』의 곡보 2권 등이 수록되어 있다.

22) 중국 전통희극의 배역의 하나로, 부정副淨(조연)보다는 약간 가벼운 역할을 맡는다.

23) 노생에 대해서는 『양주화방록』 권5 「신성북록新城北錄·하下·20」의 주석을 참조할 것.

24) 대후롱은 '본상本嗓', '대조大嗓', '진상眞嗓'이라고도 부르며, 노래를 부를 때 호흡이 단전에서 목구멍의 공명을 거쳐 직접 발성되는 소리이다.

25) 소후롱小喉嚨은 '가상假嗓', '소상小嗓', '이본상二本嗓'이라고도 부르며, 소리를 낼 때 후강喉腔이 수축되고 음역대가 줄어들어 대후롱에 비해 비교적 높은 소리가 나게 된다.

리가 갈라질 겁니다.”

피리 장수는 대나무 피리 하나를 유노첨에게 선물로 주었다. 소후롱의 창법을 제대로 구사할 수 있는 사람은 양주에서는 이 사람 하나밖에 없다.

대후롱의 경우는 장철금蔣鐵琴과 심초미沈苕湄를 최고로 치니, 이들은 ‘장파蔣派’와 ‘심파沈派’라는 두 파를 형성하였다. 장철금은 본래 진강鎭江 사람인데 양주에서 살았고, 북곡北曲[26]에 뛰어났다. 소해小海[27] 사람 여해려呂海驢가 그에게서 배웠다. 심초미는 남곡南曲[28]에 뛰어났는데, 요수산姚秀山이 그에게서 배웠다. 그 다음가는 인물로 진개원陳愷元이 있다. 직예直隸 사람인 고운종高雲從은 양주에 산 지 여러 해 되었으며, 노래솜씨는 장철금과 심초미의 중간쯤 된다. 이들이 양주를 대표하는 대후롱들이다.

소주의 장구사張九思는 위난곡韋蘭谷의 제자로서 구궁九宮[29]에 정통하고 삼현금의 제일고수였으며, 소후롱에 가장 뛰어나다. 강춘江春[30]이 그를 집으로 데려가 추문원鄒文元의 고판鼓板과 고곤일高崑一의 피리를 뒷받침하도록 하여 하나의 앙상블을 만들었다. 주오애朱五獃는 장구사를 사사하여 그 맥을 전승하였다. 왕극창王克昌은 노래솜씨가 장구사와 필적하였는데, 그의 연기[串戲]는 오대유吳大有[31]에게서 배운 것이다. 소주 출신의 대후롱 가운데 양주에서 살았던 사람으로는 이면二面을 연기하는 추재과鄒在科가 있고, 그 다음으로는 왕병문王炳文이 있다. 왕병문은

---

26) 송원 시대 북방의 희곡, 산곡散曲에서 사용한 각종 곡조를 통칭하는 말이다. 북곡에 서는 『중원음운中原音韻』의 음을 사용하는데 입성入聲이 없다. 현악기로 반주하고 칠음 계를 사용한다.

27) 진鎭의 명칭으로, 지금의 난통현南通縣 남쪽에 해당하는 지역이다.

28) 송ㆍ원 시대 남방의 희곡과 산곡에서 사용한 각종 곡조들을 총칭하는 말이다. 남곡에 서는 강소, 절강 일대의 남방음을 사용하는데, 평성, 상성, 거성, 입성의 4개의 성조가 있다.

29) 궁조宮調라고도 하며, 고대 악곡樂曲의 음조를 가리킨다. 당나라 때에는 비파琵琶의 4 개의 현과 각 현의 7가지 곡조로 28개의 곡조를 제정했는데, 가장 낮은 현인 궁현宮絃 의 곡조를 ‘궁宮’이라고 하고, 그 밖의 곡조를 ‘조調’라고 불렀다.

30) 강춘江春에 대해서는 『양주화방록』 권1 「초하록草河錄ㆍ상上ㆍ16」을 참조할 것.

31) 오대유吳大有에 대해서는 『양주화방록』 권5 「신성북록新城北錄ㆍ하下ㆍ29」를 참조할 것.

어릴 적 이름이 '곰보[天痲子]'였는데, 현사絃詞32)에도 뛰어났고 관상도 잘 보았으며, 고항高恒33)의 문객門客이기도 하였다.

내가 알기로, 청창에서 고판은 희곡과 차이가 있다. 즉, 희곡에선 빠르고 청창에서는 느리다. 희곡에서는 각종 몸짓을 하는 것34)과 징[金鑼] 치는 것을 어렵다고 여기는데 비해, 청창에서는 이런 고통이 없지만 생소한 어투[生口]와 익숙한 어투[熟口]의 구별이 있다. 이 기술은 소주의 고이공顧以恭이 으뜸이다. 그는 일찍이 정단우程端友의 집에서 살았으며, 뒤이어 마왈관馬曰琯의 집에서 생활하였는데, 교사教師인 장중방張仲芳과 함께 『오향구전기五香球傳奇』의 곡보를 함께 만들었다. 그 다음으로는 주중소周仲昭와 허동양許東陽이 추문원과 나란히 명성을 날렸다. 양주에서는 장용생莊龍生, 장도사莊道士 형제가 고판과 삼현으로 서로 짝이 맞아 유명한 연주자가 되었다. 그 다음으로는 탕전양湯殿颺이 있다.

소주의 섭운승葉雲升은 피리로 고곤일과 나란히 이름을 날렸다. 그는 또한 공척工尺35)을 고칠 줄도 알아서, 자신이 만든 새 악보를 따라 연주했다. 그 다음으로 구어고邱御高가 있는데, 그는 신곡을 연주할 줄 알았고 고대의 악기에 대해서도 잘 알았는데, 모두 섭운승의 아류였다.

오늘날 대후롱에서 장파와 심파를 본받는 이들로는 대상령戴翔翎과 손무공孫務恭이 있는데, 이들 두 사람은 모두 소주 사람이고, 양주에서는 맥이 끊기고 말았다.

관객串客36)은 소주의 해부관반海府串班에 근원을 두고 있는데, 비곤원費坤元과 진응여陳應如 같은 이들이 거기에서 나왔다. 그 다음으로 석탑

---

32) 양주 지방의 탄사彈詞를 옛날에는 이렇게 불렀다. 이것은 양주 방언方言으로 연창演唱하고 삼현三弦으로 반주한다. 건륭 연간부터 이미 유행하고 있었다.

33) 고항高恒에 대해서는 『양주화방록』 권9 「소진회록小秦淮錄·1」을 참조할 것.

34) 원문은 '打身段'이다. 희곡을 상연하는 배우들은 '노래[唱]', '동작[做]', '읊기[念]', '치기[打]' 등의 표현과 '손짓', '눈짓', '몸짓', '발짓' 등의 각종 기술과 방법이 있는데, '打身段'이란 이 가운데 무대에 맞게 변형된 각종 몸동작들을 가리킨다.

35) 『양주화방록』 권5 「신성북록新城北錄·하下·43」의 주석을 참조할 것.

36) 『양주화방록』 권2 「초하록草河錄·하下·145」의 주석을 참조할 것.

두관반石塔頭串班이 있는데, 여울촌余蔚村이 그곳 출신이다. 양주에 청창이 성행하자 관객도 흥성했는데, 왕산애王山靄와 강춘 두 집안을 최고로 친다. 그 다음 가는 이들이 부관반府串班, 사관반司串班, 인관반引串班, 소백관반邵伯串班인데, 이들은 각기 한때 유명하였다. 그 가운데 유록관劉祿觀은 소창小唱37)으로 관반에 들어가 내반內班의 노생老生을 연기하는 전문 연기자가 되기도 하였다. 섭우송葉友松은 소반小班에서 노단을 연기하다가 관반에 들어갔고, 나중에 과장삽화법瓜張揷花法을 얻었다. 육구관陸九觀은 십번제자十番弟子로 관반에 들어갔는데, 오모교吳暮橋를 좇아 공부했다. 이들은 모두 관객들 가운데 꼽을 만한 인재들이다.

12. '십번고十番鼓'에서 두 개의 피리를 불 때는 팽팽한 혀[緊膜]을 사용하여 소리가 가장 높기 때문에 '민적悶笛'이라고도 부른다. 그리고 퉁소와 관악기로 반주를 하는데, 피리의 소리가 마치 사람이 곡보에 맞춰 노래하는 것[度曲]과 비슷하다. 또 삼현금의 빠르고 느린 연주는 운라雲鑼와 서로 호응하는데, 여기에 제금提琴으로 보좌한다. 그리고 타고鼉鼓38)의 빠르고 느린 연주는 단판檀板39)과 서로 호응하는데, 여기에 탕라湯鑼40)로 보좌한다. 이 모든 악기들이 일제히 연주되면 단피고單皮鼓를 사용하는데, 그 소리는 마치 대나무가 갈라지는 것과 같다. 이것을 일컬어 "머리는 푸른 산봉우리 같고, 손은 하얀 빗방울 같다[頭如靑山峯, 手似白雨點]"고 한다. 여기에 목어木魚와 단판으로 보조함으로써 박자[節奏]를 이룬다. 이것이 바로 '십번고'이다.

---

37) 『양주화방록』 권5 「신성북록新城北錄·하下·27」의 주석을 참조할 것.
38) '타鼉'는 양자강의 악어를 가리키는데, 속칭 '저파룡豬婆龍'이라고도 한다. '타고'는 이 악어의 가죽으로 만든 북이다.
39) 박달나무로 만든 박판拍板이다.
40) 작은 접시처럼 생긴 타악기의 일종으로 '당당堂堂' 또는 '소탕탕小湯湯'이라고도 부른다. 이것은 이따금 관현악 합주에 곁들여지기도 하는데, 그것을 치면 짧고 높은 박자를 나타낼 수 있다.

십번고에서는 작은 징, 금라金鑼, 요발鐃鈸, 호통號筒[41]을 쓰지 않고 그저 피리[笛]와 단소[管], 통소[簫], 거문고[絃], 제금提琴, 운라雲鑼, 탕라湯鑼, 목어, 단판, 대고大鼓의 10가지 악기를 사용한다. 그런 이유로 십번고라고 부른다. '번'이란 차례를 바꾸는 것을 가리킨다. 이 방식으로 연주하는 음악에는 『화신풍花信風』, 『쌍원앙雙鴛鴦』, 『풍파하엽風擺荷葉』, 『우타오동雨打梧桐』 등으로 불리는 것들이 있다.

나중에는 성발星鈸이 더해져 악기가 10종을 넘게 되었고, 마침내 '성星', '탕湯', '포蒲', '대大', '각各', '작勺', '동同'의 일곱 글자로 곡보曲譜를 형성하게 되었다. 이 일곱 글자는 오어吳語로서, 악기 모양을 나타내는 소리이다. 다만 소리는 있으나 글자가 없다. 이것은 최근 별 볼 일 없는 악사[庸師]들에게 전해지고 있다.

만약 징[鑼鐃] 따위를 섞어 쓴다면 '조세십번粗細十番'이 된다. 예를 들어서 『하서풍下西風』과 『타일립재태호석반他一立在太湖石畔』과 같은 곡은 모두 옛 곡에 속한다. 하지만 불고[吹] 뜯고[彈] 두드리고[擊] 치면서[打] 박자를 맞춘다. 그 가운데 『접천화蝶穿花』와 『뇨단양鬧端陽』이 바로 '조세십번'이다.

아래쪽[下乘]에서는 날나리[鎖哪]를 추가한 것을 '원앙박鴛鴦拍'이라고 하는데, 『우협설雨夾雪』과 『대개문大開門』, 『소개문小開門』, 『칠오삼七五三』 같은 것은 바로 나고鑼鼓이지 십번고가 아니다. 「양주몽향사」에서는 이렇게 노래했다.

---

41) 동각銅角의 속칭으로서, '취금吹金'이라고도 부른다. 이것은 원래 장족藏族이 쓰던 것으로, 옛날에는 '각角'이라고 불렀다. 이것은 북위北魏(439~535)의 대동각大銅角이 변형된 것이라고 하는데, 명·청 시기에는 '동각'이라고 불렀다. 옛날에는 대개 군대에서 사용했으나, 나중에는 민간의 혼례나 장례 의식에도 사용되었다. 이 악기의 전체 길이는 약 178cm이며, 한 사람이 나팔 입구의 구리로 된 고리에 띠를 매어 어깨에 걸고, 다른 한 손으로 통의 가는 부분을 잡고 분다. 이것은 낮은 음색의 한 가지 음만 낼 수 있지만, 소리가 웅장하다.

양주는 멋진 곳

새 악곡인 십번고가 훌륭하구나.

소하원에서는 「우협설」을

야춘루에서는 「접천화」를 공연하네.

揚州好, 新樂十番佳.

消夏園亭雨夾雪, 冶春樓閣蝶穿花,

『우협설』을 십번으로 간주한 것은 억지 해석이라고 할 수 있다. 이 음악은 앞서 명나라 때에 이미 존재하였고, 우리 청나라에 들어서는 위란곡과 웅대장熊大璋 두 사람을 최고로 친다.

위난곡은 숭정 연간(1629~1644)에 내원內苑의 악공에게 포발蒲鈸의 연주법을 배워 이것을 장구사에게 전수해주니, 이들을 '위파韋派'라고 부른다. 웅대장은 24운라雲鑼의 연주법에 뛰어나 그것을 왕자가王紫稼에게 전수해주였다. 같은 시기에 심서관沈西觀이 그 방법을 표절하여 20면을 얻었다. 마침 왕자가가 재난을 당해 그가 익힌 4면은 결국 전승이 끊어지고 말았다. 심서관의 방법은 나중에 제자 고미륜顧美掄에게 전수되었는데, 그는 14면을 얻었다. 고미륜이 이를 다시 웅대장의 손자인 웅지일熊知一에게 전하니, 이들을 '웅파熊派'라고 부른다.

위난곡과 왕구사는 소주 사람이고, 웅대장과 웅지일은 복건 사람이며, 심서관은 소주 사람이요, 고미륜은 항주 사람이다. 오늘날 양주의 포발 연주자들은 왕구사의 문하에서 나왔으며, 14면의 운라의 경우에 지금도 복건 땅에는 연주할 수 있는 사람들이 있다. 그들의 후예로 주중소周仲昭와 허동양許東陽이 있다. 주중소는 글씨에서는 방정관方貞觀[42]

---

42) 방정관方貞觀(1679~1747)은 자가 이안履安이고, 호는 남당南堂이다. 안휘 동성桐城 사람인 그는 박학홍사과에 추천되었으나 응시하지 않았다. 서예에 뛰어났는데, 글씨는 퇴곡退谷 왕사굉汪士鋐(1658~1723)에 가까웠다. 작은 행해체[小行楷體]로 당시唐詩를 쓴 서첩 12질이 있다. 저서로 『남당시초南堂詩鈔』가 있다.

의 것과 흡사하였고 척독尺牘을 잘 썼는데, 이 분야에서도 명성이 높았다. 장천순張天順, 고덕배顧德培, 주오애자朱五獃子 등은 십번고로 모아희帽兒戲[43]를 만들어 공연했는데, 그 소리의 정서와 몸짓이 노홍반老洪班과 흡사했다. 그러나 이들 역시 전적으로 십번으로 명성을 얻은 것이 아니었으며, 십번은 이때부터 쇠퇴하게 되었다.

13. 나고羅鼓는 상원절과 중추절에 성행하는데, 나고와 요발을 두드려 아름다운 가락을 만든다. 여기에 해당하는 곡목曲目으로는 『칠오삼七五三』과 『뇨원소鬧元宵』, 『포마砲馬』, 『우협설』 등이 있다. 양주 주변지역 사람들이 그것을 공연하지만, 매번 연주가 고르지 못하고 들쭉날쭉하다는 병폐가 있다. 진강의 것이 비교적 뛰어났는데, 이를 '조라고粗羅鼓'라고 부른다. 황제께서 강남을 순시하실 적에 악사들을 초빙하여 연습하게 했는데, 이를 '판차라고辦差羅鼓'라고 부른다.

14. '마상당馬上撞'은 바로 군악대에서 공연하는 난탄亂灘과 희문戲文으로서, 성 안 저자거리의 전생剪生, 개장開場[44]을 할 때, 그리고 놀잇배[畵舫]와 재신회財神會, 삼성회三聖會에서 많이 사용하였다.

15. 소창小唱은 비파琵琶와 현자絃子(즉 삼현三弦), 월금月琴, 단판檀板과 함께 연주하며 노래한다. 가장 앞선 작품으로는 『은뉴사銀鈕絲』, 『사대경四大景』, 『도반장倒扳槳』, 『전전화剪靛花』, 『길상초吉祥草』, 『도화람倒花籃』 등의 곡조들이 있으며, 『벽파옥劈破玉』이 가장 훌륭하다.

소주의 호구에 이 곡조를 부르는 사람이 있어 소주 사람들이 기이하게 여겼고, 청중이 수백 명이나 몰렸다. 이튿날은 들으러 오는 이들이

---

43) 모아희帽兒戲는 '개라희開羅戲'라고도 부르며, 공연 가운데 첫 번째 극목劇目을 가리킨다.
44) '개장開場'은 '개생開生'을 잘못 쓴 것인 듯하다. 이에 대해서는 『양주화방록』 권13 「교서록橋西錄 · 2」를 참조할 것.

디 늘어났는데, 노래하는 이가 대곡大曲으로 바꾸어 부르자 청중들은 한바탕 크게 웃고 흩어져버렸다. 또 여전신黎殿臣이라는 사람이 새로운 노래[新聲]에 뛰어나서, 오늘날에도 그의 노래를 본받아 부르면서 그것을 '여조黎調' 또는 '질락금전跌落金錢'이라고 부르기도 한다. 20년 전에는 슬프게 우는 듯한 소리를 좋아하여 그것을 '도춘래到春來' 또는 '목란화木蘭花'라고 불렀다. 나중에 황하 하류 지역의 토강土腔으로 『전전화』를 노래했는데, 그것을 '망조網調'라고 불렀다.

요즘 사람들이 좋아하는 『만강홍滿江紅』과 『상강랑湘江浪』은 모주 본조들이다. 그 가운데 경타자京舵子, 기자조起字調, 마두조馬頭調, 남경조南京調 따위는 사방으로부터 전해진 것이며, 또한 서로를 본받고 있기도 하다. 노魯나라의 도끼[斤]와 연燕나라의 작은 칼[削]처럼,45) 지역이 바뀌어 만들어지면 훌륭해질 수 없게 되는 것이다.

소곡 가운데 인자引子와 미성尾聲을 추가한 것으로는 『왕대낭王大娘』과 『향리친가모鄕里親家母』 등이 있고, 또한 전기傳奇 가운데 『모란정牧丹亭』과 『점화괴占花魁』처럼 곡보曲譜가 소곡인 경우는 모두 지방 음악[土音] 가운데 뛰어난 것들이다.

진경현陳景賢은 소곡에 뛰어났고 아울러 비파 타는 솜씨도 좋았기 때문에, 사람들이 그를 '비비파飛琵琶'46)라고 불렀다. 도사道士 반오潘五는 바닥이 없는 퉁소를 불어 소곡과 어울릴 줄 알아 훌륭한 연주가로 칭송받았다. 소주의 모칠牟七은 양자강 북부지역에서 소창을 가장 잘하여 유명했는데, 나중에 수염이 많이 자라자 사람들은 그를 '털보 모칠[牟七髥子]'이라고 불렀다. 주삼朱三은 사현금을 잘 타서, 강춘이 그를 불러 강

---

45) 원래 노나라의 작은 칼[削]과 송宋나라의 도끼[斤]은 모두 품질이 뛰어난 것으로 정평이 나 있다. 그러나 지역이 바뀌어 노나라에서 도끼를 만들고 연나라에서 작은 칼을 만들면 품질이 좋을 수가 없어진다. 그러므로 '노근연삭魯斤燕削'이라는 말은 지역 등 제반 조건의 제약으로 인해 모방을 해도 원래 수준에 미치지 못하는 경우를 나타낼 때 쓰이는 말이다.
46) 비파를 연주할 때 손가락이 날아다니는 듯하다는 뜻이다.

산초당江山草堂에 들여보냈다.

16. 정옥본鄭玉本은 의징 사람으로 근래에 황각교黃珏橋 근처에 살고 있다. 그는 대곡과 소곡에 모두 뛰어났고, 일찍이 두 개의 상아 젓가락으로 기와조각을 두드려 소리를 내면서, 그것을 거문고[琴]와 쟁箏, 퉁소[簫], 피리[笛]와 어울리게 할 수도 있었다. 때로는 그걸 이용해서 베짱이 소리, 밤비 내리는 소리, 낙엽 지는 소리를 내곤 했는데, 소슬한 소리가 귀에 가득 울려 듣는 사람들이 멍하니 빠져들게 하곤 했다.

17. 평화評話는 강남 지역에서 성행하였으니, 유봉춘柳蓬春,[47] 공운소孔雲霄, 한규호韓圭湖[48] 등의 공연은 진유숭陳維崧,[49] 여회余懷,[50] 두준杜濬,[51] 주이존朱彝尊이 여러 차례 감상한 적도 있다. 그 다음가는 곰보 계

---

47) 유봉춘柳蓬春(1587~?)은 명말 청초의 유명한 설서가說書家이다. 자는 규우葵宇, 동대 조가장인東臺曹家莊人이다. 태주泰州 사람으로, 본명이 조영창曹永昌이었던 그는 무뢰배 노릇을 하다가 법을 어기고 쫓기는 신세가 되자, 이름을 유봉춘柳蓬春, 호를 경정敬亭으로 바꾼 채 강호를 떠돌게 된다. 그는 독학으로 설서說書 기술을 익혔다가, 나중에 송강松江 지역의 유명한 설서가인 막후광莫後光을 찾아가 제자가 됨으로써 기술이 더 섬세해졌고, 그 후 남경의 진회하秦淮河 부근에서 크게 이름을 떨치게 된다.『수당연의隋唐演義』,『수호전水滸傳』,『삼국지연의三國志演義』 등의 설서에 뛰어났던 그는 중국의 평서예인評書藝人의 시조로서 후세에 큰 영향을 주었다.

48) 한규호韓圭湖(?~?)는 자가 수령修齡이다. 그는 관중關中 사람이라는 설이 있으며, 오중吳中(지금의 쑤저우시에 속함)에 옮겨와 살았다. 그는 주로 남경에서 활동했는데,『무종평화武宗平話』에 뛰어나 청나라 순치제順治帝의 궁정에서 내정봉공內廷供奉을 지내기도 했다. 만년에는 궁정에서 나와 양주 등지에서 예인으로 활동했다.

49)『양주화방록』 권6「성북록城北錄·34」와『양주화방록』 권10「홍교록虹橋錄·상上·14」를 참조할 것.

50) 여회余懷(1616~1696)는 자가 담심淡心이고 호는 만옹曼翁이며, 포전莆田 사람이다. 그는 명말 청초에 남경에서 활동한 저명한 학자이자 시인으로서 복사復社에 참여하고, 남명南明 정권에서 전권을 휘두른 마사영馬士英과 완대월阮大鍼에게 반대했다. 청나라 초기에는 남경과 양주, 소주를 떠돌며 '유민遺民'으로 자처했다. 황도주黃道周, 전겸익錢謙益, 오매촌吳梅村 등 당시의 명사들과 친밀히 교류하기도 했던 그의 주요 저작으로『판교잡기板橋雜記』와『미외재문고味外齋文稿』,『연산당집研山堂集』,『연림硯林』,『다사보茶史補』등이 있다. 이 가운데『판교잡기』는 명나라 말엽 남경의 진회하 남안南岸에 있던 장판교長板橋 일대의 오래된 정원과 유명한 기생 등에 관한 일화를 수록한 것으로 유명하다.

씨[李麻子]의 평사平詞는 궁보宮保52) 이위李衛53)가 감상하기도 하였다. 인삼객人參客 왕건명王建明은 눈이 멀게 된 뒤에 현사絃詞에 뛰어난 조예를 보여서 이름난 악사가 되었다. 고한장顧翰章이 그의 다음이었다. 자리리紫痢痢54)의 현사를 위해서 장심여蔣心畬가 '고악부古樂府'를 지었다. 이들은 모두 그 가운데 뛰어난 이들이다.

양주군에서 뛰어난 기예로 이름난 이는 『삼국지』의 오천서吳天緒, 『동한東漢』의 서광여徐廣如, 『수호기』의 왕덕산王德山, 『오미도五美圖』의 고진공高晉公, 『청풍갑淸風閘』의 포천옥浦天玉, 『옥청정玉蜻蜓』의 방산년房山年, 『선악도善惡圖』의 조천형曹天衡, 『정난고사靖難故事』의 고진장顧進章, 『비타전飛駝傳』의 추필현鄒必顯, 『양주화揚州話』의 황진사謊陳四가 있으니,55) 이들은 모두 한때 제일이었다. 근래에는 왕경산王景山, 도경장陶景章, 왕조간王朝幹, 장파두張破頭, 사수자謝壽子, 진달삼陳達三, 설가홍薛家洪, 심요정諶耀廷, 예조방倪兆芳, 진천공陳天恭 등이 있으니, 역시 앞 사람들의 업적을 이을 만한 이들이다.56)

대고서大鼓書는 어고와漁鼓와 간판簡板의 반주에 맞춰 손후자孫猴子 이

---

51) 『양주화방록』 권10 「홍교록虹橋錄·상上·9」를 참조할 것.
52) 명나라 때에는 대개 태자태보太子太保를 가리키는 말이었으나, 청나라 때에는 태자소보太子少保를 가리키는 말로 쓰였다.
53) 이위李衛(1686~1738)은 자가 우개又玠이고 호는 흡정恰亭이며, 청나라 동산銅山(지금의 쉬저우徐州 평현豊縣에 속함) 사람이다. 그는 납속納贖으로 원외랑이 되었지만, 이후 호부광서사랑중戶部廣西司郎中, 운남염역도雲南鹽驛道, 포정사, 절강순무, 양절염정兩浙鹽政, 절강총독, 병부상서를 거쳐 태자소부, 형부상서, 직예총독直隷總督, 직예총하直隷總河 등의 요직을 역임하며 옹정제의 신임을 받았다. 시호는 민달敏達이다. 그는 『강남통지浙江通志』와 『기보통지畿輔通志』의 편찬을 주관하기도 했다.
54) 건륭 연간 소주에서 활동한 탄사彈詞 예인藝人 왕주사王周士를 가리킨다. 그는 건륭제 앞에서 소주의 탄사를 노래하기도 했는데, 양주에 와서는 '현사絃詞'의 명인名人이 되었다.
55) 『비타전』과 『양주화』는 당시 예인들이 새롭게 만들어낸 작품으로서, 가공의 인물을 빌려 당시의 시대적 폐단을 풍자한 것이다.
56) 이들 가운데 장파두는 원래 소축小丑을, 장수자는 '화단花旦을 연기하던 배우였는데, 나중에 전문 분야를 바꿨다. 한편, 대면大面 배우로 명성이 높았던 범송년范松年도 나중에 전문 분야를 바꿨다.

야기를 하는 데에서 시작되었는데, 단피고單皮鼓와 단판檀板로 보조 연주를 하게 되면 그것을 '단아서段兒書'라고 부른다. 나중에 여기에 현자絃子 즉 삼현三絃 연주가 추가되었는데, 이것을 '고산조靠山調'라고 부른다. 이 기술을 하는 이는 주선문周善文밖에 없다.

18. 서광여徐廣如가 처음 평화를 공연할 때에는 들어주는 이가 아무도 없어서 혼자 숙소에서 자신의 뺨을 치기도 했다. 그때 밖에서 어느 노인이 들어와 그런 행동을 하는 까닭을 묻자, 서광여는 자신의 기예가 형편없다며 죽고 싶다고 했다. 그러자 노인이 "내가 잠시 들어봐도 되겠는가?" 라고 물었다. 서광여가 그러라고 하자, 노인은 다 듣고 나서 웃으며 이렇게 말했다.

"3년 뒤에는 자네의 이 기예가 세상을 뒤덮게 될 걸세!"

그래서 서광여는 노인을 모시고 배웠는데, 노인은 그더러 한나라와 위魏나라 때의 글을 3년 동안 읽게 한 후에 "이제 되었네" 하고 말했다. 그런 이유로 그의 노래는 가사가 깊이 있고 우아하여 사대부들에게 사랑받았다.

19. 오천서吳天緖는 (『삼국지연의』에서) 장비張飛가 물을 앞에 두고 다리를 끊어버리는 장면을 흉내 내는데, 먼저 호통을 쳐 꾸짖으려는 듯한 모습을 지어 보인다. 그러다가 관객들이 귀 기울여 들으려 하면, 단지 입을 떡 벌리고 눈을 부릅뜬 채 손짓만으로 동작을 표현하되 소리는 전혀 내지 않는다. 그런데도 공연장에는 온통 우레가 귓가에 내리치는 듯한 분위기가 된다. 그는 장비에 대해 이렇게 말하였다.

"그 대단하고 용맹한 사람의 음성을 어찌 우리 같은 자들이 흉내 낼 수 있겠소! 그의 속뜻을 표현해내려면 말소리가 내 입에서 나오게 하기보다는 각자의 마음에서 우러나오도록 해야 할 게요. 이렇게 해야 비슷해질 수 있어요."

비록 보잘 것 없는 기예지만 조예가 극도의 경지에 이르렀으니, 역시 우연히 그렇게 된 것은 아닐 것이다.

20. 대송大松과 소송小松은 형제 사이로, 본래 절강 지역의 세력 있는 집안 출신이다. 그러나 과거시험에서 뜻을 이루지 못한 뒤로는 홍교 부근에서 노래를 팔아 생활했다. 대송이 월금月琴을 타면 소송은 단판檀板을 두드리며 놀잇배로 가서 서로 노래를 주고받으며 밥벌이를 했다. 몇 해 뒤 동생인 소송이 굶어죽었다.

대송은 19살이었는데, 월금으로 연燕과 조趙 지방의 음악을 연주하니, 많은 사람들이 그 솜씨를 칭찬하였다. 그는 예전에 경사에 갔다가 어느 높은 벼슬아치를 따라 사냥터에 가서 장막 안에 있었다. 사냥이 끝나고 술자리가 무르익자 벼슬아치가 그에게 장사壯士의 소리를 내보라고 했다. 그러자 순식간에 산 속에서 호랑이를 죽이고 영채 밖에서 화살로 독수리를 쏘는 듯한 소리를 내 보이니, 이로 인해 한동안 '진초곡進哨曲'이라고 불리게 되었다.

또 그는 『망강남곡望江南曲』을 공연한 적이 있는데, 곡조가 흐느끼는 듯 호소하는 듯했다. 이튿날 아침 이웃 아낙이 그 노래를 듣고 죽었다.

한번은 동아東阿[57) 땅을 지나는데 갑자기 산과 물이 첩첩히 가로막자 동행하던 이들이 놀라 얼굴빛이 변했다. 그러자 대송이 수레에 똑바로 앉은 채 『사귀인思歸引』을 노래하니, 듣는 이들이 모두 비 오듯 눈물을 흘렸다.

그는 만년에는 행적이 묘연하여 어디서 죽었는지 알 수 없다.

21. 정천장井天章은 온갖 새소리를 잘 흉내 냈다. 나들이객들은 매번 그를 놀잇배에 불러놓고 새들과 우는 소리를 겨루게 하곤 했다. 그의 기예는 화미양畵眉揚과 나란히 칭송을 받았다.

---

57) 청나라 때에 산동 태안부泰安府에 속한 곳으로, 지금의 산둥성 동아東阿이다. 이곳은 아교의 산지로 유명하다.

그 다음으로는 진삼모陳三毛, 포천옥浦天玉, 황진사謊陳四 등이 모두 이 분야에 뛰어났다.

22. 광자匡子는 작은 배를 타고 호수 위를 떠돌며 물 담배[水煙]를 팔아 생계를 유지했다. 그에게는 특별한 기술이 하나 있었는데, 그것은 담배 연기를 10여 차례 들이마셔서 한꺼번에 토하지 않고, 시간이 지나면서 천천히 조금씩 실처럼 가늘게 내뿜는 것이다. 조금씩 끌면서 내뿜으면 새하얀 실이 허공에 맴돈다. 그러다가 다시 상투처럼 무성해지고, 색깔도 초록색으로 변해서 마치 먼 산처럼 아련해진다. 바람이 불어오면 상황은 일변하여 은은하게 신선이나 닭, 개 따위의 모습이 된다. 수염과 눈썹, 옷, 가죽과 깃털 등이 모두 표현된다. 그렇게 한참 지나면 연기 색깔이 짙은 검은 색으로 변하면서 마치 금방이라도 산에 비가 내릴 듯한 분위기를 풍기다가, 갑자기 바람이 일면서 연기가 흩어진다. 당시 사람들은 그를 '광연匡烟'이라고 부르자, 그는 곧 자신의 배에다 '연정煙艇'이라는 간판을 내걸었다.

23. 놀잇배에서는 대부분 아패牙牌[58]나 엽격葉格[59] 등의 놀이가 행해졌는데, 이것들은 술과 음식을 마시며 손님을 접대하는 수단으로 이용된다.

---

[58] '골패骨牌' 또는 '선화패宣和牌'라고도 부르는 도박 기구의 일종이다. 대개 상아나 동물의 뼈, 나무를 이용해 만든 직사각형의 패이며, 흔히 '패구牌九' 놀이에 사용된다. 이것은 송나라 선화宣和 2년(1120)에 만들어졌다고 하는데, 모두 21종류의 32개의 패를 가지고 맞춘다. 패의 모양 가운데 대장大將에 해당하는 것은 각기 천天, 지地, 인人, 아鵝로 부르는 4개의 패이다. 이것들은 순서대로 12개의 초록색 점이 찍힌 것, 2개의 붉은 점이 찍힌 것, 8개의 붉은 점이 찍힌 것, 1개의 붉은 점 아래 3개의 초록색 점이 대각선으로 찍힌 것을 가리킨다.

[59] 현대의 포커poker 놀이의 기원으로 얘기되곤 하는 '엽자희葉子戲'를 가리킨다. '엽자희'는 당나라 때부터 있었다고 하는데, 청나라 때에는 그 양식과 놀이 방법이 기본적으로 완비되었고, 아울러 점차 '마조패馬弔牌'로 변하게 되었다고 한다. '마조패'는 원나라 때 서양에 전해져서 타로Tarot와 포커가 되었고, 중국에서는 '마장麻將'과 '패구牌九'가 되었다. 놀이 방법도 포커와 유사하다.

아패는 대나무로 대신하여 네 사람이 함께 하는 놀이이다. 4를 얻으면 윗자리를 차지하는데, 이를 '사한四狠'이라고 한다. 색목色目⁶⁰⁾에는 '사번신四翻身', '자래대自來大' 등의 이름이 있다. 마지막 장張⁶¹⁾에서 제일 높은 패를 가지게 되는 경우를 '첨구添九'라고 하는데, 이때의 색목에는 '삼장사단三長四短', '자존대결自尊大結' 등의 이름이 있다.

두 사람이 겨루는 판을 '강扛'이라고 하는데, 여기에는 소주식蘇州式과 양주식揚州式의 구분이 있다. 소주식에서는 패를 두 번 내놓고 가져가는데, '상강비조上扛飛釣'와 '사륙가개四六加開'의 색목이 있다. 양주식에서는 패를 한 번만 내놓고 바닥에 놓인 패를 가져가지 않는다.

3,4명이 함께 판을 벌일 경우는 점수를 많이 얻은 쪽이 지는데, 이것을 '제황擠黃'이라고 부른다.

엽격은 마조馬弔를 으뜸으로 삼는다. 양주에서는 대개 '경왕합보京王合譜'를 쓰는데, 이것을 '무성낙엽無聲落葉'이라고 부른다. 그 다음은 '팽호碰壺'인데, 여기서는 십호十壺를 으뜸으로 친다.

네 사람이 함께 판을 벌일 경우 세 사람이 돌아가며 싸우고 매번 한 사람은 쉬니, 이것을 '작몽作夢'이라고 부른다. 마조는 40장인데, '공당空堂'에서 '만만관萬萬貫'까지가 있다. 십만 관 이하는 모두 공격을 당하기 쉽다. 열심히 연습하지 않으면 실수를 하지 않는 경우가 드물다. 구문전九文錢 이상에서는 모두 작은 것을 높이 쳐서, '공당'에 이르면 최고가 된다. 이런 놀이를 만든 사람은 아마도 탐욕을 경계한 것이리라.

종이패[紙牌]는 처음에 30장을 사용한다. 이것은 마조에서 십자十子 한 세트를 뺀 것에 해당하는데, 이를 '투혼강鬥混江'이라고 부른다. 나중에는 배가 되어 60장이 된 것을 일컬어 '제왜擠矮'라고 한다. 또 그것을 배

---

60) 여기서는 패의 종류를 가리키는 명칭이라는 뜻으로 쓰였다.
61) 골패 놀이에서는 자신이 가진 패 가운데 일부를 버리고 바닥에 있는 패들을 집어와 높은 패를 맞추는데, 놀이에 참여한 사람들이 순서대로 돌아가며 버리고 집어오는 일을 한 번 하는 것을 가리켜 '장張'이라고 한다.

가하여 120장으로 만들어 5명이 겨루기도 하는데, 한 사람당 20장씩 가지게 되면 '성감옥成坎玉'이 된다. 또한 '감구坎姤'와 '육요六么', '심산心算' 등의 예들이 있다. 요즘에는 다들 십호만 겨룰 뿐, 다른 예들은 없어지고 말았다고 한다. 또한 여기에 복福, 록祿, 수壽, 재財, 희喜의 오성五星을 추가하면 패는 모두 125장이 된다. 오성이 한 사람에게 모이게 되면 함께 축하해준다. 색목에는 '단요斷么'와 '표호飄壺', '전훈全葷' 등의 명목名目이 있다.

24. 놀잇배에서는 바둑을 즐기는 경우가 많다. 이면李葂[62]은 「하원시賀園詩」의 서문에서 이렇게 썼다.

> 바둑판에서 향기 피어나면, 건 돈[63]들이 고수들의 바둑판을 둘러싼다.
> 香生玉局, 花邊圍國手之棋.

이걸 보면 호수 위에서 바둑 두는 풍경을 떠올릴 수 있겠다.

양주에서 고수라면 한학원韓學元 한 사람뿐이다. 외지에서 온 고수들로는 번인서樊麟書, 정나여程懶予, 주동후周東侯, 성대유盛大有, 왕한년汪漢年, 황용사黃龍士, 범서병范西屛, 하암공何闇公, 시정암施定菴,[64] 강길사姜吉士 등이 차례로 명성을 날렸다.

정나여는 일찍이 소님과 함께 놀잇배에서 바둑을 두었는데, 한참 동안 승부가 끝나지 않고 진회문鎭淮門은 이미 닫혀버렸다. 한 판을 끝내고 나서 지상촌枝上村에서 하룻밤을 묵으려고 더듬더듬 입구를 찾았으니 결국 찾지 못했고, 날이 밝을 무렵에야 비로소 자신이 옛 무덤가에

---

62) 이면李葂에 대해서는 『양주화방록』 권2 「초하록草河錄·하下·47」을 참조할 것.
63) 원문의 '화변花邊'은 '화변전花邊錢'을 가리킨다. 옛날 중국에 유입된 외국의 은화銀貨는 중국의 그것과는 달리 가장자리에 꽃무늬가 새겨져 있었기 때문에 이렇게 불렀다. 이 말은 훗날 외국에서 들어온 은화에 대한 총칭으로 쓰였다.
64) '산동본'에는 '시정암施定庵'으로 표기되어 있다.

누워 있는 것을 발견했다고 한다.

시정암은 부친이 죽고, 모친이 범范씨에게 개가하여 범서병을 낳았다. 시정암과 범서병 모두 같은 시대에 '국수國手'로 일컬어졌다. 범서병이 지은 『도화천혁보桃花泉奕譜』와 시정암이 지은 『혁리지귀奕理指歸』는 모두 세상에 전해지고 있다.

오늘날 바둑에 대해 얘기하는 이들은 걸핏하면 시씨와 범씨를 언급한다. 그러면서 두 사람이 강을 건너 양주로 왔을 때는 마을 서당에서 기거했는데, 그때 시정암이 장난삼아 서당의 아이와 바둑을 두었지만 이기지 못했다는 말들을 한다. 또 범서병의 경우는 판을 바꿔가며 두었으나 역시 이기지 못하였다고 한다.

또 범서병이 벽사호甓社湖에 놀러가 어느 절에서 묵게 되었는데, 그곳에서 그는 풀 베는 어느 일꾼과 바둑을 몇 판 두었으나 모두 이기지 못하였다. 그래서 범서병이 그의 이름을 물었지만, 그 일꾼은 대답하지 않고 이렇게 말했다.

"지금은 다들 시씨와 범씨를 칭송하는데, 그 사람들은 그저 제 손자뻘에 불과합지요. 바둑은 작은 기예에 불과한데, 무엇하러 제 자신을 드러내 손자뻘 되는 애들과 부질없는 명성을 다투겠습니까?"

그리고 일꾼을 풀을 메고 떠나버렸다고 한다.

25. 정난여程蘭如는 바둑에서는 시정암과 범서병에 미치지 못하지만, 장기[象棋]에서는 '국수'로 칭해진다. 근래에 주周 아무개라는 가죽장이[皮匠]도 장기를 잘 둬서 져본 적이 없다고 한다. 그는 돈을 벌면 술을 사 마시고, 그날은 다시 장기도 두지 않고 가죽 다루는 일도 하지 않았다고 한다.

26. 연날리기[風箏]는 청명절에 성행한다. 그 소리는 활[弓]에 따라 다르며, 나는 힘은 꼬리에 달려 있다. 큰 것은 한쪽 모서리가 한 길이나 되

고 꼬리의 길이가 2,3길에 이른다. 형식도 다양하여 직사각형은 반문板
門이라고 부르며, 그 외에는 방게[螃蟹], 지네[蜈蚣], 나비, 잠자리, 복자福
字, 수자壽字 형태가 많다. 그 다음으로 진묘상陳妙常,[65] 승니회僧尼會,[66]
노타소老跎少, 초패왕楚霸王 및 환천희지歡天喜地, 천하태평天下太平 따위
가 있는데, 교묘한 솜씨의 극치를 보여준다.

저녁에는 가끔 연 꼬리에 등을 매달기도 하는데, 많은 경우 연달아 3
개나 5개를 매달기도 한다. 오늘날 새로 만든 양등洋燈은 연의 모양을
본뜨지만 실을 사용하지는 않는다. 그것을 만드는 법은 구멍이 없는 부
드러운 종이[綿紙]를 길이 1자 4치, 폭 1자 2치로 잘라 비벼서 뻣뻣한 성
질을 없애고, 그 끝을 꿰매서 수레바퀴처럼 만든다. 그리고 대껍질을 깎
아 종이 크기만큼 둥글게 만들어 종이에 붙인다. 그 안쪽에 2개의 구리
선을 가로 세로로 교차하도록 묶고, 구리선이 교차하는 부분에 아주 얇
은 구리판을 놓는데, 구리판 주변을 담장처럼 구부려 세우고 그 안에
모시풀을 깔아둔다. 모시풀은 고량주에 담가 술기운이 밴 것을 쓰며, 그
위에 황백랍黃白蠟과 유황, 장뇌樟腦, 늑대 똥을 깔아 불을 붙인다. 그리
고 힘 센 사람 4명이 종이 위쪽의 대나무 껍질이 대어지지 않은 부분을
들고 있게 하면, 안의 재료가 타면서 위로 날리지 않아도 저절로 떠오

---

65) 남송 소흥紹興(1131~1161) 연간에 임강臨江 청석진靑石鎭 근교의 여정암女貞庵에서 수
　　행하던 비구니인데, 당시의 애국지사 장효상張孝祥과의 로맨스로 유명하다. 이들의 이
　　야기는 훗날 문인들의 가공을 거쳐 곤곡崑曲과 평극平劇『옥잠기玉簪記』와 경극京劇『사
　　범思凡』을 통해 널리 알려졌다. 여기서는 진묘상의 모습을 형상화한 연을 가리킨다.

66) 『사범思凡』과 『승니회僧尼會』(한꺼번에 『쌍하산雙下山』이라고 함)은 청나라 때부터
　　근대까지 연극 무대에서 자주 상연되던 작품이다. 『승니회』는 원래 명나라 때 정지진
　　鄭之珍의 『목련구모권선희문目連救母勸善戲文』 상권上卷에 들어 있는 『니고하산尼姑下山』
　　과 『화상하산和尙下山』과 연관이 있다. 또 『대명천하춘大明天下春』에는 『승니상조僧尼相
　　調』라는 희곡이 들어 있기도 하다. 청나라 초기에 간행된 희곡 선집인 『취이정醉怡情』
　　에 수록된 『승니회』 역시 그것을 토대로 한 것이다. 작품의 내용은 적막한 절의 분위
　　기를 견디다 못한 젊은 승려와 비구니가 각기 몰래 절에서 도망쳐 나왔다가 도중에
　　만나 사랑에 빠진다는 이야기이다. 여기서는 그 내용을 주제로 형상화한 연의 모양을
　　가리킨다.

른다. 양등 가운데 큰 것은 목성[經星]만큼 크게 보이며, 밤새 떠 있다가 날이 샐 무렵에 떨어진다.

27. 소진회小秦淮의 기생집은 항상 호수 위의 배를 빌려 쓰는데, 그 배의 치장은 당객선堂客船과는 다르다. 대개 기녀들의 머리 모양은 '쌍비연雙飛燕'이나 '도침송到枕鬆' 따위의 형태로 빗어 단장한다. 옷은 장삼長衫을 입지 않고, 여름에는 대개 속이 은은히 비치는 자아사子兒紗로 만든 옷을 입고, 봄가을에는 대개 비취빛 고운 베[翡翠織絨] 따위로 만든 짧은 상의를 입으며, 겨울에는 대개 담비 가죽으로 만든 머리 장식[貂覆額]이나 소주식 늑자[蘇州勒子]67) 따위로 치장한다. 뱃머리에는 시중드는 이가 없고, 고물에는 겨우 한두 명의 하인이나 하녀가 있을 뿐이다.

　나들이객들이 기녀들을 보면 그녀들은 배를 사이에 두고 오吳 지방 사투리로 말을 건네기도 하고, 배를 저어와 수염을 쓰다듬으며 손을 잡기도 하고, 난간에 기대어 작은 잔에 술을 따라 건네면서 한 방울도 흘리지 않는 기술을 보여주기도 한다. 심지어 호수에서 시회市會가 열릴 때면 기녀들을 태운 배들이 일제히 나와 비취빛 비단 장막이 주위를 겹겹이 둘러싸기도 한다. 이를 두고 위패금韋佩金68)의 시에서는, "호수와 산의 아름다운 이야기에는 미인이 필요한 법[佳話湖山要美人]"이라고 노래했다.

28. 등선燈船에서는 북 틀[鼓棚]을 많이 쓰는데, 문미[楣]나 방목枋木, 차양[檐], 처마[檐]따위를 못을 박거나 쇠로 된 갈고리[鐵]를 걸어 설치한다. 그 중간에 비단으로 천막을 씌우고 밧줄을 드리워 조정藻井69)을 매다는

---

67) 소주 지역에서는 '늑자'를 '빈각두鬢角兜'라고 불렀는데, 이것은 반달 모양으로 만든 검은색 모자 두 개를 연결해 만든 것이다. 원래 강남의 아낙들이 논농사 일을 하기에 편하도록 고안된 이것을 쓰면, 앞머리는 이마에 눌러 붙고, 양쪽으로 귀와 귀밑머리를 감싸서 머리 모양이 깔끔하게 된다.

68) 위패금韋佩金에 대해서는 『양주화방록』 권2 「초하록草河錄·하下·69」의 주석과 『양주화방록』 권3 「신성북록新城北錄·상上·57」을 참조할 것.

데, 아래를 향해 반대로 덮어서 궁등(宮燈)[70]이 가장 아름답게 보이도록 한다. 그 다음은 유리를 장식하는데, 하나의 배에 100여 개를 연이어 엮어서 마치 연실蓮室에 들어 찬 열매들처럼 불쑥 튀어나오려는 듯한 모습이다. 간혹 풍경이 아름다운 때면 여러 염상들이 각자 담당한 풍경구의 물가에 등불을 죽 걸어두는데, 양쪽 물가 사이로 흐르는 물에 그 불빛이 얽히며 아름답게 빛난다. 이따금 등불이 전혀 켜지지 않았을 때 작은 배를 타고 그 사이를 오가면 깊숙한 숲에 숨겨진 등불의 불빛이 새나오곤 하는데, 멀리서 바라보면 마치 하늘 가까이에서 늘어선 별자리들을 구경하는 것 같다.

사신행査愼行[71]은 「등선」이라는 시에서 이렇게 노래했다.

유리 한 조각 산호를 비추는데
위에는 푸른 하늘 아래는 호수일세.
강가 언덕에는 비단을 펼친 듯 누대들이 늘어서 있고
놀잇배마다 풍악소리 속에 구슬 같은 노랫소리 들리네.
하늘과 호수의 밝은 달이 빛을 거두고 숨으니

---

69) 원래는 중국 전통 건축에서 천장을 장식하는 방법 가운데 하나인데, 일반적으로 원형이나 사각형, 또는 다각형의 움푹한 면에 각종 꽃무늬와 조각, 그림을 장식하는 것이다.
70) 팔각형 또는 육각형의 등으로서, 각 면에 비단을 바르거나 유리를 끼워 넣고 채색의 그림을 그려 넣으며, 아랫면에는 술[流蘇]을 단 것이다. 이것은 원래 궁중에서 사용하던 것이기 때문에 '궁등'이라고 부른다.
71) 사신행査愼行(1650~1727)은 원래 이름이 사사련査嗣璉이고 자는 하중夏重이었으나, 나중에 이름을 사신행으로 바꾸고 자도 회여悔餘로 바꾸었다. 그의 호는 타산他山 또는 초백初白이며, 해녕海寧(지금의 저장성에 속함) 사람이다. 그는 강희 27년(1703) 진사에 급제하여 한림원 편수에 제수되었는데, 1728년에 휴가를 청해 고향으로 돌아가 10년 남짓 지냈다. 그러나 1726년에 그의 아우 사사정査嗣庭이 죄를 짓자 사신행 역시 가장으로서 교육을 잘못했다는 이유로 체포되어 1년 동안 북경의 감옥에서 지내다가 풀려났으나, 얼마 후에 죽었다. 사신행은 황종희黃宗羲에게서 경전과 역사를 배우고, 동성파桐城派 시인 전징지錢澄之에게 시 쓰는 법을 배웠으며, 사촌지간인 주이존朱彝尊의 칭송을 얻어 일찍부터 명성이 높았다. 주요 저작으로 『보주동파편년시補注東坡編年詩』와 『경업당시집敬業堂集』 등이 있다.

수많은 흑룡黑龍 같은 산들은 쫓겨 숨었다 내달리네.

수희水嬉72) 즐긴다고 성세盛世를 자랑 마라

온 백성들 밤마다 태평성대를 즐기거늘!

琉璃一片映珊瑚, 上有靑天下有湖.

岸岸樓臺開畫錦, 船船絃索曳謌珠.

二分明月收光避, 千隊驪龍逐伏趨.

不爲水嬉誇盛世, 萬人連夕樂康衢.

29. 화선花船은 시회가 열릴 때 놀잇배에 꽃을 꽂은 것인데, 큰 것은 사기 항아리[磁缸]를 쓰고 작은 것은 병이나 얕은 사발[洗] 따위를 쓰는데, 꽃 한 병에 여차하면 천금千金의 값이 나가곤 한다. 꽃꽂이 모양은 의외의 형태가 많은데, 이 기술은 과주瓜洲의 장張 아무개가 가장 뛰어나서, 당시 사람들이 '과장瓜張'이라고 불렀다. 그 다음으로 뛰어난 이는 섭우송葉友松인데, 역시 장 아무개의 방법을 이어받았다. 십번교사十番敎師인 주오애자朱五獃子도 꽃꽂이를 잘했다.

30. 홍교의 나루터는 그 지명이 '홍교조虹橋爪'이다. 그 아래쪽은 예전에 마름, 연뿌리를 캐거나 그물을 걷어 올리는 어선들이 정박하던 곳이었다. 간간이 작은 배들도 대어져 있었는데, 바로 사찰의 승려들이 마련해 놓은 것이다. 요 몇 년 동안 수세미 시렁을 단 작은 배[絲瓜架刬子船]까지 더해지면서 저절로 하나의 지명[浜]을 이루어 홍교 나루터가 되었다.

31. 홍교조는 긴 제방[長堤]이 시작되는 곳이다. 제방은 굽이굽이 돌아 사도묘司徒廟에서 산으로 오르는 길에 이르러서야 끝이 난다. 장제춘류長堤春柳, 도화오桃花塢, 춘대축수春臺祝壽, 소원화서篠園花瑞, 촉강조욱蜀岡

---

72) 물 위에서 하는 유희를 총칭하는 말로서, 가무歌舞와 배 경주, 잡기雜技 등 다양한 형식이 있다.

朝旭 등 5개 풍경구가 모두 제방에 자리하고 있다. 성 밖의 소문난 기예인技藝人들이 차린 음식점들이 이곳에 모여 있어서, 이 지역 사람들이 나들이를 할 때 빼놓을 수 없는 곳이기도 하다. 그러므로 먼저 이곳을 상세히 적어둔다.

32. 교모喬姥는 긴 제방에 자리하고 있는 찻집으로, 커다란 다구茶具들을 마련해 두었는데, 모두 주석으로 만든 것이다. 대개는 목이 작고 배가 긴 것들이다. 옆에는 차를 담는 상자들을 진열해두고, 작은 대나무 걸상을 수십 개 마련해놓았다. 차는 한 잔에 2전을 받는다. 이곳을 일컬어 '교모차탁자喬姥茶桌子'라고 부른다.

용선龍船이 도착할 때마다 차를 마시러 온 손님들 가운데 종종 돈을 내지 않고 가버리는 경우가 있다. 두준杜濬은 "내가 홍교 찻집에서 유봉춘柳蓬春과 더불어 영남寧南 땅에서 있었던 옛 이야기를 나누며 한참 감탄한 적이 있다"고 한 적이 있는데, 아마도 이곳의 차 탁자를 가리키는 말일 것이다.

33. '대관루大觀樓'라는 것은 사탕[糖]의 이름이다. 자주색 대나무로 멜대를 만들어 그 위에 사탕을 줄지어 늘어놓는다. 사탕의 길이는 3치이고, 둘레도 3치이다. 그 안쪽에는 소금, 지방, 두소豆酥 같은 것들이 싸놓았는데, 비싼 것은 하나에 값이 10여 전錢이나 된다. 가짜로 만든 것은 가격은 저렴하지만 먹을 수는 없다. 또한 상인이 대바구니를 메고 징을 울리며 소리쳐 파는 당관인糖官人와 당보탑唐寶塔, 당귀아糖龜兒와 같은 것들은 맛이 썩 훌륭하지 않고 그저 어린이들이 갖고 놀기에나 적합하다.

간혹 대나무 못 수십 개를 대나무 통 안에 넣어두는데, 그 끝이 하나만 붉은 색이고 나머지는 모두 검은 색이다. 여기에 돈을 던져 관통시키는데, 중간의 붉은 색 못을 맞히면 사탕을 얻을 수 있지만 그렇지 않으면 돈만 날린다. 장사꾼이 손님을 부르는 소리는 가락이 예스럽다.

34. 청명절을 전후로 하여 어깨에 음식을 메고 다니며 파는 사람들이 있다. 그들은 대개 잘 생긴 청년들인데, 다투어 몸을 꾸민다. 그들은 모두 남색藍色의 무명 웃옷을 입는데, 옷의 감친 쪽[紉鉤]을 뒤집어놓았고 옷소매도 없으니 이를 '비파금琵琶衿'이라고 부른다. 바지저고리는 바느질이 잘못되어 줄이 안 맞고 입을 때 몸을 죄니 이것을 '바둑판 잠방이[棋盤襠]'이라고 부른다. 또 풀로 엮은 모자에 꽃을 꽂고 부들 신발에 밀랍을 칠해 신고 다닌다.

이들은 두부뇌豆腐腦나 복령갱茯苓糕 같은 것들을 파는데, 손님 부르는 소리가 부드럽고 아름다워서 대단히 멀리서도 들을 수 있다. 또 여름철에는 서양사탕과 완두콩을 팔고 가을철에는 토란[芋頭]와 토란순[芋苗子] 같은 것들을 파는데, 모두 양주 특유의 도시 사내[市夫]들이다.

36. 사신산謝身山은 문선루文選樓에 살았는데, 특이한 재주가 많았다. 그는 날마다 진흙을 뭉쳐서 대나무 껍질[篾]에 꿰어 수십 매를 소매 속에 넣어둔다. 그리고 제방에 가서 소매를 열고 그것들을 뿌리는데, 마치 제비나 참새가 날아오르는 것처럼 찍찍 소리가 났다.

37. 새벽마다 성 안에는 새를 키우는 사람들이 흰 깃 참새[白翎雀]를 제방 위로 데려가서 꾀꼬리[黃鸝] 소리를 배우게 한다. 이 새는 본래 북방의 새인데, 강남 사람들이 좋아하여 새장에 넣고 기른다. 새 한 마리의 값이 여차하면 백금百金이나 나간다.

새장 가운데 값이 비싼 것은 '금창분金戧盆' 같은 것이 있다. 이것은 안쪽에는 모래와 착석斲石을 깔라놓아 참새가 그 위에서 날갯짓을 하게 한 것으로, 이것을 '타봉打蓬'이라고 부른다. 놀잇배 안에는 항상 배의 처마[船楣]에 그놈을 걸어두고 유희거리로 삼는다.

그 다음은 화미조畫眉鳥73)와 황두조黃脰鳥74) 따위인데 그 종류가 헤아릴 수 없이 많다.

37. 긴 제방에는 매미가 많다. 초가을이면 울기 시작하니 사람 말소리가 들리지 않을 지경이다. 기다란 장대로 잡아서 대나무 광주리에 넣고 제방을 따라 돌아다니며 팔아 아이들의 장난감으로 제공해준다. 이것을 '청림락靑林樂'이라고 부른다.

38. 북방 사람 왕혜방王蕙芳은 과자를 팔아 생계를 꾸린다. 이른 새벽이면 그는 큰 버드나무 그릇에 각양각색의 과자를 담고, 먼저 소식소음주蘇式小飮酒[75] 가게에서 팔고, 다음으로 각종 상점에 가서 팔며, 나머지는 긴 제방에서 다 판다. 그는 스스로 '과자의 왕[果子王]'이라고 부른다.

그의 아들 팔가아八歌兒는 빈랑檳榔을 파는데, 하루에 수백 전을 번다.

39. 봉양鳳陽 지역 사람들은 원숭이를 길러서 스스로 모자와 옷을 차려 입고 연극을 하도록 시키는데, 이것을 '원숭이극[猴戲]'이라고 부른다.

또한 무명천을 둘러 만들어 방을 만들고 나무 하나로 받쳐놓은 다음, 다섯 손가락으로 3치의 꼭두각시를 움직이고, 징과 북으로 흥을 북돋으며 사詞와 백白은 목청을 사용하는데, 이것들은 모두 한 사람이 해낸다. 이것을 '견담회肩擔戲'라고 부른다.

이 두 가지는 음력 정월에 성 안에서 대단히 많이 공연되는데, 이것을 공연하는 이들은 모두 음력 섣달에 미리 양주성으로 온다. 그들은 문봉탑文峯塔 호로문壺蘆門의 여관에 머물다 정월 초하루면 성으로 들어가는데, 상원절이 지나면 성 안을 벌써 두루 돌고 외곽으로 나와 긴 제

---

73) 중국이 원산지인 꼬리치렛과의 새이다. 이 새는 머리 위, 날개, 꽁지가 감람녹색이고 머리는 붉은 갈색이며, 머리에서 목까지는 검은 점이 있고, 눈 가장자리에는 길고 흰 무늬가 있다. 주로 대숲에서 사는데 우는 소리가 매우 곱다.
74) 뱁새[鷦]를 가리키며, 도작桃雀, 상비桑飛, 교부조巧婦鳥라고도 한다. 이 새는 몸체 길이가 3치 정도의 작은 새로서, 깃털은 적갈색인데, 흑갈색에 가까운 반점이 있다. 짧은 꼬리는 약간 위로 치켜 올라가 있다. 야생에서는 띠풀이나 갈대, 짐승의 털 부스러기들을 모아 둥지를 만드는데, 그 크기는 계란만 하다.
75) 간단한 요깃거리와 술, 안주 따위를 파는 소주蘇州 식 가게이다.

방에서 기예를 판다.

두 가지가 이곳(긴 제방)에 이르면 호수와 산에는 봄빛이 만연하게 된다.

40. 잡사雜耍76)의 기예를 가진 이들은 사방에서 찾아와 긴 제방에 모인다.

예를 들어서 아주 긴 장대 끝에 깃발을 매달아 세우고 한 사람이 공중제비를 돌아 깃발을 뽑는데, 마치 원숭이가 나무에 오르는 것처럼 날쌔다. 이것을 '장대놀이[竿戲]'라고 한다.

긴 검을 수직으로 세워 입안에 찔러 넣는데, 이것을 '음검飮劍'이라고 한다.

널찍한 돗자리와 긴 자리를 깔 후, 촛불과 등잔을 끄고 한 입에 훅 불면 수많은 등잔들이 일제히 밝아지는데, 이것을 '벽에서 불을 가져와, 자리 위에서 등불에 돌려주기[壁上取火, 席上反燈]'라고 한다.

끈을 길게 늘여 양쪽 끝을 높은 곳에 매달고, 두 사람이 각기 양쪽 끝에서부터 걸어와 엇갈려 건너가는데, 이것을 '줄타기[走索]'라고 한다.

몸에 찬 칼을 꺼내 다른 사람에게 온 힘을 다해 자신의 배를 찌르도록 하면 칼이 볼록한 아랫배에서 부러지는데, 이것을 '농도弄刀'라고 한다.

접시를 장대 끝에 올려놓고 손으로 그것을 높이 떠받치고 접시를 회전시킨 다음, 배와 두 손, 그리고 두 팔, 겨드랑이, 양쪽 정강이와 허리, 그리고 두 넓적다리를 가지고 10개가 넘는 장대를 세워 접시를 쏜살같이 돌린다. 어떤 때는 접시를 허공으로 날렸다가 원래의 장대 위로 떨어지게 하기도 하는데, 이것을 '접시돌리기[舞盤]'라고 한다.

수레바퀴를 갖고 노는 것도 있다. 가운데에 몇 명의 여자를 앉힌 후 손으로 두 명의 머리를 잡고 흔들다가 고리처럼 돌리는데, 이것을 '풍차風車'라고 한다.

---

76) 큰 거리나 대중 연예장 등에서 하는 가무, 요술, 성대모사, 만담 따위의 잡기이다.

한 사람이 두 손으로 키[箕]를 붙잡고 땅을 걸어가며 쌀을 높이 들어 올려 쌀겨[糠]를 제거하는데 쌀이 한 톨도 밖으로 넘치지 않으니, 이것을 '쌀 까불기[簸米]'라고 한다.

한길 남짓한 나무를 발밑에 세워놓고 그 위로 뛰어오르는 것을 '높이 밟기[躧高蹻]'라고 한다.

수건을 땅에 덮어놓고 그 안에 있는 어떤 물건을 바뀌게 하는 것을 '촬희법撮戲法'이라고 한다.

큰 주발에 담긴 물을 수건 위로 뒤집으면 물이 어디론가 사라져버리는데, 이것을 '비수飛水'라고 한다.

붉은 콩 5개를 손바닥 위에 올려놓고 스스로 사라지도록 만드는 것을 '적두摘豆'라고 한다.

동전 10매를 입으로 불어 여러 색으로 바뀌게 하는데, 이를 '대변금전大變金錢'이라고 한다.

팔이 없는 어린아이더러 생황을 불게 하는데, 그 음정이나 박자가 모두 정확하다. 이를 '선인취생仙人吹笙'이라고 한다.

계축년(1793) 5월에 잡사 기예인들이 돈을 추렴하여 배를 세내어 희춘대熙春臺에 모여 각기 장기를 선보였는데, 그것은 며칠이 지나서야 끝이 났다. 그들 가운데 나이가 90살 남짓한 어느 노인은 무게가 100근이 넘고 길이가 3,4길 정도 되는 큰 대나무를 머리 위에 세워놓으니, 지나가는 놀잇배들마다 그에게 1전씩 던져주었다. 황문양黃文暘77)은 그의 전기를 써주기도 했다.

41. 왕汪 아무개는 관객串客 생활을 하다가 가산을 탕진하고 거지 신세가 되기에 이르렀다. 그는 결국 소축小丑의 모습으로 분장하고 오색 전지箋紙를 공연 도구로 삼고, 그 위에 "태평일인반太平一人班"이라고 적었

---

77) 『양주화방록』 권2 「초하록草河錄 · 하下 · 9」를 참조할 것.

다. 그리고 누군가 부르면 바로 간단한 극을 보여주곤 했는데, 장면[齣]
하나마다 가격이 1전이었다.

42. 왕대王大는 머리 모양이 뾰족하지만 중간이 움푹 들어가진 않았다.
그는 접시를 머리 위에 올려놓고 접시 안에 종이나 명주실로 만든 몇
치 크기의 인형을 세워둔 채 무릎을 꿇고 절하거나 뛰고 걷고, 심지어
몸이 넘어져도 머리 위의 접시만은 떨어트리지 않았다. 그는 나중에 생
업을 바꾸어 장사꾼이 되어 동쪽 교외의 동가장董家莊에서 생산되는 무
명 띠[布帶]를 가져다 팔았다. 그는 대나무 광주리에 물건을 넣고 그것을
머리 위에 얹은 채, 숨을 들이마시며 이빨 사이로 소리를 내서 "빨간 무
명 띠요!"라고 외쳤다. 마을의 부녀자들은 문밖으로 나오지 않고 그의
목소리를 들어도 그가 누군지 알았고, 그가 파는 물건은 제값을 한다고
들 했다. 나중에 안경安慶 지방의 무부武部에서 그의 기술을 배워 등燈을
머리 위에 올려놓고, 이를 '곤등滾燈'이라고 불렀다. 이 기술 역시 「갈고
가羯鼓歌」78)에 나오는 "푸른 산봉우리처럼 머리를 움직이지 않는[頭如青
山峰]" 방법에 불과하다.

43. 북방 사람 송이宋二는 겉모습이 큰 오동나무처럼 키가 크고, 낯빛은
검었다. 그는 술을 즐기고 짐승들과 어울려 지내는 것을 좋아하였다. 짐
승들도 그와 장난치는 것을 좋아했다. 그는 기이한 물건을 얻으면 큰
나무통 안에 넣어둔 후, 그 물건의 모습을 그림으로 그려놓고 징을 울
리며 사람들을 현혹해 팔아, 그 돈으로 매일 술값에 쓰곤 했다. 하루는
기이한 물건들이 다 떨어지자 개를 그 통에 집어넣고 예전처럼 현혹해

---

78) 갈고羯鼓는 고대 인도에서 기원起源한 타악기로서 중국에서는 당나라 때에 크게 성
  행했다. 두우杜佑의 『통전通典』「악사樂四」에 따르면, 그것은 칠통漆桶처럼 생겼으며 양
  쪽 머리를 모두 두드려 소리를 내며, '양장고兩杖鼓'라고도 한다고 했다. '갈고가'는 이
  악기를 연주하며 부르는 노래라는 뜻이다.

팔았다. 이를 본 사람들은 그를 비웃으면서 '송견宋犬'이라고 불렀다.

44. 두 사람이 벌거벗고 서로 붙어 싸우면서 그걸로 밥벌이하는 것을 '거드름피우기[擺架子]'고 한다. 위장韋莊[79]의 시에 다음과 같은 구절이 있다.

> 내관들이 비로소 청명절에 하사받은 화톳불을 피우면
> 관리들은 편을 나누어 '백타전白打錢'을 벌이네.
> 內官初賜淸明火, 上相閒分白打錢.

라는 구절이 있다. 양신楊愼[80]이 이 가운데 '백타전白打錢'이라는 말이 무슨 일을 가리키는지 모르겠다고 하자 주양공周亮工[81]이 '백병전[白戰]을 벌이는 것'이라고 설명해주었는데, 아마도 그것이 바로 이 기술일 것이다.

45. 강녕江寧 사람들은 네모나거나 둥근 나무 상자[木匣]을 만들 때, 가운데 꽃과 나무, 물고기, 신기하고 괴이한 사물이나 동물, 신비한 놀이 등을 그려 넣는다. 그리고 밖에서 둥근 구멍을 내고 오색 대모玳瑁로 덮는다. 한쪽 눈을 대모에 대고 들여다보면 작은 것들이 크게 확대되어 보이는데, 이를 '서양경西洋鏡'이라고 한다.

46. 북교北郊에는 반딧불이가 많은데, 그곳 사람들은 요사料絲[82]로 등을 만들어 실에 매달고, 실 구멍으로 반딧불을 안에 집어넣는다. 그 형태는 네모난 것, 둥근 것, 육각형이나 팔각형, 그리고 놀잇배나 불탑 모양 등

---

79) 『양주화방록』 권1 「초하록草河錄·상上·49」의 각주를 참조할 것.
80) 『양주화방록』 권5 「신성북록新城北錄·하下·12」의 각주를 참조할 것.
81) 『양주화방록』 권2 「초하록草河錄·하下·8」의 각주를 참조할 것.
82) 공예품을 만들 때 쓰는 실 모양의 원료이다. 대개 그것은 원료를 달궈서 실 모양으로 뽑아낸 것이기 때문에 '요사'라고 부른다.

이 있다. 이것을 '형충등螢蟲燈'이라고 한다. 요즘에는 대개 밀랍으로 만든 환丸을 태운다. 저녁이면 대나무 장대 끝에 매달아놓고 파는데, 나들이객들은 이 지역 특산품으로 그것을 산다. 또한 간혹 수박껍질에다 인물과 화훼, 벌레나 물고기를 새겨서 재미있는 등을 만들기도 하는데, 이것을 '수박등[西瓜燈]'이라고 한다. 요즘 양주성 안에는 요사로 커다란 산수山水를 그린 등편燈片을 만드는 경우가 많다. 이에 대해 설혜薛蕙[83]의 시에서는 이렇게 노래했다.

> 작고 조용한 것은 매미의 날개 같고
> 아름답게 이어진 모습은 망사와 같네.
> 霏微狀蟬翼, 連娟倖網絲.

47. 유효녀游孝女는 자가 문원文元이고 파자破字 점을 치는 것[84]으로 부모님을 봉양하였다. 국자감박사를 지낸 김조연金兆燕[85]이 그를 보고, 아들 김대준金臺駿과 손자 김진동金璡仝에게 『유효녀의 노래[游孝女歌]』를 짓게 했다. 곧 관찰사 진황秦黉[86]과 국자감 박사 왕단광汪端光,[87] 호부시

---

83) 설혜薛蕙(1489~1539)는 자가 군채君采이고 호는 서원西原이며, 박주亳州 사람이다. 그는 1514년 진사에 급제하여 형부주사에 제수되었고, 1519년에는 무종武宗이 남방을 순례하는 일에 대해 간언했다가 태형을 맞고 봉록을 박탈당해 고향으로 돌아갔다. 나중에 다시 기용되어 이부고공랑중吏部考功郎中에 임명되었다. 그러나 가정제 때에 선황先皇에 대한 예우 문제로 논쟁을 벌이다가 황제의 노여움을 사 옥살이를 치르기도 했다. 주요 저작으로 『서원집西原集』과 『오경잡록五經雜錄』, 『대녕재일록大寧齋日錄』, 『노자집해老子集解』, 『장자주莊子注』, 『고공집考功集』, 『약언約言』, 『서원유서西原遺書』 등이 있다. 1629년에 태상소경太常少卿에 봉해졌다.
84) 원문은 '卜柝字'로, 한자를 부수별로 쪼개고 쪼갠 글자들을 가지고 일정한 의미를 파악하는 점을 치는 것을 가리킨다.
85) 김조연金兆燕에 대해서는 『양주화방록揚州畫舫錄』 권3 「신성북록新城北錄·상上·21」을 참조할 것.
86) 진황秦黉에 대해서는 『양주화방록』, 권3 「신성북록·상·35」를 참조할 것.
87) 왕단광汪端光(?~?)은 자가 검담劍潭이고 호는 목총睦叢이며, 강소 의징儀徵 사람이다. 그는 1771년 거인이 되어 광서지부廣西知府를 지냈고, 뛰어난 시인이자 서예가로 명성

랑 반아당潘雅堂이 모두 화답하는 시를 지었다. 전운사 창성예倉聖裔[88]는 이 소문을 듣고, 관서로 그녀를 초청하여 자기 딸을 가르치도록 했다. 그리고 그녀에게 사위를 골라 배필로 삼아주었다. 김조연의 시 가운데 "시험 삼아 붉은 끈을 찾아 발을 묶어주었네[試覓赤繩爲繫足]"라는 구절이 있는데, 이 일을 말한다.

48. 옥판교玉版橋에서는 왕정방王廷芳의 찻집[茶桌子]이 가장 유명하다. 이것은 쌍교雙橋에서 유자油⬛를 파는 강대康大와 자본을 합쳐 만든 것인데, 각기 고유한 기술을 사용하고 있다. 나들이객들은 이곳에 이르면 대개 허기를 느끼기 때문에 차 향기와 잘 익은 전병의 냄새를 맡게 되면 쉽게 돈을 꺼내기 마련이다.

옥판교에는 거지가 두 명 있다. 한 사람은 종이를 잘라 깃발을 만들어 대나무에 내걸면서 기쁜 소식을 알린다는 문구를 적어 넣었다. 다른 한 사람은 집안 형편이 본래 넉넉했지만 소곡小曲[89]을 좋아해서 탕진해버리고 거지 신세가 되었는데, 「소랑아곡小郎兒曲」이라는 남녀상열지사男女相悅之詞를 지었다. 두 사람은 서로 친하여 함께 제방에서 지냈다. 배가 닿으면 먼저 「소랑아곡」을 부르고, 노래가 끝나면 뒤이어 기쁜 소식을 알리는 말을 했는데, 그 소리가 악곡 가운데 난장亂章[90]과 같아서

을 날렸다.

88) 창성예倉聖裔(?~?)는 호가 서정恕亭이고, 오늘날 중모우현中牟縣사람이다. 건수지주建水知州, 호남조운사湖南漕運使, 양회염운사 등을 역임하고, 70세에 은퇴하여 고향에서 지냈다. 건륭제의 80세 생일에 '기숙노신耆宿老臣'의 자격으로 북경에서 열린 연회에 참석하기도 했다.

89) 여러 가지 뜻이 있는데, 이 문맥에 적용할 수 있는 것으로는 ① 창녀가 있는 집, ② 원나라와 명나라 때에 유행한 산곡散曲 이외의 민간 기예인 각종 속곡俗曲, ③ '투수套數'를 덧붙인 연극의 일종으로『양주화방록』권10「홍교록·하」에 언급된『왕대낭王大娘』,『향리친가모鄕裏親家母』,『모란정牡丹亭』따위를 가리킬 수도 있다. 그러나 가산을 탕진했고, 남녀상열지사를 지었다는 내용이 있는 것으로 보건대, 첫 번째 의미로 이해하는 것이 가장 합리적일 듯하다.

90) 음악의 말미末尾에 있는 연주나 합창 따위를 가리킨다.

사람들은 즐겨 들었다.

「소랑아곡」은 12월에 찻잎을 따거나 누에를 치면서 부르는 노래들의 잔재를 이은 것으로, 소곤거리는 여자들의 말투로 상대방에 대한 사랑이나 원망 따위의 감정을 노래하고 있다. 그 가사는 비록 속되긴 해도 담긴 뜻은 참으로 온화하여, 여느 저잣거리에서 부르는 음란하고 외설스러운 소창小唱들에 비할 수 있는 것은 아니다.

나는 예전에 광동의 주강珠江 지역을 3번 가본 적이 있다. 요즘에는 군수공장軍工廠에 '양빈揚浜'이라는 것이 있어 현지 사람들에게 물어보니, 모두들 양주 기녀 중에는 김 아가씨[金姑]가 가장 예쁘다고 했다. 그래서 작은 배를 타고 찾아가 겨우 그녀의 노래를 들어보니, 그녀는 그곳의 강가 그물배에서 양주 출신의 기녀인 척 흉내를 내고 있음을 알았다. 그녀가 부르는 노래는 이 곡(「소랑아곡」)을 그 지방 음률로 부르는 것이었다.

이 노래는 영남지방[嶺外]까지 전해져 혜주惠州, 조주潮州[91]까지 알려졌는데, 그것들은 「목어木魚」와 「포도布刀」 등의 곡조에 맞먹는 것이다. 양주의 판각 기술자 가운데는 시, 사, 희곡 등을 판각하여 이익을 얻는 이들이 많은데, 요즘은 이 곡을 문자로 판각한 사람만 수십 명이 되어, 멀리 외진 마을이나 골목의 가게들까지 모두 이것을 들여다 놓고 팔고 있을 정도이다. 그러니 음악이라는 것이 사람을 깊이 감동시킨다는 것을 알 수 있다.

49. 야외에서 하는 식사를 '향餉'이라고 한다. 놀잇배들은 대개 야외에서 식사를 하는데, 유상流觴,[92] 유음留飮, 취백원醉白園, 한원韓園, 청련사靑蓮社, 유보留步, 청소관聽簫館, 소식소음蘇式小飮, 곽한장관郭漢章館 등의

---

91) 각각 오늘날의 광둥성 훼이저우시惠州市와 차오저우시潮州市 지역이다.

92) 유상곡수流觴曲水의 준말로, 매년 음력 3월 3일에 여러 사람들이 곡수에 둘러 앉아 곡수에 술잔을 띄워놓고, 술잔이 흐르다가 멈추면 그 앞에 앉은 사람이 술을 마시는 놀이이다. '유배流杯'라고도 부른다.

가게들이 있다. 사방에서 오는93) 나들이객들은 또한 성안에 있는 가게
들에 미리 예약을 해두는 경우가 많은데, 이것을 '정채訂菜'라고 부른다.
매일 저녁이면 제방에서 각 놀잇배로 음식을 배달해준다.

성안의 음식점들은 국수 가게에 부속되어 있는 경우가 많다. 국수는
대련大連과 중완中碗, 중이重二로 구분된다. 겨울에는 국물을 아주 뜨겁
게 하는데, 이것을 '대련'이라고 한다. 여름에는 국물을 반쯤 덥히는데,
이것을 '과교過橋'라고 한다. 국수 가운데는 '요두澆頭'는 장어, 닭고기,
돼지고기를 3가지 주요 재료[三鮮]로 삼는다. 대동문에는 여의관如意館과
석진席珍이 있고, 소동문小東門에는 옥린玉麟과 교원橋園이 있으며, 서문
에는 방선方鮮과 임점林店이 있고, 결구문缺口門에는 행춘루杏春樓가 있
고, 삼축암三祝菴에는 황모黃毛가 있고, 교장敎場에는 상루常樓가 있는데
모두 이런 종류의 음식점이다.

건륭 1년(1736)에 휘주 사람 하나가 하하가河下街에서 송모포자松毛包
子94)를 팔아 휘주식 만두[徽包] 가게로 유명했다. 그리고 암진가巖鎭街에
는 뼈 없는 물고기 국수[沒骨魚麵]를 모방해 만들어 파는 가게가 생겼는
데, 가게 이름이 '합청合鯖'이라고 하였으니 아마도 청어鯖魚를 넣어 면
을 만들었을 것이다. 이것을 모방한 것으로 괴엽루槐葉樓의 '화퇴면火腿
麵'95)인데, '합청'은 다시 파아상坡兒上의 '옥파玉坡'로 바뀌면서 결국 어
면魚麵으로 뛰어나게 되었다. 서녕문 부근의 문학루問鶴樓는 게 국수[螃蟹
麵]로 뛰어났다. 그리고 줄줄이 그 뒤를 이어서 게 국수를 만들어 파는
이들이 생겨서, 거금을 아까워하지 않고 벼슬아치나 부자 상인들이 사는
큰 저택을 사서 가게를 열었다. 용취湧翠, 벽향천碧薌泉, 괴월루槐月樓, 쌍

---

93) 원문은 '사성四城'으로, 오늘날에는 주로 양저우시를 포함한 난징시, 롄윈강시連雲港
市, 쉬저우시徐州市 등 강남의 대표적인 4개 도시를 가리키는 말로 쓰이나, 이 글에서
는 양주성의 동서남북 즉, 양주성 이곳저곳의 뜻으로 쓰인 듯하다.
94) 송모포자松毛包子에서 송모松毛는 '솔잎'을 가리키고, 포자包子는 속이 든 만두나 찐
빵을 말한다.
95) 화퇴火腿는 돼지다리를 절여 햇볕에 말려서 만든 중국식 햄을 가리킨다.

송포雙松圃, 승춘루勝春樓 등의 가게들은 누대와 정자, 수석이나 꽃과 나무 등으로 가게를 장식하고, 다투어 새롭고 멋진 것을 추구하면서 다른 데에는 없는 것들을 국수에 채워 넣었다. 그 가운데 가장 심한 경우는 철갑상어[鰉魚]와 대합[車鰲], 반어班魚,96) 양고기 등을 넣어 만든 '대련'들인데, 국수 한 그릇 가격이 보통 어른의 하루 용돈에 해당할 정도였다.

---

96) '붕어鯽魚'라고도 한다. 이것은 복어와 비슷하지만 크기가 작고 등이 푸르면서 얼룩무늬가 있다. 꼬리는 갈라져 있지 않고, 하얀 배에는 가시가 돋아 있다. 화를 내면 배가 부풀어 오른다.